《宇宙与意象》研究及中国古代宇宙诗学论

《YUZHOU YU YIXIANG》YANJIU JI ZHONGGUO GUDAI YUZHOU SHIXUELUN

张 鸿◎著

知识产权出版社
全国百佳图书出版单位

图书在版编目（CIP）数据

《宇宙与意象》研究及中国古代宇宙诗学论 / 张鸿著. —北京:知识产权出版社，2015.11

ISBN 978-7-5130-3826-3

Ⅰ.①宇… Ⅱ.①张… Ⅲ.①比较诗学—研究—中国、西方国家 Ⅳ.①I207.22 ②I106.2

中国版本图书馆CIP数据核字(2015)第234346号

责任编辑：刘　睿　邓　莹　　**责任校对：**董志英

文字编辑：邓　莹　　**责任出版：**刘译文

《宇宙与意象》研究及中国古代宇宙诗学论

张 鸿　著

出版发行：知识产权出版社有限责任公司　　网　　址：http://www.ipph.cn

社　　址：北京市海淀区马甸南村1号（邮编：100088）　天猫旗舰店：http://zscqcbs.tmall.com

责编电话：010－82000860 转8113　　责编邮箱：liurui@cnipr.com

发行电话：010－82000860 转8101/8102　　发行传真：010－82000893/82005070/82000270

印　　刷：北京富生印刷厂　　经　　销：各大网上书店、新华书店及相关专业书店

开　　本：880 mm× 1230 mm 1/32　　印　　张：14.625

版　　次：2015 年11月第1版　　印　　次：2015 年11月第1次印刷

字　　数：366 千字　　定　　价：48 .00元

ISBN 978-7-5130-3826-3

序

史忠义

十多年前，张鸿曾经给我主持的《人文新视野》丛书翻译过一篇论文，译得很不错，法文的理解都对了，中文的表达也通畅。于是我问了一下张鸿是谁，西外法语系的同行们告诉我，她是一个尚未毕业的硕士研究生。那时她的两位老师送来的译文我逐句改，她的译文居然都理解对了，中文也通顺，于是我开了绿灯，一字未改而直接放行。

我建议读者有时间的话，读读这部著作。首先是法文原著就很奇特。作者埃莱娜·蒂泽是一位长期担任记者的女学者，人们一般以为，女学者对于形而上的问题大多搞不清，生活中也经常不辨东西南北，蒂泽这位女学者却写了《宇宙与意象》这样一部大作，研究西方人的宇宙观以及这些宇宙观在文学意象中的反映，况且梳理得那样开阖自然，胸怀开阔，令学界啧啧称奇。

当张鸿向我表述想跟我做博士论文的愿望时，我就向她推荐了这本书，并且希望她能边翻译边阅读，这样能够读得准确些，理解得透彻一些。张鸿这样做了。当然由于研究课题要求她读大量的中国书籍并探索中国古代的一些基本的宇宙观和这些宇宙观在一些诗人那里形成的文学意象，她不可能在做博士论文之前把全书译完。但是她认真地研究了《宇宙与意象》，阐释其主要思想和重点内容，系统介绍了这部探讨宇宙论对西方诗人创作影响的文学批评大作，侧重考察了宇宙观与诗歌意象关系的独特的批评方法。在此基础上，张鸿大胆地从哲学、文论及诗歌创作三方面出发，梳理中国古代的宇宙论思想及其与文学创作的关系，对比哲学层面的中西宇宙模式，同时从文学实践角度对中西宇宙论的特点进行某些具体且有针对性的比较。应该说她是成功的。书稿内容丰富，读来会熟悉不少知识。

这说明，中国学者是可以碰撞重大理论问题的，包括女学者在内。有些国内同行以为，西方人的理论创新能力比我们强，期刊也更倾向于使用介绍外国学者的学术文章，这有失偏颇。我们过去在重大理论问题上发表意见少，有不少原因，如意识形态方面控制比较严格，理论意见的发布有平台的等级问题，还有国人传统上微言大义的习惯等因素。西方人竞相推陈出新的理论创新活动和与同行的交流习惯，有其积极的一面，但也容易导致理论过于形而上化、语言晦涩和脱离实践。我们希望两种传统的正能量在互补中相互提高。

2014年张鸿博士论文答辩回西安后，似乎比在北京读博还忙。她要弥补儿子几年与母亲很少在一起对儿子的亏欠，要增加教学量感谢同事们几年来对她的支持，还要参与法语专业一项编写词典的工作，一直无暇修改并发表论文。作为导师，我督促她，并向她提示了其中的道理：研究成果的面世利在大家，也警示自己作出更大更实在的学术努力。于是经过大约两个月的辛勤劳作，她终于把这部书稿交给了出版社。

目前国内法语界教授、副教授这样的高端人才很紧缺，这种局面大约需要若干年才能改观。学术界的同行们应该清醒地看到这一点，在培养懂法语的博士方面、在督促法语界青年学者的科研方面，教育部门，我们大家一起，都应该给予强有力的支持。

2015年6月27日　厦门

目　录

导 语

《宇宙与意象》[1]是20世纪60年代法国文学理论家埃莱娜·蒂泽（Hélène Tuzet）最重要的文学批评著作。埃莱娜·蒂泽，约1900~1988年在世。1944~1946年为伦敦的法语日报《法兰西》（*France*）撰写音乐题材评论文章。这份日报的读者群是“二战”结束不久滞留英国的法国人。蒂泽还为《战斗》（*Combat*）杂志撰写文学评论文章。她的文学博士论文《浪漫主义时期西西里岛的法国旅行者》[2]通过索邦大学(La Sorbonne)论文答辩，并于1945年发表。1965年，蒂泽在法国普瓦提埃大学（Université de Poitiers）任教，教授比较文学。除《宇宙与意象》之外，她还著有《但丁的天体想象》和《阿都尼斯之死与复活：关于一则神话演变的研究》等文章或著作。[3]

国内外迄今未有对蒂泽及其著作《宇宙与意象》的系统研究。为了使国内研究外国文学的学者了解这部著作，了解蒂泽的文学批评方法，笔者将以研究《宇宙与意象》的若干问题为起点，比

---

[1] *Le Cosmos et l' imagination*, Librairie José Corti, 1965.

[2] *Voyageurs Français en Sicile au temps du romantisme*,（1802~1848）, Boivin, Paris, 1945.

[3] 《L'imagination stellaire de Dante,》 *Revue des Etudes Italiennes* , VI (1959) ; *Mort et Résurrection d'Adonis: Etude de l' évolution d' un mythe*, Libairie José Corti, 1987. 蒂泽的生平参见*Patrimoine Littérature Européen, 8,* Sous direction de Jean-Claude Polet, De Boeck Université, Paris Bruxelles, 1996, p. 1071.

较中西诗学中的宇宙观。以下将从五个方面对《宇宙与意象》及其作者以及本书的相关问题作出说明：蒂泽与客体意象批评流派的关系、《宇宙与意象》思想的四个来源、《宇宙与意象》所使用的比较文学方法、本书的比较文学方法以及对本书所涉及的内容范围的说明。

《宇宙与意象》的核心内容在于研究文艺复兴以后欧美一些诗人的想象心理。《宇宙与意象》着重于诗人对宇宙的想象，研究的是宇宙和诗人想象的关系。作者将诗人对宇宙的各种想象总结为多种宇宙意象，所以诗人的想象心理以意象的方式呈现。艾布拉姆斯说意象就是"一首诗歌或其他文学作品里通过直叙、暗示，或者明喻的喻矢（间接指称）使读者感受到的物体或特性"或是"文字组成的画面"。[1]《宇宙与意象》研究的诗人作品的"物体或特征"以及"画面"就是宇宙的模式。因为作者提到的诗人不仅在法国，还在英国、德国和美国，所以从数量和地区分布上可以认为作者的结论具有一定的普遍性。

在20世纪文学批评史上，蒂泽被归为客体意象批评家一派，而这一派批评以加斯东·巴什拉尔（Gaston Bachelard）、让·皮埃尔·里夏尔(Jean-Pierre Richard)、吉尔贝·杜朗(Gilbert Durand)、埃莱娜·蒂泽、诺思罗普·弗莱(Northrop Frye)等为代表。[2]他们的文学批

[1] ［美］M. H. 艾布拉姆斯：《文学术语词典》，吴松江主译，北京大学出版社2009年版，第243页。

[2] "L'imagination stellaire de Dante", *Revue des Etudes Italiennes* , VI (1959) ; *Mort et Résurrection d'Adonis: Etude de l' évolution d' un mythe*, Libairie José Corti, 1987. 关于蒂泽的生平参见*Patrimoine Littérature Européen*, 8, Sous direction de Jean-Claude Polet, De Boeck Université, Paris Bruxelles, 1996, p. 1071.

评主要依据现象学、神话学、人类学、精神分析以及原型批评。因为来源广泛，所以形成了这一派宏大的批评视野。作为法国20世纪比较文学研究者，蒂泽以其科学哲学式的文学批评而不同于其他几位文学研究者。蒂泽与里夏尔以及杜朗都是巴什拉尔的学生，其中蒂泽的方法最接近巴什拉尔的研究方法，即物质性意象的分析。里夏尔关注作家观察生活的能力，善于搜寻作品中的某些“词句和意见、隐喻和场景”，用以重现作者“动机和意念”诱发的“心灵生活”。[1]杜朗“逐渐离开了物质的意象领域以建立神话批评体系”。[2]弗莱则偏于意象的人类学，在神话世界内部区分各种类别的意象，诸如魔鬼、醒世、受欢迎、不受欢迎的意象；他认为文学评论在于“明确一部作品和其他作品的关系”。[3]因为接近巴什拉尔的物质性四元素的意象批评，故蒂泽与老师有某些相似的思维模式。例如巴什拉尔的《火的精神分析》（1938）的研究方法就是从科学过渡到诗，蒂泽以宇宙科学以及哲学为基础研究诗的意象就是对老师的继承。巴什拉尔发现诗人总是被某种特定意象所吸引。同样，蒂泽也研究诗人宇宙意象的审美倾向。蒂泽按照巴什拉尔的见解，主张发掘诗人的文化类情结——宇宙作为一种文化现象，以此区别于精神分析文学批评的各种性心理情结。客体意象批评以巴什拉尔的四元素意象分析而得名。《宇宙与意象》的视野宽广，超越了巴什拉尔的四元素，将科学的世界观与诗人的意象相联系，发掘诗人想象的哲学背景和宇宙观动因。世界观的历史、丰富的意象

[1] ［美］雷纳韦·勒克：《20世纪西方文学评论》，刘让言译，花城出版社1989年版，第56页。

[2] ［法］让-伊夫·塔迪埃：《20世纪的文学批评》，史忠义译，河南大学出版社2009年版，第97页。

[3] 同上书，第109页。

或原型构成该著作的双重线索。虽然宇宙意象比巴什拉尔的四元素意象宏大，但从实质上说，蒂泽选择科学哲学作为文学评论的切入点，就是在走巴什拉尔的对科学材料进行精神分析的路子。科学材料之所以能成为文学主题，之所以可以对科学进行精神分析，是因为“科学与其说是在实验的基础上，不如说在想象的基础上形成”，[1]而文学的原动力也是想象力，在这个意义上，科学和诗具有共通性。科学主题像神话传说一样成为“情结”，这些情结能够进入诗，是因为“一篇诗作只能从情结中获得自身的一致性。如果没有情结，作品就会枯竭，不再能与无意识相沟通”。[2]

了解蒂泽在客体意象批评派别中的位置，尤其是巴什拉尔对她的影响，并不能概括蒂泽思想的所有来源。除了巴什拉尔，也应当注意其他学者对蒂泽的理论形成的作用。蒂泽思想的来源至少应有四个方面：科学哲学、宗教神话、诗学以及心理学。

科学哲学是比较晚近的学术概念，可以简单地概括为由科学观察和研究的成果而产生的哲学或对科学观念的哲学研究。《宇宙与意象》所涉及的广义的科学包括天文学、物理学、生物学、地质学、星相学以及炼金术。这几个门类的知识可以统摄在宇宙学之中。作者循着从古希腊到19世纪宇宙学的发展历史展开文学评论，其核心在于从封闭世界到无限宇宙。《从封闭世界到无限宇宙》是亚历山大·柯瓦雷（Alexandre Koyré, 1892~1964）关于科学哲学史的著作。柯瓦雷是生于俄罗斯，后移居法国的科学史、哲学史和观

[1] ［法］让—伊夫·塔迪埃：《20世纪的文学批评》，史忠义译，河南大学出版社2009年版，第106页。

[2] 同上书，第104页。

念史学家。[1] 柯瓦雷在《从封闭世界到无限宇宙》的导言中断言：17世纪科学革命归结为“和谐整体宇宙的打碎和空间的几何化……一个有限、有序整体，其中空间结构体现着完美与价值之等级的世界观念，代之以一个不确定的无限的宇宙观念…… 一个本质上无限且均匀的广延”。[2]这段精辟的论述可用以概括两千多年的西方宇宙论史，更可用于概括《宇宙与意象》这本著作的纲领。《从封闭世界到无限宇宙》从15世纪开始叙述了产生于17世纪变革的前因后果。《宇宙与意象》之第一、第二部分，正是按照柯瓦雷著作《从封闭世界到无限宇宙》的目次进行，所不同者在于蒂泽加入古希腊、康德、傅立叶之宇宙哲学，使其更加完整。当然作为一部文学批评著作，作者还大篇幅论及诗人在从封闭到无限这一过程中的表现。其中的细节异常复杂，封闭和开放在诗人想象中的界限有时非常模糊。也许这种模糊性正说明宇宙论在文学中的张力，截然的分别不可能产生丰富的文学。

文学毕竟不是科学，以上从宇宙学角度对诗人的分类并不是逻辑的必然，我们需要一种联系，即在哲学和文学之间建立联系。于是产生了《宇宙与意象》的第二个来源——诗学。帮助蒂泽建立这种联系的主要有三个人：尼科尔森（M. H. Nicolson）、洛夫乔伊（A. O. Lovejoy）和巴什拉尔。尼科尔森（1894~1981）是美国的欧洲古典文学评论家，她认为许多大科学家都是诗人，他们的语言就是诗人的语言。[3]蒂泽赞同这一点，这就是为什么《宇宙与意象》

---

[1] 亚历山大·柯瓦雷的生平参见《伽利略研究》（亚历山大·柯瓦雷著，刘胜利译）之《柯瓦雷的生平与著作》，北京大学出版社2008年版，第403~427页。

[2] ［法］亚历山大·柯瓦雷著：《从封闭世界到无限宇宙》，邬波涛、张华译，北京大学出版社2008年版。

[3] Hélène Tuzet, *Le cosmos et l' imagination*, Librairie José Corti, 1988, p 10.

这部文学评论著作中一半篇幅是哥白尼、布鲁诺、笛卡尔和牛顿。封闭—无限是宇宙学的一对概念，与之相对的文学概念则是古典—浪漫。蒂泽开宗明义，在第一章就推出了古希腊哲学的两大对立派别，巴门尼德派和赫拉克利特派。作为古希腊哲学的主力，他们分别代表“不变”与“变”两种哲学观念。基于这种区别，在文学上产生了古典与浪漫的对立。尼科尔森、蒂泽以及美国哲学家、观念史学家洛夫乔伊都认为古典和浪漫的文学意义上的对立在古希腊哲学中已经埋下伏笔。从科学哲学观念史到文学，这种过渡和互相证明，是洛夫乔伊写作《万物之链》（*The Great Chain of Being*）、尼科尔森写作《打破圆环》（*The Breaking of Circle*）以及《科学与想象》（*Science and Imagination*）的基本思路。《宇宙与意象》还运用了洛夫乔伊提出的“充盈”（plenitude）原则；[1]作为科学家的布鲁诺、作为哲学家的莱布尼茨和作为诗人的爱德华·杨（Edward Young，1681~1765）都体现了这一原则。从哲学到文学的过渡之所以可能，是因为某种一般性世界观可以统摄所有学科。观念史虽然只是历史学的分支，包括哲学史、科学史和文学史，但是它的主导思想对于比较文学研究很有启发，至少它从历史学的角度证明了不同学科之间贯通的可能性。

《宇宙与意象》论牛顿、吉尔伯特、[2]亨利·莫尔，以及其他一些诗人时借鉴了尼科尔森的思想。例如，牛顿对于诗人的意义在于：牛顿宇宙具有无限可能性以及统一于一个超自然力——上帝的双重价值，这种双重性能够同时满足古典派对于完美、安全的需

[1] Lovejoy，A. O., *The Great Chain of Being*, Harvard University Press, 1936.

[2] William Gilbert（1564~1642），英国物理学家、医生，创立地磁学。

要，以及浪漫派对自由的需要。吉尔伯特对于文学的意义在于，这位英国物理学家对于中心天体的磁力的表达，使他兼具科学家和诗人双重品质，而且他对物体性质的感受超过了职业诗人，所以他比一般诗人更能出色地描写磁性。蒂泽论诗人则像尼科尔森一样，对他们进行巴门尼德派和赫拉克利特派的归类。最后尼科尔森通过分析显微镜的哲学意义从而建立宏观世界和微观世界之间的存在之链，这与洛夫乔伊的《万物之链》深深契合。宇宙的有机整体性是“生机论”（vitalisme）发展的必然结果，蒂泽以整体性为基础，在《宇宙与意象》的第三部分专注于生机论哲学或生物学如何进入诗人对宇宙生命的幻想。

《宇宙与意象》第三个思想来源是宗教神话来源，提供这一来源的是著名宗教史学家米尔恰·伊利亚德（Mircea Eliade, 1907~1986）。伊利亚德出生于罗马尼亚，在印度、法国、葡萄牙居住过，最终定居美国30年。他是比较宗教学的集大成者，对宗教学的全景式搜集、整理、研究达到了无人能及的程度。从时间上看，他的研究上可至旧石器时代；从空间上看，他的研究甚至广泛而深入地涉及南半球，以至于中国西藏宗教也是他研究的专题。[1]伊利亚德重要作品《比较宗教的范型》是理解《宇宙与意象》的金钥匙。我们在《比较宗教的范型》中找到了蒂泽所论的众多意象。蒂泽不仅借用意象本身，还借鉴了它们的象征意义，她对这些意象的宗教学、神话学、文学描述的思路皆不出于伊利亚德的视野。以“中心”意象为例，现代作家为什么无视科学哲学的最新成果，在无限的宇宙中寻找“中心”。按照蒂泽的解释：对于诗人来说，宇

[1] 关于伊利亚德生平与研究参见《宗教思想史》（［美］米尔恰·伊利亚德著，晏可佳等译）之《译者的话》，上海社会科学院出版社2004年版。

宙有无中心并不重要，重要的是许多人在心理上需要一个中心。就像牛顿这样的科学巨人始终需要沐浴在上帝的光辉之下，因为他在心理上需要一个中心。20世纪的现代诗人，依然对一个幻想的中心充满乡愁。这种分析的源头在于伊利亚德对于神圣和世俗关系的洞悉：现代社会是一个“去神圣化”❶的社会，然而宗教和神话永远潜伏于现代人意识的“暗处”。❷先民建造祭坛、庙宇、圣城，都是建造一个神圣的空间，神在这里显现，这个空间被认为是对世界中心的模仿，先民本能地向往这个中心，因为“上帝从世界之脐开始创造世界”，❸“宇宙被认为是从一个中心点延伸出来的”，❹因为人始终渴望超越人类的地位，在这“中心”获得神圣的状态。诗人就是这样一种渴望神圣的人，所以对于他们，“现代科学似乎根本就没发生过”。❺另外蒂泽对水的意象的解释，即水作为宇宙的源头，分解、使种子生长，以及大洪水毁灭脆弱、罪恶的人性，使人类净化、重生，这些都是伊利亚德比较和综合各宗教体系后得出的结论。❻蒂泽在说明宇宙生命的“树”形象征时直接借用了伊利亚德的萨满教研究。❼在《宇宙与意象》的宗教神话学来源中还

---

❶ 关于伊利亚德生平与研究参见《宗教思想史》（［美］米尔恰·伊利亚德著，晏可佳等译）之《译者的话》，上海社会科学院出版社2004年版。

❷ 关于伊利亚德生平与研究参见《宗教思想史》（［美］米尔恰·伊利亚德著，晏可佳等译）之《译者的话》，上海社会科学院出版社2004年版。

❸❹ ［美］米尔恰·伊利亚德：《神圣的存在——比较宗教的范型》，晏可佳、姚蓓琴译，广西师范大学出版社2008年版，第355页。

❺ ［法］让-伊夫·塔迪埃：《20世纪的文学批评》，史忠义译，河南大学出版社2009年版，第107页。

❻ ［美］米尔恰·伊利亚德，《神圣的存在——比较宗教的范型》，晏可佳、姚蓓琴译，广西师范大学出版社2008年版，第178~200页。

❼ Hélène Tuzet, ibid, p. 389.［美］米尔恰·伊利亚德：《神圣的存在——比较宗教的范型》，晏可佳、姚蓓琴译，广西师范大学出版社2008年版，第255~306页。

有巴什拉尔。除了上文蒂泽和巴什拉尔之间相似的文学批评模式之外，具体到《宇宙与意象》的内容，蒂泽从老师那里直接借用了对“火”的宗教神话分析。

最后是心理学来源，即荣格的集体无意识—原型理论。蒂泽从荣格那里至少直接获得了两个意象：“母亲”和“大脉动—轮回”。蒂泽采用苏格兰科学家、天文学家科罗尔（James Croll）的观点，认为人类在神话、宗教、宇宙学中不断谈论原生质，这种持久的兴趣不是纯粹的物理学式的兴趣，而在于原生质的魅力。母亲意象是原生质的变体。相同的分析也出现在荣格的“母亲原型”分析中：“母亲情结的观测影响以及关于这一主题的神话的所有陈述，归根到底指向作为它们源泉的无意识。”[1]追寻宇宙原生质体现了追寻“源泉”的无意识。母亲意象具有双重性。对于某些诗人（比如法国诗人拉弗格[J. Laforgue]），母亲还是坟墓、永恒的静息、虚无。诗人的心理从推崇水的温暖、流动特质变成了沉陷于黑夜的绝望。这双重性也来源于荣格，“任何一个象征都会有一个积极、满意的意义或者一个消极、邪恶的意义”。[2]另一个是“大脉动—轮回”意象。“轮回”成为文学的主题和不断出现的意象，因为“轮回”在原始人的意识中形成，并成为人类的集体无意识。轮回之所以能在意识中形成，是因为“轮回是一种肯定”，[3]肯定和超越生命。荣格对蒂泽的意义不只是两个意象，更重要的是一种批评意识。荣格认为原型是“本能行为的模式”，[4]原型不能后天习得，

[1] ［瑞士］卡尔·古斯塔夫·荣格：《原型与集体无意识》，徐德林 译，国际文化出版公司2011年版，第81页。

[2] 同上书。关于这种双重性，荣格在书中有详细分析。

[3] 同上书，第93页。

[4] 同上书，第37页。

而是靠遗传，就像本能的遗传。“无止境的重复”把原型“铭刻进了我们的精神构成中”。[1]荣格原型批评的基本概念对于《宇宙与意象》意义重大，它解释了为什么可以对文学进行神话学、科学哲学批评，因为神话和哲学中的观念成了人类无意识中的原型。《宇宙与意象》这本书里几乎所有意象都可以在神话或古希腊哲学中找到原型。荣格的指导意义甚至可以作用于所有与客体意象有关的批评模式，比如这一派的代表人巴什拉尔，巴什拉尔所分析的“四元素”都不是元素本身，而是种种原型。蒂泽将以上四个方面的理论统一于宇宙论之下，使其融为一体。作者具有开放性思维，贯通了看似关系疏远的学科，为比较文学研究打开了新局面。

蒂泽属于客体意象批评派，这样的归属说明了《宇宙与意象》的研究对象，也部分地说明了蒂泽的方法。四个理论来源进一步说明了蒂泽文学批评方法的成因。但我们还应该从比较文学本身了解蒂泽的方法，同时本书所进行之研究整体上也使用了比较文学的研究方法。在《宇宙与意象》内部，蒂泽使用的是比较文学的学科会通方法。学者们普遍主张比较文学应当研究三个关系：材料事实关系、美学价值关系和学科交叉关系。[2]基于人类知识的种类而形成的各种学科皆出于“人”这个共同的主体，所以无论学科区别如何巨大，都不能不反映共通的人性。因此每个学科都应当向其他所有学科开放，使各学科之间呈现交叉关系。文学与艺术、宗教、历史、哲学、科学等学科必定具有互相渗透的关系。《宇宙与意象》在天文科学、宇宙哲学、宗教神话、美学、诗人心理之间建立

---

[1] ［瑞士］卡尔·古斯塔夫·荣格：《原型与集体无意识》，徐德林译，国际文化出版公司2011年版，第41页。

[2] 杨乃乔主编：《比较文学概论》，北京大学出版社2005年版，第80~82页。

的关系证明了科际整合这种比较文学的研究方法能够得到很大程度的发挥。本书的第一部分，即对《宇宙与意象》的研究，分为意象、浪漫主义和诗人三大主题。虽然这些研究并不能穷尽这部著作，但核心思路就是彰显蒂泽会通学科的方法。第一章关于《宇宙与意象》主要意象的研究共有三节，涉及宇宙的体系、空间和生命。我们的起点始终是宇宙科学或哲学。蒂泽认为，欧洲文艺复兴后诗人对宇宙的想象心理发生巨大变化的原因之一即在于宇宙科学，尤其是天体物理学的革命。所以宇宙的模式、空间中的物质和性质以及宇宙虚空或充盈生命这些宇宙科学的关键问题都成为研究《宇宙与意象》众多意象的基础。第二章关于浪漫主义，笔者要突出蒂泽对浪漫主义的独特见解：早在诗人进行浪漫主义式的想象以前，天文学家和生物学家就已经开始用浪漫主义的思维构建浪漫主义的宇宙。所以我们的重点在于说明宇宙科学或哲学对浪漫主义运动的启示。当然研究浪漫主义的众多学者秉持其他见解，也许并不同意蒂泽的观点。毕竟将一种文学运动和宇宙论拉上关系是很费周折的。第三章是关于法国的三位诗人：龙萨、雨果和克洛岱尔。实际上，《宇宙与意象》所提到的法国诗人不止这三位。关于法国诗人的宇宙论，可以长期研究下去。论诗人也要体现蒂泽学科会通的方法。关于诗人可以有很多研究角度，我们的重点在于放大诗人的宇宙论。首先要了解《宇宙与意象》如何论述一位诗人，并在此基础上继续挖掘，从诗人作品的语句中搜寻有关宇宙的信息，将其汇总，以呈现诗人宇宙观的整体面貌。本书第一部分做的都是这种类型的工作。比如第一章，笔者首先陈述蒂泽关于某一意象的研究，再将她提出的意象以及与此相关的知识进行某些扩展，同时挖掘和阐释蒂泽的论述，这就是笔者的研究思路。

本书的第二部分，即中国古代宇宙论影响下的哲学、诗学、诗歌创作，依然使用跨学科的研究方法。从哲学的无限宇宙论开始，梳理中国古代宇宙论的传统。笔者认为，宇宙论哲学传统虽说不是文学理论或文学创作的决定性因素，但至少会在文论家和诗人的思想言论中体现出来。因此在第四章，笔者从春秋战国和汉到明、清两个时间段来论述宇宙哲学的“无限”主题。第五章和第六章，文论家和诗人的宇宙观沿着第四章的内容而来。每个文论家或诗人对宇宙的认识或想象都有自己的特点，本书的研究就是汇集他们言论中关于宇宙论的分散信息。希望能够呈现个人宇宙观的整体。其中有直接关于无限宇宙的，也有与无限宇宙关系比较间接的。比如刘勰论文、人，论神思和感物，并没有与无限宇宙论直接相关，但中国许多文论家都像刘勰这样，虽不直接想象无限宇宙，但他们都能将宇宙和文学理论结合，他们所提出的文学理论的很多观点（不是全部观点）都以宇宙本身的存在为起点，形成了一种人文摹写天文的文论思维模式。再者，刘勰这样的文论家以及杜甫这样的诗人往往具有宏大的宇宙观念，以人心囊括宇宙就是对宇宙的超越。从这一点上说，他们虽然不直接说明无限，但具有超越宇宙的气概。李白气一元论的宇宙发生论和静观的宇宙认识论也是中国古代宇宙论的特色。气一元论是中国古代气论传统的体现，静观来源于老庄哲学的以静观动的哲学认识论。其中，气一元论虽与无限宇宙论关系较为间接，但通过苏轼的天游和《宇宙与意象》的太空之游的比较，会发现气一元论对于这种比较的意义。杜甫的宇宙论中有关于宇宙生命的观念，能够与《宇宙与意象》第三部分的内容构成比较关系。其他如司空图、王夫之、叶燮、屈原、苏轼等人则与无限的时空、变化论多有相关，而又各具特色。文论家的无限宇宙论的落脚点是论文学创作的过程和文艺作品的鉴赏标准，诗人的无限宇宙论则是对宇宙人生的直接思考。凡此种种，都因宇宙而起，这一点是相同的，所不同者是哲学、诗学、文学这些表现方式。

在本书的两部分之间使用比较文学的平行研究方法，研究中西两种文化中对宇宙的不同审美心理。西方的宇宙论和中国古代宇宙论是两个各自独立的体系，它们之间没有明确直接的影响关系，形成了两种不同的文化背景。双方的文学创作和文学理论是在两种不同的宇宙文化背景中产生的。类比或对比“没有明确直接的影响关系的两个或多个不同文化背景的文学现象”，“归纳文学的通则或模式”就是平行研究的方法。[1]平行研究要有切入点，笔者的切入点就是宇宙——对宇宙的科学、哲学或对宇宙的文学想象。平行研究需要透过表象，深入辨析。笔者从宇宙论开始，最终研究的是两种文化的审美心理：以有限封闭为美，还是以无限开放为美。宇宙论是入口，文化心理或审美趋向是本书的归结点。而这种“美学价值关系”就是“平行研究的客体”。[2]其学理依据是：“没有材料事实关系的两种国别文学或两种民族文学应被看成人类审美文化的有机整体。”中西对宇宙的想象和审美因其相异，从而以互补的关系构成宇宙审美文化的有机整体。

最后，笔者需要对其他相关问题予以说明，并对本书的内容范围作出限定。第一，关于科学在《宇宙与意象》中真正的作用和地位。因为《宇宙与意象》的内容经常关涉天文科学，这似乎给人以错觉，有的读者也许会认为作者对文学批评本身有所偏离。实际上应该认识到蒂泽并不是从科学的角度谈论宇宙，而是从美学、哲

[1] 杨乃乔主编：《比较文学概论》，北京大学出版社2005年版，第185页。

[2] 同上书，第81页。

学的角度谈论她所提到的所有宇宙论者。那些在天体物理学上提出很多定律、公理的天文学家全部经过了蒂泽的阐发，表现出作者关于想象心理学的思考。作者的意图很明确，并非要陈述天文学史，而是借助天文学的发明和发现来阐明欧洲文学领域的美学趣味和想象心理的变化。望远镜、显微镜、新星、光速等仪器以及现象对于蒂泽都没有科学研究的意味，它们都是象征，分别代表无穷大、无穷小、生灭、变化。因此从这个意义上说，不能勉强用某种中国天文学史来对应蒂泽的体系。而应当从哲学、审美心理的角度梳理中国无限宇宙论，这样做更能契合《宇宙与意象》的思路。

第二，西方思想史上很多学者都有成体系的宇宙论，《宇宙与意象》并没有陈述与阐发所有学者的宇宙论。所以对于蒂泽没有涉及的宇宙论者不能妄加议论，必须抓住蒂泽的论述这个中心。一些重要的学者不在作者的视线范围内，作者的选择标准是“典型性”，这是观念史研究者一贯的做法，蒂泽对洛夫乔伊（Lovejoy，美国观念史学家）很推崇。因此我们对于《宇宙与意象》的所有研究都是有限度的。以浪漫主义为例，浪漫主义很难定义，而且在英、法、德三国情况各不相同。蒂泽并不关注这些情况，只在意浪漫主义表现出的心理趋向和宇宙论的关系。没有必要展开对浪漫主义的定义或者在某个国家如何表现这些问题的讨论，这些都不是蒂泽的重点。要突出作者的特色，即不以浪漫论浪漫，而是从外围入手，发掘导致某种文艺思潮的更宏大的因素，比如天文学和生物学。突出蒂泽的特色，必定不能做到对浪漫主义论述的面面俱到。我们对蒂泽所有的阐发都是有限度的。不能为了浪漫主义的完整性而妄论作者的意图。应该看到，蒂泽对诗人、流派、学者等单个现象都没有呈现其思想的体系。

第三，本书的研究并没有穷尽《宇宙与意象》的内容，也没有穷尽中国古代的宇宙哲学和想象的各个方面。蒂泽所论的其他重要诗人如爱德华·杨、让—保罗、爱伦·坡、波德莱尔等本书都未涉及。对中国古代宇宙哲学笔者也没有全面陈述，比如中国古代哲学中十分重要的阴阳概念，本书虽有所涉及，但远非系统全面。再如“气”论，本书只在屈原、李白和苏轼三位诗人的宇宙观中有一定陈述，并在太空之游的中西比较中简述了中国古代气论的历史，但这些都不是系统论述。中国古代宇宙论有很多命题和范畴，无限宇宙论只是其中的一个部分。其他很多重要概念因为离本书的主题有一定距离，所以未加详细陈述。笔者论述的文论家和诗人的人数也很少。研究法国所有诗人的宇宙论很艰难，而面对人数更多的中国诗人，研究工作的繁琐可想而知。所以目前只能涉及少数几个人。尽管如此，我们依然能看出其中的某种心理倾向。能够很粗浅地呈现这种倾向，也算本书的研究没有落空。本书第二部分涉及中国古代宇宙哲学、文学理论和四位大诗人，内容看似庞杂，但始终以中国古代的宇宙观念为核心，将诸多内容控制在无限宇宙论范围内，以避免因流于宽泛而丧失意义。

第四是关于本书前后两个部分的对应关系以及本书的题目。第四章的中国古代无限宇宙论对应于第一章第一节关于宇宙体系的意象，比较中西宇宙模式的异同。第一章的第二节关于空间的意象，尤其是太空之游的主题，笔者在第六章第二节屈原以及第四节苏轼的“天游”研究中进行了中西比较。对应于第一章第三节的宇宙生命，笔者在第六章第三节杜甫的宇宙生命观念研究中进行了中西比较。第二章的浪漫主义是某种思潮成因的整体性研究，而第五章的中国古代文学理论家的宇宙观是个案研究。第三章和第六章中，笔者选择的中法两国诗人在时间上不对等。法国的三位诗人所在的时代分别是16世纪、19世纪、19世纪和20世纪之交。中国的四位诗人则从公元前4世纪到公元11世纪。笔者认为，如果要比较中法两国诗人，则在大多数情况下时间都不能对等，尤其是古代诗人。原因在于，法国文学史开始的时间是比较晚的。[1]在法国文学史上刚开始出现优秀诗人的个人创作时，中国文学史上最辉煌的成就已经过去（唐诗、宋词）。本书限于篇幅，没能涉及明清诗人。笔者也没有选择清末以后尤其是五四以后的诗人，因为在中国近现代西学被大量引入，导致中国诗人的思想和创作受到西方学者或作家的深刻影响，他们的宇宙观不仅仅是中国古代哲学传统作用的结果，即五四后诗人的创作不复在单纯的中国传统文化背景中进行。因此我们所论的诗人目前只限定在古代。并不是说近现代的中国诗人没有宇宙论，我们确实可以研究他们的宇宙想象或理论，但那是另一种情况。由于中西双方在19世纪以后文化交流空前广泛深入，我们也许可以从比较文学的影响研究角度阐明中国五四后诗人的宇宙论。总之，本书前后两部分的内容不能精确对应，是因为两种文化的千差万别。本身没有实际的影响关系而又需要进行比较的研究，必然会面临这种问题。我们的研究的价值正在于对没有这种关系的文学现象进行美学价值的比较。这就是钱钟书先生关于平行研究的价值论断：“这种比较惟其在不同文化系统的背景上进行，所以得出的结论具有普遍意义。”[2]关于本书的题目所说“宇宙诗学”，这个词语是笔者自创，它的作用在于概括本书第二部分的内

---

[1] 根据*Les Grands Auteurs Français du Programme*, Bordas 版，第一卷所述法国文学史开始于11~12世纪的《罗兰之歌》。拉伯雷、龙萨和蒙田这些著名的早期诗人或作家均活动于16世纪。所以说相对于中国文学史，法国文学发生的时间较晚。

[2] 张隆溪：“钱钟书谈比较文学与‘文学比较’”，见杨乃乔主编：《比较文学概论》，北京大学出版社2005年版，第186页。

容，即中国古代宇宙哲学的无限论传统及其在文论和诗歌创作中的体现。这个词语具有模糊性，其字面似乎不能完整体现相关内容。宇宙论哲学本身异常深奥，宇宙论进入文论和文学创作的情况也很复杂，目前还没有其他可以对这种情况进行概括并为大家普遍认可的现成用语。鉴于此，笔者姑且使用这个词语。无论如何，"宇宙诗学"一词所包含的内容即本书的第二部分是清楚的。

目前国内外尚无人涉足蒂泽及其文学批评著作或文章的系统研究，只在法国文学史或文学批评史书籍或期刊文章中对《宇宙与意象》这部作品有零星介绍。这方面目前有三则材料，除上述让—伊夫·塔迪埃所著《20世纪的文学批评》中关于《宇宙与意象》[1]的介绍外，还有1965年X. 蒂利埃特（X. Tilliette）和1966年皮埃尔·阿尔布伊（Pierre Albouy）对《宇宙与意象》内容的简述。[2]当其时《宇宙与意象》刚刚出版（Corti, 1965），所以两位研究者以期刊小文章的形式将这部文论著作介绍给读者，便于读者了解法国文学批评理论的动态。在中国古代诗人作品研究范围内，据笔者的了解，国内和国外汉学界有研究诗人的自然观和关于宇宙意象的文章和著作。比如德国顾彬的《中国文人的自然观》，[3]所讲的"自然"指自然

---

[1] ［法］让—伊夫·塔迪埃：《20世纪的文学批评》，史忠义译，河南大学出版社2009年版，第105~108.

[2] X. Tilliette,《Hélène Tuzet, Le Cosmos et l' Imagination》, *Études* : Revue fondée en 1856 par des Pères de la Compagnie de Jésus, [s.n.] Paris, T 323, N6, 1965/12, pp.726-727.

Pierre, Albouy,《Hélène Tuzet, Le Cosmos et l' Imagination》, *Revue d' histoire littérature de la France*,

Publié par la Société d' histoire littéraire de la France, Armand Colin (Paris), PUF (Paris), 1966/10-1966/12, 66 Année – N 4, pp. 759-760.

[3] ［德］顾彬：《中国文人的自然观》，马树德译，上海人民出版社1990年版。

景物，人劳动生活的领域，尤其指风景、山水、山川、江山。该书比较醒目的意象有秋、田园、村舍等。自然是宇宙的部分，和宇宙也有关系，但研究中国古代诗人的自然观并非必然是指研究其宇宙观。其他对中国古代诗歌意象的研究更多集中在单个古代诗人或一系列古代诗人的作品中的某种自然物象的研究，比如日、月、水、火、风、雪、花、山水、以及鸟兽虫鱼等。其中日、月、水、火表面上更接近宇宙意象，但这些意象更多是自然景物类型的意象，而本书所论的无限宇宙是关于宇宙体系的意象，并非具体可感可触的物象。笔者所说的宇宙不仅指天地之内的自然万物，更侧重于天地之外的宇宙时空。与我们的研究较相近的，比如赵子昂的《中国古代诗歌空间观念的哲学及美学特征》、[1]王世进、蒋文学的《中国古代宇宙观中的空间观念刍论》、[2]蒋寅的《李白、杜甫、苏轼诗中的时间观念》[3]等。其中赵子昂的空间观念注重天人合一的空间人文一体化特色，与诗歌美学结合较紧。王世进、蒋文学的空间观念是纯粹哲学意义的探讨，其中涉及无限空间论，更多的是与柏拉图理念空间以及康德先验空间直觉观念的比较，特别注重中国古代空间观念的授时星占的实用性。蒋寅的时间观念的研究集中于三位诗人，具有一定普遍性，能反映中国古人的一般时间观念。总之，空间和时间本身都只是宇宙存在方式的一个方面。因此，国内文论界目前没有太多系统地以宇宙科学或哲学为核心的中国古代诗歌批评

---

[1] 赵子昂："中国古代诗歌空间观念的哲学及美学特征"，载《连云港职业技术学院学报》2004年第17卷第4期，第4~7页。

[2] 王世进、蒋文学"中国古代宇宙观中的空间观念刍论"，载《重庆邮电学院学报》2005年第3期，第307~309页。

[3] 蒋寅："李、杜、苏诗中的时间观念及其思想渊源"，见陈平原主编：《学人（第一辑）》，江苏文艺出版社1991年版，第349~364页。

方法，尤其没有以系统的无限宇宙论为审美基础的文学评论。在国内的外国文学研究界，关于宇宙和诗人的研究有胡家峦先生的《历史的星空》。[1]这部作品是宇宙论和诗人创作的结合，与蒂泽的方法非常相似。但胡家峦先生涉及的宇宙论以亚里士多德——托勒密和文艺复兴宇宙体系为主，他研究诗人的范围仅在英国文艺复兴时期。国外多数研究宇宙科学和诗人创作关系的著作其时空跨度都不能与《宇宙与意象》相比：有研究一个国家某个时期诗人作品中的科学，有研究单个诗人作品中的科学——这两种研究都不限于宇宙科学，还有研究某种科学新观念或新工具的发明在某个时期诗人或单个诗人作品中的显现。《宇宙与意象》网罗从16~20世纪欧洲各国甚至美国诗人，其广度目前少有能与其比肩者。其宇宙学跨度从苏格拉底前的伊奥尼亚自然哲学直至20世纪的核武器，除了天文学，还涉及生物学、地质学等自然科学，星相学和炼金术也得到运用。蒂泽不是在宇宙科学和诗人之间建立简单的联系，而是同时引入上古神话，将宇宙论视为远古和现代之间的桥梁，阐明近现代诗人和原始思维的关系，这两点的结合目前也无人能及。这些特征都说明《宇宙与意象》是独特的，研究《宇宙与意象》是有价值的。深入研究这部作品，并能在研究之后将作者的视角运用于中国古代诗人宇宙意象的研究，将具有多重意义：为中国文论研究界介绍这位法国文论家及其宇宙视野；从新的角度解释中国古代诗人想象心理的宇宙哲学原因；比较中西文化，尤其是比较审美心理，建立两者之间的美学价值关系。

[1] 胡家峦：《历史的星空》，北京大学出版社2001年版。

第一部分

《宇宙与意象》研究

第一章　《宇宙与意象》的主要意象

这一章主要研究《宇宙与意象》的主要意象。《宇宙与意象》分为“和谐宇宙”“人和宇宙空间”以及“宇宙生命”三部分。根据《宇宙与意象》的内容将本章分为三节，陈述蒂泽所提出的关于宇宙体系、空间、生命的主要意象。在对每个意象或每一类意象进行总结的时候都会发掘这些意象在原始思维或古代哲学、宗教或神话中的渊源，以补充《宇宙与意象》在这些方面的论述。蒂泽提出的所有意象几乎可以进行这种形式的挖掘或溯源。由此可见诗人作品中这些宇宙的意象都有古老的起源。这些意象就是巴什拉尔所说的文化类情结，他们犹如一些结点，西方文化的多个领域在此交汇。可以说，诗人的文学想象是各种文化因素共同作用的结果。

第一节　关于宇宙体系的意象：赫拉克利特派与巴门尼德派的对立

《宇宙与意象》第一部分的中心意象是从封闭世界到无限宇宙。蒂泽此书的开篇节选了意大利哲学家、天文学家乔尔丹诺·布鲁诺（1548~1600）的宣言：

你必须冲破或凹或凸的表面，这表面限制了内外众多元素还有最后一重天……盲目的世俗，以第一动力和最后一重

天作为保护自己的铜墙铁壁，而你必须在爆裂声中用永恒理性的旋风将之摧毁……[1]

这段写在《论无限宇宙和诸世界》中的话表现的是欧洲16世纪知识分子要求对两千年来固有的思维模式进行革命的呼声。宇宙无限、无中心、无边界、天地同质、恒星无数、天体演变等是布鲁诺倡导的思想。《宇宙与意象》以布鲁诺为欧洲思想剧烈变革的标志，布鲁诺所受的火刑是死亡与重生的隐喻。

透明、坚硬的天球包裹下的地心说长期盛行于欧洲，也是以布鲁诺为代表的哲学家反对的宇宙论核心。《宇宙与意象》作为文学评论著作，强调的并非宇宙观发展史本身，而在于发现隐藏在这一过程中的线索，这条线索能总括宇宙观的历史，更能解释诗人灵感的来源。蒂泽认为人类认识宇宙初期关于宇宙的想象成为种种原型。作者引出前苏格拉底哲学家赫拉克利特与巴门尼德来象征人类思想的两种类别。而赫拉克利特与巴门尼德对立的世界观成为《宇宙与意象》的中心意象，那就是关于"变"与"不变"的宇宙本体论和生成论。作者认为这两种观念处处交锋，以不太确定的规律轮流掌权，影响所及的众多领域包括哲学、物理学、天文学、美学、文学艺术。布鲁诺在天文学方面的成就即是赫拉克利特派对巴门尼德派的胜利。对于诗学，赫拉克利特和巴门尼德成为描写流动和静止两种创作心理的象征。

《宇宙与意象》所说的赫拉克利特和巴门尼德的对立仅止于水流、无限、多样性、永恒、完美、无生灭、同质、静止等词语的罗列。笔者认为需要具体研究二人宇宙哲学的差别，认识他们的思想特质，才能明白他们何以成为两种经久不衰的原型。

---

[1] Hélène Tuzet, *ibid*, p. 17.

也许笔者的研究有限于陈述宇宙观历史的嫌疑，与文学理论相去甚远，为了避免这种误解，笔者借用蒂泽的话提醒大家：“很多大学者都是诗人……他们用于成就其伟大发现的方法与诗人的创作契合……”[1]让他们的方式契合的原因在于他们都在想象宇宙。哲学意义的宇宙模式可以成为文学意象。

一、由赫拉克利特哲学产生的宇宙意象：火、变、水流、多样性

蒂泽对赫拉克利特哲学并没有详细论述，对于赫拉克利特她仅表达了以下几个意思。第一，赫拉克利特的追随者受到“流水”意象的吸引，喜欢谈论时间、永恒超越、无限、上帝永不枯竭的创造力、多样性、丰富性、连续、生成，他们的美学是浪漫主义式的或巴洛克式的。赫拉克利特和巴门尼德的观念在人类思想史中处处交锋，轮流掌权，其规律是不确定的。第二，16世纪布鲁诺的无限宇宙论的先驱是库萨的尼古拉的宇宙论和文艺复兴时期的活力论，表现出对多样性和生成的爱好，这个时期的心理浪潮是“向赫拉克利特的回归”，取代了之前流行的的巴门尼德理念。第三，17世纪德国耶稣会士及哲学家基歇尔的宇宙论是一种运动着的和谐，“永恒融合了变化”，赫拉克利特被巴门尼德同化了。第四，斯多葛学派继承赫拉克利特的观念，认为其他所有元素皆由“火”生成。第五，15世纪末新柏拉图主义融合了赫拉克利特的流变和运动的连续性思想，主张元素的互相转化。第六，19世纪天文学研究星星的化学组成，根据其颜色划分等级，星星的年龄随颜色变化。这显示出赫拉克利特的理念：看似不朽的天体一直在变化。第七，从赫拉克

[1] Hélène Tuzet, *ibid*, p.10.

利特开始，西方人就有宇宙“大脉动”学说，影响直至爱伦坡。[1]

在这其中，蒂泽并没有对赫拉克利特哲学进行详细陈述和分析。蒂泽强调的是赫拉克利特对后世人的启发和影响，以及对西方思想史发展的宏观把握——将其各个阶段的总体特征用赫拉克利特或巴门尼德这两个符号或象征来进行标记。要想理解赫拉克利特哲学启发下的水流、无限、多样性等意象的文学意义，笔者认为需要在蒂泽的论述之外具体而深入地了解赫拉克利特哲学。笔者将根据赫拉克利特哲学本身来理解蒂泽对赫拉克利特思想的文学阐释。赫拉克利特说：

这个世界对一切存在物都是同一的，它不是任何神所创造的，也不是任何人所创造的；它过去、现在和未来永远是一团永恒的活火，在一定的分寸上燃烧，在一定的分寸上熄灭。（D30）

一切变成火，火烧上来执行审判和处罚。（D66）

一切事物都换成火，火也换成一切事物……（D90）

人不能两次踏进同一条河流……（D91）[2]

我们既踏进又不踏进同样的河流；我们既存在又不存在。（拜瓦特尔81）

笔者认为通过以上引文，可以总结出赫拉克利特哲学所启发的若干意象：火、水流以及多样性。古希腊爱菲索（Ephesus）城邦

[1] 以上蒂泽对赫拉克利特的论述，参见Hélène Tuzet, *ibid*, p.19, p.45, p.61, p.265, p.281, p.381, p.479..

[2] 以上所引赫拉克利特残篇的中译出自北京大学哲学系、外国哲学史教研室编译：《古希腊罗马哲学》，商务印书馆1982年版，第18~30页。

的赫拉克利特的鼎盛年约在公元前504~前501年。[1]他受到伊奥尼亚地区米利都学派的影响，研究万物的本原。他提出"火"作为万物的始基，不同于前辈"水""气""无限者"等本原的纯粹物质性或不可把握性，他的"火"具有物质的特征，因此是具象的，但又不是物质本身，只是物质变化的形态。火成为他所倡导的"变"的哲学的象征。促使赫拉克利特以"火"为本原的正是火焰跳动、一刻都不静止的形态，这形态恰如其分地表现了"变化"过程的特征。火燃烧而产生的烟尘、热量、灰烬表现世界的构成是由"一"到"多"，一种形式变成多种形式，世界万物都可以成为燃烧的质料，象征从"多"到"一"的回归；火自身运动的结果就是世界的变化。

除了"火"，"水流"意象也是描述"变"的符号。一条河从表面上看一直是同一事物，但其中的水常流常新，从人的脚面上流过的水没有一刻是相同的。水流是一个绝妙的比喻，它能够同时表示同与异。水流不仅是河水的流动，还可用于表示万物的流变。人的脚不能两次接触同一股水流，就像人不能在不同的时间里接触同一事物，时间和事物甚至人本身都在流动。比如路旁盛开的鲜花，昨天和今天看时已经发生了各种微弱的生物、化学、物理变化，可是具有欺骗性的视觉却告诉人这是同一朵花。生灭变化中的世界就像一条河流，是"同"掩盖下的"异"。古希腊的赫拉克利特与古代中国的孔子若能相遇，必定能成为知己。夫子在川上所叹的逝者，就是用水流意象比喻的时间流逝和人世变化。水流一去不复返，正如我们身边的万物再不能回到从前。

赫拉克利特所启发的第三个意象是世界的多样性或丰富性，

[1] 以上所引赫拉克利特残篇的中译出自北京大学哲学系、外国哲学史教研室编译：《古希腊罗马哲学》，商务印书馆1982年版，第18~30页。

这个意象来源于他对立统一的辩证哲学：

> 相互排斥的东西结合在一起，不同的音调造成最美的和谐；一切都是斗争所产生的。（D8）
>
> 自然也追求对立的东西，它是从对立的东西产生和谐，而不是从相同的东西产生和谐。（D10）
>
> 战争是万物之父，也是万物之王。（D53）[1]

为了说明变化的根本动力来源于事物的对立，赫拉克利特提出了形式多样的相反事物，具体者如：雌雄、日夜、黑白、高低、长短、冬夏，抽象者如：饥饱、老少、生死、睡与醒、善与恶、战与和。千差万别的万物贯彻万物同一的总原则，因为事物的变化就是向相反的方向转化："在我们身上，生与死，醒与梦，少与老，都始终是同一的东西。后者变化了，就成为前者，前者再变化，又成为后者。"[2]赫拉克利特具体描述为火—气—水—土—火的不断转变。在这一点上，毕达哥拉斯（约公元前580~前500年）派所提出的建立在奇偶数和几何图形基础上的一系列对应概念是赫拉克利特思想的先导。若赫拉克利特还能遇见中国古人庄子，必定深深赞许庄子的"齐物论"。进入文学和近现代天文学领域，诗人和天文学家从赫拉克利特哲学中发现的不仅是辩证法，还有宇宙生命的多样性：诗人想象天体的诞生，就像目睹有性生殖，这一点在《宇宙与意象》的第三部分看得最分明。宇宙中有无数个太阳、所有天体都在演化中，虽然这种演化需要亿万年。因为近现代科学不断证明

[1] 北京大学哲学系外国哲学教研室编译：《古希腊罗马哲学》，商务印书馆1982年版，第19~23页。

[2] 北京大学哲学系外国哲学教研室编译：《古希腊罗马哲学》，商务印书馆1982年版，第27页。

天体演化思想的正确性，这是赫拉克利特派哲学的胜利：差异是真相，变化是真理。

一切皆流，赫拉克利特哲学让人眩晕。对于这种状态，笔者认为可作以下阐释：外界事物像河水，当人站在河岸上凝视水流，就会产生旋转的感觉，或许还有投水而死、与河水一起流走的冲动。无物存在，当人发现无法把握变化的世界，就会产生陌生、疏远、恐惧感。他无法投入世界，像投水那样，因为他已经在世界中，随波逐流的颓废感、无可奈何的衰弱感，这些都是赫拉克利特哲学给诗人的印象。难道赫拉克利特任凭世界疯狂的转动而不给这脱缰的野马套上笼头？他驯服世界的利器就是理性，是永恒的活火燃烧或熄灭所遵循的“分寸”“尺度”。赫拉克利特对理性还有好几种称谓：宇宙正义、逻各斯，或者上帝。可是诗人不会追求哲学中最理智的部分，诗人只看到旋转、瞬息万变、扰攘喧嚣，诡异和繁复的堂皇，文学对哲学进行过滤，滤掉折中和理智，只留下极端——最令人惊骇的部分，因为文学是哲学开出的色彩最妖艳的花朵。

艾修斯（Aetius）说：

赫拉克利特和墨塔蓬通的希帕索主张万物的本原是火。他们说，万物都从火产生，又都消灭而复归为火。当火熄灭时，宇宙间的万物就形成了。最初，火的最浓厚部分浓缩起来成为土；然后，土被火融解成为水，水蒸发时又产生气。整个宇宙和万物后来在一场宇宙大火中被火烧毁。[1]

笔者认为，以上引文显示出赫拉克利特预言了现代天文学关于太阳在变成红巨星时急剧膨胀而吞噬地球的情景，这就是所谓世

[1] 转引自汪子嵩等著：《希腊哲学史》，人民出版社1988年版，第429页。

界——地球末日。结合古今的说法，赫拉克利特哲学使人类的精神弥漫着恐慌。科学不仅不能平息灾难来临时人们的惊恐，还不断用冷酷的实证勾画宇宙惨淡的前景，因此人类的精神需要哲学的拯救。赫拉克利特虽然宣称“变”作为真理本身是不变的，这“不变”的就是隐藏于运动变化背后的规律，即“逻各斯”。但是他的“逻各斯”纵然能使人清醒，使人接近上帝的智慧，使人不至于突然面对宇宙大火，却不能使人免于恐慌。反对赫拉克利特的哲学家自信能够找到超越变化的永恒，那就是一种空间上有限，并且不在时间之内的本体，比如巴门尼德的“存在”。

二、由巴门尼德哲学产生的宇宙意象：圆形或球形、静止、有限、封闭

蒂泽对巴门尼德的哲学也没有详细论述，蒂泽所关注的依然是巴门尼德哲学对欧洲思想史的影响，尤其是巴门尼德哲学的象征意义。蒂泽认为：第一，在西方思想史上关于宇宙的体系分成两个对立的派别，即巴门尼德派和赫拉克利特派。有时两者的区分也相当模糊。第二，巴门尼德的追随者热爱不变，主张时间不流动，执着于永恒，否定时间，追求完美，抵制无限，怀疑连续性，认为存在不生成也不消亡。巴门尼德美学是古典美学。第三，巴门尼德的球形宇宙从巴门尼德开始直至开普勒，也许将一直存在下去。球形代表“完美”，是宇宙的必然形状，是上帝的体现，甚至是上帝本身。第四，17世纪基歇尔神甫的宇宙论是巴门尼德理念吸收了赫拉克利特理念，相对立的两种观念表现出融合。[1]这与蒂泽论赫拉克利特一样，只是一些比较简单的说明。要透彻理解巴门尼德哲学所

[1] 以上蒂泽对巴门尼德的论述，参见Hélène Tuzet, *ibid*, p. 271, pp.18~29, p. 21, p. 61.

启发的文学意象，即圆形或球形、静止、有限、封闭，笔者认为需要在《宇宙与意象》之外了解巴门尼德哲学，这样才能明白为什么蒂泽说巴门尼德派学者和诗人追求完美的球形，否定时间和变化，才能明白巴门尼德古典美学的特征。

巴门尼德的鼎盛期约在公元前504~前501年，[1]他与赫拉克利特一样，认为感觉具有欺骗性。赫拉克利特断定感觉到的世界是静止的，人的感官对于变化总是感觉迟钝，所以人看到的河流永远是同一河流，只有理性才能发现水流的快速变化。巴门尼德却认为感官感觉到的总是变化，比如色彩的多样、声音的大小、光线的明暗、温度的高低，人在感官的欺骗下以为自己看到了世界的真相。而理性却能理解世界上只有不变的“存在”。既然这个世界已经存在，那么世界就已经被“存在”充满，没有“非存在”；既然没有“非存在”，那么就没有从“非存在”到“存在”的转变，也没有从“存在”到“非存在”的转变，因为不能想象“非存在”可以产生“存在”，就像是说“无”中不能生“有”，而“存在”也不能彻底变成“非存在”。没有这些转化，所以没有“变”，只有“不变”。而“变”意味着事物的产生与消亡，因此巴门尼德认为事物没有生灭，这正是近现代科学主张的物质不灭律的先声。

如果说赫拉克利特借助经验建立他的哲学——“火”和“水流”都是视觉感应的结果，那么巴门尼德则完全是通过逻辑推理建构世界，他这样描述他的“存在”：

只剩下一条路可言，有物存在。

对于这条路，人们有许多标志表明：

---

[1] 北京大学哲学系外国哲学史教研室编译：《古希腊罗马哲学》，商务印书馆1982年版，第48页。

不是产生之物是不灭的，完满的，不动的，无极限的；
没有过去，也没有未来，而现在的存在是唯一的全，
唯一的“一”，唯一的“连续存在物”。（D.28, B8）

在巨大的界限的锁链中，一切都是静止的，无始，无终，
因为生灭已被远远抛开，
真理的信念离开了它们。
强大的必然性的锁链限制了存在，从四面八方限制住，
因此存在不可能是无限的。
因为存在不缺少什么，
如果它是无限制的，
那就会缺少一切。（D.28, B8）

然而，既有一个终极之边，所以存在各方面都是封闭的，圆得像一个球，边与中心等距，因为不能说一边比那一边大或小。（D.28, B8）[1]

“存在”的特性在于：无生灭、无始终、完满、静止、空间上有限、时间上永恒，像个球形，认识了“存在”就是认识了真理，所有生灭的事物都属于“非存在”，是假象、幻觉，被真理抛弃。后人对于巴门尼德哲学的本体有许多哲学层面的分析，笔者认为，其中有一点对一千多年的宇宙想象有决定性作用，那就是“存在”是个球形。

请大家注意球形的丰富内涵：球形是一种几何形状，既然“存在”是球形，则存在具有物质性，并占有有限空间，但“存

[1] 以上对巴门尼德残篇中译的引用参见叶秀山：《前苏格拉底哲学研究》，社会科学文献出版社2009年版，第107~109页。

在”不可分，所以“存在”的有限空间又是无处不在的。抛开这种观念本身的诸多疑点，笔者发现前辈哲学家对巴门尼德的影响，比如泰勒斯和阿那克西美尼物质性的万物本原，以及毕达哥拉斯派的几何学。尤其是毕达哥拉斯，他对圆形或球形进行哲学、伦理学以及天文学方面的间接或直接的价值论证。毕达哥拉斯以“数”为万物本原，而规定性是“数”的首要特性和作用，万物被“数”规定和限制，所以“有限”优于“无限”。在毕达哥拉斯所列的对立表[1]中，“有限”与“奇数、一、雄性、静止、光明、善”在一边的，“无限”则与“偶数、二、雌性、运动、黑暗、恶”在一边。从哲学上理解，“一”相加产生“二”，“一”代表唯一的本原，而“二”代表无限、不定的产出物，本原高于它的衍生物；在伦理学方面，亚里士多德有一种解释，他认为过分和不足是恶，相当于中国人的“过犹不及”，而善则是掌握“过”和“不及”的中间状态，[2]相当于儒家的“中庸”，中间状态只有一种，而“过”与“不及”有无限多种。圆形和球形具有以上所说的各种善处：有限、等距、无“过”无“不及”，所以从数学哲学和伦理学两方面，毕达哥拉斯都间接论证了圆形和球形的完善之处，以及它们所代表的最高价值。在天文学方面，毕达哥拉斯直接提出了宇宙的球形模式，不过他的模式不仅基于经验，更多是哲学思辨或想象：宇宙是球形，天球透明，当中是中心火，行星附着在各自的天球上，被天球推动，绕中心火转动，从外到内分别是土星、木星、火星、水星、金星、太阳、月亮和地球。“十”是完满的数字，所以中心

---

[1] 汪子嵩：《希腊哲学史》，人民出版社1988年版，第334页。

[2] 亚里士多德：《尼各马科伦理学》，1106b及1107a。苗力田主编：《亚里士多德全集（第八卷）》，中国人民大学出版社1991年版，第35~36页。

火和地球之间还有一个“反地球”，天球共十层，构成十个同心圆。太阳和其他行星一样，反射中心火的光，恒星附着于天的最高圆顶……[1]

笔者认为，巴门尼德没有继承“数”本身，而他的“存在”具有和“数”相同的性质，它们都无所不在，并规定一切。巴门尼德同样热爱圆形和球形，将这种形状所具有的美德全部给予“存在”。在巴门尼德之后的柏拉图和亚里士多德继承了前辈关于圆形和球形的观念，用它们来象征唯一、充满、完美，并将其运用于宇宙模式，遂使球形以及球形宇宙成为典型的古希腊哲学、美学观念。柏拉图（公元前429~前347年）的《蒂迈欧篇》说造物主以理念（或理式）为模型安排出一个完善、美的世界。万物都有条理，地球是中心，日月星辰规则地绕地球旋转。它们的轨道必定是最完美的几何图形。圆形最完善，所以天体的轨道都是圆形。柏拉图的“世界的全体……是一个球，因为‘象’要比‘不象’更好，而只有球才是处处都相象的。它是旋转的，因为圆的运动是最完美的……”[2]所不同者，毕达哥拉斯以中心火为宇宙中心，而柏拉图将地球放在中心，以表明中心离不在宇宙中的造物主最远，它最不纯洁，因为构成地球的是水、土、气、火四元素，地上的一切就是由这四元素构成的动荡、沉重的累赘；而越往上越轻、越纯洁，离神最近。亚里士多德（公元前384~前322年）有关于直线运动和圆周运动的价值优劣论：月上界天体作圆周运动，而月下——地上物

---

[1] ［美］梯利著，伍德增补：《西方哲学史》，葛力译，商务印书馆1995年版，第17页。

[2] ［英］罗素著：《西方哲学史》，何兆武、李约瑟译，商务印书馆1963年版，第190页。

体作直线运动。直线有始终，圆周则周而复始，前者不永恒，后者永恒而完美。他继承柏拉图的地球中心模式，并作出精细的解释，认为月上和月下的分别之一在于构成两界的物质有根本的差别，四元素构成下界，而上界，即月上界的天体则由以太构成，亚里士多德称之为第五元素，是四元素以外的原初物质，它代表永恒、无增减、无质变、不受侵害。在以后的时代，随着基督教神学教义对亚里士多德的推崇，球形宇宙进入了欧洲人的集体心理，作为一种意象或原型出现在文学作品中，本书后面的篇章在分析法国诗人龙萨（Pierre de Ronsard，16世纪）和克洛岱尔（Paul Claudel，19~20世纪之交）时将表明球形宇宙模式的根深蒂固。

巴门尼德并没有提出非常明确的宇宙模式，对宇宙生成和演化也似乎没有独到的见解。艾修斯对巴门尼德宇宙模式有一种比较完整的解释，据艾修斯说，巴门尼德的宇宙到处是环形的带，有火焰的带和地带，中间混杂着光明和黑暗，月亮由土和火构成，太阳和银河是火的呼气，围绕全体的是墙一样的固体，而以太又围在所有之上。❶因此似乎可以认为，巴门尼德的以太是固体，围绕宇宙，这与他的“存在”的特性是一致的。柏拉图和亚里士多德结合了巴门尼德的圆形或球形“存在”以及毕达哥拉斯的球形宇宙，明确提出了古希腊人的宇宙模式。

三、巴门尼德主义和赫拉克利特主义的斗争：亚里士多德——托勒密宇宙模式对布鲁诺和笛卡尔宇宙模式

为了进一步揭示巴门尼德和赫拉克利特所启发的两组意象的对立，我们以亚里士多德——托勒密宇宙模式来说明巴门尼德的阶段性胜利，并以布鲁诺和笛卡尔的宇宙模式来说明赫拉克利特

❶ 汪子嵩：《希腊哲学史》，人民出版社1988年版，第654页。

的反击。

蒂泽对柏拉图和亚里士多德的宇宙模式论述并不多。笔者认为需要在蒂泽所论的相关内容之外继续考察。为了充分理解以上这两位哲学家的宇宙论特色，上文陈述了柏拉图继承毕达哥拉斯的宇宙模式。接下来笔者将更加仔细地考察亚里士多德对宇宙结构的论述或者想象。通过研究古希腊哲学，笔者发现古希腊人对本原以及本原代表的“一”或“单一”的概念有特殊的爱好，无论是伊奥尼亚哲学的物质性本原，还是毕达哥拉斯的数，以及巴门尼德的存在，甚至赫拉克利特的多样性也有“逻各斯”作为变中的不变者，这些都显示了古希腊人对“单一”的偏爱。所以亚里士多德对宇宙形态的想象也以此为出发点：“一”优于“多”，“单纯是高尚的，杂多即丑恶”。[1] 按照《论天》的论述，圆形是所有平面图形之首，因为圆形线的封闭性，所以不能增减，而直线图形则是众多直线添加的结果，故而圆形是“一”，而直线图形是“多”。同样，球形应是所有立方体之首，因为其他立方体由多个面构成，而球体只有一个面。同样，天体做圆周运动，因为圆周运动既不朝上也不朝下，不脱离中心，也不靠近中心，是所有运动方式的唯一的居中者。按照“过”和“不及”都是恶的伦理学原则，圆周运动就是克服了“过分”和“不足”的善者。而天体是球形，这要运用“以太”的性质来解释，因为以太的永恒本性，天体只有是球形，才最适合天体的本质。天体运动的轨迹是最完美的几何图形，那么运动的速度受到圆周运动无始终本性的决定，所以只能是匀速的。一切不均衡的运动都标志了某些起点、终点和中间阶段，而无始终

[1] 亚里士多德：《尼各马科伦理学》，1106b 31。苗力田主编：《亚里士多德全集（第八卷）》，中国人民出版社1991年版，第36页。

的圆周运动则应当是匀速的，并在时间上永恒。在这样充满圆形、圆周、球形的存在里，宇宙除了是球形，不可能是其他形状。[1]亚里士多德的宇宙由九个同心天球构成，完全按照柏拉图的想象排列地球、月球、太阳以及其他星体的次序。每个天球都是完美的圆，则宇宙当然是完美中的完美。亚里士多德对球形宇宙有一套完整的物理学论证，而笔者认为需要注意的是自米利都学派以来众多哲学家对亚里士多德宇宙体系的决定性影响。其中毕达哥拉斯提供了一个几何形状，而巴门尼德的作用在于从逻辑推理的角度论证了"存在"的形状，柏拉图用理念代替巴门尼德的存在，让宇宙形态模仿理念，亚里士多德则从物理学和伦理学等方面论证宇宙的体系。

还有一个问题笔者认为应当注意，这一系列哲学家对"开放"的体系有一种本能的排斥。"开放"意味着不可知的可能性，意味着不断增加。巴门尼德认为"存在"是全部，不允许"存在"有增减。宇宙也不能向外开放，因为没有"外"，宇宙就是全部。宇宙的封闭是由于圆形线的封闭，封闭的宇宙才能与存在匹配。巴门尼德说明宇宙和"存在"是同义反复。

蒂泽解释了巴门尼德哲学所启示的宇宙意象：圆形或球形、静止、有限、封闭，对文学批评的意义就是认识众多诗人热衷于描写球形宇宙的心理动因：球形的宇宙，火一样的（柏拉图）、坚硬的（亚里士多德）或流质（托勒密）的以太，还有在中央坐镇的沉重的地球，令哲学家和诗人普遍感到安全。宇宙是一间封闭的房屋，地球是天体旋转的平衡器，匀速的圆周运动体现了最大的和谐

---

[1] 亚里士多德：《论天》，第一卷第3章以及第二卷第4~6章。苗力田主编：《亚里士多德全集（第二卷）》，中国人民出版社1991年版，第271~273页。

与秩序，不会变质的九重天好似房屋上添加的重重保护。[1]在蒂泽的启发下，笔者认为：但丁想象的恒星层之外的水晶天也许是那个时代所能认识的最纯粹、光洁、坚硬的物质。亚里士多德的后继者托勒密（85~165）之所以也被长期推崇，就是因为他不仅继承亚里士多德的宇宙模式，还不断地增加次等圈层，使包围地球的球层越来越多，就像蚌分泌越来越多的液体隔绝中间球形的沙粒。诗人们于是感到更加安全。蒂泽认为这种安全不仅是身体上的，还是精神上的：巴门尼德以逻辑论证“无”——“非存在”不存在，他为人们植入一种对“无”的恐惧，他将存在与光明、温暖结合，所以“无”就是“黑暗”和“寒冷”，巴门尼德不能想象“无”，人们则害怕想象“黑暗”，为了抵挡黑暗和寒冷的入侵，坚硬的球体是最好的屏障。这种从哲学向心理学、文学创作以及文学评论的过渡就是《宇宙与意象》的批评模式。

蒂泽使我们认识到，长期以来神学家、哲学家还有诗人因为共同的宇宙信仰而相安无事，受到保护的安全感让大家觉得舒服，可是还有一些人觉得不舒服。他们觉得这保护是锁链和监狱，封闭的房屋里空气污浊，他们想对着星空开一扇窗，而这窗户一旦打开就再不能关上。有一个人，他以思想的风暴冲决一切障碍，卸掉门窗，掀掉房顶，发现自己乘坐地球在宇宙里飘荡，他就是布鲁诺。

蒂泽认为布鲁诺不仅是哲学家，更是诗人，他喜爱赫拉克利特对“变化”的夸张，他喜爱巴洛克艺术的古怪、隐喻和奔放。由此笔者想到一个设问并对之进行阐释：布鲁诺支持哥白尼的日心说，为什么被烧死的是布鲁诺？因为哥白尼虽然将太阳放到中心，却没有改变宇宙的形状，太阳在宇宙中心大放光芒，让神学家们欣

[1] Hélène Tuzet, *ibid*, pp. 19~27.

喜若狂：最纯洁的天体不应当围绕地球这污秽之物疯转。诗人更可以歌颂太阳无上的荣光，那无处不在的光明温暖，就像上帝一样。布鲁诺比哥白尼的日心说走的更远，他受了极刑，因为他将地球赤裸裸地置于明暗交替、动荡、无边的境地，行刑的人憎恨他，因为他们觉得布鲁诺要将他们扔进刮着暴风的黑暗海洋。憎恨他的人不仅有宗教裁判所的人，还有许多想象有限、球形、封闭宇宙的哲学家和诗人，他搅了人们在舒服的床榻上的美梦。

笔者认为，还应该在蒂泽所论布鲁诺的基础上补充一些关于布鲁诺哲学的内容。布鲁诺说："（宇宙）不是物质，因为它没有形状，而且不可能具有形状，它是无限的和无际的。"[1]他明确反对巴门尼德关于宇宙具有形状的观念，完美的圆形和球形——古希腊的典型观念，被他彻底打破。因为没有边界，所以没有中心，宇宙到处都是或不是中心。他说：中心与圆周、有限与无限、极大与极小、产生和消灭、爱与恨、友谊和敌对都是同一，"它是界限，以至它不是界限，它是形式，以至它不是形式，它是物质，以至它不是物质，它是灵魂，以至它不是灵魂，因为它是没有差异的一切，所以它是统一的；宇宙是太一"。[2]布鲁诺的说法让我们想到赫拉克利特的对立统一，布鲁诺将赫拉克利特的"万物皆一"进行了扩展。关于运动变化，布鲁诺提出了"形式"概念。他把物质和形式结合起来，物质提供产生万物的质料，形式则遍布物质，形式是物理的作用因："……物质承受了所有的形式，……根据形式的意义和条件，赋予物质以形状，塑造并形成万物，使万物处于这么

[1] ［意］布鲁诺著：《论原因、本原与太一》，汤侠声译，商务印书馆1998年版，第115页。

[2] 同上书，第116页。

一种惊人的秩序中……”[1]他有一个比喻：形式从种子到主干、细枝、嫩芽、叶、花、果，然后通过内在的方式将叶、果引回细枝、主干、根，用来说明万物生成、毁灭的过程是形式的变化。这让我们想到赫拉克利特“火—气—水—土—火”的转化过程。因为宇宙运动变化，所以宇宙既是产生者，也是被产生者，这是对巴门尼德“存在”无生灭的反驳。

在蒂泽看来，布鲁诺关于无限宇宙的假想，他对圆形的颠覆，文艺复兴以来天文学和近现代天文学，只不过表明赫拉克利特在16世纪以后的全面胜利。后代人的宇宙想象早在人类早期的观念中就已经注定，“古老的神话披上新衣重新登场”，[2]太阳底下没有太多的新鲜事。

反驳巴门尼德哲学的还有笛卡尔（1596~1650）。蒂泽对笛卡尔哲学的要点也没有陈述，像对待所有学者一样，蒂泽关注的是笛卡尔宇宙漩涡模式作为意象的文学象征意义。笔者依然认为有必有对笛卡尔宇宙哲学稍作总结，理解其内涵。笛卡尔哲学对宇宙的想象有三点至关重要。第一，物质在宏观和微观两个方向上都是无限的，宏观上无限延伸，微观上无限可分，这可以对照巴门尼德关于“存在”的有限、无增减，不可分。笛卡尔说：“这个世界或物质实体的全部，其广袤是无有界限的，因为不论我们在什么地方立一个界限，我们不只可以想象在此界限以外还有广袤无定的许多空间，而且我们看到，那些空间是真正可以想象的……因此，它们所

[1] ［意］布鲁诺著：《论原因、本原与太一》，汤侠声译，商务印书馆1998年版，第44页。

[2] Hélène Tuzet, *ibid*, p.10.

含的有物质实体的广袤也是无定限的。”[1]又说：“宇宙中并不能有天然不可分的原子或物质部分存在。因为我们不论假设这些部分如何之小，它们既然一定是有广袤的，我们就永远能在思想中把任何一部分分为两个或较多的更小部分……”[2]第二，笛卡尔提出运动是绝对的，可以对照巴门尼德对运动的消灭。笛卡尔说：“全宇宙中没有真正静止的点……任何事物……都没有恒常的位置。”[3]运动产生了万物，物质的全部形式“或其形式的多样性，都依靠于运动”。[4]第三，笛卡尔的宇宙在以上两个原则的指导下呈现出无方向、零碎、复杂多变、动荡不安的状态。笛卡尔的宇宙没有真正的虚空，到处充满粒子，互相冲撞，形成漩涡，一切都不确定，漩涡的数量、布局和体积到处都不一样，增加和消减不断进行。[5]笛卡尔的机械论倾向遭人诟病，但诗人却喜欢他所启发的意象：充盈的多样性，杂乱无章所以变幻不定，所以自由。银河系作为宇宙之中的一个小漩涡，正如一个小孤岛，一切都在晃动，像火苗的跳跃，赫拉克利特通过笛卡尔让诗人的想象空间更加宽阔。

赫拉克利特派在科学、哲学界蒸蒸日上，人们普遍称赞文艺复兴以来的天文学家而贬低中世纪固守亚里士多德——托勒密的宇宙体系。但普通人的评价不能完全决定诗人的心理。在各个学科都面向现代化的今天，诗人却固守一些古老的观念。当大家都在如火

---

[1][2] ［法］笛卡尔著：《哲学原理》，关文运译，商务印书馆1959年版，第44页。

[3] ［法］笛卡尔：《哲学原理》，关文运译，商务印书馆1959年版，第40页。

[4] 同上书，第45页。

[5] 这段总结的基础是《宇宙与意象》第63~67页的内容。

如荼地抨击巴门尼德时，诗人却热烈歌颂球形天穹。在这方面蒂泽提出了20世纪法国诗人保罗·克洛岱尔（Paul Claudel）作为代表。本书第三章第三节即将研究古老而强烈的宇宙观如何影响克洛岱尔这样的现代诗人。这个例子说明巴门尼德的意象依然是诗人灵感的来源，不受科学实证主义评判，诗人不是哲学的附庸。

以上笔者从巴门尼德和赫拉克利特各自的宇宙论以及两者的对立，揭示诗人想象心理的哲学背景。笔者认为他们二人无疑只是象征，象征两种思维模式。两种哲学模式标志两种审美心理。无论宇宙哲学如何变化，蒂泽的诗学看到的只是两种精神体系，这是诗学不同于哲学之处。诗人并非同时是哲学家，但哲学却给诗人的创作提供了丰富的意象。宇宙论的历史之所以能够成为研究诗学的入口，是因为二者相互缠绕，但是虽然缠绕，却永远不能重合。

第二节　关于宇宙空间的意象

《宇宙与意象》第二部分名为《人和宇宙空间》，蒂泽在其中提出了关于宇宙空间的意象。以下将对这部分内容进行总结。蒂泽所论空间的中心意象就是以太，包括光明、柔软、轻盈、清澈、流动、温暖的以太以及黑暗、坚硬、沉重、凝固、冰冷的以太。围绕以太又有光、火、子宫、海、深渊、地球——故乡或摇篮、空间——上帝的精神等意象，以及太空之游这个重要的文学创作主题。

上文阐述的两种对立的哲学以及由之引发的两组对立意象并不限于宇宙的整体模式，也引发了关于空间的意象。蒂泽认为宇宙空间和人大体上有两种关系：接纳与拒绝。虚空的空间或充满轻柔如水的粒子的空间允许人的进入，但坚硬的空间杜绝了人进入空间的可能性，这种拒绝不仅是身体上的，更是精神上的压抑。对宇宙空间进行拟人化无关于自然科学，它是文学想象的结果。虚空或微小粒子使人产生奔腾的联想，坚硬的空间则经过一系列嬗变，构成阴郁心理的一种根源。笔者认为不能仅限于《宇宙与意象》对哲学家和诗人的列举，而需要从古希腊哲学有关思想的发展历程入手，阐明两种性质的空间何以对诗人心理造成潜在并持久的影响，以及诗人对古代哲学作了怎样的变形。

蒂泽认为存在于宇宙空间的“以太”呈现两种性质，一种是轻盈、纤细、透明，温度均衡、促进自由运动的以太，另一种则坚硬而纯洁、恒定、冷酷，排斥一切生命。关于以太意象的两类性质，蒂泽列举了两种代表人物，前者如公元前1世纪的哲学家以及诗人西塞罗（Cicéron）和塞内克（Sénèque），他们的以太观念来源于柏拉图，在古代这是一种主导思想。文艺复兴之后，诗人更具有对生命的冲动，渴望创造和探索神秘的空间，蒂泽认为这是向古代的回归。后者的代表人物当属亚里士多德，他提出了纯洁、恒定的以太构成月上界的天体，公元后1世纪亚里士多德哲学兴起，逐渐居于主导，到了中世纪，尤其是12~13世纪时，亚里士多德的观念经过后人改造，成为压倒一切的经院哲学，坚硬的以太也像整个中世纪一样压制人的宇宙想象。

一、明亮柔软的以太对诗人的意义

蒂泽对以太的论述是从柏拉图开始的，但蒂泽所论柏拉图的以太概念也不甚明晰，尤其缺乏前后的承继关系，所以令读者无法把握柏拉图以太概念的实质。笔者认为可以从更早的文化中寻找以太意象的起源。笔者发现柏拉图的以太论只是对神话传说和前辈思想的继承。写作于公元前8世纪中叶的《神谱》[1]中有以太的神话起源。以太在《神谱》中称为埃忒耳（Aetheria，或译为埃忒尔）。《神谱》的根据是荷马史诗以及其他神话传说：天地两界以及冥界最古老的神卡奥斯（Chaos）与夜神尼克斯（Nyx）生黑暗之神厄瑞玻斯（Erebus），厄瑞玻斯又与夜神生埃忒耳。[2]埃忒耳代表高空或太空，是光明之神。[3]《神谱》讲述的是奥林帕斯教众神的谱系，而奥林帕斯教是公元前8世纪，即希腊古典时代许多城邦信奉的教派。[4]后来奥林帕斯教受到民间宗教狄奥尼索斯——俄耳甫斯教的冲击，公元前6世纪雅典就有迎接狄奥尼索斯降临的仪式。[5]当时统治者将两种宗教结合，两教的神话传说成为希腊哲学的源头。俄耳甫斯教有关于宇宙起源的神话传说，其中有万物之卵[6]（或译为世界蛋）的教义：从最初的水和土产生三个头的怪兽，它又生出三合一体：以太、无限的混沌和黑暗的下界，万物之卵是从三合一体中心产生的。[7]可见以太成为希腊哲学的常用词有神话根源，它表示宇宙的最初形态，其含义不是黑暗和窒息。米利都学派的泰勒斯使用以太，少有神话含义，他只是说水蒸发而为气，“其中最精致部

---

[1] 王晓朝：《希腊宗教概论》，上海人民出版社1997年版，第196页。

[2] ［古希腊］赫西俄德：《神谱》，张竹明等译，商务印书馆2009年版，第30~31页。

[3] ［美］J. E. 齐默尔曼：《希腊罗马神话词典》，张霖欣编译，陕西人民出版社1987年版，第183页。

[4] 王晓朝，《希腊宗教概论》，上海人民出版社1997年版，第181页。

[5] 同上书，第105页。

[6] 英国考古学家赫丽生确认万物之卵是俄耳甫斯教的教义。［英］简·艾伦·赫丽生：《希腊宗教研究导论》，谢世坚译，广西师范大学出版社2006年版，第575页。

[7] DK I B13，第尔斯辑录的残篇，参见汪子嵩等著：《希腊哲学史（第一卷）》，人民出版社1988年版，第361页。

分点燃起来就成为以太”。[1]水坚实则为粘泥，再为土。泰勒斯的以太是纯物质的，比气更精，更光洁，更富于变化和热力。笔者以为泰勒斯赋予以太的性质也许与埃忒耳这位神祇的象征意义有关。以太是由另一种物质转化而成的，而它还能转化为其他物质，毕达哥拉斯派“将气叫做冷的以太，将海和湿叫做稠密的以太”，[2]可见以太比气热，比水轻，可以变成气和水。之后的阿那克萨戈拉和柏拉图都没有改变以太的这种轻、细、热的性质。阿那克萨戈拉的宇宙生成论：原始宇宙是由冷、湿、暗以及热、干、亮这两种种子静止地组成，前一种称为气，后一种称为以太，以太和气分离，形成天与地。艾修斯说阿那克萨戈拉的以太就是火。[3]柏拉图根据神话和前辈哲学家的观念，继续用以太表示精气，他说：“气同样也有差别，最明亮的那部分气称作以太，最混浊、最昏暗的那种气就是雾和黄昏。”[4]柏拉图讲造物主用火、气、水、土四元素构造宇宙万物，他将四元素进行比较，认为火和气粒子小、孔隙小，可以穿过土。可见以太一直保持纤细、光滑、活泼、明亮、容易移动的特征。由此我们才可以明白蒂泽为什么说以太和以太构成的宇宙空间的这些性质是古希腊宇宙观念的主流，也能够明白文艺复兴及以后的诗人、哲学家对宇宙空间的向往，对促成生命的有利条件的认同，以及对神秘未知的兴趣，这些并非创新，而是古已有之，很早的时候古希腊人就善于并特别愿意对宇宙空间的构成作热情的想

---

[1] 汪子嵩等著：《希腊哲学史（第一卷）》，人民出版社1988年版，第161页。

[2] 同上书，第359页。

[3] 同上书，第932~937页。

[4] 柏拉图：“蒂迈欧篇”，58 D，见《柏拉图全集（第三卷）》，王晓朝译，人民出版社2003年版，第311页。

象。蒂泽未能讲述这段关于以太的历史，笔者补充陈述一下，从而了解以太概念或意象的源起，它的性质以及古希腊人讨论以太的持久热情。

蒂泽认为，关于宇宙空间，库萨的尼古拉、[1]布鲁诺、开普勒、基歇尔、[2]牛顿这些学者是柏拉图这一脉上的哲学家，他们对宇宙空间的想象比诗人更大胆。综合观之，他们的宇宙呈现出这样的状态：空间的物质就如同人类呼吸的大气，以太清澈、宽广、有弹性、同质、易变、流动、透明、温热；人可以像鸟或鱼一样自由飞翔或游动。众星与地球不断交流，宇宙旅行使人摆脱石质的行星；以太可以是海洋，众星是航船。上帝的仁爱充满宇宙空间。浪漫派诗人再增添更世俗的想象，陪伴以太的是香料的气味、醇酒的芬芳、竖琴的乐音、微风的温热轻柔。哲学家的开拓性描述，丰富了具有相同想象心理的诗人的宇宙意象。

蒂泽所论明亮柔软的以太使我们产生以下认识，即光和以太的关系、以太和光对于认识宇宙的意义、诗人想象的以太、诗人或学者想象中的太空之游、太空之游的方式和目的。与热情的以太具有同样效应的是“光”，柏拉图推崇火或光的作用，赋予它认识论的意义，认为眼睛遇到光才见到万物。在古希腊光更象征丰裕，因为光让生命流动，意大利13世纪诗人但丁歌颂爱人的目光是浓缩的天火，照见他的灵魂，让灵魂返回故乡。文艺复兴时期光则是上帝精神的传输工具。17世纪时对光速的测量让人认识了光的迅疾。尼采更是赞美自己目光的力量，觉得自己的目光能够穿透天穹。光不仅指目光，还指太阳光、星光，太空充满各种光，诗人对光产生幻

---

[1] Nicolas de Cuse，1401~1464，德国哲学家、罗马天主教高级教士。

[2] Kircher，1602~1680，德国耶稣会教士、哲学家。

觉，这是人性的高涨，是人性向神性的无限靠近。上帝使人因为受到热情的宇宙的感染，产生了向无限空间飞升的愿望。

蒂泽认为以太和光的性质，打破了亚里士多德的九重天，人类对宇宙产生了一体化的认识：宇宙空间的本质在于结合，以太的粒子和光织成覆盖宇宙的网。太阳用光和热哺育地球，这让诗人感到星际影响，人仿佛可以在各星体间穿行，仿佛划着船经过一个个小岛，宇宙不是陌生的地方，而是人类的故乡。但丁的诗作让人们在中世纪就认识到神性无处不在，因为他创立了一种“宇宙空间——精神的连续体”模式，[1]将上帝的精神重新置于宇宙空间之中，而不是像亚里士多德和众多中世纪神学家那样让第一动力——神和宇宙隔绝。牛顿的空间是精神性的存在，众星的引力是上帝无处不在的证明。据此诗人作出了“空间—海”意象的优美描写：星星像闪着银光的沙粒，悬浮在海的深处，没有海面、海底、海岸，昏暗的行星是摇篮，摇篮里是宇宙生出的“精神”。这种描写反映的是对上帝的去人格化、去实体化。

蒂泽特别强调学者和诗人对一体化宇宙的共同想象，启发诗人的是学者，但诗人总是让想象飞得更远。18~19世纪德国的浪漫主义自然科学家以及法国浪漫派诗人共同推动一种思想潮流：明亮的以太和光不仅适合飞行和游动，更适合生命的成长。以太具有光、热、电、能的性质，在天体间传递生机，光传播种子、唤醒种子，种子是肉体和灵魂的统一体，纤细、不可见、不可分割、不死。颜色各异的芳香束在各星球间投射，帮助种子到达各个星球，宇宙充满物质，天外物质被行星吸引，穿越大气。这一定是陨石微粒团的研究或彗星撞击等天文科学给诗人的启发，不过诗人想

[1] Arthur Koestler语，参见Hélène Tuzet, *ibid*, p. 183.

到的不是科学的数据，而是两性的结合，宇宙呈现出“子宫”的意象。

蒂泽论述的空间不仅指构成空间的物质，还指空间的广度。既然以太和光如此助人，诗人于是想在无限的空间里作没有归程的旅行，这是文艺复兴时期人们的好奇心和自信心被科学进步以及文艺创作激发的结果。学者和诗人不断受到无限的诱惑，征服宇宙的心理有以下种种：没有恐惧、毫不犹豫、不知疲倦、永不满足。太空之行有温柔精灵的帮助，使人克服寒冷和呼吸困难，魔鬼掌握推进器，太阳的辐射是旅行者力量的源泉，以太浸透旅行者的身体，使他具有飞行的能力。众多天体都是人想要征服的对象。欣赏奇观丛生的宇宙，见识更庞大的恒星，野心在人的身体里膨胀，人已然成为天使，超越太阳，拽住彗星的头发，拥抱所有创造物，人类是上帝宠爱的孩子。18世纪英国诗人在牛顿和谐有序的宇宙中稳定、安全地旅行，诗人希望教育那些不信教的人，告诉他们通过太空之行可以见到上帝，或者见不到上帝的形体，但可以领会上帝的精神，发现神的丰功伟绩。牛顿受到诗人的欢迎，是因为诗人根据牛顿的学说将渴望知识和渴望上帝结合。诗人的宇宙之行不是为了探测天体，而在于使灵魂摆脱尘世的牢笼、锁链和虚荣，灵魂始终渴望追随神的脚步，向神的居所——故乡回归。18世纪末的浪漫派诗人比如拜伦面对无限宇宙还有着普罗米修斯的精神：渴望揭示天神向人类隐藏的秘密。19世纪的法国诗人，比如雨果，因为自视为天地人之间的“通灵者”而踌躇满志，他觉得自己肌肉发达，力量巨大，足以撕开上帝为宇宙贴上的封条。20世纪的诗人比如托马斯·曼（1875~1955，德国作家），更有魔鬼的情结：宇宙的秘密像一个巨大的禁忌，诗人要飞入禁区，观看被神遮蔽的宇宙。诗人的奔腾是思想和目光的旅行，所有幻想宇宙飞行的诗人必定都潜藏着对灵魂的信仰，灵魂不灭和轮回的思想是古希腊宗教和哲学不息的赞歌。现代科技制造的飞行器在古代就有原型：天梯、马车、长着翅膀的飞马。宇航员乘着飞船好比着灵魂驾着马车。

笔者认为关于诗人的太空之游，可以在蒂泽论述的基础上进行阐发。笔者发现柏拉图是这个意象的开创者。无论是柏拉图的灵魂回归说，还是文艺复兴以后哲学家和诗人向宇宙空间的猛进，都遵循一种心理模式，即精神上的迷狂，而诗人比柏拉图表现得更直接。柏拉图继承传统，为万物赋予灵魂。比如泰勒斯认为即使无生命物也有灵魂，它是事物运动的动力；阿那克西美尼认为灵魂是气，是生命的原则，气是神圣的；毕达哥拉斯派的灵魂论具有浓厚的宗教气息：通过净化仪式，灵魂可以离开肉体而享受福祉，过上神圣的生活。柏拉图在《斐多篇》论述灵魂的独立、不朽、永恒运动：灵魂长有翅膀，拖着沉重的肉体而追随神的脚步。而肉体的罪恶太过于沉重则导致灵魂失去翅膀，不能回到天界那完美幸福的地方。肉体是坟墓和监狱，将灵魂囚禁。《斐德罗篇》则有关于灵魂飞升的马车、驾车人的比喻：没有理智的马匹相互碰撞、践踏，使灵魂长期滞留于地上。灵魂渴望飞升是因为天的外面有最适合灵魂的养料。柏拉图以灵魂作为人和神之间的媒介，这是受俄耳甫斯教义的影响的结果："俄耳甫斯教的基本教义就是：人可能获得一种神圣的生活。"[1]相对于传统的奥林帕斯教，这是新的宗教原则。俄耳甫斯教以它的平民性冲击了正统宗教信仰的贵族性，将高高在上的神性从祭坛上拉下来，使人的生活获得希望，通过彻底的

---

[1] ［英］简·艾伦·赫丽生：《希腊宗教研究导论》，谢世坚译，广西师范大学出版社2006年版，第439页。

净化，人在此时此刻就能变得神圣。[1]古希腊人热烈讨论灵魂的存在，定是不甘于庸俗的俗世生活，而向往神才能享有的至福极乐。诗人比哲学家更直接，因为诗人可以取消灵魂这个媒介，自己成为天使而直接面对上帝。无论是来到太空，还是拒绝神的蒙蔽，或是穷尽无限的边界，都是诗人在内心中完成了神圣化和净化的宗教仪式，去除了所有繁文缛节，像俄耳甫斯教徒那样追求精神迷狂。[2]

二、黑暗坚硬的以太对诗人的意义

蒂泽认为，与光明柔软的以太相对的是黑暗坚硬的以太。即使宇宙空间空无一物，这虚空也同黑暗一样可以在想象中越来越坚硬。

蒂泽说明的只是表面的现象，笔者认为导致以太具有这种性质的是巴门尼德坚硬的“存在”，这“存在”像一股暗流在意识深处涌动。笔者进一步认为，以太之所以具有黑暗坚硬的倾向并在中世纪时代成为主流观念，还与亚里士多德关系密切。不妨在《宇宙与意象》之外搜寻，比较清晰地总结一下亚里士多德关于以太的思想。笔者发现，亚里士多德否定了前辈的见解，不同意用四元素的特性描述以太。他尤其批评阿那克萨戈拉把以太当成火，认为“以太”之名的本意是永远在奔跑。他在《论天》中论述了以太完全不同于四元素的性质：无轻重、无生灭、无质变、有限、完善、神圣。以太构成了月上界的所有天体，是构成神的居所的物质。[3]亚里士多德反传统，因此在公元前得不到主流的地位，公元后1世纪

---

[1] ［英］简·艾伦·赫丽生：《希腊宗教研究导论》，谢世坚译，广西师范大学出版社2006年版，第439页。

[2] 同上书，第437页。

[3] 亚里士多德：《论天》，第一卷，第三章，270b 20~25。苗力田主编：《亚里士多德全集（第二卷）》，中国人民大学出版社1991年版，第273页。

亚里士多德哲学逐渐取得强势，尤其在中世纪时被一定程度地歪曲，并受到大力宣扬。基督教神学也讲灵魂救赎，但目的是要维护教会的威信和权力，与俄耳甫斯教“即刻成圣”的教义不同。基督教教会要阻断人的神圣之路，独占神圣的仪式，看守人神之间的通道，设置路障。亚里士多德的以太论非常适合这种宗教心理，所以坚硬的以太才能长期占据人们的思想。还有一点也很重要：亚里士多德继承了柏拉图，那就是将第一动力像造物主那样置于宇宙之外，将神性和宇宙断绝。他设置的九重天也许是对月下界的保护——至少诗人是从这个角度理解的，但其实也是一种隔绝。

由此我们认识到，文艺复兴时期高涨的主观情绪不可以容忍这样的禁锢，所以有布鲁诺打破天球的呼声。但是就在文艺复兴的精神成为欧洲思想的主流时，依然存在巴门尼德——亚里士多德式的心理。对此蒂泽认为18世纪后期呈现出文艺复兴精神的衰退：地球是炼狱，天堂在高而且远的地方。近现代的科学宇宙论日益机械化、数字化、精确化，它对诗人的想象力不是解放而是扼杀，科学和幻想分离，我们视之为巴门尼德宇宙论的复辟。

蒂泽详细论述了诗人对巴门尼德式宇宙的种种变形，比如混沌意象，以17世纪英国诗人弥尔顿为代表。宇宙不是虚空而是刮着风暴、咆哮的海，或者是黑色、无底的深渊，再或者是一位凶神恶煞的母亲，子宫坚硬化而成为坟墓。雨果对黑暗的描写使宇宙空间成为一条贪婪的章鱼，折磨人的、吞噬一切的怪兽。人们出于对黑暗的恐惧而将“不可知”关在宇宙的门外，诗人却想象黑暗的不断入侵。明亮轻盈的以太变成粘稠的沥青，黑暗获得坚硬的形态，以太由沥青变成了黑钻石。马拉美（Mallarmé，1842~1898，法国诗人）的宇宙里有一个石化的月亮；还有冰冷的、没有浪花的、没有皱纹的海水；以太如同黑钢，冰冷得如同玄武岩。灵魂在这样的深渊里碰到坚硬的铜墙铁壁，撞得粉碎。这是一个关于“石化”的噩梦，梦的起源是巴门尼德铁板一块的“存在”。黑暗对于其他人是一种危险的境地，但对诗人却是魅力。17世纪光速的测定，对巴门尼德派诗人有另一番意义：我们抬头所见的众星也许早已死亡，我们看到的是昔日的影像，宇宙里到处漂浮着死星的尸体，宇宙彻底幻灭了。

蒂泽还论到其他典型意象。由于人们不可能在坚硬的以太里旅行，而虚空的空间对巴门尼德派诗人也充满危险，无限对于他们不是诱惑而是无所适从，不能激励他们的雄心而是助长恐惧心理。于是另一些意象产生了：无限坠落、无底古井、死亡的永恒。当这些诗人知道地球只是在无限中漂浮，他们感觉到的不是自由而是从船上跌落的忧虑。他们被迫登上这艘船，而大海中没有可以停靠的港口，没有船长的引领，随时有倾覆的危险。他们的灵魂和肉体都被绑缚在甲板上，不能逃脱，死亡是唯一的结局。船的周围漂浮着其他船只的残骸——毁灭的天体，深渊里漂浮的是死亡的永恒性。这是关于无限的噩梦，宇宙或者是虚无，或者是沥青那样的厚重，向着深渊坠落，就是向着内心坠落，人内心的深渊由无限个错误和罪恶构成。如果坠落有底，这个底就是充满淤泥的、腐败的湖水。近现代科学一次次证明宇宙的广袤，证明人的渺小，人们对无限的想象和对自身渺小的认识产生了衰弱、迷失、失重、无感觉、悬在深渊上的焦虑，这焦虑是对人的狂妄的惩罚。

《宇宙与意象》的另一个意象接踵而至：地球——我们眷恋的故乡。地球代表我们的童年，象征出生、起源、原初、纯洁、休憩，它是一个哀婉动人、稳固安全的地方，是我们的母亲。它处在我们心里中间的位置，与中世纪那个低洼、肮脏、被蔑视的地球已经完全不同了。18世纪诗人说地球是他们童年的摇篮，在地球上就能遍游宇宙；19世纪诗人说他们是地球的儿子，地球是永恒的居所；20世纪的诗人说自己在遍体鳞伤、绝望的时候就会转回地球。厚重的地球表示重量、和谐、优雅、均衡。

笔者认为可以深化蒂泽论述的这些意象，从中认识诗人的心理特征：没有什么比诗人的心理更加矛盾，巴门尼德和赫拉克利特之间没有绝对的对立，黑暗的宇宙紧缩可以变成粘稠的沥青、坚硬的岩石，也可以表示黑暗的海在震荡，黑暗可以静止也可以运动，震荡则象征子宫收缩，风暴可以毁灭，也可以象征分娩的痛苦，而这痛苦却预示生命。诗人的矛盾心理来源于人类宇宙意识的复杂，两条线索呈现并立的关系，也表现出处处交错的状态。互相胶着、难分彼此。《宇宙与意象》对这种交错则有一个心理学式的比喻：人类的精神仿佛患了躁狂和忧郁不断循环的精神病。[1]蒂泽的比喻是心理学家的术语，也是用心理学研究文学的惯用手法，这种手法的好处在于其概括性，让人能够对一个复杂事件有清晰、简明的整体性把握，而整体性的把握也有将复杂事物简单化的缺点。为了避免这种缺点，《宇宙与意象》的研究包含了大量细节，同时不断向源头回溯，并用赫拉克利特与巴门尼德来标识各种心理，使读者面对文学现象的复杂性而能把握其整体性。

总之，赫拉克利特派和巴门尼德派的对立也体现于宇宙空间的形态或意象："火"流动、有生有灭、无限运动的状态与变化的以太有众多相似，而"存在"的静止、不朽、有限与恒定的以太也如出一辙。在《宇宙与意象》中，关于以太的古希腊起源，蒂泽较多提到的是柏拉图和亚里士多德的以太论，但根据笔者的研究，

---

[1] 《cyclothymie》，可译为循环型情感症，语见Hélène Tuzet, *ibid*, p. 166.

这两位哲学家的以太论也是对前人观念或思维模式的继承，其中的宗教文化因素不容忽视。

第三节　关于宇宙生命的意象

《宇宙与意象》第三部分提出了关于宇宙生命的一系列意象。意象种类丰富，含义深广，网罗了文艺复兴以来的欧洲各国诗人、小说家、自然科学学者、神学家。庞大的诗人学者数量可见作者渊博的知识，蒂泽要用一个系统容纳并阐释众多作家。以下将从两个方面研究《宇宙与意象》的宇宙生命意象：从古代到文艺复兴之后的宇宙生命观的发展史以及宇宙生命的主要意象。我们将涉及原始思维中的落日焦虑、古希腊罗马时期唯灵论和生物亲缘性以及亚里士多德和原子论的无生命论、中世纪的贯通天人和天人隔绝——以天人隔绝为主、文艺复兴前夕生机论的寓言潜入坚硬的宇宙、文艺复兴及之后泛性论和色情主义的生机论以及对生物亲缘性和天人贯通的古代思想的复兴。意象包括万有引力、种子、树、蛇、星云、石化的噩梦、火——轮回。具体还涉及以下内容：新星和太阳黑子等天文现象的心理学阐释、笛卡尔的机械宇宙论如何成就生机论、漩涡、牛顿力学、吉尔伯特磁力学等天体物理学概念对诗人的意义。种子意象使宇宙具有动物性和植物性，与显微镜以及万物之链的宇宙生命整体性相关。蒂泽论到天体之死、天体死亡的方式也是意象。关于星云意象蒂泽只提到康德—拉普拉斯星云说，但很不详细，令人难以明确认识康德—拉普拉斯的相关哲学对文学的意义。蒂泽在火意象的基础上还引发飞蛾扑火、凤凰涅槃、恩培多克勒斯情结等文学主题。在介绍蒂泽思想的同时，笔者认为还应该注意下列《宇宙与意象》没有包含的问题："宇宙树"这一宗教文化现象对树的文学意象形成的影响；蛇象征宇宙生命要从蛇的"性"象征说起，也要注意非洲原始部落、古埃及和古印度的蛇神话和宇宙的发生、发展论的关系；应当详细陈述康德与拉普拉斯的星云说，并继续扩大对这一问题的研究，比如应当同时关注星云与古印度、古希腊"水"的宗教文化的关系；天体之死与人类末日或地球末日的宗教教义有关；分解死亡和星云说或混沌论有关；焚烧而死与轮回的宗教、神话、哲学有关，也与天体物理学的某些理论有关；冰冻或石化与自然科学家的天体能量论有关；火意象需要从印度和伊朗古代宗教的火崇拜以及古希腊的火元素来考察。笔者所论的这些问题都是对蒂泽所论各种宇宙生命意象的深化和阐发。

一、文艺复兴的前奏——古代到中世纪的宇宙生命思想略述

关于宇宙生命，蒂泽的起点是新石器时代的黄昏——落日焦虑。这种情绪来源于古人对太阳东升西落的观察。血红的落日让古人形成一个观念：太阳每天死一次，日落代表真实生命的死亡，黎明时太阳重新升起，这个过程表示生命的节奏和循环。这是人类族群深刻的记忆，后世人用各种方式表达这个记忆，这个记忆成为"原型"。"落日"原型并不只属于艺术家，还属于所有对宇宙进行思考的人。他们的区别仅在于表达方式，或是热情的诗句，或是冰冷的数理逻辑。

蒂泽进而总结了古代到中世纪宇宙生命论的特点。蒂泽认为古希腊罗马时期关于宇宙生命有唯灵论和生物亲缘论两种主导观念。同时也有主张宇宙无生命者，但非主流。唯灵论主张万物有灵魂，万物包括有机物和无机物。罗马帝国时的希腊作家普卢塔克（Plutarque, 公元1世纪）对天体的生命进行了具体细致的描写：众

星能饮食，会呼吸，陆地、海洋、星体都能散发蒸汽样的气味等。对于蒂泽以上的论述，笔者认为应补充说明几点：一是柏拉图关于灵魂的思想，二是生物亲缘论和物质同一性的关系。柏拉图在《蒂迈欧篇》中对天体的灵魂进行了详尽的描绘：天体具有神圣生命，因为每个天体都有超越生死的灵魂，完美的灵魂决定了众星完美的形状，众星有规则的运动轨迹和均匀的速度，并由纯洁、同质、不朽的物质构成。生物亲缘论表现于众多哲学家的思想中，他们的共性在于主张宇宙的物质具有同一性。伊奥尼亚哲学提出的水论、无定形论、气论、火论都试图用单一元素解释宇宙物质构成的统一性。后来的毕达哥拉斯的“中心火”作为宇宙的中心以及产生生命的动力，还有古罗马的斯多葛学派（大约经历了公元前3世纪至公元1~2世纪）的恒星火、灵魂肉体之火和艺术之火的论述，都对伊奥尼亚哲学有所继承。由于这种同一性，万物之间就具有了生物亲缘性，表现为蒂泽所说的种种生物意义的类比，即公元1~2世纪的太阳–心脏、地球–肚子或膀胱、月亮–肝脏等种种类比；以及公元5~7世纪亚历山大的新柏拉图学派的生命观念，这一派思想家使宇宙有生命的观念达到一个顶峰：地球元素侵入众星，宇宙生命不断生物化，表现为所有天体的“性”和“消化”功能。同时，亚里士多德以其严格而理智化的宇宙使灵魂成为纯粹精神，取得了神灵的性质，而消除了所有生命特征。阿那克萨戈拉则以其原子论而使宇宙只有原子，没有生命。可以说有生命和无生命两种观念总体出于共存的状态，根据时代之不同，此消彼长。

蒂泽认为中世纪的宇宙生命观念以无生命论为主要特征，这是对上述亚里士多德和阿那克萨戈拉相关论点的继承和扩展。笔者认为在蒂泽简略的陈述之外，还应该注意到：中世纪时的宇宙生命论表现出两方面的特点：一方面是新柏拉图研究团体，鼎盛于11~12世纪的沙特尔学院（Ecole de Chartres）将古希腊哲学和基督教结合，把宇宙灵魂概念引入基督教，打通了宏观和微观两个世界，使人体成为一个小宇宙。另一方面是以托马斯·阿奎纳（Thomas d'Aquin，1224~1274）为代表的经院哲学的宇宙生命观。这一派哲学或神学用基督教的方式改造亚里士多德，表现为对宇宙生命的控制，热心于建筑牢笼。驱动星体运动的是神圣智慧——纯粹精神，与生命无关，月下和月上两界的分隔就是牢笼和自由的界限，两界的物质截然相反，地球上的元素产生终将腐朽的事物，月上界的存在则不动、不变、不循环，是时间之外的存在。地球的边界有一层火质薄膜，不能被冲破，地球生命和宇宙没有感应，只有祈祷和死人的灵魂可以到达天界，人类的想象受到不允许被呼吸的第五元素的扼制，经院哲学切断了天人联系。

蒂泽认为，文艺复兴前夕的诗人描写坚硬的宇宙，拒绝变化，拒绝生命，因为生命导向死亡，由于对死亡的恐惧，诗人在作品中寻求被保护的状态，歌颂不朽和绝对。16世纪的法国诗人依然热衷于静止的天体、坚硬的天体物质，纯粹的以太，即使是龙萨（Pierre de Ronsard, 1524~1585）这样的大诗人都嘲笑主张"天体生灭"的人是疯子。同时诗人心理也很矛盾，依然是描写静止天体的诗人，他们同时又表现出对生命的热情，接受死亡的结局，以世俗生活经验为形式，大胆愉快地潜入生与死的涡流，比如龙萨，他同时大肆描写生机论的寓言——天地交合。

二、生命形态的意象——文艺复兴及稍后时代的活力宇宙

蒂泽阐释了天文学家宇宙大发现的哲学意义。布鲁诺、开普勒、吉尔伯特、伽利略是文艺复兴精神杰出的代表。他们是赫拉克利特主义的哲学家，他们的共同点在于：万物无不变化，天体在演化，生命无处不在，生命是宇宙最崇高的价值。通过天文观察，结

合“变化”的理念，可以从一般事物的形态推知整个宇宙的原则。第谷、[1]开普勒发现了新星，开普勒发现了天体运动的椭圆形轨道，还有其他天文观测者发现了太阳的黑子，这些发现具有哲学意义，对诗人更是很大的启发。它们说明天体的生长和腐朽，地球与其他天体同质。笔者认为除了蒂泽的阐释，这其中还有别的意义：直线运动和圆形运动可以结合而形成椭圆形，同质和椭圆形这两点否定了亚里士多德的第五元素和地球元素的分别的论说，否定了他对圆形和球形的伦理学价值判断。否定了古人的太阳崇拜：太阳不是神圣的星，黑子表明恒星正在经历不规则的变化。

蒂泽认为，文艺复兴诗人恢复了古代神话对生命的崇拜，通过意象使宇宙呈现以下形态：地球不再是被诅咒的、聚集垃圾的罪恶的渊薮，不再是肮脏潮湿的地方，而是孕育胚胎的子宫；这个子宫或是天的女性配偶，或是两性同体，宇宙通过光线–血管向地球这个胎儿输送养料；15世纪的意大利诗人详细描述地球的生物特征——石头是牙齿，草是毛发；地球像鱼一样呼吸、消化、排泄，具有视觉、听觉和触觉；15~16世纪的瑞士学者则详细说明天体和人体器官的对应关系：太阳–心脏、木星–肝脏、金星–肾、水星–肺、月亮–大脑；太阳还分泌精液，宇宙的整个心理就是制造种子——精液，使地球受孕，每个星体都是男性生殖器，它们的作用就是促进性细胞的成熟；法国诗人描写星际交流，说行星是从恒星排出的泡沫，行星的粘液里形成水泡，当运动到恒星旁边时，就分娩出人类；宇宙是头巨大的动物，人类是地球这只小动物身上的虫子，全宇宙的星都是虫子。这是在复活古代的太阳–雄性崇拜和地球–母性崇拜，是发狂的泛性论。文艺复兴所复兴的古代文化在

[1] 第谷·布拉赫，Tycho Brahé，1546~1601，丹麦天文学家。

宇宙论部分带有色情成分。性崇拜的影响不仅及于诗人，还及于哲学家，比如布鲁诺的星体生命论：众星具有感觉和知性，从无限的以太汲取营养，根据自己的意志运动，它们的动力是欲望，雄性向雌性靠拢，天体和神有同样的意志：分享和参与生命。意大利的哲学家比诗人更有想象力：众元素都有感觉和思想，因为所有物质都有欲望，具有艺术性，它们交流理念，它们只有快乐，不知痛苦，人有自由，众星也有自由，天体从几何学中解放，不必在静止中完满，而在运动中平衡。这是文艺复兴精神从人向宇宙的伸展。

蒂泽论道：文艺复兴恢复了古希腊罗马哲学的物质同一性，以及天人感应的古代宗教，其中还有占星术的影子。人不仅和天有器官上的联系，人的地位大大提高，成为天地的结点，人是宇宙的“核”，人的价值超过了天上的星。蒂泽总结了欧洲诗人在这方面的想象：意大利诗人甚至认为人的脏器健康得益于宇宙的脏器健康。人的目光巡视天体，能让天体运动，通过宇宙精神塑造人体，与天建立同盟关系，与死亡展开广泛持久的斗争。人的手上握有宇宙的力量，宇宙慈善、温暖、通畅、光彩夺目、气味芬芳、具有音乐美。瑞士学者将人的目光与神并论，法国诗人认为人的艺术就是上帝的力量。英国学者则从炼金术得到关于生与死的辩证法：生命从死亡中诞生，腐烂是生命的前提，死亡是神圣的，是生命的过程。意大利学者发现宇宙是必将腐朽的，“变”高于“不变”，因此不必费力维持宇宙物质的不变性，地球因为变化和生长所以高贵。若是不变，则是一个无用的累赘。他们嘲笑亚里士多德的信徒执着于不变的顽固。诗人回应了恐惧死亡的古代心理，坚持不变是这种心理的原则，否定生命是这种心理的结论。矛盾的诗人龙萨宣称生和死本是同一件事。从恐惧死亡到歌颂死亡，相反的过程都是为了“生”的永恒。

蒂泽强调新星和太阳黑子对诗人的意义。新星和太阳黑子的发现使诗人感到精神裸露，曾经的保护膜破碎了：巴门尼德不变的球形存在和亚里士多德厚实的九重天。容易腐朽的事物迅速繁殖，使诗人迷失，地球之外没有保护层，地球裸露，人的精神感到寒冷和羞怯。精神也有死亡的宿命，诗人衰弱、颓废：巴门尼德—亚里士多德体系受到前所未有的挑战。但是人并没有衰弱致死，而是不断成熟，人的精神从襁褓中挣脱，接受寒冷的历练，接受灾难，在宇宙无边的风暴中航行，受到保护会使人昏背，没有保护让人明晰透彻。文艺复兴让西方的人类进入成熟期。

蒂泽认为笛卡尔的宇宙是没有生机的，但对诗人却另有一番意义。哲学家提倡“变化”，从而产生了笛卡尔的机械论这样的一个畸形，“动物—钟”的比喻是对宇宙的病态想象。宇宙是机器而不是生命。笛卡尔漩涡状的宇宙运动虽然生机全无，却对诗人有意义：天体随时会变质，宇宙到处是死亡。由于太阳正在死去，法国17~18世纪的诗人对人类的历史和命运表示冷漠，覆盖水的行星靠近恒星，燃起大火，行星成为漩涡的中心，取代了太阳，太阳变成黑煤球，退到漩涡边沿，被水覆盖，变成行星。宇宙的运动就是生和死的交替。生命在天体间传递，生命的萌芽遍布宇宙，只要有水和软泥，就能形成子宫。诗人远离了机械论，机械论并非与生机论调和，而是成就了生机论。

三、生命的力量——“万有引力”引发的意象

牛顿（1643~1727）的万有引力定律作为经典物理学的支柱在蒂泽看来依然源于古代观念：一物总是被某种与之相似之物吸引。这个观念不是完全的空想，而是有主观感受和经验作为基础：肉体的欲望。人能体会这个力量，并能将其传递于外。外传之后人本身体会到物质的相似性，并善于总结统一性，所以人通过内省发现了

引力。从历史的角度我们发现牛顿的万有引力定律不仅能解释物理现象，还能被应用于诗学研究。

笔者认为蒂泽对古代观念中两种性质的力的论述太过于简略，不足以理解"万有引力"意象丰富的象征意义。为此需要了解一下古希腊哲学家恩培多克勒斯的相关理论。恩培多克勒斯将引起万物运动的力分为吸引的力和分离的力，名之为"爱"和"憎"。[1]他认为没有这两种力，宇宙会失去平衡，不能存在。古代哲学家的命名具有十分明显的个体经验色彩。情爱、欲望和憎恶这些情绪是恩培多克勒斯"爱憎"观念的来源，也是生物亲缘性和物质同一性的一种表现：人的心理相似于宇宙的节奏。

蒂泽详细阐释了吉尔伯特的磁学象征意义，并认为弥尔顿（Milton, 1608~1674，英国诗人）的作品中有磁学的痕迹，而德国神甫及哲学家雅各布·波墨（Jacob Boehme, 1575~1624, 德国神智学者，现代神秘主义哲学家）也受到恩培多克勒斯的影响。英国物理学家、医生威廉·吉尔伯特的万有磁学接近牛顿的万有引力，天体的活力是一种有方向性的吸引力——磁力，磁力是万物有生命的表现，磁力有利于物体自身的协调以及物体之间的和谐，这是生命的本能。地球的运动是为了使自身每个部分都置于阳光之下，地球本身的欲望让它追随高级的天体。太阳对地球的规定和鼓励，以及地球对太阳的景仰和依赖，都是出于爱，这位物理学家堪比诗人。开普勒在定义牵引力和停息的力量时也如同诗人那样崇拜太阳，太阳对其他天体的吸引和驱动，使太阳成为宇宙活的心脏，上帝的化身。弥尔顿一定是受到了开普勒的启发，歌颂太阳是一盏仁慈的明

[1] 全增嘏：《西方哲学史（上册）》，上海人民出版社1983年版，第91页。

灯，行星受到太阳有磁性的光线的作用在它周围跳起了圆圈舞。这其中不仅有古代的太阳崇拜，还有但丁的风格，以及当时物理学的新名词。英国剑桥柏拉图派哲学家则更接近太阳的古希腊意象，说太阳代表“善”的理念，普照宇宙。文艺复兴时期最具诗人风范的哲学家莫过于雅各布·波墨，他将引力与辛辣、尖刻、妒忌、狂暴、欲望、获得等词语相连，将排斥力称为苦涩的力，两个力的共同作用产生焦虑，焦虑是阴暗、可怕的情绪，两种力的共同点是怒气，这也许是关于引力和斥力最富有诗意的描写。

蒂泽无意于陈述牛顿的物理学，只关心牛顿对于诗人的意义。牛顿力学对于诗人有很大的阐释空间，因为牛顿学说具有神秘主义的特点。一个物体在一定距离外向另一物体产生作用力，而不需要任何有形的媒介，这是一种神秘的作用。这个媒介可以是灵魂，也可以是上帝，物理学于是相似于形而上学，具有纯粹的精神性。神学家利用其中的宗教性，诗人则利用宇宙的生物性，认为牛顿用数理逻辑证明了宇宙和地球生命物的生物亲缘性，欲望、爱、憎不仅作用于人和动物，还作用于天体。17~18世纪的英国诗人保持牛顿力学的宗教成分，认为引力表示对上帝的爱，斥力表示对上帝的敬畏，令人痴迷、狂喜又宁静。诗人不得不崇拜太阳：引力之源，不可抵挡，散发热能、闪耀生命的光辉。天体之间互助互爱、大公无私，宇宙到处是纯洁的爱，体现了完美的社会关系。文艺复兴及其后引力的观念还是像古代那样具有伦理学的意义。从物理学到诗学的转变如此自然，归根结底是人对自身心理的直觉一直不曾失去作用。生硬的物理学不能抵挡热情的诗人心理，诗人的改造是大幅度的，甚至远离科学的本意。

蒂泽进一步阐释牛顿万有引力学说对其他欧洲国家诗人的意义。英国诗人宗教式的阐释发生偏转，法国浪漫派诗人也运用牛顿力学，但对于浪漫派诗人，牛顿物理学追求宇宙普遍规律的统一性变成了天体的个人主义。浪漫主义由于强调主体的独立意愿，与万有引力精神相背离，使个人感情的自发性变成了天体运动的自发性。这个自发性在缪塞（Alfred Musset，1810~1857，法国浪漫派诗人、戏剧作家）那里得到了充分的高尚化。天体自发运动。如果没有自发性，天体将停止运动，坠落而化为尘埃。浪漫派诗人的宇宙普遍法则不是引力，而是自发性。引力定律不断下滑，成为恣意妄为，放任自流。牛顿物理学的古典基础不能阻止整个西方18~19世纪对自由、突现、非理性与日俱增的兴趣。关于宇宙论与古典—浪漫思想潮流的关系，笔者将在第二章深入讨论。

蒂泽还认为不是所有的法国诗人都喜欢放任自流，也有对引力的温柔的描写，比如善于描写人物情感的法国天文学家卡米拉·弗拉马利翁（Camille Flammarion，1842~1925）有“彗星—天阳”的主题：彗星对太阳一见钟情，在遥远的距离以外就被太阳的光彩夺目吸引，为它驻足，继而迸发激烈的爱情，发热发光，就像遇到心上人，不由自主地投入爱人的怀抱。

在“引力”意象中，蒂泽着墨较多的还有雨果，认为雨果比缪塞更奔放。雨果没有温情也没有恣意妄为，而是反抗。引力对于雨果意味着奴役，中心天体，比如太阳，这个暴君象征死亡的专制，众星是它的俘虏。牛顿的万能上帝和美满和谐在雨果这里踪影全无。天体盲目旋转，像是冒险，在黑暗中摸索，却不知为何旋转，受到诅咒的天体在深渊里等待被救赎。关于雨果的宇宙论笔者将在本书第三章第二节进行更详细的研究。

四、种子——18世纪宇宙生机论的一个意象

宇宙的普遍相似性，这个古老的主题在18世纪表现为伟大的“存在之链”，这是对宇宙统一性、整体性的极度追求。以下将总

结蒂泽所论“存在之链”和“种子”意象。

蒂泽认为存在之链源于古代的天人关系，由于自然科学的发明创造，人们从显微镜看到了微观世界的复杂运动，人们突然觉得自己能够真切把握微观世界的秘密。关注极小的事物，粒子的运动不再混乱。人类觉得自己的智力和目力在极大和极小两个世界里畅通无阻。同时还有地层的发现：人们认为植物和动物两类物种有相同的起源，甚至动物可能由植物演变而来。人们产生了消弭物质与非物质、精神与物质之间界限的愿望。存在之链说明宇宙的连续性，这个连续性向外伸入宇宙空间，向内钻进地球的内部，存在流动起来，光滑的存在之链，以演化为法则，向两个极限增长。在这个链条上流动着一种精妙的物质，比如电、火、光、以太、引力……它们都是普遍而神秘的动因，活跃的因素。诗人将它们统一，所以产生了“种子”的意象。

笔者认为“种子”绝不是启蒙运动时期的创造，在古希腊的原子论中就可看到原型。“种子”并非可见可触，它更像“本质”“精神”，是一种媒介，连接一切物质，包含过去和未来，象征对死亡的胜利，因为“种子”是不灭的，在时间之流中永恒，生命力顽强，穿越整个存在之链。诗人远离种子的哲学，又拾起了自己的泛色情主义宇宙，使18世纪获得“放纵肉欲的时代”这样的名声。

蒂泽陈述了18世纪两位法国作家德里斯勒·德·萨尔斯（Delisle de Sales, 1741~1816）和勒斯蒂夫·德·拉·布列东（Restif de la Bretonne, 1734~1806）描写的宇宙。通过综合，我们发现18世纪宇宙生机论达到了顶点：大自然摇晃着大火炬，喷射具有生殖力的火——种子，进入地球的腹部；有生命的不仅是地球，还有其他众多行星；发光天体和昏暗天体之间传递食物，太阳也会消化，太阳的热使人的胃部消化食物；生物、人类、天体统一于“性”；有的作家还描写天体的腋毛、血液、粪便、五官、四肢等。这不是18世纪的隐喻，而是人们的实际观念。

在蒂泽的泛泛之论以外，笔者认为应提炼18世纪或与18世纪相似的宇宙观念中的宇宙特征：这种状态下的宇宙没有逻辑，也没有道德，没有自制力，没有禁忌；天体可以变性，雌雄互变，雄性可以直接生雄性。太阳以雄性之体却可以直接生行星和彗星。雄性分娩，仿佛朱庇特（宙斯）的头部跳出雅典娜；再比如，朱庇特迫使自己的父亲克洛诺斯吐出被吞噬的孩子，这都是雄性生殖的例子。行星是雌性，恒星是雄性，雄性比雌性生命力更旺盛，所以恒星比行星温度高。行星从太阳而生，太阳从中心天体而生，中心天体是宇宙之父，突兀、暴力。以上种种很像《神谱》里描写的众神混乱的男女关系。宙斯——众神之父的强悍又回到了18世纪的宇宙。近现代的科学技术比古代大有发展，但是人类的心理残留了许多原始印记，因为人不能摆脱自己的动物本性。比如上帝是第一个雄性，物质则既是它的女儿又是它的配偶。中心天体生太阳，而太阳则是中心天体的女儿兼配偶，生出彗星。天体、上帝在18世纪都具有动物性，上帝造物犹如动物分娩。18世纪宇宙生机论的结论就是：上帝是头动物。法国作家崇拜动物性的神，这是恢复了原始的巫术。

蒂泽认为19世纪的宇宙生机论比较沉闷，除了继续“种子”论和上帝动物论，还有另外的转向，宇宙蒙上悲观色彩，成为一个结冰的老人，地球的成长是痛苦，分娩没有幸福的喜悦，而是抽搐和挣扎，没有爱、同情、怜悯。19世纪的宇宙是病态的。

五、宇宙生命的三个象征：树、蛇、星云

（一）树

《宇宙与意象》综合18~20世纪的众多诗人，又提出了最具生机论色彩的三个象征：树、蛇、星云。以下分而论之。

如上所述，人们的宇宙观念经常呈现为动物性，但同时植物性的宇宙也进入创作。比如“树”意象。蒂泽在这个意象的发掘上受到了米尔恰·伊利亚德（Mircea Eliade, 1907~1986, 罗马尼亚裔美国宗教史学家）的启发，这一点从蒂泽的注释和阐述中都能发现。但蒂泽没有总结伊利亚德的“树”概念，笔者代为总结：树，更准确地说“宇宙树”是古老的象征，在斯堪的纳维亚、印度、美索不达米亚、爱琴海、阿尔泰等地的古代神话或宗教中都有树的形象。伊利亚德认为树这个范型构成一个小宇宙，表示宇宙的形象，象征生命、不竭的生育力、绝对实在、不朽的源泉、再生等。[1]在伊利亚德相关记述的基础上，蒂泽提出宇宙树表示一个生成的宇宙，象征宇宙是一个活的整体，不仅代表生命还说明生命的脆弱。

笔者认为诗人并非宗教学家，不能搜集世界各民族的树的宗教含义，我们也不能知道单个诗人的心里有多少宗教文化积淀，但诗人却通过描写挖掘了树的含义，用文学创作证明宗教学家对树意象的提炼是成功的，这个意象的影响从原始到现代，成为一个原型。

蒂泽陈述的诗人作品中的“树”意象表现出以下形态：诗人笔下的宇宙树向上下两个方向不断生长，主干粗壮，根系发达牢固。主干好比宇宙的中轴，呈现出可以依靠的安全感。可是自从哲学家提出无限宇宙，渴望安全的诗人大失所望，中轴—中心根本不存在，但诗人依然固执地想象“树”的繁茂。树的生长象征动态的宇宙，必然死亡而后重新萌发。树的无限生长又显示出攻击性和侵略性，形态有如珊瑚，枝桠众多、坚硬、不断蔓延，色彩缤纷，是一个强健、完整的形态。树的汁液流动表现出浴池的形象，宇宙浸

---

[1] ［美］米尔恰·伊利亚德：《神圣的存在——比较宗教的范型》，晏可佳译，广西师范大学出版社2008年版，第255~314页。

在一种液体中，说明宇宙温暖安全，汁液是营养液，人感到安全，好像婴儿在母体中的感觉。树继续变形，变成摇篮——宇宙的栖息地。天体是挂在树枝上的金黄或昏暗的果实，果实无数，说明树有强大的生殖力，于是又取得“葡萄树”的形态：葡萄藤是低垂的昏暗的天幕。再或者宇宙呈现花园的形象，各种植物，各个时期的植物，象征宇宙缓慢的发展过程，因为缓慢所以不易察觉，人的短视是因为人的存在只是宇宙中的一瞬。诗人经常是悲情的，飘零的落叶说明宇宙这个庇护所是不安全的。从另一方面讲，落叶意象好比落日意象，焦虑中让人类感到宇宙的节奏，花季、果季、休眠季。落日以日计，树的节奏以一年计，宇宙则以亿万年计。稍有暴力倾向的诗人善于想象树的毁灭性：树根蔓延，树枝不断分叉，植物在聚集力量，充分发展，阴暗苍白的根形成一个深渊，将宇宙的物质、能量吸收，饥饿的根，与水结合，与黑夜连成一体，使宇宙回到混沌。为了恢复宇宙的整体性，出现了逆着创造的吞噬过程。还有的诗人愿意想象树本身的毁灭：连根拔起，星星像金质的冰雹纷纷坠落……《宇宙与意象》对树意象的陈述总结了法国、德国、美国、奥地利、意大利的众多诗人学者对树意象的描写。[1]

（二）蛇

《宇宙与意象》通过诗人的描写来说明蛇的象征意义。但

[1] 其中有巴什拉尔(Gaston Bachelard, 1884~1962，法国哲学家、文论家)、雨果、拉马丁（Lamartine, 1790~1869，法国诗人、历史学家、政治家）、瓦雷利（Paul Valéry, 1871~1945，法国诗人、哲学家）、蒙贝特（Alfred Mombert, 1872~1942，德国抒情诗人、作家）、让-保罗（Jean-Paul, 1763~1825，德国浪漫派诗人）、爱伦·坡（Edgar Allan Poe, 1809~1849，美国诗人、文论家）、赫歇尔（William Herschel, 1738~1822，德国天文学家、音乐家）、布劳什（Hermann Broch, 1886~1951，奥地利小说家、剧作家）、托马索（Niccolo Tommaseo, 1802~1874，意大利作家、语言学家）等。

是蛇为什么具有特定象征意义，对此蒂泽并未提供太多信息，因为蒂泽着重于直接说明诗人作品中蛇的形态。笔者认为应在《宇宙与意象》之外寻找答案。因此不妨了解一下蛇意象的神话或宗教来源，如此才能明白文学中蛇意象的含义。

通过研究笔者发现，蛇与生命通过“性”来联系，长期以来蛇是性的象征：“如果把蛇表现在盘绕在一根柱子上，便意味着在性激情的影响下勃起的阴茎。”[1]或者说：“蛇象征色情、性欲及性姿。”[2]这样的共识建立在蛇的宗教形象基础上。在《圣经》中蛇因为引诱人吃智慧之果，而受到诅咒，成为魔鬼的象征，代表谎言、邪恶、诽谤、不实。我们似乎在《圣经》中没有发现蛇的生命意义，但是弗雷泽有一种解释，他通过比较非洲众多原始部落关于蛇的神话故事，发现非洲的普遍信念是神希望人类永生，而由于传达神意的信使犯了错误，使人落得死亡的命运。[3]最终永生的权力让蛇等一批能蜕皮的动物获得，所以人和蛇之间有争夺永生权的竞争关系。竞争的结果正如客观的现实所显示的那样，人不会蜕皮，而蛇通过蜕皮保持青春。因此似乎可以这样理解《圣经》对蛇的态度，即人竞争失败而诋毁蛇为堕落之人的原形。蛇因为本身的生理特征而代表不朽。我们在埃及的神话中发现太阳神“拉”，隼首人身，头顶日轮，日轮周围盘绕者一条眼镜蛇。蛇在古埃及是神兽，

---

[1] ［美］O.A.魏勒：《性崇拜》，史频译，中国文联出版公司1988年版，第304页。

[2] ［英］哈雷克特涅：《性崇拜》中译本，湖南人民出版社1988年版。转引自杨甫旺：“蛇崇拜与生殖文化初探”，载《贵州民族研究》1997年第1期，第67页。

[3] ［英］弗雷泽：《〈旧约〉中的民俗》，董炜钢译，复旦大学出版社2010年版，第34页。

它能与日轮并列，必定与太阳有相似之处。太阳是古埃及人的崇拜中心，太阳是永不枯竭的生命之源，象征至高权力。太阳的活动表现为循环：夜里被天空神吞食，第二天重新生出。或者有更广泛的理念，认为太阳神拉每天晚上死去，穿越冥界至黎明再升起。[1]蛇蜕皮也是一种循环，表示它可以从旧有的状态中重生。蛇与太阳乃至宇宙具有相似性，故而可以用蛇象征宇宙的秩序。在这个意义上蛇神在古埃及是“善良的精灵”，“是无始而不朽者的象征”。[2]

笔者还发现在印度神话中蛇的意义更丰富，不像《圣经》仅止于对蛇进行道德评判。印度宗教的蛇形象更具哲学和宇宙学含义。根据伊利亚德的陈述，蛇有两方面意义。一方面，印度教中有一只名叫弗栗多的巨龙或巨蛇，它与至上神、宇宙之王伐楼那惊人地相似：“他们与太初之水相关，……夜（不显现的）、水（潜在的、萌芽的）、超越和无为（至上神的特点）都是互相关联的。”[3]宇宙之王等同于蛇王或巨龙弗栗多，宇宙之王也是海洋之王，蛇居住在海里。伐楼那的性质是无所不见、无所不知、永无过错，一切罪恶都不能遁形，他奠定了宇宙规则，重建了宇宙的秩序。另一方面，《梨俱吠陀》陈述了因陀罗——无敌英雄和巨龙的战斗，通过斩杀蛇怪，宇宙的秩序得以建立，所以蛇怪又象征虚无、混沌、死寂和虚妄。因陀罗要杀弗栗多，是因为弗栗多阻断水源造成干旱和死亡。[4]矛盾在于蛇怪同时象征秩序和对秩序的破

---

[1] 符福渊、陈凤丽编译：《埃及古代神话故事》序，国际文化出版公司1989年版。

[2] ［美］O.A.魏勒：《性崇拜》，史频译，中国文联出版公司1988年版，第305页。

[3] ［美］米尔恰·伊利亚德《宗教思想史》，晏可佳等译，上海社会科学院出版社2004年版，第173~174页。

[4] 同上书，第176~177页。

坏，这是辩证法，死和生统一于蛇，蛇是宇宙的整体性，是太一，太一的混杂需要强力来分离。太一有惰性，但宇宙却是从阻力中生出，所以蛇说明了宇宙的起源。宇宙从混沌而生让我们联想到阿纳克西曼德的“无定形”或者叫“无限者”，印度神话的蛇是这“无限者”的另一种具象的表达。以上种种意义对诗人非常有利，诗人可以借助蛇和宇宙生命的关系进行更丰富的想象。

我们可以总结《宇宙与意象》网罗的18~20世纪一些诗人[1]如何描写蛇形宇宙：蜿蜒曲折、半明半暗、柔软无力、潮湿温热，这是宇宙未分化的原初状态。蛇身体时而紧缩时而膨胀，象征宇宙有节奏地毁灭和生长。蛇从泥浆中生出，水和土的混合也是混沌可能有的物质。蛇怪被斩杀的碎片形成天体；或者蛇的鳞片纷纷掉落变成闪亮的星星。蛇蜕皮象征宇宙从死亡中新生。蛇吞食自己的尾巴象征生命的永恒循环，一切物质都要回归宇宙的整体性。蛇螺旋状的身体象征运动。蛇通过缠绕猎物致其死亡，象征宇宙毁灭的痛苦，黑暗、破碎、狭窄的焦虑。蛇松开缠绕象征宇宙从黑暗过渡到光明、丰饶。与蛇相关的还有水螅、龙和章鱼。诗人用水螅头部可以再生说明宇宙再生的能力。龙喷火则象征创造的激情和力量，宇宙具有强烈的自发性。章鱼吞吃食物，包围上帝，吸食圣血，象征宇

[1] 除了上文说过的Bachelard、Hugo、Mombert、Jean-Paul，还有法国诗人Lautréamont（1846~1870）、Nerval,（1808~1855），法国小说家、记者Elémir Bourges（1852~1925），英国诗人或小说家Byron（拜伦，1788~1824），英国作家Kipling（1865~1936），英国作家D. H. Lawrence,（劳伦斯，1885~1930），德国炼金术士、作家Perhety(1716~1796)，德国自然主义、印象派作家Arno Holz(1836~1929)，瑞士小说家、剧作家、随笔记者H. Broch(1886~1951)，比利时法语作家Maeterlinck（梅特林克，1862~1949），瑞典化学家Svante August Arrhénius（1859~19927），美国地质学家Alexander Winchell（1824~1891）。

宙的收缩。虽然水螅表示水、蛇表示土、龙表示火，但在诗人的想象中已经消弭了三者的差别，只剩它们的共性，诗人将它们相互替换，互相借用形式。

（三）星云

关于星云，蒂泽的想法是：星云总是与水有关，而水是宇宙的原生物质，所以星云是水状原生质的一种形式。凡描写星云的诗人，其心理的本质在于向宇宙本原回归。诗人有关于星云想象的各种形态。在陈述星云意象之前，蒂泽从水的原型开始论述，引入了伊利亚德关于水的研究结论。蒂泽虽有所引入却没有进行相关说明，因此笔者代为补充。伊利亚德认为水在世界各民族——印度、巴比伦、中美洲、古希腊等宗教文化中都具有深厚的含义：水是万物的种子，宇宙起源于水，水是生命之源，基督教的浸礼和洗礼发挥了水的净化和再生功能。[1]水意象的分析是为了说明“星云”是水意象的一种表现形式。关于星云，蒂泽像所有了解天文学的人一样，最先想到的是康德—拉普拉斯关于太阳系起源的“星云”假说。笔者认为用“星云”象征宇宙生命，这是一个复杂的问题。《宇宙与意象》的描述始终以诗人和诗作为主，对于其中象征意义的形成并未详细说明。我们的研究不能仅止于像蒂泽那样罗列诗人的描写，还要探究星云象征意义形成的原因。

蒂泽虽然首先提到康德—拉普拉斯的星云假说，但并未陈述其理论要点，笔者认为需要有所补充。康德—拉普拉斯的星云说从物理学的角度解释是很繁琐的。诗人对星云说涉及的力学、离心力、角动量、质点等术语并没有强烈的兴趣。针对蒂泽提出的星云和宇

[1] ［美］米尔恰·伊利亚德《神圣的存在——比较宗教的范型》，晏可佳译，广西师范大学出版社2008年版，第178~206页。

宙生命的象征关系，笔者认为需要在《宇宙与意象》之外研究康德和拉普拉斯对星云的想象心理，即直接从康德的《宇宙发展史概论》和拉普拉斯的《宇宙体系论》中进行总结。首先要明确二人如何描述星云。康德说：宇宙的初始是简单的混沌状态，是原始的自然状态，太初时整个宇宙空间充满基本微粒，自然是无限的，所以微粒的差别也无限多，微粒种类繁多，它们的基本能力就是使它们相互运动，它们是活力的来源。❶拉普拉斯说：原始物质是流体，而且范围广大，太阳的原始状态是星云，星云物质在最早的时候稀薄弥散，其中有暗淡的核心，原始星云异常弥散，甚至近于不存在。❷二人对原始物质——星云的描述中并没有类似于营养液、羊水、精液、淤泥等水状物质的痕迹，我们感觉到的是笛卡尔充盈、旋转、机械的宇宙模式的影响，而笛卡尔充满物质的宇宙没有生机。我们不应当拘泥于他们的描述，而是应当发现他们的理念：宇宙是生成的，而不是从来就存在并一直如此的。这样的宇宙发生论有起点，而起点必然预示终点。宇宙的发生与终结是宇宙生机论的基础，不能想象不变的宇宙能够有生命，生命是一个悖论，证明生命成立的不是生命本身，而是死亡。

以上陈述虽然说明宇宙在变化生成中，但二人的学说并不能说明星云可以像水一样营养丰富。蒂泽既没有陈述康德–拉普拉斯的星云说理论本身，也没有说明星云和水之间是如何建立联系的，笔者认为要建立这一关系还需要从其他方面进行挖掘。首先从科学的意义上说“星云”这个名词产生于17~18世纪，当时人们用不太

---

❶ ［德］康德：《宇宙发展史概论》，上海外国自然科学哲学著作编译组译，上海人民出版社1972年版，第24~65页。康德这部著作发表于1755年。

❷ ［法］皮埃尔·西蒙·拉普拉斯：《宇宙体系论（附录七）》，李珩译，上海世纪出版集团，上海译文出版社2001年版，第444页。

精致的天文望远镜观察到太空中模糊的斑点，因为呈现云雾状，所以称之为星云。[1]这方面有法国天文学家梅西叶（Charles Messier, 1730~1817）和英国天文学家赫歇尔（Friedrich Wilhelm Herschel, 1738~1822）的星云观察以及他们的星表为证。伽利略是第一个通过望远镜观察到银河系的科学家，他发现银河系只是一个众多星星的集合体。[2]笔者发现，从天文学家或哲学家的著作中人们不能想象星云具有水的性质，而诗人却坚信这一点，于是笔者猜想这也许来源于人类对原始信仰的记忆。在以上的天文观察之前，古人早已有关于星云——银河的观察和想象，因为没有观察仪器，人类最早凭肉眼看到的星云只有银河。说明古人对银河的性质和形态的认识，能够让我们明白近现代人，尤其是诗人对星云的想象。而关于银河具有水的形态，笔者找到了很多证明。古印度有银河下凡的故事：某个国王的妻子生下苦瓜状物，瓜子在热酥油的罐子里化成6万个儿子，一位修道士眼中的神火焚烧了这群作恶多端的孩子，他们的后代求银河下凡，银河流过湿婆的头发，净化了6万个先祖的灵魂，下凡的银河被称为神圣的恒河。[3]这是个意义丰富的故事：6万个儿子代表数量众多的天体，作恶多端很可能说明古人认为天体运行有偏离轨道的现象，宇宙天体因为偏离轨道而毁于大火，但水一直存在，并由水中产生了新的生命，水的作用是净化和重生。宇宙生命在火和水中轮回。银河与地球上的恒河存在对应关系，人们崇拜恒河的养育能力，并将它神化，在银河与恒河之间建立对应关

---

[1] 《大美百科全书》卷12，光复书局1990年版，第14页。

[2] *Grand Dictionnaire Encyclopédique Larousse*, Librairie Larousse, 1985, p. 10832.

[3] 《中国百科大辞典（卷9）》，中国大百科全书出版社2004年版，第6459页。

系，因此银河同恒河一样具有养育能力，后者养育肉体，前者养育精神，肉体和精神结合才有完整生命，所以银河和恒河是同一的。

笔者还发现银河的称谓也具有启发性。在现代欧洲语言中，银河有不同的说法，法语叫la voie lactée，英语叫milky way，都与奶这样的液体有关。比如其中的lactée，法语意思是“奶状的”，或者“与奶有关的”“象奶一样的”，来源于拉丁语的lactus，[1]拉丁语意思是“奶的”“充满奶的”“乳白色的”。[2]银河系还有学名，法语称为galaxie, 来源于拉丁语galaxias, 这个词的词源是希腊语gala，意思是“奶”。[3]用奶为银河命名，不仅考虑到它们相似的颜色和形态，也隐含它们有相似的作用。这种相似性可以用希腊神话证明。古希腊神话说女神朱诺，即天后赫拉被宙斯的私生子赫拉克勒斯吮吸乳头，赫拉克勒斯用力过猛，使朱诺疼痛而推开赫拉克勒斯，乳汁喷溅而成银河。在神话中，朱诺的乳汁有令饮者长生不老的神奇作用，这说明在古人的心目中银河是营养的、神圣的液体。用奶汁类比银河，可见希腊人具有银河养育生命的信仰。以上两方面的证据说明银河—人类首先认识的星云是液态的、营养丰富的。

如此一来，就很容易理解蒂泽为什么说星云具有水的性质，也可以明白诗人使用的星云意象的含义。蒂泽认为，诗人的作用就是将原始心理进一步夸大，使星云具有水——宇宙原生质或者混沌的形态和性质，并进而用星云象征宇宙生命。诗人笔下的星云是这样的：同质的液体、流动的河。河水溢出河岸，营养丰富，是女人

---

[1] *Paul Robert, Dictionnaire Alphabétique et Analogique de la Langue Française*, Tôme quatrième, Société du Nouveau Littré, 1973, p. 16.

[2] 谢大任主编：《拉丁语汉语词典》，商务印书馆1988年版，第315页。

[3] Paul Robert, *ibid*, Tôme troisième, p. 204.

的乳汁。原始星云充满宇宙，在寂静中扩展，有活力、有力量。原始物质有弹性，星云的核在震动和碰撞中变大，这就是太阳的胚胎。星云是创造的摇篮，也是坟墓，说明宇宙开始的状态，也预示宇宙毁灭时的状态。原始物质收缩、冷却、凝结，天体形成，天体无限膨胀，进而弥散，再度化为原始星云。星云中漂浮着天体尸体的分解物，宇宙毁灭，等待下一个周期。星云是闪光的深渊，也是白色的溪流，是上帝许诺的福地，是人类的故乡。原始星云中的粒子象征孕育，是种子、性细胞、鱼卵。星云还被比做枝条上昆虫结的茧，茧里是星星的蛹，天体的成长就是蛹的成长。地球的大气也是一个茧，茧中藏着诗人怕冷的灵魂。茧既是束缚，也是庇护。星云或者是个蜘蛛，随时等待引诱和捕获。星云的魅力在于它是一团飘荡的薄雾，它放任自流，自由而慵懒，是摇篮、子宫、巢穴，更是母亲的怀抱。这一比喻来源于诗人对童年时光的留恋：诗人喜欢被拥抱，被摇晃，这是未出生的至福，四肢浸在营养液中，诗人需要一种可触知的流质。笔者认为，人类对银河的感情并没有因为时代的变迁而改变。究其原因，无论物质环境如何变化，人由动物性而具备的自然特性是不变的。从神话时代到20世纪，人类对宇宙想象的一致性也许来源于生理和心理需求的固定性，现代诗人依然不免于此，这从《宇宙与意象》在星云这部分网罗的诗人能够看出来。[1]

---

[1] 法国诗人或学者：Apollinaire, Lamennais, Jean Reynaud, Paul Claudel, Lamartine, Jules Laforgue, Hugo, Faye, Bachelard, Rolland de Renéville, Nerval, Laplace, Baudelaire；英国诗人或学者：Edward Young, Milton, William Whiston；德国诗人或学者：Friederich Schlegel, Goethe, Kant, Novalis, Henri Heine；美国诗人：Edgar Poe；苏格兰天文学家：James Croll；瑞士自然学家：Horace-Bénédict de Saussure；瑞典化学家：Svante August Arrhénius。

六、天体的死亡方式

受到蒂泽的启发，笔者认识到：诗人不仅描写生还描写死，让幸福与悲哀建立联盟。诗人可以纯粹描写生或死，也可以在生中描写死，在死中描写生。死和生互相孕育，互为起点，互为终结。比如象征死亡的黑夜也可以是神圣的、有生命的、创造性的黑夜，母亲子宫中清新的黑夜。再比如末日的海，死亡的海可以突然转变为原生质的海、孕育的海，海中腐烂的淤泥有可能是种子生长的土壤。再或者诗人可以从石化的黑夜直接进入母性的黑夜…… 诗人非常自由，不需要逻辑的论证，仿佛辩证法是所有人的本能。相比而言，科学家若执着于数理逻辑，则会失去很多自由，因此实证是对想象力的扼杀。

生死总是相连，所以在热烈地讨论过生以后，要看看天体如何死亡。蒂泽认为或许可以将天体——具体地说是地球的死亡分为三种方式：被撞击而分解、冷却至冰冻、被太阳吞噬而焚烧致死。科学家有许多假设，比如，笛卡尔假想太阳表面结成硬皮而使地球冰冻而死。地球也可能遭到彗星撞击而分解。欧勒[1]则通过计算发现地球正在不断靠近太阳，最终地球将坠入火海。布丰[2]相信地球核心的热量总有耗尽的一天，所以地球将冰冻而死。康德则始终被弥散的星云物质萦绕，分解和结合是康德所认为的轮回，所有天体将暂时回归原初的混沌，再从混沌重新生成。

蒂泽说心理分析学者将人类经常设想世界末日的心理称为死亡本能。[3]笔者认为，其实这种所谓本能只是古人对自然和人类社

---

[1] 欧勒（Euler, 1707~1783），瑞士数学、物理学家。

[2] 布丰（Buffcn, 1707~1788），法国自然学家。

[3] Hélène Tuzet, *ibid*, p. 442.

会进行观察所形成的知识。笔者提醒大家关注一点：除了科学的论证和发现，这种本能还有各种古老的宗教式表达，即所谓最后审判或末世论。蒂泽没有论及最后审判或末世论，笔者认为有必要明确这些宗教概念，顽固的宗教式的表达说明死亡本能是一种根深蒂固的观念。很多宗教教义中都有针对个体的审判，教派通过这种教义告诫人们活着的时候不要作恶，人要明白自己的罪，并通过善行来赎罪。末日来临时死者被复活，好人上天堂，恶人下地狱，这种思想来源于公元前10世纪伊朗的琐罗亚斯德教，它的末世论被后来的犹太教、基督教、伊斯兰教等宗教吸收。[1]另外埃及神话也有通过心脏对人的最后审判。这些只是地球末日时人的遭遇，地球本身也有末日迹象，比如，琐罗亚斯德教《阿维斯塔》的钵罗婆语译本《班达喜兴》描述世界末日时如江河一般泛滥的大火熔化群山和金属。[2]再如，伊斯兰教的《布哈里圣训实录》和《穆斯林圣训录》关于末日景象的叙述：人类相残，恶魔出现，地震频繁，海水涌向陆地，暴风将人们投进大海，陆地沉陷，也门燃起大火，地心喷火，太阳从西边升起等。[3]

蒂泽陈述了诗人在宗教神话和科学发现的多重影响下，以各

---

[1] 琐罗亚斯德教在中国称为祆教，关于琐罗亚斯德教的末世论参见［伊朗］贾利尔·杜斯特哈赫选编：《阿维斯塔》卷一，元文琪译，商务印书馆2010年版，第89页之《亚斯纳》第四十八章："世界末日到来之时，真诚、善良者将在天国享受阿胡拉的恩典和光辉，虚伪、邪恶之徒将跌落阿赫里曼黑暗的地狱。"其末世论被后来宗教吸收的论断参见《祆教史》前言，龚方震、晏可佳著，上海社会科学出版社1998年版，第2页。

[2] 龚方震、晏可佳：《祆教史》，上海社会科学出版社1998年版，第62页。

[3] ［埃及］穆斯塔法·本·穆罕默德·艾玛热 编：《布哈里圣训实录精华》，坎斯坦勒拉尼注释， 宝文安、买买提·赛来 译，中国社会科学出版社1981年版，第123页。《穆斯林圣训实录全集》，穆斯林·本·哈查吉辑录，穆萨·余崇仁译，宗教文化出版社2009年版，第736~754。

种方式想象地球的死亡，比如太阳不再升起，地球一片黑暗，黑暗的夜或黑暗的海。描写黑暗的夜的诗人坚信虚无，他们残暴、冷酷，不仅要消灭个人的存在，还要消灭存在本身，消灭宇宙和上帝，他们通过面无表情、沉默、静止的女神说明夜的绝对冷、生硬、僵直。巨大、盲目的黑夜是太空最深沉的宁静：无形、无限、虚空、贫瘠。虚空可以吞没地球及所有天体直至宇宙全部，虚空可以抚平所有痛苦，上帝只是短暂的闹剧，只有虚空才是绝对的永恒。黑暗的海则是地球未来的裹尸布，通过另一个天体的吸引力，海水淹没整个地球。沉重、粘稠、荒凉的海没有任何可以生育的泡沫。海潮暗涨，吞没万物。垂死的太阳照亮海面，太阳象征原始的焦虑，海象征上升的衰老的力量。宇宙沉睡了，诗人的海不仅在宇宙中，更在灵魂的底部，人的灵魂沉陷，陷入敞开的盲目的深渊，深渊广阔深邃，无声息，无怒气，深渊和虚空是同一，它们都是“无”。全部消失、蒸发、挥发所剩的“无”对于诗人是一种持久的魅力。笔者认为这不是个别诗人的心理，而是众多诗人[1]集体想象的结果。死亡的本能从原始人那里就注定了，这本能的实质是古人对万物死亡的必然性的认识，是人类早已具有的智慧。无论是太阳的坠落，还是动植物以及人体的衰老、死亡和腐败以及自然灾害，都深深刻进人类的记忆，几经沉淀，到了现代越来越浓烈，诗人使用最诡异的形象说明人类的原始焦虑。近现代的诗人比公元前

---

[1] 意大利诗人、文论家或哲学家：Giacomo Léopardi（1789~1837），Arturo Graf（1848~1913）；法国诗人或画家：Leconte de Lisle(1818~1894), Léon Dierx(1838~1912), Jules Laforgue(1860~1887), Louis Hyacinthe Bouilhet(1822~1869)； 英国诗人或作家：Coleridge(1772~1834), Byron(1788~1824), Herbert George Wells(1886~1946)； 美国诗人：Walt Whiteman(1819~1892), Edgar Allan Poe(1809~1849)。

的宗教人士更加狂热和夸张，诗人似乎是离现代化最远的人，因为现代化很多情况下只说明物质的环境，而人的心态之中有一种对本性的固守。这也许就是《宇宙与意象》之所以能将现代和古代连接的原因吧。

蒂泽说明了诗人根据自己的性格选择地球的某种死亡方式，比如有一些诗人做着“石化”的噩梦，巴什拉尔称之为“美杜莎”情结。❶笔者认为巴什拉尔非常善于使用“情结”，比如他的《火的精神分析》中提出的三个情结：恩培多克勒情结（关于自焚）、诺伐利情结（关于摩擦生火）和霍夫曼情结（关于酒精—液体的燃烧）。巴什拉尔认为每部作品都需要一个情结，这样才能获得自己的整体性或一致性，情结使作品不会枯竭，情结是与无意识交流的方式。❷笔者还认为，不仅是一部作品，而是许多诗人的作品甚至整个人类的思想都处在某些情结的作用之下，所以人类的思想才从古至今呈现出某种一致性。

美杜莎这个神话人物对理解诗人的石化宇宙有一定帮助。由于蒂泽未对此进行陈述，笔者认为也可以有所补充。美杜莎是希腊神话人物，古罗马诗人奥维德（公元前43~公元18年）的长诗《变形记》对美杜莎有较完整的陈述：宙斯之子珀耳修斯斩杀蛇发女怪美杜莎，并数次用美杜莎的头将人与物变成石头。比如巨人阿特拉斯看到美杜莎的脸变成大山、须发变成树、肩膀两臂成了山脊、头变成山峰、骨头变成石头。❸因为《变形记》吸收了大量希腊文和

---

❶ Hélène Tuzet, *ibid*, p. 453, 以及注释57。

❷ ［法］加斯东·巴什拉尔：“火的精神分析”，见［法］弗朗索瓦·达高涅：《理性与激情》附录，尚衡译，北京大学出版社1997年版，第104页。

❸ ［古罗马］奥维德：《变形记》第四章，杨周翰译，人民文学出版社1984年版。

拉丁文的诗歌，集古希腊神话之大成，[1]所以从中能确定在希腊神话中美杜莎的目光有石化的魔力。这个神话是荒诞的，然而荒诞流传至今，诗人仿佛看到美杜莎尚在人间行走，并勾勒出美杜莎的目光所到之处地球的荒凉。这则神话之所以能流传至今，也许是因为从宇宙科学的角度来说地球有可能石化。

蒂泽所陈述的诗作中的相关描写既神话又科学：地球的火熄灭了，世界末日的雪让海洋冰冻，绝望的冰冻住了地球，使周围的以太收缩。致命的寒冷将生命一网打尽，细胞冻结，物种退化，太阳也熄灭了。或者水全部蒸发，干旱席卷地球，形成更加冷酷的石化。海底干涸，山光秃秃的，寸草不生，盐和沙代替了雪，盐还有净化和保存的的功能，它是地球的裹尸布。再或者植物变成矿物质，人类最后的抗争就是开垦沙漠，坚硬的土地像黑铜一样发出回响。瘦骨嶙峋的地球上到处是花岗岩。大气静止，天体像水晶一样棱角锋利，或者还有金质的天体光滑闪耀。石化是一个优美的魔术，没有突如其来的暴力，没有攻击性。

蒂泽认为美杜莎的石化或许让诗人感到的并非死亡的凄凉，而是水晶的明确、清晰、安全，他们不喜欢分裂和大量的繁殖，他们厌恶生命的千姿百态，他们喜欢统一、纯粹，巴门尼德的幽灵依然飘荡在20世纪的天空。《宇宙与意象》总结了一批18~20世纪的

---

[1] 《不列颠百科全书》卷12，中国大百科全书出版社1999年版，第480~481页。

诗人、作家或学者说明巴门尼德虽死犹生。[1]

噩梦总是要醒的。蒂泽使我们认识到，诗人的想象如何百转千回，干燥冰冷的矿物也能生殖，一个无机世界逐渐诞生。无机物宣判有机物死亡。无机物可以自发运动，比如磁铁，结构多样，稳定而可塑，成螺旋状，波浪形起伏，成群增长。这种矿物质能吸收红血球，在人类的尸骨上大量繁殖，人类谦卑地倒下，使自己的生命进入新的存在物中。[2]矿物质的后代将产生卓越的思想，地球将见证另一个辉煌的文明。诗人的想象来源于地质学研究，地质学家在地层深处发现了史前神秘文明的痕迹，而人类与之没有任何交流。所以蒂泽启发笔者认识到：不仅是诗人，那些看到或听到这些遗迹的人也许会幻想曾经有另一个物种统治地球，地球可能已经历了无数次文明。人类的王国只是其中的一个阶段，就像被嘲笑的上帝，人类和他的想象物都只是短暂的闹剧。人类的末日并非宇宙的终结，甚至也不是地球的终结，没有植物的芳香和动物的颜色的地球也许将呈现另一番色彩和景象。由此可见，诗人是最会变魔术的，最善于在生中描写死，在死中描写生，诗人是一群始终在生死之间游走的人。

七、宇宙生命的循环——“火”意象始末

笔者认为应该首先在《宇宙与意象》之外考察一下火的独特

---

[1] 法国诗人或小说家：Grainville(1760~1805), Nerval(1808~1855), Jules Verne(1828~1905), Léon Dierx(1838~1912), Joris-Karl Huysmans(1848~1907), Jean Richepin(1849~1926), Jules Laforgue(1860~1887)；英国诗人：William Black(1757~1827), Byron(1788~1824)；意大利诗人、文论家：Arturo Graf(1848~1931)；奥地利小说家：Hermann Broch(1886~1951)。

[2] 这是法国比利时裔科幻小说家Joseph Henri Rosny aîné（1856~1940）和法国诗人Louis Hyacinthe Bouilhet(1822~1869)描写的石化地球，参见Hélène Tuzet, ibid, pp. 458-461.

性。在古代宗教、哲学和艺术中火的位置很特殊。人类日常生活离不开火，所以在古代民族，比如古印度和伊朗的宗教中都有拜火的习惯。印度有火神阿耆尼，表现为太阳、闪电和地火。公元前10世纪伊朗的琐罗亚斯德教崇拜火神更为虔诚，被称为拜火教。琐罗亚斯德教中火的意义较印度人的火更广泛，还包括胜利之火和生命之火，火能给人安慰和生计，给人劳动的力气，使人获得知识和智慧，从精神上战胜邪恶，在战争中打败敌人，在农业上获得丰收；另外琐罗亚斯德教的末世论中火也有决定作用，救世主用火对所有的灵魂进行判别，称为“火判”。[1]

笔者还发现，在古希腊罗马哲学中火作为四元素之一，与其他三个元素相比，被使用的频率最高。古希腊罗马哲学家论火大概有四点：（1）赫拉克利特以火为万物的始基（参见本书第一章第一节）。其后的西塞罗（Cicéron）继承了赫拉克利特关于所有元素都从火中产生的思想，并说明火的艺术家气质，塑造万物，进入万物，使万物有生命。[2]（2）泰勒斯与柏拉图以“火”论“以太”，两人都认为以太介于火与气之间，是气中最精致、明亮光洁的部分（参见本书第一章第二节）。同时柏拉图还赋予火重要的作用：明亮的火焰能给眼睛以光亮，因为火的作用，人才能看见万物。[3]柏拉图还有关于火灾的哲学：天体运行偏离了轨道，引起火灾，并说宇宙将发生多次火灾，每次火灾之间间隔很长，火灾的周期性反复

[1] 龚方震、晏可佳：《祆教史》，上海社会科学出版社1998年版，第2页、第31页。

[2] Hélène Tuzet, *ibid*, p. 473.

[3] 柏拉图：《蒂迈欧篇》，45 B、 C和 D。王晓朝译：《柏拉图全集（卷三）》，人民出版社2003年版，第296~297页。

构成宇宙循环。[1]（3）毕达哥拉斯派宇宙模式有中心火的说法（参见本书第一章第一节）。火是宇宙的中心，照亮了所有天体，火的热量是生命产生的原因。亚里士多德继承了柏拉图火灾的大年的观念，但他只崇拜神圣的以太，对火元素不太重视，火只是构成地上物质的世俗的四元素之一。（4）斯多葛学派有关于火的宇宙生成论，上帝由火组成，上帝的一部分火转变为其他元素构成万物，世界周期运行结束于一场大火，宙斯将火收于自身之内，再于某个时间释放出来，火是宇宙创造消灭更替的原因。[2]所以火有两种作用，烧毁和培养。这其中有赫拉克利特、柏拉图、亚里士多德宇宙论的种种痕迹。

蒂泽说，基督教认为火灾之后宇宙并未进入另一个循环，而是在火的提炼下获得永不腐烂、脱离轮回的青春。[3]但蒂泽没有对火的宗教意义进行溯源，尤其没有提到比基督教更早的琐罗亚斯德教中有关火的教义，笔者对此给予补充。中世纪基督教直接继承琐罗亚斯德教教义，在琐罗亚斯德教中，火的价值就是神意裁判，区分善与恶、纯洁与肮脏，火的作用是净化。哲学式的宇宙论大多主张循环，与哲学不同，宗教式的宇宙论——尤其是琐罗亚斯德教和基督教——其宇宙不会定期更新，而是一劳永逸的变成不朽，目前这个宇宙是最为肮脏和罪恶的，所有罪孽正等待一场大火，大火之后是宇宙的永生。作为基督教末世论的来源——琐罗亚斯德教，它的经典译本《班达喜兴》说得很清楚：末日以后每个义人都将得到永生，人与神一样地思想、语言、行为，生活在温暖幸福的乐园。[4]

---

[1] 柏拉图：《蒂迈欧篇》，22 C和 D，同上书，第273~274页。

[2] ［德］E.策勒尔：《古希腊哲学史纲》，翁绍军译，山东人民出版社1992年版，第229页。

[3] Hélène Tuzet, *ibid*, p. 482.

[4] 龚方震、晏可佳：《祆教史》，上海社会科学出版社1998年版，第62页。

在以上过程中，火从自然的形态上升到神的位置，直觉与经验的含义逐渐减少，幻想和非理性的成分不断增多。无论如何，诗人得到很多启发。蒂泽认为从人的观察和内心感受来讲，火的形态是这样的：跳动、吞噬、夺取、捕获而自己不被捕获、拥有、自由、逃逸，能增加生命的热量，激发内心灼热的感觉。火是物理以及精神的现象，代表欲望和激情。诗人将火的哲学、神学、物理学的多重含义组合，使火具有破坏、净化、创造的功能，并将火与爱连接。火是怒气，渴望捣毁，上帝的怒火引起世界的末日，不纯净者需要被火熔化。据说古代人类用火烧草和树木以便于农耕，熊熊的火焰壮观的景象烙进集体意识。世界为了新生必须经受痛苦，火焰象征这种痛苦。火能够分解万物，万物极度分解成为同质的混沌。火产生热量，帮助消化，食物分解增加人体的生命力。欲望和愉悦也是内心的火，火具有明显的性学含义。

蒂泽的火意象继而引发了其他三个象征：飞蛾、凤凰和恩培多克勒斯情结。扑火的飞蛾象征渺小并垂死的人类对盛大光辉的迷恋和崇拜，在蝇营狗苟、庸庸碌碌中生活的人渴望化成辉煌之物，不惜付出生命的代价，这种行为没有重生的希望。扑火的飞蛾是诗人灵魂的象征，灵魂熔化进天体的大火，又从火中发散而出。凤凰则是很多民族的神话形象，它轻盈、敏捷，是火焰的形态，凤凰涅槃说明衰老需要自我更新。浴火凤凰又引发柴堆的意象，上帝的金发飘向香料垒成的柴堆，点燃柴堆，血液、精气热烈沸腾，火焰释放出一只永恒的鸟。

恩培多克勒斯情结也许源自赫拉克勒斯（Hercule）神话。蒂泽未论及赫拉克勒斯神话，笔者给予补充。赫拉克勒斯从母亲那里获得的肉身被火烧毁，而从父亲宙斯那里获得的不朽的部分解放出来，上升至光芒四射的恒星区域，成为一个星座。[1]诗人想象重生的灵魂为自己造就了一个与灵魂匹配的光辉的肉体。据说恩培多克勒斯跳进了爱特拿火山，为了证明自己是神。[2]

蒂泽罗列了一批对这些神话传说非常敏感的诗人，凡人用各种方式使自己神圣化，比如利用火的净化作用，使自己的形体变成像以太一样纯净的物质，并与恒星和神重聚，共享真福。人变神的愿望由来已久。火能使灵魂飞翔，就像芦苇上闪烁的光芒，能使天体熔化，物质变得柔软、透明、简单。净化的天体从耀眼的光芒中升起，光生出了旋律，旋律生出了光，宇宙在燃烧中恢复和谐，沉浸在音乐和光明中。火光将地狱吞没，赦免所有罪恶。光明占领了黑暗的领地，黑暗的天体变成蓝色的天堂。火生出的光，不仅是物质燃烧的光，而且是以太的光，智慧、理性的光，灵魂和天体的上升都是受到光的吸引。[3]

蒂泽认为近现代科学为火这古老的意象增添了新内涵。围绕近现代天文学新发现，地球上的火继古代的神话含义之后又有了科

---

[1] ［古罗马］奥维德：《变形记》，杨周翰译，人民文学出版社1984年版，第122页。

[2] ［英］罗素：《西方哲学史（上册）》，何兆武、李越瑟 译，商务印书馆1963年版，第84页。

[3] 蒂泽将以下诗人或学者放进这三个象征构成的序列里：Sénèque（4~65，古罗马哲学家），Lactance(250~325，罗马帝国非洲区修辞学家、诗人)，Claudien（370~404，拉丁诗人）；法国小说家或诗人：Hugo，Fourier, Lamartine, Nerval, Balzac, George Sand（1804~1876），Charles Baudelaire(1821~1867)，Pierre Teilhard de Chardin(1881~1955)；意大利诗人或作家Dante（1265~1321），Marcile Ficin (Marsilio Ficino, 1433~1499,意大利哲学家、天文学家), Gabrieled' Annunzio(1863~1938，邓南遮，意大利颓废派、唯美主义作家)；英国诗人Edward Young（1683~1765）；德国诗人或学者：Kircher, Jean-Paul, Friedrich Hölderlin(1770 ~1843，荷尔德林，德国“上古典-浪漫”时期诗人、哲学家），Friedrich Gottlieb Klopstock(1724~1803)。

学与神话混杂的含义。比如，由于地球不断靠近太阳，海水全部蒸发，或被地心吸收，干旱使地球毛孔张开，地心火流出，矿物和金属全部熔化，火包围一切生物，熔化的液体就像压榨葡萄流出的汁液。上帝的怒火酿成酒，流动的淡红的地面发出胜利的巨响和“哈利路亚”的颂歌。地球成为一个纯净、平坦、同质、伊甸园式的天体。灭绝天使变成一颗彗星，这个可怕的天外来客举着火把，点燃地球这个柴堆。彗星的回归导致宇宙演化的循环。彗星这个坚硬巨大的天体在太空游荡，寻找猎物，表面像一具尸体，内里隐藏着火。彗星时而像一个淫荡的妇人，撞击地球，让地球燃起欲火——毁灭之火；时而又带来火种，让天体诞生。所有行星都如同地球一样以各种形式纷纷死去，太阳也熄灭了，天体互相追逐，奔向太一，聚集成少量的无限大的球体，它们渴望太一，渴望拥抱统一性，它们激烈的情感恰似飞蛾的情怀。诗人在想象地球、宇宙的大火时，定然怀着古怪的喜悦心情，就像魔鬼看到黑暗中一团团红色的火球感到心满意足。诗人时而想象自己是上帝，时而想象自己是魔鬼。在科学和神学混杂的宇宙大火方面，《宇宙与意象》网罗了众多17~20世纪的欧洲诗人和学者。[1]

---

[1] 英国神学家、历史学家、数学家William Whiston(1667~1752)，英国自然学家John Ray（1627~1705），英国作家、神学家Thomas Burnet（1635~1715），英国科幻小说家Herbert George Wells（1866~1946），英国诗人Edward Young（1683~1765）；法国诗人或小说家Hugo, Lamartine, Restif de la Bretonne, Marcel Schwob(1867~1905)，Edmond Haraucourt(1856~1941)，Jean Rameau(又名Laurent Labaigt, 1858~1942)；德国诗人作家或哲学家：Jean-Paul, Kant , Friedrich Gottlieb Klopstock；瑞典小说家Maeterlinck；苏格兰科学家James Croll(1821~1890)；意大利诗人Giovanni Pascoli(1855~1912)；美国诗人、文论家Edgar Poe。

所有关于宇宙生命的意象都是在用某种方式描述或解释宇宙的生灭。认识和想象宇宙生命，是宇宙科学和文学创作的共同主题。

第二章 《宇宙与意象》论浪漫主义

意象是《宇宙与意象》最显著的内容，笔者认为除意象之外还应该研究蒂泽潜在的观点，比如浪漫主义。蒂泽对浪漫主义本身并未系统论述，只给出了一些片段论述和暗示。笔者认为应对其进行总结和发掘，以呈现蒂泽论浪漫主义的特色。浪漫主义是欧洲思想史上的重要潮流，其影响及于政治、哲学、文学、诗学等众多领域。《宇宙与意象》比较关注浪漫主义和宇宙科学哲学的关系，但这一关系是隐含的，虽然表现得不明显，但不能认为蒂泽对浪漫主义没有观点，相反蒂泽对浪漫主义有清晰的认识，她分解了浪漫主义的诸多特征，将它们散放各处。我们若能归纳这些散放的细节，便可了解蒂泽关于浪漫主义的整体观点。这些星星点点的论述如同一个网络将诗人、学者，科学、哲学、神话连接起来，使《宇宙与意象》兼具文学批评与观念史双重价值，实践了客体意象批评的核心理念——将文学与文化相联系，发现文学的“文化类情结”。[1]

一、蒂泽对浪漫主义的论断

笔者注意到除蒂泽以外的大多数学者研究浪漫主义时总要对浪漫主义进行定义，指明其发生的年代，陈述各种导致浪漫主义的原因，主要是哲学和政治原因。比如罗素从哲学角度出发，将浪漫主义的发生归结为主观主义思维方式的不断深化，并认为这种状况

---

[1] ［法］让-伊夫·塔迪埃：《20世纪的文学批评》，史忠义译，河南大学出版社2009年版，第89页。

的形成起因于16世纪以后的宗教改革。[1]朱光潜先生则指出德国古典哲学是浪漫主义文学艺术运动的理论基础。[2]这不仅是朱光潜先生一人的见解，英国哲学家、政治理论家、观念史学家以赛亚·伯林（Isaiah Berlin）也曾在《浪漫主义的根源》中详尽地论述过康德、席勒、谢林哲学对浪漫主义的关键性作用，其中还有理性主义和启蒙运动对浪漫主义运动产生的意义。也有其他学者从理性与反理性的角度论述浪漫主义，比如美国学者莉莲·弗斯特的《浪漫主义》。大部分中国学者则较注重社会变革对浪漫主义的催化作用，比如柳鸣九先生的《法国文学史》之相关论述。浪漫主义有广义和狭义之分，[3]其中狭义浪漫主义是大多数人的研究对象。一般以为浪漫主义运动在欧洲发生的时间是18世纪末~19世纪初。[4]

《宇宙与意象》在以上这些方面都未置一词，而主要说明了浪漫主义的宇宙论，即浪漫主义者在宇宙的体系、空间、生命三个方面的哲学思考和审美取向。具体地说有以下一些论断：

（1）浪漫主义者都是赫拉克利特主义者，喜爱变化、流动、连续性、神秘性和无序；“多样性”和“变化”是德国浪漫主义的两个关键词。

（2）浪漫主义者推崇“无限”的美学，他们是一群不能满足的人；追寻不能穷尽的宇宙边际；认为人具有无限可能性；浪漫主

---

[1] ［英］罗素：《西方哲学史》，何兆武、李约瑟译，商务印书馆1963年版，第19~20页。

[2] 朱光潜：《西方美学史（下册）》，人民文学出版社1979年版，第723页。

[3] 杨江柱、胡正学：《西方浪漫主义文学史》之“绪论”，武汉出版社1989年版，第2页。

[4] ［美］雷纳·韦勒克：《近代文学批评史（第二卷）》，杨自伍译，上海译文出版社1988年版，第1页。

义的一个夸张就是对“超大广度”的夸张。

（3）浪漫主义的宇宙空间是热情的，不是黑夜的阴郁和死亡；浪漫主义者都是火之子，向往光明、活跃、激情，渴望征服宇宙，认为人的精神可以在太空自由漫步，遍阅宇宙奇观。

（4）浪漫主义强调个人的自发性，天体和人一样自由，自发地运动；浪漫主义的宇宙中到处是飞逝的星星。

（5）浪漫主义者是狂热的宇宙生机论者，他们认为在宏观和微观两个方向，宇宙充满生命，宇宙是一个巨大的有机体。

（6）浪漫主义和古典主义的对立在古希腊时代就埋下了伏笔，表现为赫拉克利特自然哲学和巴门尼德思辨哲学的对立，是变化—不变、运动—静止、开放—封闭、无形—有形（圆形）之间的对立。

蒂泽对浪漫主义的直接判断仅止于此。本章的其他内容很多是笔者自己的阐发，包括对比古典与浪漫而发现浪漫主义的特质，以及近现代天文学和生物学对浪漫主义形成的意义。其中将要作出的对比是笔者个人的想法，之所以能够这样做，是因为笔者所发现的浪漫主义的特质合于蒂泽的理念，即以秩序和反秩序为特征的西方思想史或美学史。本文在天文学和生物学方面的内容则是以蒂泽所论的天文学家和生物学家为基础。笔者发现了浪漫主义和这些学科的某些关系，但这并非独创，而是蒂泽大量列举学者的宇宙论使笔者受到的启发。蒂泽并未明确说近代天文学和生物学成就了浪漫主义。笔者认为蒂泽虽然没有这样说，而实际上她正想作这样的结论。

二、古典主义与浪漫主义的对比：从对比中把握浪漫主义的特征

笔者以为对浪漫主义进行定义是不明智的，很多学者就此已经提出过警告。洛夫乔伊说：“‘浪漫的’一词渐渐指如此多的事情，而自然就空无所指，它不再发挥言语符号的功能。如果有

人……讨论浪漫主义，我们不可能知道此人将谈论什么观念和思想……”[1]伯格姆更直接：“试图给浪漫主义一词下定义的人正在进入一个非常危险的境地，许多人成为这一尝试的牺牲品。”[2]笔者认为浪漫主义的特质可以认识，比如可以从与古典主义或理性主义的对比中对浪漫主义进行把握。蒂泽并未作这种对比。以下对比的基础来自众多诗人、学者的观点，由于不可能一一列举他们的名字，并为了避免在数量巨大的引证中顾此失彼，笔者摘取各种意见的关键字，在摘取时我们需要去掉过分夸张和偏激，力求用一种直观、简洁的方式表示两者的区别。见表3-1~表3-5。[3]

有学者告诫大家不应混淆古典主义和新古典主义，古典表示和谐，而新古典表示理性，并且由于17世纪时古典主义已经被新古典主义教条化、机械化，古典主义丧失了实质和精神；[4]因此与浪漫主义对立的不是古典主义，而是新古典主义。笔者认为应该承认这样的事实，但还要明白人们之所以能够将古典和新古典列在一处，至少是因为和谐与理性并不矛盾，况且古典主义和浪漫主义的心理趋向的确不同。尽管在浪漫主义的名下可能有许多不同的观点，但古典主义和浪漫主义的分歧是很明显的。

---

[1] ［美］A.O.洛夫乔伊：《观念史论文集——论诸种浪漫主义的区别》，吴向译，江苏教育出版社2005年版，第226页。

[2] ［美］丹缅·格兰特、莉莲·弗斯特：《现实主义·浪漫主义》，郑鸣放等译，陕西人民出版社1989年版，第96页。

[3] 笔者在以下著作的范围内摘取：［美］丹缅·格兰特、莉莲·弗斯特：《现实主义·浪漫主义》，郑鸣放等译，陕西人民出版社1989年版；［美］M. H. 艾布拉姆斯：《镜与灯》，郦稚牛等译，北京大学出版社2004年版；［美］A.O.洛夫乔伊：《存在巨链》，张传有译，江西教育出版社2002年版；［美］A.O. 洛夫乔伊：《观念史论文集——论诸种浪漫主义的区别》，吴相译，江苏教育出版社2005年版；［英］以赛亚·伯林：《浪漫主义的根源》，吕梁等译，译林出版社2008年版。

[4] ［美］丹缅. 格兰特、莉莲·弗斯特著：现实主义·浪漫主义，郑鸣放等译，陕西人民出版社1989年版，第96页。

表3-1　第一组对比：心理状态和情绪

古典主义	浪漫主义
和谐、规律、秩序、有限、静止、适度的美、和平、均衡、对称、常见、可能、正常的因果关系、理想、完善、完美、满足既成、惰性、畏缩、既定、节制欲望、避免麻烦、保守、研究过去、昨天的艺术、明晰、清醒的头脑、愉悦、幸福、安全的舒适感	无序、无限、变化、不规则、对立、幻想、混乱、热烈、斗争、喧嚣、夸张、怪诞、奇妙、不可能、违背正常因果、完全的生活真实、残缺、缺憾、不满足、超越现状、进取、勇敢、探索未知、不断扩展自身的要求、努力自找麻烦、对过去视而不见、今天的艺术、模糊、朦胧、神秘、混沌、令人陶醉的美梦、伤感忧郁、恐惧的快感

表3-2　第二组对比：人的位置

古典主义	浪漫主义
人是集体的一员、驯顺、客观条框、亦步亦趋、古代权威、传统势力、普遍模式、因循、教条、墨守、模仿理念、理性的代言人、对诗歌惯例的刻意仿效、以经典为尺度	人是美感愉悦的关照对象、主观、自我的情感、想象、精神，别出心裁、不守规则、创造、反叛、自由、灵活、个人判断、摆脱束缚、虚构、直接阐述思想、情感和想象的自然流露、以个人为尺度

表3-3　第三组对比：价值取向

古典主义	浪漫主义
形式、典型、普遍、一致、综合、整齐划一、无时间性或在时间之外、理智、事实、简单、单调、单纯、平易简明、一切皆可认识的信念、系统而稳定、永恒、终极、封闭的必然性、华丽的修饰	包容、独特、个性、复杂性、多样性、差异、古怪、偏远、高尚、低劣、繁琐、分裂、随时间而变、主观感受、非理性、不可知、怀疑主义、不可捉摸、杂乱无章、没有逻辑、突变、短暂、偶然、任意、开放、选择权、原始朴素、真实自然

表3-4 第四组对比：对自然或世界的看法

古典主义	浪漫主义
自然界是工具、自然界的运动是机械的、冰冷的、无生命世界、忠实于提炼过的矫正过的自然、符合理想、世界的形状独立于人的意志、世界是可靠的	自然界是独立的实体、自然界是动态的、有机生命不停变化、自然和人互相渗透、真诚、纯真、忠实于诗人的意图和心境、模仿自然的创生方式、人的想象力规定世界的形状、世界是生成的

表3-5 第五组对比：文学创作之构思、手法、目的、文类

古典主义	浪漫主义
技巧和劳作、实用功利、优美睿智的语言、史诗——叙述和劝导、诗人的判断和学识、以影响他人为目的、对欣赏者严格负责、打动并教化欣赏者、诗存在于对象之中、以力学原则为根据、联想按照相似性以及时空接近性和因果性将观念按次序结合、整体是部分的集合、诗从外部产生、宇宙是机械师操纵的机器	灵感、审美、普通的语言、抒情诗——对情感最纯正的变现、诗人的自然天赋、创造性想象、淡化欣赏者、突出诗人的位置、理解力和感情需要、诗是对诗人自己的表白、诗在诗人审视对象的心境中并且是作者内心世界的外化、想象根据生物学原则并发挥同化暗示和象征作用、想象使语词和韵律以及逻辑合生成一个植物性的有机体、整体从内部产生、整体是一切、部分无意义、宇宙有生命——其构造和产生方式像一只庞大的动物、创作如同生命的过程——包含非计划和无意识的因素、创作分有宇宙的精神并参与上帝的创世

以上的对比显然已经超出了文学领域，其中不仅有对诗人作用的新定位，对文学类型的新评价，对创作的先导因素的重新确定，对创作过程的比喻性描述，还有对所有具有浪漫主义思想的诗人、文论家、哲学家、神学家的心理取向的说明。笔者的收获是可以总结出浪漫主义的美学，尤其是浪漫主义的宇宙论：对无序、无限、不确定、不可知、复杂、差异、生命、生成、自由、包容的爱好，对人的主体地位的认定，对想象、直觉、象征在文学创作过程中的作用的重视。

笔者认为浪漫主义对“秩序”的反抗非常激烈。“秩序”可

以作为中世纪欧洲思维模式的浓缩性描述。反抗之所以激烈是因为“秩序”观念的长期存在与深固。这种状态已经持续了一千多年。怀特海对文艺复兴前思维模式的秩序性曾有一种非常宏观的总结：首先古希腊的精神实质就是对伦理道德、宇宙自然的秩序的爱好，这种秩序体现在古希腊的悲剧中，表现为事物行进过程的持续、冷酷和严肃性，剧作家的描写就是验证既定的命运。古罗马的法典广泛传播了古希腊的秩序感。罗马帝国倒塌之后，教会就是帝国秩序的活的体现。中世纪文明继续表现出法律的特征：一种对一切事物进行规定，并让万物保持既定状态的特征。怀特海认为“秩序”的观念从未停止对西方文化思想的控制。[1]文艺复兴的实质是复兴古代的理性，而浪漫主义反对的是理性和秩序，人们需要从感性的、非理性的角度，凭借直觉和本能才能重新发现生命的意义。在欧洲历史上，16世纪是一个动乱的时代，人们的思想蠢蠢欲动，17~19世纪的宇宙论发生了根本变化，新天文学、宗教改革和来自英国的怀疑主义就是浪漫主义产生的背景。它们的共同点在于对旧秩序的否定。每个时代都有居主导地位的观念，每个学科都暗示共同的世界观。宇宙论经过哲学的重构，表现为一种明确有效的方法，这种方法会不知不觉地被用于其他领域，作用于人们的生活。每个时代一般性的、严肃的观念势必影响文学传统。在16~19世纪哲学领域反理性的浪潮之下，美学和文学必定随之而动。

《宇宙与意象》之所以能够用宇宙论评论文学，是因为蒂泽认为宇宙论的哲学对一切其他领域的必然作用。笔者也坚信宇宙论和美学、文学不是简单的对应关系，而是一种因果关系。以宇宙之

---

[1] Alfred North Whitehead, *Science and the Modern World*, The New American Library of World Literature, Inc. 1948, pp. 11~21.

宏大，必然成为人类意识和心理的起因，浪漫主义的发生也不能例外。从时间上看，笔者认为16世纪以来的宇宙论是原因，18~19世纪的浪漫主义美学、文学是结果。文学艺术的一大特点在于能够超越因果的线性模式，使因果呈现交相引发的态势。如果起初一种新的宇宙论多存在于天文学、物理学、数学、生物学等自然科学领域，而当它进入文学艺术领域，成为诗人或艺术家的灵感来源，这时宇宙论则不能用逻辑来分析和推理，它所引发的美学取向会产生一种我们可以称之为艺术——诗性的宇宙，它是直觉、象征的宇宙，是无数种意象的集合。《宇宙与意象》正是以这种原则将宇宙科学和诗人交织在一起。蒂泽对浪漫主义的论述最大的特点在于以宇宙论的变迁为研究诗人、诗作的起点。有限—无限、畏缩—征服、无生命—有生命，浪漫主义在这三种宇宙模式的对比中倾向于后者。从这个意义上说，《宇宙与意象》所论的浪漫主义与其他论者的浪漫主义具有相同的精神实质。所不同者，蒂泽认为浪漫主义的美学取向并非是对传统美学样式的必然的审美疲劳，而是在众多学科的发明、发现以及新学说的冲击下形成的叛逆。以下笔者将从天文哲学和生物哲学两个方面——尤其是从文艺复兴到18世纪，梳理《宇宙与意象》的自然科学线索。在自然科学的历史中，宇宙学的无限论和生物学的有机论对浪漫主义的发生起到了关键性作用。在天文学家、哲学家、自然学家的论述中我们将看到宇宙论的科学与哲学如何促成了浪漫主义的形成。其中最具意味者在于：浪漫主义的几乎所有关键词——有如我们以上的列举，早在前几个世纪的自然科学论述中就已经反复出现了。

三、近代天文学对于浪漫主义的意义

（一）近代无限宇宙论简述

蒂泽并未陈述近代无限宇宙论发展史，笔者代为简要陈述。

近代无限宇宙的发展大体上可以从库萨的尼古拉（15世纪）[1]叙述到克拉克（18世纪）。[2]库萨的尼古拉以神性无限推想宇宙无限，启动了近代的无限宇宙论。哥白尼[3]对于天文学的发展虽然重要，却并未突破有限天球。布鲁诺是无限宇宙论的主要代表，并强调了空间的充盈性。吉尔伯特明确抛弃了坚硬的天球，主张恒星空间的远不可测。开普勒[4]虽然以行星运动三大定律而闻名于世，但他的宇宙始终体现数学的秩序，并断言无限宇宙是没有意义的。伽利略[5]迫于自己的处境没有表明立场，只是认为圆形天球的说法比较可疑，但是伽利略发明的望远镜却是天文学史上的大事，他观察到的众多行星和恒星，动摇了传统思想对人类知识和感觉的限制。笛卡尔[6]宇宙论的特殊之处在于他将物质与广延同一，否定绝对虚空，甚至否定空间，认为除了物质宇宙别无他物，空间需要物质来进行规定。亨利·莫尔[7]坚决断言无限空间和绝对虚空，这是牛顿绝对时空观念的先声。牛顿绝对时空的无限性则暗含着连续性，并且永远给上帝留有绝对的位置，上帝是原动力。牛顿的后继者哈弗森[8]则强调非创造空间的无限性和创造空间的有限性之间的对比。莱布尼茨[9]批判牛顿——哈弗森的绝对空间，强调空间的相对性，

---

❶ Nicolaus Cusanus, 1400/1401 ?~1464，德国主教、学者，泛神论者。

❷ Samuel Clarke, 1675~1729, 英国神学家。

❸ Copernic，1473~1543，波兰天文学家，创立日心说。

❹ Kepler, 1571~1630, 德国数学家和天文学家。

❺ Galileo Galilei，1546~1642，意大利物理学家、天文学家。

❻ René Descartes, 1596~1650，法国哲学家、数学家。

❼ Henry More, 1614~1687，英国剑桥柏拉图派哲学家 。

❽ Joseph Raphson, 1648~1715，英国数学家。

❾ 莱布尼茨（Leibniz，1646~1716），德国哲学家、数学家、逻辑学家、文字学家。

空间只是物质存在体现的秩序，物质在数量上无限，所以空间无限；莱布尼茨还否认世界上有完全相同的两个事物，实际上是反证了物质的多样性。克拉克与莱布尼茨相似，认为空间广大无边，却只是一种属性，物质数量无限并不断变化。近代无限宇宙论是一门专业的学问，笔者虽能总结这一段历史却不能穷尽学者们的思想之间细微的差别，这也不是本书的主旨。学者的论战仅在于一些细节问题，但宇宙无限几乎是公认的。无限论从库萨的尼古拉，尤其是布鲁诺之后已经深入人心，无限论在近代蔚然成风。将天文学的无限论和浪漫主义的无限美学（无限只是一个象征，它还包括一切由它引发的概念）对比，笔者认为很难说19世纪初的浪漫主义文学仅仅是几个诗人或文论家的倡导，也很难将浪漫主义运动的成因局限在政治、经济的层面，而不在意它与宇宙论之间的关系。以下笔者将选择天文哲学中的几个代表——库萨的尼古拉、布鲁诺和亨利·莫尔，分别说明无限宇宙论的美学含义以及对浪漫主义的影响。

（二）库萨的尼古拉：宇宙无限论的首创者

本书的第一章第一节已经介绍了布鲁诺和笛卡尔对无限宇宙的见解。其实他们并非西方思想史上最先具有无限思维的人。哥白尼的日心说虽然具有革命性意义，但是他的宇宙仍然是有限的，而且井然有序。他重新定位了有限空间的中心，从地心到日心，将太阳放在了宇宙的最低处——罪恶的渊薮。[1]哥白尼学说最可推崇之处在于，他的体系比托勒密的“均轮本轮”体系更为简洁。[2]

---

[1] 这是中世纪的观念，因为亚里士多德区分月下和月上，所以地球的构成和位置决定了他的易朽，并距离永恒的水晶天最远，所以宇宙中心是罪恶的中心。

[2] ［英］W.C.丹皮尔：《科学史》，李珩译，商务印书馆1979年版，第174页。

通常认为在哥白尼之前，库萨的尼古拉最先抛弃中世纪宇宙论而断言无限宇宙。[1]对这一点蒂泽表示同意，她指出布鲁诺受到了库萨的尼古拉的很多启示。[2]蒂泽对库萨的尼古拉有所陈述，但很不完整，笔者认为可以在《宇宙与意象》的相关论述之外总结一下库萨的尼古拉的哲学。库萨的尼古拉最善于思辨无限性，他的哲学中最令人惊奇的就是对直线与曲线、三角形与直线、三角形与圆形的对立统一的思辨。[3]他认识到，当曲线无限伸展则趋于直线。对立是相对的，统一是绝对的。无限不能被理智认识，不能用语言表达，宇宙是上帝的表现。人类不能认识无限的上帝，对宇宙只能有大体的认识，只有直觉和"信仰"[4]才能体会无限。库萨的尼古拉因为无限式的思维而从上帝猜想宇宙的无限性：宇宙没有中心和周边，或者说中心和周边是同一个东西，[5]这是开创性的。周边与中心是相对的，没有上与下，没有准确性和稳定性，没有完美的形状，没有静止的天体，天体没有高贵与卑贱之分，[6]因为宇宙的所有存在只是上帝的显现，存在物只是分有神性，所以是不完美的。上帝是极大，创造物是极小，极大和极小都是单一，所以两者重合了，因为极大和极小都没有对立面，在绝对性方面它们是同一的。[7]

---

[1] ［法］亚历山大·柯瓦雷：《从封闭世界到无限宇宙》，邬波涛等译，北京大学出版社2003年版，第2页。

[2] Hélène Tuzet, *ibid*, p. 45, 以及p. 277注释。

[3] ［德］库萨的尼古拉：《论有学识的无知》第一卷：第十三、十四、十五章，尹大贻、朱新民译，商务印书馆2009年版，第24~29页。

[4] 同上书，第一卷，第57页。

[5] 同上书，第二卷，第115页。

[6] ［德］库萨的尼古拉：《论有学识的无知》，尹大贻、朱新民译，商务印书馆2009年版，第113页。

[7] 同上书，第一卷，第四章。

笔者想请大家注意库萨的尼古拉的概念和用词：无限、不被理智认识、直觉、信仰、无中心、相对、极大、极小、极大极小重合、无所谓高贵与卑贱。它们都符合浪漫主义的心理：浪漫主义的美学是无限包容的美学，所有对立面都有自身的价值，绝不推崇其中一种而打压另外一种。洛夫乔伊认为，浪漫主义不寻求规范和一致性那种意义上的普遍性，但浪漫主义依然是最广泛的，它包含每种模式和经验，“没有什么东西会由于太奇怪或太偏远，也没有什么东西会由于太高尚或太低劣而不能包含在它的范围之中”。[1]这样的观念决定了浪漫主义的某种定义，比如弗雷德里希·施莱戈尔[2]——德国浪漫主义文学的奠基人，曾定义浪漫主义：“浪漫主义诗歌是一种进取的普遍性的诗歌……文学中的异类也有他们的价值——即使是奇异的或畸形的……”[3]浪漫主义讲究直觉的观念正如神学家对上帝的信仰。以赛亚·伯林在论述浪漫主义的宗教学起源时强调德国的虔敬运动对浪漫主义运动的作用。他详尽叙述了虔敬派信徒约翰·乔治·哈曼[4]的思想转变过程。哈曼认为神性具有无限性，认识宇宙靠的是信仰而不是智慧，信仰并不仰仗逻辑。理性、智慧、逻辑不能涵盖特殊之人、特殊之物，人们想要的不是幸福、安宁和满足，而是创造，发挥自己的特殊之处——才能。哈曼这一观念的形成在于他阅读《旧约》以后感到自己的灵魂与上帝能够直接面对，上帝对他的启示在于让他认识到自己的灵魂渴望追求

---

[1] ［美］A.O.洛夫乔伊：《存在巨链》，张传有译，江西教育出版社2002年版，第382页 。

[2] 弗雷德里希·施莱戈尔（Karl Wilhelm Friedrich Von Schlegel，1772~1829），德国哲学家、文论家、浪漫主义作家。

[3] Framente (1798), in Athenaeum, I, 2, 36；转引自《存在巨链》，第382页。

[4] Johann Georg Hamann，1730~1788，德国哲学家、作家。

无限。伯林认为引起浪漫主义的是神秘主义对理性的反对，[1]而反对理性的正是信仰。笔者以为，像库萨的尼古拉这样推崇无限包容以及直觉和信仰并认识到理性的局限性的人都对反理性的浪漫主义思维方式具有影响。

（三）布鲁诺：关于“多”的美学

本书第一章第一节对布鲁诺进行了论述，笔者认为不仅可以从赫拉克利特与巴门尼德对立的角度认识布鲁诺，还可以从启发浪漫主义的角度认识他的价值。蒂泽对布鲁诺的论述也相当有限。我们需要在蒂泽提供的相关内容之外阐释布鲁诺的思想。

笔者认为，虽然布鲁诺受到库萨的尼古拉的启发，但库萨的尼古拉因为自己的主教身份，始终将无限谨慎地留给上帝，他要将上帝和宇宙分离，正如蒂泽所说，他是从宇宙不能与上帝比肩的意义上认为世界是不完美的。[2]笔者认为布鲁诺是真正意义上的无限空间、无限充盈的主要代表。他号召人们打倒九重天的坚固城墙，消除各个方向上的界限，摒弃对第五元素的迷信，而主张无限宇宙和多种元素。除了关于无限性的论断，笔者还注意到布鲁诺对于物质分布的广度、数量、种类多样性的猜想：“在空间其他地方也存在物质的聚集，它们就像我们这个世界——被太空贪婪地拥抱。”[3]布鲁诺对世界的复多性有许多论述。浪漫主义者之所以渴望征服太空，穷尽不能穷尽的宇宙边界，是因为布鲁诺等一批哲学家和天文学家主张的空间充盈着纯粹的以太，以太是运动着的存

---

[1] ［英］以赛亚·伯林：《浪漫主义的根源》，吕梁等译，译林出版社2008年版，第46~54页。

[2] Hélène Tuzet, *ibid*, p. 45.

[3] ［意］布鲁诺：《论无限、宇宙和诸世界》，田时纲译，人民出版社2010年版，第202页

在物，并且让所有天体在其中移动、奔跑。以太是一种柔软的介质，[1]这对浪漫主义者的想象力是很大的激发。无限宇宙包含着无数个像地球一样可以居住的星球："太一是天，是广阔无限的空间……是以太区域，在此区域中一切都在运动……存在无数星球、太阳和地球……广阔、无限的宇宙是由无限空间和众多被包容其中的天体构成的。"[2]"存在数不胜数的太阳，地球也有无数个，它们都相似地环绕自己的太阳……"；[3]"无数星球是诸多月亮、诸多地球、同我们这个世界类似的诸多世界"。[4]所有星球都像地球一样不断演化，在变化方面所有星球是一致的。它们都有风雨雷电各种天象，有洪水、火灾、有生长和死亡，有海洋和陆地的互变。[5]布鲁诺将这些与动物的新陈代谢类比，甚至直接称地球为庞大的动物，地球的风霜雪雨就是动物的呼吸。布鲁诺继承库萨的尼古拉，认为地球与其他星球相比，并非地位卑下。[6]"无限的天、无限的气……是诸多世界的部分，是它们在其中存在、运动、生活的胸怀、接纳物和田野，它们在其中生长、发生兴衰变迁，为其居民和动物不断提供营养，让居民和动物繁衍生息并香火不断。"[7]根据布鲁诺的观点，我们完全可以想象到无限广阔的空间拥有众多文明，在空间其他区域存在其他人类和动物。布鲁诺号召人们不要因为终点、边界、界限这些概念而局限自己的思想，没有什么能妨

---

[1] ［意］布鲁诺：《论无限、宇宙和诸世界》，田时纲译，人民出版社2010年版，第198页。

[2] 同上书，第111页。

[3] 同上书，第114页。

[4] 同上书，第125页。

[5] 同上书，第124页

[6] 同上书，第118页。

[7] 同上书，第137页。

碍布鲁诺认为事物存在的无限多样性，他说："大地和海洋皆肥沃丰收"，太阳永恒燃烧，释放光和热，给予大海孕育生命的养料，"从无限性中大量新物质形态不断产生"。[1]

论地外生物在近代逐渐形成风气，在布鲁诺之前有库萨的尼古拉，他认为宇宙其他星球、每个区域都居住着不同程度高贵的居民，上帝不会让无限的宇宙只有地球上这少量的居住者。[2]在布鲁诺之前还有诗人通过直觉想象使宇宙充满可以居住的星体，蒂泽给出的例子是意大利作家帕林吉尼乌斯：[3]地球上生物种类繁多，天国不会空无一物。星相学告诉他，所有星体品质各异。所以他想每个星星都有不同的物质，星体物质的种类不同，就像"梨树"有别于"樱桃树"。帕林吉尼乌斯的宇宙充满植物性意象，结合着广泛的宇宙生命和物质多样性。会生灭的元素构成会生灭的创造物，太空中的居民数量众多，而且不死，他们身体强壮，放射着光芒。星星是他们的城市。[4]从帕林吉尼乌斯时代以后，"以太"不再是亚里士多德所说的坚硬的第五元素，而是完全相反的性质，以太像流动的水。流动的以太从帕林吉尼乌斯的河水那样的小规模变成了广阔的海洋，以太的居民像海洋里的浮游生物，充满各种可能性……[5]

现代人普遍认为地外存在生物。也许读者对库萨的尼古拉、

---

[1] ［意］布鲁诺：《论无限、宇宙和诸世界》，田时纲译，人民出版社2010年版，第46页。

[2] ［意］布鲁诺：《论无限、宇宙和诸世界》，田时纲译，人民出版社2010年版，第一卷：第二十六章，第57页。

[3] 帕林吉尼乌斯（Marcellus Stellatus Palingenius，1500/1503?~1543），意大利文艺复兴时期医生、诗人及哲学家。

[4] Hélène Tuzet, *ibid*, p. 165.

[5] Hélène Tuzet, *ibid*, p. 176.

布鲁诺、帕林吉尼乌斯的想象不以为然，但他们的观念在当时却对传统思想造成了很大的冲击，因为以前人们普遍认为人类这种短命、经常犯错的存在物怎么可能在完美的天国有同类？笔者认为，无限宇宙以及生命广泛存在的假想在当时不仅具有宇宙科学的意义，还具有美学的意义，那就是对“繁复”的偏爱和对简单的拒斥，这也是浪漫主义的美学之一。笔者要强调一个巨大的变化：从文艺复兴以后人们逐渐走上了与亚里士多德关于“一”与“多”的伦理学（参见本书第一章第一节）相反的道路。虽然长期以来哲学家喜欢谈论“太一”，喜欢在纷繁的事物背后寻找本质——巴门尼德的“存在”、柏拉图的“理念”都是这种类型的本质，人们顽固地以为理想是一种实体，是比转瞬即逝的现象更真实的存在。为了这个理想需要牺牲个性，消除“多”带来的麻烦。“一”干净整齐，“一”具有先天的优势，但是后来人们逐渐厌弃对万物简单化的综合，厌恶道德的至善和形式的完美，认为这样的完善排斥了特性，压抑了个体，使各种特殊性没有发展的余地。人们早已开始厌恶这样的牺牲，渴望本性的发扬，正如前文哈曼对理性的拒斥，浪漫主义拒绝因循，注重创新。宇宙论的转向使中世纪一体化的模式出现了松动。帕林吉尼乌斯的“植物性”宇宙意象应和了天文学家的发现和哲学家的臆想。我们可以想象植物的根穿透天球，引起天球瓦解的景象。天球的破碎只是一个象征，它表示与之相应的思维模式的失败。在有机生物学尚未全面发展的情况下，神学家、哲学家以及诗人就已经开始幻想生命的广泛和多样。因此18~19世纪的浪漫主义在两个世纪以前就已经开始酝酿，后来遇到合适的温度和湿度，幼芽长成了大树。浪漫主义只是人类积攒了几个世纪的一种力量的爆发。任何事情的发生都没有那么突然，总会有各种迹象，比如帕林吉尼乌斯的梨树和樱桃树的枝干在天球上开出的一条条缝隙。坚硬的天球总有破碎的一天。

（四）亨利·莫尔：无限的美学和不能满足的诗人

笔者认为，亨利·莫尔的无限宇宙论建立在对笛卡尔思想的反思基础之上。我们需要补充蒂泽的论述，说明莫尔理论的特征。莫尔不同意笛卡尔物质与广延同一，而认为在物质之外还有一个非物质的广延。实际上，莫尔的无限空间是精神性的。空间不仅在广度上无限，在时间上也是永恒的。与精神性的空间相反，空间的物质是暂时的和容易变化的。因为存在于物质之外，所以空间是独立自在的。人类的头脑不能想象空间消失，所以空间还在想象之外，思想不能理解空间的无限，因为心灵是有限的。空间的精神性使空间具有上帝的高度。[1]莫尔如同库萨的尼古拉、笛卡尔、牛顿以及许多那个时代的学者一样，都将上帝视为最后的落脚点。可见人们对上帝的想象是贯穿始终的，而且在不同的观念里上帝扮演不同的角色。

笔者提出莫尔的思想作为对浪漫主义的说明，是因为莫尔本人是一位不折不扣的诗人哲学家，他用诗作践行自己的哲学，使宇宙论转化为文学创作。蒂泽认为布鲁诺在17世纪的英国具有很大的影响，不仅影响英国学者的认识论、理性思维，更重要的是布鲁诺陶醉于无限的情绪在英国知识界蔓延，莫尔也受到他的感染，写出一系列诗作，并被尼克尔森[2]称为“充满渴望、不能满足”的诗

[1] ［法］亚历山大·柯瓦雷：《从封闭世界到无限宇宙》，邬波涛等译，北京大学出版社2003年版，第104~124页。

[2] 尼克尔森（Majorie Hope Nicolson, 1894~1981），美国比较文学家，戏剧评论家，17世纪文学与思想研究者，尤其致力于科学与文学学科的关系的研究。著有：*Newton Demands the Muse*，（1946，1966）；*The Breaking of the Circle*, (1950)；*Science and Imagination*, (1956，1976)等。

人，[1]这些诗人奉行“无限”美学。[2]尼克尔森通过分析莫尔这一类诗人而提出，早在17世纪由于宇宙学的影响，英国已经出现了浪漫主义：“在没有发生历史性的突发事件的情况下，在一个世纪以前这些诗人已经使巨大的浪漫主义思潮在英国盛行起来”。[3]这一断言与通常所认为的浪漫主义在英国的发生不同，一般认为浪漫主义在英国开始的标志是华兹华斯发表了《抒情歌谣集》（1798）。[4]造成差别的原因在于尼科尔森发现科学在世界观方面比文学先行一步。

蒂泽认为莫尔的空间与上帝和灵魂直接相关。虽然牛顿受到莫尔的启发而提出绝对时空说，但莫尔本人的空间并非绝对的无，而是充满“自然的精神”（Esprit de la Nature, 莫尔用语），也就是上帝的精神。[5]无限虚空并不会使他无所适从，站在上帝的位置就能将世界尽收眼底。世界存在的目的是为了自身的完善。因为上帝是至善，上帝的创造物应当以善为终极目的。无限的重要性和作用在于使众多世界互相补充而不断完善。莫尔之所以觉得自己能够把握无限，更重要的是他认为灵魂的无限与空间的广度相匹配，只有无限空间才能适应灵魂的属性，并使灵魂在其中充分发展。人的精神与客观宇宙互相渗透，笔者认为这与莫尔的精神性广延理念一致。作为诗人，他的想象更能超越哲学的论证，诗人的心灵比世界更宽广。灵魂像柏拉图所说长上健壮的翅膀，不过柏拉图的灵魂是为了

---

[1] “poète de l' Aspiration ou de l' Insatiabilité ”，Hélène Tuzet, *ibid*, p. 71.

[2] 《Esthétique de l' Infini》，Hélène Tuzet, *ibid*, p. 71.

[3] Hélène Tuzet, *ibid*, p. 71.

[4] ［美］雷纳·韦勒克：《近代文学批评史》，第二卷，杨自伍译，上海译文出版社1988年版，第1页、第161页。

[5] Hélène Tuzet, *ibid*, p. 177.

飞至天国，莫尔的灵魂是为了达到无限。莫尔将“爱”作为灵魂和宇宙之间的介质，爱就是灵魂的翅膀：

爱向万物伸展，
让我的灵魂与广阔的宇宙契合。[1]

笔者非常重视莫尔对于《宇宙与意象》的意义：他集学者与诗人的气质于一身，充分表现了两者之间的应和，说明两者相似的情感和表达方式。莫尔的精神性空间使无限空间从外部转入诗人的内心，内心不仅有灵魂，还有诗人不能被满足的渴望。像所有浪漫主义者一样，莫尔渴望穷尽不能穷尽的宇宙，渴望目睹并不存在的边界。这个矛盾也许是造成莫尔内心虚空——心理意义的空洞[2]的原因。上帝无限仁慈，所以无限和上帝的仁慈同一，都是诗人追求的对象：

据我所知，这就是为什么，
上帝散布这珍贵、甜蜜的甘露，
并将这甘露遍施于广袤的虚空，
用甘露满足这巨大的敞开的渴望，
将它无限的仁慈充溢宇宙。[3]

上帝的甘露不仅遍及宇宙，还满足了诗人内心的渴望。莫尔的灵魂和宇宙的和谐所创造的意境，至今仍没有哪位西方诗人可以超越。所以蒂泽说莫尔的影响力超越了18世纪。

蒂泽认为莫尔的诗作不仅有“无限”美学和“不能满足”的心理，还有“太空飞行”的主题。莫尔作为剑桥柏拉图哲学家的神

---

[1] H. More, *Cupid' s Conflict*, Hélène Tuzet, *ibid*, p. 77.

[2] 《Creux Psychologique》, Hélène Tuzet, *ibid*, p. 178.

[3] H. More, *Democritus Platonnissans*, Hélène Tuzet, *ibid*, p. 178.

秘主义在这个主题中得到表现：想象灵魂的伟大足以拥抱上帝所有的创造物。灵魂的翅膀让诗人变成了天使，他的翅膀所到之处，星星熠熠生辉。

一种内心的胜利激扬着我的灵魂，
将灵魂在无边的空间中展开。
灵巧，我的精神离开黏稠的泥土地，
只迈出轻盈的一步，就从一颗星飞到另一颗星，
比闪电更迅疾，穿越宽阔遥远的空间，
测量一个个无边的世界和所有人迹罕至的地方。
灵魂畅行无阻，
因为当它接近那个蓝色的星球，
那个星球就退让，又闪现出其他星星，世界的围墙在灵魂面前消失。❶
我强健的翅膀在高处张开，然后轻盈地拍动。
我的翅膀扫过众星，使它们的光辉更加明亮。
上帝所有的创造物，我只紧紧地一抱，
就温柔地将它们揽入我宽广的胸怀。❷

笔者认为莫尔是一个万物有灵论者，他认为物质从属于生命，而生命从属于思想和精神。灵魂并非寓于形体，万物都有一种可以使自己运动的活力，灵魂就是这个活力，是物质和思想的来源。这种信仰来源于莫尔的“自然的精神”，其实质类似于柏拉图的“世界灵魂”。❸所不同者，柏拉图的灵魂在天球之内飞翔，它

---

❶ H. More, *Democritus Platonnissans*, Hélène Tuzet, *ibid*, p. 231.

❷ H. More, *Cupid' s Conflict*, Hélène Tuzet, *ibid*, p. 232.

❸ 《l' Ame du Monde》, Hélène Tuzet, *ibid*, p. 281.

的目标是天国，莫尔的灵魂没有天球的阻挡，飞向宇宙的尽头。柏拉图的灵魂为了享受真福，来到上帝许下的流着奶和蜜的福地，在天国的阳光下、草地上行走。莫尔的灵魂不能满足于一定的方位，而是渴望观看宇宙的无限景观，甚至像上帝一样为星星增辉。所有星星见了诗人的灵魂都会让出道路，灵魂畅行无阻。诗人内心涌动的激情让诗人神化了。灵魂不再安于天国的现状，不再是神的仆从，上帝的追寻者，而是上帝本身。所以上文说“超越、进取、探索未知、诗人的中心位置、诗人分有宇宙的精神、参与神的创造”，这些浪漫主义的理念必然与哲学家的宇宙想象具有直接的联系。

蒂泽陈述了莫尔的“太阳”意象。他对太阳的理解来源于他的直觉：太阳的光芒照耀众多世界，使宇宙充满生命，太阳温柔的火驱动万物翩翩起舞。诗人也受到鼓舞，渴望拥抱太阳——善的理念。万物的存在、活动和力量都来源于太阳。万物都追寻太阳，却永远不能找到它。[1] 笔者认为莫尔的太阳很接近原始思维的太阳崇拜。太阳作为自然的存在物在人类的心里等于一切的善。莫尔表现诗人心中的太阳和天空中的太阳的并置和等同，这是原始思维的复活，是诗人直觉的发挥。在漫长的人类历史上，直觉一度被教条和戒律压制。直觉的再现只需要一个契机。原始思维之所以复活，直觉成为浪漫主义的关键性理念，得益于宇宙观的变化。强加在直觉之上的束缚由于宇宙无限论而被打破，直觉受到无限论的推动而重新在诗歌创作中发挥作用。

蒂泽认为莫尔的太阳崇拜并非异军突起，而是一个历史的过程。莫尔之前就有科学家和诗人对太阳进行各种幻想。比如吉尔伯

---

[1] H. More, *Psychathanasia*, Hélène Tuzet, *ibid*, p.313.

特认为太阳具有磁力，吸引行星，用其光辉完善众星；开普勒认为太阳有一个运动的灵魂，太阳光里有纤细的流体，形成涡流而带动众星，太阳是宇宙的心脏，是上帝的化身；英国诗人弥尔顿关于太阳的思想集合了吉尔伯特和开普勒的臆想：太阳是仁慈的灯，发出磁性的光，使地球运动，让众天体在它的周围起舞，太阳是宇宙的中心，太阳和行星互相吸引，这相互的引力是天体旋转的原因。❶从这些陈述笔者发现科学家在使用诗人的表达方式，诗人则将科学的术语引进自己的创作。可见科学和文学确实在相互作用。莫尔具有学者和诗人的双重风格，使宇宙论成为文学作品中反复出现的意象或主题。

无限为什么是值得追求的？最终笔者明白了，神学家认为无限创造才配得上神的威力，天文学家认为无限宇宙才能容纳众多世界，诗人认为无限才有进取的余地。无限成为一个时代很多人的追求，因为无限是人的本性。无限有很多引申义：无限所以无中心，无中心则无据点，无据点则离散，离散则无序，无序则混乱，混乱则争斗，争斗则激烈，激烈则勇敢，勇敢则自由；无限是"多"，杂多则相异，相异则美丑、善恶、真假共生，共生则包容，包容则广博，广博则繁荣；无限是无穷高、无穷远、无穷大和无穷小，在各个方向都有无止境的追求，追求无穷，则追求无限久远，不断持续，难以满足是人存在的动力。被满足，容易满足，则人对所追求者只有厌倦。所以浪漫主义者厌倦一切没有追求余地的事物或概念：有限、静止、封闭、单一、墨守成规，都表示终结，终结已无可追寻，无可追寻则只有死亡。

---

❶ Hélène Tuzet, *ibid*, pp.310~312.

四、生物学和生物学家的浪漫主义美学

《宇宙与意象》在生物学上的关注点有两个方面：生物学的现象和发明以及生物学家对生命和宇宙的幻想。在第一方面蒂泽特别提到显微镜的发明和使用、地质学引发的古生物学和史前文明；在第二方面蒂泽经常引用的生物学家主要有马耶、布丰、博内和罗比内。❶ 这些事件和人物对于《宇宙与意象》具有两方面的意义。一方面蒂泽发现生物学的发现或学说直接成为文学创作的题材，例如作家，尤其是科幻作家借助古生物学的一种学说——“水成论”（认为生命起源于水，人是由鱼变来的等。）描写人鱼的形象、海底世界的生活；借助地质学对地层中某种文明遗迹的发现而描写地球生命的定期更新，比如矿物质取代人类的统治而建立新的王国（参见本书第一章第三节），或者描写某种地球内部的生活——比如凡尔纳的《地心游记》。这些作家包括生物学家本人和许多职业作家。另一方面蒂泽更注重生物学的哲学和美学含义，比如显微镜以及天文仪器——望远镜在无限小和无限大两个方向证明了赫拉克利特关于无处不在的“变化”的哲学。蒂泽由此暗示浪漫主义美学穷尽“极限”的心理对连续性、有机宇宙的偏爱与生物学的发现密切相关。以下笔者将从两个方面、四个点阐发蒂泽通过生物学所暗示的诗学。

（一）16~18世纪生物学的总体趋势及其哲学、美学意义

在陈述蒂泽的论述之前，笔者认为应该说明一些与之相关的文化和知识背景。笔者发现近代生物学的一大特点即存在物之间的

---

❶ 马耶（Benoît de Maillet, 1656~1736），法国地球历史学家；布丰（Georges-Louis Leclerc de Buffon, 1701~1788），法国博物学家；博内（Charles Bonnet，1720~1793），瑞士动物学家；罗比内（Jean Baptiste Robinet, 1735~1820），法国哲学家、自然学家。

普遍联系性。由于分类学、解剖学的发展，动物之间、植物之间、无机物和有机物之间、人和动物之间的内在相似性突显，硬性差别逐渐淡化。在近代之初，由于分类学日益精确，学者们进一步了解到植物间的亲缘关系；同时还发现有些低等植物从腐败物质中自发生长出来，这标志着从无机物到有机物的过渡。[1]达芬奇[2]通过解剖人腿和马腿，发现人和动物骨骼的组成序列的“异体同形”现象。[3]提森[4]解剖了猩猩，揭示了灵长类动物和人的联系。[5]关于物种同源，布丰是典型的代表，他研究动物物种的相似性，发现不同物种可能起源于同一祖先。开始他提出40种原始类型，但后来他认为全部类型起源于一对亲体。[6]这些发现的生物学意义在于，分类学从一开始的物种之线性等级发展到了后来的树形谱系模式。比如法国自然学家拉马克（Jean-Baptiste de Lamarck，1744~1829）的“系谱树”：[7]从原始胶质粒子开始，分出两条进化线，每条线又继续分出若干条线，地球上的物种在各自的进化线上同时发展。物种进化是由同趋异的过程，仿佛一棵树的生长。进化论在此时奠基，它的影响力超出了生物学领域。

笔者认为应进一步从史实方面说明生物学的发明或发现。与进化论同时的还有显微镜的发明和使用。据说1610年或更早的时

[1] ［英］亚·沃尔夫：《十六、十七世纪科学、技术和哲学史（下册）》，周昌忠等译，商务印书馆2009年版，第492页、第497页。

[2] 达芬奇（Léonard de Vinci, 1452~1519），意大利画家、科学家。

[3] 《生物学史和哲学》，四川大学哲学系1981年版，第61页。

[4] 提森（Edward Tyson, 1651~1708），英国科学家、物理学家，近代比较解剖学奠基人。

[5] 《生物学史和哲学》，四川大学哲学系1981年版，第62页。

[6] 同上书，第74页。

[7] 同上书，第77~81页。

间，伽利略首先使用复显微镜观察昆虫，比一般认为的虎克首创显微镜更早。[1]但是虎克用显微镜观察了生殖细胞，成为日后细胞学的先声。显微镜的哲学意义在于增加了人类的目力，扩展了人类观察世界的范围。在微观世界，细小物质微粒的活动和生长证明所有物质都在运动、变化，可见或不可见之物都在经历生成。显微镜还促进了胚胎学的研究，这项研究引起了生物理论的一场激烈争论——预成论和后成论或渐成论的对立，它涉及世界观的问题。预成论认为有机体在胚胎中就已经成形，胚胎在卵细胞或精细胞中；而后成论认为胚胎经过分化并与异质的各部分综合，从简单均匀到复杂，逐渐形成有机体。[2]后成论或渐成论逐渐取胜，说明世界观的变化也在生物学领域发生：预成论必须假定一切物种在上帝创造的第一个成年有机体之内一次性地预先形成，永远是固定的数量和完美的品质，不增不减。这个假设有很多漏洞。比如胚胎学的研究发现高等动物的胚胎在生长过程中重演了它们物种的进化方式[3]。从哲学上说，后成论或渐成论的胜利表明世界万物并非从来就完美，或者根本没有完美的事物。进化论强调的是高等存在从低等存在发展而来，任何现存的较高等级都是相对的，离人们心目中的完美还很遥远。这个世界只有生成，并不断趋向完善，无限接近完善，而永远不能达到完善。完美、完善是一种幻想，与之相联系的一切，比如完美的典范、毋庸置疑的权威，都不是实际的存在，而只是假象。

笔者认为显微镜与望远镜说明了宇宙的充盈性原则和正在生

---

[1] ［英］亚·沃尔夫：《十六、十七世纪科学、技术和哲学史（上册）》，周昌忠等译，商务印书馆2009年版，第86~87页。

[2] 《生物学史和哲学》，四川大学哲学系，第69页、第86页、第88页。

[3] 《生物学史和哲学》，四川大学哲学系，第89页。

成的本质，树形模式加上无处不在的生命说明宇宙处在一个交织的网罗之中。从水晶天球到无限有机宇宙的变革首先发生在天文学和生物学领域，浪漫主义思潮只是宇宙论变革结出的众多果实中的一个，而这个果实的结出是一个漫长的过程。这大概就是蒂泽所暗示的对浪漫主义的一个重要结论。

除了《宇宙与意象》所讲的树意象，笔者认为还应强调简单的“树”形模式可以具有各种类型的阐释。树的模式不仅被用在生物学领域，我们知道布鲁诺还用树的生长和死亡比喻“形式”的变化（参见本书第一章第一节），北欧神话和东北亚宗教（比如萨满教）有宇宙树概念，还有本书第一章第三节所分析的诗人的“树”意象。在浪漫主义思潮中更有柯勒律治的“树”形文学理论，“同化”“合生”是他借用的生物学词汇，用来说明想象的综合、弥散功能和生命力。作者、人物、文类、词语、韵律、逻辑被比喻成种子、树干、树皮、汁液、花朵、蓓蕾、果实等。诗人主体之外的客观存在被比喻成空气、阳光和水分，想象力对主客两类材料进行同化而生成作品的整体……诗的精神与其他生命能力一样。[1] 树的形象遍及生物学、哲学、宗教、神话、文艺理论。表面虽不相关，但实际上人们在某个时期偏爱同一个喻体，这不是偶然的现象。树虽是自然物，但它所对应或启发出的印象和概念在人们的思想中成为“有机模式”的象征，这个符号传达的含义明确而丰富。我们可以总结几个关键词，比如生命、渐变和循环：由小到大、由简到繁、由少到多、由同而异、萌发、成长、茁壮、衰老、生的希望、死的宿命、永恒再生。还有突变与不可知：人们不知道某个侧

[1] ［美］艾布拉姆斯：《镜与灯》，郦稚牛等译，北京大学出版社2004年版，第200~208页。

枝究竟朝哪个方向生长，不知道叶子的数量，不知道下一个蓓蕾开出的花与其他花朵相比颜色的深浅，也不能知道果实的数量，果实品质的优劣，能否再生出同样健壮的植株。还有无意识：种子无意识地生长，过程缓慢而且漫不经心，就好像人的想象力在无意识的状态下没有计划地生出一些事物，这正是文学心理自然的过程，也是浪漫主义推崇的精神实质。为什么浪漫主义文论提倡模仿自然的创生方式，而不是模仿提炼过的自然——理念或理想？这个问题在生物学中得到了解释：诗人忠实于自己的情感、心境、意图，而不仿照既定的模式，看似无为，却能形成纯真自然的风格，普遍联系的原则决定想象与材料之间互为目的、互为手段，成就作品的有机整体；如同树的生长，只服从种子天然携带的基因，在生长过程中又不排斥外部条件对生成的某些改变。浪漫主义诗歌和“树”的共同之处都在于自然天成。“树”是一种思维模式，生物学家使用它的形态，哲学家注重它的变化，萨满教用它象征多产、不断再生的自然，浪漫主义则看中了它的生命力和创新能力，用以对抗所有人为的雕琢和剪裁。浪漫主义文学从物种的进化得到最充足的理由：我们用自然物生长的方式创作。自然生成万物的繁盛是浪漫主义追求的目标。每个个体的充分发展将形成文学世界的繁荣，整齐划一的古典模式将会导致艺术之花的凋零。

（二）生物学家的浪漫主义幻想

1. 马耶：人鱼神话、天体演化

《宇宙与意象》对马耶比较重视，数次援引他的宇宙论。马耶具有丰富的地质学和生物学知识，并提出了很多假说。笔者首先要补充蒂泽未曾陈述的马耶的生平及其代表作《德里亚迈

得》[1] 的有关内容。马耶曾是法国驻埃及的领事。他学识渊博，水成论是他的核心观念，他认为地球和宇宙其他天体的变化都由水而起。《德里亚迈得》是他最重要的作品。因为职业经历，马耶接触到欧洲之外的文化，尤其是其他民族的古代传说和历史。他的《德里亚迈得》叙述一位印度哲学家德里亚迈得和一个法国外交官的谈话。马耶以外民族哲学家的口吻，不断引出埃及、希腊、阿拉伯和中国天文学家、星相学家的观察和记录，制造远离法兰西的气氛。该著作内容异常丰富：地球的原始状态和年龄、大洪水的地质学证据、海底动植物、洋流、海洋生物的全球性分布、海洋缩小的地质学证据、陆地从海底上升的证据、沙漠和海洋的互变，岩石的形状、颜色和其中的动植物化石、山脉的形成、多样物质、山体岩石中的海洋生物遗迹、海洋生物向陆地生物的进化、人类的出现、人骨和动物骨骼、昼夜长短和四季更迭的原因、月相的变化、地球不确定的未来、物质不灭、运动永恒、天体的运动系统、太阳的性质、燃烧和能量、黑子、太阳光对地球海水减少和生命出现的作用、太阳的熄灭、彗星的运动、天体的生灭和数量的增减、世界的复多性……[2] 这个长长的列举已经说明马耶的研究怎样从地球历史延伸到宇宙历史，我们从中发现极大和极小两个范围之间存在着关联性和相似性。巨大的存在之链以动态的形式将宇宙与单个物体相连。

蒂泽较多关注马耶的世界复多性：马耶认为太空中有很多可

---

[1] *Telliamed, ou Entretiens d'un Philosophe Indien avec un Missionnaire Français sur la Diminution de la Mer, la Formation de la Terre, l' Origine de l' Homme.*

[2] Benoît de Maillet, *Telliamed*, Tôme Un et Deux, mis en ordre par C. A. Guer, Chez L' honoré et Fils, Librairies, Amsterdam, 1748.

以居住的地方。宇宙有众多世界，月亮、土星、土星的五个卫星、金星、水星等。他们与地球具有相同的物质和结构，都有山脉、峡谷和海洋，其中有人和动物，有他们的天文学、几何学、科学和艺术。他们也许比我们人类更理性，拥有更多的知识。众世界之间是和睦的邻居，太空旅行犹如走亲访友。[1] 按照蒂泽对马耶的表述，从一个星球到另一个星球，就像从一个城堡到另一个城堡去作客，或者像鸟儿从一个枝头飞到另一个枝头。[2] 马耶作为生物学家也和前代的哲学家、诗人一样幻想地外生物，可见这种观念已经非常盛行了。马耶的宇宙中有众多生物组成的各种社会，所以似乎可以在天体之间建立关系，从这个意义上看，马耶是傅立叶[3] 思想的先声。

在蒂泽强调的内容之外，笔者认为还应关注马耶的其他观点。这是因为他的宇宙学观点包含丰富的哲学意义。马耶学说中最常被众多研究者引述的是他的人鱼神话。马耶对地层中海洋生物遗迹以及海生生物与陆生生物进行观察后假定：陆地生物都由海洋生物改变习性而来，所以飞鱼、海狮、人鱼分别变成了鸟、狮子和人。[4] 马耶还将生物进化的观念扩展到宇宙空间，认为行星变成恒星是向高级的进化，天体的进化是循环的，恒星可以再次变为行星。马耶凭观察和分析认为微观和宏观世界、地球和整个宇宙都遵循生命进化的模式。马耶的假想不是纯粹的幻想，而是通过望远镜和显微镜观察天体和生物而得到的结论。他的宇宙论与现代天文

---

[1] *Telliamed*，第二卷之“第五天”。

[2] Hélène Tuzet, *ibid*, p. 249.

[3] 傅立叶（Charles Fourier, 1772~1837），法国哲学家、经济学家。

[4] *Telliamed*，第二卷之“第六天”。

学、地质学和生物学的结论颇多相合之处。马耶还是“种子神话”的首创者，[1]由于马耶这一类学者的生物学论述，18世纪形成了生命通过种子在天体之间传递的观念，这使库萨的尼古拉、帕林吉尼乌斯、布鲁诺对多个世界和宇宙生命的单纯哲学思辨多了一些科学的成分。《德里亚迈得》对于研究近代生物学和天文学都有意义，尤其对拉马克和达尔文的进化论有重要的启示。但我们无法叙述他们之间的关系，只能关注这位生物学家的浪漫主义幻想。

《德里亚迈得》显示马耶像库萨的尼古拉、布鲁诺一样相信宇宙中有众多世界。马耶的宇宙是一个变形中的、不可预见的宇宙，其间充满变故。天体像地球上的生物一样进化，行星和恒星，昏暗的星球和明亮的星球互换布局和属性：行星昏暗，覆盖着水，在恒星周围的漩涡中运动，漩涡中运动着恒星捕获的星体。行星靠近恒星而变热，海水退去，生命出现。不断接近恒星的行星上最终燃起大火，生命灭亡，行星进入漩涡中心，而恒星燃烧殆尽，日益衰弱，变成一个煤球。行星取代恒星，成为漩涡中心，恒星则退至漩涡边沿，或者被别的漩涡捕获，并被水覆盖，变成行星，恒星燃烧的灰烬散布到太空中就是彗星，彗星在游荡的过程中被其他太阳捕获。恒星熄灭后留下来的灰烬变成泥，泥和水孕育生命。[2]

笔者认为马耶的行星与恒星互变理论包含着重要的哲学意义：太阳并不是唯一的、永恒的。众多世界有众多太阳，太阳消耗自己的热量并不断退化，如今的太阳曾经是一个昏暗的星球，如今的地球曾经是一个辉煌的太阳。至此中世纪的地球渊薮和太阳崇拜都没有了立足之地。宇宙没有可以令人始终膜拜的偶像，也没有永

---

[1] Hélène Tuzet, *ibid*, p.193，关于种子的意象参见本书第一章第三节。

[2] *Telliamed*, 第二卷之“第五天”。

远罪恶的所在。大火燃尽之后行星又从恒星变成行星，象征从灰烬中重生，这是凤凰神话的再现。马耶显然是一个灾变论者，洪水和火灾轮番出现，不仅发生在地球上，还是所有恒星、行星都要经历的变化。整个宇宙都会定期发生灾变，以取得更新的机会。这也是古代观念的一种复兴。人类的思想走了长长的路程又回到起点：古埃及的祭司认为水灾和火灾是世界灾难的主要形式。柏拉图沿用埃及人的观念，在《蒂迈欧篇》中对灾难进行了伦理学的阐释：火是愤怒，水是贪婪，因为下界的罪恶和上界天体偏离轨道而导致人间和宇宙的乱象。从宗教的含义来说，古埃及和古希腊人都认为水和火具有净化功能。灾难导致损失，但也带来洁净的生命……[1] 古人的天人感应原则导致一切自然现象的伦理、宗教解释——将所有自然灾害视为对人类过度行为的警示。在古代中国这方面的例子有很多，其目的在于教化民众对自身欲望的节制以及对自然规律的服从。我们从马耶的半科学、半幻想的理论看到现代人逐渐摒弃了古人对宇宙现象的宗教性阐释，比如人们认识到大洪水和人类的产生都不是上帝的作为。但是马耶用科学的方式证实了古人对宇宙或地球灾难的直觉：无论是宗教、伦理还是科学的论证，天体在演变，天体以循环的方式不断经历灾变，这一点是相同的。

笔者发现在马耶描写的宇宙大事件中人类的命运只是不值一提的片段。他认为人类这种生命形式必然遭受灭亡的命运，人类的生灭只是宇宙发展过程中的一瞬。马耶对人类的命运是理智而冷漠的，他描写大洪水和大火灾发生时地球上最后一群人徒劳的自救：

---

[1] 谭立铸：《柏拉图与政治宇宙论》——《普洛克洛斯〈柏拉图蒂迈欧疏解〉卷一研究》，华东师范大学出版社2010年版，第234~235页。

集中到极地和峡谷、挖井、造船，但都只是一笔带过。[1] 他轻描淡写的主题后来成为一种普遍的文学主题——“最后一个人”。比如格兰维尔[2] 的《最后一个人》（*Le Dernier Homme*）受到了马耶的启发。他描写造物主决定地球已到生命尽头，将要灭亡，最后的人类苦苦挣扎，在贫瘠的土地上喘息……在当今时代根据这一观念而拍摄的各种灾难片都继承了古代宗教的末世论和马耶等学者的天体演化论。马耶在自己的宇宙生命定期更新的观念指导下进一步认为，当地球经过恒星阶段重新变成行星时，地球上出现的生命将具有更高级的智慧，地球将迎来另一种形式的文明。我们在本书的第一章第三节——“天体之死”中已经看到了马耶对后代作家的启发。

笔者认为有时候学者比诗人更有想象力，他们借助科学的发现解释过去，预见未来，敢于对最宏大的事物进行有理有据并夹杂幻想的描述。其描述有现实的依据，所以他们的想象并不空洞，他们的言辞往往比诗人更加掷地有声。创造某种想象方式和想象目标的不是最浪漫奔放的诗人，而是最勤奋刻苦的学者。事实证明浪漫主义想象力的爆发来源于学者们长期不懈地对旧式宇宙论的改造，他们改变的不仅是某个学科的理论，而是人们的思维模式和想象空间。

2. 布丰：“趋于完善”的美学、“有机整体”的美学、关于彗星的幻想和对古代神话的回应

布丰显然比马耶更有名气。这位18世纪的法国博物学家在中国很有声望，很多中国青少年在中小学的课本里就学过布丰的小型

[1] *Telliamed*，第二卷之“第五天”。

[2] 格兰维尔（Jean-Baptiste Cousin de Grainville，1746~1805），法国哲学家、神甫、诗人、作家。

学术论文，知道他关于“蝉”的叙述和蝉这种小小昆虫的悲歌。《宇宙与意象》对布丰的说明集中在三点上：有机宇宙、地球中心火熄灭而导致的死亡以及彗星理论。蒂泽引用或说明布丰思想的片段散布于《宇宙与意象》很多地方。若将它们连接，再佐以蒂泽没有提到的布丰的其他宇宙论思想，则会发现布丰宇宙论完整的哲学、美学含义。

蒂泽说明了布丰像马耶那样认为宇宙是一个不断生灭、时刻经历变化的浪漫的宇宙。天体的死亡在人的肉眼看来就像一个磷火，闪了几下就熄灭了，因为人类距离死亡的天体太遥远。布丰与马耶不同的是，他强调宇宙在运动中维持一种动态的平衡。可是人们从中看到的却不是平衡，而是驱动宇宙生长消亡的潜在的力量，❶一种莫名的力量。尤其当宇宙被看成一只动物或一株植物，人们会想是谁让它如此行为？布丰始终认为宇宙有一种法则：植物和动物两种物种相互结合，互相生成，各种存在的形式都具有流动性，并按照进化的原则趋向不断增长的完善。❷笔者认为宇宙发展的这个总目标来源于布丰的泛神论：宇宙的终极组成是一些有机分子，有机分子具有能动性和力量，有机分子组合而形成自然的有机体。上帝并非超验，神性内在于自然，万物有自身的动力，而动力是神性的表现。我们知道这在布丰的时代是流行的观念。❸

笔者认为虽然布丰的有机宇宙论很重要，但是在这个方面布丰显然没有超过马耶，他沿用了马耶的宇宙定期毁灭和重建的理论。但布丰与马耶相比有一个特色，布丰的宇宙是一个整体，整

---

❶ Hélène Tuzet, *ibid*, p. 96.

❷ Hélène Tuzet, *ibid*, p. 327.

❸ ［英］亚·沃尔夫：《十八世纪科学、技术和哲学史（下册）》，周昌忠等译，商务印书馆2009年版，第1028~1029页。

体经过分裂产生部分，而各部分都要周期性的回归到整体的无限循环中。关于这一点蒂泽用土星的神话作为类比，说明布丰宇宙论的美学：关于分裂与整体性的美学。笔者补充一下土星神话的细节：土星在罗马神话中名为萨图努斯，在希腊神话中被称为克洛诺斯，就是天神。据说克洛诺斯害怕自己的统治地位被儿女推翻，于是吞食了自己的五个孩子，而他的妻子瑞亚保护了第六个孩子——宙斯免遭吞食。宙斯长大后与母亲一起用计谋迫使父亲吐出了五个兄弟姐妹，他们是海神、冥界之神、农林女神、女灶神、婚姻和家庭女神。宙斯又借助雷、电、霹雳继续向克洛诺斯开战，战斗中狂风暴雨、森林燃起大火、海水沸腾、大地震动。[1] 蒂泽认为如果去除其中的人格神的观念，这个神话描述的正是宇宙发生的模式：克洛诺斯象征整体，他的儿女象征部分，整体生出部分，海洋、黑夜、农业生产以及人类社会的其他活动都是从宇宙原始状态发展而来。在宇宙分化的过程中会有各种激烈的自然现象——电闪雷鸣、狂风大作、暴雨滂沱。整体后来又吸收了各个部分（吞食），因过度吸收而急剧膨胀，继而又分裂成各个部分。从哲学上说这是宇宙发展的过程，也是整体与部分的关系。部分与整体互相生成，部分自发地向整体回归，蒂泽称之为永恒的轮回或大脉动。[2]蒂泽对浪漫主义的另一个论断由此产生，从美学上讲，对有机性“整体”的偏爱，以及宇宙周期性回归整体的动态规律和总体的和谐是浪漫主义的又一个特点。蒂泽明确表示，浪漫主义并不反对和谐，只是不喜欢即成的和谐，更倾向于生成的和谐。浪漫主义的和谐总在未来，在不远的地方，但人们永远不能达到，而是无限地趋近最终的完善。就

---

[1] 力强：《太阳系与希腊神话》，科学普及出版社1985年版，第24~28页。

[2] Hélène Tuzet, *ibid*, p. 96.

像布丰认为的那样，宇宙的发展是一个不断上升的过程。对于浪漫主义者，“最终”和“完善”是不能连用的，更不能用最终修饰完善，因为完善没有最终。主张宇宙整体性、动态平衡的不止布丰一人，比如康德也赋予宇宙一种运动着的平衡，就像生命的状况一样。❶笔者再补充两点：首先，康德认为既然宇宙是生成的，不是必然，不是牢不可破的对称，不是井然有序，则自然是可塑的，人必定对自然可以有所作为。❷第二，天文学家的无限论、生物学家的渐成论或后成论对预成和即成秩序的瓦解以及有机论使人们的思想自由起来。自然科学逐渐开放的思想对浪漫主义具有重要作用，比如我们可以看出费希特和布丰的相似性，费希特说：“人必须坚持不懈地生成和创造才能臻于完满”。❸浪漫主义哲学强调自由意志“变得奔放起来。”❹

蒂泽也涉及了布丰的彗星理论。布丰认为彗星的撞击使行星从太阳内部脱离，❺即彗星撞击使太阳生出地球。根据其他学者的研究，我们知道18世纪时人们认为地球开始的时候与太阳具有相似的性质，炙热发光，后来逐渐暗淡冷却。地球上的水是大气中的水蒸气凝结的结果，海水开始时滚烫，后来冷却而孕育生物。再后来地球耗尽热能，冰冻使生命消失。❻这使我们想到希腊神话的伏尔甘（Vulcain），彗星就是他的斧子。伏尔甘用斧子劈开朱庇特的头

---

❶ Hélène Tuzet, *ibid*, p. 106.

❷ ［英］以赛亚·伯林，《浪漫主义的根源》，吕梁等译，译林出版社2008年版，第80页。

❸ 同上书，第93页。

❹ 同上书，第91页。

❺ Hélène Tuzet, *ibid*, p. 335.

❻ ［英］亚·沃尔夫：《十八世纪科学、技术和哲学史（上册）》，周昌忠等译，商务印书馆2009年版，第482页。

颅，生出雅典娜，这是神话中著名的雄性生殖的例子。蒂泽还提到布丰关于卫星生成的理论：狂热的太阳用自己的流质覆盖行星，使行星生出卫星。[1]这使人感觉到天体生成的性色彩。

蒂泽陈述道，诗人通过布丰的理论和自己的联想，将科学的成果与神话、生理学结合，开发了一个想象的空间。比如德萨里斯[2]就是一个典型的例子。以上的土星神话就是他对布丰的阐释，他运用布丰的太阳生行星的理论进行半神话、半天文学的描写："父太阳"生出"子太阳"，后来子太阳燃尽，生成的灰烬被父亲吸收。地球好比太阳的儿子，中心火燃尽（布丰的理论），地球将被太阳吸收，这就是地球的命运，"地球的坟墓就在太阳的腹中，它出生的地方，也是埋葬的地方"。太阳总有一天也会衰老，燃尽，被中心天体——宇宙之父吞噬。[3]

学者对诗人、作家的影响有时是潜在的，是思维模式、世界观的影响，但有时也是直接的影响。诗人的自然科学知识有时候比较有限，但凭借科学家的开创，诗人更容易想象宇宙奇异的景观。

3. 博内：水意象、趋向完善和关于极小的美学、套嵌的意象、连续和断裂的哲学

《宇宙与意象》关注的另一个生物学家是博内。笔者首先补充蒂泽的陈述，说明博内思想的特征。博内的思想中有很多前人的痕迹，但也有自己的特点，他的科学观察和逻辑论证中夹杂着幻想。博内的灾变论和"种子"神话是对马耶的继承。博内特别描写

---

[1] Hélène Tuzet, *ibid*, p. 351.

[2] 德萨里斯（Delisle de Sales，1741~1816），法国多题材作家，主要作品*De la Philosophie de la Nature*。

[3] Hélène Tuzet, *ibid*, p. 342.

了大洪水的场面，这是他从地质学研究得到的灵感，他用科学研究复兴了水意象的古代神话，使其兼具实证性。在文学创作领域，描写并歌颂水的精神的诗人与生物学上的水成论者具有共同的心理：水是原生质，水代表融解和再生，水是母性的。

蒂泽论到博内的生物进化思想，博内认为物种进化呈上升趋势，宇宙的发展总是朝向完善，如果其他物种取代了现有物种，那是为了地球的进步。[1] 笔者认为这一点来自布丰，他们都具有“无限等级”的美学心理。博内观察了动物尤其是海洋生物的化石，预言世界必然发生周期性的灾变，有机体毁灭了，但种子存活下来。基于无限等级的美学，他认为灾变后的物种比灾变前高级。世界下一次灾变后，岩石将有生命，植物将有行动能力，动物将具有理性，而人则变成天使。他很具体地说：“在猴子或大象中将发现一个莱布尼茨或牛顿，在海狸里面将发现一个培罗或沃邦。”[2]

笔者还认为笛卡尔的无限可分性思想以及人们用显微镜对微观世界的观察，这些文化背景对博内的作用在于造成了他的“极小”美学，并发展为一种“套嵌”的宇宙模式。套嵌是说每个天体的内部有另一个空间，其中运行着天体，这样无限套嵌下去，在宇宙范围内向上无限套嵌，在微观世界则向下无限降级，不断套嵌。蒂泽引博内的话说，是否每个行星内部“还有一个漩涡星

---

[1] Hélène Tuzet, *ibid*, p. 459.

[2] 《哲学上的新生论或关于生物过去和未来的一些想法》，转引自《生物学史和哲学》，第78页。培罗（Charles Perrault）是《生物学史和哲学》提供的译法，《不列颠百科全书》国际中文版译为佩罗，是法国17世纪诗人、散文作家、童话故事作家；沃帮（Sébastien Le Prestre de Vauban）是法国17世纪军事工程师。以上信息参见《不列颠百科全书》国际中文版第13册，中国大百科全书出版社1999年版，第162页，以及该书第17册、第451页。

系，其中有太阳、行星、卫星……谁知道这种不断降级在哪里结束？”❶笔者认为套嵌的意象能够满足多种要求。首先是笛卡尔式的几何学，大球套小球，这是规则的连续体；同时由于无限大或无限小，从而导致对宇宙的不可知论。神秘主义者最喜爱这种感觉；宏观与微观两个方向的延伸使大与小的界限消失。诗人面对天空中巨大的漩涡和物质微粒中无限小的深渊而感到眩晕和惊骇。博内的意象对现代物理学的意义则更明显：他引导人们发现了原子的结构。

蒂泽认为套嵌的模式意味着某种规则和断裂，歌德厌恶套嵌，推崇太一，基于浪漫主义对连续性的偏爱，歌德说自己本能地厌恶种类的严格界分。❷笔者认为博内与歌德相比则更灵活，更能将浪漫主义贯彻到底，正如上文施莱戈尔所说：没有什么异端不能被纳入浪漫主义。博内既主张套嵌又主张连续。他的逻辑是：表面的断裂不能掩饰连续的本质。因为套嵌无限发生，所以无限性使断裂性呈现出连续性的状态。因为无限多个部分构成巨大的整体，在整体内部，部分表现为统一。这是无处不在的辩证法。蒂泽强调说显微镜消除了界限：通过显微镜人们发现了介质，生物和无生物由于介质而得到统一。❸笔者进一步认为显微镜从实证的角度说明了辩证法的先验性。物种的界限、有机和无机的界限，甚至地球各个发展阶段的界限都可以消除。人的思想则比实证走得更远：消除物质和精神的界限。博内在断裂中发展出“连续性”的美学，蒂泽的引文证实了笔者的想法：“这连续性在地球表面蜿蜒，钻进地球的

❶ Hélène Tuzet, *ibid*, p. 98.

❷ Hélène Tuzet, *ibid*, p. 331, 注释30。

❸ Hélène Tuzet, *ibid*, p. 326.

腹内……又向上伸入大气层，进入太空，我们只能看见一条火线，连续性不断在太空各处迸射出火星。”[1]连续性连接了最纤细的物质和上帝。笔者认为在博内的时代——18世纪，宇宙是流动的、光滑的，遵循进化律，向高级发展，宇宙通过有限存在物的交替追求无限，这就是浪漫主义的核心之一。

笔者要强调博内的连续性美学形成的原因还在于他笃信宇宙充满生命：所有天体表面甚至太阳上都可以居住。这并不是新鲜的主题，上文提到的库萨的尼古拉、布鲁诺、帕林吉尼乌斯以及马耶都是博内思想的坚实基础。博内与他们相比有一个显著的特点，由于受到18世纪——一个放纵肉欲的时代风气的影响，博内的天体演化具有动物性。蒂泽提到了博内的一个具体主张：年青的彗星成熟之后变成行星。[2]笔者认为马耶提出火与水的轮番洗礼以及漩涡边沿与中心的交替，他是严谨的，而博内的宇宙更表现出生理性。

《宇宙与意象》引述较多的相关学者还有罗比内、佩尔特斯、阿伦尼乌斯，[3]但始终没有离开上述三位学者的范围，他们用各种方式阐述种子、有机宇宙、宇宙的生理学、套嵌和连续性等前人的理念，并随着时间向20世纪推进，以前的幻想更增添了科学的术语。

笔者认为以上例子证明，对生物学的发现和生物学家的思想进行美学阐释将使我们逐渐明白一种文学思潮的产生不仅是文学自身演变的结果，其中必然包含外部的因素。浪漫主义的发生是一切

[1] Hélène Tuzet, *ibid*, p. 326.

[2] Hélène Tuzet, *ibid*, p. 331.

[3] 佩尔特斯（Boucher de Perthes, 1788~1868），法国史前史学家；阿仑尼乌斯（Svante Arrhénius，1859~1927），瑞典化学家。

文化领域共同作用的结果。文学内部的原因并不绝对具有压倒外因的优势，甚至可以说浪漫主义在文学之外的领域——比如自然科学领域，更加如火如荼，只是人们并不关注而已。由于避重就轻的天性，在大多数情况下人们倾向于读一本高潮迭起的爱情小说，而不喜欢学者们堆积数据和例证的说教，所以其中激动人心之处很少有人愿意或有机会感受。

笔者遵照蒂泽的意图并不对浪漫主义进行定义以及时间上的划分，也没有对几个主要的欧洲国家的浪漫主义运动进行全面的描述。笔者希望突显蒂泽对科学领域的关注，并按她的指导发现科学对文学的作用，尤其是天文学和生物学的事件和人物对过去时代人们世界观的改变。“无限”“有机”“生成”“连续”“充盈”“不能满足”等浪漫主义理念很早就发生在自然科学领域。随着新世界观在人们心中日益深固，引起了文学创作理念、手法的更新。蒂泽认为这是从古典—新古典主义向浪漫主义突然转型的根本原因之一。笔者用德国神学家云格尔（Eberhard Jüngel）的话来总结：“人被逐出宇宙中心之后，只能在自身内确立自己。科学发现使人的地位不再是客观使然，他的生存不再处于中心，因而成了一种流离失所的存在，结果他要自行承担自身的主观性，并以此重建整个宇宙。……现代性问题的人类学症候就产生于这些科学发现……”❶

---

❶ Eberhard Jüngel, *God as Mystery of the World*（《上帝是世界的奥秘》），William Beerdman Company, 1983，I，P. 21；转引自谭立铸：《柏拉图与政治宇宙论——普洛克洛斯〈柏拉图蒂迈欧疏解〉卷一研究》，华东师范大学出版社2010年版，第4页。云格尔（Jüngel，1934~），德国路德教派神学家、宗教哲学家。

第三章　法国诗人的宇宙

蒂泽在《宇宙与意象》前言申明了该书的主旨——研究文艺复兴以后诗人关于宇宙的想象心理，所以整本书以宇宙为核心，阐明诗人心理的宇宙哲学、科学来源和诗人心理发展的某些方面。所有诗人围绕宇宙论这一主线集合在一起。《宇宙与意象》中诗人出现的频率不等，有些诗人虽然在文学史上很有名气，但出现的次数相对较少，而有些诗人虽然并不为人们熟悉却有较多的出现机会。蒂泽选择诗人的标准是该诗人宇宙想象的丰富性和典型性。《宇宙与意象》未曾对任何一位诗人作过系统论述，关于诗人的生平、境遇、作品的种类、创作的背景、影响力等，《宇宙与意象》都没有提供信息和评论。虽然如此，我们依然可以对具体诗人的宇宙论或宇宙想象进行研究。笔者在众多法国诗人中选择了三位：皮埃尔·德·龙萨、维克多·雨果、保罗·克洛岱尔。蒂泽对他们都有一定陈述，但比较零散。笔者以蒂泽的研究为基础，并在蒂泽没有引述的相关作品中进一步搜寻关于宇宙的点滴语句，并将其汇总，再进行一定的补充，呈现三位诗人的宇宙想象或理论的整体。通过本章的研究，我们将了解到16世纪、19世纪以及19~20世纪之交一些诗人关于宇宙的想象心理。

第一节　皮埃尔·德·龙萨的宇宙论

笔者选择皮埃尔·德·龙萨[1]作为本书第一个被研究的诗人，原因在于龙萨不仅是蒂泽在《宇宙与意象》中引用的第一个诗人，更重要的是他代表了16世纪法国文人的一般思想。16世纪的法国文坛有三颗耀眼的明星：拉伯雷（François Rabelais，1494~1553）、龙萨和蒙田（Montaigne，1533~1592）。但是在蒂泽提到的众多16世纪欧洲诗人或作家（以诗人为主）中却没有拉伯雷和蒙田的位置——也许在蒂泽看来这两位作家并没有典型的宇宙论思想，而典型性是《宇宙与意象》思想史式的文学评论的一贯标准。如上所述，《宇宙与意象》选择诗人或作家的原则不在于名气，而在于他们能否明显表现某种宇宙论模式。笔者看重龙萨是因为他代表了法国16世纪的正统宇宙论，他表现出对旧观念和趣味的遵从。[2]

龙萨同七星诗社的其他六位诗人一样知识渊博，对于自然、宇宙的普遍现象和神秘现象具有敏锐的感知力。他们试图通过诗作说明自己对事物性质的看法，他们坚持一元论，善于综合、汇集各

---

[1] 皮埃尔·德·龙萨（Pierre de Ronsard，1524~1585），法国16世纪著名宫廷诗人，朝臣。生于弗朗索瓦一世执政期间，死于亨利三世时期。终年61岁。喜爱希腊、拉丁语言，熟读荷马、西塞罗、维吉尔等古代诗人作品，模仿古代诗人贺拉斯、品达、阿纳克里翁，擅长写作墓志铭、颂诗、十四行诗，注重辞藻和韵律。与亨利二世关系亲密，曾担任亨利二世的顾问和宫廷大神甫。创作很多应制诗。代表作《爱情》（*Amours*）、《颂诗》(*Odes*)、《诗歌》(*Poèmes*)和《颂歌》(*Hymnes*)等。龙萨代表古典艺术，在文学界享有盛誉，成立了七星诗社。以上内容参见André Lagarde, Laurent Michard, *Les Grands Auteurs Français du Programme*, XVIe Siècle, Bordas, 1970, pp. 119~166.

[2] Pierre Champion, *Ronsard par lui-même*, Librairie Honoré Champion, Paris, 1967, 序言。

种自然哲学知识和研究成果，提炼出某些普遍的方法，对各种科学进行统一，形成某种宇宙论。他们的见解富于创造力、持久的张力和严密性。[1]以下将概括《宇宙与意象》对龙萨的论述，并在此基础上进一步总结龙萨宇宙论的其他方面。龙萨的天才是全部古典艺术的结晶，龙萨以及那个时代许多模仿古风的法国诗人都相信存在关于美的客观标准。[2]龙萨坚持的是古典美学标准，他的宇宙论是古典的。16世纪的美学标准就是对称、比例协调、相等、有序。[3]我们将看到，龙萨的宇宙论秉承传统的美学标准，即亚里士多德—托勒密宇宙模式，但其中又有个人见解，这些特征通过龙萨论宇宙的体系、起源、月下界、鬼神和人的价值等方面表现出来。

一、蒂泽所论之龙萨

蒂泽对龙萨的论述总结起来有四个方面：宇宙的球形模式、精灵、坚硬的球壳和生命攒动的矛盾，还有火元素的二元论。

首先蒂泽引用龙萨作品《天空的颂歌》（*Hymne du Ciel*）的五句诗说明龙萨的宇宙无始无终而且极其广袤，但虽然广袤，却是有限的，并包含一切事物，即宇宙之外空无一物。[4]在蒂泽区分的赫拉克利特和巴门尼德两派宇宙论中，龙萨基本属于巴门尼德派。在龙萨之前，柏拉图、亚里士多德、托勒密都继承了巴门尼德的球形宇宙。从古代到中世纪他们一直代表正统宇宙论。柏拉图拒绝和外

---

[1] Albert-Marie Schmidt, *La Poésie Scientifique en France au Seizième Siècle*, Albin Michel, Paris, 1938.

[2] Gilbert Gadoffre, *Ronsard par lui-même*, Editions du Seuil, 1960, p. 83.

[3] D. B. Wilson, *Ronsard Poet of Nature*, Manchester University Press, 1961, p. 87.

[4] Hélène Tuzet, *ibid*, p. 22.

界交流，宇宙之外空无一物；亚里士多德尤其认为人们很难想象“无”，这些都直接影响了龙萨。亚里士多德和西塞罗非常看重球形天穹防范侵袭的作用，他们都对黑暗隐约表示恐惧。虽然柏拉图认为以太是一种纯火，托勒密的以太是流体，但亚里士多德的以太是坚硬的第五元素，并且中世纪欧洲普遍坚持亚里士多德的观点。天穹永远匀速转动，等同于静止。龙萨正处在这种正统宇宙论在文艺复兴时期的延续中。宇宙是上帝的创造，必须是完美的。宇宙匀速圆周运动，运动等速等距，无始无终，围绕自身旋转，永远与自身保持一致，永远处于同一位置。天球不会变质，不会坍塌。这是古代留下的思想遗产，是龙萨思想的背景。巴门尼德派的传人总是倾向于关上天穹，防止危险入侵，保持天球内的秩序与和谐。所以龙萨的宇宙稳定、纯粹而孤独。因为龙萨描写圆拱形天穹是上帝的住所——“房屋”，具有水晶或厚冰般结实透明的墙壁。❶很多诗人都模仿龙萨的“建筑物”意象，用“教堂坚固的围墙”“天花板和支柱”“圣殿”“拱门”“穹顶”等表现宇宙的形状。❷虽然当时欧洲并非所有诗人都模仿龙萨，但可以根据宇宙模式分出一个诗人的类别：对宇宙进行球形有限模式想象的16~17世纪诗人除龙萨之外，还有杜·巴尔塔斯、❸德拉·柏德利、❹乔治·布坎南、❺帕林吉

❶ *maison, murs, cristal, glace espoissie*，见Hélène Tuzet, *ibid*, p.37所引龙萨的诗《天空的颂歌》中对天穹的描写。

❷ 参见《宇宙与意象》第一部分第三章内容。

❸ Guillaume Du Bartas, 1544~1590, 法国作家、诗人，代表作《星期或创世》（*La Semaine ou la Création du Monde*）。

❹ Guy Lefèvre de la Boderie, 1541~1598, 法国东方学家、《圣经》研究专家、诗人 。

❺ George Buchanan, 1506~1582, 苏格兰诗人、剧作家、历史学家、拉丁语语言文化研究者。

尼乌斯、[1]杜·莫南，[2]以及马里诺、[3]勒·穆瓦纳。[4]蒂泽的论述确定了龙萨的位置：在宇宙论思想史以及在诗人中的位置。

关于以太的两种性质笔者在本书第一章第二节已作过介绍，主要是黑暗坚硬的以太和轻盈柔软的以太之间的对立：亚里士多德和德谟克利特的吞噬一切的宇宙、排斥一切生命的以太，柏拉图、西塞罗、塞内加（Sénèque）、普卢塔克（Plutarque）、帕林吉尼乌斯、菲奇诺（Ficin）透明、纤细的以太对生命的维护和对想象力的鼓舞。蒂泽只是在论到帕林吉尼乌斯时在括号里顺便提及龙萨。[5]帕林吉尼乌斯描写以太中的强壮而灵敏的居民，这对后世作家的想象力很具有启发性。龙萨与帕林吉尼乌斯一样幻想“元素性质的精灵”，[6]龙萨的精灵与帕林吉尼乌斯的以太居民很相似。我们知道龙萨论鬼神、精灵的诗篇《鬼的颂歌》（*Hymne des Daimons*）中有重要的宇宙论思想，由于蒂泽在这方面并没有详细的论述，所以笔者将在本节第二部分给予补充。龙萨并没有专门论述过以太，但龙萨的宇宙中到处是精灵，我们也许可以说诗人暗示以太中有生命活动，只不过并非地球上的那种生命。

关于宇宙生命，蒂泽认为在龙萨的时代天穹依然有坚硬化的

---

[1] Marcellus Palingenius Stellatus, 15世纪末16世纪初意大利文艺复兴医生、诗人，代表作《生命的黄道》（*Zodiacus Vitae*）。

[2] Du Monin，1557~1586，法国诗人、剧作家、翻译家，代表作《天体学或天空》（*L' Uranologie ou le Ciel*）。

[3] Giambattista Marino，1569~1625，意大利诗人，代表作《阿多尼斯》（*L' Adone*）。

[4] Pierre le Moyne，1602~1672，法国诗人，代表作《圣路易或加在非基督徒头上的圣冠》（*Saint Louis, ou la Sainte Couronne Reconquise sur les Infidèles*。

[5] 《宇宙与意象》第二部分，第一章。

[6] "Esprits élémentaires", Hélène Tuzet, *ibid*, p. 165.

趋向，拒绝变化，拒绝生命，因为生命总是导向死亡。[1]根本的原因在于天上的物质异于地上的物质。天上的物质在亚里士多德那里是第五元素，对于柏拉图则是“火”。龙萨追随柏拉图以“火”来构成天穹，这在《天空的颂歌》中有明确的描述。龙萨热爱生命，他在《鬼的颂歌》中热烈描写生命活动，但同时他的想象中一直萦绕着坚硬的天穹。蒂泽认为这是一种矛盾。蒂泽特别提醒大家注意龙萨《颂歌》系列作品中“轮子上的钉子”的意象，用来说明天体固定不变的位置，就像钉子钉在圆形的天穹上。同时龙萨还在《天体的颂歌》（*Hymne des Astres*）中嘲笑具有天体演化思想的人。笔者以为这并不矛盾，原因在于龙萨根深蒂固的天地分界思想，我们将在下文龙萨的宇宙模式中具体解释其中的原因。

蒂泽论述龙萨的第四点出现在《宇宙与意象》第三部分的第十三章《火之子：飞蛾与凤凰》中。蒂泽提出在西方思想史上关于火的性质具有二元论的传统。龙萨在《天空的赞歌》中描写了天火和地火的对比。蒂泽认为龙萨的思想来源于斯多葛学派传统：火有两种价值，一种是保存和培养，另一种是烧毁。第二种火占据天庭，完美的球形火围绕宇宙。摩尼教的教义认为每个元素都对应一个反元素，反元素存在于恶的世界，仁慈的火对应邪恶的火，黑色、冰冷、地狱的火。这种二元对立传到龙萨的思想中，表现为温暖宇宙的天火和不断吞噬的人间之火的对立。蒂泽的“火”意象着重在火的净化、变形、更新、增加生命热量、激发悲壮情感的方面，火所象征的创造、自由、跳跃、变幻、逃逸、夺取、欲望、愉悦等精神使火具有遍及宇宙的价值。然而龙萨并不处在蒂泽论火的中心地带，只是为了说明火的多重性质而给出的例证，表明火的多

[1] 《宇宙与意象》第三部分，第一章。

样特性具有历史性的流传。笔者以为蒂泽所论固然不错，但火也是龙萨宇宙论的一个部分，它从一个侧面表现出龙萨宇宙的等级模式。关于此我们也将在下文给予一定说明。

以上从四个方面总结了蒂泽对龙萨的论述，详略不等，皆因蒂泽对龙萨的论述有详略之分。蒂泽必然受到《宇宙与意象》整体思路的制约，为了突出主题而有所取舍。总体上讲，龙萨的宇宙论在《宇宙与意象》中所占的比重不大，远远小于雨果和克洛岱尔。但如果我们能较全面地勾勒龙萨宇宙论的面貌，则可以明了16世纪普遍流行的宇宙论。笔者认为有必要单独论述龙萨，正是由于他具有以一斑窥全豹的作用。

二、再论龙萨的宇宙论

在蒂泽上述研究之外，笔者再论龙萨的宇宙观。首先我们需要明确龙萨时代的天文学背景。这方面内容我们在第二章已经有了较多的了解。这里再简略说明一下，以表明龙萨与文艺复兴时期那几位伟大的天文学家之间的先后关系。率先提出无限宇宙论的库萨的尼古拉1440年发表《论有学问的无知》，龙萨出生的时候该书已流传了80多年。哥白尼1510年提出日心说，粉碎了亚里士多德地球静止于宇宙中心的传统观点。与龙萨同时的丹麦天文学家第谷·布拉赫通过观察彗星的路线而打破了宇宙的九层天球结构。但“龙萨并不了解哥白尼的天文学革命”，[1]他们三位的宇宙论都没有进入龙萨的诗作，更没有撼动传统宇宙论在诗人心目中的地位。布鲁诺1584年发表《论无限宇宙和诸世界》时，龙萨即将不久于人世。龙萨死后开普勒和伽利略才将哥白尼和日心说介绍给更广泛的公众。

---

[1] Henri Busson, *Le Rationalisme dans la Littérature Française de la Renaissance*, Librairie Philosophique J. Vrin, Paris, 1971, p. 373.

龙萨的宇宙模式虽然处于法国的文艺复兴时期，但依然是中世纪宇宙论的延续。一种新思潮的传播需要数世纪的时间，尤其在那个信息传递并不迅速的时代。其实这也只是一种借口，像保罗·克洛岱尔这样的20世纪现代诗人依然可以无视传播了将近五个世纪的无垠宇宙论。这将是本书第三章第三节的内容。

（一）宇宙的结构：九重天、天穹的运动、四元素、有限空间、宇宙两界

龙萨《永恒的颂歌》中明确说天穹有九层，他将之比作神殿："驱使九座穹窿形神殿在你之下旋转"。[1]这是托勒密宇宙体系的继续，也就是九重天。除了从月亮到土星七个当时已知天体外，托勒密宇宙体系还包括恒星层和宗动天——第一动力。《天空的颂歌》如此描述天穹的运动：

哦，纯净、纯粹、美丽的天穹，上帝那高居天顶的房屋，
…………
转动你巨大的球体，
围绕固定的两轴运动，
…………
均匀你的速度。[2]

旋转的天穹好像一个巨大的球体围绕轴心匀速运动。天球是

---

[1] 《Faisant tourner sous toy les neuf temples voutez, …》

Ronsard, *Hymne de L' Eternité*, 见于*Oeuvres Complètes de Pierre de Ronsard*, Tome V, Librairie A. Franck, Paris, Editeur P. Jannet, 1857~1867, p. 15. 以下对龙萨的引用皆出于这个版本，仅注篇名、卷次、页码。特殊情况另作说明。

[2] 《O ciel net, pur et beau, haute maison de Dieu,…– Et qui roules si tost ta grand' boule esbranlée –Sur deux essieux fichez, – …, égale ta vitesse》

Hymne du Ciel, Tome V, p. 139.

一个作匀速圆周运动的正球体。宇宙的这种几何形状是自古希腊文化以来人类所能设想的最完美的形状：

为了能够更完美，因为在圆形里，
蕴涵着完美，在自身之中充盈。❶

天球之内四元素——火、气、水、土从上到下逐级分布：

（天穹）你由充满活力而且灵敏的火构成，
…………
你包含一切，你将一切纳入自己圆弧形的拱门下，
通过一种神奇的流通循环将土地包围，
还有广阔的海洋中间是土地，
散布周围的气和火……❷

土元素在中央被所有天球层包围，最接近土的是海洋——也就是水元素，气元素弥漫漂浮在水之上，最上层是活跃轻盈的火元素。

诗人不断说明宇宙空间的有限，万物尽皆包含于宇宙之内，宇宙之外空无一物：

总之我们看不到任何事物，
不属于你，在你之中封闭，
我们目光所及之各处，

❶ 《O ciel net, pur et beau, haute maison de Dieu,…– Et qui roules si tost ta grand' boule esbranlée –Sur deux essieux fichez, – …, égale ta vitesse》

Hymne du Ciel, Tome V, p. 139.

❷ 《Pour estre plus parfaict, car en la forme ronde –Gist la perfection qui toute en soy abonde.》

Hymne du Ciel, Tome V, p. 139.

只看到你为众天体设定的广大的边界。❶

诗人几次三番使用“不将任何物置于其外”（“sans rien laisser dehors”，“sans rien laisser ailleurs”），“包含一切事物”（“outes choses embrasse”）或者直接用“有限空间”（“fini espace”）这些词或句来说明有限空间。龙萨不仅直接说明有限宇宙并抨击那些认为在可见的宇宙之外还有宇宙的人，说这种想法是“错误”，是“违背天道的原罪”，想起这些观点就令诗人“极度恼火”。❷

在龙萨的宇宙体系中月亮的作用在于区分月上界和月下界，这自然是典型的亚里士多德思想：

自然，我们的母亲处在众神和我们之间，

…………

将月亮放在中间作为我们的栅栏，

…………❸

“barriere”可以是栅栏，也可以理解为屏障、鸿沟，是分于两个区域的壁垒。这个分界非常重要，因为构成地界与天界的物质不同，居住者也不同，地界是人、动物、植物，天界是围绕上帝的众神。所以诗人不断描写月上界的广袤、有序、和谐、纯洁完美、不

❶ 《…et bref on ne voit chose -Ou qui ne soit à toy, ou dedans toy enclose,-Et de quelque costé que nous tournions les yeux, -Nous avons pour object ta grand' borne des cieux.》

Hymne du Ciel, Tome V, p. 142.

❷ 《…et pource c' est erreur, -C' est péché contre toy, c' est extreme fureur -De penser qu' il y ait des mondes hors du monde.》

*Hymne du Cie*l, Tome V, p. 142.

❸ 《Notre mere Nature entre les Dieu et nous… -Mist la Lune au milieu qui nous sert de barriere, …》

Discours à Monsieur de Cheverny, Tome III, p. 419.

变不灭、无始无终以及月下界的混乱、残缺、生死交替，变化不息。这种对比随处可见：

月亮之外至高无上的一切，
稳固地存在着，没有丝毫怀疑，
看着它的存在，无分解，无变化，
不会变成其他的种类；
因为一切都很完美，稳固地存在着，
凭借着自身的力量，
远离，
在月下将人类百般折磨的死亡和忧愁。[1]

除了没有变化、稳定完美之外，月上界还没有时间，所谓过去、现在和未来这些时间的标志都不存在，这是区分两界的重要特征。在月上界现在并不停留，过去、未来都匍匐在上帝脚下，上帝一个眼神就阅尽所有时间，一切过去、现在和未来都在上帝的记忆中。而月下界的人类是粗糙的粘土、厚重的淤泥制成的，不完美而且变化无常，忘记了过去的时间，并对上帝的神圣光辉视而不见，麻木不仁。[2]总之宇宙两界的分别极其明显。鉴于这种截然的区别，笔者可以回答本节第一部分提出的关于龙萨日趋坚硬的天球和生命攒动之间的矛盾：无论地面上生命现象和活动如何繁多，众神居住的地方不会受月下界生灭的影响。只有这种差别才能导致诗

---

[1] 《Tout ce qui est là haut outre lalune, -Vit seurement, sans desfiance aucune -De voir son estre, ou dissoult, ou mué, - Ou son espece en autre remué ; -Car tout parfait vit en toute asseurance, -Se soustenant de sa propre puissance, -Loin de la mort, et bien loin du soucy, -Qui aux humains ronge le coeur icy.》

Epitaphe d' André Blondet, Tome VII, p. 223.

[2] *Hymne de l' Eternité*, Tome V, p. 18.

人对死亡的赞美，因为死亡是将人的灵魂解脱并送往天国的途径。只有永恒完满的天国才能令灵魂向往，才能安慰将死之人，使其愉快安祥地领受死亡。这就是龙萨在《死亡的赞歌》（*Hymne de la Mort*）中表达的主题思想。如此另一个问题，即关于火的二元论，也迎刃而解，诗人正是通过天上的永恒的火和地上很快燃尽的火证明两界之不同，龙萨描述这种对比是从一个侧面表达自己的宇宙论，尤其是宇宙的结构。

（二）宇宙的起源

第一，对于宇宙的起源龙萨陈述不多，但也可以看出一些端倪。首先从时间上说宇宙是无始无终的：“（天穹）你如此广袤，无始无终。”[1]因此我们不知道宇宙何时起源。龙萨暗示宇宙起源的久远：

总之，你如此完美，
说你起源于四千或五千年前，
这真令我不可思议。[2]

诗人说经历短短数千年宇宙不可能如此完美，意即宇宙的起源远远久于四五千年。而我们不能用时间标记它的起源。

第二，龙萨认为宇宙起源于“无”：

上帝的思想充满了多少绝妙的技艺，
最灵巧的工匠，他从无创造了你，

---

[1] 《Tu n' as en ta grandeur commencement ne bout》
Hymne du Ciel, Tome V, p. 142.

[2] 《Bref, te voyant si beau, je ne sçaurois penser –Que quatre ou cinq mille ans te puissent commencer.》
Hymne du Ciel, 1584年的修改稿，Tome V, p. 143.

并使你完成得如此美丽；❶

龙萨并没有解释为什么上帝可以无中生有地创造宇宙，也许在那个时代看来，尤其是具有深厚宗教情感的人认为上帝的创造过程就是一个奇迹，不需要解释。

第三，龙萨对地球上的生命起源有比较具体的陈述，虽然在我们看来诗人的陈述没有根据：

从你高大宽广的穹顶里，
滴下一个灵魂、一个美德、一个活力；
一直在地球的上方，滴进空气和海洋里，
使空气和海洋肥沃多产，并使之萌芽；
因为如果没有你不断分泌甜蜜的体液，
地球顿时就会衰老。❷

这是一种宏观宇宙的生理学，诗人的灵感必定来源于哺乳动物的生殖行为。诗人认为地球生命来源于天上，天空包含着万物的种子，天地交合创造生命。这是16世纪诗人关于生命产生的寓言。我们也从龙萨的思想中看到所谓物活论（hylozoisme）的痕迹。通俗地解释物活论就是认为宇宙是一个巨大的动物，身体温暖，充满活力，像动物或人体一样行为。或者地球也是一个生物：岩石是骨骼，森林是头发，江河是血管，潮起潮落是呼吸等。建立这种相似

---

❶ 《Combien l' esprit de Dieu est remply d' artifice, -Et subtil artisan, qui te bastit de rien, -Et t' accomplit si beau ; …》

Hymne du Ciel, Tome V, p. 141.

❷ 《Du grand et large tour de ta celeste voûte - Une âme, une vertu, une vigueur degoute - Toujours dessur la terre, en l' air et dans la mer, -Pour fertiles les rendre et les faire germer ; - Car sans ta douce humeur qui distille sans cesse, - La terre par le temps deviendroit en vieillesse.》*Hymne du Ciel*, Tome V, p. 142.

性是16世纪诗人、哲学家、神学家共同的思维方式。[1]我们已经看到龙萨宇宙的天穹由火构成，而天穹的火源源不断地向整个宇宙提供热量。龙萨将天火比作人脏腑内的热量：

……；因为他强烈的光芒，
不需要其他养料，只凭自己滋养自己；
他的光芒像太阳光一样闪耀着勃勃生机，
用火温暖宇宙，
这火温暖犹如人腹内的热量，
这热量温暖而丝毫不会烧毁人的躯体。[2]

这种类比容易使人感觉到宇宙的动物性，这也是16世纪所流行的关于大宇宙和小宇宙相似而且能够沟通的观念的反映。笔者还注意到上文龙萨论四元素的分布时的用词："D' un merveilleux circuit… "，意思是四元素之间存在奇妙的交流，"circui"也是"循环"的意思，使我们想到人体的内循环和新陈代谢。凭借这些物活论的痕迹，我们可以理解为什么龙萨关于宇宙起源会编出一段天地交合的寓言。我们还应注意龙萨的宇宙充盈着生命，天穹不断分泌种子，才能保持地球生命常新。龙萨虽未曾论述以太，我们可以认为龙萨的以太基本上就是火，其中充满生命的萌芽。龙萨虽未想象以太中的太空之旅，但我们知道龙萨的外层空间必定温暖、明

---

[1] Gilbert Gadoffre, *ibid*, p. 113.

[2] 《D' un feu vif et subtil ta voûte est composée… - …; car sa vive estincelle - Sans aucun aliment se nourrit de par elle ; - Vivante elle reluit comme fait le soleil, - Temperant l' univers d' un feu doux et pareil - A celuy qui habite en l' estomac de l' homme, - Qui tout le corps eschaufe et point ne le consomme.》

Hymne du Ciel, Tome V, p. 140.

亮，非常欢迎人去旅行。

（三）龙萨论鬼

龙萨名篇《鬼的颂歌》（*Hymne des Daimons*）关于鬼有详细描述。据说弗朗索瓦一世和拉伯雷都是16世纪鬼神迷信的推动者。❶龙萨的鬼独具特色。他说上帝创世时同时创造了天使和鬼。❷与纯粹智慧、无形、全知的天使相反，鬼在月下界，有形但灵敏，善于根据自己的意志并结合所处位置的元素而变形。他们居住在空气中、水中、地面上和地底下。人们在梦中会见到鬼古怪骇人的形体。鬼有善恶，可以帮人做家务，也可以掀起海啸、地震。鬼吸食蒸汽或祭品的血液为生。山林水泽到处是鬼，他们怕火、怕剑、怕巫师，怕人们以上帝的名义或以咒语驱赶它们。龙萨的鬼论给人虚幻的感觉，但是笔者认为其中包含宇宙论的一个方面，即宇宙体系的等级特征。宇宙最高级和最低级之间存在持续不断的交流，离人最近的介质就是鬼。❸龙萨的鬼既然是上帝的创造，则是像人一样真实的存在，一种半人半神的创造物：他们兼具神和人的性质，像神所以不朽，像人所以充满感情。他们有欲望，有恐惧，他们会想象，懂得爱与恨。❹最重要的是：

两个极端就是人和上帝；

---

❶ Victor Du Bled, *La Société Française du XVIe Siècle au XXe Siècle,* Librairie Académique Didier, Paris, 1903, p. 43.

❷ 或者可以称为精灵，在汉语里鬼有贬义，鬼总是害人的，而龙萨的鬼有善恶之分，按汉语的习惯，助人、对人友善的鬼可以称为精灵，因此龙萨的鬼首先是中性的，表示的意思相当于汉语的“精”，“精”可以害人也可以助人，比如害人的“蛇精”，助人的“鲤鱼精”。为方便起见下文统称为鬼，但读者应忽略其中的贬义。

❸ Gilbert Gadoffre, *Ronsard Par Lui –Même*, p. 109.

❹ *Hymne des Daimons*, Tome V, p. 128.

上帝强大有力本质永恒，

人软弱无力注定要死。

气精半人半神，

本质相同，飘在空气中满怀喜悦，

…………[1]

整个16世纪人们认为宇宙内有三个区域或界：人界、鬼界、神界。[2]龙萨与前代或同时代的学者诗人有相同的认识。比如意大利新柏拉图学派的首领菲奇诺（Ficin）就认为地球上每个区域不仅有动植物，还有一些理性的存在物，他们负责传达神谕，[3]龙萨让善鬼从空气中降落，是为了

让我们知道众神的意志，

…………

将灵魂从囚禁它们的肉体中解放出来

并把灵魂带向天国……[4]

龙萨秉持基督徒的精神相信灵魂的不朽和最终解脱，而灵魂需要鬼或精灵的帮助才能升天。这不是神话故事的虚构，而是16世纪诗人以及许多人真实的宇宙观。鬼传递神谕的过程如何发生，菲

---

[1] 《Les deux extremitez sont les hommes et Dieu ; - Dieu qui est tout puissant de nature eternelle, - Les hommes impuissants de nature mortelle. - Des hommes et de Dieu les daimons aérins - Sont communs en nature, habitants les confins - De la terre et du ciel, et dans l' air se delectent,…》

Hymne des Daimons, Tome V, p. 129.

[2] Henri Busson, p. 365.

[3] Albert-Marie Schmidt, ibid, p. 80.

[4] 《Pour nous faire sçavoir la volonté des Dieux, … - Et détachent du corps nos âmes prisonnieres - Pour les mener là-haut, …》

Hymne des Daimons, Tome V, p. 129.

奇诺解释说：当我们睡着的时候，普纽玛[1]能够很容易接收天上的讯息，并交由精灵或鬼来向人传达，人从而能够看到善、恶、真实的征兆，人所以能预言。[2]我们不能想象却也不能否认灵魂的有无和鬼的存在。宇宙的等级秩序不仅体现于人、鬼、神三界，即使在鬼界内部也有等级，地下的鬼最粗野、凶恶，他们负责看守矿层，遇到贪婪而过分挖掘金银的恶人就把他们闷死。空气中的鬼则如上所述是渡人灵魂的令人欢喜的精灵。鉴于此，笔者认为可以补充蒂泽关于龙萨"具有元素性质的精灵"的论述，蒂泽只是将龙萨与帕林吉尼乌斯并列，认为在这一点上二人相似，说明其中的继承性。但帕林吉尼乌斯的以太中的居民不足以让我们领会宇宙的等级体系，而龙萨论鬼的诗句明确传达出一种宇宙论的模式，诗人用奇幻的方式将它表达出来。以太的居民是帕林吉尼乌斯的某种幻想，而龙萨的鬼则很接地气，善恶的因果、人神的交流、天地生命的往来、生命形式的多样全都包含其中。正是因为这些意义使龙萨的鬼论成为宇宙论的一个不可缺少的部分。

（四）龙萨论变化和死亡的价值

月上界和月下界的区分成为龙萨宇宙体系的根本点。月上界固然永恒而且完美，但不免索然无味，倒是月下界的种种样貌意味深长。这里蕴涵的是龙萨的自然哲学。首先变化如同流水永不止息：

曾经的存在，重新生成；一切流动如水，
天穹之下无物不重新存在，

[1] pneuma，本义为嘘气，斯多葛学派用以指万物本原的火焰般的气。
[2] Gilbert Gadoffre, *ibid*, p. 112.

但是形式转变了，

…………❶

赫拉克利特的流水意象再次出现，依然作为变化的比喻。蒂泽将龙萨归为巴门尼德派，但这并不妨碍诗人使用赫拉克利特的意象。地面上的变化显而易见，不变的是上帝的精神。变化中亦有不变者，龙萨提出物质（“matière”）和形式(“forme”)两个概念来说明变化的实质：

为了保持物种的永恒，

物质总是追求新的形式。❷

物质应当是构成存在物的材质、内容，而形式外在于物质，是物质的构成表现出来的外形，比如颜色、形状、体积、气味等。对于两者的关系，龙萨有明确的见解：

物质留存而形式失去。❸

或者

明白了物质永恒留存，

而形式时刻变化。❹

物质永恒留存近似于物质不灭，这是很多人的直觉。因为变

---

❶ 《Ce qui fut, se refait; tout coule comme une eau, - Et rien dessous le ciel ne se voit de nouveau ; -Mais la forme se change en une autre nouvelle, …》

Hymne de la Mort, Tome V, p. 248

❷ 《Soit que pour conserver toute espece eternelle - La matiere tousjours cherche forme nouvelle.》

Hymne de Mercure, Tome V, p. 251.

❸ 《La matiere demeure et la forme se perd.》

Ronsard, *Contre les bûcherons de la forest de Castine*, Tome IV, p. 349

❹ 《Apprens que la matiere eternelle demeure, - Et que la fome change et s' altere à toute heure.》

Ronsard, *Epitaphe de Feu M. le President de Sainct André*, Tome VII, p. 232.

化无时无刻不在发生，所以月下界就是一个新旧更替、易朽必死的世界。按照龙萨的说法，云彩底下的一切，空中的飞鸟，水中的游鱼，林中的走兽都是要死的，它们生来如此。[1] 变化不限于鸟兽鱼虫这些自然事物，人类社会也免不了这样的宿命：

一个王国毁灭了，前后两个王国都占有它的一部分；
一个在另一个的起始，而另一个也不免结束：
不出六百年整个帝国都将改变模样；[2]

龙萨对于变化的思考具有广阔的视野，小到个体，大到人类、国家都遵循这普遍原则。具体到个人，变化表现为死亡。如上所述龙萨所论死亡与宇宙两界有直接关系，因为想着死后灵魂的解脱，向月上界的飞升，所以死亡的苦涩变成迫不及待的出发：死亡经常发生在睡梦中，死亡带领灵魂前往永恒的存在，在上帝的身旁不再经历痛苦、忧虑、疾病，免遭严寒酷暑，永享至福极乐。[3] 死亡不仅具有宗教意义，更包含变化的哲学：

爱神具有生殖力的灵魂，
修正你的错误，使形式具有活力，
世界将死去；而它的种子重新生成，
在世界上所有地方，你的枝叶分解。
…………
与爱神一起自然找到了，

[1] *Epitaphe d' Artuse de Vernon, Dame de Teligny*, Tome VII, p. 223.

[2] *Epitaphe Le Tombeau de Marguerite de France, Duchesse de Savoye*, Tome VII, p. 188.

[3] *Hymne de la Mort*, Tome V, p. 247.

重获生命力的方法，就是通过长久而多样的变化。❶

地面世界能够常新正是因为不断死亡。死亡之后生命重新萌发凭借的是爱。我们需要稍微关注一下龙萨所说的“爱”。“Venus”是金星、维纳斯、爱神，在卢克莱修的《物性论》中维纳斯是性欲或性活动的婉辞。结合龙萨的物活论，我们明白死亡的意义，即生命的意义来源于诗人对生命活动的观察，尤其是两性之爱所同时导致的生殖。龙萨以泛性论的方式在《夏季的颂歌》（*Hymne de l' Esté*）中描述万物成长所象征的蓬勃的爱欲。不仅人有爱情，动植物、天体都有生物冲动，这是存在物共同的法则。在《爱情》（*Amours*）中，情欲的每一个细微的变化都能在自然的萌发中找到对等之处。正如对爱情的热烈歌颂，龙萨同样热烈地赞美死亡：

你的力量，哦，死亡，多么伟大而令人赞美！
我向你致敬，幸福的、益处良多的死亡，
对于极度的痛苦，你是良药与慰藉！❷

值得赞美的死亡只是一种存在的方式，是保证宇宙生命更新持续的方式。既赞美爱情也歌颂死亡。生与死具有同等价值，那是因为生死是同一事物的两个方面。龙萨的宇宙论在这一点上具有辩证法的眼光。

---

❶ 《Et ne fust de Venus l' âme générative, - Qui tes fautes repare, et rend la forme vive, -Le monde periroit ; mais son germe en refait -Autant de son costé que ton dard en desfait. … - Ainsi avec Venus la Nature trouva -Moyen de r' animer par longs et divers changes.》

Hymne de la Mort, Tome V, p. 248.

❷ 《Que ta puissance, ô Mort, est grande et admirable ! - Je te salue, heureuse et profitable Mort, -Des extremes douleurs medecin et confort !》

Hymne de la Mort, Tome V, p. 248.

（五）龙萨论人的地位

龙萨论人显示出文艺复兴的人文主义精神。虽然地球仍然处于中心位置，但地球不再是瘟疫隔离区。长期以来人因为注定生在腐朽的下界而背负原罪。但文艺复兴时新观念的鼓舞使地球上的人面对永恒而完美的天界和上帝不再自惭形秽。人自身的精神面貌发生变化而使地球具有了真正“中心”的意义。“中心”意味着统治和驾驭。当然龙萨对于人的统治地位也表现出犹豫和悲观。

首先人体很柔弱，肉体的存在完全需要自然的供养。龙萨曾设想如果自然停止供养，人必定要毁灭，他说如果

今天自然出于自己的意志不再酿造，
蜜汁以喂养人类，神圣的橡树，
（当我们饥饿的时候）不再用橡子供我们食用；
河流不再流出美酒和奶汁。❶

在这样的困境下人类毫无办法，只能坐以待毙。所以人的身体和自然之间存在绝对的依附关系，在这一点上诗人提醒人类不要狂妄自大。自然本身具有不可违背的法则，花鸟鱼虫天地江河的运动都要遵守自然法则，自然具有谨慎的美德，是贤明而且可敬的。❷虽然如此，人对自然的依附仅仅是身体上的，人在精神上感到自己优于自然，因为上帝创造的世界都是“为了我们”（“pour nous”），

❶ 《Plus la terre aujour' hui ne produit de son gré – Le miel pour,nourir l' homme, et du chesne sacré –(lors que nous avons faim)les glands ne nous secourent ; – Plus le vin ny de laict les rivieres ne courent.》

Hymen de l' Or, Tome V, p. 218.

❷ *Hymne de la Justice*, Tome V, p. 119.

为了我们，主，你建立了这个世界。❶

诗人连用了九个“为了我们”来说明上帝和人以及人与自然之间的关系。上帝“为了我们”让星星在天穹闪耀，让太阳照亮白昼，让月亮照亮黑夜。上帝为了人而设置年月日，有节奏的时间；为了人，上帝让水中有鱼，空中有鸟。森林、草地、田野、海浪是为了人的存在，甚至山峦也是为了人而起伏。龙萨极大抬高人的地位，使人与天使并列：

因为人……与天使一样高贵。❷

人的地位还从龙萨对巫术和占术的认识方面表现出来。有评论家研究结果表明龙萨从1550年起非常热衷于相面术、梦占、鸟占、水占、气占、火占、手相术等巫术。同时他还具备医学、药学、玻璃制造技艺方面的知识，❸更热衷于炼金术和占星术。龙萨的《天体的颂歌》的主题就是占星术，诗人对星相学深信不疑。16世纪时即使不信基督的人都相信占星术。“文艺复兴和宗教改革的世界也是占卜、占星术、奇迹、魔术、巫术、民间疗法、幽灵、预兆和精灵的世界”。❹关于文艺复兴盛行巫风的研究有很多，在当时巫术是普遍的风气。菲奇诺的《论生命》是介绍埃尔梅特神秘主义的书，表现人通过巫术征服万物的渴求。❺甚至天文学家布

---

❶ 《Pour nous，Seigneur, tu as basty le monde》

Hercule Chrestien, Tome V, p. 169.

❷ 《Car il est …, aussi noble qu' un ange, …》

Hymne de la Justice, Tome V, p. 115.

❸ André-Marie Schmidt, pp. 82~83.

❹ ［英］诺曼·戴维斯：《欧洲史》上册，郭方等译，世界知识出版社2007年版，第464页。Hymne du Ciel, Tome V, p. 139.

❺ ［意大利］欧金尼奥·加林：《中世纪与文艺复兴》，李玉成等译，商务印书馆2012年版，第285页。

鲁诺也著有《论巫术》，认为巫术是上升到天空的运动，从上帝到地面的一切事物之间存在一种阶梯，布鲁诺虽然注重无限宇宙但也试图联系万物，协调冲突，使不同的元素组成崇高的和谐。[1]不仅如此，方济各会修士弗朗西斯·培根以及罗马教廷的红衣主教彼得罗·达伊利，正统的多明我会修士托马斯·康帕内拉都接受渎神的占星术。[2]我们认为龙萨固然受到时代风气的影响，但占星术等巫术在文艺复兴时期已不是简单的魔法，它伴随着科学而蓬勃发展，成为实验科学的前身，“占星术对宇宙的观点多少总有一点科学性”。[3]比如炼金术的变形、化合、分解其实带有化学学科的实质。龙萨的巫术或秘术信仰同时也包含重要的宇宙论思想：影响人的不仅有环境因素、心理因素，还有超自然的因素。占星术的天空也像人世间一样充满爱恨情仇，冲突、变迁、追随、结合，人和宇宙之间的统一性使人认为可以通过一些技艺——比如明确星星的征兆而避免处于凶位，使自己摆脱不利的影响，取消神鬼对宇宙的独霸地位。追求调和的宇宙自然法则的同时就是建立人对自身力量的信心，人的主体性在沟通宇宙的交流中膨胀起来。从这个意义上，龙萨的宇宙论应当包括对人的地位的重新评价。

龙萨巫术信仰的另一个核心表现为预言。预测未来是人摆脱命运控制的一种努力，宇宙对人的预见力具有协助作用。宇宙通过自然现象显示各种征兆，但是沉默的宇宙给出的征兆非常隐晦，人是否有能力把握各种迹象，及时作出有效的预言，这是很大的问题。龙萨对此表示怀疑。因此产生了鼓吹人的崇高地位与悲观、不

---

[1] ［意大利］欧金尼奥·加林：《中世纪与文艺复兴》，李玉成等译，商务印书馆2012年版，第147页。

[2] 同上书，第157页。

[3] ［美］威尔·杜兰：《文艺复兴》，东方出版社2003年版，第673页。

可知的矛盾：

我们不能明白，
上帝为我们写下的字，永远不能预见，
我们未来的不幸，总是让我们，
在一种悲惨境遇之后，跌入另一种悲惨境遇。❶

人受到大胆的好奇心的驱使，想要让自己的理解力上达天庭，试图发现神的秘密，但人谈论上帝赐予的征兆只是枉然，因为上帝的意志非我们这些愚人能够理解，人类的理解力虽值得称赞，但没有上帝的恩惠与指点，人不能把握哪怕是一点点上帝的用意。

总之，我们是必死的，而神圣的事物，
不可能进入我们脆弱的内心。❷

龙萨一方面信心十足，一方面陷入不可知论，也许与自己的年龄有关，精神焕发的青年和犹豫不决的老年可能会使诗人的思想产生如此矛盾。但这种矛盾并没有影响龙萨宇宙论的整体。

以上介绍了蒂泽对龙萨的论述，四点内容涉及龙萨宇宙论的模式和火元素的意义。为了补充蒂泽的论述，笔者从五个方面勾勒龙萨宇宙论的概貌，以求进一步了解法国文艺复兴时期普遍流传的宇宙论。龙萨是笔者选取的代表，“他具有16世纪人们的普遍

---

❶ 《Nous ne pouvons comprendre - Ce que Dieu nous escrit, & sans jamais prevoir - Notre malheur futur, tousjours nous laissons cheoir - Apres une misere, en une autre misere.》

Hymne des Astres, Tome V, p. 282.

❷ 《Bref, nous sommes mortels, et les choses divines - Ne se peuvent loger en nos foibles poitrines.》

Ronsard, *Rencontre au Peuple de France*, Tome VII, p. 59.

观点”。[1]诗人秉承传统，让宇宙继续保持完美的球状，匀速圆周运动使天穹永恒、同质，九层天球将地球中心层层包裹，月亮区分上下两界，与月上界的不变、不朽相反，月下界生死交替，常变常新，死亡和变化导致地球生命的更新。宇宙起源于无，宇宙是上帝的创造，时间无始终。天上滴下的甜蜜体液给地球带来繁荣的生命。神、鬼、人分别居住在宇宙的上中下三个区域，人通过鬼或精灵实现神人交流。上帝创世的特殊用意使人傲视强大、规律、和谐的自然。但面对万能而神秘的上帝，以及上帝为了人的预见力而赐予的征兆，人不免感到自己理解力的匮乏而陷入不可知论的境地。这就是16世纪最渊博的诗人对宇宙的认识。

第二节　《宇宙与意象》论雨果的宇宙

《宇宙与意象》在论雨果时，坚持对待诗人的一贯方法，即以宇宙论为参照，陈述诗人在每个时期宇宙论或宇宙论整体历史中处于何种位置。在作者所提到的各种关于宇宙的意象或主题中都分散着许多诗人。意象与主题是一些类型，诗人的作品，尤其是某些诗作的片段为这些类型提供丰富的例证。所有诗人是为了架构各种类型而存在于《宇宙与意象》中的。最利于彰显某种类型的诗人是蒂泽的首选，典型性是第一标准。雨果虽然是法国文学史上最重要的诗人之一，但在蒂泽的论述中并没有获得特权，《宇宙与意象》并没有特辟一个章节专门论述雨果，而是将雨果作品的许多片段分

[1] Georges Chalandon, *Essais sur la Vie et les Oeuvres de P. de Ronsard*, Librairie de A. Durand et Pedone Lauriel, Paris, 1895, p. 167.

散在各个章节中。蒂泽论雨果与其他文学评论家不同，蒂泽最关注的是雨果的诗句所体现的想象心理属于宇宙论的哪个类型。雨果的思考对象有很多，不仅有宇宙，还有广阔的社会生活、人类历史、19世纪法国乃至欧洲的社会状况等，但是对于《宇宙与意象》，雨果的宇宙想象才是蒂泽研究的重点。

这个前提让我们明白雨果在《宇宙与意象》中的地位以及他的诗句如此分散、他的宇宙模式难成体系的原因。鉴于此，笔者认为要研究雨果的宇宙模式，并把他作为浪漫派诗人宇宙论的一个代表，有必要专门列出一节。因为雨果对《宇宙与意象》的作用仅仅是某个类型下的众多例证之一，所以蒂泽没有过多引用反映雨果宇宙模式的诗句，在这方面笔者应当给予补充，并对某些片段进行一定的分析和强调。通过这一节的研究，我们将明白《宇宙与意象》怎样论述雨果，雨果作为一位浪漫派的诗人具有何种宇宙论和宇宙想象心理，并且凭借蒂泽的纵向和横向结合的研究方法，我们将看出雨果的宇宙模式在整个宇宙论历史中所处的位置。这三点是本节内容的核心。

经过统计，《宇宙与意象》具有针对性地论述雨果30余次。雨果的诗句或思想散布于该书所提出的众多类型中的部分类型中。有雨果出现的意象或主题总计16个，分别是：飞逝的星球、万有引力、天上的社会主义、宇宙的套嵌模式、黑夜之子、永恒坠落、黑暗的实体化、宇宙征服、地球——故乡、动物性宇宙、植物性宇宙、水蛇、漩涡、彗星、光明、星云。我们按照一定的逻辑关系和繁简程度可以对以上16个方面进行合并。其中第一项决定了第二项；天上的社会主义和彗星都与天体之间的联系有关；黑夜与坠落、黑夜的实体化具有衍生关系；光明与黑暗有关；征服对思乡也具有决定作用；动物、植物、水蛇诸项均与宇宙生命有关；由于雨果的诗句没有提供较多关于星云的例证，故省略星云意象。因此我们将从以下七个点陈述雨果对宇宙的想象：飞逝的星球、星际影响、套嵌、黑暗、征服与退守、生机论、漩涡。通过这些论述我们将明了蒂泽怎样理解雨果、雨果宇宙模式的具体形态以及他的模式在广阔的文化背景中如何定位。

一、飞逝的星球

宇宙悬浮着；无物坠落。不停地大幅度移动……

我望着夜空……并且我只看到数百万轮状物，以极高的速度朝着一个不可见的目标飞奔。永恒的胜利者所有战车的车轮。

（昏暗的天体）它们往哪里去？

飞逝的星星的光……

突然出现了，

众多恐怖世界的一个可怕天体的船首……

（昏暗的天体）盲目地绕着不知道是什么东西而运动……一团团球状、石化的烟雾旋转着、游荡着，盲目的行星摸索着划出轨迹……

一群太阳像张满帆的船队，

此时都开来了……

也许我们将看见，

惊慌失措的星星突然出现，

突然涌现，明亮的光芒、纯净的火、炉火一样的红色。[1]

以上是蒂泽没有引述的雨果诗句。这几句诗描述宇宙中的物质呈轮状或漩涡状，不断运动，速度极快，并且是盲目的运动，没有目标、无章可循，所有的天体和物质突然涌现，突然消失，不知来处和去处。雨果的宇宙是偶然的、黑暗的、无序的、盲目运动

---

[1] 以上五处引文分别出自以下雨果作品，并附法语原文：

Hugo, *Les Travailleurs de la Mer*, Livre deuxième, V. *Sub Umbra*; Librairie Illustrée, Paris, 1877, p. 319：

《L' univers pend ; rien ne tombe. Le déplacement incessant et démesure s' opère…》

Hugo, *Les Tables Tournantes de Jersey*, 转引自Hélène Tuzet, ibid, p.126：

《Je regarde la nuit, …et je n' y vois que les millions de roues, lancées à toute vitesse vers un but invisible. De tous les chars de l' éternel triomphateur.》

Hugo, *La Légende des Siècles*, Dernière série, VI. *Inferi; Oeuvres Complètes de Victor Hugo, Poésie IX, La légende des Siècles*, Tome III. J. Hetzel & Cie, A. Quantin, Paris, 1883, pp. 119~120：

《（Les mondes obscurs ）Où vont-ils ?》

《Aux lueurs des astres fuyants, … —Surgir subitement l' épouvantable proue —D' un des ces mondes effrayants !》

Hugo, *Préface Philosophique des Misérables*, 《(Ces globes obscurs) Gravitent comme à l' aventure sans savoir autour de quoi… De la fumée pétrifiée en forme de sphère tourne et rôde, des planètes aveugles tracent des orbites à tâtons…》 转引自Hélène Tuzet, ibid, p.126，注释10。

Hugo, *Les Contemplations*, Tome II, *Aujourd' hui*, Livre sixième, IX. *A la fenêtre pendant la nuit*; Michel Lévy Frère, J. Hetzel, Pagnerre, Paris, 1856, pp. 255~256：

《Des flottes de soleils peut-être à pleines voiles —Viennent en ce moment…—Peut-être allons-nous voir brusquement apparaître —Des astres effarés…—Surgissent, clairs flambeaux, feux purs, rouges fournaises.》

的。这是19世纪宇宙模式在诗人心目中的状态。无限宇宙的观念从这几句诗中明显地暗示出来。因为无限并不直接表示无序，所以19世纪的天文学一定有了新的发现，导致诗人的宇宙无序运动。

根据蒂泽的提示，拉普拉斯的天文学新发现是造成19世纪宇宙论气氛的原因之一。拉普拉斯通过严谨的数学计算发现太阳系正在向武仙座（Constellation d’Hercule）移动。整个太阳系的运动轨迹是直线，而不是封闭的曲线，而且这条直线只是整个轨迹的一小段。这个天文学假设对浪漫主义诗人有很多启发。从牛顿时代到19世纪，宇宙模式的一个变化在于：牛顿假设宇宙有一个静止的基点，比如太阳，这个基点像轮毂，宇宙围绕它运动，并保持体系的平衡。但是由于拉普拉斯和其他天文学家发现了太阳系的直线位移，再加上诗人的想象，这个基点不断受到怀疑。在学者方面，蒂泽提出了当时对欧洲思想界影响最大的两个人洪堡和雷诺。[1]洪堡说：太阳系正在迅速平移，宇宙整体的旋转是不能被证明的，宇宙的变化不断加速，宇宙尘埃构成的旋风将星星卷走，使星云漂移，银河断裂。雷诺说：太阳系的轨迹是不断盘旋的，恒星带领它的行星走上了一条不归路。蒂泽在18、19世纪诗人中选择了四位作为例证：让–保罗、拉马丁、雨果和波德莱尔。诗人描绘的宇宙更加具体，并且和天文学家、物理学家的宇宙模式具有互相阐发的效果。诗人说：我们所有人要往哪里去？漂移的太阳和行星一起航行，不知哪阵风将我们指引？我们悲伤而沉默；星系像被深渊隔离的孤岛，一排一排的太阳像珍珠项链，宇宙不是球体而像一条瀑布；彗星是宇宙的旅行者，所有的天体都是旅行者，但是它们的旅程都没

---

[1] Alexandre de Humboldt, 1769~1859，德国自然学家、地理学家。Jean Reynaud, 1806~1863，法国哲学家。

有归途；我们的航船很可能会触礁搁浅，等待我们的是海难，我们的地球将如同船的碎片……

以上是蒂泽的相关论述，笔者继续挖掘与阐发。笔者认为有理由相信雨果具有关于太阳系平移和“向点”❶的一般知识。雨果对洪堡是了解的，他曾说：“洪堡是一个爱幻想的人”。有证据显示，雨果关于星星的名称、亮度变化、运动的知识很多来源于洪堡。❷所以雨果应当了解洪堡关于太阳系平移的观念。除了蒂泽所说的拉普拉斯和洪堡明确提出过这个发现之外，还有雨果本人所关注的其他两位天文学家，阿格兰德和赫歇尔❸都有此类观点。在《撒旦的结局》（*La Fin de Satan*）的提纲草稿中雨果有这样的记录：“阿格兰德，研究英仙座的天文学家。大陵五、箕宿三、ν星、蒭藁增二……”❹阿格兰德是普鲁士天文学家，主要研究变星，使变星研究成为天文学的独立分支，因所编《波恩星表》而著称，并对太阳系的空间运动研究贡献良多。❺他认为太阳受到英仙座某颗星

❶ Apex，向点是宇宙中的一个点，位于武仙座中，太阳系相对邻近恒星系统运动所朝向的点。

Grand Dictionnaire Encyclopétique Larousse, Tome I, Librairie Larousse, Paris, 1982, p. 562.

❷ Pierre Albouy, *La Création Mythologique Chez Victor Hugo*, Librairie José Corti, 1985, p. 379.

❸ Argelander，1799~1875和F. W. Herschel，1738~1822

❹ 雨果在*La Fin de Satan*之*Chant des Astres*手稿中用铅笔写成的提纲的一节内容：“Argelander, astronome de

Persée. L' étoile Algol. L' étoile Epsilon. L' étoile Nu. L' étoile Mira Coeli”；其中的Mira Coeli应为Mira Ceti，鲸鱼座红巨星，雨果改动了天文学家使用的名称；参见Pierre Albouy, ibid, p. 378.

❺ 《不列颠百科全书（卷1）》，国际中文版1999年版，北京：中国大百科全书出版社，第450页。《大美百科全书（卷2）》，光复书局1990年版，第154页。

的吸引而向“向点”运动。[1]蒂泽没有提到赫歇尔对雨果的影响。其实赫歇尔研究太阳系的空间运动更早于阿格兰德。他认为自己发现了天顶主要星体的整体性运动。通过对恒星运动资料的分析，赫歇尔提出太阳系在移动的观点，并利用附近恒星的自行定出太阳系移动的方向，确认太阳向位于武仙座的太阳向点运动。雨果了解赫歇尔，并很推崇他，称赞赫歇尔的天文望远镜，称赫歇尔为宇宙中的哥伦布。[2]雨果和当时天文学家的渊源表明，19世纪科学界关于太阳系运动的研究对雨果产生了影响。笔者认为雨果对天文学的现象是很敏感的。[3]19世纪天文学非常注意研究星星的运动变化，雨果在作品的手稿边角处记录有很多天文学的发现和研究：星星亮度的变化、变星的颜色、太阳黑子、火星和木星之间的小行星带、小行星带第81和第82颗小行星发现的时间、土星和卫星的名称、卫星与土星的距离、月亮的情况、星云的消失，[4]等等。雨果以自己的诗人气质，面对丰富的天文学现象总是很敏锐，对天文学中最令人惊奇的假设表现出热切的关注，喜欢假说胜于关注确凿的事实。天文学知识成为雨果创作的素材，雨果不仅使用星星、星座的名称，也通过诗作反应当时普遍的天文学理念。笔者提请大家注意：天文学家对太阳系运动的研究在天文学发展史上也许不算一件惊天动地的事，但对于人们的审美心理却产生了潜移默化的作用。主要表现

---

[1] Pierre Albouy, *ibid*, p. 379.

[2] Hugo, *Les Voix Intérieurs*, XXV. *Tentanda via est*, Librairie de L. Hachette et Cie, Paris, 1858, pp. 102 ：

《L' œil du long télescope au regard effrayant,—Ou l' œil de la pensée encor plus clairvoyant,—Saisir, dans l' azur vaste ou dans la mer profonde,—Un astre comme Herschell, comme Colomb un monde ?》

[3] Pierre Albouy, *ibid*, p. 380.

[4] Pierre Albouy, *ibid*, pp. 378~380.

为对直线和圆环两种几何形状的哲学、伦理学、美学价值的判断。

成群天体突然出现，不知来源和目的地；无始无终的无限轨迹表明开放和无限延伸的模式。太阳系的直线运动挑战了传统宇宙模式所认定的天体运动轨迹是封闭的曲线——圆环。太阳系的内部运动是旋转，整体运动是平移，以整体大于局部的关系来看，直线包含圆环，优于圆环。在本书的第一章第一节，笔者分析过古希腊人对圆形和球形的偏爱。亚里士多德明确指出直线是片段，圆环才是整体。所以圆形优于直线，直线是地球上物体运动的模式，圆形轨迹属于月上界。亚里士多德的落脚点并非几何学上图形的关系，而是赋予几何学某种伦理学的价值，使某种简单的形状包含深厚的精神实质。几何形状成为象征，代表某些心理模式，其中的象征意义在时间的长河里不断累积。到了19世纪，直线竟然占了上风。几何形状所连带的价值判断必然受到质疑。相对于古典时代，欧洲近代思想在某些方面发生了反转：曾经被贬低、被抛弃的理念重新获得了价值。不仅诗人追求新价值，更有学者提出科学论证作为依据。客观地看，封闭的曲线和开放的直线应当没有优劣之分。太阳系相对于附近恒星系正在整体平移，但它位于银河系这个更大的体系中，银河系内部又是一种封闭的旋转运动。从更广阔的视角看，银河系相对于河外星系也在整体地直线平移。这样无限扩展开去，直线和圆环无止境地互相包含。最后得到的效果就是两种看似截然相反的模式成为同一。这很像黑格尔的正反合三段论。随着人类视野的不断扩展，非此即彼的价值判断正在被更加圆融的思维模式代替，比如既是此也是彼。上文所陈述之库萨的尼古拉关于相反相同的辩证法是很有见地的。这不仅是逻辑推理的结论，更是宇宙呈现在人们面前的实际状态。

蒂泽认为雨果宇宙的盲目和突然体现了和谐被颠覆而造成的

焦虑，是基点缺失带来的宇宙结构和个人心理的失衡，是对于无序状态不可预见的前途的担忧。然而忧虑、惊恐对于诗人的创作却有莫大好处。浪漫派诗人很欣赏这种惊慌失措的感觉。蒂泽借用一个小孩在树林中迷路的意象表现浪漫派诗人的这一心理，并称之为体验“迷失”（“éperdu”）的快感。[1]这种心理导致了雨果对万有引力的态度。

由于笔者在第一章已经简略地陈述过万有引力的历史，因此我们可以直接论述雨果的引力意象。由于喜爱迷失的快感，引力对雨果只是锁链，而不是英国牛顿派诗人的那种爱与畏惧之间的平衡，产生引力的中心天体或基点对于雨果则是暴君。这一点蒂泽未加论述，笔者进行补充。雨果描写的土星及其卫星的关系：

就像趴在网中央的蜘蛛，
用它的轴心控制着七个金色的月亮。

雨果描写变星毕宿五（Aldébaran）和他周围的三个太阳的运动：

它们旋转着，被看不见的锁链牵着。
雨果描写光线和行星运动之间的关系：
光线，连接天体，好比马嚼子、笼头，
使飞行的庞大行星旋转。
握着锁链的奴隶主就是太阳：
使这些黑暗的车轮旋转，

[1] Hélène Tuzet, *ibid*, p. 121.

车轮的轴心就是太阳。❶

在浪漫主义兴盛的时期，引力意象的宗教含义衰弱了。蒂泽认为引力中心所对应的集权主义让位于不断高涨的个体主义（“individualisme”）情绪。❷人们对于自由和非理性的兴趣让我们自然地联想到18世纪末和整个19世纪法国动荡的社会局面……

万有引力巨大而且稳定，驱使昏暗的天体运动。雨果虽然厌恶强迫和被动，但他对天体的盲目运动却给予英雄主义的结局。雨果的宇宙是有等级的，光明的天体是救主，黑暗的天体是受诅咒的群氓。雨果说：“（光明的星星）投入天穹的海里，在海水中游弋，将那些苍白的、狂乱的星星从海底救起。哦，仁慈的星星担负起救助迷失的星星的责任！……”❸

雨果的个体主义带有神秘主义的宗教情绪。漫无目的的宇宙

---

❶ 以上四处引文出自以下雨果作品节选：

Les Contemplations, Tome Ⅰ, *Autrefois*, Livre troisième, III. Saturne; Leipzig, Chez Wolfgang Gerhard, Paris, 1856, p. 137:

《Ainsi qu' une araignée au centre de sa toile —Il tient sept lunes d' or qu' il lie à ses essieux.》

La Légende des Siècles, Tome II, XXVIII. *Abîme, Aldébaran*; Calmann Lévy, Editeur, Ancienne Maison Michel Lévy Frère, Paris, 1877, p. 380 :

《Ils tournent, d' une chaîne invisible enchaînés.》

La Légende des Siècles, Tome II, XXIV, *Là-haut*, 1877, p. 345 :

《Et les rayons, liant les sphères, freins et brides, —Faisaient tourner le vol des planères splendides》；

Les Contemplations, Tome II, *Aujourd' hui*, Livre sixième, XXIII. *Les Mages* , p. 311:

《Tourner toutes ces sombres roues —Dont les moyeux sont des soleils.》

❷ Hélène Tuzet, *ibid*, p. 322.

❸ Hugo, *Les Tables Tournantes de Jersey*, 转引自Hélène Tuzet, *ibid*, p. 323.

和受苦的天体需要基督教式的救赎。这与雨果对灵魂的观念有绝大关系：每个天体都有灵魂，灵魂的本能就是永远向往光明的地方，永远追随上帝的脚步。鉴于此前我们对于灵魂观念的柏拉图模式已有陈述，我们可以明白雨果的个体主义和英雄主义终究需要经过末日审判。个体的作用很重要，但救赎的普遍实现是为了让上帝对宇宙重新进行构建。[1]结束目前的无序和盲目状态，需要个体救赎的努力和上帝的慈悲双重作用。[2]

笔者发现雨果所说的撒旦的结局就是被宽恕（Satan Pardonné，雨果作品名称），撒旦所象征的无序、盲目和恶都将被天使解救，被上帝原谅，并获得新生：

新世界诞生了，神奇而纯洁，
伴随着几百万朵鲜花和几百万点闪光，
它们诞生的节奏，就是你拍打翅膀的节奏。[3]
希望！希望！……
没有无限的悲哀，……
没有永恒的地狱！……
天体，睁开昏暗的眼睛，
朝着永恒无边的曙光，
缓慢转动！……

---

❶ Hélène Tuzet, *ibid*, p. 322.

❷ Hélène Tuzet, *ibid*, p. 512.

❸ Hugo, *La Fin de Satan, Hors de la Terre*, III, II. L' *Ange Liberté*, VII ; G. Charpentier et Cie, Paris, 1888, p. 313 :

《Les univers naissaient, prodigieux et purs, —Avec des millions de fleurs et d' étincelles, —Dans un rythme marqué par tes battement d' ailes.》）

……从深不可测的迷雾底部，

…………

星星从它们头顶的黑洞中破壳而出，

…………

痛苦将在黑暗中了结：一个天使喊道：开始。[1]

雨果以现实的无序开始以全面的和谐而终。这就是蒂泽所说浪漫主义者主张的宇宙和谐。至少雨果这位浪漫派诗人主张一种幻想中的宇宙和谐。他的和谐不在现世，而在将来。他不断描写现实的混乱，同时寄希望于未来。饱受折磨又怀有乐观的态度。这也许就是某些评论家所说的雨果的二元论：19世纪法国知识分子由于失去信仰而处于灵魂的荒芜状态，受制于自然秩序、宇宙秩序的某种忧郁观念，同时对人类更加美好的未来抱有信心。忧郁来源于动荡的政局和对改革的失望，信心来源于对科学技术进步[2]带来的人类

---

[1] Hugo, *Les Contemplations*, Tome II, *Aujourd' hui*, Livre sixième, *Ce que dit la bouche d' ombre*, p. 379 :

《Espérez ! Espérez !… —Pas de deuil infini, … —Pas d' enfer éternel ! … —Et les globes, ouvrant leur sinistre prunelle, —Vers les immensités de l' aurore éternelle —Se tournent lentement !… —Des étoiles éclore aux trous noirs de leurs crânes,… —Les douleurs finiront dans toute l' ombre : un ange —Criera : Commencement.》

[2] Pierre Albouy, *ibid*, pp. 326~328,345~349，Albouy对雨果描写的科学技术进步的细节有较多论述，Albouy认为雨果用动物比喻自然的力量，打败三只怪兽象征人对自然、对物质的征服，物质的力量是盲目的，人的斗争是有计划有意识的。上帝正是在这斗争中显现。具体地讲，雨果预言了潮汐这种新能源，特别提到蒸汽机船的发明者Fulton，在《海上劳工》中描写了人和风、潮汐的斗争以及蒸汽机船试航的场面。具有相似论点的还有Ch. Renouvier, Victor Hugo le Philosophe, Armend Colin et Cie, Paris, 1900, pp. 157~158, Renouvier说雨果用水蛇（hydre）或利维坦（léviathan，《圣经》海怪）、格利佛(griffon，狮身，鹰头，鹰翼的怪兽)和龙象征海洋、天空和火三种自然现象，人类最终制服了怪兽，象征人对自然的胜利。Renouvier认为19世纪的很多知识分子都相信人类的发展呈上升趋势。

物质生活的逐渐富足，两种矛盾的情感互相接近，但矛盾总是没有减少。[1]

雨果用上帝来解救对万有引力的盲目服从，这只是19世纪的一种理念，还有一些诗人对万有引力进行另一种方式的反抗。虽然在无限宇宙中航行风险重重，但他们宁愿抛弃盲目的力量和法则，掌控船舵，驶向自己想要去的地方。[2]不要奴役，也不要上帝，将自由坚持到底，相信人类自身的智慧和能力，不需要既定的法则，也不要神的帮助。这是面对无限和盲目的两种态度，一种是对上帝的信赖，一种是对个体主义的彻底践行。

二、星际影响

蒂泽认为19世纪与18世纪相比，宇宙论的一个重要区别在于，浪漫主义艺术用社会化的宇宙代替了活力论的宇宙，表现出从生物学到社会学式的转变。[3]笔者认为19世纪学者和诗人逐渐开始关注人类社会的发展和宇宙演化之间的对应关系。这一比较普遍的原则由傅立叶[4]首创，并在学者和诗人之间传播。雨果具有社会性质的宇宙论可以从傅立叶的思想中看出来源。雨果宇宙论的其中一个关键字“气息”（effluve）很明显地表现为傅立叶的常用字“芳香”（arome）的含义。

蒂泽总结了傅立叶宇宙论的特征：宇宙保持统一性，天体具有活力，通过散发芳香达到星际交流，并由交流而保持整体的稳定性；宇宙被比喻成一个果实——苹果或甜瓜，散发气味，物质丰

---

[1] Ch. Renouvier, *ibid*, pp. 1~13.

[2] Hélène Tuzet, *ibid*, p. 322所举的例证：法国诗人Sébastien-Charles Leconte, 1806~1934.

[3] Hélène Tuzet, *ibid*, p. 129.

[4] Charles Fourier, 1772~1837。

富；宇宙整体构成一种类似人类社会的关系模式，人类社会和宇宙不仅相似，还具有实质性的关联，人类社会的问题会影响宇宙的健康，想要使宇宙和谐，人类社会首先要解决自己的问题，只有人类自身的繁荣才能使宇宙健康成长，所以地球对整个宇宙负有责任；宇宙的和谐不是上帝的创造，而是天体之间相互协调的结果，和谐不断被打破又不断恢复，和谐不是一劳永逸的；宇宙也像人类社会一样经历着生命的循环，其中包含偶然因素，因此宇宙的发展不是命运的强制，而是从某种程度上体现英雄人物的影响和作用。

基于蒂泽的陈述，笔者认为傅立叶的宇宙模式又体现出三个理念：天体之间息息相关，每个天体如同一个结点，它们的气味如同一根根丝线结成一张巨网，将整个宇宙包裹，这张网称为整体性；地球是宇宙的一个部分，通过自己的行为影响宇宙的发展；地球从罪恶的渊薮到无限宇宙的一粒尘埃继而成为对宇宙的发展具有牵制作用的一个家庭成员。傅立叶向同时代和后世人传达出了人和宇宙之间的信赖感和亲密感，同时两者之间的关系决定了宇宙发展的基本模式：从不完善到完善再到不完善的进化过程。

我们应当注意其他学者和诗人为创造这种属于19世纪的独特气氛而作出的共同努力。蒂泽尤其注意两位学者的相似思想：派尔特[1]和雷诺。他们的宇宙模式对傅立叶是一种支持：宇宙是个大家庭，天体之间形成一个链条，互相交流。宇宙处在上升和下降交替的过程中；新星产生，旧星灭亡，就是这个过程的体现；所有创造物同根同源，所以人不必妄自菲薄，而且人还能与上帝建立同盟，共同参与创造；宇宙不是静止的处所，而是一个没有止境的过程。

[1] Boucher de Perths，1788~1868，法国史前史研究者，史前科学奠基人，提出“大洪水前人类”的概念。

相对于学者，诗人利用直觉描写宏观和微观两界的关系，雨果正处在这个群体中。蒂泽举出拉马丁的《变革》（*Révolutions*）和奈瓦尔的《奥蕾利娅》（*Aurélia*）进一步烘托19世纪的宇宙论氛围。其中奈瓦尔表现得比较疯狂，《奥蕾利娅》的人物吉拉尔竟然觉得自己对宇宙负有责任，甚至觉得自己可以重新规定天体的运行，整顿混乱的秩序。所有生命体之间的紧密关系通过一种有“磁性的光线”来确立。奈瓦尔的光线取代了傅立叶的芳香织成一张网，但它们的作用相同。

笔者认为雨果正是在这种背景中提出了自己关于星际影响的宇宙论。据学者研究，雨果在1836年结识了傅立叶主义者维克多·埃内坎（Victor Hennequin），并阅读了伊波利特·雷诺（Hippolyte Renaud）介绍傅立叶的著作《团结》（*Solidarité*）。[1] 从一个理念和一个细节笔者发现了雨果对傅立叶的借鉴。

一个理念是指上文我们谈到的雨果对宇宙未来的幻想，发光的天体救助溺水的天体，用自己的光和热照亮、温暖那些昏暗、苍白的天体，实现遍及宇宙各处的救赎。更加傅立叶式的理念表现在下面两句诗中：

天体将被不可见的结连接……

天体将如同男人和女人那样相亲相爱……[2]

假如忽略这些场面的宗教色彩，其实它与一个健康向上、繁荣昌盛的社会具有同样的实质。在倡导互助互爱、天下为公方面

---

[1] Pierre Albouy, *ibid*, p. 381.

[2] Hugo, *La Légende des Siècles*, Tome II, XIX, *Tout le passé et tout l' avenir*, 1877, pp. 214~213 :

《Les globes se noueront par des noeuds invisibles ;》

《Les globes s' aimeront comme l' homme et la femme ;》

傅立叶和雨果是相同的，在对人类和宇宙前途进行幻想的时候二人也几乎达到了同样的结论。所不同者，傅立叶的天体为有生命的活体，散发芳香进行交流，主动协调是天体的意志，天体并不分等级。而雨果则强调灵魂，只有灵魂才能上升，天体只是物质的处所。这一点是受到派尔特的影响。[1]灵魂似乎与天体是分离的。上帝的仁慈召唤觉醒的灵魂，灵魂飞升之后，天体只留下一个外壳。但是天体从来不缺少灵魂，因为灵魂不断转世。傅立叶的宇宙更具有卢梭社会契约的性质，而雨果更加接近神秘主义哲学的万物有灵论和斯宾诺莎的泛神论。

一个细节是指雨果的“气息”一词和傅立叶的 “芳香 ”具有非常相似的含义。雨果在其他天体和地球生物间建立物质性的联系，他说星光的辐照有益于玫瑰，果树的香气有益于星座；宇宙中交流广泛，宇宙生命通过不可见的神秘“气息” 、以我们不能衡量的数量往来穿梭。[2] “气息”属于某种原始物质，万物皆充满“气息”，银河明亮的深渊中的“气息”是万物的源头。[3]天体间交流

---

[1] Hélène Tuzet, *ibid*, p. 131.

[2] Hugo, *Les Misérables*, Quarième partie, Livre troisième, Chapitre III. *Foliis ac frondibus* ; J. Hetzel & Cie, A. Quantin & Cie, Paris 1881, p. 113 :

《…l' irradiation de l' astre profite à la rose ; aucun penseur n' oserait dire que le parfum de l' aubépine est inutile aux constellations.》 ;《Dans les vastes échanges cosmiques, la vie universelle va et vient en quantités inconnues, roulant tout dans l' invisible mystère des effluves, …》

[3] *La Légende des Siècles*, Tome II, XXVIII *Abîme, La Voie Lactée*, 1877, p. 384 :

《Encor tout débordant des effluves premières, — Mon éclatant abîme est votre source à tous.》

“气息”，天才人物也交流同样的“气息”。[1]“气息”的交流遵循以有余补不足的原则，目标是培养自由、科学、理想。“气息”在高级和低级之间流动，将中心火传递给行星，使每个星系的不同天体保持平衡，调节快慢，使创造多样化。[2]

这两个相似之处不要使大家误以为雨果对傅立叶亦步亦趋。假如从更广泛的角度思考星际影响或交流，笔者发现雨果的“彗星”意象也是一个交流的媒介，而且这个媒介的作用与气息相比更具有人格化的特色和人类社会生活的性质，这是雨果的独创，而不是傅立叶宇宙论的一个元素。《宇宙与意象》只在第三部分的第十三章将雨果的彗星意象作为“火之子”主题的一个小部分。所举雨果的相关作品只有《笑面人》和《数世纪的传说》（*La Légende des Siècles*）。因为彗星的形态像火把、火炬，所以彗星是火的一种形式，象征激情、爱情、温暖的仁慈，也包含风险和死亡。而彗星的爱情时而是激烈的情感，时而是放纵的情欲。因为彗星强烈的光使它具有过多的能量，太过炙热就会燃烧致死。所以彗星有时表现为“毁灭的欲望”。彗星的使命是创造，它是火种，包含生机，可

---

[1] Hugo, *William Shakespeare*, Première Partie, Livre III : *L'Art et la science*, V ; J. Hetzel & Cie, A. Quantin, Paris, 1882, p. 127 :

《…dans l' art comme dans le firmament, le mystère ; et les génies communiquent par leurs effluves comme les astres.》

[2] Hugo, William Shakespeare, Première Partie, Livre V : Les Âmes, I, p. 187 :

《Compléter un univers par l' autre, verser sur le moins de l' un le trop de l' autre, accroître ici la liberté, là la science, là l' idéal, communiquer aux inférieurs des patrons de la beauté supérieure, échanger les effluves, apporter le feu central à la planète, mettre en harmonie les divers mondes d' un même système, hâter ceux qui sont en retard, croiser les créations, cette fonction mystérieuse n' existe-t-elle pas ?》

以点亮已经熄灭的天体，比如月亮。但是它在发挥作用的时候经常“随心所欲”，[1]点燃一切能被点燃的宇宙物质。

蒂泽所论雨果的彗星意象太过简略、很不完整，笔者觉得有必要继续研究与揭示。笔者认为与气息相比，彗星更是雨果经常使用的意象，这个意象所表现的哲学、宗教、社会生活等含义也比较多样。在19世纪彗星是一个比较流行的天文现象。1680年牛顿计算出了彗星的轨道是椭圆形，太阳是椭圆形轨道的焦点。最为欧洲世界惊异的彗星研究是英国人哈雷关于彗星回归的预测，他发现1531年、1607年和1682年出现了同一个彗星，所以预测了这颗彗星将于1758年回归。哈雷彗星如期回归，这在当时欧洲社会产生了很大的震动。19世纪对彗星进行了更加详细的研究：50年代用望远镜观测，60年代进行光谱研究，80年代对彗星进行摄影，确定了彗星的成分。[2]

这些天文学知识对于敏感的雨果是很好的素材。雨果的诗集《数世纪的传说》有一节题为《彗星》，第一句说的就是哈雷的预言。[3]接下来雨果根据肉眼的观察描写彗星的形态：无定型（“informe”）、模糊（“vague”）。同时由于彗星的亮度很高，所以雨果又用珍珠、钻石、黄金来形容它。由于它的形状与其他天体很不相同，所以又很像一把剑（“épée”）。并由于彗星经常

---

[1] Hélène Tuzet, *ibid*, p. 490.

[2] 《科学技术史词典》，［日］伊东俊太郎 等编，樊洪业 等译，光明日报出版社1986年版，第314页。McGRAW-HILL ENCYCLOPEDIA OF SCIENCE & TECHNOLOGY, McGraw-Hill Book Co., 1977, 4th ed.《科学技术百科全书》，卷六，科学出版社1981年版，第29页。

[3] *La Légende des Siècles*, Tome II, XVI. La Comète, 1877, pp. 111~124. 第一句：《Il avait dit : - Tel jour cet astre reviendra. …》

突然出现，所以诗人对彗星在太空中的运动经常使用的词汇是游荡（“errer”）、流浪(“vagabonder”)、逃逸（“s' évader”）和幽灵（“fantôme”）。虽然当时的天文学家掌握了彗星的活动规律，但诗人依然表示怀疑，所以说彗星是一个迷失（“éperdu”）的天体。最终诗人相信彗星信守了自己的诺言，因为“三十年后”[1]它又回来了。

在《数世纪的传说》之《在天上》（*Là-haut*）篇，彗星从纯洁的少女（“vierge”）变成了妓女(“fille publique”)。起初的明亮的彗星让诗人想到它的周围是天堂。但突然有一天它变得疯狂，彗发蓬乱(“enchevelée”)，不知疲倦(“infatigable”)地寻找猎物。它引诱太阳，喜欢与天体结合时刺激的感觉。好奇心强烈，侵入所有的地方。用它的激情唤醒宇宙最偏僻角落里被遗忘的星星。让最孤独的单身汉品尝爱情的滋味。照亮苍白的天王星，温暖阴冷的土星，遇见衰竭的月亮，让她重新燃烧。从玉衡（Alioth，北斗七星之一，勺柄上第三颗星）到天狼星（Sirius），再到毕宿五（Aldébaran），到处播下火种。声称上帝用它作为自己的心脏，它是自由的化身。彗星建立的星际影响有不道德的特点，但是以雨果关于善恶关系的一贯看法，所有的恶和腐败都是必要的，生命正是

[1] 这是对哈雷彗星周期的有意识的改动。

从腐烂的物质中生长出来的。❶彗星虽然淫荡，但却具有强大的生殖力。由于对彗星作了如此想象，彗星便具有了其他的含义，它是在宇宙中发起异端(“hérésiarque”)的人。❷彗星觉得自己到处放火，燃烧一切，所以力量非凡，于是嘲笑众天体，嘲笑太阳是一粒黑芥（“senevé”）。❸彗星吞噬行星，就像鸟吞吃苍蝇。❹但是彗星虽然劣迹斑斑，有时却成为上帝用来书写的“羽毛笔”，而“星座”就是上帝用彗星在“天穹上写出的语句”，❺或者以其形态代表“神意裁判的剑”(“glaive”)。❻上帝的话有神启的作用，神意裁判的象征意义使彗星变得神圣。

总之雨果的彗星在天体之间建立的是热烈的关系。如果彗星

---

❶ 雨果在《可怕的年代》（*l' Année Terrible*）之《进化形成的法则》（*Loi de formation du progès*）中说：即使是娼妓的行当也有生育力，罪恶在宿命中也有用途，萌芽是从腐败的物质中萌生出来的，见于Hugo, *l' Année Terrible*, Michel Lévy Frère, Paris, 1872, p. 190：

《la prostitution a sa fecondité；—Le crime a son emploi dans la fatalité；—Etant corruption un germe y peut éclore…》；雨果另有一个令人惊骇的比喻，一个关于玫瑰和尸体的寓言：玫瑰的根伸进棺材的缝隙里，尸体的血液是玫瑰花的元气，蜜蜂等待从玫瑰中吸取蜜汁，玫瑰的使命是在清新的早晨装饰少女的帷幔，陪衬夜里恋人喃喃的低语，见证和象征爱情。所有的美都来源于腐烂的尸体……参见Hugo, *Les Quatre Vents de L' Esprit*, III. *Le Livre Lyrique*, J. Hetzel & Cie, A. Quantin, Paris, 1880~1926, pp. 95~96.

❷ Hugo, *Les Contemplations*, Tome I, *Autrefois*, Livre troisième: *Les luttes et les rêves*, XXX. Magnitudo Parvi, p. 209.

❸ Hugo, *La légende des Siècles*, Tome II, XXVIII. *Abîme*. 1877, p. 381.

❹ Hugo, *Les Travailleurs de la Mer*, Livre deuxième, V. *Sub Umbra*, p. 317：《…faire dévorer la mouche par l' oiseau et la planète par la comète》

❺ Hugo, *Tas de Pierres*, 转引自Pierre Albouy, ibid, p. 412:

《plume énorme et formidable》，《Les constellations, phrases du firmament》.

❻ Hugo, *Dernière Gerbe*, LXXXVII. *Voici les Apennins; Oeuvres Poétiques Complètes de Victor Hugo*, Jean-Jacques, Etideur, Paris, 1961, p. 1476:

《La comète, ange obscur dont vous voyez le glaive, …》

是上帝的心脏，是上帝启示人类并对善恶进行裁判的用具，则彗星其实是上帝的创造物，是上帝的一个具有强大行动力的使徒。彗星的“烈火”与气息的芳香虽然反差很大，但并不矛盾，一个是现实，一个是对未来的憧憬。与“气息”那种属于未来的脉脉温情相比，彗星是属于今世的，它所建立的宇宙关系是展现在眼前的宇宙景象，更象征了当前社会的状态：过度、纵欲、激烈、癫狂，也是充满活力的，对应于19世纪脱离常态的法国政局。

三、宇宙的套嵌模式

本书的第二章介绍了博内（Charles Bonnet）的宇宙套嵌模式，并分析了其中的美学和哲学含义：它表示对无穷小和无穷大两个方向的追求，是无限宇宙总模式之下的从属模式。笔者发现雨果曾经对套嵌的模式有过陈述，并进一步以想象的方式将这种宇宙论和神话、哲学连接起来。《宇宙与意象》只在第二部分第四章的注释中引用了雨果对套嵌的论述。笔者以为在《数世纪的传说》中雨果还有更加详细的描写，如果能够总结它的特征，将有利于我们更具体地了解雨果宇宙模式的一个侧面。

在《威廉·莎士比亚》中雨果以论述的形式说明了他所认识的套嵌 。雨果认为虽然人们密切注视宇宙，但宇宙的秩序不能为人们的感官所把握。无限、多样的宇宙的一种表现形式就是一个世界之中有另一个世界，一个天体钻进另一个天体，进入的时候还不会改变形状。比如地球内部可能有另一个天地，我们不能看见它，它也看不见我们。[1]

在《数世纪的传说》中雨果则采用诗人惯用的联想，将宗教神话和19世纪天文学结合，描写社会生活的现实。《数世纪的传说》有三个系列诗集，其中第二个系列（Nouvelle Série, 1877）第三章第三节《提坦》描写奥林帕斯山上的众神和人间的国王、刽子手恣意狂欢，地球的两个孩子：凡人和巨人经受折磨。凡人选择在命运前发抖，巨人被众神制服后继续遭受雷劈、电击、火烤，或者万箭穿心。其中一个巨人弗托斯（Phtos）被锁链捆绑，但是他决定逃走，因为众神占有了一切，所以他只能钻进地球的内部。雨果想象进入地球内部可能遇到的情况：黑色的心脏，令人窒息的坟墓，无底的黑暗，比黑夜更深重的黑暗，没有一丝光线，没有气息，只有一些狭窄的缝隙。尖利的石头、寒冷的地下水、炙热的地火。突然一切声音消失了，在地心中，在存在和希望的尽头，出现了通风窗、白昼、光线、欢乐、爱和纯洁，另一个幽深的苍穹。成群的天体、潮水一般的星座，一个接一个的世界，数百万的地狱和天堂，另一些人类的种群。众多的世界互相交错，数量无限。昼和夜相互

---

[1] Hugo, *William Shakespeare*, Première Parite, Livre V: *Les Âmes*, II, p. 194 :

《La pénétration des univers dans les univers fait partie de ton infinitude. Ici nous étendons le mot univers à un ordre de faits qu' aucune astronomie n' atteint. Dans le cosmos que la vision épie et qui échappe à nos organes de chair, les sphères entrent dans les sphères, sans se déformer, la densité des créations étant différente ; de telle sorte que, selon toute apparence, à notre monde est inexprimablement amalgamé un autre monde, invisible pour nous invisibles pour lui.》

混杂。[1]

雨果幻想这样的世界，认为每个天体都只是一个气泡，一个世纪的时间只是一个瞬间，所有的过往消失得不留痕迹，他感到迷失，仿佛处在深渊之中，同时又感到逃出了牢狱，穿越了世界的最底层，一切都变得渺小。诗人觉得自己来到另一个宇宙，雄心勃勃，傲视群神。雨果神话传说样式的地心之旅是对前代学者的继承，也对后来的作家有所启发。

四、面对黑暗的焦虑

本书第一章第二节论述过黑暗坚硬的以太对于诗人的意义。我们将在此基础上分析雨果对黑暗的心理。蒂泽认为19世纪中叶“黑暗”意象出现在许多诗人的作品中。黑暗从虚空而来，变成了令人窒息的黑暗的海。[2]《宇宙与意象》论雨果的“黑暗”意象主要关注三点：原始人的落日焦虑在近代诗人心理上的延续，雨果的实体化的黑暗，黑暗衍生的永恒坠落。

弥尔顿在雨果之前表现了对黑暗的恐惧，黑暗充满可能性，孕育生命也埋葬生命。蒂泽认为弥尔顿将黑暗限制在宇宙之外，而雨果的黑暗侵入整个宇宙空间。[3] 雨果的黑暗是巨大的、永远的威胁，是具有攻击性的黑暗。虽然有这些提示，但蒂泽没有详论，笔者认为有必要进一步说明雨果关于“黑暗”的思想。雨果对黑暗具有清醒的认识，他说：“宇宙的常态是黑夜…… 白昼在时空中是

---

[1] Hugo, *La Légende des Siècles*, Nouvelle Série, Tome I, III.*Entre géants et dieux*, III.*Le Titan*; Calmann Lévy, Editeur, Ancienne Maison Michel Lévy Frère, Paris,1877, pp. 37~59.

[2] Hélène Tuzet, *ibid*, p. 197.

[3] Hélène Tuzet, *ibid*, p. 198.

短暂的，它的存在只是因为邻近太阳。”❶雨果用各种方式表达对黑暗的恐惧，比如用野兽比喻黑暗。❷黑暗具有野兽的生殖能力、攻击力和吞食猎物的本能。比喻黑暗在宇宙中无限蔓延，光明是黑暗的猎物，因为黑暗是常态，所以光明处于劣势，随时有被黑暗吞没的危险。黑暗同时包含了落日、黄昏、雾气。黑暗来临的时候大海都为之战栗，仿佛世界到了末日。黄昏是黑暗的前奏。雾气上升，越来越浓重，天空变得阴沉，植物变得奇形怪状，形状扭曲、面目可憎。一切事物都在缩小、变模糊，失去形状和颜色。红色的霞光好像流淌的鲜血。地平线上充满焦虑。黑夜和白昼不断斗争，黑夜降临的时候，白昼如同垂死之人，受到来自地平钱的黑暗从下而上以及夜幕从上而下的双重挤压，挣扎着缓慢死亡。太阳在沉重的黑暗的重压下逐渐苍白，失去神采，好像垂死之人的眼睛。人类看到死去的太阳大为惊恐。诗人之所以感到恐惧是因为外在的黑暗已经侵入到人的精神里。❸这可以用蒂泽所强调的落日焦虑——这一原始人类固有的情绪来解释，这种情绪一直延续到19世纪，而且将一直存在下去。

雨果关于黑暗的心理的第二个特点是将黑暗这种抽象事物具体化了。他的描写使读者觉得黑暗可以触摸，具有形质，将黑暗从视觉移到触觉上。这一点蒂泽尤为关注，她强调雨果对黑暗的石化

---

❶ Hugo, *Les Travailleurs de la Mer, Sub Umbra* , pp. 317:

《La nuit, …c' est l' état propre et normal de la création spéciale dont nous faisons partie. Le jour, bref dans la durée comme dans l' espace, n' est qu' une proximité d' étoile.》

❷ Hugo, *Les Travailleurs de la Mer*, Deuxième partie, Livre quatrième, Chapitre II. *Le Monstre*, p. 389 :

《C' est quelque chose comme les ténèbres faites bêtes.》

❸ *以上关于黑暗、夜的描述散见于以下雨果作品Odes et Ballades, Toute la Lyre, Les Contemplations, La Légende des Siècles, Religion et Religion, Feuilles d' Automne, Pensar Dudar, Dernière Gerbe, Fin de Satan*等。

描写：黑夜是黑暗的矿藏，星星是矿脉，黑夜是黑色大理石的采石场；黑暗的烟雾不断增厚，烟雾石化变成了球体。[1]对此笔者继续加以说明。雨果的“黑暗”意象使读者可以感到黑暗的“重量”，人在“重压”下有被“捕获”而“不能逃脱”的恐惧。[2]黑夜像坟墓的围墙，闪光的星星就是坟墓的石子。[3]黑暗“出现的时候浑身赤裸”，它“脱去了包裹它的衣裳——阴影”。人们可以在黑暗中看到“虚无的面容”。[4]雨果认为黑暗、黑色是虚无，而虚无像幽灵一样从漩涡中探出头来。[5]

蒂泽认为跟随黑暗的还有雨果的深渊和坠落意象，向无限宇宙——深渊的永恒坠落。雨果经常用“井”（“puits”）比喻深渊。坠落意象具有双重意义：对无限宇宙的自然反应和向个人心理内部深渊的坠落。[6]笔者认为善于自我审视的诗人基本都有这样的

---

❶ Hélène Tuzet, *ibid*, pp. 199~200.

❷ Hugo, *LesTravailleurs de la Mer*, Sub Umbra, pp. 317~319:

《C' est l' ombre. L' homme est là-dessous. Il ne connaît pas le détail, mais il porte, en quantité proportionnée à son esprit, le poids monstrueux de l' ensemble. … On se sent pris. On est à la discrétion de cette ombre. Pas s' évasion possible.》)

❸ Hugo, *Les Contemplations,* Tome II, *Aujourd' hui*, Livre Sixième, XVIII: *Dolor*, p. 295. 《 Hélas ! tout est sépulcre. On en sort, on y tombe ; — La nuit est la muraille immense de la tombe. —Les astres, dont luit la clarté, —Orion, Sirius, Mars, Jupiter, Mercure,—Sont les cailloux qu' on voit dans ta tranchée obscure,—Ô sombre fosse Éternité !》

❹ Hugo, *La Fin de Satan, L' Ange Liberté*, IV, p. 305 :

《 L' obscurité lugubre apparut toute nue ;—On eût dit qu' elle ôtait l' ombre qui la revêt… —Et qu' on voyait la face effroyable du vide.》

❺ Hugo, *Dieu*, II : *Dieu*, VIII : *La lumière; Oeuvres Poétiques Complètes de Victor Hugo*, Jean-Jacques, Etideur, Paris, 1961, p. 1246 :

《O ténèbres, sachez ceci : la Nuit n' est pas… —Le noir, c' est non, et non, c' est rien…》 ; *La Fin de Satan, Hors de la Terre I, Et nox facta est*, VIII, pp. 13 :

《Le spectre Rien levait sa tête hors du gouffre…》

❻ Hélène Tuzet, *ibid*, p. 257.

体验。关于深渊和坠落意象笔者发现了其他例证，比如《撒旦的结局》（*La Fin de Satan*）中有关于撒旦坠落过程的描写：撒旦坠落时想抓住模糊的山尖，深渊的底部是腐败的湖水，覆盖淤泥的山峰，摇晃的山基。[1]这些都体现了对塌陷的焦虑。蒂泽在此处引入了科学上的一个新概念——对点（“antipode”：位于地球直径的两个端点），破除了坠落的心理。科学告诉人们头朝下行走的人们在地球的对点上，上升和下降是相对的，即使向下也还在地球上，即使坠落也永远坠落在宇宙中。但诗人对科学的保证置之不理，雨果之后，永恒坠落的噩梦继续发展。在描写坠落方面蒂泽以意大利诗人巴斯克利和法国作家圣埃克絮佩里为典型：[2]人的脚贴着地面，身体悬在空中，宇宙在人的下方，深渊中闪耀着星光，人在精神上坠落，没有重量，失去感觉；或者黑暗像个池塘，人缺乏根基，没有可以抓住的树干，拽不住自己……

五、宇宙征服和对地球的眷恋

按照蒂泽的说法，雨果对宇宙的征服具有攻击性（“vol-offensive”），是向宇宙空间的侵入（“viol de l’espace”）。[3]笔者研究发现雨果征服宇宙的方式如同《静观集》（*Les Contemplations*）这部诗集的题目显示的那样，是通过目光进行的：目光在同一瞬间可以看到成千上万颗星星，这比任何一种飞行器都要迅速。笔者认为大家不要被蒂泽“offensive”和“viol”这样的用词误导，不要认为雨果对于宇宙只具有简单的暴力倾向。雨果的诗向我们传达的是对广袤而且与人类社会异质的宇宙、庞大的天体、不可见的区域、奇异的宇宙现象，简言之是对一切不可知事物进行认知的渴望，而

---

[1] Hugo, *La Fin de Satan, Hors de la Terre I, Et Nox Facta Est,* V. p. 9.

[2] Pascoli, 1855~1912 ; Antoine de Saint-Exupéry, 1900~1944.

[3] Hélène Tuzet, *ibid*, p. 245.

且雨果非常肯定地宣称，人类一定能够解开宇宙的奥秘。从这一点上说，雨果表现出的更是好奇心和雄心。

笔者发现《静观集》中的《伟大与渺小》（*Magnitudo Parvi*）一篇集中描写了太空飞行：诗人想象自己拍打着翅膀潜入幽深的宇宙，太空中游荡着人类从未感知过的、无法估量的成群结队的天体。诗人从一个天体飞到另一个天体，目标是尚未被认识的太阳。天体从远处而来，从一个小黑点变成庞然大物，又从身边呼啸而过。雨果的彗星也像女巫一样飞过，比闪电还要迅疾。宇宙中黑暗与光明交替。诗人甚至想象宇宙中有其他的智慧生物居住，但我们和他们之间无法交流，双方相对仿佛黑暗对黑夜。宇宙中的天体也会生病，也会死亡：因为冰冻而死，或罹患怪病，也有鼠疫、也遭受水灾和火灾，地震频仍，像高热病人那样喘息咳嗽。[1]看到宇宙奇观的诗人怀疑自己原来世界的真实性："眼前这个世界是真的吗？我们本来的世界是一个错误吗？在我们看来不可能的事在这里都是可能。"[2]诗人想要达到的最终目标是没有边际的边际，并且

---

[1] Hugo, *Les Contemplations*, Tome I , *Autrefois*, Livre troisième: *Les luttes et les rêves*, XXX. *Magnitudo Parvi*, p. 193:

《Quelques-uns de ces globes meurent ;—Dans le semoun et le mistral —Leurs mers sanglotent, leurs flots pleurent ;—Leur flanc crache un brasier central.—Sphères par la neige engourdies,—Ils ont d' étranges maladies,—Pestes, déluges, incendies,—Tremblements profonds et fréquents ;—Leur propre abîme les consume ;—Leur haleine flamboie et fume ;—On entend de loin dans leur brume —La toux lugubre des volcans.》

[2] Hugo, *Les Contemplations, Magnitudo Parvi*, p. 190:

《Ce monde est-il le vrai ? le nôtre est-il l' erreur ?—Ô possibles qui sont pour nous impossibles !》

知道自己的结局是迷失。[1]面对谜一样的宇宙——“宇宙像一本黑色的书”，[2]人类长期以来像瞎子一样，因为谜语的难解而苦思冥想，脸色发白，浑身颤抖。诗人的雄心壮志表现为对中心的摆脱。《在数世纪的传说》中表现为对“重力”的摆脱。雨果认为六千年以来人类被命运束缚，重力像绑在脚腕上的锁链，人类因为无知、错误、仇恨而长期在地球上服苦役，[3]终有一天，人类飞到天上，侵入只有上帝独自进入的黑暗：

但愿我们能够逃脱我们的中心，
并且强行进入只有上帝一人进入的黑暗，
到近处看一看它们的洞穴，
这夜的广袤；
…………[4]

---

[1] Hugo, *Les Contemplations, Magnitudo Parvi*, p. 189：

《Si nous pouvions atteindre au fond des cieux sans bornes,—Jusqu' à ce qu' à la fin, éperdus, …》

[2] Hugo, *Les Contemplations, Magnitudo Parvi*, p. 190:《 Mot nouveau du noir livre ciel, …》

[3] Hugo, *La Légendes des Siècles*, Tome II, *Première Série*, XX. *Vingtieme Siècle*, II. *Plein Ciel*, Michel Lévy Frère, Hetzel et Cie, Paris, 1859, p. 237：

《Quand, après six mille ans dans la fatale voie,—Défaite brusquement par l' invisible main,—La pesanteur, liée au pied du genre humain,—Se brisa, cette chaîne était toutes les chaînes !—Tout s' envola dans l' homme, et les fureurs, les haines,—Les chimères, la force évanouie enfin,—L' ignorance et l' erreur, la misère et la faim,—Le droit divin des rois, les faux dieux juifs ou guèbres,—Le mensonge, le dol, les brumes, les ténèbres,—Tombèrent dans la poudre avec l' antique sort,—Comme le vêtement du bagne dont on sort.》

[4] Hugo, *Les Contemplations*, Tome I, *Autrefois*, Livre troisième：*Les luttes et les rêves*, XXX. *Magnitudo Parvi*, p. 189:

《Si nous pouvions fuir notre centre, —Et, forçant l' ombre où Dieu seul entre, —Aller voir de près dans leur antre —Ces énormités de la nuit，…》

笔者认为雨果的诗句明显表现的是人类对上帝的挑战。人类之所以对上帝不满是因为上帝严格保守宇宙这个巨大的秘密。人类认为自己被排除在秘密之外，而人类似乎受到一个巨大而诡异的阴谋的引诱，急切想要成为同谋。上帝如果拒绝人类加入，人类就会抱怨。按照雨果的话说：上帝在宇宙之上贴了“封条”：“有人突然揭去了天空的封条！……大熊星座，向我证明你的身份……”❶人类的任务就是揭去封条，看看宇宙的本来面目。

奥秘难以解开，但笔者认为是雨果对自己的强健很有信心。在《数世纪的传说》之《20世纪》中他向人们展示自己强劲的翅膀和踏在台阶上的坚实脚步，说自己精神强悍，飞行平稳，丝毫不颤抖。❷这表现出对20世纪科学技术进步的信心。从这一节诗的题目——《20世纪》我们能看出雨果对人类文明的进步抱有乐观态度，雨果认为20世纪的人类必能揭开宇宙的秘密：

这艘航船在高高的太空缔结了同盟。
它几乎将上帝和人类的灵魂结合。
它看到了深不可测的事物，触到了奥秘；
它的进步是朝向天空的猛冲；

---

❶ Hugo, *Les Tables Tournantes de Jersey*, Hélène Tuzet, *ibid*, p. 247.

❷ Hugo, *Les contemplations, Aujourd' hui*, Livre sixième, *Au bord de l' infini*, II. Ibo, pp. 192~193:

《J' ai des ailes. J' aspire au faîte ; —Mon vol est sûr ; —J' ai des ailes pour la tempête —Et pour l' azur.》

《Je gravis les marches sans nombre.—Je veux savoir,—Quand la science serait sombre—Comme le soir !》

《Et que, si haut qu' il faut qu' on monte,—J' y monterai !》

《Vous savez bien que l' âme est forte—Et ne craint rien》

《Que j' irai jusqu' aux bleus pilastres,—Et que mon pas,—Sur l' échelle qui monte aux astres,—Ne tremble pas !》

是现实神圣而高傲的进入

进入人类古老原始的理想。[1]

如此激昂的诗句会使大家以为雨果的哲学将以彻底的乐观精神而告终，但笔者认为雨果似乎不能摆脱自己的矛盾。从《20世纪》这首诗之后的两首诗的题目——《噢，上帝，他的作为比人类的梦想走得更远》以及《最后审判的号角》[2]可以看出，雨果认为上帝最终比人类更高一筹，而人类因为犯下的罪恶而不可避免地面临最后审判。雨果的矛盾如何形成？他本人对这个矛盾是否有意识？[3] 他如何协调这个矛盾？这些是研究雨果的重要问题，只是因为它们距离雨果的宇宙论有一定距离，所以此处不能详论。

雨果的宇宙征服并非总是一帆风顺，有时宇宙征服者会在海一样的太空中遭遇海难：木筏撞到土星，搁浅在银河的沙滩上，头发被星星钩住，卷进纺车一样的漩涡……[4] 征服的主题衍生出了另一个意象“地球——故乡”。

蒂泽认为人们表达对地球的安全、静谧、舒适的感觉也有很长的历史，开普勒、伽利略和布鲁诺说地球是最好的天文观测台，

---

[1] Hugo, *La Légende des Siècles*, Tome II, Première série, XIV. *Vingtième siècles*, II. *Plein Ciel*; Michel Lévy Frère, Hetzel et Cie, Paris, 1859, p. 246 :

《Ce navire là-haut conclut le grand hymen. —Il mêle presque à Dieu l' âme du genre humain. —Il voit l' insondable, il y touche ; —Il est le vaste élan du progrès vers le ciel ;—Il est l' entrée altière et sainte du réel —Dans l' antique idéal farouche.》

[2] *Ô Dieu, dont l' œuvre va plus loin que notre rêve, La trompette du jugement*

[3] 有学者认为雨果并未意识到自己的矛盾，并具有两种分裂的信仰：进步（progès）与末世论(eschatologie)。这是Ch. Renouvier的观点，参见其著作*Victor Hugo, le Philosophe*, p. 160.

[4] Hugo, *Les Tables Tournantes de Jersey*, Hélène Tuzet, *ibid*, p. 246.

是最安全的大帆船。弥尔顿说地球的步伐是尺子，它用尺子测量天空，诗人和学者的想法相同。浪漫主义时期这种思想又活跃起来。19~20世纪的某些诗人表达出绝望的征服者希望温柔地回到地球、紧紧拥抱地球的想法，描写自己从地球获得血液和元气，与地球共生的感觉，并因为长期只想着离开地球——故乡而感到后悔和对地球的爱恋。地球是永恒的居所，我们应当对它充满信任。[1] 雨果也处在这样的思想浪潮中，只是对地球的安全没有过多的描述，表现得不太明显，为此，笔者特补充《静观集》中出现的一个例证："（地球）这艘巨大、颤抖的船，没有缆索，没有帆，这个黑暗的天体在星星的海上漂浮，带着人类的痛苦和万头攒动，走着，前进着，航行着，转动着，它知道自己的道路……"[2] 地球似乎很确定自己在无限宇宙中的位置和前进方向，就好像诗人对人类文明前进的方向非常确定。

六、宇宙生命

本书第一章第三节对宇宙生机论和象征宇宙生命的动物性和植物性特征，以及树、水蛇等意象论述较多，因此我们已经了解18~19世纪关于宇宙生命的广泛描写处于何种态势，这些都构成雨果描写宇宙生命的背景。所以我们只需要关注雨果描写出的宇宙生

---

[1] Edward Young、Jean-Paul、Byron、Lamartine、Jean Reynaud、Laforgue、Paul Claudel等诗人所反映的思想，Hélène Tuzet, *ibid*, p. 249-259.

[2] Hugo, *Les Contemplations*, *Aujourd' hui*, Livre sixième, *Au bord de l' infini*, XIX. *Voyage de nuit*, p. 299:

《… le navire énorme et frémissant,—Le monstrueux vaisseau sans agrès et sans voiles,—Qui flotte, globe noir, dans la mer des étoiles,—Et qui porte nos maux, fourmillement humain,—Va, marche, vogue et roule, et connaît son chemin ;》

命具体的状态，而不需要继续回顾历史。

蒂泽关于雨果宇宙生命论的陈述也很不详细，但她为我们的研究奠定了基础，她简短的论述为笔者指明了方向。在蒂泽相关论述之外，笔者通过研究还发现，雨果描述宇宙生命有两种方式：植物和动物。雨果认为宇宙中的生命创造像人间的四月一样兴盛繁庶。他说，宇宙充满植物性的汁液和动物性的元气；像动物或树一样生长、变形。黑色的枝杈，巨大的花束。宇宙的创造是一个"永恒的四月"，各种光亮开出新鲜灿烂的花朵；"天狼星、猎户座、金星"是风吹开的花朵。[1]雨果又认为宇宙是一只动物："谁说宇宙不是一只动物？"[2]所以他用动物的特性描述宇宙的运动。宇宙的生命以可怕的方式进行巨大的演化；天体有体液、元气，游荡的原子是生命的胚芽，种子在宇宙中播撒；天体的相遇如同动物的交合和争斗，元气和汁液在宇宙中形成环流，天体像动物一样互相捕

---

[1] Hugo, *Les Contemplations*, *Aujourd' hui*, Livre sixième, IX. *A la fenêtres pendant la nuit*, p. 255:

《Les firmaments sont pleins de la sève vivante —Comme les animaux. —L' arbre prodigieux croise, agrandit, transforme, —Et mêle aux cieux profonds, comme une gerbe énorme, —Ses ténébreux rameaux.》

《A-t-il cessé, le vent qui fit naître ces roses, —Sirius, Orion, toi, Vénus, qui reposes —Notre œil dans le péril ?—Ne verrons-nous jamais sous ses grandes haleines—D' autres fleurs de lumière éclore dans les plaines —De l' éternel avril ?》

[2] Hugo, *Préface Philosophiaue des Misérables*: 《…qui nous dit, à nous, que le monde n' est pas un animal ?》, , 转引自Hélène Tuzet, ibid, p. 382.

杀追逐，受伤的天体逃跑时气喘吁吁……❶雨果也用水蛇表现宇宙生命，宇宙或者是一条单个的蛇，星星是蛇的鳞片，或者从蛇的头部破壳而出。宇宙也是成群的蛇，从深不可测的浓雾中爬出来。❷水蛇或蟒蛇被用来形容宇宙整体也用来表示地球上的海，粼粼的海波是蛇的鳞片。海是蛇，闪电也是蛇，水蛇和火蛇互相撕咬，形容滔天巨浪和闪电交加的恶劣天气以及海天一处的景象。❸星座的名称也给雨果很多启示，公牛（Taureau：金牛座）、公羊（Bélier：白羊座）、狮子（Lion：狮子座）、熊（Ourse：大、小熊星座）蝎子（Scorpion：天蝎座），天牛（一种昆虫，Capricorne：天牛座）等，这些动物经常出现在诗集《数世纪的传说》和《上帝》（*Dieu*）中，使得雨果的宇宙像个动物园，动物们在星星的丛林里闲荡。

---

❶ Hugo, *Les Travailleurs de la Mer*, Deuxième Partie, Livre deuxième : *Le Labeur*, *V. Sub Umbra*, p. 318 :

《Une vie terrible et horrible est là dedans. Il y a de vastes évolutions d' astres, la famille stellaire, la famille planétaire, le pollen zodiacal, le quid divinum des courants, des effluves, des polarisations et des attractions ; il y a l' embrassement et l' antagonisme, un magnifique flux et reflux d' antithèse universelle, l' impondérable en liberté au milieu des centres ; il y a la sève dans les globes, la lumière hors des globes, l' atome errant, le germe épars, des courbes de fécondation, des rencontres d' accouplement et de combat, des profusions inouïes, des distances qui ressemblent à des rêves, des circulations vertigineuses, des enfoncements de mondes dans l' incalculable, des prodiges s' entre-poursuivant dans les ténèbres, un mécanisme une fois pour toutes, des souffles de sphères en fuite,…》

❷ Hugo, *Les Contemplations*, *Aujourd' hui*, Livre sixième, *Ce que dit la bouche d' ombre*, p. 355, 382 :

《L' hydre Univers tordant son corps écaillé d' astres ;》 ; 《On verra le troupeau des hydres formidables —Sortir, monter du fond des brumes insondables —Et se transfigurer ; —Des étoiles éclore aux trous noirs de leurs crânes, …》

❸ 散见于Hugo, *l' Homme qui rit*, *Les Contemplations*, *Océan.*

因为像动物，雨果的宇宙在飞奔的过程中生了病，天体因为感冒而发高烧，或者因为冰雪覆盖而冻僵，生病或冻死。上文笔者引用了雨果描写天体生病的诗句，以及鼠疫、水灾、火灾对宇宙生命的威胁，这都是宇宙充满生命活动的证明。蒂泽认为雨果描写的病态宇宙代表19世纪末的悲观主义思想，18世纪的生机论在此时发生了转变，宇宙死亡、冰冻逐渐成为主导思想，甚至用蛆虫形容地球的脆弱、微不足道。其他一些诗人也像雨果一样说地球得了哮喘等疾病。但同时在19世纪后半期多育、雄性的太阳、雌性的地球、彗星太阳结合生行星等传统意象依然兴旺。❶

雨果在《泽西岛转动的灵桌》中对宇宙生命有最人格化的描写："我是一个星星做的巨人，……我喝下一大碗银河的奶，吞下彗星……我在太空奔跑，饱饮星星，饮醉了，我握着一串串星星，太阳是我的脸，绛红色的脸……"❷宇宙和人一样有跳动的心脏，宇宙和植物、动物、人的亲缘性表明人怀有与宇宙、上帝达到同一的愿望，表明人处在死亡的命运中而渴望达到不朽，这是古代宗教传统所说的人的神化，本书第一章已经作过这方面的论述。

七、螺旋形的宇宙

蒂泽提醒大家注意雨果作品中的漩涡意象。笔者在蒂泽引述之外继续发掘，找出了很多例证。笔者发现雨果作品有四个相关的常用词："gouffre"(深坑、漩涡)、"tourbillon"（漩涡、旋风）、"rouet"（绞车）、"spirale"（螺旋），这些词说明诗人想象中的宇宙模式，尤其是天体运动的模式是旋转的。宇宙在一种螺旋的形

❶ Hélène Tuzet, *ibid*, pp. 384~386.

❷ Hélène Tuzet, *ibid*, p. 383.

式中形成又分解，❶创造的过程是物质从漩涡中向外喷射，比如彗星就是从漩涡中生出。❷

我们若将雨果和第一章谈到的笛卡尔的漩涡联系起来，就会发觉漩涡的螺旋形状在众多学者、诗人心里具有持久的作用，被广泛描写。当然螺旋形不是笛卡尔的首创，笔者认为应当再往前追溯。我们一再谈到的古希腊的圆环形可以说是螺旋形的前身。不过虽然表面相似，实质却不同。古希腊的圆环是旋转的轨迹，旋转却不让人感到眩晕，因为这是匀速圆周运动，这种运动稳定，给人从容不迫的感觉。导致圆环形状变化的是开普勒的椭圆轨道。开普勒的椭圆轨道与古希腊的圆形轨道相比，虽然形状有所变化，但本质上还是均匀、有规律的运动模式。笛卡尔的作用是颠覆圆环的形状和均匀的本质，漩涡是一种从外及内，又从内及外的连续运动，进入漩涡的物质被强大的引力卷向中心，中心对来到它的范围之内的物质有吞食吸收的作用。吸收逐渐饱和，会发生喷射的现象。虽然圆环和螺旋相似，但圆环是没有变化的形状，螺旋则同时表示吞吐、膨胀和爆炸。两种相反的力——引力和离心力产生两种相反的趋势：聚集和分散。最重要的是喷射突然产生，不知道汇集何时结

---

❶ Hugo, *Les Contemplations*, Tome I, *Autrefois*, Livre troisième, XXX *Magnitudo Parvi* : p. 194 :

《A tordu ta splendide et sinistre spirale, —Ciel, où les univers se font et se défont ? —Un double précipice à la fois les réclame. —Immensité ! dit l' être. Éternité ! dit l' âme. —À jamais ! le sans fin roule dans le sans fond.》

❷ Hugo, *Les Contemplations*, *Aujourd' hui*, Livre sixième, IX. *A la fenêtre pendant la nuit*, p. 254:

《N' en fait-il plus jaillir des tourbillons de mondes ?》

《Quand les comètes vont et viennent, formidables, —Apportant la lueur des gouffres insondables, …》

束。一个漩涡吸收的物质何时达到饱和。喷射的时间、数量和形式都是不可知的。两个相反的力共同作用，又使我们联想到第一章第三节所谈到的从恩培多克勒斯开始的关于爱与憎、引力和斥力观念的历史。如果没有古希腊人对自然界以及人类心理两种相反作用的认识，笛卡尔的漩涡和牛顿的万有引力很难突然产生。

恩培多克勒斯用爱、憎命名两种力对诗人具有重要的启示。将客观现象和心理作用对应使自然现象具有丰富的情感意义。蒂泽特别强调德国神智学者波墨[1]将引力和斥力分别称为辛辣、苦涩的力，代表欲望和焦虑。[2]漩涡中心仿佛是一团怒火。笔者还认为从自然科学的角度，康德和拉普拉斯的星云都具有螺旋的形状和漩涡的作用。19世纪中叶发现的螺旋星云和天文学家对旋臂的描述，使人们确信宇宙中广泛存在漩涡状物质团块，而螺旋状宇宙模式更加深入人心。从诗人的角度，漩涡被充分拟人化了。美国诗人爱伦坡将漩涡描述成一张“贪婪的大嘴”，一个“漏斗状的洼地”。[3]物质在漩涡中心被捣碎，随即被吐出来。

螺旋或漩涡在雨果的作品中出现的频率很高，意义也很丰富。《宇宙与意象》显然没有提供太多的证据。我们可以再深入地考察一下这个意象在雨果作品中的多重含义。螺旋让雨果有丰富的联想，他想到阿基米德、欧几里得、哥白尼对上帝的斗争。上帝关闭了自己创造的漩涡不让人类窥探，而天才人物将漩涡揭开。宇宙真相的探寻仿佛没有船首的航船在海一般的天空航行，厄运重重。螺旋象征人类的智慧——几何图形、宇宙的模式——空间物质的组

[1] Jacob Böeme, 1575~1624.

[2] Hélène Tuzet, *ibid*, p. 429.

[3] Hélène Tuzet, *ibid*, p. 428.

成、存在的形式——天体的形状、危险的状况——海水的漩涡或宇宙的风暴等：

凭借他卓越的螺旋线，
阿基米德在螺旋的顶端，
再次揭开了深渊一样的井，
上帝曾经封闭了这深井；
欧几里得在上帝的监视下建立宇宙的法则；
疯狂的哥白尼凝望着，
在海一样的苍穹里，
漩涡中漂浮着无首的帆船，
所有黑暗的轮子在旋转，
轮轴是太阳。[1]

雨果的漩涡强力喷射给人运动、生成的感觉，所以螺旋形状还代表创造的力量：

所有的存在物，就像我们自身，
汇合形成苍白的漩涡；
创造将它们的灰烬融合，
种进地里；
一个走了，另一个取而代之，

---

[1] Hugo, *Les Contemplations*, Tome II, *Aujourd' hui*, Livre sixième, XXIII. *Les Mages*, p. 310:

《Avec sa spirale sublime, —Archimède sur son sommet—Rouvrirait le puits de l' abîme—Si jamais Dieu le refermait ;—Euclide a les lois sous sa garde ; —Copernic éperdu regarde, —Dans les grands cieux aux mers pareils,—Gouffre où voguent des nefs sans proues, —Tourner toutes ces sombres roues—Dont les moyeux sont des soleils.》

来去匆匆不留痕迹，
微风将它们创造又赶走，
四季风吹拂漩涡，
就像波浪令海洋震荡，
不断地将火焰混合……
…………
……亡灵和灰烬，
为生命物结成的黑暗的云雾，
在转动的漩涡中，
创造了所有这些形式……
…………
黑暗的漩涡，
种下火焰、微风和波浪，
让闪光充满宇宙，
宇宙是令人恐惧的广袤。❶

漩涡不仅是天体的组成和运动形式，也是社会生活的状态——混乱繁杂，还表示社会力量的强大以及个人的不由自主：

---

❶ Hugo, *Les Contemplations*, Tome I, *Autrefois*, Livre troisième, XXX. *Magnitudo Parvi*, p. 191, p.208, p.210 :

《Tous ces êtres, comme nous-mêmes,—S' en vont en pâles tourbillons ;—La création mêle et sème—Leur cendre à de nouveaux sillons ;—Un vient, un autre le remplace,—Et passe sans laisser de trace ;—Le souffle les crée et les chasse ;—Le gouffre en proie aux quatre vents,—Comme la mer aux vastes lames,—Mêle éternellement ses flammes》

《…lui font la larve et la cendre,—Et, dans les tourbillons mouvants,—Toutes les formes que peut prendre—L' obscur nuage des vivants …》

《Semant de feux, de souffles, d' ondes,—Les tourbillons d' obscurité,—Emplissant d' étincelles mondes—L' épouvantable immensité,…》

噢，风，你要将这存在物的漩涡怎样？
这男人、女人、老人、孩童、奴隶、主人的漩涡，
这受苦受难、祈祷、爱恋、怀疑的漩涡，
灰烬和种子的漩涡……❶

不仅在人间，在冥界灵魂也以漩涡的方式飘荡：

公墓里的坟茔像筛子的孔，
从这孔里坠下，黑暗的种子，掉进黑暗的土地，
灵魂聚集的漩涡。❷

可以看出雨果的“螺旋”意象具有多种含义。

以上是雨果宇宙论的要点。蒂泽所论雨果的宇宙模式是有限而且不充足的。通过对雨果大量其他诗句的研究，笔者进一步将雨果的宇宙模式补充完整。雨果宇宙论总结起来有以下三个要点。第一，雨果的宇宙发生论结合了基督教的上帝创世和奥菲斯教的宇宙蛋模式：“……上帝说……我存在——这两个词创造了无数星

---

❶ Hugo, *Les Contemplations*, Tome II, *Aujourd' hui*, Livre sixième, VI. *Pleurs dans la nuit*, p. 234:

《Ô vent, que feras-tu de ces tourbillons d' êtres, —Hommes, femmes, vieillards, enfants, esclaves, maîtres, —Souffrant, priant, aimant, —Doutant, peut-être cendre et peut-être semence,…》

❷ Hugo, *Les Contemplations*, *Aujourd' hui*, Livre sixième, XXVI. *Ce que dit la bouche d' ombre*, p. 359 :

《Les tombeaux sont les trous du crible cimetière, —D' où tombe, graine obscure en un ténébreux champ, —L' effrayant tourbillon des âmes.》

星……”以及宇宙从一个黑色的蛋里孵出。[1]第二，据说卡米拉·弗拉马利翁（Camille Flammarion）于1864年给雨果寄去了自己的著作《可居住的世界的复多性》，[2]所以有可能雨果据此进行了其他世界、其他人类的想象：“数百万的地狱和天堂浮动着——用它们暗淡或迷人的光——照耀其他天穹下的其他人类”；[3]以及《伟大与渺小》的断言：“另一个世界，另一套法则……在那里我们以为是山峰的却是水蛇；那些树——是动物；那些石头狂怒地嚎叫；——火焰唱着歌，大理石的血管里流淌着血液……”[4]第三，雨果的宇宙必定是无限的：“广袤！存在说。永恒！灵魂说。——永远！无

---

❶ Hugo, *La Fin de Satan*, Livre premier : *Le Glaive – Selon Orphée et selon Melchisédech*, p. 62 :

《C' était ainsi quand Dieu se levant, dit à l' ombre : —Je suis. Ce mot créa les étoiles sans nombre,…》

Hugo, *Dieu*, II : *Dieu*, III : *Le Corbeau*; *Oeuvres Poétiques Complètes de Victor Hugo*, Jean-Jacques, Etideur, Paris, 1961, p. 1225 : 《La coque de l' œuf : noir d' où l' univers sortit》

❷ C. Flammarion, *La Pluralité des Mondes Habités*, 赠书的事见于Pierre Albouy, p. 375。

❸ Hugo, *La légende des Siècles*, Nouvelle Série, Tome I, III. *Entre géants et dieux*, III. Le Titan, VI. La *découvert du titan*, 1877, p. 56:

《Des millions d'enfers et de paradis flottent, —Éclairant de leurs feux, lugubres ou charmants, —D'autres humanités sous d'autres firmaments. —Où cela cesse-t-il ? Cela n'a pas de terme.》

❹ Hugo, *Les Contemplations*, *Autrefois*, Livre troisième, XXX *Magnitudo Parvi* : II, p. 190 :

《Ce qu' on prend pour un mont est une hydre ; ces arbres —Sont des bêtes ; ces rocs hurlent avec fureur ; —Le feu chante ; le sang coule aux veines des marbres.》

尽在无底中转动”。[1] 雨果对无限的感觉时而雄壮：人的精神面对无限会有膨胀的感觉，时而忧郁：他说无限是无底的深渊，是坟墓。对有限的球形天穹雨果必定是不喜欢的，他说：“圆环是有限最清楚的形状”。[2] 球形是创造的限制，代表奴役，天才的发展需要无限的空间，这些想法出现在雨果的手稿中，却始终没有在正式发表的作品中形成完整的诗篇。雨果似乎也了解到光速的知识，明白天体之间距离遥远，所以眼前存在的许多发光的星星其实已经死去很久，整个天空就是一个幻影。[3] 雨果从哲学的角度认为宇宙整体就是一种过去。关于光速的这种心理学含义《宇宙与意象》也有提及，只是没有将雨果作为例证。

蒂泽关注雨果的宇宙意象，并将其置于更大的宇宙论历史背景中，这个背景从古希腊一直延伸到近现代，涉及宇宙科学、哲学、宗教神话和审美心理的文化背景。傅立叶的宇宙哲学、博内的套嵌理论都在雨果的作品中有所反映。雨果本人对19世纪的天文学具有基本的知识。太阳系的平移、彗星的运动作为天文学现象仅以素材的方式出现，并经过了作者的加工和改造，发生了巨大的变形，反映出作者对社会人生的思考。雨果的宇宙呈现出这样的状态：宇宙中世界互相套嵌，在无穷大和无穷小两个方向上无限，时间无止境，空间无界限；黑暗是宇宙的常态，光明是特殊的状态，

---

[1] Hugo, *Les Contemplations*, *Autrefois*, Livre troisième, XXX *Magnitudo Parvi* : I, p.194 :

《Immensité ! dit l' être. Éternité ! dit l' âme. —À jamais ! le sans fin roule dans le sans fond.》

[2] Pierre Abouy *ibid*, p. 396.

[3] Hugo, *Post-scriptum de ma vie, l' Ame — Choses de l' infini*, p. 72, *Oeuvre Poétique de Victor Nugo*, Société D' éditions Littéraires et Artistiques, Librairie Paul Ollendorff, Paris.

黑暗以绝对的优势与光明交替；天体正在经历演化，所有天体都将死亡，死亡的原因与地球上的灾难一样：洪水、末日大火，太阳也有垂死的一天；天体或者散发气息，互相交流，形成一个交流的网络，维持某种稳定；天体也可以被彗星连接，彗星不断在天体之间引起骚动，播种生命；天体成群结队组成漩涡，星星或星系运动的轨道形状不知是圆环还是直线；诗人幻想宇宙之旅，对地球这艘宇宙的航船未来的遭遇不甚乐观，但对地球的稳定抱有些许信心；宇宙是一个巨大的奥秘，上帝不允许人们轻易获得关于宇宙的真实知识，而人类有智慧和勇气和上帝对抗；宇宙的无序、偶然、不可预见也与人类的无知、错误、罪恶对应；终有一天，光明的天体救助黑暗的天体，宇宙受到上帝的全面宽恕，等待上帝重新构建。虽然蒂泽对雨果的论述不全面，但我们顺着她指出的方向也能探明诗人的宇宙模式和想象心理。

第三节　保罗·克洛岱尔的宇宙观

继龙萨和雨果之后，笔者将关注保罗·克洛岱尔。[1]蒂泽将他作

[1] 保罗·克洛岱尔：（Paul Claudel，1868~1955）：保罗·克洛岱尔是著名的剧作家、诗人、外交家以及法兰西科学院院士。1868年出生于法国北部小镇费尔河畔维勒讷沃（Villeneuve-Sur-Fère），属法国皮卡第大区埃纳省。1882年随家人移居巴黎，于巴黎私立政治学院获法学学士学位。1893年~1935年担任法国驻外使节工作，先后任职于美国、中国、日本、德国，其中在中国逗留10年有余（1895~1909），足迹遍布福州、武汉、上海、天津、北京等地。热爱旅行，不断行走于欧洲、亚洲、美洲众多城市。1955年在巴黎逝世，享年87岁。克洛岱尔以戏剧、诗歌、散文闻名于欧洲文学界。主要作品《金头》《正午的分界》《缎子鞋》《少女维奥莱娜》《认识东方》《诗的艺术》等。

为20世纪和谐宇宙论的代表人物。从布鲁诺意欲冲破球壳开始直到19世纪末，无限宇宙论成为人们的共识，固守地心说或日心说必然遭到广泛批评。正是在这种气氛中克洛岱尔的有限宇宙论显得与众不同。笔者将简要介绍蒂泽对克洛岱尔的论述，并在此基础上，勾勒出克洛岱宇宙观的概貌。在19~20世纪之交，有一位诗人想要重建久已失去和谐的宇宙。人们的审美心理如此反复，它的不变原则在于不允许单一模式长期一统天下。

一、克洛岱尔在《宇宙与意象》中的位置以及蒂泽对克洛岱尔的陈述

《宇宙与意象》第一部分（《和谐宇宙》）第十六章（《以人为标准》）集中叙述了克洛岱尔的宇宙模式。蒂泽坚持自己的方法，不对克洛岱尔进行全面论述，只截取与宇宙相关的部分。克洛岱尔的宇宙论是蒂泽设定的某种类型中的一个代表。就《宇宙与意象》所出现的现代诗人来看，克洛岱尔以其和谐以及有限宇宙论而显得比较孤独——至少在20世纪是这样，因为没有太多现代诗人与他应和。这一章的题目《以人为标准》是要说明克洛岱尔等诗人突出人类在宇宙中的地位，人通过自己的精神建立——更确切地说是想象宇宙和谐。蒂泽将克洛岱尔与英国诗人爱德华·杨以及美国诗人惠特曼（Walt Whitman，1819~1892）并置，但是后两位都是歌颂“无限”的诗人，他们三人的相同点仅在于，无论有限或无限，诗人都从精神上控制或封闭或无限膨胀的宇宙，他们体会到的是征服的喜悦而不是失去方向的恐惧。他们有共同的前提：宇宙是一个整体，即使无限，也并不混乱。他们都感觉自己是亚当，克洛岱尔认为人类为万物命名，从而参与了上帝的创造；惠特曼则说星星是果

园里的百亿亿颗果实，所有果实都是他自己的财产。[1]

具体到克洛岱尔本人，蒂泽主要陈述了三方面内容：克洛岱尔的部分宇宙观，诗人和学者对他的影响，文学评论家对他的心理分析。宇宙被克洛岱尔强有力地聚集在人的周围，人和宇宙之间关系密切，宇宙是人的精神和物质生活的全部来源，而人对宇宙也是有用的。宇宙是上帝的创造，是完美的，已经完成的，未完成和不完美没有意义。宇宙生来和谐，宇宙充满物质，但物质有限，不存在虚无。人可以观察、测量宇宙。克洛岱尔表现出拥有宇宙的坚定信念，并对数字、完美形状以及充盈（plénitude）的感觉具有强烈的兴趣。蒂泽提到英国诗人考文垂·帕特莫尔（Conventry Patmore，1823~1896）以及英国学者阿尔弗雷德·拉塞尔·华莱士[2]对克洛岱尔宇宙论的影响。克洛岱尔翻译过帕特莫尔的诗作，并明确表示自己阅读过华莱士的著作。帕特莫尔在诗作中咒骂“无限”是“魔鬼的野心”；华莱士著作《人在宇宙中的位置：关于世界整体性或复多性科学研究结果的研究》，通过19世纪末欧美天文学、数学、物理学、化学、生物学研究成果论证宇宙中星体的有限数量，以及宇宙的边界，强调人和地球独一无二的位置，即中心位置。他认为科学研究结果表明只有地球存在有机生命。蒂泽强调了比利时文学评论家乔治·布莱[3]对克洛岱尔的评论。布莱在《圆形的隐喻》（*Les*

[1] Hélène Tuzet, *ibid*, p. 152.

[2] Alfred Russel Wallace(1823~1913)，英国博物学家、地理学家、人类学家、生物学家。主要作品《人在宇宙中的位置：关于世界整体性或复多性科学研究结果的研究》，即*Man' s Place in the Universe : the study of the results of scientific research in relation to the unity or plurality of worlds*，1903.

[3] Georges Poulet (1902~1911), *Les Métamorphoses du Cercle*, Carley Dawson, Elliott Coleman英文译本*The Metamorphses of the Circle*，The Johns Hopkins Press, Baltimore, Maryland, 1966.

Métamorphoses du Cercle，1961）中对克洛岱尔的宇宙模式进行了心理学分析，认为克洛岱尔生性惧怕没有边界的空间，惧怕在空间中四处消散的状态，天体的巨大和无限数量迫使他的精神遭受危机，使他精神虚弱，所以他要消灭过多的天体。蒂泽在以上三方面的论述都是比较简略的，因此笔者认为有必要继续挖掘克洛岱尔的宇宙论，从一定程度上了解诗人如此想象宇宙的原因和目的。以下内容为笔者本人研究的结果。

二、克洛岱尔宇宙论的基本内容

（一）宇宙的中心

克洛岱尔的宇宙中心是上帝，这个中心首先是精神性的。上帝突然进驻到诗人心中，诗人用玫瑰表示宇宙的模式，用水比喻个人精神向往上帝这个中心。

1. 上帝：宇宙中心的本质

克洛岱尔回忆自己在18岁——19世纪80年代前后精神处于绝望状态，他对当时兴盛的自然主义文学以及整个社会的唯物质论风气很不满，自己只是随波逐流地接受了机械论的假设，他当时相信世界处在某些法则的控制之下，科学最终能解决一切问题。虽然有一些信念，但自己当时的精神生活没有道德性可言。克洛岱尔非常生动地叙述了自己1886年12月25日在巴黎圣母院作晚祷的情形：他站在人群中听到圣母赞歌，心灵受到震动，顿时皈依了上帝。他突然产生对上帝的强烈认同，自己的精神得到提升，这个转变非常迅速，但效果非常持久。他对上帝的信仰在以后任何时候都不曾动摇。他坚信上帝的存在，上帝是一个像人一样具体的存在，他慈爱世人，召唤世人。[1] 这个神秘的过程，我们无法分析其中的细节，这也许就是所谓神启，也是影响克洛岱尔人生的重大事件。笔者认为上帝在诗人心目中的位置直接作用于诗人的宇宙模式：宇宙有中心，中心就是上帝。克洛岱尔说，人永远面对火焰中神圣的中心。[2]

2．玫瑰：一种宇宙模式的意象

克洛岱尔用玫瑰花的意象作为宇宙的图示：

整个世界就在这朵玫瑰花里！

…………

没有什么玫瑰，只有圣言在这不可言喻的圆周里，

…………

从带刺的叶丛中长出这朵红色的欲望之花，呈现出火红的几何学，

…………

这朵圣花的花瓣如此一片在另一片之下排列，

---

[1] Paul Claudel, *Contacts et Circonstances*，参见 *Paul Claudel Oeuvres En Prose*，Bibliothèque de la Pléiade, Gallimard，1965，pp. 1009~1010.

[2] 《… one never ceases to envisage the sacred Center in the flames.》

Paul Claudel, *Théâtre* III, Georges Poulet引，*Les Métamorphoses du Cercle*, 参见Carley Dawson, Elliott Coleman英文译本*The Metamorphses of the Circle*，335页。

在这插嵌的方式中我们看不到任何的开始与结束。[1]

克洛岱尔凝视玫瑰花的形状和结构，用它比喻宇宙的模式。没有什么比玫瑰更短暂，更快地死去，玫瑰的开放凋谢象征生命的流转。花瓣的排列以及花心的位置仿佛万物围绕一个中心而旋转。花朵的形状是一个无始无终的几何图形，圆周就是宇宙的表征。花心和花瓣的关系好比圆心和圆周上各个不同点的关系，万物都朝向一个中心。玫瑰花代表美和脆弱，好比这个美丽而转瞬即逝的世界，一个欲望盛作的物质世界。是谁让我们凝视玫瑰花瓣而知晓宇宙的真谛？是"圣言"。

3．水：中心的比喻

克洛岱尔还用 "水"意象来说明中心的存在。诗人在《五大颂歌》第二篇《精神与水》中表达了对水的思考。诗人将水和精神进行类比。水在个人的精神和上帝的精神之间建立流动的联系，克洛岱尔用这种方式说明上帝是所有个人精神之所从来和所从去的中心。雨水像乳汁滋润土地，雨水从天而降象征上帝的恩惠，土地象征世人的精神。水不断变形，却不失去流动的本性，万物都能在水中照见自己。人的精神像海一样，地球上所有的水系都是这海的来源。水能汇集，是因为每一滴水都互相认识。人类的各种精神通过语言表达出来，所有的精神像水滴一样互相领会，他们都唱着

---

[1] 《Du monde entier en cette fleur suprême éclose !…
Aucune rose ! mais cette parole parfaite en une circonférence ineffable…

Entre les feuilles épineuses parfaite enfin la rouge fleur de désir en son ardente géométri !…

Tels l' un sous l' autre les pétales de la fleur sacrée, D' un tel art inséré qu' on n' y trouve rien qui commence et aucune fin.》

Paul Claudel, *La Cantate à Trois Voix*，参见*Paul Claudel Oeuvres Poétiques*，Bibliothèque de la Pléiade, Gallimard，1965，p. 336, p.337.

颂歌汇集在上帝周围。人向着海前进仿佛向着天堂，说明天堂——上帝的处所像海水一样是百川汇聚的地方。水启示精神以水的方式行动，水支持精神，给精神营养。万物之间，万物与上帝之间要建立起水一般流动的联系。水溶解泥土和岩石，精神比水更自由更强大，消解一切，冲决一切，因为精神具有智慧、生命、创造的力量。水永恒流淌，人的精神也具有不朽的品质，无论是水还是个人的精神都是上帝的作品，都是上帝表达永恒的方式。永恒是上帝存在的方式，造物主和创造物须臾不分离，个人的精神与上帝也不分彼此，"我"和上帝一样拥有世界。上帝是精神的终点，精神依靠上帝而存在，每一个呼吸都凭借上帝的永恒。"我"是精神，也是水，是充满渴望的水，渴望上帝怜悯，赐以圣水。水的力量和灵性来源于受洗的圣水，敏锐、辉煌、镇定、不朽是圣水的本性，个人凭借这纯洁的水获得感知的能力，水为肉体着色，为它塑形。上帝给予人生命，人终将一切交还上帝。诗人热切地渴望交还一切，归于上帝。人的一切，悲惨、虚无、被玷污的灵魂像水一样喷射出去，被上帝收回。"我"一无所有，完全清澈光明。这是精神最终的归宿。意即只有向上帝交还一切罪恶，才能获得至善。上帝是洗涤罪恶的最终方式。❶ 这就是克洛岱尔通过水和精神的类比向上帝唱出的颂歌。

研究克洛岱尔的法国评论家安德烈·布朗与笔者有相似的结论：克洛岱尔的宇宙是一个有中心的体系，这个中心是上帝，只有上帝拥有存在，在上帝之外是虚无，上帝的意图是创造，创造的目

---

❶ Paul Claudel, *L' Esprit et L' Eau*, 参见*Paul Claudel Oeuvres Poétiques*, pp. 234~248.

的是为了占领虚无，一切存在来自于上帝，都渴望向上帝回归。[1]

（二）宇宙的封闭和有限

克洛岱尔不仅直接描述有限宇宙，还批评"无限"概念。

1. 克洛岱尔对封闭、有限宇宙的描述

如果能够确认宇宙具有中心，则宇宙必定是封闭和有限的。在以上的玫瑰意象中，我们依稀发现了克洛岱尔的球形宇宙模式："……在这不可言喻的圆周里。"诗人看到玫瑰花时想到，世界围绕一个静止的点飞逝，不断运动，这个静止的点承载世界的全部，构成了世界的圆周。"克洛岱尔最习惯于'封闭'观念，他不赞同宇宙能无限制地在空间内展开，他认为一切存在物与它们所构成的整体之间的关系就如同一个球体和它各部分的关系一样。"[2] 这是一位评论者对克洛岱尔玫瑰意象的阐释。克洛岱尔凝视玫瑰，惊奇地发现玫瑰的形式实在是宇宙模式的写照。

克洛岱尔的长诗《封闭的房屋》（*La Maison Fermée*）中有确凿的证据。在诗的开头我们发现诗人对"封闭"的感觉首先产生于现实生活。诗人在厚实的墙壁围成的房屋里替众人代言，他的妻子让他"欣赏这厚实的墙壁围成的房屋的阴暗，这房屋受到神的祝福，保护我们不受外界空气的影响以及寒冷的侵扰。""你的兴趣不应当在外面，而应在于你自身……别人的心都转向外面，而我们的心

---

[1] André Blanc, *Claudel*, Bordas, Paris-Bruxelles-Montréal, 1973, p. 201.

[2] Jacques Madaule, *Claudel et le Dieu Caché*, Editions Desclée de Brouwer, 1969, p. 66.

应转向里面，朝向上帝。”[1] 笔者猜想这对夫妻的故事并非寓言，而是诗人婚姻生活的某种反映。克洛岱尔1906年结婚，《封闭的房屋》写于1910年，也许结婚之初诗人感觉到失去自由的痛苦，“他努力想要适应这一选择，这选择……压抑了他的冒险欲望和自由，诗人努力使这种状态进入自己的世界观……”[2] 他必须接受婚姻生活产生的限制，并将这种有限的家庭生活和有限的宇宙模式联系起来，找到心理的平衡。诗人自己也对此有间接描述，比如在《封闭的房屋》中间部分他说：“相对于索莱斯莫和里居日的隐居院的幽闭生活，这是另一种幽闭”。[3] 在《封闭的房屋》大部分篇章里我们看到诗人毫无保留地接受了有限的状态，并在上帝那里找到了证明和信心。诗人声称对限制（“limite”）和可以被测量的球体（“la sphère calculée”）怀有激情。克洛岱尔的宇宙总是与上帝分不开。宇宙之所以封闭、有限，是因为宇宙是上帝的创造，而上帝的作品早已完成，克洛岱尔认为完成的就是好的。再者上帝本身是

---

[1] 《Mais goûte l' ombre, mon mari, de la demeure bénite entre ces murs épais qui nous protègent, de l' air extérieur et du froid.

Ton intérêt n' est plus au dehors, mais en toi-même…,

Leur cœur est tourné au dehors, mais la nôtre est tourné au dehans vers Dieu.》

Paul Claudel, *La Maison Fermée*, 见于*Paul Claudel Oeuvres Poétiques*, p. 279.

[2] André Blanc, *Claudel*, Bordas, Paris-Bruxelles-Montréal, 1973, p. 140.

[3] 《Pour la clôture de Solesmes et de Ligugé voici une autre clôture !》

Paul Claudel, *La Maison Fermée*, p. 279. 克洛岱尔1900年曾在索莱斯莫和里居日有过一段隐居生活。

完美的，上帝按照自己的样子创造世界，所以宇宙是完美的。[1]诗人以充沛的感情描写有限宇宙，这热烈的感情来自对上帝的笃信：诗人将宇宙想象成一座天主教堂。宇宙和宇宙的边界都不可分割，宇宙是永不枯竭而封闭的存在（“le monde inépuisable et fermé”），宇宙是一个完美的数字，不增不减，而上帝必然知道星星的数量，就好像知道我们的头发有多少根。虽然天空广袤，但上帝依然能够丈量它，群星是上帝的羔羊。克洛岱尔说：“福音书教导人们关上房门，因为黑暗被关在外面，屋内全是光明。”[2]上帝引领诗人来到宇宙的边际，诗人来到这里，并将宇宙想象成埋葬受难耶稣的墓地：“你的墓地的边界就是宇宙的边界”，[3]星星只是照亮墓地的一盏盏明灯。

克洛岱尔的有限宇宙有几个特点。第一，诗人内心拒斥黑暗，渴望光明。以上几处引文显示克洛岱尔极力要将宇宙的球壳关闭，这样才能将黑暗和寒冷挡在门外，诗人渴望安全的心理表露无遗。诗人还将宇宙放在挪亚的方舟中，[4]而诺亚方舟因为在大

---

[1] 《Soyez béni, mon Dieu, qui ne laissez pas vos oeuvres inachevée
Et qui avez fait de moi un être fini à l' image de votre perfection.…
… que Votre Création est finie,
Et que l' imparfait n' a point de place avec Vos oeuvres finies …》
Paul Claudel, *La Maison Fermée*, p. 284.

[2] 《… l' Evangile qui conseille de fermer la porte de ta chambre.
Car les ténèbres sont extérieurs, la lumière est au dedans.》
Paul Claudel, *La Maison Fermée*, p. 284.

[3] 《… les limites de votre tombeau sont devenues celles de l' Univers.》
Paul Claudel, *La Maison Fermée*, p. 284.

[4] 《… fais entrer toute ta création dans l' arche comme l' ancien Noé, dans cette demeure bien fermée de la parabole,…》
Paul Claudel, *La Maison Fermée*, p. 284.

洪水中挽救了地球生命，所以更是安全居所的象征。这再次坦露了诗人惧怕黑暗和危险的心理。诗人热情歌颂光明，渴望被光明囚禁，宣称只要有信仰，“我们丝毫不必挪动位置，就在这里我们的身边一片光明”“我的监狱是最大的光和热……”“光明战胜了一切，黑暗全部消失”。[1] 第二，上帝创造的宇宙遵循苦行僧的戒律一般严格的法则，克洛岱尔用数学术语来表示：行星的运动是数学式的（“mouvement mathématique”）宇宙空间充满上帝的几何学（“géométrie”）中的基数（“base”），到处是明显的计算（“calcul”），就像《启示录》中关于世界末日的时间推算法（“computation de l’Apocalypse”）。[2] 这在其他作品中也有表现，比如在《诗的艺术》（*Art Poétique*）之《论认识世界和自我》中克洛岱尔明确提出宇宙是一个数学式的宇宙（“l’univers mathématique”），并且“……自然的所有活动都可以还原成代数运算，自然的转变像从一个份额到另一个份额的转账，自然的必要性也与自然的运算一致”。[3] 关于这一点，蒂泽的一处简短论述加强了笔者的观点，蒂泽在克洛岱尔和古希腊的毕达哥拉斯派之间发现

---

[1] 《Et nous n' avons point changé de place, la voici radieuse autour de nous.…

Ma prison est la plus grande lumière et la plus grande chaleur,…

La lumière a tout gagné peu à peu et la nuit est exterminée.》

Paul Claudel, *Corona Benignitatis Anni Dei*, IV, 见于*Paul Claudel Oeuvres Poétiques*, p. 452.

[2] Paul Claudel, *La Maison Fermée*, p. 281.

[3] 《… toute l' actitité de la nature se réduit à l' opération arithmétique, ses mutations aux virements d' une cote à l' autre, sa nécessité à la correspondance de ses comptes.》

Paul Claudel, *Traité de la Co[illegible]naissance au monde et de soi[illegible]même*, 参见*Paul Claudel Oeuvres Poétiques*, p. 151.

了相似性，并认为克洛岱尔复兴了关于数字神秘性的古代观念。[1] 第三，克洛岱尔不断强调人对宇宙的拥有：有："没有我，整个自然是空洞的；是我赋予自然以意义，一切事物在我这里变为永恒，只有我具有永恒的概念，自然才能永恒。"[2] 上帝和"我"拥有的是有限宇宙，但却是永不枯竭的宇宙："……我点燃了周围的星星，所有的星星永远无法熄灭（"inextinguible"），永远将您（上帝）守卫。"[3] 关于克洛岱尔永不枯竭的宇宙，我们将在"克洛岱尔关于时间、运动和宇宙整体性的观点"中进行一些说明。

克洛岱尔的封闭宇宙是球形，他通过很多方式说明这一点。比如他认为存在的愿望就是缓慢地在圆球形状中实现自己；和谐平衡的自然是一个不断扩大的圆；宇宙的球形所具有的整体性对于诗人是不可或缺的基本前提，没有这一点，他无法建立任何观念。[4]

---

[1] Hélène Tuzet, *ibid*, p.150.

[2] 《…toute la nature sans moi est vaine ; c' est moi qui lui confère son sens ; toute chose en moi devient

Eternelle en la notion que j' en ai ; …》

Paul Claudel, *La Maison Fermée*, p. 288.

[3] 《… j' ai allumé autour de moi toutes les étoiles qui font à votre présence une garde inextinguible.》

Paul Claudel, *La Maison Fermée*, p. 284.

[4] 《… (being has) a desire slowly ripening and realizing itself in the form of a sphere.

… the eye looking behind created peace and harmony on an ever-enlarged circle of nature.

(Claudel) discovers … that he can no longer do without the integrality of the sphere.》

Georges Poulet引自Paul Claudel, *L' Epée et le Miroir*, *Cantique des Cantiques*, *Discours et Remerciements*, Georges Poulet, ibid, p. 324、p.333、p.325.

2. 克洛岱尔对“无限”的批判

克洛岱尔批判“无限”有两种方式：第一是直接论述，第二是通过戏剧情节批判对无限的追求，即批判人难以满足的欲望。

从目前掌握的材料看，克洛岱尔批判“无限”的直接论述见于两处，第一处在一封写于1910年的信件中。克洛岱尔总结考文垂·帕特莫尔的思想，其中谈到“无限”。克洛岱尔很赞同帕特莫尔对无限的憎恶，并将矛头直指整个19世纪欧洲思想界。19世纪人们普遍认为上帝创造了无限宇宙，在我们生活的世界之外还有无限个世界，每个世界都居住着有灵魂、有智慧的生物，也许比我们人类更卓越，对此克洛岱尔指出有科学研究证明生命的产生是一种机缘巧合的复杂生成过程，而不是物质发展的必然结果。[1]上帝完美和人对宇宙的完全把握是克洛岱尔的一贯看法，所以他很难接受无限带来的后果：未完成、未知、不可知。因为无限，我们的地球将处在宇宙中偏僻之一隅，这使诗人尤其感到精神衰弱，偏僻而产生的流放和危险感觉特别有悖于诗人“宇宙之内皆兄弟”的观念：“宇宙万物于吾等皆亲如兄弟，亲密无间，万物皆颂扬同一‘父’之荣光。”[2]万物皆是上帝之创造，所以万物天生有兄弟之谊，家人之亲。克洛岱尔不断渲染这种亲热的气氛，比如说到银河系和地球：“地球这个小婴儿带着平纹细布的洗礼帽，星云将它抱在

---

[1] Paul Claudel, *Lettre sur Conventry Patmore*, 参见 *Paul Claudel Oeuvres En Prose*, Bibliothèque de la Pléiade, Gallimard，1965，第531~532页。克洛岱尔的科学证明指的是华莱士的著作《人在宇宙中的位置》。

[2] 《… Tout dans le monde nous est fraternel et familier, tout célèbre la gloire d' un Père commun.》

Paul Claudel, *Lettre sur Conventry Patmore*, 参见 *Paul Claudel Oeuvres En Prose*，1965，p. 532.

怀里，一点一点为他断奶，让它逐渐不再啜饮从银河中滴出的乳汁。”❶ 诗人在这宇宙中有强烈的归属感：“我正属于这里！我是为了它而生。这里是我的家。”❷这家园美丽如同花园，星星是开放在诗人身边的鲜花，诗人欣赏它们，惊叹于它们的美丽，禁不住要去采摘，“难道一颗星星对于我们的心不像一束铃兰那样使我们觉得亲密？不像一颗红宝石那样令我们向往？我们只需要将它采撷。”❸星星也是自然中美丽的事物，满足诗人对美的渴望和追求，所以星星带给诗人以慰藉和安宁。最不能让克洛岱尔容忍的是其他世界的生物超过人类智慧，他认为这使人类的自尊心受到极大贬损。地球和人类对克洛岱尔有非凡意义：人类是上帝的儿子，仿佛国王和他的王子，王子来到地球并不是被流放在这布满岩石的地方，而是以血肉之躯来继承上帝的遗产，并从地球开始统治他的王国。❹ 所以人类与上帝同一，是上帝的一种形式，这种联系通过耶稣化为肉身来实现，每个人都可以是上帝的化身，上帝通过我们的肉身教导我们拥有宇宙。总之克洛岱尔批评无限的观念为“幼

---

❶ 《…la Nébuleuse, quand elle tenait le poupon Terre enveloppé dans ses chrémeaux de mousseline et le sevrait peu à peu de cette goutte empruntée à la Voie Lactée…》

Paul Claudel, *Invitation au Voyage*, 参见Louis Gillet, *Claudel Présent*, Librairie Egloff, Fribourg, 1943, p. 84.

❷ 《… C' est à ça que j' appartiens ! C' est pour cela que je suis fait. C' est là-dedans que je suis chez moi.》

Louis Gillet引, *Claudel Présent*, p. 85.

❸ 《… Est-ce qu' une étoile n' est pas aussi familière à nos coeurs qu' un brin de muguet, aussi désirable qu' une escarboucle ? Nous n' avons au' à la cueillir.》

Louis Gillet引, *ibid*, p. 87.

❹ 这是Louis Gillet 对克洛岱尔的阐释，Louis Gillet, *ibid*, p. 88.

稚”“有害”“荒谬”，并称雨果表现此等观念的诗作《满天》（*Plein Ciel*）是一首令人“恐怖”（“affreux”）的诗。[1]

另一处批判出现在克洛岱尔论但丁的一篇散文中，作者站在诗歌创作的角度，批判19世纪的“无限”主题。他认为真正的诗人憎恶“无限”观念，无限对于诗人的想象是一种灾难，因为真正的诗人绝不需要无限巨大的星星，也不需要越来越美丽的玫瑰。一切现存物对于诗人已经足够。真正的诗人知道上帝的创造本来就是好的，此外诗人应当别无所求。一切现存物对于诗人都非常重要。[2]克洛岱尔认为造成这种灾难的原因就在于歌颂无限的诗人没有信仰，他们并不乏诗才，然而他们的作品缺乏实质内容。[3]

也许克洛岱尔的批判并非公允，但在他本人的思想中却是重要的部分，至少他忠实于自己的信仰，并能将之贯穿始终，从中我们也能见出诗人思想的整体性。一个笃信上帝、严格遵循数学法则的人，一个想要拥有宇宙、又不愿置自己于危险境地的人，必然不能在无限的空间里四处游荡。

克洛岱尔的戏剧向来为人们称道。笔者注意到克洛岱尔在剧作中通过隐晦的方式批判“无限”，尤其批判追求无限而无法被满足的世俗欲望。克洛岱尔有一系列围绕婚外情的戏剧作品，比如《交换》（*L' Echange*）、《正午的分界》（*Partage de Midi*）、《缎子鞋》（*Le Soulier de Satin*）等。不必关注故事的细节，就会

---

[1] Paul Claudel, *Lettre sur Conventry Patmore*, 参见 *Paul Claudel Oeuvres En Prose*, p. 532.

[2] Paul Claudel, *Introduction à un poème sur Dante*, 见于 *Paul Claudel Oeuvres En Prose*, pp. 425~426.

[3] Paul Claudel, *Religion et Poésie*, 参见 *Paul Claudel Oeuvres En Prose*, p. 60.

发现主人公一旦发生婚外情，总是不得善终。以《缎子鞋》为例，男女主人公（Rogrigue和Prouhèze）虽私相爱慕，却从未真正互相拥有，他们苦于分离与相思，而分离却产生了更加强烈的对于爱情的欲望。欲望具有强大的力量，它促使男主人公在欧洲、美洲、亚洲，几乎全世界不断冒险。他有征服世界的野心，但是他所做的一切只是为了爱情。他遭受的苦难多种多样：为囚、为奴，还失去了一条腿。如果说男主人公代表欲望，则女主人公可以代表“无限”，因为男主人公所追求的女人永远可望而不可及。脱掉一只“缎子鞋”具有很多象征意义，我们认为其中有一点可以解释为什么人会无知到愿意追求无限，因为人只穿一只鞋而失去了平衡，失衡的心理带来混乱的结果。欲望促使人不断追求，欲望最喜爱的就是永远不能得到的东西。如果迅速获得，则欲望很快消失。因为有无限所以有欲望，无限促使欲望茁壮成长。等欲望达到极限，欲望的所有者则彻底毁灭。对虚幻的追求就是克洛岱尔认为的虚无，顺从虚无是一种罪。总之诗人认为“无限”不值得追求，有限之外的无限是一种不可知的绝对的虚无。按照克洛岱尔的宗教概念，消除过分的欲望是实现救赎的基本点。而要消除欲望，必须像他本人一样，毫无保留地接受“有限”。

（三）克洛岱尔关于时间、运动和宇宙整体性的观点

最后这几点在《宇宙与意象》中都没有涉及，但笔者认为这些是克洛岱尔宇宙论重要的组成部分。空间和时间是构成宇宙的两大要素，中心、封闭、有限等概念仅从空间角度描述宇宙，而时间则是另一个要素。克洛岱尔认为空间有限，但时间是无限的。首先克洛岱尔关于时间有几句箴言：

时间引领万物，产生万物，
时间是生命的意义，

宇宙和时间的关系在于：

整个宇宙只是用来标志时间的机器。❶

时间和生命、整个宇宙的运行都有关系。诗人将时间的作用和过程比作一只写作的手，从纸的一边到另一边，手——时间均匀运动，❷却产生出千千万万不同的字——事物。这个比喻还说明时间必然和运动直接相关。宇宙这个机器不仅标志时间更产生了时间。产生时间的正是运动。克洛岱尔指出运动和时间是同一件事的两种对等的表达，每一方的活动都用来记录另一方，它们构成计时机器的整体。运动就是一个物体离开最初的位置，运动是一种脱离、流逝，每个事物都不可避免地运动，所有事物都不可能停留在一个位置。运动是太阳和行星在空间的运动，是一小群星星的膨胀，是天空的颜色、乡间景物的变化，是花开花落、植物的姿态和色泽的变化，是风的节奏、季节的冷暖、人和动物的活动，这一切在克洛岱尔看来都记录了时间，保存了时间。运动、变化和时间表现出存在的持续性："世界的任务就是持续，维持自己的连续性。"❸时间均匀流逝，用转瞬即逝的方式构成世界的永恒："时

---

❶ 《Telles la manière et la démarche du temps qui amène et produit toutes choses.…

Le temps est le sens de la vie.…

Tout l' univers n' est qu' une machine à marquer le temps.》

Paul Claudel, *Art Poétique*之*Traité du Temps*, 参见*Paul Claudel Oeuvres Poétiques*, p. 139,p.135, p.136.

❷ 《Comme la main de celui qui écrit va de' un bord à l' autre du papier, donnant naissance dans son mouvement uniforme à un million de mots divers…》

Paul Claudel, *Traité du Temps*, 参见*Paul Claudel Oeuvres Poétiques*, p. 135.

❸ 《La tâche du monde est de continuer, de ménager sa propre suite…. 》

Paul Claudel, *Traité du Temps*, p. 140.

间不仅是年月日的不断重新开始”，[1]它还造就现实的存在物。每一秒的时间都使“过去”不断增加，一切事物存在，并将不复存在，让位于后来者，“‘过去’构成了未来不断增长的条件”。[2]世界的永恒存在来源于时间的不断累积和运动的反复。这永恒还源于世界常变常新：“在我们一呼一吸间，世界已经更新了，新得就像地球上出现的第一个人第一次呼吸的那一口空气。”[3]世界常新是因为万物存在并将不复存在，新旧更替是不变的法则。虽然一切不断重新开始，但存在一直持续。克洛岱尔对时间的描写不仅在《论时间》（*Traité du Temps*）这首诗中，还在他的戏剧作品中。克洛岱尔戏剧里的人物经常抬头望天，他们观察星星的位置，说出季节的名字。从人物的这些动作和相关的话语“我们感觉到宇宙处在巨大旋转中，它不断旧貌换新颜，却永远不会重拾往日的时光，它吞噬一切过去，永不重现的过往。”[4]

无物留驻，不断流逝的时间，不断变换的万物并不是枯燥的，也没有产生眩晕的感觉。克洛岱尔将一切变化纳入宇宙的整体性中。“整体性”（unité）一词在克洛岱尔的各种作品中出现频率非常高。克洛岱尔的整体性概念具有四层含义。第一，整体性表示

---

[1] 《Ainsi le temps n' est pas seulement le recommencement perpétuel du jour, du mois et de l' année…》

Paul Claudel, *Traite' du Temps* p.140.

[2] *Le passé est … la somme sans cesse croissante des conditions du futur.*

Paul Claudel, Traite' du Temps p.140.

[3] 《A chaque trait de notre haleine, le monde est aussi nouveau qu' à cette première gorgée d' air dont le premier homme fait son premier souffle.》

Paul Claudel, *Traite' du Temps* p.140.

[4] Georges Duhamel, *Paul Claudel*, Mercure de France, Paris, 1919, p. 20.

为平衡："一切运动的结果都是创造，或维持一种平衡状态"。❶平衡通过永恒的变化表现出来，万物在时间和空间两个角度维持平衡。第二，诗人认为万物处在共生的状态。我们很熟悉克洛岱尔的拆字法，他将认识（connaître）和共生（co-naître）对等。他利用了这两个字的相似性，并加以阐释：生活，就是认识，认识的最广泛含义是同时存在，因为我们生来并不孤单。生，对于万物，都是共生。所有的生都是一种共生。每一时刻产生的某个事物如果与世界其他事物共同产生，则所有事物必将构成一种紧密的和谐，共同规范并维持世界的进程。克洛岱尔认为每个事物都存在于与其他所有事物的无限联系中，万物构成一个错综复杂的关系网。每一个存在的定义不是说它是什么，而是它不是什么，即一个存在，"它"的界定建立在一切"非它"的事物基础上。每一个存在都以自己的方式领悟世界上的其他存在，每个存在通过自己存在与其他存在的叠加，通过对世界的认识的不断增长，而使世界结成一个整体。第三，整体性通过人的智慧连接而成。人是整体性的见证者和建立者。人通过生和创造的力量成为主宰，人广泛认识世界，人领会万物，万物通过人互相领会。通过人，任何事物都不孤单，是人在心中将万物相连。❷这是克洛岱尔对人的作用和人在宇宙中的崇高位置的定义。诗人始终将人放在与上帝同等的位置，万物在人的身边聚集。诗人也如此将宇宙聚集在自己周围。这就是为什么克洛

---

❶ 《…tout mouvement a pour résultat la création ou le maintien d' un état d' équilibre.》

Paul Claudel, *Art Poétique*之*Traité de la Connaissance*, 参见*Paul Claudel Oeuvres Poétiques*, p.155.

❷ Paul Claudel, *L' Esprit et l' Eau*, 参见*Paul Claudel Oeuvres Poétiques*, p. 238.

岱尔认为没有人的自然是一种徒劳的存在，人赋予自然意义，是人建立了万物之间的关系。第四，有评论家认为克洛岱尔以整体性构建宇宙，这源于诗人的一元论哲学。❶ 克洛岱尔的一元论是他从青年时代起就树立的观念，表现在很多方面，比如物质和精神运动特性的同一，人和上帝的同一，世界是一件同质的创造物。克洛岱尔将一元论和上帝结合，宇宙的整体性最终归结为上帝的意志：宇宙是上帝有意识的创造，是遵循完美的数学模式进行的创造。诗人之所以自信地与上帝平起平坐，正在于他坚信宇宙的同构性，并敢于在可见的存在与不可见的存在之间架起桥梁，那不可见的存在就是天国。万物同构，我的精神与上帝的精神同构，就像两滴水互相认识……

基于以上认识，在《宇宙与意象》提出的其他类型中，比如《宇宙与意象》第一部分第十五章“宇宙是偶然性的产物”，第二部分关于充盈的观念，我们可以猜测克洛岱尔对这些问题可能作出的回应：数学性质的宇宙绝不是偶然性的产物；克洛岱尔最乐于欣赏万物的多样性，他的宇宙之内是绝对的充实。他说：“存在不断生成，不断填充属于它的形式”，❷ 这种填充在时间和空间两个维度上进行，填充的方式是从中心向四周发射一种波。意即整个宇宙被不断生成的存在填满，所以克洛岱尔的宇宙没有虚空。诗人声称一切皆有意义，因为虚无没有意义，所以他的宇宙没有虚无。

以上从三个方面概括克洛岱尔的宇宙论。其中第一点和第二

---

❶ Jacques Madaule, *Claudel et le Dieu caché*, Editions Desclée de Brouwer, 1969, p. 14~15.

❷ 《The being never ceases being born, it never ceases to fill up the form which has been attributed to it.》

Paul Claudel, *Mémoires Improvisés*, Georges Poulet引, ibid, p. 322.

点是《宇宙与意象》提示最多的方面，笔者提出第三方面作为对《宇宙与意象》的补充。克洛岱尔是以诗人的眼光想象宇宙，并将上帝放在宇宙的中心，形成了某种诗与宗教相结合的宇宙哲学。

三、帕特莫尔和华莱士对克洛岱尔宇宙论的意义

谈到帕特莫尔对克洛岱尔的影响，蒂泽认为帕特莫尔反对无限，没有任何科学的理由，帕特莫尔视无限为“魔鬼的野心”，而界限是上帝的体现。另外帕特莫尔否定丰富性。蒂泽认为帕特莫尔与克洛岱尔有根本的不同，原因是帕特莫尔对宇宙毫无感情。[1]笔者赞同蒂泽的观点，并同时补充蒂泽没有说明的与之有关的其他问题。首先应当说克洛岱尔的确受到帕特莫尔的启发。他在信件中专门谈到这一点。他将帕特莫尔的思想总结为两点：夫妻之爱和有限宇宙。这两点看似没有联系，但克洛岱尔从中看出相通之处。根据克洛岱尔对帕特莫尔的理解：爱情就是两个自由的人将自己交付给对方，结成婚姻关系的两个人在上帝面前承诺，愿意为对方作出牺牲。在上帝面前成婚也是一项圣事，这圣事成为一种命令，并产生永久的效果，将两人置入与世隔绝的状态。[2]婚姻将两人封闭起来，克洛岱尔明白了婚姻产生的幽闭是上帝的命令。因此笔者认为帕特莫尔帮助克洛岱尔逐渐适应了婚姻生活，尤其促使他放弃冒险和对自由的过分追求。因为帕特莫尔强调了婚姻的神圣性质，所以克洛岱尔逐渐将封闭的生活纳入自己的世界观。克洛岱尔如此定义婚姻：婚姻是“我们与上帝之间结成联盟的象征”。[3]从现实生活

---

[1] Hélène Tuzet, *ibid*, p.148.

[2] Paul Claudel, *Lettre sur Conventry Patmore*, 参见*Paul Claudel Oeuvres en Prose* 之*Accompagnements*, pp.529~530.

[3] Paul Claudel, Lettre sur Conventry Patmore, p. 530.

的封闭到宇宙的封闭对克洛岱尔具有重要意义，他在帕特莫尔的启发下完成了现实与理想的统一。

关于华莱士及其著作《人在宇宙中的位置》和克洛岱尔的关系，蒂泽认为这本所谓科学著作不具有科学的客观性。蒂泽认为华莱士复兴了古老的星相学的目的论思想：太阳以及其他星星都对地球生命具有化学和热学效果，它们的辐射正是为了地球能够产生生命，[1] 而且除了地球，生命不会出现在其他天体上。蒂泽认为克洛岱尔在这本书里找到了宇宙有限的科学证明。这个看法是对的，但笔者认为还需要说明其中的问题。在上述信件的注释中，克洛岱尔提到了华莱士的著作，是为了说明科学研究的结果显示有机生命只能出现在地球上，主要是针对宇宙中有很多智慧生物的“谬论”。《人在宇宙中的位置》不仅有这方面的内容，还详细地论述了星星数量的有限，以及地球在宇宙中的中心位置。华莱士认为当时科学研究结果证明银河系之外没有其他星或星云，银河系是宇宙的边界。[2]无疑克洛岱尔在此发现了自己思想的旁证，科学研究与自己的想象不谋而合。尽管如此，笔者还是认为华莱士对克洛岱尔并不产生决定性影响，即使没有科学的证明，诗人依然坚持自己看待世界的方法。克洛岱尔认为科学家的认识永远不能超越诗人的认识。他在戏剧《城市》（*La Ville*）中说：要理解诗人的思想需要另一种科学，树叶变黄的原因不是因为输送营养和水分的脉管阻塞，也不是为了遮蔽和哺育地上的种子和昆虫，而是为了和周围红色的叶子

---

[1] Hélène Tuzet, *ibid*, p.149.

[2] Alfred Russel Wallace, *Man's Place in the Universe*, Mcclure, Phillips & Co. MCMIV, New York, 1903, 前言。

相映成趣。[1]诗人并非不懂得植物学的常识，只是更愿意对世界进行诗性思考。科学家以客观的真相为最高真理，诗人却总是以美为最高追求。克洛岱尔认为科学家对世界有丰富的知识，但却不能拥有世界，科学家始终只能处在世界之外，对世界冷眼旁观。只有诗人拥有世界，因为诗人的认识与物质无关，而仅关系到世界纯粹的本质，以及世界的意义。诗人的认识是一种创造，为世界增添了意义，而科学家的认识是对世界的减损，因为科学的发展使有待认识的世界范围缩小。诗人创造了意象，诗人最善于比喻，诗人的想象越丰富，世界将具有更多的美感。循着这个思路，我们理解克洛岱尔的宇宙为什么是球形？这个形状是诗人心目中完美的表现，明亮的水晶球多么美！而无限延伸黑暗的宇宙多么令人恐慌！诗人一定会按照自己认为的美来想象宇宙，这与科学无关。诗人的想象只关乎他的信仰，他的心情。诗性的认识永远不缺乏对象，不挑剔领域，无论前人对宇宙有多少种认识，诗人永远有用武之地，诗性的认识将会不断增加下去。因此我们不能夸大华莱士对克洛岱尔的影响。所谓科学的影响对诗人不具有决定性。诗人对宇宙的认识较少科学，较多审美。

如果将克洛岱尔置于《宇宙与意象》的总脉络中，则克洛岱尔不属于赫拉克利特和巴门尼德两派的任何一方。球形、封闭宇宙靠近巴门尼德，但永恒的流动却接近赫拉克利特。所以克洛岱尔的哲学代表另一种宇宙模式，也是另一种想象心理。诗人的心理远比评论家的分类复杂，诗人永远游走于所有理论之外。另外有研究者认为克洛岱尔的思想中有中国文化元素。克洛岱尔的生活经历使他

---

[1] Paul Claudel, *La Ville*, 第二版, 参见*Paul Claudel Théâtre*, 第一卷, Bibliothèque de la Pléiade, Gallimard, 1956, p. 427.

有很多机会接触中国古代哲学思想，因此他的宇宙论也许不仅是上帝信仰的作用，还有中国文化的作用，关于这一点需要另辟专文进行讨论。蒂泽在《宇宙与意象》中丝毫没有涉及中国古代文化对西方宇宙论历史的影响，所以笔者认为在此不宜过多讨论中国古代文化对西方诗人或学者的影响问题。

《宇宙与意象》中提到的诗人数量很多，以上三位诗人只是其中很小的部分。我们可以继续研究其他法国诗人的宇宙观。总体来看，从16世纪~20世纪的这三位诗人对宇宙都有丰富的思考或想象。宇宙成为诗人想象的主要对象之一。宇宙作为最重要的客观存在不断以各种状态或形式出现在诗人作品中。认识诗人的宇宙观对于了解个体心理以及当时的思想、文化状况具有指导意义。

第二部分

中国古代宇宙诗学论以及中西宇宙模式在哲学和文学领域的初步比较

《宇宙与意象》的纲领在于宇宙科学、哲学与文学创作之间的密切关系。通过第一部分关于《宇宙与意象》主要意象、浪漫主义和诗人的研究，我们认识到西方宇宙论历史的概貌，并发现诗人在不同的宇宙模式之间徘徊取舍。在某个时期大多数诗人会选择某种特定宇宙模式，从而出现了封闭和开放的对立。为了比较中西诗人宇宙观的异同，笔者将在本书第二部分研究中国古代哲学的无限宇宙论传统，同时从文论家和诗人的宇宙观中发现这种传统对其他思想领域的影响，并在中西宇宙论之间作一定的比较。

《宇宙与意象》第一部分第一章“球形宇宙”是关于西方思想的源头——古希腊哲学的论述，其中有几个引人注目的论断。第一，宇宙观是对人的思想进行分类的最佳标准，人类的思想在巴门尼德和赫拉克利特两大精神体系之间徘徊；巴门尼德追求完美和有限；赫拉克利特受到无限的诱惑，歌颂变化和超越。第二，后世文学艺术甚至科学都受到以上两位古代哲人思想的吸引，美学由此分为经典和浪漫两类，文学流派因此出现从古典到浪漫的转变和反复，诗人由此而分成两类，他们分别描写永恒和变化。第三，柏拉图、亚里士多德和托勒密继承了巴门尼德的球形宇宙观，虽然有德谟克利特的“无限”说，但封闭的宇宙观作为思想主流，长期盛行于欧洲，直至16世纪。在文学领域，封闭的宇宙观念并不止于16世纪，甚至20世纪的诗人依然追求封闭宇宙带来的安全、有序、和谐的感觉。[1] 这三个观点涉及哲学、美学、诗学、思想史、诗人创作，核心是以巴门尼德和赫拉克利特为代表的古希腊宇宙论的两种模式。人类早期的观念成为某种模式沉淀在人类的集体意识中，蒂泽认为诗人的各种思维方式都可以在人类早期的观念中找到源

[1] Hélène Tuzet, *ibid*, pp. 18~27.

头。[1]既然西方诗人对宇宙的想象很可能沉淀着古代模式，那么，中国古代文论研究或许也可以从古代宇宙论哲学入手，寻找中国的传统模式。我们将发现相对于古希腊主流哲学的封闭、有限、静止模式，中国古代宇宙哲学整体呈现为无限开放和运动变化的模式。

[1] Hélène Tuzet, *ibid*, pp. 18~27.

第四章　中国古代无限宇宙论简述以及中西宇宙模式在哲学中的初步比较

针对以上所述《宇宙与意象》所提出的西方宇宙模式发展的特点，第四章将指示中国古代宇宙哲学在宇宙模式方面，尤其是在空间、时间和变化三个方面表现出的与古希腊传统不同的哲学或审美趣味。空间无限、时间无穷、变化不息是中国古代宇宙论的三个特点。中国人对无限空间的不断思辨、对时间流逝的从容和对变化的赞赏使中国古代宇宙论与古希腊宇宙论有很多相异之处。本章以此为出发点，研究春秋战国时期以及汉至明清之际主流哲学中的无限宇宙论，认识中国古代无限宇宙论的源与流。总体而言，中国古代哲学是一种宏观的哲学。其哲学方法即方东美先生所谓“交融互摄”，[1]从宏大处观照则能统摄，所以能将人与物并论，人和物、主和客不是对立的二元。儒道墨佛（中国化的佛学）各派哲学观天地宇宙无不与人事相始终；自然和社会都是时空的组合，是无处不在的生命发生过程。变化、成毁、循环、生命是中国传统哲学永恒的论题。因为有生命，所以宇宙不能做机械运动；因为生命不息，所以宇宙不能被“压缩”成“封闭系统”；[2]因为万物“交融

---

❶ 方东美：“中国形上学之宇宙与个人”，见《中国人的心灵——中国哲学与文化要义》，联经出版事业公司1984年版，第212页。

❷ 同上书，第213页。

互摄”，所以自然社会成为一体。基于此，中国先哲总是站在无限开放的角度论宇宙和人生。中国古人论宇宙有三种角度：哲学、政治伦理、天文观测。政治多与人事相关，所论宇宙总是反映在社会活动上。天文观测经常落实在物理和数学上。哲学能统摄各学科，并且与文学互相渗透，中国古代的宇宙论经常是哲学思辨和文学想象的结果。因此本章第一节将在儒、墨、道以及管子、子华子、尸子[1]等先哲的论说中发现中国宇宙论的特色。在第二节汉到明清之际，哲人辈出，对宇宙的论述更加详尽，所以这一节将从空间、时间和变化三个角度进一步明确无限宇宙论在秦以后的发展。

第一节　春秋战国时期的无限宇宙论

宇宙是时间和空间的结合。与其他民族一样，中国古人对宇宙的认识起源久远，并经历了漫长的岁月。夏、商时人的时空观念很难系统论述，但那时关于四季、年月日、四方上下的观念则是春秋战国时期哲学成就的基础。

一、孔子和《周易》[2]论时间和变化

与其他各家相比，儒家的开创者孔孟荀都没有太多对于时间

---

[1] 管子、子华子、尸子之中尸子在汉时被列入杂家，其实所谓杂家就是兼有各家，没有明确家流归属；子华子兼儒道，也没有明确归属；对管子的流属学界也有争论，如汉以管子为道家，隋唐后以之为法家（黎翔凤：《管子校注》序），《管子》也似乎有多个作者，本文不涉及这些争论，并将这三子单独列出。

[2] 《周易》分《易经》和《易传》，学界对《易传》的作者和成书时间有争议，比如顾颉刚先生认为成于战国末期至西汉初年，笔者以为《易传》无论年代如何，其核心思想属于先秦应当没有疑义。

和空间的精密深入的论说。但是孔子对时间的感叹开启了后世诗人咏叹时间、表现世事无常的思维定势。孔子站在大河边看见河水奔流不息，感慨时间流逝，《论语·子罕》："子在川上曰：'逝者如斯夫，不舍昼夜。'"[1]孔子的"逝者"作为"过去者"具有多重含义：流水的形象是第一重，时间的性质是第二重，对社会历史进程的描述是第三重。流水和时间都是流动的，历史的沉积具有过去时间那种厚重、不能改变的性质，社会进程又具有流水和时间不断向前行进的不可遏制的特点。孔子的逝者是自然、心理、文化的结合，因其内涵丰富不断为后世称引。因为同时具有文化意义，所以孔子的逝者不是纯粹而具体的时间。尽管如此，孔子还是说明了他的时间观念，那就是如同流水不息、不可逆转，暗含时间无限的观念。

《周易》虽然不直接论无限，但无限是《周易》必然的结论。《周易》的核心是"变"，讲变化永不止息和阴阳之间的关系与相互作用最为详细、周密，道理最为深刻。其中关于变化最具代表性的一句话，"《易》，穷则变，变则通，通则久。"[2]这是说变化对宇宙的作用和重要性。研究者在这一方面多有论述。《周易》也有明确的时间无限观念。"恒，久也。……天地之道恒，久而不已也"（《易传·彖下》）。"道"恒久不息，而"一阴一阳之谓道"（《易传·系辞上》），阴阳是自然界两种相反相成的力量，万物的生成是阴阳交感摩荡的结果，道就是物质的变化和运动，所以变化和运动恒久不息；"阖户谓之坤，辟户谓之

---

[1] （宋）朱熹：《四书章句集注》，中华书局2011年版；以下关于《论语》和《中庸》的引用皆出于此。

[2] 《周易·系辞下》，见郭彧译注：《周易》，中华书局2006年版。本文所引《周易》皆出自此书，仅注篇名。

乾，一阖一辟谓之变，往来不穷谓之通”（《易传·系辞上》），可见“通”就是变化的持久连续性，变化无穷就是通；所以“广大配天地，变通配四时”（《易传·系辞上》）。天地是空间，空间广大，四时是时间的代表，时间具有变和通的性质，那就是变的持久、通的无穷。通观《周易》，从重卦的排列顺序能够发现宇宙运动的过程和无限发展的性质。64重卦的起首两卦是“乾”和“坤”，又以“即济”和“未济”二卦为终。《说文解字》：“乾，上出也”，[1]从“上出”可以联想到日浴水而出和萌芽破土的传说和自然现象，“乾”可引申为开始、发生；孔子释之为“健”，所谓“天行健，君子以自强不息”（《乾卦·象传》）。乾表示力量，所以乾也是发生的动力。“坤也者，地也。万物皆致养焉”，[2]坤载物、资生，则坤是乾发生的物质保证。乾、坤二卦描述了宇宙生成的开始，乾为动因、动力，坤是给养。“即济”卦表示既定、既成，渡过河水，到达彼岸，事情虽然已经成功，但“初吉终乱”，成功随即转化为混乱，所以完整的卦序不能以完成作为终结，有最后一个“未济”卦：“未济，亨。小狐汔济，濡其尾。无攸利”，“未济”就是未渡、未遂、未成，事有未尽，但是却“亨”，何故？《彖》曰：“不续终”，《象》曰：“不知极”，没有接续到终点，不知道终点在哪儿，所以尚有无限可能性，还有很大发展余地。“未济”所谓未完待续，表明宇宙的进程

[1] 本书所引《说文解字》，皆出自（清）桂馥撰：《说文解字义证》，齐鲁书社1987年版。

[2] （清）段玉裁：《说文解字注》，上海古籍出版社1981年版，第682页下。

不能既定，应当是未定和无穷。[1]中国古代非常注重变化和时间的一体性，所以两者都是无限的存在，宇宙是不断发展的过程。

二、道家的无限论

（一）老子道的境界和变化反复论

老子虽没有直接称宇宙，但不断强调道的无限性："有物混成，先天地生"，"寂兮寥兮，独立而不改，周行而不殆，可以为天下母。吾不知其名，强字之曰道，……"（第二十五章）。[2]道在天地之先，独立存在，可以"为天下式。常德不忒，复归于无极"（第二十八章），而又"视之不见""听之不闻""搏之不得"，"迎之不见其首，随之不见其后"（第十四章）。"道"无形体，无所不至，不能被感官感知，却能包裹天地，没有始终，不可穷尽。以此我们可以明白老子之道和宇宙的关系：宇宙和道都包罗万象，都是事物和现象的无限系统，可以说道和宇宙就是"无限"的同义词。道不能离开万物，道就在万物中，贯彻于大化流行的始终，有万物才有道，有道才有万物。道不仅仅是流于形式的概念，不能够以"规律"这样抽象的词来解释，因为不能在物质之外寻找道，就像不能在物质之外想象宇宙。空间和时间可以视为物质的存在方式，物质的存在和运动又体现了道，由道的无限可以产生宇宙无限的观念。所以有学者认为老子的无极之"道"，是一种境界，可以作为宇宙无限思想的一个来源。[3]古代学者诗人正是在境

---

[1] 以上两卦意义的发掘受到劳思光先生的启发，见劳思光著：《中国哲学史》之《古代中国思想》，三民书局1982年版，第29~30页。

[2] （魏）王弼注，楼宇烈校释：《老子道德经注》，中华书局2011年版。以下引老子皆出于此。

[3] 邹大海："先秦时期时空无限思想的若干研究"，载《自然辩证法通讯》2000年第1期，第69~90页。

界意义上想象宇宙无限的。

老子关于变化的哲学思维能够统摄后世的思想。老子提出“复”和“归其根”的变化观：“万物并作，吾以观其复。夫物芸芸，各复归其根。归根曰静。是谓复命。复命曰常”（第十六章），意思是万物无论如何生长都将返回它的起始，这是万物变化的常则。老子告诉后人变化最终走向毁灭，然而毁灭并非终点，终点之后是另一个起点。这种终始的转化和同一给予后人莫大安慰，死亡作为变化的结果只是一个短暂的状态，死亡让人重归于宇宙的大化之流。死亡是形体的消灭，而精神向道回归。

（二）庄子的无穷时空以及宇宙是无限可能性之集合

庄子对宇宙性质的描述是：“有实而无处乎者，宇也；有长而无本剽者，宙也”（《庚桑楚》）。[1] 刘文英先生以为“乎”应读为“垺”，《康熙字典》引《集韵》：“荒胡切，音呼。埒也。”《说文解字》解埒：“卑垣也。”段玉裁注：“引申之为涯际之称”。剽，成玄英疏为：“末也”。[2] 故而庄子的话解释为，空间是实在的，却没有界限和处所，宙久远而没有本末，本为始，末为终，即时间没有始终。就空间论，庄子说“若夫乘天地之正，而御六气之辩，以游无穷者，彼且恶乎待哉”，又“吾惊怖其言犹河汉而无极也”（《逍遥游》），又“泛泛乎其若四方之无穷，其无所畛域。兼怀万物，其孰承翼？是谓无方”（《秋水》）。要之，空间无穷，出于天地之外，银河在无穷远处，四方无边界，无定一方。面对宇宙的无穷大，天地何其小也，庄子说“知天地之为

[1] 本文所引庄子以及注疏皆出于(晋) 郭象注，(唐) 成玄英疏：《庄子注疏》，中华书局2011年版，以下仅注篇名或页码。

[2] 同上书，第423页。

稊米也”（《秋水》）。惠子沿袭管子关于宇宙在极大和极小两个向度上无限的思想，庄子记录了惠子的这一论断，所谓“至大无外，谓之大一；至小无内，谓之小一”（《天下》），并继续发挥说：“何以知毫末之足以定至细之倪，又何以知天地之足以穷至大之域”（《秋水》）。面对无穷宇宙，无所谓大小，一切度量都是相对的，天地不能称为至大，毫末不能称之至小。又“一尺之捶，日取其半，万世不竭”（《天下》），庄子以论物质的无限可分性解释宇宙为什么在极小的向度上也无限。毫末之小可以更小，天地之大还有更大，宇宙具有更大和更小的无限可能性，所以宇宙是一个无限可能性的非封闭系统。从老子的道为天地之母，再到庄子天地为稊米，可感觉到中国古代先哲的视野始终在可见的天地之外，所谓天地有体，宇宙无体，天地有始终，宇宙无始终。

就时间而言，庄子说：“年不可举，时不可止”（《秋水》）。时间不可以提取，不可以停止，这与管子之时间不可舍藏是一样的。时间无穷的推理是这样的：“有始也者，有未始有始也者，有未始有夫未始有始也者。”❶庄子的意思是时间若有开始的时候，则之前有没开始的时候，而没有开始依然可以往前推到没有这未始的时候，如此时间至于无穷，所以庄子主张时间没有起始。这是对于时间有起始的反驳，在这一点上后世哲学家普遍得益于庄子。庄子说：“吾观之本，其往无穷；吾求之末，其来无止。”❷成玄英疏：“本，过去也。末，未来也。过去已往，生化无穷”。❸庄子明确说时间无穷无止。庄子又说：“未有天地可知耶？……曰

❶ 《庄子注疏》，中华书局2011年版，第43页。

❷❸ 同上书，第479页。

可，古犹今也。……无古无今，无始无终，未有子孙而有子孙可乎？”[1]庄子以其固有的齐物论思维论古今、始终，则古今、始终都是相对的。“子孙”之说应理解为庄子认为宇宙没有从无到有的那个开始，所以没有从有到无的那个结束。过去亦如现在，终点迅速转化为另一个起点，所以终点同时是起点。庄子的时间观有两个特点，一是无穷，另一个是反复：古犹今、始终互变。这两点对后世的时间观念具有基础性作用。此外张岱年先生从庄子的语录中阐发出古人对待时间的心理：“（庄子有）始不可知之论，宇宙始终，实不可知，亦不当论。……过去无穷而将来无止，宇宙是一无限的变化之流，实无从求其始终。宇宙之所起、所废皆不可思议。议论有限度，宇宙始终实在于议论限度之外”。[2]这个阐发很准确，因为它揭示了古人对时间无穷的认识，更重要的是其中透露出的对超出人的理性思维之外的存在的释怀，中国古人并不执着于为人的思维所不能认识的事物。这是一种达观的心理。庄子超然物外，所以也能超越时间之外，后来哲学家不仅从无穷、反复的特点认识时间，同时基于庄子超然的精神理解并欣然接受时间。

关于《庄子》的变化观念，笔者需要提及惠子，庄子引惠子的言论提出“日方中方睨，物方生方死”，[3]意思是太阳刚到达中天立刻就偏西了，事物刚产生就消亡了。的确，太阳居于中天的时间很短，事物生成的同时就在其中进行着趋向消亡的变化。惠子将无时无刻都在进行的变化做了一种夸张。

---

[1] 《庄子注疏》，中华书局2011年版，第405页。

[2] 张岱年：《中国哲学大纲》，江苏教育出版社2005年版，第145~146页。

[3] 《庄子注疏》，中华书局2011年版，第571页。

三、《墨子》之相对与绝对

春秋战国时期论宇宙无限最深入精到的当属后期墨家。关于时间，《墨子·经上》曰："久，弥异时也。宇，弥异所也。"[1]《墨子·经说上》对久和宇的解释是："久：古今旦莫。宇：东西家南北。"《说文解字》说久："以后灸之，象人两胫后有距也。"久有距离的意思，《易·系辞》："恒久也。"《中庸》："不息则久。"久有永恒、不停止的意思，久以其"恒""不息"的含义表示时间。高亨引《玉篇》："弥徧也"，并说"莫"俗字作"暮"，《墨子》用古字；"古今旦莫"指不同时断、时刻。宇就是空间。高亨解释"家"说，家是人所处之室，自"室"而言，则有东西南北，"东西家南北"就像是说东西中南北，泛指所有空间。以上《墨子》对宇宙的解释就是：久概括一切时间，宇统指所有空间。古今具有社会性，旦暮是自然现象，社会与自然并称，说明久或者时间具有统摄人与自然的普遍性。从"久""弥"和"异"等用字能看出《墨子》的宇宙具有无限性。《墨子》的无限宇宙又表现为运动的无穷。《经下》："宇或徙，说在长宇久。"《经说下》对此的解释："长：宇徙而有处，宇宇南北，在旦有在莫，宇徙久。""徙"就是迁移、运动。"长"用作动词，延长、拓展。"宇宇南北"，高亨校说："当作宇南宇北。盖中间两字转为误倒。""有处"是说物质运动有一定的处所。"宇南宇北"是说从南到北，运动构成空间的移动。"在旦有在莫"就是在旦又在暮，可以理解为从旦到暮，意思是运动需要一定的时间，居于不同的时间，构成时间的序列。静止时只居于一处一时，运动过程中，

[1] 高亨：《墨经校诠》，中华书局1962年版；以下关于《墨子》的引用和高亨的见解皆出于此。

从一个空间到另一个空间，从此一时间到彼一时间，运动构成连续的空间和时间。由此可知物体的运动需要两个主要条件，即空间和时间，而运动的发生又使空间和时间由此到彼，从而扩大了空间，延长了时间，所谓徙“在长久宇”。可以说《墨子》认为宇宙是由运动构成的，运动是宇宙的本质。将时空统一于运动，既说明了宇宙的性质和构成，又表明时间和空间的不可分割性。没有运动变化就没有宇宙，时间和空间对于宇宙缺一不可。以上是论运动。用运动如何说明时空无限？《墨子·经下》：“宇进无近（远），说在敷。”《墨子·经说下》：“伛不可偏举，宇也。进行者，先敷近，后敷远。”又《经下》：“行修以久，说在先后。”《经说下》：“行者必先近而后远。远近修也。先后久也。民行修必以久也。久有穷无穷。”“敷”就是步，言某物体在静止中与参照物有远近的分别，而在行进、运动当中与参照物的远近在变化，所以无所谓远近，说明远近的概念是相对的，宇没有远近之分。“伛”就是区、有限的区域。“偏”是徧之误，“徧”遍布，意思是一区不是宇的全部，宇是全部的区，而人往往用一区作为远近的参照，如果用宇的全部作为参照，则远近就失去了意义。言下之意，宇无穷大，而人的认识局限于远近这样的相对概念中。《小尔雅·广言》：“修长也。”[1]指区域之长，远近的距离，行路有近远，先近而后远，先后就是时间，言行路需要时间，要想行得远，就要花费较长的时间。物体运动需要的“久”即某段时间是有限的，故言“久有穷”，而宇包括全部区域，则其修长无穷，要穷尽宇所有的“久”即时间无穷，故言“久有穷无穷”。区和宇是相对空间和绝对空间，“久”即建立在区和宇之上，说明久也有相对和绝对，相

[1] 高亨引《墨经校诠》，中华书局1962年版。

对的“久”就是时刻、时段，绝对的“久”就是全部时间，所以久在相对意义上是有穷，在绝对意义上是无穷。《墨子》也直接论述空间无穷，如《经上》：“穷，或有前不容尺也。”《经说上》：“穷或不容尺有穷。莫不容尺无穷也。”高亨采纳梁启超的观点，认为“穷”作“域”讲。尺是度量长度的单位。不容尺，是说到了尽头就不用再拿尺子衡量了，这是有限的区域；莫不容尺，就是说要用尺子不断量下去，这是无穷的区域；域有穷无穷和上面的“久有穷无穷”是一致的，都说明个别空间大小的相对性，之所以相对是以涵盖全域的宇为参照，而不是以一域为参照的。

四、《管子》之“宙合有槖天地”*

《管子》相传为齐相国管仲及其后宋尹学派诸学者集体所作。《管子》将时空并论，是公元前7世纪，也就是春秋早期中国人的一派主张，其宇宙视野相当宏阔。宇宙在《管子》中被称为“宙合”。《管子·宙合》说：“天地，万物之槖；宙合有槖天地。”《释文》释槖为“无底囊”，❶易顺鼎说：“槖，当为囊槖之槖，……盖槖所以缄縢物者”。❷可见此处的槖是以名词作动词，包裹的意思。《说文解字》谓宙为“舟车所极覆也”。《广韵》曰：“合，器名。”❸《正韵》：“合子，盛物器。”❹宙就像来往不绝的舟车，表示时间，合就像盛物的盒子，表示空间。《管

* 本书所引《管子》，皆出于黎翔凤撰：《管子校注》，中华书局2004年版。

❶ （魏）王弼注，楼宇烈校释：《老子道德经注》，中华书局2011年版，第16页。

❷ 同上。

❸ 《康熙字典》引，上海辞书出版社2007年版，第102页。

❹ 同上。

子》认为万物都包裹在天地之中，而天地包裹在宙合之中。天地何其广大，然有大于天地者，宇宙也，时空也。《管子·宙合》描述宙合："故君子绳绳乎慎其所先，……天地苴万物，故曰万物之橐。宙合之意，上通于天之上，下泉于地之下，外出于四海之外，合络天地以为一裹。散之至于无间，不可名而山，是大之无外，小之无内，故曰有橐天地。"天之上、地之下，四海之外还有广大时空，宙合能橐天地，又能至于无间，所以《管子》认为时空从最大和最小两个方向都是无限的。"外出""无间""无外""无内"，说明衡量体积的大、小观念是相对的。而内、外所谓空间的次序等级也是相对的。在无限空间里，无所谓大小内外。单就时间而论，《管子·乘马》说："时之处事精矣，不可藏而舍也。故曰：今日不为，明日忘货。昔之日已往而不来矣。"是说时间宝贵，不能收藏时间使它停止，时间不可逆，过去的不会再回来；既然时间流逝不能停止，所以时间是无限的。将时间和空间并论是中国古人的思维习惯，很早就形成了，无关乎时间的空间是不可想象的。而巴门尼德追求永恒和完美，抵制时间的流动，他的永恒不是指时间无限，而根本与时间无关。❶

五、《子华子》之"万物相禅"和存在物的差别论

与《管子》的"宙合"不同，春秋时晋国人程本使用"宇宙"一词，他论宇宙的特色在于运动和辩证法。程本字子华，自号程子，与赵简子同时。❷《孔子家语》说孔子半路上遇见子华

❶ Tuzet, Hélène Tuzet, *ibid*, p. 18.

❷ 《子华子·序》："晋自顷公失政，政在六卿，赵简子始得志，招徕贤儁之士为其家臣，子华子生于是时。"见《百子全书（第5册）》，浙江人民出版社1984年版。

子，驻车而与之语，感叹道“今程子，天下贤士也”。[1]子华子“以道德为指归，而经纪以仁义，存诚养操，不苟于售”（《子华子·序》），所以他与儒家核心思想一致，但其论矛盾的辩证法则与老子一致。《子华子·孔子赠》：“惟道无定形，虚凝为一气，散布为万物，宇宙也者，所以载道而传焉者也。”[2]道是气，气成就万物，宇宙是承载气，并使万物运动的场所。又谓“万物一也，夫孰知其所以起，夫孰知其所以终，凝者主结，勇者营散，一开一敛，万物相禅。……夫是之谓宇，有无以相反也，高下以相倾也，盛盈斷息以相薄也，庞洪芦符以相形也。由是以生，由是以纪，由是以亏，由是以成。夫是之谓宙。宇者情相接也，宙者理相通也”（《子华子·孔子赠》）。“倾”，趋向于；“薄”靠近；运动的过程在于有凝有散，有开有合，在于有无、高下、大小等矛盾的转化，时空的变化统一于道和理。子华子用运动解释时空，认为运动构成时空，虽然没有直接说明宇宙无限，但宇宙的无限已经隐含在无穷运动中了。子华子提出一系列相反的概念：有无、开敛、高下、盈虚、动息、大小，表明各种存在的性质不同、不稳定，“相禅”表示连续，运动在于相异事物间的连续转化，事物有差别，而且差别显著，差别是运动的动力。同时子华子的宇宙是生成的，而不是从来就有的。以子华子的事物有差别从而形成运动以及运动和物质成亏生成宇宙反观巴门尼德，则可见中西宇宙哲学显著之差别。巴门尼德说：“一物是存在的话，必是完善的、唯一的、有界限的、球形的、充满整个宇宙空间的、不动的、稳定的、不变的、

[1]（魏）王肃编著：《孔子家语·观思》，中州古籍出版社1991年版，第36页。

[2]《子华子·孔子赠》，见《百子全书（第5册）》，浙江人民出版社1984年版。

连续不断的。它产生于自身，在它自身的界限之外不存在空间，它在自身之内运动，宇宙之内不存在空虚。”“因此，空间就表现为……完全充实的、因而是没有空隙的，不可分的，稳定的和同性的”，❶巴门尼德认为包围地球的苍穹就是一切，他的宇宙就是这有限的苍穹，就是存在，他所谓的存在就是同质、静止，不生成也不消亡，存在没有差别，所以没有运动的动力。而中国古人认为没有生成和消亡的交替，就没有万物，没有万物变化相禅，就不会有存在，不会有宇宙。子华子的存在差别论不是一家之言，《道德经》也有一致的思想，老子“有无相生，难易相成，长短相形，高下相倾，音声相和，前后相随”（第二章）的论断说明，物极必反、相反相成的辩证法是中国早期思想界的普遍观念。这种矛盾统一论的普遍性还可以用其他人的言论作为证明。《国语·郑语》史伯答桓公问而论“和”曰：“夫和实生物，同则不继。以他平他谓之和，故能丰长而物归之；若以同裨同，尽乃弃矣。故先王以土与金木水火杂，以成百物，是以和五味以调口，刚四肢以卫体，和六律以聪耳，正七体以役心，平索以成人，建九纪以立纯德，合十数以训百体。出千品，具万方，计亿事，材兆物，收经入，行姟极。”❷“和”强调的正是事物具有差异性却能够调和，五行、五味、六律相杂相和使人身体和精神健康，形成亿万计的宇宙事物。又《左传·昭公二十年》晏婴答齐景公问曰：“先王之济五味，和五声也，以平其心，成其政也。声亦如味，一气，二体，三类，四物，五声，六律，七音，八风，九歌，以相成也。清浊，小大，短长，疾徐，哀乐，刚柔，迟速，高下，出入，周疏，以相济也。君

❶ 李烈炎：《时空学说史》，湖北人民出版社1988年版，第250~251页。
❷ 《国语》，上海古籍出版社1988年版，第515~516页。

子听之，以平其心。心平，德和。”[1]晏子更加具体地论述了差异性的事物才能相成、相济，统治者明白这个道理并在施政时注意制衡，则能成其政。以上二人以差异性的相协调论人、物、政治，显示了中国先哲在哲学、政治、审美意识方面的辩证法的普遍思想。

六、《尸子》之不分割时空的宇宙定义

战国时鲁国人[2]尸佼所撰《尸子》虽然已经佚失，但有汪继培的辑本。汉人列尸子于杂家流，杂家的意思是“兼儒墨合名法”。[3]尸子定义宇宙为：“上下四方曰宇；往古来今曰宙。”[4]认为上下东西南北六个方向形成的空间就是宇，过去、现在、未来连续的时间过程就是宙。尸子的宇宙定义有两点意义，首先他与管子一样，将时间和空间并论，显示了时空的不可分割性。其次，尸子对宇宙的定义明确且具有科学性。《说文解字》谓宇“屋边也”；《广韵》谓宇“大也”；[5]段玉裁引高诱注《淮南子》：“宇，屋檐也”，段玉裁曰“宇者，言其边，故引申之义又为大”。[6]尸子用屋檐称空间与管子用器皿称空间相比，向外延伸的概念更明显，因为屋檐的延伸和空间的延伸趋向相同，所以尸子的用词比管子更合适。四方上下和往古来今泛指一切空间和时间，因此这八个字同时隐含了宇宙的无限性。若将时空并论的中国传统与古希腊哲学对

---

[1] 杨伯峻编著：《春秋左传注》，中华书局2009年版，第1420页。

[2] （汉）班固在《汉书·艺文志》“杂家”中说：“尸子名佼，鲁人，秦相商君师之。”见《汉书补注》，书目文献出版社1995年版，第872页。

[3] 《尸子集本叙》，见《百子全书（第3册）》，浙江人民出版社1984年版。

[4] 《尸子卷下》，见《百子全书（第3册）》，浙江人民出版社1984年版。

[5] 《康熙字典》引《广韵》，上海辞书出版社2007年版，第220页。

[6] （清）段玉裁：《说文解字注》，上海古籍出版社1981年版，第338页下。

照，我们发现即使是赫拉克利特这样崇尚运动、变化的哲学家，也有将时间独立于空间，而使时空分离的倾向，他认为“时间是宇宙万物转变的必然条件，其本身却是永远不灭的，非生成的，连续不断的流动”，这“暗示了时间超越万物而具有独立性”，[1]这又与子华子的运动生成时空相悖，赫拉克利特认为时间是运动的条件，而中国古人认为运动生成时间。

综上所述，孔子论无限时间；《周易》论宇宙无穷之流；老子论道的无限境界以及反复与变化；庄子论无限可能性和无穷时空；《墨子》论相对与绝对；《管子》论至大至小、不可逆；子华子论相反相成和万物的差别性以及运动生成宇宙；尸子有时空不可分割的宇宙定义，可见儒、道、墨、杂各家论说都指向无限宇宙，其中最典型的是“宙合有橐天地”的无限空间观念以及庄子宇宙无起始的无限时间观念。关于变化的观念具有三个特色：变化的世界如流水不息；变化根源于万物之间的差异性，差异互相转化，宇宙在变化中生成；运动变化是绝对的，静止是相对的。老子“归其根”的思想导致中国古人对变化欣然接受的态度，或者“视死如归”的心理。这种态度和心理传之久远，构成中国古代文化的一个特质。春秋战国无限宇宙论从时空和变化三个层面为汉到明清之际的宇宙哲学确立了基本方向。

---

[1] 曾霄容：《时空论》，青文出版社1973年版，第2页。

第二节　无限宇宙论的发展：从汉到明清之际

春秋战国宇宙论是整个中国古代宇宙论的基础。从汉到明清众多哲学家甚至诗人都以无限为前提思考或想象宇宙。秦以后哲学家为数众多，宇宙哲学涉及很多方面。本节分设空间、时间和变化三个主题总结汉以来无限宇宙哲学，以揭示无限宇宙论在古代中国如何代代传承，成为一种文化传统。

一、从汉到明清之际的无限空间观念

关于空间的思想其实就是宇宙的体系或模式。中国古代的宇宙模式首先涉及天文学方面的浑盖之争。本节将总结中国古代天文学的六种所谓宇宙模式的特点，并说明哲学和天文学两个层面的宇宙模式的关系。而本书的重点则是哲学意义的宇宙模式。

（一）中国古代天文学六种天地模式及天文学和哲学宇宙论的关系

根据目前掌握的资料，[1]科学层面上的中国天文学史并没有系统的无限宇宙论，更没有相关材料。只有刘昭民在其中国天文学史著作的一节中陈述了无限宇宙论，但其中涉及的基本不是天文学家，而几乎全是哲学家：墨子、尸子、柳宗元、庄子、淮南子。[2]中国的天文科学非常注重具体问题的解决，如历法、星宿的位置变化，某些角度的测量，等等。虽然不能在天文科学这条线上梳理出

---

❶　笔者目前搜集的材料中有四种天文学史书，陈久金：《天文学简史》，科学出版社1985年版；江晓原：《中国天学史》，上海人民出版社2005年版；中国天文学史编写组：《中国天文学简史》，天津科学技术出版社1979年版；刘昭民：《中华天文学发展史》，台湾商务印书馆1985年版。

❷　刘昭民：《中华天文学发展史》，台湾商务印书馆1985年版，第464~470页。

无限宇宙论，但有必要了解天文学上的宇宙或天地模式。

天文学的宇宙论并不是中国古代宇宙论的全部，天文学家提出的模式大多并非宇宙的模式，而只是天地的模式，即天和地的位置关系。虽然古人有时以天地指代宇宙，但具体到天文科学的描述，天地基本是指天地，而不是宇宙。从周代开始经汉到六朝，天地模式除了盖天说和浑天说，还有宣夜说、昕天说、穹天说和安天说。盖天说出自周代，“天圆如张盖，地方如棋局”，[1] 此说遭到曾子、屈原等人的怀疑。[2]因为方圆之间不能吻合，所以大地从平如棋盘到中间隆起：“天象盖笠，地形覆槃。天地各中高外下。”[3] 但是盖天说不能解释日月星辰的运行，所以天球从半球体变成整球体，这就是汉代的浑天说的实质。在张衡之前汉武帝时期的天文学家落下闳就已经制出浑仪。张衡描绘浑天说：“浑天如鸡子，天体圆如弹丸，地如鸡中黄，孤居于内，天大而地小。天表里有水，天之包地，犹壳之裹黄。天地各乘气而立，载水而浮。”[4] 浑天说得到许多学者的赞同，从汉一直传到明清，其中也经过改进，如张衡的地“载水而浮”到了宋代张载则使地浮于气中。[5]到明代主张浑天说的章潢（1527~1608）则使地悬于虚空，而地之

---

[1] （唐）房玄龄：《晋书·天文志》，中华书局1974年版，第279页。

[2] 详见本书第六章第一节关于屈原的宇宙论的内容。

[3] （唐）房玄龄：《晋书·天文志》引《周髀算经》，中华书局1974年版，第278页。

[4] （汉）张衡：《浑天仪图注》，见中国天文学史编写组：《中国天文学简史》，天津科学技术出版社1979年版，第68页。

[5] 《正蒙·参两篇》：“地在气中”，“地有升降……地虽凝聚不散之物，然一气升降其间，相从而不已也。”见王夫之：《张子正蒙注》，中华书局1975年版，第31页、第34页。

所以不坠落，是因为天在地外旋转，昼夜不停。[1]继盖天和浑天之后，宣夜说也有一定影响力。宣夜说的实质是气论：宇宙充满气，地球、日月众星皆在气中，天没有形质。没有实体天球，天的高度不可测量。[2]宣夜说为三国杨泉所继承。其余三说——昕天说、穹天说和安天说[3]都没有超越盖天说和宣夜说的范围。而古代天文学家主要的争论只在盖天和浑天之间。由于盖天说"考验天状多有所违失"，只有浑天说"近得其情"，[4]所以中国古代天文学的天地模式主要是浑天论。盖天说和浑天说都是有限模式，盖天说认为天地之间的距离是八万里，即天高八万里，主张浑天说的张衡也计算了天球的直径：椭圆形天球长径232 300百里，短径231 300百里。[5]所以浑天说的天球是有限的。

盖天、浑天、宣夜、安天、昕天、穹天等天文学意义的模式中只有宣夜说是无限宇宙模式，但与浑天说相比，宣夜说不是主流。人们普遍认可的浑天说并未提出无限宇宙论，反而非常近似

---

[1] （明）章潢：《图书编·天地总论篇》卷二十八："地之上下四围，盖皆虚空处即天也。地所以悬于虚空，而亘古不坠者，天行于外，昼夜旋转而无一息停也。"见《四库全书》第九六九册，上海古籍出版社1989年版，第518页。

[2] （唐）房玄龄：《晋书·天文志》："宣夜之书云：惟汉秘书郎郗萌，记先师相传云，天了无质，仰而瞻之，高远无极，……日月众星，自然浮生虚空之中，其行其止，皆须气焉。……若缀附天体，不得尔也。"见中华书局1974年版，第279页。

[3] 昕天说为三国吴太常姚信所主张，穹天说为东晋虞耸所主张，安天说是东晋虞喜的主张。刘昭民：《中华天文学发展史》，台湾商务印书馆1985年版，第456~457页。

[4] 东汉蔡邕所言，见房玄龄：《晋书·天文志》，中华书局1974年版，第278页。

[5] （汉）张衡：《灵宪》："八极之维，径二十三万二千三百里，南北则短减千里，东西则广增千里。"见（晋）司马彪撰，（梁）刘昭补注：《后汉书·天文志》，中华书局1965年版，第3216页。

于亚里士多德的天球。但主张浑天说的张衡是无限宇宙论者。原因很简单，除宣夜说外，其他五种模式都只是天地模式，而不是宇宙模式，中国古人认为宇宙更在天地之外。这一点在上一节《管子》的宇宙论中表现得尤其明显，所谓宙合有橐天地。即使是计算了天球广度的张衡依然说："过此而往者，未之或知也。未之或知也，宇宙之谓也。宇之表无极，宙之端无穷。"[1]意思是超过天地之外的宇宙人们不知道它的广度，意即天地有限而宇宙无限，这依然是春秋战国宇宙论的基本观点，正如庄子所说"何以知天地之足以穷至大之域？"[2]所以六种学说与无限宇宙论哲学并不矛盾。古代天文学的观测受到技术的制约而仅限于目力所及的天，人们不能出于天之外，而对于天外之宇宙的所有思想只能是哲学思辨或文学想象。与天文科学的情况相对，哲学上的无限宇宙论在古代中国非常突出。鉴于此，笔者的考察重点是哲学层面的无限宇宙论。

（二）从汉到明清之际的无限空间论

1. 东汉——黄宪：[3]"无涯"

在《管子》和惠子提出"其大无外、其小无内""大一""小一"等无限概念之后，上述张衡以及宣夜说的主张者继续宇宙无限论，或说"宇之表无极，宙之端无穷，"或说"天了无质，仰而瞻之，高远无极"。东汉论宇宙无限更详细的当属黄

---

❶ （汉）张衡：《灵宪》，见（晋）司马彪撰，（梁）刘昭补注：《后汉书·天文志》，中华书局1965年版，第3216页。

❷ 《庄子·秋水》，见（晋）郭象经，（唐）成玄英疏：《庄子注疏》，中华书局2011年版，第310页。

❸ 黄宪，字叔度，汉安帝时名儒，隐居不仕，河南汝阳人。其著作《天禄阁外史》多用寓言，议论皆经济之学，内容丰富，包括时势、兵法、刑名、卜谏、修身、天文、王侯将相之术，等等。

宪：

日月出入者，其涯也，日月之外，则不知焉。曰：日、月附于天乎？曰：天外也，日、月内也。内则以日、月为涯，故躔度不易，而四时成。外则以太虚为涯，其涯也。不睹日月之光，不测躔度之流。不察四时之成；是无日、月也，无躔度也，无四时也。同归于虚，虚则无涯。[1]

黄宪反对日月附着在天球上，人们能观测的只有日月，能划定的时间标志只有四时，人们只能在所见范围内丈量尺寸。但在日月之外还有太虚，宇宙的那个区域不见日月，不能测量时间和空间。因此，天球是没有的，只有无涯的太虚。

2. 三国——杨泉：[2]“天无体”

黄宪之后，三国吴人杨泉用气论继续批判有形质的天：

皓天，元气也，皓然而已，无他物也。

夫地有形而天无体，譬如灰焉，烟在上，灰在下也。[3]

---

[1] （东汉）黄宪：《天禄阁外史·天文篇》卷二，中华书局1985年版，第35页。

[2] 杨泉，字德渊，三国西晋之际处士。杨雄、桓谭、王充等是杨泉哲学思想主要来源，其著作《物理论》似乎于隋代亡佚，然《新唐书》《旧唐书》著录杨泉撰《物理论》十六卷。国内研究者认为《物理论》在南北朝、隋唐、北宋时期广为流传。其内容包含甚广，多为天文地理、历代帝王用人行政之要。其中关于天文学、宇宙哲学的元气说、宣夜说的篇章为现代研究中国古代自然科学、哲学的学者广泛引用。以上杨泉之介绍依据方立天、于首奎编：《中国古代著名哲学家评传》，续编二，齐鲁书社1982年版，第133页及其后相关内容。

[3] （三国）杨泉：《物理论》，见《太平御览·天部》，中华书局1960年版，第1页、第10页。

杨泉的气论有局限，但用之批判实体天球则比浑天和盖天都有远见。天无形质，宇宙只是气的弥漫，所以宣夜说一派描述的是无限宇宙图景。

3. 晋——《列子》：宏观和微观宇宙

无限宇宙在成书于晋的《列子·汤问》中也有表现：

殷汤曰："然则上下八方有极尽乎"？

革曰："不知也。"

汤固问。

革曰："无则无极，有则有尽；朕何以知之？然无极之外，复无无极，无尽之中，复无无尽。无极复无无极，无尽复无无尽。朕是以知其无极无尽也，而不知其有极有尽也。"

故大小相含，无穷尽也。含万物者，亦如含天地，故无穷，含天地也，故无极。朕亦焉知天地之表，不有大天地者乎？亦吾所不知也。[1]

第一段《列子》认为无极、无尽——宇宙在宏观和微观的两个方向，不可附加，无极是向外扩展，无尽是向内延伸，无极之外若还有无极，无尽之内若还有无尽，则此无极、无尽为有极、有尽，所以上下八方内外无极限。第二段论大小相含是同义反复，再论无穷大和无穷小，宇宙是物质无限充盈的空间，是至大和至小的集合。这无疑是管子、惠子和庄子思想的延续。可见这种无限思维传之久远，已然成为根深蒂固的思维模式。

---

[1] 《列子·汤问》，见杨伯峻撰：《列子集释》，中华书局2012年版，第141页、第142页。

4. 唐——柳宗元：中心和边缘的相对性

中国古代无限宇宙论最令人称道的是唐代诗人柳宗元的论断：

无极之极，漭瀰非垠。
无中无旁，乌际乎天则？
无隈无隅，曷懵厥列。
东南西北，其极无方。
夫何鸿洞，而课校修长？
茫乎不准，孰衍孰穷！[1]

以上是指宇宙没有边界、没有中心和边缘的分别、没有偏僻之处、变化迅速、没有差距和尽头，所以不能划出天的边际、不能计算宇宙的弯曲、不能丈量它的长度。柳宗元的无限宇宙论很丰富，从四个方面说明宇宙：无极非垠——边界；无中无旁——中心和四周的关系，无所谓中心，所以无所谓边缘；其极无方——各个方向都没有止境；课校修长？——不能度量。柳宗元生于773年，卒于819年，他提出的无限宇宙论比库萨的尼古拉（1401~1464）的相关论述要早600年。柳宗元的《天对》是宇宙论历史上的里程碑。

5. 南宋——邓牧：[2]天地复多性

南宋邓牧的宇宙论侧重于描述世界的复多性，这也是从库萨的尼古拉（《论有学问的无知》，1440年，其中有对世界复多性的详细论述）起欧洲论述最多的宇宙无限模式。邓牧说：

---

[1] （唐）柳宗元：《柳河东集·天对》，上海古籍出版社2008年版，第228~236页。

[2] 邓牧（1247~1306），字牧心，宋元之际思想家。自称“三教（儒释道）外人”，以示其不属于任何正宗思想流派。著有《伯牙琴》一书。见《中国大百科全书（《政治学》卷）》，中国大百科全书出版社2004年版，第52页。

天地大也，其在虚中不过一粟耳。虚空，木也；天地犹果也。虚空，国也；天地犹人也。一木所生，必非一果；一国所生，必非一人。谓天地之外无复天地，岂通论耶？[1]

邓牧将天地和宇宙的关系比作果与树、人与国的关系：一棵树能结几百个果子，一个国家能容纳千百万人，所以宇宙中有无数天地，意即有无数日月星辰和地球。我们所见的广阔天地相对于宇宙显得如此之微小，仿佛一粒小米。邓牧以前无限宇宙论仅限于论述空间从天地向外无限延伸，邓牧无限宇宙论的意义在于不仅延伸空间，更在于取消了可见天地的唯一性。宇宙空间的无限不仅是广度上的拓展，更在于其中包含了无限多事物、无限多天地，这说明可见天地之外不是纯粹的虚空，而是更加丰富、多样的存在。邓牧之前哲学家对天地之外的宇宙经常会说“未之或知”“不知也”“何以知之”，而按照邓牧论断，可以说，过此而往者，乃容众多天地之宇宙也。所以说邓牧的宇宙论已经达到很高的境界。

6. 明清之际——王夫之：宇宙是时空的积累

明末清初的王夫之（1619~1692）的宇宙论提出了“积而成久大”的独特观点，其中也能看到《管子》、惠子和柳宗元的影响。王夫之言：

上天下地曰宇，往古来今曰宙。虽然，莫之为郛郭也。惟有郛郭者，则旁有质而中无实，谓之空洞可也，宇宙其如是哉！宇宙者，积而成久在者也。二气絪缊，知能不舍，故能成久大。[2]

---

[1] （南宋）邓牧：《伯牙琴·超然观记》，中华书局1959年版，第23页。

[2] （清）王夫之：《思问录·内篇》，见王夫之：《思问录·俟解·黄书·噩梦》，中华书局2009年版，第23页。

盈天下只是个“中”，更无东西南北，盈目前只是个“中”，更无前后左右。❶

前古后今以为久之会，大至无穷以为载之函，细至无畛以为破之入。❷

王夫之遵循先秦对宇宙的定义，并明确指出时间和空间没有围墙（郛郭），意思是说没有限制。久指时间，大指空间，宇宙的形成是不断积累时间和空间的结果。之所以能不断积累，是由于阴阳二气的不断互相作用。这种见解非常新颖，见前人之所未见，或前人已有所见，只是没有如他这样表述得清楚。关于只有“中”，而没有所谓东西南北、前后左右，说明的是八极的相对性，都是相对于中而定的，如果没有中则各个方向都失去意义。这是对柳宗元的“无中无旁”的另一种表述。“大至无穷”和“细至无畛”再次说明宇宙在宏观和微观两个方向上的无穷，是管子、惠子和《列子》的延续。

至此笔者梳理了从汉到明清哲学家所论空间之无限，特点有五。第一，对于无限的意识皆从先秦继承而来，表现为从宏观和微观两个方向讨论无限；第二，延续先秦对宇宙的定义，并不断表明天地有限而宇宙无限；第三，宣夜说一派以气论为基础论宇宙模式，其特色在于否定实体天，使人们的认识冲破天球的墙壁；第四，以柳宗元为代表，论中心和边缘的相对性和两者均可以取消的观点具有开启宇宙论新纪元的意义；第五，邓牧之论天地的复多性

---

❶ （清）王夫之：《读四书大全说（下册）》卷七，中华书局1975年版，第497页。

❷ （清）王夫之：《尚书引义（卷五“多方一”）》，中华书局1976年版，第153页。

使宇宙的广延具有了质的丰富性。从这些特点我们可以肯定自古以来中国人的宇宙空间是无限的，中国古人善于超越可见世界并想象不可见世界。

二、从汉到明清之际的无限时间观念

中国古代哲学家大多认为宇宙无始终，所以时间没有始终。本章第一节已经陈述过孔子的时间无穷流逝，也论述过庄子的时间观念对后世的决定性作用。庄子出于时间之外，后来哲学家不仅从无穷、反复的特点认识时间，并像庄子一样以超越一切的精神对待时间。从汉到明清的时间无限论主要体现在以下几位哲学家的思想或有关哲学的著述中：《列子》、二程、邵雍和朱熹、《琅嬛记》《豢龙子》、王夫之。

（一）晋——《列子》：始与终的相继、天地和宇宙的关系

《列子·汤问》：

殷汤问于夏革曰："古初有物乎？"

夏革曰："古初无物，今恶得物？后之人将谓今之无物，可乎？"

殷汤曰："然则物无先后乎？"

夏革曰："物之始终，初无极已，始或为终，终或为始，恶知其纪？然，自然之外，自事之先，朕所不知也。"❶

《列子·天瑞》对杞人忧惧天地崩坏的回答：

夫天地，空中之一细物，有中之最巨者。难终难穷，此固然矣；难测难识，此固然矣；忧其坏者，诚为大远；言其不坏

❶ 《列子·汤问》，见杨伯峻撰：《列子集释》，第140~141页。

者，亦为未是。……遇其坏时，奚为不忧哉！❶

在第一则对话中，夏革没有正面回答宇宙有无起始的问题，而是说物不能从无中产生。他说有物之前他不得而知，实际上是说对时间谈论始终没有意义。但他很肯定物质在时间上无始终（恶知其纪），同时肯定始与终互相转化。第二则的回答表面是安慰忧天的杞人，实则揭示一个重要的宇宙论：天地只是宇宙中一个极其微小的存在物。天地尚难以穷尽，更何况宇宙！最重要的是告诉人们不要将天地的存毁当成宇宙的存毁。意思是，即使天地毁灭了，离宇宙毁灭之日尚远。虽然天地持续的时间很久，但总会毁灭，毁灭也不要紧，“始或为终，终或为始”，毁灭的天地将会有新的开始。《列子》的时间观完全继承庄子，包括无穷时间和始终的转化，以及在面对死亡时的从容，“遇其坏时，奚为不忧哉”（等到快毁灭时再忧虑这问题吧）！

（二）宋——二程、邵雍和朱熹：时间没有开端的原因、“元”概念的提出

二程论时间比较普通：“亦无始，亦无终，亦无因甚有，亦无因甚无”；❷“动静无端，阴阳无始，非知道者，孰能识之”。❸他二人继承时间无穷的传统，但同时说明时间无开端的原因在于阴阳二气的运动变化没有开端。

邵雍论时间注重天地和宇宙的区别，天地有始终：“天地亦

❶　《列子·天瑞》，同上书，第31页。

❷　（宋）程颢：《河南程氏遗书》卷第十二之《明道先生语二》，见程颢、程颐著，王孝鱼点校：《二程集（上册）》，中华书局1981年版，第135页。

❸　（宋）程颐：《河南程氏经说》卷第一之《易说·系辞》，见程颢、程颐：《二程集（下册）》，中华书局1981年版，第1029页。

有始终乎？曰，既有消长，岂无始终？天地虽大，是亦形器，乃二物也。”[1]天地是有形的，所以会毁灭。但是邵雍认为天地生灭一次仅为一“元”，而宇宙包括无数个这样的“元”，所以天地一次生灭之前和之后还有无数的生灭，即“元”。在这个意义上天地的生灭不是宇宙的生灭，天地宇宙有别，但天地的生灭运动构成了宇宙的时间。朱熹的时间观念继承了邵雍，还有二程的痕迹，而且他说得更明了：“邵康节以十二万九千六百年为一元，则是十二万九千六百年之前，又是一个大阖辟，更以上亦复如此，直是动静无端，阴阳无始。”[2]天地生成之前以及之后都有另一次天地开辟，往前和往后两个方向推都是无穷。天地坏了如何重新开始？朱熹说：“一齐打合混沌一番，人物都尽，又重新起”[3]。天地的生灭就是混沌的分与和，如此往复。一重天地的时间有限，而无数重天地时间无限，这就是宇宙的时间。邵雍的观点以及朱熹的表述影响深远。以下的《琅嬛记》和《豢龙子》继承了他们的思路。尤其是《豢龙子》对邵雍和朱熹进行了精辟的总结，成为一种醒目的宇宙论。

---

[1] （宋）邵雍著，卫绍生校注：《皇极经世书·观物外篇》，中州古籍出版社2007年版，第514页。

[2] （宋）黎靖德编：《朱子语类（卷九十四）》，中华书局1986年版，第2367页。

[3] （宋）黎靖德编：《朱子语类（卷一）》，中华书局1986年版，第7页。

（三）元——《琅嬛记》*和清——《豢龙子》**：天地有毁、天地复多、“元元”概念的明确

元代——《琅嬛记》：

射姑谪女问九天先生曰：“天地毁乎？”

曰：“天地亦物也，若物有毁，则天地焉独不毁乎？”

曰：“既有毁也，何当复成？”

曰：“人亡于此焉知不生于彼？天地毁于此，焉知不成于彼？”

…………

“人物无穷，天地亦无穷也。譬如蛔居人腹，不知是人之外，更有人也；人在天地腹，不知天地之外，更有天地也。故至人坐观天地，一成一毁，如林花之谢耳，宁有纪乎？”❶

---

* 《琅嬛记》，（元）伊世珍撰。《琅嬛传》属于小说家类，异闻之属。内容多为民间传说、神话故事，帝王、妃嫔、诗人、学者等名人轶事。类似许多“遇仙”故事的短篇小说集。其中姑射谪女和九天先生的对话数则最为有名。借神仙人物表达作者的宇宙哲学思想，在当时来讲其认识天地的思想很深邃。除下文引述的“蛔虫、林花”比喻天地格局和成毁的对话，还有另外两则，一则说天地人的关系如蛋壳、蛋黄和蛋清；一则说人能驾无形马车游天地之外，只一息之顷，遍游众多天地，天地虽多，都在人心中。尤其是天地有生灭，随灭随生，灭无穷，生亦无穷的思想各具有特色。其中能见出庄子的思想以及浑天、宣夜等理论。《琅嬛记》以诗的方式表达哲学，很有庄子遗风。

** 《豢龙子》，（清）董穀撰，是一篇议论历史、社会、人生的小文。作者秉持超然哲学，参透宇宙人生。感叹时间流逝、世界无常：人类历史上下数千年在宇宙历程中只“一月而已”，有声臭有形之物皆不能久存于大化之中；人心能通神，可以为虚空，然不能空其心之人者，是“碍于形”，即为形体所累；人的善恶是自身行为的结果，不是命运的先决，所以人类历史前后相继，前行后效，其间具有现实的因果；文末还哀怜艰难的民生，奉养人数日多而无所作为的官吏，批评朝廷失政。

❶ （元）伊世珍撰，席夫辑：《琅嬛记（卷上）》见《希通录、琅嬛记》，中华书局1991年版，第18~19页。

这则论述同于《列子》和邵雍之天地乃形器，所以毁，尤其同于邵雍关于天地和宇宙的关系的论述，特别是和南宋邓牧的世界或天地复多性有关。多重天地不仅是前后关系：毁于此、成于彼，也是并列关系，所谓天外有天。故而从历时性来讲，重重天地前后相继，时间无穷，而从共时的关系看，宇宙内众多天地的生灭可谓此起彼伏，空间无限。

《豢龙子》：

或问："天地有始乎？"

曰："无始也。"

"天地无始乎？"

曰："有始也。"

未达曰："自一元而言，有始也；自元元而言，无始也。"❶

这是对邵雍和朱熹时间思想的最简明而且概括性最强的表述：一重天地的生灭——一元，有始终，但无数重天地的生灭——元元，构成无始终的宇宙。所以整个宇宙大化之流从总体上来看无有始终。这是关于天地、宇宙，有始终、无始终的辩证法。宇宙由无数个天地构成，有限天地因为成为无限的一个部分所以最终获得无限的价值。

（四）明清之际——王夫之：宇宙是时空的积累

王夫之的时间观表现在三处：

……（天地）其始也，人不见其始；其终也，人不见其终。其不见也，遂以为邃古之前，有一物初生之始；将来之

❶ （清）董穀：《豢龙子》，见《思玄庸言、豢龙子等》，中华书局1985年版，第2页。

日，有万物皆尽之终。亦愚矣哉！[1]

天地本无起灭，而以私意灭之，愚矣哉！[2]

……无先后者天也，先后者人之识力所据也，在我为先者，在物为后；在今日为后者，在他日为先。……即始即终，即所生即所自生，即所居即所行，即分即合，无所不肇，无所不成。[3]

王夫之的时间观念很有特色，他以人的渺小来反衬宇宙之大。以人的生命有限来反衬宇宙时间无限。他说人的寿命太过短暂，见识也很短浅，人的私意就是说人的狭隘，看不到天地的始终，便以自身的生死来想象天地的始终。王夫之所谓天地“无起灭”说的是整个宇宙的历程。因为始终或生灭不断发生，永无休止，所以先后只是人认识宇宙的思维标志，而宇宙本身运动不断、时间无限，故宇宙没有先后。人的先后观念具有确定的意义，但在宇宙时间中先后消解了固定意义，成为相对的概念，并且因为宇宙时间太过漫长，所以先后不仅是相对的，而且最终连相对性也消解了，因为先后对宇宙没有任何意义。

以上是对中国古代的无限时间观的梳理，总结起来特点有四。第一，汉到明清时间观的源头在先秦，尤其是庄子为后来的哲学家论时间开辟了道路，庄子的无限、始与终的连续和衔接是古代时间观念的本质。同时，庄子的超然于时间之外的精神使后代哲学

---

[1] （清）王夫之：《周易外传（卷四之〈未济〉）》，中华书局1977年版，第153页。

[2] （清）王夫之：《张子正蒙注·大心》，中华书局1975年版，第130页。

[3] （清）王夫之：《周易外传（卷七之〈说卦传〉二）》，中华书局1975年版，第252页。

家能跃出时间而把握时间，从而获得对宇宙无限时间的认识。第二，《列子》表现中国古人开始重视天地的生灭和宇宙的历程之间的关系，到邵雍、朱熹时表述更加明确，尤其是提出了“元”这一卓越的概念，[1]达到天地有生灭而宇宙无生灭，或曰天地有起始而宇宙无起始的宇宙观念。简言之，天地时间有限，宇宙时间无限。第三，以王夫之思想为代表的对待时间的心理：渺小的人面对伟大的宇宙之流，经常产生谬误。人匍匐在漫长的时间脚下，但中国人对待时间不是不可知论者，而是面对宇宙的时间反省自己的狭隘和错误，力求认识时间。从这三点可以得到第四点，以上对时间的论述和心理，暗示出中国古人重视客观时间，不取消时间的基本思想。即使人不存在，时间依然存在，因为时间是构成宇宙的两个基本因素之一，宇宙并不是为了人而存在。

三、从汉到明清之际关于变化无止息的观念

上一节春秋战国的无限宇宙论中讲变化的有老子、孔子、《周易》和子华子，他们为后世奠定了变化观念的哲学基础。万物相异所以互相作用变化，万物相禅，连续性的积累生成宇宙。变化是宇宙的本质，是宇宙存在的基础。以下所论从汉到明清的变化

---

[1] 笔者认为现代天文物理学者发扬了古人“元”的概念，将天地一次成毁的“元”扩展到整个宇宙之“元”，提出“无穷循环序列宇宙模型”，如蔡禹僧所著《宇宙历史哲学》（新华出版社2010年版）第四章“宇宙的终结与循环”所提出的那样。“元”在蔡先生这里对应为“一重（宇宙）”“元元”的现代表达就是无限循环序列宇宙，意思是目前的宇宙是有限的（这一思想的基础是哈伯定律以及宇宙微博背景辐射等现代天文物理学概念），有始有终，但因为宇宙极有可能经历无数次生成与消亡，这样一来所构成的循环使宇宙达到另一种意义上的无限。笔者认为这是对古代“元”概念的拓展，尤其是拓展了元的范围，即从天地到宇宙。但无论范围大小，“元”所揭示的规律具有普遍性。

论哲学只选择关注变化的普遍、绝对、无止息和对于宇宙生成的重要性的论家。汉代论变化没有超出先秦的范围，如贾谊所论变化无极：变化不息；变化就是伸展和返回的循环；气凝结成形，形分散为气，变化就是气的凝与散。变化很微妙，形式多样，没有始终。❶贾谊的论断没有超出先秦关于变化的观念。以下还将对《列子》、王安石、程朱、王夫之等哲学家的变化观念进行说明，体现中国古代关于变化的必然性、重要性、绝对性的认识。

（一）晋——《列子》：变化的必然性

《列子·天瑞》：

生者不能不生，化者不能不化，故常生常化者，无时不生，无时不化。粥熊曰：运转亡已，天地密移，畴（“谁”的意思）觉之哉？❷

《列子》认为生成、变化、运转无时无刻不在发生。不断变化而且变化微妙，不易觉察。这些是普通的论述，然《列子》传运出一种心理，即“不能不生”，“不能不化”，生成和变化是理所当然。

（二）宋——王安石：更新是变化的结果；程颐、朱熹：变化成就生命

王安石论变化的特色在于他看重变化带来的更新效果。他说：

❶（汉）贾谊：《鹏鸟赋》，见（汉）司马迁：《史记·屈原贾生列传》，中华书局1982年版，第2498页：“万物变化，固亡休息。斡流而迁，或推或还。形气转续，变化而嬗，沕穆亡间，胡可胜言。……千变万化，未始有极。”“亡”是无的意思，“斡”是转和旋的意思，“嬗”是更替的意思，“沕穆”是微妙的意思。

❷《列子·天瑞》，见《列子集释》，第2页、第28页。

尚变者，天道也。[1]

有阴阳，新故相除者，天也；有处有辨，新故相除者，人也。[2]

王安石说天崇尚变化，人也应当如此，天和人都在变化之中得以除旧布新。变化以及所引起的新陈代谢是自然界和人类社会的共同法则。这种论断看似普通，却包含着中国古人对待变化的重要态度：变化是必要而且重要的，没有变化，陈旧、陈腐、破败的事物就不能消除，崭新的世界就不能生成，所以应当赞美变化。人应模仿天，所以要遵守变化这个规律，同时变化也是应当被颂扬的宇宙存在方式。

程颐和朱熹都说变化没有止息。程颐说："天地之化，一息不留。"[3]朱熹亦言："正如刚柔变化，刚了化，化了柔，柔了变，变便是刚，亦循环不已。"[4]或："动而静，静而动，辟阖往来，更无休息。"[5]

与朱熹相比，程颐论变化更有特色，他说：

天地之化，自然生生不穷。[6]

消长相因，天之理也。……一阳复于下，乃天地生物之

---

[1]（宋）王安石：《河图洛书义》，见《王文公文集（第三十卷）》，上海人民出版社1974年版，第353页。

[2] 张宗祥辑录，曹锦炎点校：《王安石〈字说〉辑》，福建人民出版社2005年版，第27页。

[3]（宋）程颐：《河南程氏外书》卷第十一，见《二程集（上册）》，中华书局1981年版，第411页。

[4]（宋）朱熹：《朱子语类》卷七十四，中华书局1986年版，第1885页。

[5] 同上书，第2367页。

[6]（宋）程颐：《河南程氏遗书》卷第十五，见《二程集（上册）》，中华书局1981年版，第148页。

心也。先儒皆以静为见天地之心，盖不知动之端乃天地之心也。[1]

程颐说变化最重要的作用在于使自然具有永不枯竭的生命，变化是天地之心。古人认为心脏是人体最重要的器官，是人体的主宰，所以程颐认为变化是宇宙的主宰，是最主要的原则。从这个意义上说，程颐代表了中国古代对变化的一般态度。因为变化不仅有更新的作用，而且最重要的是运动变化从而形成自然生命。中国古人越来越多地赞美变化。

（三）明清之际——王夫之：运动变化的绝对性和客观性

王夫之论变化富有特色。首先他认为动是绝对的，静是相对的：

太极动而生阳，动之动也，静而生阴，动之静也。……由阖而辟，由辟而阖，皆动也。……维天之命，于穆不已，何静之有？[2]

其次，他同王安石一样看到更新是变化的结果："天地之化日新。"[3]他论天体演化，并且使变化带来更新的认识得以深化：

形者言其规模仪象也，非谓质也。质日代而形如一……江河之水今犹古也，而非今水之即古水；灯烛之光，昨犹今也，而非昨火之即今火。水火近而易知，日月远而不察耳。爪发之日生而旧者消也，人所知也。肌肉之日生而旧者消也，人所未知也。人见形之不变而不知其质之已迁，则疑今兹日月为邃古

[1] （宋）程颐：《周易程氏传》卷第二之《周易上经下》，见《二程集（下册）》，中华书局1981年版，第819页。

[2] （清）王夫之：《思问录·内篇》，见王夫之：《思问录·俟解·黄书·噩梦》，中华书局2009年版，第4~5页。

[3] （清）王夫之：《思问录·外篇》，同上书，第38页。

之明月，今兹之肌肉为初生之肌肉，恶足以语日新之化哉？[1]

王夫之认为动是动，静也是动，静的实质就是“未动”，天的本性只是动，没有绝对的静——废然之静。指甲、头发离人最近，所以人知道它们每天都在变化，而肌肉虽然也很近，但变化太慢不易觉察。灯火、河水都离人不远，但人们也不易发现它们每天都在变化，太阳和月亮那么遥远，人又怎能轻易觉察它们的变化。如果仔细查看，人还是会发现肌肉、河水、灯火的变化。即使人们非常仔细观察日月，还是不能发现它们每天的变化，人们就以为日月这样的天体不会每天变化。其实天体也如同身体发肤、河水火焰一样时时变、日日变。日月看起来不变，是因为“形”没有变，但“质”时刻在变。王夫之将变化的一刻都不止息分析得极为清楚透彻。他从人体推论天体，意思是说所有事物都是变化的。

最后，王夫之论变化的客观性：

气之聚散，物之生死，出而来，入而往，皆理势之自然，不能已止者也。不可据之以为常，不可挥之而使散，不可挽之而使留。[2]

王夫之认为气的聚散、出入、往来这些变化的形式都是自然之理，不能停止。最重要的是人的主观意志对宇宙大化没有任何作用，人不能使变化运动消散，也不能将其挽留。所以王夫之的变化是宇宙的本质、物质的属性，属于客观的存在。

---

[1] （清）王夫之：《思问录·外篇》，中华书局2009年版，第59页。

[2] （清）王夫之：《张子正蒙注·太和篇》，中华书局1975年版，第5~6页。

第三节　中西宇宙模式的比较

本节将从空间、时间及变化角度进行中西宇宙模式哲学层面的比较。我们将发现相对于西方从有限到无限模式的激烈变革，中国古代的无限宇宙论以其自始至终的传统性作用，使得中国人平静地谈论无限宇宙。

一、关于巴门尼德与赫拉克利特时空和变化思想的简述

笔者在第一章第一节对巴门尼德和赫拉克利特宇宙哲学及其所引起的宇宙意象有所陈述。在比较中西宇宙模式之前，需要再总结一下巴门尼德和赫拉克利特宇宙哲学的中心思想，尤其是在空间、时间和变化三个方面两派哲学的观点。第一章第一节已经陈述了巴门尼德、柏拉图、亚里士多德、托勒密宇宙模式，即封闭的宇宙空间模式。这种模式来源于巴门尼德所属的爱利亚学派哲学。巴门尼德将宇宙等同于存在，所以宇宙具有存在的全部特性。因为存在不能从非存在中产生，所以存在不是生成的，宇宙也不是生成的，而是本来就有的、永恒的。因为存在不可分，各处同一，静止不动，不可改变，所以宇宙是完整、完美、圆满的球形。因为这个天球同质、等速，等同于静止，所以失去了测量时间的标尺。因为时间不能被度量，所以巴门尼德的宇宙“取消了时间的绵延之流”。[1]世界既然不是生成的，所以从来就没有开端。因为永恒所以没有终点，没有过去和将来，只有现在。始与终这两个时间坐标不存在，所以时间在巴门尼德的宇宙中没有意义。巴门尼德不承认虚空，因为虚空是非存在，根据思维与存在同一性的原则，非存在

---

❶ 吴国盛：《时间的观念》，北京大学出版社2006年版，第62页。

不能被思维。巴门尼德哲学崇尚能够被思维者，而敌视不能被思维者。永恒的本质没有时间性，作为不变者所以能够被思维，而事物的多样性、变动性则是感观上的假象，不能被思维。巴门尼德否定变化，因为他追求永恒的本质世界。与本质世界相对，流变的世界只是幻象。唯一真实的知觉是对存在的知觉，而感觉展现在我们面前的生成和毁灭属于非存在，这是“谬误的根源”。[1]赫拉克利特也追求本质，但他的方式不同，他在万物无休止的变化中，在事物的不稳定性中寻找逻各斯——普遍规律。他用流水比喻事物的流动。最不稳定的元素“火”与其他三种元素之间无穷尽地周期性转化，在这个过程中世界处于永恒分化状态。火是基质，火按照固定的规律转化并复归于火。虽然赫拉克利特追求逻各斯——不变者，但蒂泽认为诗人看重的不是赫拉克利特的逻各斯，而是他对流变的各种比喻。他对流变的描写激发了诗人的灵感。虽然巴门尼德和赫拉克利特对待变化的态度相反，但他们二人都追求永恒。古希腊哲学从整体上说是属于巴门尼德式的。赫拉克利特是古希腊“唯一的一个坚持时间之流之实在性的哲学家”。[2]古希腊人因为社会历史的变动而对流变极度的恐惧。对历史——时间的忽视、对变化着的世界的不可知论使古希腊哲学热烈追求永恒。

二、中西对待有限和无限宇宙空间的两种态度：布鲁诺和杨泉、柳宗元、邓牧、《琅嬛记》的比较

中西文化对待有限和无限具有不同态度，可以通过比较布鲁诺和柳宗元等人的有关思想，体现这种差别。布鲁诺是《宇宙与意

---

[1] ［德］E. 策勒尔著：《古希腊哲学史纲》，翁绍军译，山东人民出版社1992年版，第52页。

[2] 吴国盛：《时间的观念》，北京大学出版社2006年版，第60页。

象》的重点描述对象，《宇宙与意象》所提出的欧洲思想史的变革首先系于布鲁诺。蒂泽在第一部分第一章《球形的宇宙》开头即引用布鲁诺的《论无限宇宙和诸世界》，说明文艺复兴时期美学、文学随宇宙论的革命而发生的巨大变化。我们在“铜墙铁壁”“爆裂”“旋风”等用词中体会到布鲁诺摧毁天球时激动的心情。通过布鲁诺和柳宗元的比较可以发现，面对打破天球，欧洲人态度激烈，中国人却异常平静。

蒂泽在第一部分第四章《醉心于无限的人：乔尔丹诺·布鲁诺》中重提布鲁诺。作者并未向读者系统陈述布鲁诺的天体物理学，而是用一整章描写布鲁诺的心理，从中得到结论：第一，布鲁诺将天球打破，宣布没有中心或中心无处不在，没有边界或到处都是边界，他的心情是“近乎狂热”；他的狂热是由于自己摆脱了“监狱污浊的空气”，这监狱令他憎恶，因为在这监狱里他只能“透过小孔艰难地遥望星辰，思想的羽翼被折断，思想被禁止飞翔”。布鲁诺的狂热类似于越狱成功、重获自由的犯人。天球需要打破是因为它象征了有限和囚禁。有限天球更像是一个偶像，狂热的布鲁诺仿佛一个冲进神殿，打倒石雕神像而狂喜的人，他“痛快地踩踏天球的碎块”，就像踩踏偶像的碎块。第二，蒂泽认为布鲁诺不仅是哲学家，更是善于幻想的诗人。他的无限宇宙论说明他对赫拉克利特关于变化的夸张比喻非常敏锐，他的哲学更像巴洛克艺术，富含隐喻、古怪而丰富的节奏、永不枯竭的神韵，充满华丽奔放的情感。第三，蒂泽认为无限令布鲁诺陶醉，布鲁诺的“无限”观念唤醒了强烈的惊奇，他的激情似乎与物体的庞大体积一起膨胀。他使用“无限的无限”表现这种膨胀。

这样的结论令人惊奇，仿佛布鲁诺一人便掀起了欧洲思想史的风暴。我们需要明白作为文学评论家固有的夸张思维，他们善于阐发，见普通人之未见。蒂泽所述如此丰富的内涵绝非布鲁诺一人能够完全承载。蒂泽更多地是将布鲁诺作为一种标志，说明思想史的变化多么剧烈。蒂泽在《宇宙与意象》“序言”中指出自己这本著作的研究目的，即“文艺复兴以来，宇宙意象所造成的震动从多大程度上促进或压制了诗人的想象”。蒂泽所说的狂热不是针对布鲁诺一个人，而是针对众多描写并歌颂无限的哲学家和诗人的心理，说明他们的著作和言论呈现出来的热烈场面。为了能够仔细体会布鲁诺的激情，笔者在蒂泽的论述之外研究了布鲁诺本人的著作。以下将具体说明这位学者兼诗人冲破有限宇宙时的心情。

布鲁诺直言不讳地说明自己打破有限的暴烈和勇气：

我们并不惧怕，在这个世界上聚积起来的东西因某个游荡神灵的暴力或某个暴烈宙斯的震怒在这座坟墓或天穹之外消散……❶

他嘲笑人云亦云的保守天文学家和物理学家，称之为奴隶和鹦鹉，并将有限宇宙称为鸟笼：

天文学家先生们和奴性十足的物理学家们，你们一起预言，凭借你们的圆圈描绘九重天的幻想，并且因这种幻想你们的头脑必被禁锢，你们在我面前就像笼中的许多鹦鹉……❷

他对有限的宇宙感到“烦恼”，因为他是“伟大的皇帝”，渴望华丽的宝座、华美的宫殿、宽阔的庭院、辉煌而高高矗立的神像，因此对“宝座破败、庭院狭小、神像既小又呆”❸万分恼怒。

---

❶ ［意］布鲁诺著，田时纲译：《论无限宇宙和诸世界》，人民出版社2010年版，第46页。

❷❸ 同上书，第47页。

有限是一个幻想，终将破灭，布鲁诺用华丽的言辞、胎儿的分娩的意象、幽灵蠢动的比喻描写有限即将被打破那激动人心的时刻："这是一个幽灵在分娩，一个梦想在破灭，一个狂躁症患者受庇护……"❶布鲁诺说有限是一种罪恶，人们需要反省："我们躲过一次恶行，我们重新思维。"❷

布鲁诺还咒骂那个用有限将我们庇护的施予者："他变得特别小气，下流和吝啬……"❸当我们突破有限到达无限，布鲁诺说："一丝微风就可平静，一口甘泉就能止渴。"❹人们领悟了真相，真相如同微风甘泉平息了我们的恼怒、暴烈，将幽灵从黑暗的母腹中解放，一个万分狂躁、急于逃遁的犯人终于享受到旷野的微风，一切都平静了。身处无限中时，布鲁诺又极力堆砌，集合一切关于伟大的字眼：

这是一幅巨大的肖像、非凡的意象、杰出的形象、崇高的典范、无限重现者的无限代表，是适合不能被认识、理解和把握者显贵身份的精彩演出。❺

无限是巨大、非凡、杰出、崇高的。虽然人可以置身于无限，无限依然不能被认识、理解、把握，依然在人的全部理性思维之外。布鲁诺描写的是无限，但能够配得上这些字眼的其实是上帝。布鲁诺说：

上帝的卓越这样表现出来，他的伟大和绝对权力这样

---

❶❷ ［意］布鲁诺著，田时纲译：《论无限宇宙和诸世界》，人民出版社2010年版，第47页。

❸ 同上书，第48页。

❹❻ 同上书，第47页。

表现出来：不是在一个太阳中，而是在无数太阳中显现其荣光……❶

一个引领时代潮流的哲学家、天文学家始终心存上帝。布鲁诺的思想说明，在西方看来，科学可以不断进步，但上帝永远雄踞于自己的宝座，指挥若定。科学始终可以是有神论的科学。我们在牛顿的思想中也看到同样的信仰：牛顿的经典物理学依然需要上帝。

与此相对，中国古人没有这些狂热、陶醉、膨胀。他们冷静、客观，理智地指出有形质的天是一种错误。比如黄宪告诉人们宇宙广阔空间的状态，通过对比说明有限之中“有日月、有躔度、有四时”，而无限的太虚“无日月、无躔度、无四时”。杨泉说“天无体”，为了说明天只是气，而不是有形的墙壁。他批评有限的盖天论以“难知”使语气委婉：“杨雄非浑天而作盖天圆。……桓谭难之。雄不解。此盖天者。复难知也。”❷杨泉陈述盖天说受到责难，而被责难的人无从应答。也就是说有限的盖天模式存在问题而不能得到解释，“难知”是存疑的态度。杨泉继而浑、盖齐论，他的出发点是两种有限模式都有致命缺陷：

儒家立浑天，以追天形，从车轮焉。周髀立天（“天”上应有“盖”字），言天气循边而行。……成天地者，气也。水土之气升而为天。……夫地有形而天无体。譬如灰焉。烟在上。……就浑天之说，则斗极不正。若用盖天，则日月出入不

❶ ［意］布鲁诺著，田时纲译：《论无限宇宙和诸世界》，人民出版社2010年版，第47页。

❷ （三国）杨泉：《物理论》，见《太平御览·天部》，中华书局1960年版，第10页。

定。夫天，元气也。皓然而已，无他物焉。

因浑天不能解释北斗不正，盖天不能解释日月的运行，所以必须取消实体天，代之以气。杨泉以不掺杂个人感情的方式批评儒家和周髀的有限模式，有理有据、不温不火。他并未将天盖或天轮指责为监狱，而主张两种模式的儒家和周髀也不是吝啬、下流的狱卒。而有如布鲁诺一般的咒骂在中国古人看来实为不可思议。

《列子》和布鲁诺都有无限超越的思想：《列子》谓“无极复无无极”，[1]布鲁诺说“无限重现者的无限代表”。但无限超越对于布鲁诺产生的是精神的膨胀，而《列子》遥想无极之无极之后，最终回到中国古人固有的“不知”“何以知”的谦逊和留有余地。

柳宗元的《天对》集中地表现了中国人的平静。关于时间的限度，屈原问时间有无起始、人们如何认识宇宙初始那幽暗混沌的景象。柳宗元说“本始之茫，诞者传焉”，意即说时间有起始并描绘宇宙起始的人是诞妄。“诞，口锐者多诞而寡信”，[2]关于起始的说法多是信口说的，是轻易为言的人草率的说法。关于空间的模式，屈原问是谁度量了九重有形的天体，又问九重天如何安放，互相之间如何界分。柳宗元说：“无营以成，沓阳而九”。意思是九重天是阳气积累的结果。屈原问九重天是原用绳子系着，柳宗元说：“乌徯系维。漭瀰非垠，或形之加，孰取大焉。……无中无旁，乌际乎天则？”“乌”，不的意思；“徯”，待的意思；“漭瀰”，水广远、旷远的样子。柳宗元说不用绳子系，天广大旷远，没有极

[1] 《列子·汤问》，见《列子集释》，第141页。

[2] （清）张玉书等编：《康熙字典》，上海书店1985年版，第1295页。

限，如果给天加上形体，天怎能称为大？没有中心没有边沿，不必为天划分界限。意思是有形体、有极限的天就不是天了，天无垠，所以没有中心和边沿的区别，天只是一个整体，不用界分九天。柳宗元反对淮南子“天有九野”的说法，认为不能说天有多少“限”和“隅”——角落。天的东南西北都没有极限，所以不能测量天的长度：“东南西北，其极无方。夫何鸿洞，而课校修长？茫乎不准，孰衍孰穷！”❶

如此柳宗元完成了关于宇宙无限的猜想，他用元气论推理出宇宙无限。他很简单地说天若有形，何以成就天的大。柳宗元继承了杨泉，所以“无中无旁”的伟大预言水到渠成。对于中国古人，即使是有形的天，也没有布鲁诺所谓的黑暗与憋闷，所以柳宗元不会患狂躁症。去掉天的形质不是分娩的撕裂与剧痛，而只是为了使天成为名副其实的天。当柳宗元身处无限宇宙，他也像布鲁诺一样用“巨大”“非凡”“杰出”“崇高”这样直白的字眼描述宇宙吗？他也怀疑人对无限的认识吗？他也要将无限归结为上帝吗？请再次注意柳宗元描写无限的句子：

无极之极，漭瀰非垠。
无中无旁，乌际乎天则？
无隈无隅，曷懵厥列。
东南西北，其极无方。
夫何鸿洞，而课校修长？
茫乎不准，孰衍孰穷！❷

❶❷（唐）柳宗元：《柳河东集·天对》，上海古籍出版社2008年版，第228~236页。

柳宗元用反问句和问号，使自己的论断得到缓和。虽用问号，但丝毫不表示人不能认识无限。“漭瀰”“鸿洞”“茫乎”等词都与水有关，水的性质是无声、内敛、融解。“漭，水广远貌”，“瀰，水旷远之貌”，“鸿，大水也”，“洚洞，水无涯貌”，“鸿洞，相连貌”，“沧茫，水貌”，“茫茫，广大貌”。[1]同样身处无限，柳宗元流露出的是“水”一样的温润平和，想象自己像水一样弥纶天地于无声无息之间，这是中国古人不经意间显现出的雄心壮志。冲破有限的布鲁诺迸发的是打倒、粉碎的快感，是“火”的激情。中国古人对有限没有如同布鲁诺那样的“憎恶”——至多以为那是一种错误。打破有限并不“狂喜”，发现无限也并不“惊奇”，面对无限感情也并不“奔放”，描述无限的言辞也不直白。笔者以为这与先秦“宙合有橐天地”的观念有直接关系。“至大”“至小”所蕴涵的无限思维与“宙合有橐天地”具有相同本质，所谓“宙合”，只是“至大无外”的另一种表述，即空间的无限延伸。无限思维传于后世，宇宙无限被认为是理所当然的观念，故而不能引起人们的普遍“惊奇”。

需要继续关注布鲁诺的狂热以及对于上帝的感情。柳宗元的行文中自然没有上帝的身影，上文其他中国古代无限宇宙论者都像柳宗元一样认为无限宇宙和鬼神没有关系。根据《宇宙与意象》，库萨的尼古拉作为布鲁诺无限宇宙论的先声，将上帝和无限宇宙关联起来，他对无限表现出的主要是神学的精神。正如蒂泽所说“这位虔诚的大主教并不想创立天文学的新理论，只是想将宇宙和上帝分离”。[2]因此库萨的尼古拉和布鲁诺有两点相同：只有无限宇宙

[1] 《康熙字典》，第712页、第728页、第1663页、第683页、第1145页。

[2] Tuzet，第45页。

才能配得上上帝无上的荣耀；只有无限充盈的宇宙才有资格反映上帝无限的创造力。第二点可以将布鲁诺和邓牧、《琅嬛记》的作者作一比较，因为他们都试图说明世界或天地的复多性。上帝是布鲁诺无限宇宙的起点和终点：上帝创造了无限宇宙，宇宙中充盈的物质是上帝的力量的体现，所以布鲁诺的无限宇宙离不开上帝。

上帝的伟大和绝对权力……不是在一个地球、一个世界上，而是在百万个即在无限的世界上显现，……总要也总能在空间之上加数目：因此，凭借科学让我们摆脱狭小的锁链，将我们提升到神圣、绝对权力自由的高度；让我们摆脱贫乏的看法，并认识到伟大空间、崇高天域、文明世界的数不胜数的丰富性。❶

布鲁诺膨胀的精神终于使自己获得与上帝同样的神圣、光荣、权力和自由。而邓牧不认识布鲁诺的上帝，也不会将自己想象成神。他的“粟”“果—树”“人—国”等比喻中没有天神的位置。宇宙包含众多天地对于邓牧是理之固然，自然得就像树上会结很多果实，国家能容很多个人一样。我们应当再领略一下邓牧温文尔雅的平民气息：

天地大也，其在虚中不过一粟耳。虚空，木也；天地犹果也。虚空，国也；天地犹人也。一木所生，必非一果；一国所生，必非一人。谓天地之外无复天地，岂通论耶？❷

布鲁诺和邓牧的宇宙无疑都是充盈、丰饶的，但布鲁诺的“我”看待宇宙如同一个站在城墙顶上，观看万国来朝的皇帝，对

❶ ［意］布鲁诺著：《论无限宇宙和诸世界》，田时纲译，人民出版社2010年版，第47页。

❷ （南宋）邓牧：《伯牙琴·超然观记》，中华书局1959年版，第23页。

自己的威望心满意足；而邓牧的“我”看到满世界都是米粒，上下左右都是果实，全国到处都是人，只觉得自惭形秽：“不过……耳”传达的正是这个意思。邓牧对于没有认识到宇宙丰富性的人也不会像布鲁诺一样斥之为“豌豆、黑麦草和毒麦”——布鲁诺认为自己获得的真知就像“优质小麦”。[1]别人的谬见是布鲁诺口诛笔伐的对象，而邓牧则非常彬彬有礼地问一句：“谓天地之外无复天地，岂通论耶？”即你们那种有限的想法能说得通吗？

中国人的谦逊在前文所引《琅嬛记》中也有表现：

> 人物无穷，天地亦无穷也。譬如蛔居人腹，不知是人之外，更有人也；人在天地腹，不知天地之外，更有天地也。故至人坐观天地，一成一毁，如林花之谢耳，宁有纪乎？[2]

用人体的现象或自然景观说明宇宙中充盈着无限物质。蛔虫的比喻自然有些粗俗，但也不失形象生动。其中的“林花之谢”最富诗意：以植物的茂盛表现宇宙中事物的繁多，以花朵的各种颜色表现事物的差异，以花开的绚丽表现生成的灿烂，以花朵的枯萎表现毁灭的暗淡，以花落的无声表现事物消失在不经意间。以所有花朵的开放和凋谢，表现毁灭无论如何迅速都不能阻止整个树林呈现勃勃的生机和欣欣向荣的气象。一边是布鲁诺欣赏的万国来朝的人头攒动，另一边则是伊世珍（《琅嬛记》作者）的静观和悄然。

布鲁诺代表的16世纪欧洲人因为新理论的产生而欣喜若狂，而中国古人向来处变不惊，面对新发现不激进，也没有宗教情绪，这从杨泉、柳宗元、邓牧、伊世珍的行文、用词、语气、说理和比

---

[1] ［意］布鲁诺著：《论无限宇宙和诸世界》，田时纲译，人民出版社2010年版，第48页。

[2] （元）伊世珍：《琅嬛记》，中华书局1991年版，第18~19页。

喻中透露出来。

总而言之，中国古代无限宇宙论从先秦到明清一脉相承，不曾断绝。天地有限、有成毁，而宇宙无穷。无限宇宙包含众多天地，天地的数量不能以数论。时间没有始终，宇宙没有始终。宇宙能够无穷皆因变化不休，变化是宇宙保持新鲜、通畅、久远的根本原因。虽然前文从三个方面论述无限，但本质上空间、时间、变化互为表里，只有无限空间才能容纳无限时间产生的无限事物，只有无限的变化才能形成无限时空。对于中国古人，这些是应当遵从的自然之理。宇宙的永恒是积累的结果，不能因为永恒而忽略变化，这也是自然之理。古希腊传统将两者割裂，用有限、静止的永恒对立运动变化的现实世界，所以才导致布鲁诺火山喷发一般痛斥旧观念的文化现象，才有了如同发现新大陆一样的文学新题材。中国古人始终心态超然，在认识论上表现得圆融，所以才能不惊不乍，以宇宙囊括天地。空间、时间、变化的关系即方以智所谓“宙轮于宇”——时间在空间中旋转，三者统一。前面笔者提到方东美先生的观点，经过进一步论述，现在更能明白为什么方先生说中国哲学始终是一种交融互摄的哲学，因为对待宇宙心态开放，所以总能从宏观上关照人、物、主、客，不作根本的对立。

三、中国古代与古希腊传统时间观念的比较

巴门尼德出于对存在纯粹性和永恒性的维护，并由于对变化造成的毁灭感到恐惧而取消了时间，使得古希腊形成一种对时间表示贬低和怀疑的哲学传统。上文所论中国古人的时间观正是针对这种古希腊传统而作的对比。笔者认为巴门尼德的时间观传至柏拉图和亚里士多德都有所缓和，但依然保留深刻的巴门尼德印记。柏拉图的时间与生成和运动直接相关，他将“时间与生成以及天体的运动视为同一”；[1]但生成和运动只属于现象界，所以时间与理念（或理式）相区别，甚至对立。时间因而劣于理念，时间如同现象界的一切，只是理念在自然界的投射，是影子，这与巴门尼德的“幻想”很接近。柏拉图并未取消时间，但时间与永恒相比属于低等的存在。亚里士多德则认为时间不能独立于运动。但时间需要人的计量，因而时间也不能离开人的主观性。亚里士多德似乎将时间分成了主观与客观两半，想要完整的时间，则需要主观精神和客观运动的结合。[2]这种观点非常强调人对于时间的规定性，时间的客观性虽未遭否定，但属于不完整的概念。亚里士多德对巴门尼德时间观念的继承还表现在怀疑时间的存在：亚里士多德将时间分割成过去、现在和未来，由于过去和未来非存在，现在虽然目前存在，但立刻转变为过去，所以也是非存在。如此一来，时间就是非存在。但实际的情况是时间的确存在，这是矛盾。也许亚里士多德可以解决这矛盾，但笔者认为这种割裂时间的思维方式对于时间本身的价值依然是一种损害。总之时间概念在古希腊远不及存在、永恒、理念这些概念尊贵，亦不是主流哲学家的终极追求。

相对于古希腊哲学思维对时间的取消、贬低传统，中国古人对于时间则有别样的心理。在中国古代宇宙论中我们已经认识到时间观念对于宇宙的重要性。中国古人对宇宙的定义本身就是空间和时间的统一，所以从根本上说中国古人认为没有时间就没有宇宙。巴门尼德恐惧时间，是因为恐惧变化，而中国古人则正视时间的流

[1] 曾宵容：《时空论》，青文出版社1973年版，第5页。

[2] 曾宵容：《时空论》，青文出版社1973年版，第9页：“即可能态的时间所以成为现实态的时间的根据是在天体的圆环运动连关于精神的理性活动之主客的协动内”。

逝。孔子作川上之叹为后来的中国人定下对待时间的基本心理：可以感慨时间的流逝，但无法挽回的时间导致的不是恐惧，而是夫子对弟子的激励：时光易逝，只争朝夕。中国古人对时间态度敬畏，并表示遵从时间的流逝。没有将时间降低到幻象的地位，因为宇宙是实在的。王夫之所谓积累时空而成宇宙，使得时间必然成为最真实的存在。总之，与古希腊哲学传统——鄙视时间相反，中国古人承认时间的真实，并努力使自己的认识合于时间的本质，克服自己的浅薄，崇尚并追求时间所表现出的久远与深邃。或者说正是因为时间成就了宇宙，所以中国古人敬重时间、正视时间，并因为自己的精神或思维能够超越于时间之外，而对这一伟大的存在表示淡定。

四、中西对待变化的心理比较

或许有人以为中国古代哲学热爱“变化”的主题与赫拉克利特对变化的描述是相似的。笔者认为相似只是表象，其实有根本的区别。虽同为描述变化，但二者变现出截然相反的心理。第一章第一节阐述过赫拉克利特如何描述变化。在此还需要强调赫拉克勒特关于变化的心理。赫拉克利特满怀激情地描述世界的变化：“人不能两次踏进同一条河流”“太阳每天都是新的”“一切皆流，无物常驻”等箴言历来令诗人目眩。蒂泽所谓描写变化、流动、生成的诗人无不与赫拉克利特具有同样的对变化的认识。但不要以为在古希腊有一派哲学家形成了关于变化的哲学传统，并与巴门尼德派处处争锋。实际上正如笔者前文所述，基于古希腊民族对永恒的极其鲜明的感觉以及热烈的追求，赫拉克利特最终关注的是逻各斯——常则，或曰变中之不变者。赫拉克利特和巴门尼德一样，都追求永恒，所以不能说有一种崇尚变化、歌颂变化的古希腊传统。如此描绘变化的仅赫拉克利特一人。古希腊哲学不是崇尚变化的哲学，所以赫拉克利特面对变化并没有喜悦，他的描绘让人惊心动魄，并心生恐惧：这个世界变化太快、太多，变化使世界面目全非。因而古希腊人需要一个不变的本质作为对变化的表象的规定与约束。总之，变化是不祥的，应当避免的。巴门尼德否定时间，所以否定变化；赫拉克利特追求逻各斯，所以将变化与永恒的本质对立。

相反，中国古代关于变化的观念说明中国人的哲学或美学正视变化、认识变化、崇尚变化。它赋予变化客观、绝对、普遍的特点，并对变化引起的更新表示欢迎，甚至变化已经上升到本质的地位。变化和时间不能分离，无限时间的形成来源于无限的变化，"动静无端，阴阳无始"就是说明变化的无始终，由此引起时间无始终，并因为时间积累而形成宇宙。宇宙形成于变化，变化就是宇宙的本质，变化和时间具有同等价值。中国古代关于变化的哲学至少应具有三个层次的含义：变化的方式、变化的根源、变化的普遍性。总体来讲，中国古人认为变化的方式是反复，根源是阴阳的对立统一。笔者所论变化关注的是变化的普遍性、必要性和重要性。关注变化的普遍性是为了突出中国古人对变化的态度，尤其是古人对变化的接受和赞赏。古希腊乃至整个西方传统或者贬低变化，或者承认变化但面对变化只欣赏它带来的眩晕、陶醉的快感。中国古人不同，首先不贬低，同时也不眩晕，更没有快感。中国人的变化是一种本质，而赫拉克利特虽然也描述变化，但他的变化始终处于从属于永恒的位置，在这一点上他和巴门尼德是一致的。中国古代哲学家的时间观念特点如下：变化没有始终，不能止息，这是老子、孔子、《周易》、子华子、惠子等先秦哲学家早已确定的。中国古人对变化的欣然接受是由于对天地万物不得不生、不得不化的自然之理的认识。中国古人赞赏变化是因为认识到只有变化才能带来更新，只有变化才有生命。无论是更新、生命都是为了宇宙的长久存在，所以变化对于宇宙极为重要。鉴于此变化不以人的意志为转移，所以想要否定、取消、贬低变化的企图都是可笑的。

第五章和第六章将从个体角度说明宇宙哲学如何表现于文论家的理论和诗人的创作。中国古人始终以无限宇宙为主流，无限宇宙论导致对无限的习惯性思维，形成古代诗学和诗作无穷高远的意境和宏大的气势。

第五章 中国古代文论家的宇宙观

本章研究文论家的宇宙观，以魏晋时期的刘勰、晚唐的司空图以及清初的王夫之和叶燮为重点，了解哲学的无限宇宙论如何体现于文论家的理论。

第一节 刘勰文论的宇宙意识

刘勰所著《文心雕龙》代表中国魏晋南北朝时期文论的最高水平，是对先秦到南朝文论的总结，反映的是公元5~6世纪中国人对文学本身和文学创作的认识。历代以其体系完整、结构严密而多有赞誉，称为“体大虑周”，前无古人。《文心雕龙》所论文之纲领、文章体制、构思、风格、作法，无不深广，故本节以刘勰文论的若干主题为中心，说明刘勰文论的宇宙意识。

第四章阐述春秋战国以及汉到明清的无限宇宙论让我们领悟了中国古人的一种精神，即哲学思维的超越性，对各种可能的界限的超越。中国古人认为认识没有上限与下限，差异和对立都不具有绝对性，相反事物的界分应当用统一性来超越，时间和空间的二维界分应当以宇宙本身的状态来超越，“即成”应当被“未完成”超越。正因为这超越性才有中国式思维的宏观和融摄性。诗学作为美学——哲学的分支自然受到整体思维模式的影响，对物质世界无限性的哲学认识启发了诗学对于人的精神无限性的认识。以下笔者将以《文心雕龙》之《原道》《神思》《诠赋》《物色》《情采》和《明诗》等具有代表性的篇章的典型语句为主，论述刘勰的文学本体与起源、文学思维特征和心物相感三个主题所体现的宇宙意识。

一、刘勰论“文”

《文心雕龙》以论文为核心，故“文”字使用频率极高，据统计有近四百处。对文的本体与源头的集中论述出现在《原道》篇中。《原道》是《文心雕龙》的首篇，也是总纲，主旨在于对“文”作形而上的定位，将“文”与“道”联系，使“文”具有“道”的高度，即具有宇宙本体性。因为“道”论对《文心雕龙》的重要性——作者自述曰：“盖《文心雕龙》之作也，本乎道……”（《文心雕龙·序志》），学界对《文心雕龙》之“道”的特点和属性多有论述，比如有儒道之争，也有儒道兼宗的观点，即实现了自然之道和社会政治之道的综合。[1]本书不涉及此番争论，仅以《原道》所论之“文”为重点。《原道》可分为三大段，第一大段曰：

文之为德也大矣，与天地并生者何哉？夫玄黄色杂，方圆体分，日月叠璧，以垂丽天之象；山川焕绮，以铺理地之形：此盖道之文也。仰观吐曜，俯察含章，高卑定位，故两仪既生矣。惟人参之，性灵所锺，是谓三才。为五行之秀，实天地之心，心生而言立，言立而文明，自然之道也。傍及万品，动植皆文：龙凤以藻绘呈瑞，虎豹以炳蔚凝姿；云霞雕色，有逾画工之妙；草木贲华，无待锦匠之奇。夫岂外饰，盖自然耳。至于林籁结响，调如竽瑟；泉石激韵，和若球锽：故形立则章成

---

[1] 张少康：《中国文学理论批评史（上册）》，北京大学出版社2005年版，第195页。

矣，声发则文生矣。夫以无识之物，郁然有采，有心之器，其无文欤？❶

刘勰认为“文”能与天地比德，所以将文与天地并论。这一段论“文”有五层含义。第一层为道之文，即天地的形色状貌，此谓天文与地文；第二层为人文，即作为五行之秀、有心之器的人从心中生出的言文；第三层为人文的来源，即人秉性灵以观天地，领悟模仿天地之文而作人文；❷第四层为天地文与人文的关系，即两者统一于“道”，“道”的本质在于“法自然”，❸意即天地和人都是自然而有文、能文；有文是说万物无意识之本来面貌，能文是说人文是有意识的创造；第五层，刘勰参照天地之文对人文提出很高的要求，即模拟龙凤、虎豹等生命物以及云霞草木泉石等无生命物，而有富丽炳蔚之形和悠扬动听之声。

第二大段曰：

人文之元，肇自太极，幽赞神明，《易》象惟先。庖牺画其始，仲尼翼其终。而《乾》《坤》两位，独制《文言》。言之文也，天地之心哉！若乃《河图》孕八卦，《洛书》韫乎九畴，玉版金镂之实，丹文绿牒之华，谁其尸之？亦神理而已。

自鸟迹代绳，文字始炳，炎皞遗事，纪在《三坟》，……唐虞文章，则焕乎始盛。……益稷陈谟，亦垂敷奏之风。夏后氏兴，业峻鸿绩，九序惟歌，勋德弥缛。

---

❶　本书之引《文心雕龙》皆出于《文心雕龙注释》，刘勰著，周振甫注，人民文学出版社1979年版，以下仅注篇名。

❷　罗宗强先生认为“惟人参之”的“参”有“参悟、仿效、模拟”的意思，参见罗宗强：《读文心雕龙手记》，北京三联书店2007 年版，第18 页。

❸　（魏）王弼注，楼宇烈校释：《老子道德经注（第二十五章）》，中华书局2011年版。

逮及商周，……文王患忧，繇辞炳曜，……重以公旦多材，振其徽烈，剬诗缉颂，斧藻群言。至若夫子继圣，独秀前哲，熔钧六经，……写天地之辉光，晓生民之耳目矣。

这一段是论“文”从形而上到形而下的实现过程。若与《易传·系辞下》参看，可知刘勰叙述的人文的起源经过庖犠、唐虞、后稷、文王、周公、孔子等一系列圣人的创造，从无文字的卦象到有文字且文采斐然的六经，圣人创造的人文达到与天地之文同样的高度。对这一过程应当有以下两点认识：刘勰认为人文是一个历史的生成过程，从“河”“洛”之简到“雅”“颂”之繁是人的创造，而不是上天一次性的赐予；刘勰所说的“文”既是周孔儒家之文——“生民耳目”，也是老庄道家自然之文——“天地辉光”。本段是上一段天人两文关系的具体连接，即天地之文成为人文，圣人功不可没。

第三大段曰：

爰自风姓，暨于孔氏，玄圣创典，素王述训，莫不原道心以敷章，研神理而设教，取象乎《河》《洛》，问数乎蓍龟，观天文以极变，察人文以成化；然后能经纬区宇，弥纶彝宪，发挥事业，彪炳辞义。故知道沿圣以垂文，圣因文以明道，……辞之所以能鼓天下者，乃道之文也。

这一段的重点在于突出人文的作用，其社会政治功用强大以至于能治理天下、规范礼乐、建功立业。三段合观能明了刘勰论文的特质：天文和人文并置而有分别，对“文”的原始认识传承不绝以及人的重要性。

《文心雕龙》之所以体大，是因为刘勰不以文论文，开篇即将文与天地并立。“与天地并生”说明自从有天地就有文，此之谓文经历的时间久远。文以形色音响遍布天地，此之谓文所处的空间广阔。经圣人之手实现六经这样典丽的言文，并能教化万民，经纶事务，说明“文”对社会生活的重要。以上即从时空和人生三方面为“文”正名。天文和人文的分别和交通证明两者的可比性，即天地不朽，则文不朽，文不朽，则人文亦不朽。这是对曹丕“盖文章经国之大业，不朽之盛事”[1]的具体说明。曹丕和刘勰都有文论传世，若将其著作不仅作学术观，而同时作功业观，则可知二人都在践行圣人“立德”“立言”“立功”，所谓“三不朽”的谕言。[2]曹丕曰：“年寿有时而尽，荣乐止乎其身。二者必至之常期，未若文章之无穷。”[3]很明显，古人论文或作文都在于以不朽之文辞超越有限之年寿，使自己的精神传于后世。曹丕在政治上身居高位，却也患名有所不立，刘勰仕途穷困，担忧自己庸碌一生。二人皆论文而为“文”“言”正名，将之与天地相比，这既是论文，也是实现古人宇宙哲学的终极目标，即高扬人的精神的创造力，视其与宇宙的生命力为一体。刘勰将天地万物自然的纹理与人的言文类比，并以神秘的道体将二者统一，认为天文和人文都是“道”的外化。

《说文解字》谓“文：错画也。象交文。”[4]意即文就是交错。段玉裁的注很值得注意：

---

[1] （魏）曹丕：《典论·论文》。转引自郭绍虞：《中国文学批评史（上册）》，商务印书馆2010年版，第92页。

[2] 《左传·襄公二十四年》：“大上有立德，其次有立功，其次有立言，虽久不废，此之谓不朽。”杨伯峻编著：《春秋左传注》，中华书局2009年版，第1088页。

[3] （魏）曹丕：《典论·论文》。转引自郭绍虞，《中国文学批评史（上册）》，商务印书馆2010年版，第92页。

[4] （清）桂馥：《说文解字义证》，齐鲁书社1987年版，第765页下。

错画也。错当作逪，逪画者逘逪之画也。《考工记》曰："青与赤谓之文。"逪画之一耑也逪画者，文之本义。彣彰者，彣之本义。义不同也。黄帝之史仓颉见鸟兽蹏迒之迹。知分理之可相别异也。初造书契。依类象形，故谓之文。象交文。像两纹交互也。纹者，文之俗字。[1]

《康熙字典》引《释名》："文者，会集众綵，以成锦繡。合集众字，以成辞义，如文繡然也。"[2]又《易·系辞》："物相杂，故曰文。"[3]从以上引文可见关于文的认识的源起。刘勰的类比来源于"文"与"纹"的同一。天地、日月、鸟兽、植物之"纹"与建筑、雕塑、绘画、服装之"纹"何其相似！则人文自然可比于天文。两种"纹"显示的最大相同点在于汇集不同的色彩样式。诗乐舞作为人文的高级形式也应当进入广义的文的行列，而制度、秩序、典仪之作为无形之文，则是人文的另一些形式。文之所以能有如此广阔的含义，是因为文的本义强调的正是对各种差异的融合。《史记·谥法》："经纬天地曰文，道德博闻曰文，勤学好问曰文，慈惠爱民曰文，愍民惠礼曰文，锡民爵位曰文。"[4]以文为谥号说明"文"代表最大最高的美德。《文心雕龙·情采》曰："故立文之道，其理有三：一曰形文，五色是也；二曰声文，五音是也；三曰情文，五性是也。五色杂而成黼黻，五音比而成韶夏，五性发而为辞章，神理之数也。" 刘勰对各种类别的文的总结就

---

[1] （清）段玉裁：《说文解字注》，上海书店1992年版，第425页。

[2] 郭彧译注：《周易》，中华书局2006年版，以下引《周易》皆出于此。

[3] 同上书，第425页。

[4] （汉）司马迁：《史记·谥法（谥法解）》，上海书店1988年版，第6页。

是形、声、情。要求言文有物象、声韵、情思三种美处。若再联系第四章《子华子》《老子》之论高下、音声、盈虚、洪微，尤其是史伯和晏婴之论“杂五行”“和五味”“和六律”“和五声”“清浊”“徐疾”，还有《周易》之阴阳、刚柔、乾坤，读者不难发现古人对“文”的理解的统一性，这种统一性遍布于文学艺术、哲学、政治、历史。刘勰论文能涵盖自然社会，这是视宇宙为一个现象千差万别而又处处相和的整体。中国古人认为差异性就是宇宙生成的原因，本着这种思维模式，所以用差异性解释“文”，用相杂相成解释文理，这是中国古代文论的特色。先民对“文”的原始认识构成了刘勰思维的基础，也使刘勰能突破文章的狭小范围。朱良志先生的观点很有启发性，他认为刘勰文论具有文化的宏观视野，拓展了论文的深度和广度，揭示了文学的历史和哲学根源。[1]

一般以为魏晋南北朝思想界最盛行的玄学是杂糅儒道佛而以道家思想为灵魂。[2]《文心雕龙》之《原道》《征经》《宗圣》开宗明义，以儒家六经为作文的范本，这是在儒学衰微的六朝思想界对儒家经典的坚守。儒道能在《文心雕龙》中共同发挥作用，在于儒道精神之根本并不相悖。比如对人的地位和作用的认识。《尚书·泰誓》：“惟天地，万物父母；惟人，万物之灵。”[3]老子反复论圣人之德，有“圣人抱一，为天下式”（二十二章），“圣人常善救人”（二十七章），“圣人被褐怀玉”（七十章），亦论其

---

❶　朱良志：“《文心雕龙·原道》的文化学意义”，载《中国文学研究》1990年第2期，第9~15页。

❷　萧华荣：《中国诗学思想史》，华东师范大学出版社1996年版，第56页。

❸　《尚书·泰誓上》。（汉）孔安国传，（唐）孔颖达疏：《尚书正义》，上海古籍出版社1990年版，第149页。以下引《尚书》皆出于此，仅注篇名或页码。

他人，如："故道大，天大，地大，王亦大。"（二十五章）王弼注曰："天地之性人为贵。"可见老子对人的作用的肯定，王弼则直言人的可贵。孔门"人道"的哲学对人的重要性更多有强调，如《论语·季氏》："君子有三畏：畏天命，畏大人，畏圣人之言。"[1]将人言与天命相提并论。《礼记·礼运》："人者，其天地之德，阴阳之交，鬼神之会，五行之秀气也。……故人者，天地之心也，五行之端也，食味、别声被色而生者也。"[2]《中庸》以为人尽性则能"赞天地之化育"。这些都是刘勰认为人是"性灵所钟""五行之秀""天地之心""有心之器"等用语和思想之源。刘勰论人最终是以论文为旨归，所以说"人"："五行之秀，实天地之心，心生而言立，言立而文明，自然之道也。"这肯定了言文的产生是人的精神作用的结果。刘勰认为文的产生始终有现实基础，人是这一过程的主体，而人作文的主要根据是客观存在物："人文之元，肇自太极"，是说人的五性来自天地未分以前的元气。最初的文字是模仿鸟兽的爪印和蹄印，所谓"鸟迹代绳"。庖犠创易象是观察天文地理人文的结果。唐虞作歌作文是为了抒发情志。后稷作文则是进言谋议。禹作歌是歌颂功绩。文王忧患时政，故其文含义深刻、文采丰美。周公制诗作颂是为了发扬功业，孔子作文也是为了宣传政教。刘勰之列举古代圣王和周公、孔子不仅是为儒家经典张目，也是在强调人和客观现实是人文生成的首要动力和基础，只有人才能领悟天象地理、定两仪高卑、书山川焕绮。

---

[1] （宋）朱熹撰：《四书章句集注》，中华书局2011年版；以下引《中庸》《孟子》皆出于此。

[2] 《礼记·礼运》。杨天宇：《礼记译注》，上海古籍出版社1997年版，第377页。

二、刘勰论“神思”

《神思》篇叙述文学创作思维的特征，刘勰对神或神思的特性有明确认识。通观全篇可以总结出神思的两大特征：广阔性和现实性。

“……‘形在江海之上，心存魏阙之下。’神思之谓也”：是说神可以离开形体，去很远的地方，神可以和形分离，不受形体所在空间与时间的限制。“文之思也，其神远矣。故寂然凝虑，思接千载；悄焉动容，视通万里”：是说思维发生作用时，精神活动不受时空的限制，可以一跃而跨过千年的时间和万里的空间。“眉睫之前，卷舒风云之色；其思理之致乎”：指风云变幻，气象万千，空间广阔、历时长久的物象一时之间都可以置于眼前，这是思维或精神的作用。“登山则情满于山，观海则意溢于海，我才之多少，将与风云而并驱矣”：即情、意、才都居于精神之中，精神没有形状和数量上的极限，遇到海、山、风云，则获得海水巨大的量和不可测的深度、山起伏的形状以及风云流动的态势。以上四条皆言神思的特点，在于其广阔和悠远，变化多端，随着外物能迅速取得一定的形状、色彩和样貌。

“神居胸臆，而志气统其关键”：神思在人的心里，由意志和气势作为统辖，意思是说神思从人体中生出，并以现实的充体之气和固有的意志力为导引，神思是人凭自身获得，而不是异于人的其他智慧的赐予。“关键将塞，则神有遁心”：统辖神思的现实基础气和意志如果不通畅，则神处于离散状态，不能凝聚，则神思不能发挥作用，不能创作。“神与物游。……物沿耳目，而辞令管其枢机”：神思能从心中被激发出来，还需要外物与心相接触，再用语言表达思想，外物对神具有重要的作用，犹如催化剂；“积学以储宝，酌理以富才，研阅以穷照，驯致以怿辞”：读书学习，积累学问，观察体会，积累经验阅历，深入探索，才能有敏捷的神思。

这是说神思的获得需要现实基础，学习游历，在实践中磨练思维，所以神思是人自身有所作为而修炼的结果，神思是生成的，不是凭空取得的。以此结合上一节人的主体性，再反观古希腊的神附体，则刘勰强调人在创作中的自主地位的认识更加肯定。

笔者认为刘勰对思维的认识反映了对精神的超越性以及对精神的现实基础的理性把握。他对神的认识并非天才的想象，而是文化积累的结果。古希腊有众神，众神具有人的情欲、过人的智慧以及人的缺点，众神又有首领。基督教的神经常指上帝，而上帝是人格神。与此相对，中国古代对神的认识应当明确以下几点。第一，根据《说文解字》解释，“神”为“天神，引出万物者也”，神是一种能产生万物的巨大力量，这个力量来自于天。中国古代所谓“神”指超自然的可以被崇拜的对象。杨树达先生认为古人对神的原始认识从“电”而来，“故在古文，申也，电也，神也，实一字也”，“电为天上至神之象，……故天神谓之神”。[1]所以神只是一种奇特的自然现象，而不是上帝那样的唯一主宰，尤其没有创世的能力。这一点以老子的宇宙生成论表现最为明显，老子认为宇宙依据“道”而自行生成。第二，中国也有多神，比如四方、山川、日月都有神，但是殷商时又认为人死而能为神，所以神的成分在中国很复杂，往往与鬼并称。第三，根据劳思光先生的意见，人格神作为一种原始观念，在先秦儒学中已经丧失了重要性，[2]尤其是周公制礼作乐，更加注重消除人对神的盲目崇拜，宣扬人对神的理性认识，以制度取代迷信鬼神的风俗，虽然很不彻底，但在思想上对

[1] 杨树达：《积微居小学金石论丛·释神祇》（增订本），中华书局1983年版，第16页。

[2] 劳思光：《中国哲学史》，三民书局1981年版，第23页。

后人产生了很大影响，所以儒家不经常论神。如孔子对鬼神表示恭敬而态度疏远，存而不论："祭如在，祭神如神在"（《论语·八佾》），"敬鬼神而远之"（《论语·雍也》），"子不语怪力乱神"（《论语·述而》）。第四，神进入文学领域经历了一个过程，即从宗教到哲学，再到文艺学。[1]哲学神论如《易传·系辞上》："阴阳不测之谓神。"王弼注云："神也者，变化之极，妙万物而为言，不可以形诘。"[2]《孟子》："圣而不可知之谓神。"（《孟子·尽心下》）这些引语表现对神不可名状，不知根基、不能把握的特点的直观认识。但古人的认识不止于此，《尚书·大禹谟》："乃圣乃神"。[3]《孔传》"圣无所不通，神妙无方。"[4]《皇极经世》："天之神栖乎日，人之神栖乎目。"[5]《易传·系辞上》："极天下之赜者存乎卦；鼓天下之动者存乎辞；……神而明之存乎其人；默而成之，不言而信……"神不仅是可崇拜的对象，圣人乃至所有人都有神，人的神从眼睛里可以看出来，人拥有神明，所以人的精神神妙而能明晓天地的变化。这里发生了一种概念的置换，神从偶像而成为人本身的拥有，其实这是两种神：偶像神和个体神。之所以能发生这种移动，首先殷商时人们认为人死而能成神，神与灵魂以及精神接近，这种思维模式积淀下来。其次，人的精神也有不能为理性所认识之处，也有不可知的特点，人的精神

---

[1] 笔者的这种认识是受到陈良运《中国诗学体系》（中国社会科学出版社1992年版，第351~377页）的启发。

[2] （魏）王弼，（晋）韩康伯注，（唐）孔颖达疏：《周易注疏》，上海古籍出版社1989年版，第248页。

[3][4] 《尚书正义》，上海古籍出版社1990年版，第51页。

[5] 《康熙字典》引，上海辞书出版社2007年版，第802页。

像闪电一样迅速，人的思维包罗万象，理解力广大无边。有才能、有天赋的创作者作为感悟力强大的人，其神思较一般人更为敏捷。

刘勰论神即是神进入文论的表现，神的广阔来源于原始思维对无所不能的自然力的崇拜，神的现实基础来源于儒家对神的理性认识。在神思的广阔性方面，除了原始思维，还有两种基础：其一，作为诗人哲学家的老庄所倡导的道的哲学开启了中国人善于体虚、高蹈、宏观、形上思维的特点。结合第四章对道家哲学的认识，老庄对道、宇宙本体、宇宙发生发展的模式的高瞻远瞩的体悟，不仅启发了宇宙无限的认识，也因为他们所达到的境界，使后人更加自信精神的无限性：只有无限的精神才能认识无限的宇宙。其二，刘勰之前更有直接论述神思者，比如《庄子·让王》："身在江海之上，心存魏阙之下"，以及《在宥》："人心……其疾俯仰之间而再抚四海之外。其居也，渊而静；其动也，县而天。"❶《荀子·解蔽》论心清明则能"坐于室而见四海，处于今而闻久远"，❷《淮南子·精神训》："望于往世之前而视于来事之后"以及《俶真训》："身处江海之上，而神游魏阙之下"❸；陆机的名句："精骛八级，心游万仞"，"观古今于须臾，抚四海于一瞬"。❹他们都对哲学之神进行了文学改造，使神从不可捉摸的哲学概念变成文艺心理学的常用名词，而刘勰神思论能总结前人而又具体详备，不仅论述神思的一般特点，而且对创作过程中神思的各

---

❶ （晋）郭象注，（唐）孔颖达疏：《庄子注疏》，中华书局2011年版。

❷ （战国）荀况：《荀子》，上海古籍出版社1989年版，第126页。

❸ （汉）高诱：《淮南子注》，上海书店1986年版，第101页、第23页。

❹ （西晋）陆机著，张少康集释：《文赋集释》，人民文学出版社2002年版，第36页。

个阶段、各种状态，都有描述。神思有深浅、有疾缓、有塞畅、有丰贫、有集散、有博狭，种种样态，刘勰皆有所见。

要之，宇宙哲学对刘勰神思论的启发有一个核心点，借用司马相如的话："赋家之心，苞括宇宙，总览人物。"[1]再结合《管子》之宇宙橐籥天地可知：能囊括宇宙者，诗人之心也。

三、刘勰论心物相感

刘勰论心物相感在《诠赋》和《物色》中有两段重要的文字：

原夫登高之旨，盖睹物兴情。情以物兴，故义必明雅；物以情观，故词必巧丽。

物色之动，心亦摇焉。……岁有其物，物有其容；情以物迁，辞以情发。

……

是以诗人感物，联类不穷。流连万象之际，沉吟视听之区。写气图貌，既随物以宛转；属采附声，亦与心而徘徊。

刘勰的高明之处在于"心"或"情"与"物"并论，以"情以物兴，物以情观"这样的回环句式说明两者的辩证关系，而不是偏于一隅。"情以物兴"以情为主，即以创作者为主，强调情感的勃发是心触于物的结果，所谓"睹物兴情"；"物以情观"以物为主，站在外界物象的角度，说明所观之物已着有观察者自身的感情色彩。心"随物宛转"与"情以物迁"或"情与物兴"相类，心情的起伏与物象的变化保持相同节奏。"宛转"一词所表示回旋、曲折、缠绵等含义使心物关系获得灵动的描述，物"与心徘徊"则是"物以情观"的另一种讲法。"徘徊"表示往返、流连、若即

[1] 《西京杂记》卷二，转引自王运熙主编：《中国文学批评通史(第二册)》，上海古籍出版社1996年版，第100页。

若离的状态。物无生命或有生命，无声无息、无知无觉或能发天籁之音、具有简单知觉，然皆不与人类似，却能与人缠绵流连，说明人已经将物内化，人觉得自己能感物，于是觉得物仿佛也具有人的感情，物我相互驯服。在诗人看来，这最有利于写作，是诗人思维的最佳状态，后世学者称之为“生命一体”的思维方式。“诗人感物，连类不穷”说明诗人感觉之敏锐和联想的作用。联想使人观一物时，能旁通其他事物，万千物象引发万千感觉，物象有穷，而诗人的感觉、感情岂止万千。人的感受不能以数量衡量，因为感情不具有物象的外形，是一种可塑性极强的流体，像水，却没有水的质感，像风，却没有风的温度和强度，像云，却没有云的颜色和体积。感情一切皆无，却一切皆有。“辞以情发”就是情的落实，形诸言辞符号，使读者窥见感情的一切：浓淡、冷暖、强弱、狭阔、高亢、低回。这些性质既包含物性，也有物性所不及之处。盖物为实，而情为虚，“实”一次可以看尽，“虚”则不能穷尽。

学者们对刘勰的这几段文字有很多阐述，有王元化基于现代哲学而提出的“主客体”说，❶有张少康基于文化潮流而主张的“融合儒道佛”说，❷有徐复观基于美学而创造的“移出移入”说，还有童庆炳基于现代心理学而引进的“物理境”和“心理场”说，❸不一而足，皆有创见。笔者以为无论作多少种解说，心物相感过程的复杂和微妙是不能道尽的，然而万变不离其宗。学界对

❶ 王元化：《文心雕龙创作论》，上海古籍出版社1979年版，第72~75页。

❷ 张少康：《中国文学理论批评史（上册）》，北京大学出版社2005年版，第178页。

❸ 徐复观和童庆炳的见解皆参见童庆炳：“《文心雕龙》‘物以情观’说”，载《北京师范大学学报》2011年第5期，第30~41页。

《周易》《礼记·乐记》《庄子》《淮南子》与《文心雕龙》在心物感应方面，从哲学、音乐心理学、诗学数个角度说明了刘勰与前人的继承关系，这个线索的形成正以天人合一这一中国古代的哲学思想为宗。

《文心雕龙·明诗》：“人禀七情，应物斯感；感物吟志，莫非自然。”言人先有情，触物生感，并形成志意，用音乐言辞等表达志意，这是自然的过程。《物色》：

春秋代序，阴阳惨舒，物色之动，心亦摇焉。盖阳气萌而玄驹步，阴律凝而丹鸟羞，微虫犹或入感，四时之动物深矣。若夫珪璋挺其惠心，英华秀其清气，物色相召，人谁获安？是以献岁发春，悦豫之情畅；滔滔孟夏，郁陶之心凝。天高气清，阴沉之志远；霰雪无垠，矜肃之虑深。

这与《原道》对人的作用的强调是一致的，动物植物皆对时令有所感而发为各种状态、声响、颜色。人秉性灵则更能有感而发喜悦、忧郁、陶醉、激昂、凄凉等心情，这是先民朴素的万物交相感应的富有文采的表达。《说文解字》谓“感，动人心也”；刘勰认为能动人心者，既有自然物还有社会历史。论心物相感也是对上一节“神”的现实基础的加强，神思发挥作用是现实感物的结果，综合观之，更能突出中国物感而成文与西方灵感而作文的区别。心神对外物的感觉以及对外物的作用是诗产生的原因，而不是神灵的驱动使诗人突发奇想而有所创造。

四、主体性的得失：刘勰论人的主体性和古希腊“狂兴”思想的比较

刘勰认为人本身不仅能认识宇宙，还自然秉有五性，以之对比柏拉图论艺术的性质、狂兴论和模仿论，则可以明白中国古人认为文学艺术的产生是个人性情、意志或者心灵的表现。人的作

用以及“文”因其巨大的政教作用而具有的真实性，都是不容怀疑的。在古希腊，不仅柏拉图还有苏格拉底，都认为艺术彻底远离心目中的真实，而柏拉图甚至以为艺术是“虚假的”，带有“游戏性质”的，[1]所以要将诗人赶出理想国。而诗人创作时也没有现实基础，人似乎失去了自主性，让文艺女神附了体，才有了神授的“狂兴”。[2]所有诗人都渴望并赞美狂兴的赐予，仿佛聆听了上帝的教诲，所以诗人自许为神的代言人。柏拉图之艺术模仿客体建立在客体只是理想形式的不完美的形象的基础上，因此模仿就是虚假产生的根源。这与中国古代人文模仿天文而使人的创造获得不朽的价值是根本相背的。究其原因，在于柏拉图始终不以现象为真实，而以理念作为唯一的真实，从而否定的人的价值、艺术的真实性，所以根本谈不上文学艺术能够经纬天地，弥纶彝宪。亚里士多德改造了老师的模仿论，让诗人可以表现“可能之真实”，但“不要基于表现可能发生之事件这种作用，把有关诗人个人创作想象方面的主观主义的，甚至浪漫主义的态度强加给亚里士多德”。[3]另外从亚里士多德对于诗所应当模仿的对象，即真实事件、想象的事、应该的事，[4]将西方的叙事传统和以情性为创作根本的六朝文论相比较，我们可以明白六朝文论在古希腊以降很长时期的西方诗学界是找不到知音的，原因在于“情志说”以人心为本，以表现人的主观精神为核心，而古希腊之模仿论则以物态为本，以再现事实为中心，这种比较使刘勰对人的主体作用的强调更加突出。用刘勰对比古希腊

---

[1][2] ［法］让·贝西埃著，史忠义译：《诗学史（上册）》，河南大学出版社2010年版，第16页。

[3][4] 同上书，第18页。

哲人虽然在时间上有差距，但还是具有可比性，原因在于刘勰所代表的不仅是六朝文论，也是公元前5~6世纪以来中国古人对文艺的基本看法，所以本章开篇即说《文心雕龙》是对先秦至六朝文论的总结。在继承传统的意义上，以上比较的核心并不是对比几个人，而是对比两种文化和思维。刘勰对人的强调是魏晋南北朝所谓人性觉醒、文学、文论自觉的一种表现。刘勰对主体的态度同时也是对宇宙的一种超越，这和以上人文、天文并立具有同一旨归。中国古人的宇宙论并不以无限为终点，中国古代哲学的所有思想都指向人，所以立言成为三不朽之一，所以人才应当成为天地之心。认识不在于认识本身，如果没有人的参与，无限宇宙是没有意义的。中国古人关于主体强烈的参与、干预意识——所谓“赞天地之化育”，始终指导文学创作，表现为人对自己的创造活动的信心和赞美，表现为对个体精神能力的肯定，也表现为上文论述的“心物相感”，我们看到中国诗人将观察对象内化于主体，以生命的一体性来领悟而不是纯粹地认识客观存在。

刘勰论文、神、物，体现出中国古人认为精神与物质同等重要，文学艺术的产生建立在主体的能动和客体的感发，即主客一元的基础上。在柏拉图之前，毕达哥拉斯就有净化灵魂、摆脱肉体的呼声。灵魂干净，肉体肮脏，这种意识导致人的分裂。柏拉图更以超感觉的理念与现实世界的分离奠定了精神—物质、主体—客体分离的西方哲学基础。后来基督教更以人的肉体与精神的罪恶建立了原罪说，将人的主体彻底贬低，这些传统至今不绝于缕。灵魂和肉体的游离，理念——绝对精神与现象界的隔绝，人为草芥、罪恶的渊薮与上帝的独尊，如此种种使得西方哲学表现为一种“分离”“分析”的哲学，而区别于中国古代哲学“和合”“中庸”的思维模式。西方思想中灵魂纯粹是神性的体现。理念、绝对精神的超越来源于上帝的至高无上。中国的神明为人所拥有，人而能神，才创造了“人文”。总之，一元的统一使主体能够上升至不朽、无限存在的高度，二元的分离使主体被压缩在底层，就像西方在中世纪漫长的岁月里以地球为宇宙的中心，是因为那时人们认为月下界最重，远离地球的圈层越往上越轻越纯洁，地球最重所以最不纯洁，宇宙所有的污秽、渣滓都落在低洼的地方，地球是宇宙的垃圾桶。[1]人住在肮脏的地球上则生来具有肮脏的本性，人的精神注定是需要被净化、被拯救的对象。基督教理念之所以能大行其道，因为它在对人的价值的认识方面暗合于古希腊主导的哲学思维。结合中国古代以人为天地之心、五行之秀的论说，可见中国古代哲学表现出人本主义精神。张世英先生有一种提法，即“诗性哲学”，可以说明哲学和文学之间的勾连交互作用，张先生尤其提供了一种从哲学看文学，再从文学反观哲学的视角。张先生认为：主客二分导致“主客彼此外在、彼此限制而达不到心灵上的自由境界”，因此西方哲学缺乏诗性。[2]诗性尤其从文学中获得，它超越了追求真理的自由，也“高于道德意识的自由”。[3]如果哲学和文学可以统一，如果两者都有终极追求，那么就是对境界的提高。“天人合一”正是对境界的追求，中国古代思维表现为一种诗性哲学，古代哲学具有诗性，诗表现出哲学性。刘勰论思维和想象的特性，论物我交融，不仅是论文学，也是在论一种哲学境界，而他表现出的宇宙意识既是诗学的，也是哲学的。

---

❶ 以上关于西方古代和中世纪对地球中心位置的认识来源于Hélène Tuzet, *ibid*, p. 26。

❷❸ 张世英：《天人之际——中西哲学的困惑与选择》序，人民出版社1995年版，第5页。

诗人之心能包括宇宙在于心物一体，宇宙虽大，而精神的境界能达到宇宙本体的高度。万物变化虽多种多样，但转瞬即逝。人因能立言而不朽，所以人有高于宇宙者，在于人是"有心之器"。以上仅提出《文心雕龙》的三个主题，不能对这部论著进行全面挖掘，但可以从以上简短的论述中了解刘勰的思想，他的思想能够从某种程度上代表了中国古代文人的思维模式。

第二节　司空图《二十四诗品》以宇宙论诗[1]

笔者选择司空图作为继刘勰之后又一个具有显著宇宙意识的文学理论家。本书将通过司空图《二十四诗品》的宇宙论证明哲学上的宇宙论如何在文学理论中发挥作用。通过《二十四诗品》宇宙诗学的阐明，可以了解唐代中国文人的一般审美心理，明了他们对时间、空间、变化的物象等宇宙问题的态度。

司空图《二十四诗品》（以下简称《诗品》）是晚唐时期论述诗歌意境或风格的重要著作。《诗品》以24首四言十二句的诗论述了24种意境或风格。这部著作在中国古代美学史上具有重要意义。对它所达到的理论高度——美学哲学方面，现代研究者有诸多论断。如有学者认为在《诗品》中哲学完全进入美学，标志中国

---

[1] 司空图（837~908），字表圣，河中虞乡，（今山西永济）人。唐咸通进士。累官东都光禄寺主簿、礼部员外郎、礼部郎中。唐僖宗时迁中书舍人。后归河中，屡征不起。朱温代唐，召为礼部尚书，不应。闻唐哀帝被杀，绝食而死。有《司空表圣文集》《司空表圣诗集》及《二十四诗品》传世。成复旺、黄保真、蔡钟翔 编著：《中国文学理论史（二）》，北京出版社1991年版，第242页。

美学的哲理化达到新高峰。[1]或者还有更详细的论断如："司空图完全改变了传统特色，他抛开了杂文学观念而专门对诗——这一中国古代文学中最重要的纯文学样式，进行了系统的哲学思考。"[2]《诗品》对中国古代文学理论的独特贡献在于"打破了政教中心的理论体系，专从审美着眼，对多种流派的诗歌艺术，作出了全面的美学评价"。[3]对于《诗品》尤其是司空图本人的哲学或伦理思想，研究者普遍认为除儒家思想外，司空图主要受道家自然哲学的影响。[4]敏泽先生提醒大家还应注意佛家尤其是禅宗的影响，并指出《诗品》使用了为数不少的佛典语汇。[5]具体到《诗品》的宇宙论，研究者也有众多论断，如认为《诗品》说明诗歌创造的艺术美的本质或本原是"精神性的宇宙本体"；[6]或如叶朗先生所说《诗品》的中心思想是"诗的意境必须体现宇宙的本体和生命"。[7]还有较具体的看法，如认为《诗品》"从流动范畴的总宇宙观上来认识审美范畴的相对性"；[8]或说"《诗品》从'超以象外，得其环中'的宇宙哲学和美学韵味出发……进入了美学的最深处"。[9]而

---

[1] 林同华：《中国美学史论集》，江苏人民出版社1984年版，第238页。

[2] 成复旺、黄保真、蔡钟翔编著：《中国文学理论史（二）》，北京出版社1991年版，第246页。

[3] 同上书，第247页。

[4] 关于司空图对老庄哲学的崇尚，参见叶朗：《中国美学史大纲》，上海人民出版社1985年版，第274页。

[5] 敏泽：《中国美学思想史（上卷）》，湖南教育出版社2004年版，第732~733页。

[6] 成复旺、黄保真、蔡钟翔编著：《中国文学理论史（二）》北京出版社1991年版，第247页。

[7] 叶朗：《中国美学史大纲》，上海人民出版社1985年版，第274页。

[8] 林同华：《中国美术史论集》，江苏人民出版社1984年版，第238页。

[9] 张法：《中国美学史》，上海人民出版社2000年版，第201页。

关于《诗品》总体的美学趣味则普遍认为以空灵、冲淡的意境美为主要特色，其影响及于后世，如南宋严羽“妙悟说”和清代王士祯“神韵说”都承继于此。[1]除了《诗品》，司空图还在其他著作中提出了“味外之旨”“韵外之致”“象外之象”“景外之景”的著名美学、文学理论观点，现代研究者多从历史的角度说明其哲学、美学来源，尤其注重先秦哲学和六朝美学、文论对司空图思想的源头性作用。

以上所总结的论断有关于哲学、文学理论、宇宙论、审美心理，均说明司空图《诗品》的重要性。以下笔者将继续关注《诗品》的宇宙论，其他方面暂不涉及。《诗品》以道家自然哲学为思想核心，以宇宙本体和生命为诗美的本质，这些都切中根本。但笔者认为似乎可以更细致地分析《诗品》的宇宙论，即在“道”和宇宙本体、生命这些基础性论断之上继续提出更多属于宇宙的范畴。以下笔者将主要从《诗品》的文本出发提出两点，即时空范畴和变化范畴，较详细地分析《诗品》如何从时空和变化的角度论述诗歌意境或风格。24种诗品对时空的说明比较直接，而对变化的说明则是隐含的，需要挖掘。笔者对《诗品》的研究主要是回应第四章哲学上的无限宇宙论，通过司空图的诗学思想具体说明无限宇宙论进入诗论家的思想和作品，以怎样的方式表现。总体来说，《诗品》体现了司空图对无限时空的追求，对时空的思考化为种种宇宙存在的方式；关于变化虽无直接的理论形式的论述，但《诗品》文本中的大量物象以流动、充盈并富有生机的方式呈现，本身就说明司空图对变化这一宇宙特质的强调和再现。更进一步说，在时空论方面主要也是回应《宇宙与意象》的观点，蒂泽提出欧洲思想史或文学

---

[1] 王兴华：《中国美学论稿》，南开大学出版社1993年版，第354页。

创作主题在无限—有限两种宇宙模式之间的往复。笔者认为中国古代无限宇宙论是一贯的传统，并认为中国古人没有如欧洲人那样遍及哲学、美学、文学的宇宙模式争论，笔者提出司空图即为这方面的例证之一。而在变化论方面，主要针对《宇宙与意象》第一章第一节提出的永恒—变化两个文学创作主题的区分。根据蒂泽的观点，巴门尼德和赫拉克利特哲学的对立引起了这两大主题的区别。蒂泽的观点并非独创，而是来源于怀特海（Alfred North Whitehead）的观点，怀特海在《科学与现代世界》中将18世纪的诗人区分为两类，即描写永恒和变化两种意象的两派诗人。[1]蒂泽很强调这种区分，她首先从古希腊哲学寻找根源，并在此基础上区分古代和近现代众多诗人。根据怀特海所说，18世纪诗人依然有此区别，可见这种对比在欧洲持续之久。如此则中国古代哲学对变化一贯的重视——如第四章的论述以及司空图对变化的诗意描写，是非常值得重新审视的问题。本书研究司空图的变化论，是从诗论的角度说明变化这一范畴分布于中国古代各种思想领域，而最终的目的则是以此对应变化—永恒对立的欧洲模式。

《诗品》共24首诗，一部分诗有较为明显或具体的时空论，其他则对变化表现得较集中。故第一部分以时空论诗主要集中在雄浑、冲淡、高古、洗炼、劲健、含蓄、豪放、疏野、实境、悲慨、超诣、飘逸、旷达13品中；第二部分以变化论诗主要从纤秾、沉着、典雅、绮丽、自然、精神、缜密、清奇、委曲、形容、流动等诗中选取材料。笔者将在有些品目中驻留较久，另一些品目则一语

---

[1] A. N. Whitehead, *Science and the Mordern World*, The New American Library of World Literature, Inc. 1948. 此一区分见该书第五章《浪漫主义的反作用力》相关内容。

带过，详略不等。其实时空和变化是不可分的，时空论并非空洞的论述，其中包含具体的物象，万物的变化发生于时空之中，而时空的生成也完全依赖变化的发生。故以上界分并非要将浑然一体的24诗品分割，只是为了论述的清晰。

另外需要明确，《诗品》并非哲学论著，所论宇宙只是为了形象地说明抽象的诗歌意境或风格，使诗歌理论不流于空泛，所以宇宙作为一种意象出现，旨在比喻诗境。同时宇宙作为诗境的说明已不仅是比喻那样简单，司空图频繁论述宇宙并给予高度赞扬，往往使宇宙本身从比喻上升为审美的标准，体现出诗文模仿天文的思想核心。故而宇宙便在喻体和审美的终极标准之间沉浮，或守其一方，或二者兼有。笔者只是将时空、变化论从中提炼出来，并希望这种阐释能够帮助理解司空图如何通过宇宙论诗，他的美学达到怎样的哲学高度。

一、《诗品》以时空论诗

时空论将分为三个部分：时、空分论，五品；宇宙存在的方式，三品；对无限宇宙时空的追求，五品；共计十三品。

（一）对空间与时间的态度或认识

1. 对空间的两种态度：雄心和清心

对空间的感觉其实在《诗品》中随处可见，笔者选择《洗炼》和《飘逸》作具体说明。《洗炼》正文如下：

如矿出金，如铅出银。超心炼冶，绝爱缁磷。空潭泻春，古镜照神。体素储洁，乘月返真。载瞻星气，载歌幽人。流水今日，明月前身。[1]

---

[1] 本书所引《二十四诗品》的所有正文皆出于郭绍虞：《诗品集解》，人民文学出版社1963年版。

洗炼一品本讲创作时锤炼字句，去除渣滓，如冶炼金银。提出了对诗人——主体的要求。人需要积累并保持高洁的心志，回归天然本性，才能如同清澈的潭水一样映照天地间的春色，或如古镜一般照见人和物的神态。诗人清洁自己的精神，涤除杂念，首先能洗炼字句，心神和诗句俱净，还能离形入神（古镜照神）。不仅如此，心灵明净如空潭，能映照世界。“空潭”的“空”字具体是指潭水清澈见底，如同虚空一般，比喻人的精神保持虚空，没有杂质，因绝对清澈，所以能容纳客观世界中的一切。“春”是最美的季节，心灵所映照的是世界上最优美的景象。“空”含清澈的意思，也是说人虚怀若谷。储洁、返真，采皎洁之“星气”，空虚心灵，容纳万千景致，其映照摹写透露出囊括天地万物的意思。“流水今日，明月前身”，清代无名氏《诗品注释》：“前字有三生夙业意。”[1]储洁返真是诗人三生夙愿。今日心灵如流水一样清亮，皆因前身已经如同明月一般皎洁。前生今世历时久远，时间流逝，外物皆有改变，不变的是追求明净心志的愿望。这个愿望穿越了轮回，能使诗人以百年不变的虚空心灵达到今日包举天地的境界。故而洗炼一品从洗炼的诗风达到时空的高度。诗作与时空之间的关系凭借诗人本身的修养而建立。空潭、流水、明月是比喻心灵的物象，“空潭泻春”的“泻”字尤其表现心灵的宽广和所容事物的丰富：遍及天地的春光是从潭水中——心中泻出，极言春光之多和心灵的能容。此一品除了说明洗炼，用空间比喻心灵尤为突出。

---

[1] 郭绍虞：《诗品集解》，人民文学出版社1963年版，第15页。以下前人对《诗品》的解释，包括杨振纲《诗品解》、杨振纲引《皋兰课业本原解》（以下简称《皋界》）、杨廷芝《诗品浅解》、无名氏《诗品注释》、孙联奎《诗品臆说》以及郭绍虞本人对《诗品》字句的解释皆出于此，仅注辑注人郭绍虞和页码。

《飘逸》一品则从另一个角度说明人的精神和空间的关系。《飘逸》曰：

落落欲往，矫矫不群。缑山之鹤，华顶之云。高人惠中，令色絪缊。御风蓬叶，汎彼无垠。如不可执，如将有闻。识者期之，欲得愈分。

因落落寡合、卓尔不群所以飘逸，这是很难达到的。虽然可以闻见，但不可把握，不可认识。飘逸总是与人的理性思维分离。此外从“缑山之鹤”到“汎彼无垠”的六句诗用物象比喻飘逸的状态，说明飘逸的高远和无限，说明宇宙中有很多飘逸的事物，人望见它们就明白什么是飘逸，不必苦思冥想。这六句空间感很强。缑山、华顶说明在极高处，并有仙鹤和浮云这样的清高之物，不仅高而且流动。仙鹤浮云皆高飞且久居于山顶，不仅表明高度而且难寻踪影。人向往这样的空间，于是顺随自己的自然之心，人的神色也是内里元气的流露，❶这是人进入高远空间所作的准备。虽然身体沉重，但精神、心灵轻盈，其轻盈的程度好比蓬草的一片叶子，乘风则飞行千里。人心的向往就是无垠，希望像仙鹤、浮云、蓬叶一般游于无限空间（“汎彼无垠”）。

《洗炼》和《飘逸》中人对空间的感觉和态度略有不同。其一，《洗炼》是包举空间，心灵空间和宇宙空间成为一体。本是用宇宙空间作比，最终则通过想象使人和宇宙不分彼此，所以宇宙空间之应有尽有就成了心灵空间的写照。其二，人可以不必包举空间，而是成为空间中之一物，但并非石头或昆虫，而是要相似于所有存在物中最轻盈、最无定形、飞得最高、最远的事物。包举是雄

❶　“高人惠中，令色絪缊”，郭绍虞解：“惠，顺也；中，心也。……絪缊，元气也。”，郭绍虞，《诗品集解》，人民文学出版社1963年版，第40页。

心，属于阳刚气，而漂浮若蓬叶则是清心，属于阴柔气。中国人善于讲阴阳相反相合，对空间的两种态度并行不悖，司空图只是一个代表。

2. 对时间的三个心理层次：敬畏、接受和淡忘

明显表现对时间的感觉和思考在《悲慨》《旷达》《疏野》三品中。《悲慨》正文曰：

大风卷水，林木为摧。适苦欲死，招憩不来。百岁如流，富贵冷灰。大道日丧，若为雄才。壮士拂剑，浩然弥哀。萧萧落叶，漏雨苍苔。

引起悲哀慨叹有三重原因：自然、人生、社会。大风掀起江水万丈波澜、大风摧折林木是令人惊惧的大型自然景观；落叶无声，天气萧索，连绵不断的阴雨滴在苍翠的苔藓上是令人寒冷、落寞而悲慨的小型自然景观。人生百岁如同流水，逝去极快，不留痕迹，曾经的荣华富贵如同不再燃起的灰堆，人生和富贵一去不返，这是令人悲慨的第二个原因。而社会现实种种丑恶、道德沦丧，壮士悲愤且慨叹生不逢时，其悲哀浩然弥漫。自然、人生、社会皆有令人悲哀之事，悲哀日益深重，竟想一死了之，甚至能给予安慰的人都久久不来。此品对时间的体会隐含时间之流的现实性、必然性，即时间不以人的意志为转移。“富贵死灰”象征物质抵抗不了变化的力量，具体的物质终将逝去。即使是人类社会这样庞大的群体亦经不起变化的侵蚀。随着时间的流逝，丑恶不断滋长而成衰败之风，雄才、壮士等个人不能左右社会的衰退。社会强大于个人，自然强大于社会，而比自然更强大的是时间。人对时间的无情流逝感到畏惧。强大而漫长的时间积累了变化，这是引起悲慨的根本原因。叶落是因为时间到了秋天，秋雨改变了温度和植物的颜色，使它们的活力受阻。时间是独立于自然、社会、人生之外的存在。其

他品中如上述“流水今日，明月前身”是说人对时间的超越，但此种超越实在仅存于人的精神之中，物质的层面上——比如人的躯体，是不能超越时间的。暂且不谈超越，强大、冷漠和带来毁灭是时间的第一重性质，也是令人对时间表示敬畏的原因。

《旷达》与此相反表现人对时间的平静接受。《旷达》曰：

生者百岁，相去几何。欢乐苦短，忧愁实多。如何尊酒，日往烟萝。花覆茆檐，疏雨相过。倒酒既尽，杖藜行歌。孰不有古，南山峩峩。

旷达之人所思所行是对《旷达》品的比喻，也是形成旷达诗境的原因。旷达之人携酒行走于飞烟带萝之地，茅草屋檐上覆盖花草，适逢小雨刚过，空气清新，了无尘埃，万物滋润。饮酒既尽，拄着木棍行走山林，唱着歌，自得其乐。此为旷达之人所行。所思则是：人生最多百年，很快就会死去。活着的时候苦痛多于欢乐。谁能不死？谁能如同巍峨南山一样挺立千年不倒？旷达之人已经将人生看透，脱离名利之场，归隐山林。至此旷达的诗境得到说明，原因也得到解释。“旷达”这个标题本身即含有宽容醒悟的意思。《皋解》：“惟旷达则能容，若天地之宽，达则能悟，识古今之变。……其视得失荣枯，毫无系累……”[1] 杨廷芝《诗品浅解》：“旷，空也。达，通也。”[2] 孙联奎《诗品臆说》：“旷，昭旷；达，达观。胸中具有道理，眼底自无障碍。”[3] “旷达”二字本身就包含丰富哲理。人应当空其心，通其识，则能像天地一样

---

[1][2][3] 郭绍虞：《诗品集解》，人民文学出版社1963年版，第41页。

宽容。领悟古今时间和变化，对时间之流不为所动，通晓变化的根由。得失荣辱，毫无羁累。人虚空通达若此，心中眼中皆没有障碍，则能认识宇宙的真谛。《旷达》品对人生百岁的心理不同于《悲慨》。悲慨是对时间的敬畏和悲哀，旷达则对时间导致的死亡毫无忧惧。同样是面对时间，前者“适苦欲死”“浩然弥哀”，后者则“倒酒既尽”“杖藜行歌”。虽然旷达，但也以峩峩南山象征时间的强大，对照自己的虚弱，面对时间才能不妄自尊大，宇宙大化令人谦逊。同时不能执着于忧惧，既然个体生命不能与时间同始终，不如正视时间。生命如此之短，不如归去山林，得自然之乐。面对时间生出两种不同情怀，为时间而悲哀，又不为时间所累。旷达品无论是从诗人、诗作或哲理都表现出对时间的理性认识。中国古人通透包容，能从悲慨而至旷达，对时间保持从容应对的心理和欣然接受的态度。

《疏野》则集中反映对时间的另一种心理：淡忘。《疏野》曰：

惟性所宅，真取弗羁。控物自富，与率为期。筑室松下，脱帽看诗。但知旦暮，不辩何时。倘然适意，岂必有为。若其天放，如是得之。

司空图对道家哲学倡导的无为路线乐而不疲，不断教人保持并顺应真率本性，非如此而不能疏野。“控物自富”指对大量素材的拥有，同时运用起来不受限制。说理不足且乏味，再用比喻。有四句诗描摹疏野。“筑室松下”谓身处野外疏远世俗。“脱帽看诗”谓不拘小节，疏远礼节。“但知旦暮，不辩何时”，只知山间之朝暮，不知人世的时间，再次说明对世俗的疏远。选择居住野外，意欲远离纷扰的人世。态度疏忽，不注意衣着，甚至忘记了时间。在这样的野外，只见日出日落，只感觉到温度，只看到事物明暗的变化，只能辨别白天和黑夜。只能从自然景象的标识掌握粗略的时间，而不知精确的时间，何年、何月、何日。人同动植物一样对自然的时间有感觉，而与世俗的时间毫不相干。司空图或许写到这两句诗的时候想到了陶渊明的《桃花源记》："不知有汉，无论魏晋"。朝代的更替仅作为人类历史的时间，而人若在野外，则远离了历史时间。大多数人并不能真正长期居住野外，而对时间的这种感觉首先要求人从精神上远离喧闹的街市，"心远地自偏"。时间被分成两种，一种是人为时间，一种是自然时间。人类活动频繁稠密的区域需要精确计时，而自然界的时间仅在于朝暮和四季。时间作为构成宇宙的一个维度本是一个整体，而在人的思想中则有截然的区分。精确时间需要复杂的机心，粗略的时间则很简单，只需要感觉。精确时间的琐碎遭到厌弃，人可以用更简单的时间代替它，从而融进自然大化的时间之流。时间本无可褒贬之处，但人世的时间总伴有紧张、焦虑、纷争，所以人可以选择淡忘这种时间。

以上对时间的三种心理，具有层层推进的意味。悲慨是最常见的心态，表现人对现世的留恋；旷达则将人生看透，理性地思考并接受时间；疏野则对待时间不仅理智，而且态度颇为轻慢。其中的层次变化是一个从入而出的过程。从内部开始被人生短暂的时间所折磨，继而跳出人生，将其看轻看淡，最后抛弃人为时间，只与自然的时间为伴。

（二）宇宙的三种存在方式

1. 含蓄

《含蓄》曰：

不着一字，尽得风流。语不涉己，若不堪忧。是有真宰，与之沉浮。如渌满酒，花时返秋。悠悠空尘，忽忽海沤。浅深聚散，万取一收。

达到含蓄的方法在于收取浅深聚散的万千事物，用真宰这个“一”来统一“多”。用寥寥数语写众多气象。所谓含蓄与作诗就是不写一字于纸上或寥寥数语就写尽人和物生机勃勃的神采风貌。甚至不涉及自己的苦痛，而能让读者不胜忧愁。含蓄就是言少、不言或言他物，而能透露深情。言辞有限，精神却能隐含充斥其间。情、神、气是诗的“真宰”，在字里行间沉浮隐显。作诗在于积累厚重的感情、气势，用精练的文字表达。真宰以动态的方式出现，起起落落，富有节奏。如不系之舟，随水而行，快慢高低，时刻不同。满酒、花时、空尘、海沤，用物象比喻含蓄。表面上看，酒、花、空尘、海沤是比喻，实则这种比喻能够成立在于宇宙万物本来就以一种含蓄的方式存在。酒熟时，酒香四溢，却并不激烈，幽幽散出；秋天的花，开放缓慢，闭合的花瓣中包含香气和艳丽的色彩，都是含而不露。空中的浮尘，无定形、无定处，不见行迹，却能将空间事物尽皆笼罩，并历时长久。尘埃充满空间，占据时间，是大与久的象征。海上的水泡（海沤）小而多，不断生灭，变化急促令人恍惚。酒和花象征无言、静默中华丽的色彩和馥郁的香气；空尘象征无形之中的充盈；海沤象征表面浑然而内里不断分裂聚合。色彩、香气、万千形态、迅速变化包裹在无言、静默、无形、浑然之中。这就是宇宙存在的一种方式。诗境的含蓄正是模仿了宇宙的存在。一首含蓄的诗作为审美的对象，读者领会到的不仅是含蓄的言辞、感情，更欣赏背后隐藏的含蓄的世界。含蓄的世界不仅是比喻，更是诗人学习领悟含蓄的场所。诗人若能如宇宙那样含蓄，则诗作就能达到含蓄美。

2. 真实

《实境》一品能帮助我们把握司空图的宇宙论的一个侧面，

即宇宙以真实的方式存在，司空图承认宇宙的真实。《实境》曰：

取语甚直，计思匪深。忽逢幽人，如见道心。清涧之曲，碧松之音。一客荷樵，一客听琴。情性所至，妙不自寻。遇之自天，泠然希音。

有一种诗语言直接实在，境界真实，跃然目前，而且思想看似浅露。要达实境，诗人不能过度搜求，而是顺随情性，率真而为。天赐的机缘才能达此境界，所以是自然之实，而不是人工之实。“逢”“见”是真实，但“忽”“如”则真实并非常见，可遇不可求。道的核心是真实的，虽领悟起来很难，但其真实如同隐居山林的幽人、打柴的山民、听琴的游人，或者真实得如同流水的声音、碧绿的松树和树荫。此品没有直接的时空感，但自然物象真实的感觉启发了诗境的真实。司空图崇尚自然，反对雕琢。诗歌创作不能死守一己狭隘的思想，要从自然物象领会真实。自然就是司空图所认为的最真实的存在，并坚信宇宙的真实能够反映在诗歌当中，具化为真实的诗境。因此，这种境界依然得益于宇宙存在的方式，是对真实宇宙的模仿。真实这个抽象的词，用人、物、声音、颜色来表现。这些空间之内真实的存在甚至与道并列，所以道这宇宙的本体也是真实的。客观的宇宙自然有客观的本体。司空图对现象界的真实性以及形上概念的真实性都不怀疑。

3. 超乎寻常

含蓄而真实的宇宙还表现出超越寻常的状态。《超诣》曰：

匪神之灵，匪机之微。如将白云，清风与归。远引若至，临之以非。少有道气，终与俗违。乱山乔木，碧苔芳晖。诵之思之，其声愈希。

孙联奎《诗品臆说》："超诣，谓其造诣能超越寻常也。"[1]司空图所说的超诣超过了心神之灵与天机之微妙。很难达到，远远招引诗人追求超诣，似乎已经达到，与之接近，同时又觉得似乎并不是超诣。超诣与人若即若离，诗人只能模仿它，靠近它，而模仿不能完全达到超诣。超诣对人的要求依然是司空图常说的道的境界。具有道气，就是领悟宇宙本体。要领悟道，需要保持天生的情性，所以要付出违背世俗的代价。诗人吟咏、思考，逐渐达到希音——天籁，即道的存在形式。司空图继续用物象作比，高远处有白云、清风，近低处有山石、树木、苔藓、野花、甚至花瓣上的光辉。这些比喻正可以见出宇宙中各种事物都可以超诣地存在。宇宙本身就是一种超乎寻常的存在。白云、清风皆飘飘然无迹可寻，而达到超诣，则人能与之相携相从，回归冥冥太空。怪石嶙峋的山峰长满高耸如云的乔木，峻拔奇异。苔藓青碧，阳光照耀在花朵上，花瓣散射出缕缕光辉，并与幽深的青苔相映照。由大而小，由高而低，由无迹到有迹，无形到有形，或清冷或温暖，或暗淡或光辉，处处透着超诣。若要诗境超诣，则应凝视宇宙的物象。真实和超诣看似相反，却为宇宙所兼有，愈发使得它神秘莫测。人虽能认识这一点，并会使用语言，而不能借言辞摹写宇宙超诣之万一。但凡是宇宙自然的作为，则花木草石皆能含蓄、真实并超诣，而人则显得笨拙，思之诵之，依然"临之已非"。说到底宇宙自然鬼斧神工非人力所能及。超诣的诗境需要人有道气，人对超诣的想象和认识都从宇宙中得来。

（三）追求无限时空的三种态度

1. 把握无限宇宙的雄心，创造与无限时空相匹配的诗美：雄

[1] 郭绍虞：《诗品集解》，人民文学出版社1963年版，第37页。

浑、劲健和豪放

关于这一点可将《雄浑》《劲健》《豪放》三品同看。三品皆阳刚气十足。《雄浑》曰：

大用外腓，真体内充。返虚入浑，积健为雄。具备万物，横绝太空。荒荒油云，寥寥长风。超以象外，得其环中，持之非强，来之无穷。

诗文之所以能表现得富有变化，内容丰富，是因为内部充实着率真朴实的情感，体现着诗人的真性情。第一个比喻就是用宇宙的本体和外部的变化比喻内在于诗的情感、性情和外部的言辞、内容。虚是无，浑是混沌和有，有返回无，无入于有，这是宇宙生化的历程。第二个比喻是包含万物，横贯时空。比喻诗由虚入实，由实返虚，往复无穷，容纳丰富的事物和感情，纵览宇宙变化的始终。第三个比喻是油云、长风，是人所能看见的天空中最壮阔的景象，鼓荡翻卷，呼啸叱咤，比喻诗的内容包含宏大的宇宙物象，则具有如它们一样的宏大气势。能够虚实变换，具备万物，横绝空间，纵观时间，根本的方法就是顺其自然。《雄浑》是追求无限时空表现最突出的一品，所以是《诗品》的第一品。其中展现了宇宙的基本态势。孙联奎《诗品臆说》："大力无敌为雄，元气未分曰浑。"❶元气未分是宇宙初始的时期，其中蕴涵巨大的力量。由虚向实的变化，是元气已分，万物繁盛的景象开始出现，风云变幻，积累而成就无垠的太空和无穷的时间。"返虚"则说一切变化和有将返回虚空，重新开始新一轮的生化。研究者历来非常重视"超以象外，得其环中"两句，因其回应了司空图"象外之象"的观点，特别强调意在言象之外的诗歌创作、审美基本思想。如果以宇宙论

❶ 郭绍虞：《诗品集解》，人民文学出版社1963年版，第3页。

的角度看，诗人的雄心也寄托在这两句话中。物象被超越，表明人有超越现象抓住本质的意志，而这本质可以是诗美的本质，也可以是宇宙的本质。横绝，意思是无物能与之抗衡；荒荒，浩瀚无垠；寥寥，空旷高远。杨廷芝《诗品浅解》："荒荒油云，浑然一气，寥寥长风，鼓荡无边。"[1]这些都在人的心中，并表现于诗。人体也可以充满元气，有了这样的气才能有雄浑的诗境。不过人需要长时间积累，才能具有像宇宙那样浑然一体的元气，以不可抵挡之势弥漫整个时空，才能产生万物，包含万物，才能生成风云那样的大气象。一品《雄浑》将诗、人、宇宙融为一体，这十二句诗，用来解释这三方面内容都顺理成章，之所以能够如此，从根本上，司空图认为作诗、作人都与宇宙的生成、变化、存在是一样的道理。

《劲健》曰：

行神如空，行气如虹。巫峡千寻，走云连风。饮真茹强，蓄素守中。喻彼行健，是谓存雄。天地于立，造化攸同。期之以实，御之以终。

《劲健》《雄浑》《豪放》皆用"真"字。"饮真茹强""期之以实"和"真体内充"，以及《豪放》的"真力弥满"都说人首先应当内心充实、充满真气才能劲健、雄浑、豪放。《劲健》与《雄浑》都有健、雄二字，"行气如虹"与"横绝太空"都是无物能与之抗衡的意思，同于《豪放》的"处得以狂"。《劲健》的空间感在"行"字，劲气无阻碍地到达四面八方，气势像彩虹一样，横贯长空。另外一个空间的比喻在于千尺的巫峡，其地势险峻，其间风云激荡。既是对劲健的比喻，也是对自然壮阔景象的描绘。劲健首先是宇宙本身的气魄，用之于人和诗，则人与诗都能

[1] 郭绍虞：《诗品集解》，人民文学出版社1963年版，第4页。

与天地并立，其运思与造化（神化）一样神妙莫测。其中的广阔久远和无穷变化，使宇宙、人、诗合而为一。故天地造化是此一诗境的最高标准，这一点从“与”“同”两字可以看出：劲健的诗境“与”天地造化相“同”。“虹”“巫峡”“云”“风”既是比喻，也是对诗境和诗人的要求。大体上讲这一点贯穿于《诗品》的始终，宇宙万象既是比喻，也是终极目标。

《豪放》曰：

观花匪禁，吞吐大荒。由道返气，处得以狂。天风浪浪，海山苍苍。真力弥满，万象在旁。前招三辰，后引凤凰。晓策六鳌，濯足扶桑。

“观花匪禁”是洞察造化的神妙而没有阻碍，这种自由的感觉同于“行神如空”。而对于造化的把握与“神化攸同”相似。豪气同雄、健、劲等气都是阳刚气，都来源于道——宇宙本体。豪气囊括茫茫荒野，吞吐自如，进退惟我的强有力包容感使得主体有狂放之感。其中“万象在旁”与《雄浑》“具备万象”相同，都是“真力弥满”的效果。天风、海山、三辰——日月星、凤凰、鳌等物象就是表明有豪放气的人、诗对万象的驾驭。高天长风浪浪没有涯际，苍茫海山辽远、高不可攀。[1]有如此豪放的气势才能驱驰万象。浪浪、苍苍、弥满、万象直接描写无限空间的气象。豪放的诗人和诗境又一次在宇宙中找到参照。日月星三个天体由人招引、把玩。凤凰神鸟与人亲近，互相呼朋引伴。神龟供人乘坐，到达太阳升起的扶桑岛，只为濯足这个简单的目的，可谓豪迈、狂放之极。

[1] 郭绍虞解：“譬其意象，则如浪浪然天风之广阔而无涯涘也，苍苍然海山之高莽而莫追攀也。”郭绍虞：《诗品集解》：人民文学出版社1963年版，第23页。

豪则盖世，放则无羁。于人、于诗莫不如此，而豪放是从天风浪浪、海山苍苍得到的启发。“吞吐”“招”“引”“策”这些用词皆表明人对无限的追求和超越。

2. 人对无限时空的谦虚态度

《冲淡》曰：

素处以默，妙机其微。饮之太和，独鹤与飞。犹之惠风，荏苒在衣。阅音修篁，美曰载归。遇之匪深，即之愈希。脱有形似，握手已违。

太和是弥漫在空间之中滋养万物的阴阳之气，惠风是清和温暖的春风，历经长久的时间（荏苒）而一直萦绕在人的左右。用冲淡的气和风比喻冲淡的诗境，则可以认为宇宙既是雄浑也是冲淡的。人要领略冲淡必须一如既往地澡雪精神，沉默机心，倾听竹林的天籁之音。此品所表现对无限时空的向往，没有那么强健有力，因为冲淡的宇宙不可把握，人们对它的认识肤浅，能接近它的人非常少。但它像惠风一样真实地跟随着我们，历久不散。无限宇宙可以追求，但试图把握它就会失去它。言下之意，宇宙始终在人的能力之外，因为宇宙有冲淡的一面，人可以想象它，通过精神向它看齐，但语言总是过于贫弱，不能表达。

3. 遨游时空：追求无限宇宙的游刃有余

《高古》一品对无限时空的追求与《雄浑》和《冲淡》皆不同。《雄浑》想象自己和宇宙一体，壮志凌云；《高古》与《冲淡》也不同，没有那般谦逊，而是游刃有余，毫不激烈。《高古》曰：

畸人乘真，手把芙蓉。泛彼浩劫，窅然空踪。月出东斗，好风相从。太华夜碧，人闻清钟。虚伫神素，脱然畦封。黄唐在独，落落玄宗。

高古的境界需要升入太空才能感受。具有高洁精神的人乘着真气，摆脱了一切羁绊（畦封），升入太空。月、风、太华、夜、钟都是空间的象征，浩劫则是时间的象征。在夜间的太空遨游，看到月亮从东方升起，有和畅的清风陪伴左右，刹那间来到太华山，听到山上传来幽幽钟声。在空间飞腾，遍览大千世界。浩劫是佛教用语，天地有“成、往、坏、空”四劫，[1]时间很长，世界的结局是毁灭，在这里象征时间。汎就是泛，漂流的意思，在时间的长河里漂流，指纵览天地生灭，是横贯时间的意思。阅尽山河、纵览时间，是在时空两个维度上畅行无阻。超出时空的高度和久度才能体会高古。高古不容易达到，像黄帝、唐尧那样的得道之人，落落寡合，独一无二。《高古》虽也以谦逊为结，但遨游时空的时候无影无踪（“窅然空踪”），无声无息，行走迅疾，则面对无限时空而游刃有余的态度不难见出。《高古》这个标题本身就含有出于时空之上的意思，高古不仅是诗境，也是人对宇宙的一种态度。杨廷芝《诗品浅解》：“高则俯视一切，古则抗怀千载。”[2]人具有俯视空间和纵览时间的态度才能在时空中率性而为。

以上论述可见司空图对宇宙的想象和认识内容丰富。人对空间的广阔和丰富表示崇尚，时而雄心勃勃想象自己将其囊括，时而清心寡欲，想象自己如同草叶一般随风飘舞。对时间则感情细腻，在悲哀的情绪、达观的认识和疏忽的态度之间进出，不断表现出敬畏、冷静，欣然接受的心理。宇宙本身既藏而不露又明白如画，超乎寻常，非人力所能及。由于崇尚和敬畏时空则追求无限时空，途

[1] 王济亨、高仲章选注：《司空图选集注》，山西人民出版社1989年版，第15页。

[2] 郭绍虞：《诗品集解》，人民文学出版社1963年版，第11页。

径就是使诗歌的创作或诗境不断模仿宇宙存在的方式。合于宇宙是诗人创作的终极标准。然诗境或诗人的心情时而高涨时而收敛，并在勃勃雄心、谦虚谨慎和从容不迫的态度之间往返。诗人或诗论家的时空论不同于哲学家，不用说理，全凭比喻。与哲学家论述的逻辑性相对照的是诗人描写的错落有致，宇宙在诗人笔下更加多姿，人对宇宙的感觉更加百转千回。虽然哲学家不能描摹诗人心情的起落，但是他们始终具有相同的心理趋向，可以说作为哲学的宇宙论具有普遍性。

二、《诗品》以变化论诗

《诗品》除具有较突出的时空论之外，还凭借丰富的物象表现变化的宇宙。下面将从三个方面论述变化：丰富充盈的物象、生机、流动，以此回应《宇宙与意象》的三个观点，首先是蒂泽在第一部分提出的“变化”主题，其次是第二部分经常出现的“充盈”“多样性”主题，以及贯穿第三部分的“生机”主题。笔者将通过司空图对变化的描写了解中国古人如何表现变化这一宇宙的常态。

（一）丰富的物象

为了表现《诗品》物象的丰富性，可以根据它们的位置用表5-1的方式将其分类。

其丰富性不言而喻，上天下地，包罗万象：空间本身、天体、天象、气类的风云烟雾、人及所用器物、动植物、水、矿物、山体、海和岛。其中的特点在于作者喜爱空间本身。风和云的种类划分细致。鸟则都是历来为大家所歌咏赞美的鸟，有现实存在的，也有神话传说的。山都是崇山峻岭。水的形态最为丰富，出现的频率最高。树木的选取以挺拔、修长为上。花的色泽或色彩浓淡不等，不起眼的野草苍苔也为作者喜爱。选取的器物都比较高雅，但

表5-1　丰富的物象

物象的位置	丰富的物象
上	太空、空、无垠、冥无、天、天钧、天枢、日、落日、月、星、气、道气、真气、尘、虹、云、碧云、白云、油云、风、天风、海风、好风、惠风、大风、清风、夜、旦、暮、曙、晖
中	鹤、凤凰、莺、鸟声、幽鸟、鸿雁、鹏 烟、雾或霭 雨、漏雨、疏雨、雪 山、乱山、南山、太华、华顶、太行、缑山
下	美人、畸人、黄帝、唐尧、佳士、樵（夫）、客、幽人、可人、雄才、壮士、高人
	地、坤轴、大荒 海、波澜、海沤、扶桑 滨、水畔、汀、流水、流玉、溪、（涟）漪、漩洑、水影、大河、瀑、潭、涧、露 矿、金、铅、银、缁磷 谷、路、羊肠 茆屋、华屋、茆檐、桥、钟、琴、镜、酒、舟、水輨、珠、羌（笛）、剑、藜、屧 林、乔木、竹或篁、树荫、桃树、杨柳、松、红杏、芙蓉、菊、落花、奇花、花香、蘋、落叶、苍苔、蓬叶、萝 鳌

即使“藜”这样的粗糙物件也可以入诗。人的特征最为显著，男人居多，女人偏少；并且大多是高尚的隐士，最令人尊敬的黄帝、唐尧是代表，喜爱幽静山林，即使樵夫这样社会地位较低的人也在高士之列。雄才、壮士和幽人紧密相关，可以想见，幽人归隐之前很可能都是雄壮之士，或者没有创立宏伟的事业，但也满怀宏伟志向，即使成为幽人，心底还潜藏不已的壮心。壮志未酬的雄才最爱归隐，建功立业之后急流勇退也常有归隐之心。女人则都是美女，女人的描写很少，仅作为山林之美的陪衬。在幽人眼中，她们没有性别的含义，只是美的象征。笔者认为《诗品》中物象皆属于古代文人的老生常谈。如果将这些物象抽象为符号，则诚如王宏印先生

所言“《诗品》强化和固定化了中国诗学的符号象征系统”。[1]古往今来，众多知识分子向来所喜爱的物象都为司空图所选取。从这个意义上说，司空图具有代表性和典型性，通过研究《诗品》可以明白中国古人的一般审美心理。

如此充盈、丰富的物象在《诗品》中呈现出勃勃生机和流动不息两个特点，以下分别论述。

（二）生机

对于生机，《诗品》有直接描写。《纤秾》：“采采流水，蓬蓬远春。”春天的色泽首先是流水所呈现出的鲜明。[2]春天的景象就是蓬蓬勃勃。春天是对生机的最好象征。在《诗品》中“春”字出现的频率最高，共七次。“秋”字仅两次，夏和冬未见出现，仅有《沉着》一品说“落日气清”暗含夏天气象，冬则仅有“雪”字（仅两次）作为暗示。二十四品以春景最为繁多，直接着“春”字，或不言“春”，而暗写春景。勃勃生机充盈天地，如“远春”的“远”字，郭绍虞解：“写春而曰‘远春’者，韶华满目，无远弗至，更见得一望皆春矣。”[3]整个空间弥漫春色，可见生机广泛。又“窈窕深谷”“风日水滨”“柳阴路曲”，深谷、水边、曲折的山路所有深远的地方都是生机。又“碧桃满树”，用“满”字，是以繁盛的果实指称旺盛的生命力。《绮丽》一品有“红杏在林”的诗句。前人诗句“红杏枝头春意闹”，使红杏成为惯用意象，红杏与春色之间有固定的关系。又“一枝红杏出墙来”，用

---

[1] 王宏印：《〈诗品〉注释与司空图诗学研究》，北京图书馆出版社2002年版，第66页。

[2] “采采，鲜明貌。”郭绍虞：《诗品集解》，人民文学出版社1963年版，第7页。

[3] 郭绍虞：《诗品集解》，人民文学出版社1963年版，第8页。

“闹”“出”指春色的繁盛和溢满。此处“红杏在林”则令数千枝红杏一同绽放，形成一片树林，则生机尤其勃发。

讲生机最多的是《精神》一品：

欲返不尽，相期与来。明漪绝底，奇花初胎。青春鹦鹉，杨柳楼台。碧山人来，清酒满杯。生气远出，不着死灰。妙造自然，伊谁与裁。

其中的精神就是生机的另一种说法，没有生命力则没有精神！“青春鹦鹉”“奇花初胎”，春日里的鸟雀，而且是色彩斑斓的鹦鹉，还有刚刚孕育的花蕾，皆含生机、精神。水则“明漪绝底”，这是水的精神。此品能帮助我们理解生机对于诗人和诗境的重要性，也是司空图以变化论诗的落脚点。物象丰富是说诗作内容丰富，富有生机则使诗作饱含精神。孙联奎《诗品臆说》：“人无精神，便如槁木；文无精神，便如死灰。”[1]花鸟流水都有生机和精神，则诗文也应当效仿自然。《皋解》：“取造化之文为我文……”[2]造化的根本在生机，则诗文取之而有精神。自然的生机启发了司空图的诗论。“奇花初胎”最为形象，花朵开放之前的孕育过程集聚活力，其中有时间的积累和质的变化。鹦鹉不仅有艳丽的色彩，更有春季里隐含在动物体内的生物本能。呼朋引伴、追求伴侣。所有的比喻归结为“生气远出，不着死灰”。诗文若能散发生气至于久远，不要一点死板，则一定有精神。精神这一诗境全凭生机。自然有生机，人作诗以和之，诗乃成。

（三）流动

流动就是变化。《诗品》以变化论诗，自然不能缺少丰富的物象和蓬勃生机。但最终流动、变化才是根本。流动是《诗品》诗

---

[1][2] 郭绍虞：《诗品集解》，人民文学出版社1963年版，第24页。

论的一大特色。除《流动》一品专讲流动外，其他各品皆有描述流动者。以下选取最典型者以论之。

《纤秾》“采采流水”“流莺比林”，水自然是流动的，莺鸟如何流？鸟在树枝间飞翔穿梭，身形轻盈，身姿流畅；鸟鸣声清脆宛转，乐音流畅，则鸟的姿态和声音皆可以流动。《纤秾》一品中具体近切的流动有水、风、莺。还有流动最深彻者乃时间“如将不尽，与古为新”。古而能新，这是时间的功德。时间引起的变化使天地日月常新，更新是流动的最终目的。纤秾不是艳俗，而是要以流动之态，取得更新的效果。

《典雅》则集中了许多物象的动态美：“白云初晴”“幽鸟相逐”“上有飞瀑”“落花无言”。天气由雨转晴，是天象的变化；瀑布由高往低，是水的流动；花开花谢，是花的变化，也是时间的流动。流动变化沉默无言，无声无息之中变化紧锣密鼓，更显得变化不易觉察。典雅本是最庄重的诗风，然而也充满流动变化的物象，则可见变化对于司空图诗论的重要性。

《绮丽》表现色泽、色彩、明暗的层次变化。“雾余水畔”是说雾气行将散去，而没有散尽，朦胧恍惚，非明非暗。“画桥碧阴”则说桥栏上绘画的色彩明亮，树荫却幽暗，这是半明半暗。“红杏在林”如前所解言色彩的绚烂。“明月华屋”，月光明亮，华美的屋宇雕梁画栋，两者相加，颜色极为鲜亮。“金尊满酒”辉煌清亮。这其中有完全的暗淡，而暗淡也有朦胧、幽暗之分，还有暗淡和明亮相间的状态；而明亮的颜色则有绚烂、鲜亮、清亮、辉煌的层次变化。

《清奇》则写动静结合之妙。“娟娟群松，下有漪流”，松树巍然不动，其下水流不息，一静一动。“晴雪满汀，隔溪渔舟”，大雪初晴，覆盖水边的平地，此为静；溪水上随波漂浮的渔舟为动。“可人如玉，步屧寻幽”，幽林深谷为静，其中有人的活动，静中有灵动的色彩。

《委曲》的动态全在一系列动词的运用上，“登彼太行，翠绕羊肠。杳霭流玉，悠悠花香。”“似往已迴，如幽匪藏。水理漩洑，鹏风翱翔。”委曲的诗境就需要像山路一样逶迤，像雾气一样无所不至，像花香一样向远处暗暗散发，像水一样回旋起伏，像鹏鸟一样扶摇而上。看似幽深但并未隐藏。像山水花鸟一样变化多端，没有定势、定型、定处，不特意隐藏而能幽深不尽。此品中的物象极尽变化之能事。

《形容》再次强调作诗即使是描写人和物的外在形貌也要“离形得似”，离开外形的拘束，描写其神态。人和物的神态如何？“风云变态，花草精神。海之波澜，山之嶙峋。”风云变化多端，花草的精神没有形迹，只可以感觉，海水波澜壮阔，山石奇形怪状，都突出一个“变”字。风云山石无定形、海水无定势，花草的精神无法把握。事物如此多变，则用诗摹写形容也没有定法，传神而已。

《流动》是《诗品》的最后一品，也是对变化的进一步理论阐述和总结。《流动》曰：

若纳水輨，如转丸珠。夫岂可道，假体如愚。荒荒坤轴，悠悠天枢。载要其端，载闻其符。超超神明，返返冥无。来往千载，是之谓乎。

此品长于说理。水车、丸珠的转动是小规模的运动。地轴、天枢的运动则“荒荒、悠悠”，“空阔不尽”。[1]天地的运动尤其无始无终，循环往复。这是大规模的运动。流动的诗境超过了变化

[1] 郭绍虞：《诗品集解》，人民文学出版社1963年版，第43页。

莫测的神明。“来往千载”是说变化经历的时间长久，不拘一格，也是说流动的诗境不停滞于一时，能经受时间的考验，始终为人们所称道。千年之前的诗作至今依然为人们所称颂就是因为它们具有流动的意境，这是司空图对动态美的最高评价。

变化本是哲学问题，而司空图作为诗论家将其运用到诗歌的创作和审美之中，可见诗论家也如同哲学家一样崇尚变化。哲学以宇宙的常态说变化的普遍性、必要性、重要性，诗论家则从作诗、欣赏诗的角度也达到了变化的这三种性质。物象的丰富可视为变化的普遍性的结果，因富有生机和动态美而形成的各种高品位的诗境，可以说是变化的必要性和重要性的体现。可见在哲学和诗学两个领域，中国古人都崇尚变化之美。

时空和变化是宇宙哲学的三个范畴，中国古人一脉相承，从理论上论证无限时空和变化的本质，这必然影响诗学的审美心理。无限宇宙可以为哲学家所论证，也可以为诗论家所追求，崇尚无限的哲学化为欣赏无限的美学。

第三节　王夫之和叶燮诗学的变化论[1]

在清代早期的诗学理论中，王夫之和叶燮的宇宙论表现得尤为显著。直接原因在于王夫之首先是一位哲学家，他的气一元论、阴阳动静论、辩证法为所有哲学研究者所称道。他的“文艺哲

[1] 王夫之（1619~1692），字而农，号姜斋，又号船山，湖南衡阳人，明清之际杰出思想家。明崇祯十五年举人。明后一度入南明桂王政府行人司入官。

学……成为他……庞大哲学体系中的有机部分”，❶而他的诗歌美学“带有很强的哲理色彩”。❷所以王夫之的诗学反映出他的宇宙哲学的某些思想。叶燮的诗学代表作《原诗》“不但全面、系统、深刻，而且将文学观和宇宙观合一”。❸因此笔者将王夫之、叶燮并论，在于二人诗学中都有宇宙论的成分，且有某些相似之处。二人合论并非要比较他们的异同，而是看重他们之间互补的关系。历来对王夫之的诗学研究集中在几个概念和范畴：情—景、意—势、兴观群怨、现量等。对叶燮诗学的研究的关键点在于理—事—情、

（接上页）晚年隐居衡阳石船山。著述甚丰。其哲学是对宋明哲学的总结，以气一元论和辩证法最为卓著。参见王兴华：《中国美学论稿》，南开大学出版社1993年版。王夫之的文学研究和文学理论批评著作，主要有《诗广传》《楚辞通释》《诗译》《夕堂永日绪论》《南窗漫记》《古诗评选》《唐诗评选》《明诗评选》等。其诗歌理论总结了宋元以来的重大问题，并提出了自己的精辟见解。参见张少康：《中国文学理论批评史（下册）》，北京大学出版社2005年版，第235页。叶朗先生认为明末清初是中国古代美学史上“总结时期”，王夫之和叶燮是这一时期的标志。参见叶朗：《中国美学史大纲》，上海人民出版社1985年版，第451页。

叶燮（1627~1703），字星期，浙江嘉兴人。康熙九年进士，十四年选江苏宝应县知县，不久罢归。晚年定居吴县之衡山，人以横山先生称之。其诗学著作有《已畦文集》十卷、诗集十卷、《原诗》四卷、残余一卷。叶燮诗论以杜甫、韩愈为宗，扫除陈见俗障，王士祯称其能成一家之言。参见《原诗·一瓢诗话·说诗晬语》之《叶燮传》，据《清诗列传》卷七十，人民文学出版社1979年版，第83页。《原诗》的内容为推究诗歌创作本原，反对复古主义。叶朗先生认为《原诗》是中国美学史上最重要的著作之一，叶燮是中国17世纪伟大的思想家。与王夫之一起构成古代美学史上的“双子星座”。参见叶朗：《中国美学史大纲》，上海人民出版社1985年版，第489页。

❶ 黄保真、蔡钟翔、成复旺：《中国文学理论史（第四册）》，北京出版社1991年版，第140页。

❷ 敏泽：《中国美学思想史（下册）》，湖南教育出版社2004年版，第518页。

❸ 金克木：“谈清诗”，载《读书》1984年第9期。叶朗：《中国美学史大纲》引，上海人民出版社1985年版,第489页。

才一胆一识一力，而叶燮提出的艺术发展史的正变盛衰更为大家所乐道。笔者认为宇宙论的“变化”主题在二人诗学思想中也有体现和应用。王夫之论变化的哲学在第四章第二节已有所了解，但具体表现于诗学则叶燮更为突出。王夫之关于变化和美的关系的认识较叶燮为清晰和直接，笔者认为王夫之以变化论美是其诗学变化论的最亮点。总之，二人诗学中的变化论正可以互相发明。

这一节的内容是对司空图诗学宇宙论的延伸。司空图以“流动”论诗的观念从10世纪流传到17世纪，从十二句诗发展为一种文艺哲学的理论。结合上一节和这一节的内容，笔者希望能够呈现其中的关系。中国古人崇尚变化，这种文化心理从哲学进入诗学，导致文论家经常以变化论诗文，文论家欣赏优秀诗歌作品中流动的特色，将流动上升到诗学理论，从而使流动从诗歌作品的内容或形式成为论诗的依据，这是从以流动入诗到以流动论诗，使流动的观念遍布哲学、诗学和诗歌创作。因此，这一节也是对《宇宙与意象》的回应。蒂泽认为古希腊哲学的流动观念成为后代诗人的诗歌意象之一，同时她强调文艺复兴后的天文学大发展就是流动对静止的斗争，暗示古典和浪漫两种文学样式的对比也就是静止和流动两种心理的对立。蒂泽文论方法的核心就是使古代哲学两种对立的观念从哲学而遍布到诗歌创作和诗学理论，当然文学并非完全受制于哲学。哲学的观念可以进入其他各种思想领域，在这一点上笔者采取了与蒂泽同样的思路。所不同者在于，正如笔者一再强调的，中国古代始终表现出推崇变化的审美心理。可以说在中国古人的思想中，静止和变化的对比始终没有那么强烈。以下笔者将具体说明17世纪的两位中国诗论家如何以变化论诗。本节无意于对王夫之和叶燮诗学进行全面论述，我们的焦点始终是变化这个主题，并从两个方面加以说明，首先是关于诗歌创作，尤其是对变化和美的关系以及天人关系的认识，其次是关于诗歌艺术的历史观，以变求发展是核心。

一、诗文摹写天地之至美、大文

王夫之和叶燮认为天地本身就是美的，并且是美的极致。而流动变化是生成美的根本原因，天地本身以变为美。人的精神创造以诗文为表现形式之一，想要诗文美，必须摹写自然美。

（一）天地固美、变化生美、以变为美

王夫之说："百物之精，文章之色，休嘉之气，两间之美也。函美而生，天地之美藏焉。"[1]天地之间充满美好嘉祥（休嘉）的气，蕴涵着美，通过百物表现出来，百物之美为精。按照王夫之的解释，纯色为章，杂色成采为文。[2]天地间的美具有差异性和丰富性，表现为百物的样态，其色彩有纯有杂，皆为气所笼罩，这是王夫之气一元论的体现。叶燮云："凡物之生而美者，美本乎天者也，本乎天而自有之美也"[3]或"凡物之美者，盈天地间皆是也"。[4] 天地间充满万物，万物之美比比皆是，万物之美本于天，天然之美为万物之美的根本，天本来就美，以此为根本的自然万物也是美的。

王夫之关于美的生成有一创见，或者并非由他首创，但他有非常明确的表述："两间之固有者，自然之华，因流动生变而成

[1] （清）王夫之：《诗广传》卷五《商颂·论烈祖》，中华书局1964年版，第172页。

[2] 同上书，第116页。

[3] （清）叶燮：《已畦文集》卷六《滋园记》，叶朗：《中国美学史大纲》引，上海人民出版社1985年版，第497页。

[4] 《已畦文集》卷九《集唐诗序》。叶朗：《中国美学史大纲》引，上海人民出版社1985年版，第507页。

其绮丽。”[1]首先美是天地固有的性质，自然万物表现出华丽的色彩、纹路、形状，这些绮丽的美是流动变化生成的。而流动变化的是气。王夫之说：“两间之宇，气化之都”，[2]所以美的根源是气，根据王夫之的宇宙哲学，气的流动是万物生成的根本原因。在这一点上王夫之紧紧跟随张载。无论流动的是什么样的宇宙本体，是火、气或是水，总之变化是美生成的原因。

变化生美，故而天地以变为常态、为美。“天地之际，荣落之观，流止之几，欣厌之色”，[3]“极寒且燠、而暄风相迎，盛暑而清、而肃风相报”。[4]植物的繁茂和凋谢，水的流动和静止，人的喜悦或厌恶的神色，寒暑季节的更替，风的冷暖，这些是天地间万物的变化和动态。对变化之美叶燮则有细腻的描写，其《原诗》内篇云：

天地之大文，风云雨雷是也。风云雨雷，变化不测，不可端倪，天地之至神也，即至文也。试以一端论：泰山之云，起于肤寸，不崇朝而徧天下。……瀰沦六和；或诸峰竞出，升顶即灭；或连阴数月；或食时即散；或黑如漆；或白如雪；或大如鹏翼；或乱如散鬈；或块然垂天，后无继者；或联绵纤微，相继不绝；又忽而黑云兴，土人以法占之，曰：“将雨”，竟不雨；又晴云出，法占者曰：“将晴”，乃竟雨。云之态能以万计，无一同也。以至云之色相，云之性情，无一同也。云或有时归；或有时竟一去不归，或有时全归，或有时半归：无一

[1] （清）王夫之：《古诗评选》卷五评谢庄《北宅秘园》，参见《楚辞通释·古诗评选·唐诗评选·明诗评选》，岳麓书社2011年版，第752页。

[2] 《诗广传》卷四《大雅·论灵台》，中华书局1964年版，第121页。

[3] 同上书，第68页。

[4] 同上书，第128页。

同也。此天地自然之文，至工也。”❶

天地有至工之大文，意思是说天地有最细腻的美，这种美的特色通过泰山之云反映出来。泰山之云充满天际，气势宏大，其形状颜色变化多端，或黑或白，或巨大或散乱，其生灭聚散或迟缓、或迅速；云中有雨或无雨，人不能推断占卜其将来的变化，不知其变化的开端，不能察觉其征兆。无一而同是天地之文的根本特点。天地大文至美因变化而生成，美的实质就是差异。多样性、充盈性、丰富性的特征说明天道尚变，变化出的情状不可以数计，单是泰山之云的情态就有千万。

（二）诗文摹写天地之美：天化与人心的遇合

天地呈现出大美，并以变化为美的生成原因和存在方式。天地是美的典范，人应当通晓天地的变化，通过诗文表现天地的美。

人心能够通晓天地的变化，摹写万物的情状。王夫之说：“阴阳之几动于心。”❷阴阳为性质相反的二气，气的运动变化为天机，气的流动能够触动人心。天地之间的荣落、流止“形于吾身以外者化也，生于吾身以内者心也；相值而相取，……俯仰之间，几必通也，天化人心之所为绍也”。❸天机与心机相通，天地造化有外部的形态，同时也存在于人心之中，所以人能通晓天地的变化。叶燮则有更加奇特的见解，他说：“天地无心，而赋万事万物之形，朱君以有心赴之，而天地万物之情状皆随其于腕以出，无有

❶ （清）叶燮：《原诗·（内篇下·三）》，霍松林校注，人民文学出版社1979年版，第22页。

❷ 《诗广传》卷一《邶风·论匏有苦叶》，中华书局1964年版，第20页。

❸ 同上书，第68页。

不得者。”[1]天地无心而人有心，人心能够通过笔墨摹写天地万物的状态，则人心仿佛天地造化一般能够创造万物。

诗文是人精神的创造，诗文这种表达形式所承载的内容从根本上说就是天地万物的情状。诗文因为直接源于自然的华美绮丽而动人、有神。“文章者，所以表天地万物之情状也。”[2]天地万物是诗文的直接素材，而且叶燮认为诗文是最好的表现天地万物的方式，有囊括宇宙时空的深度和广度：

自开辟以来，天地至大，古今之变，万汇之赜，日星河岳，赋物象形，兵刑礼乐，饮食男女，于以发为文章，形为诗赋……[3]

……尽天地万事万物之情状者，又莫如诗。彼其山水云霞、人士男女、忧离欢乐等类而外，更有雷鸣风动、鸟啼虫吟、歌哭言笑，凡触于目，入于耳，会于心，宣之于口而为言，惟诗则然，其笼万有，析毫末，……诗者天地无色之画。[4]

人所能看到、听到以及心领神会的一切莫不是天地间的动态：日月星辰、山川河岳、云霞风雷、鸟兽鱼虫，人事制度、人的表情、感情和表达，这些都是在运动中进行，诗文的特殊之处在于能涵盖一切。人通过诗文表现笼统天地万物的雄心。时空万物的“大”“变”“赜”，即广阔、变化多端、深奥玄妙“尽”在诗文之中。联系刘勰的人心有橐天地，司空图的“具备万物”

---

[1] 《已畦文集》卷八《赤霞楼诗集序》。叶朗《中国美学史大纲》引，上海人民出版社1985年版，第507页。

[2] 霍松林校注：《原诗·（内篇下·三）》，人民文学出版社1979年版，第21页。

[3] 同上书，第20页。

[4] 《已畦文集》卷八《赤霞楼诗集序》。叶朗《中国美学史大纲》引，上海人民出版社1985年版，第494页。

（《二十四诗品·雄浑》）和“万象在旁”（《二十四诗品·豪放》），可知通过想象和精神的作用而包举宇宙是中国文人审美心理的基本特色。王夫之称赞李白以及汉魏诗人胸怀曰：“太白胸中浩渺之致，汉人皆有之，……包举自宏。”[1]这是论人的心胸有包举宇宙的气势，所以能为雄浑、豪放、飘逸、高古的诗文。而叶燮则极力称赞杜甫和王羲之。关于杜甫，叶燮说诗人作《乐游原》七古时正值青年，又逢盛世，尚无身世之悲苦，却能“悲白发，荷皇天，而终之以‘独立苍茫’”。关于王羲之则说其《兰亭序》写于天朗气清之时，名流云集之处，却心怀荒凉，“仰观俯察，宇宙万汇，系之感忆，而极于死生之痛”。[2]此称赞两人无论何时何地，皆胸怀宇宙，慨叹人生短促，于人声鼎沸之处而能遗世独立。诗人胸襟浩渺，对宇宙的感悟时时处处涌现，天地、古今、万有的广度和深度以及变化之玄机才能常存于心，并自然发为言文。

人通过诗文而使天地之文得以彰显已经成为一种自觉的意识。如叶燮说：

名山者造物之文章也。造物之文章必藉乎人以为遇合，而人与之为遇合也，亦藉乎其人之文章而已矣。[3]

山岳是天地之文的表现形式之一，其苍、青、黑、雄伟、峻拔、险峭、连绵，各种形态需要借助人，尤其是人创造的诗文才能被描述出来。所以说通过人的见证以及诗文的描写，天地和人之间相遇而彼此投合。叶燮认为诗文不仅能够直接描述天地万物的美，

---

[1] 《夕堂永日绪论（内编·一二）》，见于《姜斋诗话笺注》，王夫之著，戴鸿森笺注，人民文学出版社1981年版，第66页。

[2] 霍松林校注：《原诗（内篇·下·二）》，人民文学出版社1979年版，第17页。

[3] 《已畦文集》卷八《黄山倡和诗序》。叶朗《中国美学史大纲》引，上海人民出版社1985年版，第494页。

还能帮助天地呈现自身的奥妙：

且天地之生是山水也，其幽远奇险，天地亦不能自剖其妙；自有此人之耳目手足一历之，而山水之妙始泄：如此方无愧于游览，方无愧乎游览之诗。[1]

人通过游历，将耳闻目睹之情景和事件赋成诗篇，从而使天地造化的美妙、玄妙展示出来，所以说人的行为和精神活动有利于宇宙奥妙的揭示，这是对人的价值的肯定和赞扬。再如王夫之所言："天地之生，莫贵于人矣。人之生也，莫贵于神矣。"[2]

对于这个过程王夫之有一个总结：

天地两间之固有者，自然之华，因流动生变而成其绮丽。心目之所及，文情赴之，貌其本荣，如所存而显之，即以华奕照耀，动人无际矣。古人以此被之吟咏，而神采即绝。[3]

天人关系就是相互生发。天地蕴涵至美，天机通过感觉和知觉触动人心，人的情绪受到震动，歌咏之，吟唱之，用文章抒写之。人写作诗文即显现天地间所"存"之美，并因此而使诗文光彩照耀，动人心魄，其熠熠之神采令人倾倒。诗文能神需要人多多获取自然之精，而无论是物之精还是人之神，都是天给予人的恩赐。"天致美于万物而为精，致美于人而为神，……是故精生神，……君子所以多取百物之精，以充其气，发其盛，而不惭也。"[4]诗人能写出令他人绝倒的诗文得益于领悟万物之美，并以万物之精充实自己的精神，使精神健旺，这就是司空图所说"真体内充"，"积

[1] 霍松林校注：《原诗外篇·下·一九》，人民文学出版社1979年版，第69页。

[2] 《诗广传》卷五《商颂·论烈祖》，中华书局1964年版，第172页。

[3] 《古诗评选》卷五评谢庄《北宅秘园》，岳麓书社2011年版，第752页。

[4] 《诗广传》卷五《商颂·论烈祖》，中华书局1964年版，第172页。

健为雄”（《二十四诗品·雄浑》）。

除了领悟百物之精，人在创作诗文时还应当遵守“克肖自然”的原则，叶燮说：

盖天地有自然之文章，随我之所触而发宣之，必有克肖其自然者，为至文以立极。我是命意发言，自当求其至极者。……但造化在手，无有一之不肖乎物也。[1]

通过对自然的感悟，人生发了创作的基本原则，只有相似于自然才能成就诗文的极致，如王夫之所说“神采即绝”，或如司空图所说“俱道适往，着手成春”（《二十四诗品·自然》）。

由此可见王夫之和叶燮均认为，天地固美，变化生美，天地间处处以变为美，人应当明白这一点，并表现天地之美，在摹写天地之美时以自然为原则，尤其要表现“风云变态，花草精神”（《二十四诗品·形容》），才能写成“华奕照耀”的诗文。人与万物同生于天地而人最为尊贵的原因在于人能够以其浩渺胸怀包举时空，领悟百物之精，摹写宇宙变化之美。总之，人因为精神的创造力而神，人而能神，是通过诗文之美表现出来的。人的神是最高形式的美，而人的神必须通过汲取万物的精华充实自己的精神，才能使自己的神不衰不敝，所谓“发其盛，而不慚焉”。领悟天地的美和变化的实质，最终的目的是人自我的完善。这些都是对诗人自身素质修养的基本要求。

二、以变为核心的文学史观

前文介绍了王夫之和叶燮皆以为“变”生成了天地万物之美以及诗文之美。后文将介绍叶燮通过宇宙之变化的历程来说明诗歌艺术发展的历史。王夫之在诗歌创作中讲求“变”，有“死法”和

---

[1] 霍松林校注：《原诗·内篇》，人民文学出版社1979年版，第25页。

“活法”的主张。他认为创作并无定法可循，提倡活法，告诫人们切不可“画地成牢以陷人”，而许多人固守死法，皆因其“识量狭小”，[1]王夫之称之为陋人。起承转收的诗法是次要的，重要的在于能否浑然通达，变化无端，趣味超远。叶燮则较王夫之在变化论上走得更远，他不限于诗歌创作，而是将变化从创作的原则提到诗歌艺术发展史的高度。这一点向来为叶燮诗学研究者所重视。《原诗》的宗旨在于推究诗歌创作的本原，以反对复古主义。叶燮反对诗必称汉魏盛唐的主张，这一主张因严羽的《沧浪诗话》而兴盛。叶燮主张不泥古，敢于创新，实际就是杜甫所说：“王杨卢骆当时体，轻薄为文哂未休。尔曹身与名俱灭，不废江河万古流。”（《戏为六绝句》）以发展的眼光看待文学史，这一点并非叶燮的独创。笔者认为叶燮的高超之处在于他抓住了宇宙大化之流的核心，即常变常新，并将这一点应用于文艺哲学。研究者经常引用叶燮为晚唐诗正名的那一段文字，即《原诗》外篇陈述四时的更替、物象的繁荣与衰飒的变化、秋风春风的冷暖不同、牡丹芍药和芙蓉秋菊的各有风韵，以此来说明盛唐、晚唐诗风只是不同而并无优劣之分，提醒人们重新评价晚唐诗的价值。物象的更替之所以能够和文学史观发生联系，在于它们虽然一个属于自然，一个属于人类社会，却都遵循天道。天道尚变，四时行焉，万物生焉，诗道也应当如此，这样才能产生多种诗歌风格。

叶燮将诗道上升到哲学的高度。首先就诗道而言：

诗始于《三百篇》，而规模体具于汉。……上下三千余年间，诗之质文体裁格律声调辞句，递升降不同。……其学无

---

[1] 《夕堂永日绪论·内编·一三》，见王夫之著，戴鸿森笺注：《姜斋诗话笺注》，人民文学出版社1981年版，第69页。

穷，其理日出。乃至诗之为道，未有一日不相续相禅而或息者也。[1]

诗道无所谓盛衰，盛必然衰，衰而又盛，然复盛者必非以往的诗歌样式，而是新风格的兴盛，盛衰是相对的，循环往复就是诗道。

进而言诗歌创作变化的原因，“以时言诗，时有变而诗因之。……以诗言时，诗递变而时随之。故有汉、魏、六朝、唐、宋、元、明之互为盛衰，惟变以极正之衰……”，[2]时代风气变了，诗风应当随之而变。由盛而衰之后想要复盛，只有通过“变”才能达到这个目的。

叶燮脱开诗道而言人类思想发展的历史，并比之于天道：

大凡物之踵事增华，以渐而进，以至于极。故人之智慧心思，在古人始用之，又渐出之；而未穷未尽者，得后人精求之，而益用之出之。乾坤一日不息，则人之智慧心思，必无尽与穷之日。[3]

叶燮无疑对人类思想的发展充满乐观精神，精益求精就是这一发展的总趋势。人的智慧不会停止作用，就像天道之不息。

最后他总结了天道和诗道的关系：

盖自有天地以来，古今世运气数，递变迁以相禅。古云“天道十年而一变。”此理也，亦势也，无事无物不然；宁独

[1] 霍松林校注：《原诗·内篇》，人民文学出版社1979年版，第3页。

[2] 同上书，第7页。

[3] 同上书，第6页。

诗之一道，胶固而不变乎？[1]

叶燮认为诗道必然从属于天道，天道以变化更替为法则，宇宙间所有事物皆然，诗歌艺术的发展变化也是必然趋势。同时叶燮反论不变的后果。叶燮同王夫之一样认为变化的根本原因是气。气行于两间，絪缊磅礴，随其自然，这是天地万象的“至文”，自然流行之气就是变，如果舍弃了变，处处固守不变之“法”，则“夭矫飞走，纷纷于形体之万殊，不敢过于法，不敢不及于法，将不胜其劳，乾坤亦几乎息矣。”[2]乾坤的存在是由于其间万物各自的形态及其变化，若死守教条，不敢越雷池半步，则万物失去自由，疲惫不堪，结果是天地停止运动，亦不复存在。

总之，从诗歌的创作到整个诗歌艺术发展的历史，到处充满变化。领略宇宙变化的奥妙不仅有益于个人的创作，也有益于从理论的高度把握诗歌艺术的历史。王夫之以变化论美的成因，实为透彻之见解。而叶燮则发展了司空图关于流动的观点，所谓“荒荒坤轴，悠悠天枢。……来往千载，是之谓乎。”（《二十四诗品·流动》）司空图用天地的运动比喻优秀诗歌创作的特征。而叶燮将其上升到哲学理论，解释得更加透彻。古往今来一切事物都围绕“变”这个核心。前人从宇宙哲学方面提出这个观点，后人将其应用于诗学，从简单的说明发展为深刻的理论阐释。我们用《皋兰课业本原解》解释司空图“流动”的一段话作为总结：“上天下地曰宇，往古来今曰宙，知者乐水，逝者如斯，鱼跃鸢飞，可以见道，皆动机也。文而不动，何以为文？故风气推迁，生新不

[1] 霍松林校注：《原诗·内篇》，人民文学出版社1979年版，第4页。

[2] 同上书，第22页。

已。”[1]这段话中有先秦尸子的宇宙定义，有孔子的时间之流，有明代理学家陈白沙的“鸢飞鱼跃之机”——动的哲学，有司空图流动的诗学。清代王夫之、叶燮总结前人思想，才有“变化论”的诗学哲学。

[1] 郭绍虞：《诗品集解》，人民文学出版社1963年版，第44页。

第六章　中国古代诗人的宇宙以及中西宇宙模式在诗歌创作中的比较

本章以屈原、李白、杜甫、苏轼四位诗人的作品为研究重点，认识中国古代诗人描写的无限宇宙，同时发现诗人的宇宙论哲学或宇宙想象的概貌。

第一节　屈原的宇宙模式以及屈原和但丁太空之游的比较

屈原（前340~前278）是公元前4世纪最富盛名的中国诗人。众多研究者都非常关注屈原的宇宙观，因为《天问》提出了关于宇宙本体和生成的一系列问题，问题数量多、涉及面广，程度深刻，故研究屈原宇宙观的论著繁多。笔者认为屈原的宇宙思维集中表现在《天问》和《离骚》两部作品中。本书从屈原对有限宇宙模式的质疑和太空之游两个主题，研究诗人的宇宙观。同时从战国时的中原文化对楚国的渗透以及楚国的夏商文化传统两方面，认识屈原宇宙观的独特性。在太空之游中还将比较屈原和但丁的异同，折射中西两种文化不同的思维方式。总体而言，屈原的宇宙观可以用《九章·涉江》的一句诗来概括：“与天地兮同寿，与日月兮同光”。[1] 生命有限，宇宙无限，只有在精神上同于宇宙，才能超越生死，获得不朽的精神。观屈原诗作，可感知诗人对人世的失望，对生命局限的认识以及对无限宇宙的向往。屈原的思想具有宇宙一般高远的境界。

屈原对宇宙的认识不仅反映个人文化修养，而且反映中原文化和楚文化两方面的特色。汉代至清代因为儒学独尊，思想界和文论界的主流结合屈原的实际遭遇将屈原的一切创作尽量向政治讽谏靠拢，关注屈骚的比兴手法和教化作用，读王逸的注和刘勰的评论都会有这种感觉。朱熹则认为屈原作品有非儒家的成分，于是出现了对屈原作品是否完全合于儒家经义的争论。直至清代刘师培明确提出“南北文学不同论”，研究者才开始非常明显地关注屈骚之中无关乎政治倾向、人事沉浮的部分，因此有了20世纪以来对屈原思想和作品的神话学、人类学、宗教学等方面的研究。北方文化讲伦理、求真务实，而南方文化富于幻想。从以下的论述中可以感受到屈原作为博闻强志的士人，忠义贤良的王佐之臣，文质彬彬、想象瑰丽的诗人，如何融合南北方文化，集理性与非理性两种思维方式于一身。

一、《天问》宇宙论与战国时期北方文化的关系以及对有限宇宙模式的质疑

《天问》是反映屈原无限宇宙论的杰作。笔者将从《天问》的文本入手，研究屈原对有限宇宙模式的质疑。《天问》中的宇宙思维是理性的，表明了屈原的宇宙哲学。北方文化对屈原思想有一

---

[1] 本书对屈原作品的引用皆出于金开诚：《屈原集校注》，中华书局1996年版。

定影响，分析两者的关系可以从某种角度说明屈原宇宙论的形成和特色。

从本书的第四章第二节——无限宇宙论的发展：汉到明清之际中，我们了解到在天文学史上，先秦时期主要流行的是盖天说的有限天地模式。屈原《天问》则是对主流模式的质疑，并通过问题的方式暗示了自己的无限宇宙论。笔者认为促使屈原质疑普遍流行的宇宙论的原因有中原文化，尤其是齐鲁文化的影响。对于楚文化以及屈原的思想与北方文化的联系，学界颇多论证，举证异常丰富。《左传·昭公二十六年》有周景王庶长子王子朝携周典籍奔楚的记载；《国语·楚语》记楚太子师傅教太子以中原典籍《春秋》《诗》《礼》《乐》等；《左传》又有楚人外交场合多次引《诗》的故事；《孟子》也有楚人爱好周公、孔子之道，北学中国的故事。从楚文化背景看，屈原必定有中原文化的修养。从个人政治思想看，学界对屈原认同中原文化也多有论证：屈原倡导法家思想，效仿商鞅、吴起，修明法度，并提出“美政”；屈原的政治历史观同于儒墨，赞扬尧舜禹汤，指责桀纣，提出重民，反对天命对国家兴亡的决定作用。

诗人在《天问》中所提的一百七十余问题与宇宙天地多有关涉。所有问题都没有答案，但仔细体察可以发现诗人的主张都包含在问题中。以下分四点讨论屈原《天问》关于宇宙的理性思维，尤其注重从北方文化和屈原思想的关系来说明屈原的宇宙论。

第一点，《天问》篇首有以下诗句：

曰遂古之初，谁传道之？上下未形，何由考之？冥昭瞢闇，谁能极之？冯翼惟像，何以识之？

一般认为这是屈原对宇宙原初状态的描述：天地形成之前，一片混沌暗昧，元气充塞。其中“冯翼”二字是关键。通观《广雅》、洪兴祖、朱熹、王念孙、闻一多等各家注释，“冯翼”就是无形暗昧而浮动盛作的元气。与屈原同时代的庄子，在《庄子·盗跖篇》中用“冯”字：“富人侅溺于冯气，若负重行而上也。”成玄英疏曰：“冯气，犹愤懑也”，[1]是气满的意思。又屈原《九章·思美人》：“独历年而离愍兮，羌冯心犹未化。”明朝汪瑗注：“冯，充积盈满之意。”[2]可见屈原用“冯翼”描写并指称元气。元气虽然无形，却是“有”，不是空无，如果是空无，如何充满盛作？春秋战国时期诸子对宇宙本体和生成非常关注，论说颇多。其中最著名的是老子的“道”论。道是宇宙的根本，所谓：“人法地，地法天，天法道，道法自然”，王弼注曰：“自然者，无称之言、穷极之辞也。”[3]而“天下万物生于有，有生于无”（《老子道德经注》第四十章），可知“道”是有和无的根本，宇宙本体的性质或者说道的性质是“无”。老子并不强调“气”，更不曾说“元气”。只说：“道生一，一生二，二生三，三生万物。万物负阴而抱阳，充气以为和。”（《老子道德经注》第四十二章）“道”是阴阳元气的根本。宇宙本体是气之实有，还是道之空无，屈原显然与老子不同。老子和屈原都是南方文化的代表，屈原的宇宙论缘起于老子而有所变化，一定有其他文化的影响。战国时北方文化中论“气”最确切者为《管子》。《管子·心术下》：“气者身之充也。……思之思之……其精气之极也。一气能变曰精。”又“精也者，气之精者也。”又“凡人之生也，天出其精，

---

[1] （晋）郭象注，（唐）成玄英疏：《庄子注疏》，中华书局2011年版，第528页；以下引庄子言皆出于此，仅注篇名。

[2] 金开诚著：《屈原集校注》，中华书局1996年版，第566页。

[3] （魏）王弼注，楼宇烈校释：《老子道德经注》第二十五章，中华书局2011年版，第66页。

地出其形，合此以为人。”[1]《管子·内业》：“凡物之精，比则为生。下生五谷，上为列星。流于天地之间，谓之鬼神。藏于胸中，谓之圣人。是故民气，杲乎如登于天，杳乎如入于渊，淖乎如在于海，卒乎如在于已。”又“灵气在心，一来一逝，其细无内，其大无外。”《管子·枢言》：“有气则生，无气则死，生者以其气。”气是生命本源、万物本源、宇宙本源，这是以物质的实有论宇宙本体。关于气的性质“其细无内，其大无外”与惠子的思想相似：“至小无内，谓之小一”（《庄子·天下》），而惠施、《管子》都是北方文化的代表。有学者认为《管子》的篇章出于很多学者之手，虽有争论，但《管子》一书属北方文化，这是确定的。《管子》所论气，指生命之气和自然之气，天地、日月星辰是自然之气生化的结果，而生命之气的结晶是民气和人体的生成。《管子》的气论有更早的来源。如《国语·周语上》伯阳父论气：“周将亡矣。夫天地之气，不失其序。若过其序，民乱之矣。”[2]言天地自然之气与社会治乱相互作用，这说明天地之间一气相通，天地人只一气耳。北方气论不仅及于屈原，还明显地表现在庄子的思想中：“人之生也，气之聚也，聚则为生，散而为死。……故曰通天下一气耳。”（《庄子·知北游》）而屈原受齐国学术影响，应当是因为屈原在政治上一向主张合纵（合众弱以攻一强），尤其注重与齐国的联合，故曾两次出使齐国，[3]对于稷下学宫热烈的学术氛

[1] 黎翔凤撰：《管子校注》，中华书局2004年版。以下对于管子的引用皆出于此，仅注篇名。

[2] 汪济民等译：《国语译注》，百花洲文艺出版社1992年版，第16页。

[3] 屈原的外交策略和出使参见游国恩：《屈原》，中华书局1980年版，第21页。

围[1]定有耳闻，甚至可能学习和参与讨论，也未可知。

第二点，屈原《天问》有“阴阳三合，何本何化？”意思是，阴阳参合，以什么为根本？又怎样变化？屈原提到阴阳的问题，与以上的气论属于一种思路。阴阳概念非常古老，用来表示自然界和人类社会中存在的两种对立的事物或力量。人们在朴素的认识之上又用它们表示一种形而上的哲学概念，表示宇宙间并存的两种相反相成的条件，二者相互渗透转化生成万物。阴阳概念的形而上意义是南方文化还是北方文化的原创是学者争论的问题。范文澜先生说：“《周易》讲阴阳，《洪范》讲五行。……齐人邹衍混合两种思想……创立起阴阳五行家。”[2]很多学者都认为《周易》是阴阳概念的集大成者。而庞朴先生则认为阴阳、五行、八卦有三个不同的源起，分别源于南方、东方、西方三种文化，《周易》只讲八卦，不讲阴阳，而八卦、阴阳、五行合讲是战国末形成，到汉代兴盛的；《系辞》所谓“一阴一阳之谓道”，是汉代《易传》的内容，[3]因此战国以前的《周易》不是阴阳形而上观念的代表。阴阳说在南方大有发展。侯外庐先生认为“范蠡的（兵阴阳）思想可以视为阴阳说在南方的发展”。[4]老子阐明阴阳的性质、作用。楚帛书《黄帝书》之《称》以阴阳论天地日月昼夜四季，君臣、男女、父子、兄弟，则南方道家对阴阳概念贡献很大。如果屈原继承老子的传统，则不会提出“阴阳三合，何生何本？”的问题。老子

---

[1] （汉）桓宽：《盐铁论·论儒》：“盖齐稷下先生千有余人。”上海人民出版社1974年版，第24页。

[2] 范文澜：《中国通史》，人民出版社1949年版，第239页。

[3] 庞朴：“阴阳五行探源”，载《中国社会科学》1984年第3期，第75~98页。

[4] 侯外庐：《中国思想史纲（上册）》，中国青年出版社1980年版，第39页。

以道为根本，则阴阳本于道，没有疑问。屈原的诗句反映了对以“无”为根本的南方哲学的质疑，这一方面是诗人的个性和学养，另一方面也是接触了外来的以“有”为本体的哲学论说所致，如《管子》的精气论。因为屈原具有关于气的思想，所以对于阴阳之所本便有疑问，不认同“道”本体论。

第三点，《天问》有“夜光何德，死则又育？”意思是，月亮有什么德性，为什么死而复生？这是关于月相变化的问题，是另一处对阴阳的疑问。古人视月亮的圆缺为月亮的生死。日月分别代表阳和阴，因为太阳和月亮分别对应明暗、昼夜、暖冷。这是阴阳的基本观念。如果停留在阴阳的自然属性层面上，我们不能理解屈原的问题，如果结合阴阳的社会政治属性，就会发现这个问题的逻辑。从上文《管子》的气论可以知道自然和社会统一于气，《管子》不仅气论很特别，而且有丰富的阴阳五行思想。因为自然和人类相应，气又分阴阳，所以《管子》又以阴阳论自然人世。比如《管子·乘马》以阴阳论自然：四季交替、昼夜交替和短长变化是阴阳推移的结果；《管子·枢言》以阴阳论政治：先王的霸、王、削、亡是用阴阳多少的结果；《管子·轻重甲》以阴阳论人事：汤贿赂女华——桀的宠妃、曲逆——桀的近臣，尽得阴阳，代替桀而为天子，这是人事的策略；《管子·四时》又将阴阳与刑德联系：“日掌阳，月掌阴，星掌和。阳为德，阴为刑，和为事。是故日食，则失德之国恶之；月食，则失刑之国恶之；彗星见，则失和之国恶之；”，又“日掌赏”，“月掌罚”，日月与德刑、赏罚对应，论天地人无不用阴阳。上述《黄帝书》之阴阳及于人世，只是列举，没有详论。以阴阳五行理解屈原的月亮问题，似可豁然开朗：月既执掌刑罚，没有德赏的品质，对于天和人没有给予，则如何能死而复生？其中的逻辑已经不能用南方道家的自然阴阳观来解释，而应当运用北方阴阳五行合讲的论说才能得其玄机。从自然到政治的跳跃，从日月到德刑的嬗变，屈原的宇宙论包含北方阴阳五行说的风貌。邹衍是阴阳五行学说的代表，虽然他在屈原之后，但从管子的阴阳五行说到邹衍的集大成，可知文化的发展是陈陈相因的结果。屈原的问题是对阴阳五行的诘问。月亮的盈缺——宇宙自然现象的阴阳和人类行为的道德与不道德，这之间的对应关系有解释不通的地方：月亮既然执掌刑罚，不行仁义，却能死而又生。

第四点，《天问》又有下列问题：

圜则九重，孰营度之？……斡维焉系，天极焉加？八柱何当，东南何亏？九天之际，安放安属？隅隈多有，谁知其数？天何所沓？十二焉分？日月安属？列星安陈？出自汤谷，次于濛汜。自明及晦，所行几里？

从这些语句可知屈原时代的宇宙观：天体圆而有九重，天空旋转，天有顶端，有八根柱子支撑天空和地面，地面西北高、东南低，地势起伏不平，地是方的，天的边沿与地面接合，日月众星旋于天空。我们由屈原所提的问题知道了战国中晚期通行的宇宙学说。学界普遍认为屈原描述的是“盖天说”和对此种宇宙模式的怀疑。“盖天说”和“浑天说”这两种宇宙模式主要源于中原文化区，并且中原的“盖天说”于战国晚期在楚地流传甚广，这两点学界已有论证。[1]另外应该注意的是屈原的提问反应了战国时代宇宙学说的新进展。盖天说在发展过程中曾有过修正，所以有前期盖天说——天圆地方说和后期盖天说——周髀说两个阶段。有学者认

[1] 高策：《两周时期中原与楚文化区宇宙思想比较研究》，载《山西大学学报》2012年第3期，第15~19页。

为这两个阶段的划分可以忽略。[1]从天文学学科的角度讲，可以忽略，但从中国古代思想史的角度讲，应予以重视。笔者认为天圆地方说首先是原始先民的想象。天圆，是人们望天的直观印象；地方，是对大地和田地的认识，反映了当时人类认识的局限性。不仅中国古代对宇宙有如此认识，古希伯来、古埃及、古印度等全世界各个古老民族都有此类观念。[2]中国古代很多典籍还有“鳌足”“昆仑山”为擎天之柱的神话传说，还有神龟背负方形地面浮于水上的说法。所以原始盖天说的宇宙像一个亭子，有圆顶和柱子。以上《天问》的引文是对神话宇宙观的描述。而屈原的疑问也很多，尤其是“天何所沓？”：天和地在哪里相接？屈原的一系列问题都是针对神话传说的天圆地方或称原始盖天说的怀疑。认为天圆地方有漏洞的不止屈原，春秋末期的曾子也有类似说法，《大戴礼记·曾子天圆》：“天道曰圆，地道曰方；如诚天圆而地方，则是四角之不揜也。”意思是说如果天的确是圆的，地的确是方的，那么地的四个角就不能掩盖了吧。[3]于是有了后世对原始盖天说的修正，这就是《周髀算经》的盖天说：“天象盖笠地法覆盘。”[4]天穹像斗笠，大地像倒扣的盘子。地面从平到拱，是一个大进步，只有这样才能导致大地是球形的认识。学界综合各个专家的意见，将《周髀算经》的成书年代定于西汉初期，[5]并认为《周髀算经》

---

[1] 江晓原：《中国天学史》，上海人民出版社2005年版，第219页。

[2] 刘沛林：“天圆地方说考辨”，载《衡阳师专学报(社会科学)》1992年第2期(总第49期)，第80~86页。

[3] 方向东撰：《大戴礼记汇校集解（上）》，中华书局2008年版，第587页。

[4] 赵爽注：《周髀算经（卷下之一）》，中华书局1985年版，第54页。

[5] 冯礼贵：《〈周牌算经〉成书年代考》，载《古籍整理研究学刊》1986年第4期，第37~41页。

以周为骨架，以汉为皮肉。《周髀算经》同时也有："方属地，圆属天，天圆而地方"的说法，这说明周代就有原始盖天和改良盖天两种观点存在。曾子发怀疑的先声，屈原距离曾子已远，当其时，怀疑原始盖天说的思想必定已经在南北方广泛流传了。

屈原《天问》关于地长的问题："东西南北，其修孰多？南北顺堕，其衍几何？"这是关于东西南北地长的问题；《山海经·中山经》记："禹曰：……天地之东西二万八千里，南北二万六千里。"[1]屈原是对度量大地得出的数字表示怀疑。东西和南北两个方向不一样长，长出的那部分有多少，没人能说清楚，所以应当怀疑现有的数字，或者屈原也可能认为度量大地这种作法本身就有问题。

综合以上《天问》的引文，可以总结出屈原的宇宙论，特点有四：宇宙本原是物质性的气；前人说阴阳本于道，屈原暗示气也许是宇宙的根本，怀疑宇宙和人之间具有阴阳对应关系；有限宇宙模式漏洞百出；大地的长度不能度量。对屈原的宇宙论以具体的方式可以作如下解释。"遂古之初"指宇宙发生的时候，这是关于宇宙的生成论或者是对时间的起始的思考。屈原认为没有人能够传授和解说宇宙发生时的情况。但我们可以了解到屈原的思想，他认为很久以前天地是一个整体，宇宙是从混沌未分的气开始发生的。宇宙的本原是一种充满无定型的气的状态，而且在气没有分化的时候论断时间的起始是没有根据的。阴阳是两种性质的气，二生三，三是"多"，是万物，化成万物是阴阳作用的结果。老子认为道比阴阳更为原始，但关于道如何生成阴阳，老子并没有作出合理的解释，不如实事求是地说气就是气，不由任何其他事物生成，气

[1] 袁珂校译：《山海经校译》，上海古籍出版社1985年版，第148页。

就是原始宇宙的形态。月亮的盈缺这样的天体变化是客观的天象，与人世的德刑对应很是牵强。天如果被绳子吊起来，而绳子又无处维系，如果有柱子支撑，而柱子又无处安置，所以天有形质或实体被怀疑，故而屈原关于天的疑问暗含天无形质的假想。九重天的观念虽然被公认，但是没人知道是谁造就了九重天，所及九重天应当被否定。如果将天空分成九个区域，但是其中的弯曲和角落不知其数，所以不能对天进行有限的分野。这些都说明屈原认为应当否定天的实体性。盖天说认为天覆盖在地上，但问题是天地形状有一定差异，无法连接，因此应当否定盖天说的模式。日月星辰在天球上为什么镶嵌得那么牢固？太阳从汤谷出来，夜里落到濛汜水边上，它在夜里究竟躲藏于何处？又走了多少路程？这都是盖天说不能解释的问题。屈原的问题迫使人们放弃盖天说。宇宙初始的时间不可考证，天地不曾连接。虽然《山海经》规定了大地的长度，但屈原认为大地在东西和南北两个方向上的长度的测量有问题，这对球形大地有所启发。也许是后世浑天说地圆观念的先声。天没有形质，日月星辰并不是固定在天上，这个观点又合于西晋杨泉（公元3~4世纪）主张的宣夜说。唐代柳宗元（公元11世纪）则直接顺着《天问》的思路回答了屈原的问题，直接发展出了无中心、无边界的无限宇宙论。总之，屈原的《天问》是对盖天说模式的全面怀疑。屈原通过一系列问题说明了对宇宙的思考，虽然观点不甚明确，但对后世具有启示作用。其中的气一元论和阴阳论有可能来自《管子》，而无形质的天的假设很可能是屈原的独创，对打破有限宇宙模式，启发浑天和宣夜说的新模式具有积极意义。

二、《离骚》太空之游的巫觋色彩以及屈原与蒂泽所论但丁太空之游的比较

（一）《离骚》太空之游的巫觋色彩

屈原的非理性宇宙思维充分表现在《离骚》中。《离骚》从内容上讲可以分为两大部分，第一部分是屈原的人间遭遇，第二部分是诗人的天国之游。尤其是从“跪敷衽以陈辞兮”至“吾将从彭咸之所居”讲述诗人政治上屡屡受挫之后在幻想中寻求理解；他陈辞于重华，访帝女、宓妃、简狄，问卜灵氛、巫咸，驾龙驭凤、上下求索，寻求与自己相合的人。诗人神游天国，“驷玉虬以椉鹥兮，溘埃风余上征。朝发轫于苍梧兮，夕余至乎县圃”，速度极快，去得又远；“前望舒使先驱兮，后飞廉使奔属。鸾皇为余先戒兮，雷师告余以未具”，月亮打先锋，风神追随，鸾凤开道；“吾令羲和弭节兮，望崦嵫而勿迫”，“吾令丰隆乘云兮，求宓妃之所在”，“吾令鸩为媒兮，鸩告余以不好”。诗人任意驱使太阳神、月亮神、风神、雷神，甚至禽鸟，在天地间驰骋：“及余饰之方壮兮，周流观乎上下”，周游四方，升天入地。屈原的宇宙之游与庄子相似。但庄子的宇宙为散文的描写，只是为了哲思，屈原的宇宙却是叙事的、抒情的，文辞更具诗意，也更华丽。以上所引诗文仅为小小片段，却让我们窥见了屈原诗作的恢弘气象以及诗人凌驾宇宙之上的气魄。究其来源自然得益于诗人的气质禀赋，但也是浓厚的文化传统熏陶的结果。屈原天国之游能够驱使日月风雷诸神和龙凤，还能遇到神仙，这些都是一定文化形态下的必然表现。具体到屈原，则是楚文化浓重的巫觋色彩的影响。这就是笔者认为屈原的宇宙思维有非理性部分的原因。《离骚》中的巫的色彩异于战国时的中原文化。要认识屈原的思想，必须先理解楚文化的某些特征。认识这些特征以及屈原的巫师思维对于屈原和但丁天国之游的比较

具有基础性作用。基于楚国的巫觋文化和但丁时期的基督教文化，我们或许更能理解为何同是太空之游含义却不同。

《史记·楚世家》对楚国的远祖、开国者、楚国的建立及其与西周的关系有一定记载。楚禘黄帝，从黄帝到芈姓的季连有一个血缘系统：黄帝——高阳——重黎——吴回——陆终——季连。季连的苗裔鬻熊事文王。熊绎受封于周成王，居楚蛮。[1]昆吾和彭祖都是陆终的儿子，昆吾和彭祖分别是夏朝和商朝时的侯伯。[2]故楚立国可追溯至夏朝，所以楚文化应当包含夏商文化传统。周成王封熊绎于楚，是因为熊绎的先祖早已在楚地立国。

我们以“礼”作为夏商周文化特征的重要标志。《说文解字》：“礼，履也，所以事神致福也。”[3]礼原来与宗教祭祀有关。李泽厚先生也说，礼的“起源和其核心则是尊敬和祭祀祖先”；[4]“礼之起于祀神，故其字后来从示。”[5]礼的核心最初应当是敬祖先和鬼神。古人对商文化的评价，如《礼记·表记》记孔

---

❶ （汉）司马迁：《史记》卷四十《楚世家》，中华书局1959年版，第1689~1692页：

“楚之先祖出自帝颛顼高阳。高阳者黄帝之孙，……高阳生称，称生卷章，卷章生重黎。……帝乃以庚寅日诛重黎，而以其弟吴回为重黎后，复居火正，为祝融。”又“吴回生陆终。陆终生子六人……六曰季连，芈姓，楚之后也。”又“周文王之时，季连之苗裔鬻熊。鬻熊子事文王，蚤卒。其子曰熊丽。熊丽生熊狂，熊狂生熊绎。熊绎当周成王之时，举文、武勤劳之后嗣，而封熊绎于楚蛮，封以子男之田，姓芈氏。”

❷ 同上书，第1690页：“昆吾氏，夏之时尝为侯伯，……”又“彭祖氏，殷之时尝为侯伯。”

❸ （汉）许慎：《说文解字》。（清）桂馥：《说文解字义证》，齐鲁书社1987年版，第6页上。

❹ 李泽厚：《中国古代思想史论》，三联书店2008年版，第3页。

❺ 同上书，第4页。

子说："殷人尊神，率民以事神，先鬼而后礼"。[1]今人的评价，如范文澜先生说："商统治者遇事必卜，表示自己的行动都是符合天命神意的，……特别崇拜鬼神，祭祀祖先的次数极为频繁，所用牺牲甚多"。[2]商人的祭祀非常广泛，名目繁多，典仪隆重。天地神、人鬼、各种自然神、先王、先祖、先贤均在祭祀之列。祭祀时奏乐、歌舞，献礼器、人畜牲、粮食等。[3]可见商人对神鬼的重视。在商人统治之时，商文化的影响就已经达到湖北境内的楚人活动区。[4]楚既为商裔，则我们应当以商代敬鬼神的意识形态和巫文化为基础理解楚文化。

商以后，秦统一前的中原地区一直在周王朝的统治之下。商以后中原地区有不间断的周文化传统，其代表就是周礼。"克己复礼"是孔子一生的追求："周监于二代，郁郁乎文哉，吾从周。"[5]周公对"礼"的作用有明确解释，《左传·文公十八年》载："先君周公制周礼曰：则以观德，德以处事，事以度功，功以食民。"[6]周礼于鬼神的形式之上增加了道德修养和政治教化的实质。孔子对夏、商、周文化都有评价：夏礼遵命、殷礼尊神、周人尊礼。周礼虽与二代不同，但不完全异于夏商之礼，故周礼的"基本特征，是原始巫术礼仪基础上的晚期氏族统治体系的规范化和系

---

[1] 杨天宇撰：《礼记译注》，上海古籍出版社1997年版，第938页。

[2] 范文澜：《中国通史（第一册）》，人民出版社1949年版，第62页。

[3] 彭邦炯：《商史探微》，重庆出版社1988年版，第287~289页。

[4] 安金槐：《商代的楚文化遗存及其有关问题》，见：河南省考古学会编：《楚文化研究论文集》，中州书画社1983年版，第14页。

[5] 《论语·八佾》，见（宋）朱熹撰：《四书章句集注》，中华书局2011年版，第65页。

[6] 蒋冀骋校点：见《左传》，岳麓书社1988年版，第116页。

统化”。[1]周以前在文化和风俗中神民杂糅，人民过度信仰神权，一切人事皆求助于神，周人遂有以制度代风俗的想法，周公改革文化制度，可以视为限制神权的一种努力。也是商文化神与巫气息较重的反证。楚人全部南迁[2]最晚在周成王时，成王乃武王之子，因年幼而使周公摄政。周公文化改制前后楚国全部南迁，则楚文化必定没有受到周公改制的剧烈影响，[3]并得以保存商文化尊神、行巫术的传统。楚国虽然应依据周礼侍奉周王，但因为山水阻隔，[4]并不完全遵循周礼，楚国内部又有商文化传统，故楚国文化必定比中原文化更加具有浓厚的巫术氛围。

继承了夏商文化传统，楚文化必然具有原始宗教成分，原始宗教信仰超凡的想象力使楚人和天地神鬼之间建立了超验的联系。楚人崇尚巫鬼，这是原始宗教和商代巫风发展的结果。《汉书·地理志》：“楚人信巫鬼，重淫祀。”陈梦家先生论述商代巫风时说：“王者自己虽为政治领袖，同时仍为群巫之长。”[5]楚人也继承了这个传统，张正明先生就认为：“始封的楚君熊绎，其实身兼

---

[1] 李泽厚：《中国古代思想史论》，第2页。

[2] “南迁”是指“鬻子后数世至熊绎，始南迁荆山”，又“鬻熊先封丹水之阳，熊绎始迁荆山之麓”，参见（清）宋翔凤：《过庭录》卷九之《楚鬻熊居丹阳武王徙郢考》，中华书局1986年版，第159页。

[3] 这也是学者们的普遍论断，如袁行霈主编：《中国文学史》第一卷，关于楚辞的楚文化背景，高等教育出版社2005年版，第107页。

[4] “阻隔”是指“盖居荆山，则汉水环其东北，是以北阻中国，东控汉东诸侯”。见（清）宋翔凤：《过庭录》卷九之《楚鬻熊居丹阳武王徙郢考》，中华书局1986年版，第160页。

[5] 陈梦家：“商代的神话与巫术”，载《燕京学报》1936年第20期，第537页。

大巫。”[1]楚怀王“隆祭祀，事鬼神，欲以获福助，却秦军，”；[2]楚灵王则“躬执羽帔，起舞坛前”。[3]楚人祭祀的神鬼范围也非常广泛，观屈原的《九歌》以及其他作品，所提到的神有东皇太一、云中君、湘君、湘夫人、司命、山鬼，这些是南方神，还有河伯、轩辕这些北方神，而经常提到的伏羲和女娲又是夷越神。[4]游国恩先生认为屈原的“三闾大夫”一职说明他掌管宗族氏姓。过常宝先生认为屈原“左徒”一职说明他掌管祭祀礼仪；虽然屈原不是“原始意义上的巫师……但他必然继承了巫史的文献”。[5]屈原的巫史文化修养对于理解屈原的宇宙想象具有重要作用。《国语·楚语下》描述巫为：“民之精爽不携贰者，而又能齐肃衷正，其智能上下比义，其圣能光远宣朗，其明能光照之，其聪能听彻之，如是，则神明降之，在男曰觋，在女曰巫。”[6]“精爽”可以理解为精英，巫的智能可以通神，使神降临人世；人们还可以向巫问卜，以为决断。屈原自视为楚国精英，这与他的贵族出身（楚同姓）和巫史职掌有关：“纷吾既有此内美兮，又重之以修能。”（《离骚》）只有他这样的精英才能恋宓妃、有娀之佚女，才能留住有虞氏的两个漂亮的女孩。屈原既然想象自己具有巫的能力，所以能令凤鸟飞腾，帝阍开关，能上天入地，驱遣日月风雷各路神仙。屈原虽然自认为有巫的能力，但还要向灵氛、巫咸问卜，因为屈原首先

---

[1] 张正明：《楚文化志》，湖北人民出版社1988年版，第406页。

[2] 《汉书·郊祀志》。转引自游国恩：《屈原》，中华书局1980年版，第53页。

[3] 《太平御览》卷五二六及七三五引桓谭《新论》。转引自郭维森《屈原评传》，南京大学出版社1998年版，第42页。

[4] 张正明：《楚文化志》，湖北人民出版社1988年版，第406页。

[5] 过常宝：《楚辞与原始宗教》，东方出版社1997年版，第27页。

[6] 汪济民等：《国语译注》，百花洲文艺出版社1992年版，第350页。

是一个政治家，参与国家大事的决断，并非真正的巫师。在巫风盛行的楚国，好幻想的楚人几乎每人都可以作上天遇神的梦，掌管巫史的屈原经常阅读神话、本族历史、宗教律令等文献，对古史传说、神仙志怪较普通人具有更丰富的知识，即使没有巫师身份，也可以进行关于神话巫术的文学想象。屈原因为政治受挫、屡次见疏于王上，两次被流放至蛮荒之地，心中惨怛，故而问卜于灵氛。

问卜是楚文化的一个表现。楚人在用兵之时、官员任免、疾病忧患、乔迁新居等大小事宜，都用占卜。这是商代人事无巨细，皆求神问卜的遗风。屈原则说："欲从灵氛之吉占兮，心犹豫而狐疑"，以及"灵氛既告余以吉占兮，历吉日乎吾将行"（《离骚》）。可以看出楚文化的巫觋占卜也存在于诗人的思想中。战国时期的中原地区，由于理性精神逐渐高涨，巫风逐渐势微。被写进战国文学史上的中原地区作品只有历史散文和诸子散文：《左传》《国语》《战国策》以及《孟子》《荀子》《韩非子》等。这些著作是具有文学价值的历史、哲学或伦理学著述，其中没有屈原那样关于巫的幻想。即使是汪洋恣肆的《庄子》散文也只有真人，没有巫觋。这一点似可证明屈原上天入地，超越时空的非理性宇宙思维不同于周礼教导下的诸子散文。不能断言屈原是否专职巫师，但可以说他同其他楚国士人一样具有巫师思维，或者至少他们都相信巫师具有通神的能力。

（二）屈原与蒂泽所论但丁太空之游的比较

具有巫觋色彩的屈原天国之游可以和但丁（1265~1302）基督教特色的天国之游相比较。但丁的宇宙观多次出现于《宇宙与意象》的各个部分，蒂泽很重视这位13世纪意大利诗人的宇宙模式和太空之游。笔者根据蒂泽的论述总结但丁的太空之游，并与屈原比较。但丁和屈原的遭遇有一些相似，比如都进入政坛，都遭到流放。只是但丁没有屈原那样显赫的出身。屈原没有像但丁那样经受失去爱人的痛苦。现实生活的苦难应当是他们向往天国的原因之一。但丁和屈原的太空之游都在想象中完成，通过意志力获得飞升的力量，就是所谓神游。虽然两人都游于太空，都是出于摆脱苦闷的心理，但两者相异之处甚多。第一，就《神曲》本身而言，其中《地狱》和《炼狱》两篇是基于基督教神学而产生的，与天堂对立。地狱和炼狱在地球中心，天堂在九霄——宇宙之外。从地狱到天堂，是苦难和净化罪恶之后获得幸福的过程。屈原天国之游的前奏没有地狱、炼狱的描写，他以巫师的方式直接升天，身边是风云、日月神、龙凤相伴，并未经历悲惨的地狱和炼狱。他的痛苦经历只在人间。中国古代各个时期所有描写天游主题的诗人都不写关于地狱的内容。第二，但丁处于欧洲13世纪，天文学家对行星多有研究，所以但丁在天游过程中描写行星和恒星。但丁的天文学属于托勒密的宇宙模式：九霄、九个同心圆、地球中心。但丁详细描写每个行星和它们的保护神——天使，天球九个圈层的构成、运动速度。特别强调天体运动的驱动力——“爱”。屈原的作品中没有关于行星的天文学知识，也没有宇宙模式的内容。屈原以后的中国古代诗人的天游向来不具有天文科学的背景，所以是一种纯粹的精神之游，飞升的过程中经历何种天象没有任何重要性。故而西方人的天游在具有宗教性的同时还有一定的知识性，中国诗人的天游更接近于神话。第三，但丁和屈原太空之游的方式不同。但丁游于太空借助的是爱人的目光。他和爱人四目相对，眼睛接收太阳光，发射出目光，目光交融使诗人获得力量。蒂泽认为但丁在这一点上受到柏拉图《蒂迈欧》篇的影响。[1]眼睛是小宇宙，爱情的力

[1] Hélène Tuzet, *ibid*, p. 170.

量使他像电一样迅速飞升。屈原处在巫觋文化氛围中，可以驱使风云龙凤和日月风雷之神。但丁相信爱情的力量，构建了“空间和精神的连续体”。[1]他的太空之游的基础是世俗中的爱情。屈原太空之游的基础在于他的巫师身份。他向来认为自己不同于凡人，通神是自己的职责。他自己就是神的代言人或者将自己认同为神。蒂泽强调“空间和精神的连续体”由但丁建立，她认为但丁之前宇宙空间与人的精神分离，但丁的连续体成立的前提是宇宙被上帝或神性包围。中国古代诗人不需要经历从分离到连续的过程，因为只有精神才能想象无限宇宙，宇宙既是客观独立的存在，也与人的精神一体。所以中国古人不需要刻意建立连续体，弥合精神和宇宙空间的差距，中国人最善于贯通天人。第四，但丁与爱人共同前往至福极乐的世界，得到永生，不再返回人间。但丁对地球怀有轻蔑的态度：“地球面露卑贱的微笑”。[2]但丁对人间和地球的态度代表了中世纪神学宇宙的观点：地球窃取了中心，“就像一个没有风度的人强占了领唱的位置”。[3]屈原没有爱情的烦恼，纯粹是因为受到政治打击、怀才不遇而上天诉说自己的冤屈和痛苦。所以屈原如同所有天游的中国诗人一样是为了现实的目的。对于地面的生活虽感到失望，但不至于希望通过天游永远离开人间，中国诗人对人间生活颇为留恋。但丁的太空之游的实质是柏拉图的灵魂回归天国，永远和上帝相伴。屈原具有巫师的思维，所以能和男神称兄道弟，和女神互相爱恋。屈原的天国之游是因为凡人不能理解他的心意、志向和抱负。最终屈原需要回归人间，继续自己的政治使命。巫师

---

[1] Hélène Tuzet, *ibid*, p. 20,p.183. 蒂泽沿用了亚瑟·库斯勒（Arthur Koestler）的观点。

[2] Hélène Tuzet, *ibid*, p. 251.

[3] Hélène Tuzet, *ibid*, p. 309.

虽能面见神仙，但不可能和神仙相伴始终。巫师取得神仙的信任，神仙对巫师进行告诫，巫师将神的讯息带回人间。屈原用神仙高洁的心志勉励自己不可同流合污。屈原作为巫师的天游是为了人事的目的，或为了个人的修养。而但丁的天游是追求永恒，追求彼岸生活，天国之游与人世关系如何，不是他考虑的问题。人世间只是但丁想要抛弃的对象。屈原因为自己的政治身份，始终心悬国家命运，忧虑君王安危。屈原的宇宙想象总是有关于人世。第五，但丁认为追寻上帝就能够得到拯救，上帝是至高无上的存在和力量，是绝对的统治者。屈原遇到的神仙则是屈原的知己，屈原认为自己和神仙都具有高洁的精神，不同于污浊的世俗之人。但丁的上帝居于宇宙之外，在一个最耀眼的点上，那里是万物的核心。上帝是需要膜拜的对象。屈原的神仙是朋友或恋爱对象，处于宇宙之内，神仙的住所并非灿烂辉煌，而是清幽飘渺。那里不是宇宙的中心，神仙也不是需要膜拜的对象，因为屈原认为自己也同神仙一样。但丁虽神化自己的精神，但自己终究不是神，更不能企及上帝力量和威严的千万分之一，凡人的精神需要被净化，始终匍匐于上帝的脚下。

总而言之，笔者认为屈原的宇宙论哲学得益于北方文化的熏染，而楚国的巫觋文化氛围是形成屈原太空之游特色的原因之一。屈原继承《管子》的气论，但对以自然阴阳与人世之间的关系表示怀疑，提出宇宙发生于混沌一体之气，宇宙的现象具有客观独立性，与人世或许不具有对应关系。屈原明确质疑先秦时流行的盖天说宇宙模式，暗示了天无形质和圆形大地的新宇宙模式，认定宇宙时间没有起始。屈原游于太空，是对楚国政治感到失望。他幻想在天上寻找志同道合的人。巫师通神促使屈原想象自己驾龙驭凤，驱使日月风雷神，使屈原想象重华、帝女、宓妃、简狄这样的神人、仙人。这些神仙不同于但丁所遇到的上帝、众神和天使。屈原和但丁太空之游的方式、目的和归宿都不同。屈原天游关注人世的特点被后代诗人继承。政治失意的中国诗人大多向往天游，而游于太空都是为了某种现实的目的。《天问》是屈原的哲学宇宙，而《离骚》是屈原的诗性宇宙。《天问》启示了浑天说和宣夜说，直接影响了柳宗元的宇宙论。《离骚》的天国之游是古代诗人经常涉及的主题，屈原的特点同时也代表了大部分诗人在这个主题上表现出的特点。除了比较但丁和屈原，笔者还将在本章第四节综合庄子、屈原以及苏轼，进一步比较中西诗人太空之游的主题，我们将得到更具有普遍性的认识。

第二节　李白的宇宙三论

李白（701~762）诗作为中国古典诗的巅峰向来为人称道，研究李白及其作品的著作文章虽然名目繁多，不外乎三个思路：生平考据、文学艺术学评论以及哲学宗教学阐释。本文即属于第三个方向，试从宇宙本体论、宇宙发生论和宇宙认识论三个方面总结诗人的宇宙哲学。李白并非哲学家，他的宇宙论也不成体系，之所以要研究李白的宇宙论，是因为中国古代诗人有宇宙思维传统。李白是特别具有宇宙意识的诗人。他通过自己的创作，实践“观古今于须臾，抚四海于一瞬”[1]的宇宙诗学。

一、无限、虚空的宇宙本体论

伟大诗人的共同点之一在于他们的宇宙意识，个体生命面对

[1] （晋）陆机：《文赋》，转引自郭绍虞：《中国文学批评史（上册）》，商务印书馆2010年版，第101页。

主客观世界的双重思考是诗人永恒的主题。宇宙是中国古人对于个体生命存在于其间的空间与时间的统称，对于宇宙即时空的实质早已明确。宇宙是无穷大和无穷小的集合。空间是实在的，但不能把握，时间有长短，但没有始终。无限宇宙的哲学反映在文学上，诗人尤其敏感于有限人生和无限时空的对比。李白化用孔子逝者之叹："逝川与流光，飘忽不相待。"[1]又有《宣城谢朓楼饯别校书叔云》："弃我去者，昨日之日不可留，乱我心者，今日之日多烦忧。"这是对于时间无限流逝的感叹。而"今人不见古时月，今月曾经照古人。古人今人若流水，共看明月皆如此"（《把酒问月》）。以月亮为永恒的象征，表明人事变更而时空永恒。面对无限宇宙，中国古人很早就明确了个体的地位，于是对生命有限生出无穷感慨。《庄子·知北游》："人生天地之间，若白驹过隙，忽然而已。"[2]陶渊明说："日月掷人去，有志不获骋。"[3]李白继承这样的意识说"生者为过客"（《拟古其九》）。生命既然如此短促，身外之物岂能长存："功名富贵若长在，汉水亦应西北流"（《江上吟》）。李白对于短暂的理解以及表达非常彻底："日月终销毁，天地同枯槁"（《拟古其八》），或者"金石犹销铄，风霜无久质"（《长歌行》）。甚至天地、日月、金石、风霜，这些自然物都不免于消失的命运，所以个体生命实在渺小。眼睛所见的一切实在物质都是有限，只有空间和时间这样的抽象概念才是无

[1] 《古风其十一》，见（清）王琦注：《李太白全集》，中华书局1977年版；以下引李白诗及王琦注皆出于此，仅注诗名。

[2] 郭庆藩著，王孝鱼点校：《庄子集释·杂篇·庚桑楚》，中华书局1961年版，第746页。本节引用《庄子》，皆出于此，仅注篇名和页码。

[3] 《杂诗十二首》，见逯钦立校注：《陶渊明集》，中华书局1979年版，第115页。

限。只有对有限的正确把握，才能领会宇宙的无限。

李白主张宇宙本体是虚空，最明显的表现莫过于借用《道德经》的“橐籥”喻。老子说：“天地之间，其犹橐籥乎？虚而不屈，动而愈出。”[1]王弼注曰：“橐籥之中空洞，无情无为，故虚而不得穷屈、动而不可竭尽也。”由是李白说：“天地为橐籥，周流行太易”（《草创大还赠柳官迪》）。李白称为“大还”者，其实就是道，所以他说：“赫然称大还，与道本无隔”（《草创大还赠柳官迪》）。而“大还”或“道”的作用和性质就是：“罗络四季间，绵微无一隙”（《草创大还赠柳官迪》）。宇宙本体就是李白的“大还”，其性质是无处、无时不在、广大、无形、先于万有的存在，同于老子所解释的“道”：“有物混成，先天地生，寂兮寥兮，独立不改，周行而不殆，可以为天下母。吾不知其名，字之曰道”（《道德经》第二十五章）。李白不说本体，有时也不直言道，却用很多代称，说明本体的性质，如：“大力运天地，羲和无停鞭”（《长歌行》）。大力是对宇宙本体的解说，广大而有威力，能作用于天地。或者：“大运有兴没，群动争飞奔，归来广成子，去入无穷门”（《古风其二十五》）。“大运”就是天运，与“大力”含义相同，都是对本体特征的描述，本体虽无形，却是运动的，故能使万物群动，但群动有兴没。大运无穷，人若能守一，处和，也能同于本体而领略无穷。

以上的解释以引用老庄为众。李白的道教徒身份，以及道家思想对李白的浸透是评论界经常讨论的问题。还有很多论者在李白的儒、道、释三方面思想间徘徊，有主张一端的，也有主张调

---

[1] （魏）王弼注，楼宇烈校释：《老子道德经注》第五章，中华书局2011年版。

和的。纵观唐代文化史，很多诗人或学者都在儒道释三者间往复。“达则兼善天下，穷则独善其身”的思想早已为中国士人立下了原则，士人于儒释道三者间各取所需，从不矛盾，以何者为重，皆以客观环境为依据。李白诗仿佛洒脱，其实他一生热衷功名，渴望成为明君之辅弼，至死亦然。只是几番不见用于朝廷，遭人嫉恨、诋毁，郁郁不得志，遂生出学道求仙、参禅悟佛的念头，并付之于实际行动，服丹药，受道箓，结交僧道，往往默契深厚。所以不妨全面了解，以求接近诗人的本真。

观李白诗，其中不少赠僧、颂僧、觉悟之语。上述无限、虚空，与佛家之“无边”“空有”颇多相似，故佛教对诗人之影响亦不应忽略。东汉佛教入中土，其后译事渐盛，信众渐广。佛教为中国人所接受，其原因在于中国人对佛教多有阐发，遂使其与老庄相通。南北朝时，玄谈之士常以为道家的“无”与佛家的“空”本质相同。南齐刘虬云：“玄圃以东，号曰太一；罽宾以西，字为正觉。希无之与修真，其揆一也。”❶太一、正觉，希无、修真意义相同。老庄关注有无，中国人讲佛学也特重空有，故南北朝时人一同讨论之。及至唐代，流行一时的论说、宗派有吉藏之三重二谛、玄奘之唯识论、法藏之金师子论以及华严宗、天台宗、禅宗。当其时佛学称盛，李白焉能不受影响？李白《赠僧崖公》自陈：

昔在朗陵东，学禅白眉空。大地了镜彻，迴旋寄轮风。揽彼造化力，持为我神通。……授余金仙道，旷劫未始闻。冥机发天光，独朗谢垢氛。虚舟不系物，观化游江渍。……手秉玉

---

❶ 转引自冯友兰：《中国哲学史（下）》，华东师范大学出版社2000年版，第112页；“玄圃”传说为“黄帝之园”，在昆仑山；“罽宾”为古代中亚国名，地理位置史学界无定论，一说即今印度旁遮普省。

麈尾，如登白楼亭。……何日更携手，乘杯向蓬瀛？

读王琦注知道，“白眉”为僧名，“了镜彻”“旷劫”语出《楞严经》，“轮风”语出《华严经》《菩萨藏经》，“神通”语出《维摩诘经》，“金仙”语出《金光明经》，为如来之号，“冥机”语出沈约《千佛颂》。“虚舟不系”语出《庄子》。“玉麈尾”指妙善玄言、唯谈老庄的晋人王衍。“蓬瀛”是人所熟知的道教圣地。李白在此将释道的语词、典故融为一炉，继承了魏晋佛道通论的文化传统。李白进一步说自己与僧人谈有无：“今日逢支遁，高谈出有无”（《赠宣州灵源寺仲浚公》），可见他认为佛教秉空，故可与之讨论老庄之所谓有无。李白更有《僧迦歌》，直接谈空有：“嗟余落泊江淮久，罕遇真僧说空有。一言忏尽波罗夷，再礼沔除犯轻垢。”佛教谈空有与实有相对，“我”与“诸事物”为实有，而佛性在于破此二实有，得二空。吉藏主张三种二谛皆须废除，其实质在于一切实有皆非，唯识宗更主张双离空有，宇宙的本质更在空有之上，这与《道德经》的“道”非无更非有的根本论点的确具有相同旨归。李白《赠僧朝美》：“水客凌洪波，长鲸涌溟海。……芭卷金缕揭，萧然若空无。谁人识此宝？窃笑有狂夫。了心何言说，各勉黄金躯。”说明自己正在溟海之中，希望尽早渡出苦海的心情；而在《与元丹丘方城寺谈玄作》中李白进一步说：“茫茫大梦中，惟我独先觉。……澄虑观此身，因得通寂照。朗悟前后际，始知金仙妙。”这是直接谈自己已经“澄虑”而“朗悟”了佛性。佛教也论“有边”“无边”，问之以佛陀，佛陀答之以沉默，后以盲人摸象喻之，认为有边、无边皆局部的偏见。[1]可见佛教不执着于讨论有限、无限，与中国古代哲学传统，尤其是庄

[1] 林崇安：《佛教的生命观与宇宙观》，慧炬出版社1994年版，第97页。

子颇契合，而殊异于西方传统。李白意欲成佛，不谈“有边”“无边”的佛教宇宙观，实质在于一切皆空，佛性空有对于李白的吸引力，正是来源于诗人固有之无限、虚空的宇宙本体论。

二、气一元论：李白的宇宙发生论

宇宙本体为无限、虚空，世间万有从何而来？太白曰：气。再次引《草创大还赠柳官迪》：“天地为橐籥，周流行太易。造化合元符，交媾腾精魄。自然成妙用，孰知其指的。”橐籥俗称风箱；造化，阴阳之谓也。天地虚空，阴阳二气周行于其中，永不休止，二气之用又如雌雄交媾，万物得以生。非工巧，自然之所为。显然李白认为宇宙之能发生，在于和气流行，然后日月出而有四季，朱雀、白虎、南斗巡天而动。李白在《赠宣城宇文太守兼呈崔侍御》中再论气：“白若白鹭鲜，清如清唳蝉。受气有本性，不为外物迁。”飞禽、昆虫皆有“受气”的本性，人也是元气所生。

天地间有气，而气分阴阳，这是老子、《周易》的宇宙论之一，也是中国古代宇宙论的“气论”传统。三国时吴国人徐整有《三五历记》叙述神话传说中的宇宙发生过程：“未有天地之时，混沌状如鸡子，溟涬始牙。濛鸿滋萌，岁在摄提，元气肇始。”[1]又有《五运历年记》：“元气濛鸿，萌芽兹始，遂分天地，肇立乾坤，启阴感阳，分布元气，乃运中和，是为人也。”[2]《管子》有“精气”说，认为精气是生命和智慧的根源。[3]老子说：“道生一，一生二，二生三，三生万物。万物负阴而抱阳，充气以为和”

---

[1] （三国吴）徐整：《三五历记》，见（宋）李昉等撰：《太平御览》卷一，中华书局1960年版，第1页。

[2] （三国吴）徐整：《五运历年记》，见（清）马骕撰：《二十五别史·绎史》卷一《开辟原始》，齐鲁书社1998年版，第1页。

[3] 张岱年：《中国哲学大纲》，江苏教育出版社2005年版，第65页。

（《道德经》第四十二章）。庄子则说：“人之生也，气之聚也，聚则为生，散而为死。……故曰通天下一气耳。”❶后世发挥前人主张，同时论道与气。如《淮南子》以道为根本，而气也是宇宙发生中的环节：“天地未形，冯冯翼翼，洞洞灟灟，故曰太始。太始生虚廓，虚廓生宇宙，宇宙生元气。元气有涯垠，清阳者薄靡而为天，重浊者凝滞而为地。”❷宣夜说的基础就是气论，三国时杨泉说：“夫天，元气也”，“星者，元气之英也。”❸天空充满气体，日月星辰是元气的精华。在李白稍后的柳宗元通过《天对》说明了天体怎样于元气中演化：元气在混沌中发展，元气作用使阴阳结合，元气时冷时热，反复交替，天地生成，故而天是阳气凝结而成，元气自己的发展创造了天地。所以李白的气论绝不是个别言论，应是对传统的继承。

李白不仅以气为宇宙发生的根基，而且在《日出入行》中描述太阳的运行乃至宇宙的进程是自然之理：

日出东方隈，似从地底来。历天又入海，六龙所舍安在哉？其始与终古不息，人非元气，安得与之久徘徊？草不谢荣于春风，木不怨落于秋天。谁挥鞭策驱四运？万物兴歇皆自然。羲和！羲和！汝奚汩没于荒淫之波？鲁阳何德，驻景挥戈？逆道违天，矫诬实多。吾将囊括大块，浩然与溟涬同科！

太阳东出，历天入海，从海底游过，翌日重新自东跃出，这是古人描绘的太阳运行轨迹。从中可见诗人认为地浮在水上。这是

❶ 《庄子·知北游》，郭庆藩，中华书局1961年版，第733页。

❷ （汉）刘安：《淮南子·天文训》，上海古籍出版社1989年版，第26页；汉涿郡高诱注云：“冯翼洞灟无形之貌。”

❸ （晋）杨泉：《物理论》，转引自《中国天文学简史》，天津科学技术出版社1979年版，第110页。

“浑天说”的一个概念，即天在外，地在内，天由气托着或与水接着，而地浮在水上或浮在气中。太阳的运行、四季的交替以及万物的生死都是自然作用的结果，教导人们不要逆天而行。人秉元气而生，却不是元气本身，当然不能长生不死，因而人应当与“溟涬”同科，溟涬就是天地未形成之前，自然混沌之气，即元气。李白是说可以通过精神的作用与元气同一。

若将李白的宇宙本体论和气论置于中国古代哲学史中，则能够更清楚地了解诗人的哲学主张。从无限宇宙论传统可知，唐以前最晚从战国开始思想界就有始终的议论，所谓始终是就宇宙运行的过程而言。诸子直至《淮南子》，再到魏晋，一致以为天地有始终，而宇宙无始终。因为天地是物质性的，而宇宙是大化运行的过程，没有始终，并以“反复两一”的原理解释宇宙能够无穷的原因。[1]李白继承了这一点，《把酒问月》论时空无限，而日月销毁、天地枯槁则是论天地和物质有限。“有无”是就宇宙本体而言，本体或称为本根，老子言道更在有无之上，自然万物在道的作用下，从无到有，所以老子尚“无”：“天下万物生于有，有生于无”（《道德经》第四十章），王弼注曰：“天下之物，皆以有为生。有之所始，以无为本。将欲全有，必反于无也。”老子又谓道为宇宙的根本，道是形而上，气是形而下，阴阳二气混合，互相感化。庄子齐物论认为没有所谓有无，有无只是相对而言。尚“有”的哲学以晋裴頠《崇有论》为代表：“夫至无者，无以能生，故始生者自生也。”又说：“济有者皆有也，虚无奚益于已有之群生

---

[1] 关于“反复两一”的原理参见张岱年：《中国哲学大纲》宇宙论部分，江苏教育出版社2005年版。

哉？”[1]明确提出无不能生有，有是根本。李白以后的张载以其物质性的气论，主张气虽无形，但并非无，而是有；气是宇宙本体，则张载尚有无疑。以李白之征引“橐籥”以及与道无隔的“大还”可以知道，李白是老子“崇无”一脉的。唐以前存在关于气与道的关系的争论。由老子道在有无之上可以推知，气是有，则气不是本根，道是气之根。以上所引《淮南子·天文训》道气同论，更明言“太始”“寥廓”“宇宙”在气之先。相反汉代郑玄、三国刘昭皆以气为本根，到裴頠以崇有而言道气关系，则气是本根：“夫总混群本，宗极之道也。……化感错综，理迹之原也。”[2]“总混”“化感”皆是言实体，比如气。以上所举李白的“大还”“大运”“溟涬”，知道李白是老子、淮南王以道为本根一脉的。“溟涬”出于庄子，张衡《灵宪》说：“太素之前，幽清玄静，寂漠冥默，不可为象，厥中为虚，厥外为无。如是者永久焉，斯谓溟涬，概乃道之根也。道根既建，自无生有。……于是元气剖判，刚柔始分，清浊异位。”[3]张衡也明言“溟涬”之为道根，虚无厥之中外，更在元气之先。李白作为诗人不参与哲学讨论，但其宇宙论自有渊源。盖李白与老子一脉，又走庄子路线，“与溟涬同科”，用的是庄子“大同乎溟涬”[4]的典故。庄子齐无有，对无的主张更彻底：“泰初有无无，有无名，一之所起，有一而未形。”[5]无不是

---

[1] （晋）裴頠：《崇有论》，见（唐）房玄龄等撰：《晋书·裴頠传》第三十五卷，中华书局1974年版，第1046~1047页。

[2] （晋）裴頠：《崇有论》，见（唐）房玄龄等撰：《晋书·裴頠传》第三十五卷，中华书局1974年版，第1044页。

[3] 张衡：《灵宪》，见（晋）司马彪撰；（梁）刘昭补注：《后汉书·天文志》，中华书局1965年版，第3216页。

[4] 郭庆藩，《庄子·在宥》，中华书局1961年版，第390页。

[5] 《庄子·天地》，同上书，第424页。

根本，无无才是根本，非常合于佛教的双离空有。所以李白同时被道释思想所吸引。

三、静观：李白的宇宙认识论

无限、虚空、元气充塞是李白对宇宙的认识，而获得此种认识的方法即在于静观，达到静观的途径有二，一是文化修养，二是自然界的赐予。上一节论气，却并未突出一元，何以见得太白主张一元？于其“静观”而知。

认识论在中国古代称为致知，古人认为致知与德行相关。知可由感官获得，但也有感官所不能达到者，须从内心获得。眼见为实，耳听为虚，古人有时也不以为然，眼见可能也是虚的，只有内心感受才是最高的真实，静观即从此而来，意即虚静其内，而观于外。何以若此？因为内有心，更有气。李白自陈：“五岁诵《六甲》，十岁观百家。轩辕以来，颇得闻矣”（《上安州裴长史书》）。而于百家之中，最有心得的，当属道家，上述太白宇宙本体与发生论的渊源即为明证。而静观正是老庄道家崇尚的方法。老子说：“致虚极，守静笃，万物并作，吾以观复。夫物芸芸，各复归其根。归根曰静，是谓复命”（《道德经》第十六章）。只有虚静其心，才能观万物群动，静何以胜动？因为“清静为天下正”（《道德经》第四十五章）。庄子则进一步解说了以内观外的道理，庄子记孔子、颜回关于心斋的对话：“回曰：‘敢问心斋。’仲尼曰：‘若一志，无听之以耳而听之以心，无听之以心而听之以气！听止于耳，心止于符。气也者，虚而待物者也。唯道集虚。虚者，心斋也。’”[1]除老庄外，“虚静”论更遍布于《淮南子》和

---

[1] 《庄子·人世间》，郭庆藩注，中华书局1961年版，第147页。

《文心雕龙》。如《淮南子·俶真训》："人莫鉴于流沫，而鉴于止水者，以其静也；莫窥形于生铁，而窥于明镜者，以睹其易也。夫唯易且静，形物之性也。由此观之，用也必假之于弗用也。是故虚室生白，吉祥止也。"言心如止水与明镜才能有明晰的理性思维。又《淮南子·精神训》："使耳目精明玄达而无诱慕，气志虚静恬愉而省嗜欲，五藏定宁充盈而不泄，精神内守形骸而不外越，则望于往世之前，而视于来事之后，犹未足为也，岂直祸福之间哉？"[1]言人的感官若能不受外界的诱惑，向内守其精神，就能鸟瞰古今，使自己的思想不受时间和空间的限制。刘勰更以这种修养精神的方法论创作前的精神和心理准备，于是有以下名句："是以陶钧文思，贵在虚静，疏瀹五藏，澡雪精神"，[2]语出《庄子》"疏瀹而心，澡雪而精神"。[3]刘勰告诫人们在作文的时候必须净化身心、清静神识，才能感物，使心与物相宛转与徘徊。由此可知"虚静"无论是作为哲学的认识论还是文学的创作构思论抑或文艺心理学论，在古代中国具有普适的价值。虚心才能待物，而这种观物的境界需要领悟。李白观吴道子宝志禅师画像言其已经达到此境界："虚空其心，寥廓无主"（《志公画赞》）。李白始终以静虚为认识宇宙的方法，努力达到"观空天地间"（《同族侄评事黯游昌禅师山池二首》）的境界。以上所引李白诗，只是诗人对于静观的直接陈述，尚带有"虚""空"的本字，其实当人真正达到此境界时，并不会直言"虚""空"。读李白《独坐敬亭山》，方知太白对于静观，非徒心向往之，而是已入此境了："众鸟高飞尽，孤

[1] （汉）刘安：《淮南子》，上海古籍出版社1989年版。
[2] （南梁）刘勰：《文心雕龙译注·神思》，齐鲁书社1981年版。
[3] 《庄子·知北游》，郭庆藩注，中华书局1961年版，第395页。

云独去闲。相看两不厌，只有敬亭山。”人以气之虚而待山，物我为一，物我两相忘。李白欲与“溟涬同科”，那么，自然界种种物象都可以与之同科了。其实并非李白一人可以至此，每个人都可以有这种体验，因为“我”与“物”具有一致的本源。李白继承古代的“气”论，人与物既然都是元气化成，则人与物的主客界限就可以泯灭了，人看山化为山，山看人化为人。没有主客，没有二元，只有气一元。气一元论，不是李白独创，古代主张气论的学者，都是一元论，如葛洪有云：“夫人在气中，气在人中，自天地至于万物，无不须气以生者也。”❶

人可以物化，也是中国上古传说常用的手法：有嫦娥服长生药化为月精，有牛郎、织女化为二星，有炎帝之女溺死东海化为鸠鸟，有舜帝二妃的眼泪变成九嶷山竹之斑点，又有夸父逐日，其杖化为邓林，蚩尤掷其械化为枫林。最壮观的人之物化当属盘古，其开天后身体各部分化为日月星辰、风雷、五岳、江河、草木，等等，不可胜数。此类古史传说、志怪传奇也是诗人关于人与物同化的文化渊源之一。神话中的化生目的是死而再生，这正好合于李白学道成仙的愿望，同时李白也以化生为认识宇宙、把握宇宙的途径。

佛教对李白静观的影响也不能忽视。上述宝志禅师为佛教徒，李白赞其虚空、寥廓，用字类于老庄之虚静。李白又自陈观空于天地之间，却是在“一坐度小劫”（《同族侄评事黯游昌禅师山池二首》）之后。王琦据《释迦方誌》注：一小劫为八千万万亿百千八百万岁；一小劫则一佛出世。李白一坐之间便度过千亿亿万

❶　（晋）葛洪：《抱朴子·内篇》，见王明校释：《抱朴子校释》，中华书局1985年版，第114页。

岁而成佛，成佛就可以观空，何以至此？惟在无我。无我、无法，佛教称为破二执。又归为上述吉藏、唯识宗的双离空有。更可见佛道之间颇有灵犀。“静”“观”都是《道德经》的用字，佛教也有类似说法，称作“止观”。止观是佛教术语，又翻译为定慧、寂照、明静。止即止息妄念，停止于谛理，伏烦恼，法性寂然，不复流动，如密室，能爱养心识之善资，止心不乱；观即观智通达，契会真如，断烦恼，能现万物，法性常照，如灯，朗然大净，策发神解之妙术，观达称慧。[1]止是第一，观是第二，静止才能观达，心寂然而后得智慧，此与老子守虚静然后能观群动有异曲同工之妙。李白谙熟道学，通于佛学，能静、能止，能观空天地，能与溟涬同科。所以道、释共同作用于诗人，才有李白诗那种空寂、不着烟火气的味道。

常说李白的诗气象雄浑，得益于个人的禀赋、后天的修养，但同时还不能缺少触动诗人情怀的外部因素，我们应该注意自然界赐予诗人的力量，只有面对雄浑的自然，才能激发广漠空间与悠长时间的奔放或恬静的情绪。李白对于宇宙能够静观除了读古圣先贤的箴言，可以说也是自然界的赐予。诗人众多的山水诗描述了他与自然的亲密无间：“又昔与逸人东严子隐于岷山之阳，白巢居数年，不迹城市。养奇禽千计。呼皆就掌取食，了无惊猜”（《上安州裴长史书》）。诗人自陈盘旋山水的范围之广与时间之久：“五岳寻仙不辞远，一生好入名山游”（《庐山谣》）。又范传正说李白：“偶乘扁舟，一日千里，或过胜景，终年不移。时长江远山，

[1] 关于“止观”的解释参见丁福保：《佛学大词典》，上海书店1991年版，第672~673页。

一泉一石，无往而不自得也。”[1]看来李白一生困顿，只有自然予以慰藉，故能物我相看两不厌。李白写景出神入化，描写心物相得的诗数目繁多：

白云遥相识，待我苍梧间。借问卢耽鹤，西飞几岁还。（《赠卢司户》节选）

太白与我语，为我开天关。愿乘泠风去，直出浮云间。举手可近月，前行若无山。一别武功去，何时复更还？（《登太白峰》节选）

肠断枝上猿，泪添山下尊，白云见我去，亦为我飞翻。（《题情深树寄象公》）

云卧三十年，好闲复爱仙。蓬壶虽冥绝，鸾鹤心悠然。归来桃花岩，得憩云窗眠。

对岭人共语，饮潭猿相连。……独此林下意，杳无区中缘。永辞霜台客，千载方来旋。（《安陆白兆山桃花岩寄刘侍御绾》节选）

自然与人可以互见、互待、互问、互语。正因为诗人长期置身自然，才能将自己的身体和精神化于自然，这就是人的物化和物的人化，合称同化。虽然李白运用静观的方法，但他不说静观，而说“观化”：“探玄入窅默，观化游无垠”（《送岑徵君归鸣皋山》）。外观，内化，化为物，化为本体，游于无垠。中国古典诗歌长于抒情，所以诗人描写的景物都不是“纯景”，而是“情景”。寓情于景是文学传统。李白的独特在于物化境界之高妙，原因在于诗人宇宙

[1]（唐）范传正：《唐左拾遗翰林学士李公新墓碑》，见（清）王琦注：《李太白全集》，中华书局1977年版，第1461页。

意识之高超。如王维、孟浩然都善于写景，但他们的眼界都没有李白高远，所描写的山水多清幽静穆，没有李白宏大的气势。

有了静观或同化、观化的意识，诗人才能面对无限宇宙，而以有限生命把握之。“君不见黄河之水天上来，奔流到海不复回”（《将进酒》），河、天、海同置于眉睫前。“君不见高堂明镜悲白发，朝如青丝暮成雪”（《将进酒》），一生光阴短暂如朝暮。“黄河西来决昆仑，咆哮万里触龙门”（《公无渡河》），河水迅猛，势不可挡；“黄河落天走东海，万里写入胸怀间”（《赠裴十四》），虽然河水从天而降，但能笼于方寸之间。

李白的宇宙意识与庄子哲学最为契合，道家最注重个体自由，尤其是庄子；庄子以人的尊严和解放为目标，以老子客观的道为主观的道，通过想象、“坐忘”“丧我”“见独”融解现实世界的实有，以道的虚无空灵为最高真实，进而消除人间以至宇宙的一切对立，使人与自然万物不隔阂，人的个体融入宇宙整体中，达到齐物我。庄子对道的追求不仅是视道为万物之根本，而且更视道为人生应达到的主观境界，故而庄子更能以道指导人生实践，从形而上反观形而下，几千年来为后世人所信奉与发扬。太白一生桀骜不驯，遗世独立，不肯“摧眉折腰事权贵”，正是受到道家的熏染浸透，以宇宙的至高无上作为人的终极价值，正所谓：天大，地大，人亦大。老子、庄子、李白的境界代表了中国古人的胸怀，代表了他们面对无限宇宙而超然以待的气魄。时空可以无限，人的精神也可以无限。在默想中，在管毫下，诗人已经达到天人合一的境界，实践了“观古今于须臾，抚四海于一瞬”，“笼天地于形内，挫万物于笔端”[1]的诗学。

以上三论的根本在于诗人对有限的认识和超越。宇宙无限、虚空，以元气为生成的根本，万物皆由元气化成，故物我合一，有限融进无限，取得无限的价值，而这一切的发生只在诗人想象的一瞬间。

第三节　杜甫的儒学宇宙以及宇宙生命论的中西比较

杜甫（712~770）是中国古代文学史上与屈原、李白并肩的大诗人。历来研究杜甫的学者所关注者大约有三个方面：杜甫的政治理想；杜甫的文化地位，主要是儒释道影响杜甫思想之深浅；杜甫在诗学史上的地位，主要是复古运动的诗学。本书属于第二方面；首先认定学界对杜甫思想的定位：以儒为主，兼收释道，并在此基础上深化对杜甫儒学思想的认识。儒学作为中国传统文化包括众多领域：哲学、宗教、历史、文学、经济、政治、法律等。本书以杜诗为出发点，从文学进入儒学哲学的宇宙观，了解诗人以儒学“忠恕”为根本的宇宙方法论以及所达到的宇宙意识的高度。在杜甫的宇宙意识方面，学界的研究主要集中在杜诗的时空观和生命意识的研究，结论是杜甫取象宏大、时空并驭、体物极精、曲尽物理，以创作实践了儒家的“仁”和先秦哲人普遍倡导的“天人合一”。本书以为还需要明确杜甫山水、咏物诗所体现的观物心理和儒学方

[1] （晋）陆机：《文赋》，转引自郭绍虞：《中国文学批评史（上册）》，商务印书馆2010年版，第101页。

法，而认识杜甫之“仁”不仅应以儒学生命论为出发点，还应当进一步而具有世界视野，发现杜甫宇宙生命观之于中西文化比较的意义。

一、杜甫宗儒的证据

杜甫思想宗儒有以下证明：诗人出身文儒家庭，自述家世为“奉儒守官，未坠素业”（《尽雕赋表》），[1]并在诗文中称道其祖杜预（西晋名将）和杜审言（唐武则天时著名诗人）。诗人在作品中一向以“儒”自称或称赞他人。自称如“江汉思归客，乾坤一腐儒”（《江汉》），“愿见北地傅介子，老儒不用尚书郎”（《忆昔》）。称赞他人如“左辖频虚位，今年得旧儒”（《赠韦左丞丈济》），“学业醇儒富，辞华哲匠能”（《赠特进汝阳王二十韵》）。杜甫以儒家经典教育子女，如对儿子宗武说：“应须饱经术，已似爱文章。十五男儿志，三千弟子行。曾参与游夏，达者得升堂”（《又示宗武》），这是说要儿子饱读儒经，成为孔子的弟子那样的人。杜甫的政治主张是儒家的，其夙愿是“致君尧舜上，再使风俗淳”（《奉赠韦丞丈二十二韵》），并且自比稷契“许身一何愚，窃比稷与契”（《咏怀五百字》）。杜甫虽然面对动荡时局对儒家发过牢骚，如“天下尚未宁，健儿胜腐儒”（《草堂》），但是针对当时藩镇割据的乱局和佛教过盛的文化局面，杜甫认为国家安定、人民安康还是要“周室宜中兴，孔门应未弃”（《题衡山县文宣王庙新学堂呈陆宰》），这是诗人去世前不久的诗作，表明诗人始终尚儒。

孔子死后，杜甫之前，儒家分成很多派别，又经过两汉、魏

[1] 本书所引杜甫诗均见（唐）杜甫著，（清）仇兆鳌注：《杜诗详注》，中华书局1979年版。

晋南北朝和初盛唐，尤其是孟子、荀子和董仲舒等都对孔子思想多有阐发，其中变化有时很大，如荀子和董仲舒。一般以为杜甫更接近孔孟，莫砺锋先生称之为“原始儒家”。[1]杜甫宗孔孟，早在宋代就有学者说过，如黄彻论杜甫忧国忧民：“愚谓老杜似孟子，盖原其心也。”[2]又赵次公论杜甫称尧舜、稷契：“至其出处，每与孔孟合。”[3]

二、杜甫观物五论

杜甫宗孔孟，尊君臣之礼，与妻子伉俪情深，慈爱儿女，友爱亲朋，这几个方面前人已经列举并论述得非常完备。在此只以杜甫的山水诗、咏物诗为例，说明诗人由人及物的心路历程。

第一点杜甫知道人有人性，物有物性。诗人也称之为“物情”“物理”。“葵藿倾太阳，物性固难夺”（《自京赴奉先县咏怀五百字》），植物的秉性是朝向太阳，士人的秉性是上佐尧舜，下济黎民。“用拙存吾道，幽居近物情”（《屏跡三首》其二），守拙、用仁，方能幽静闲适以体物情。“物情尤可见，词客未能忘”（《寄彭州高三十五使君适虢州岑二十七长史参三十韵》），物情一向皆然，而人事一切皆非，言睹物思人。“我何良嗟叹，物理固自然”（《盐井》），自然物有物情、物性，人也有物理，争名夺利是某些人的物理。人的物理有善恶之分，“高怀见物理，识者安可哂”（《赠郑十八贲》），是说郑言避乱居蜀，虽为小吏，然谨慎守正，其物理是道德高尚。以上物性、物情、物理并称，言

---

[1] 莫砺锋：《杜甫的文化意义》，见《杜甫诗歌讲演录》，广西师范大学出版社2007年版，第383页。

[2] （宋）黄彻：《碧溪诗话》卷一，人民文学出版社1986年版，第6页。

[3] （宋）赵次公：《草堂记略》，见《杜诗详注》，中华书局1979年版，第2248页。

物与人同，都有性格、情状、道理，因此在杜甫的眼中一切生命物都可以被体察而认识。

第二点，杜甫言人与物同，还有一个很鲜明的特色，就是经常以“尔”“汝”称物。称棕树：“念尔形影干，摧残没藜莠”（《棕树》）；称白鹤：“杖藜俯沙渚，为汝鼻酸辛”（《暇日小园散病将种秋菜督勤耕牛兼书触目》）；称萤火虫：“沧江白发愁看汝，来岁如今归未归”（《见萤火》）；称蔬菜：“暮景数枝叶，天风吹汝寒”（《废畦》）；称酒：“浊醪谁造汝？一醉散千愁”（《落日》）；称栀子树：“无情移得汝，贵在映江波”（《栀子》）。诗人怜悯棕树之受摧残，为禽鸟鼻酸，对昆虫诉说羁旅不得归的忧愁，担心蔬菜的冷暖，感激酒为自己浇愁，钟情于栀子树，因其能长年累月色映江波。宋代孙奕论杜诗“尔汝群物，前此未有，倡自少陵”。[1]其实尔汝群物并非始自杜甫，钱钟书先生《管锥编》二十一之《静女》列举了《诗经》《尚书》《艺文类聚》等称物为“汝”“子”，皆为杜甫尔汝群物的出处。钱先生论道：“卉木无知，禽犊有知而非类，却胞与而尔汝之，若可酬答，此诗人之至情洋溢，推己及他。我而多情，则视物可以如人。”尔汝为“忘形亲密之称”。[2]杜甫继承传统手法，以特殊称谓沟通物我，拉近其间距离，互见情怀。

第三点，杜甫诗中多用拟人手法，使万物皆有人的感情。“笋根稚子无人见，沙上凫雏傍母眠”（《绝句漫兴九首》其七），新发的笋如同幼小的孩子，幼雏依偎着母亲，享受母亲怀抱的温暖。“繁枝容易纷纷落，嫩蕊商量细细开”（《江畔独步寻花

[1]（宋）孙奕：《履斋示儿编》（卷十），中华书局1985年版，第92页。

[2] 钱钟书：《管锥编（第一册）》，三联书店2008年版，第148~149页。

七绝句》其七），繁枝易落，如年华易逝。“商量”言花蕊间交流如人际，“细开”言花如人，也有惜春之意，慢慢开放，不一次开尽，延宕春天的时日。“留连戏蝶时时舞，自在娇莺恰恰啼”（《江畔独步寻花七绝句》其六），言蝴蝶如人流连美景而忘返，黄莺如人自在欢畅而歌咏。“帘户每宜通乳燕，儿童莫信打慈鸦”（《题桃树》），母燕、母鸦哺育小燕、小鸦，同人父母之慈爱，故不应伤害。“鹦鹉含愁思，聪明忆别离”（《鹦鹉》），鹦鹉能言，善解人意，知主人苦于别离，亦含愁绪。“好雨知时节，当春乃发生。随风潜入夜，润物细无声”（《春夜喜雨》），雨无生命，却也如人能感四时变化，能跟随、能潜入、能滋润而默默无闻。动物、植物、风雨皆有情有义，万物莫不含吾仁义之道：“大哉乾坤内，吾道长悠悠”（《发秦州》）。诗人自谓性愚拙，又能常居幽静，因而能觉物性同于人性，故以人心度物情。

第四点，诗人不仅能体会物性，还能投身自然，并与之契合：“不爱入州府，畏人嫌我真……江村意自放，林木心所欣”（《暇日小园散病将种秋菜督勒耕牛兼书触目》）；“我生性放诞，雅欲逃自然。嗜酒爱风竹，卜居必林泉”（《寄题江外草堂》）；“坦腹江亭暖，长吟野望时。水流心不竞，云在意俱迟”（《江亭》）；“一重一掩吾肺腑，山花山鸟吾友于”（《岳麓山道林二寺行》)。诗人不喜欢出入达官贵人的府邸，厌动喜静，意为不乐仕宦。因为自己真诚放诞为世人厌弃，而世事纷扰，乱人真性情，故而喜居于江边村落，乐至于深林幽泉，于焉能释怀放意。见流水浮云，便打消了追名逐利的念头。流水从容而永恒，白云悠闲而高远，这就是他追求的理想人格。世人拘谨伪饰，而自然万物却能各得其意，所以只有叠嶂的重山、明净的花鸟才能关切、友爱诗人，才是诗人的同道。

第五点，杜甫投身自然的最终原因在于诗人认识到在人世间，与兴衰沉浮、艰难苦恨相对的是生生不息的宇宙生命，自然才是无处不在的希望。“雨中百草秋烂死，阶下决明颜色鲜。著叶满枝翠羽盖，开花无数黄金钱”（《秋雨叹三首》其一），言甘菊（又名石决）挺立于秋雨中，叶茂花繁，此诗作于天宝十三年（754），是年长安霖雨连绵数月，百草烂死，独菊花生机盎然；又有：

菊垂今秋花，石戴古车辙。
青云动高兴，幽事亦可悦。
山果多琐细，罗生杂橡栗。
或红如丹砂，或黑如点漆。
雨露之所濡，甘苦齐结实。

这是长诗《北征》中的一段，作于安史之乱第二年（757），上下均为诗人陈述在路途上所目睹和经历的战乱中的人间惨状，衬托得这一小节诗格外明亮。诗中有伤痛也有喜悦，满目苍夷的人世不能阻止自然生命欣欣向荣。又有“楚草经寒碧，逢春入眼浓。旧低收叶举，新掩卷牙重”（《庭草》），冬日低垂，春日上举，庭草感地气回暖，万千新芽舒卷，汇集而色浓，言草经寒冬不仅不死，而且能形成浓重的春色。诗人死于大历五年，此诗作于大历二年（767），是流丧后期的作品。诗人贫病交加，而眼中却时时春意留驻，所以说自然的生机可以战胜人事的萧条。杜甫一生困顿，而向往自然的心意和契合自然的态度从不泯灭。他以拙性和幽心观察万物，万物最令诗人感动者，正在于生机永驻。杜甫不是哲学家，却能以最灵动的笔触摹写宇宙生命，他虽从未高呼“天人合一”，却能以创作实践之。

以上五点陈述杜甫如何观物；之所以不厌其烦地征引杜诗，

并精细地分析杜甫与自然万物的关系，是因为这是诗人对儒学方法的实践，是诗人宇宙论的实质，从这些具体内容才能理解诗人的儒学宇宙。

三、杜甫以“忠恕”达“仁”

从以上论述可以发现诗人的两个重要概念：“仁爱”和“生命”。以下从这两个方面论述杜诗的儒学方法和宇宙生命论，以明了杜甫秉承的儒学观念使他达到的宇宙意识的高度。

研究者向来称道杜甫之“仁”，杜甫何以为“仁”？以孔孟元典以及杜甫的行为、言语观之，则知诗人“能行恭宽信敏惠于天下”（《论语·阳货》）[1]，所以为仁。“读书破万卷”，自称愚拙，“致君尧舜”，故“博学而笃志”，所以“仁在其中矣”（《子张》）。诗人“仁者爱人”（《孟子·离娄下》），更能“仁者无不爱”（《孟子·尽心上》）。孔子从来不以仁自居，故而杜甫也从未在诗文中以仁自许，虽不言说仁，但处处时时为仁。杜甫能至于仁，是因为遵行孔子所倡导的“忠恕”。很多学者认为杜甫的仁民爱物是以孟子“老吾老以及人之老，幼吾幼以及人之幼”（《孟子·梁惠王上》）为宗旨。笔者以为，杜甫的作法固然最合乎孟子对人我关系的阐述，但孟子并非此种方法的首创者，要寻找杜甫“由人及物”的更深远的根源，那就是孔子的“忠恕”，可以说孟子的及人之老幼是“忠恕”的发展。

《论语》记载孔子之“忠恕”和“恕”道：“子曰：‘参乎！吾道一以贯之。’曾子曰：‘唯。’子出，门人问曰：‘何谓也？’曾子曰：‘夫子之道，忠恕而已矣。’”（《论语·里

---

[1] 本文所引《论语》《孟子》《中庸》，均见于（宋）朱熹撰：《四书章句集注》，中华书局2011年版。

仁》）又“子贡问曰：‘有一言而可以终身行之者乎？’子曰：‘其恕乎！己所不欲，勿施于人。’”（《论语·卫灵公》）《论语·雍也》说明了“忠恕”与“仁”的关系：“子曰：‘何事于仁，必也圣乎！尧舜其犹病诸！夫仁者，己欲立而立人，己欲达而达人。能近取譬，可谓仁之方也已’。”综合观之，孔子的道，即儒家之道是“仁”，而“忠恕”是“仁之方”，这种方法可终身实行，贯穿于“道”。“忠恕”的含义是“己所不欲，勿施于人”，这个含义说明了“忠恕”的方法论意义，即以己心揣度人心，关键在于“推论”，可以从自己推论他人，继续引申就是由人推论物。从这个基本思想扩展开去，能解释中国传统文化所谓“天人合一”“天人合德”。因为人能向内体认人性并向外及于物性，认识到人性和物性是一致的，都是自然性，人和物都是自然生命的一部分，所以天人应当合一，这样才能达到认识的完整性。“忠恕”也是在这个意义上成为孔子所谓“一以贯之”，臻于“仁”的途径。中国人两千年的为人之道、体物之道都遵循“忠恕”的方法。

孔子以后的子思则发展“忠恕”为“诚”：“诚者自成也，而道自道也。……是故君子诚之为贵。诚者，非自成己而已也，所以成物也。成己，仁也；成物，知也。性之德也，合外内之道也。故时措之宜也”（《中庸》），并解释人诚为“自诚明，谓之性”。而诚与物的关系是“诚者物之始终，不诚无物”，诚就是真实不虚妄，是天理的本然。人有天性，物也有天性，人诚就是顺应人性，顺应物性，人秉“诚”则能成己。仅仅到“成己”是不够的，还需要继续前进，成物才达到完全的“诚”。故诚能通内外，合人与物，因时、因势利导得人与物之宜就是顺应天性。子思之后的孟子则说：“亲亲而仁民，仁民而爱物”（《孟子·尽心上》），“老吾老以及人之老，幼吾幼以及人之幼”，以及“万物皆备于我矣。反身而诚，乐莫大焉；强恕而行，求仁莫近焉”（《孟子·尽心上》）。“反”就是反求之于自身，以此理解物，就能使万物备于我，坚守“恕”的推论法，就能达到“仁”。子思与孟子的意义在于发展了孔子的“忠恕”，从由己及人，发展到由人及物，“把人我关系的伦理意义拓展到物我关系的宇宙论意义”。[1]可是孟子之后解释“恕”则偏于人我关系，如西汉贾谊《新书·道术》“以己量人谓之恕”；[2]东汉王逸注《离骚》曰：“以心揆心曰恕”；[3]南朝皇侃疏《论语·里仁》之“恕”：“恕，谓忖我以度于人也。”[4]物我关系的倡导有些微弱。

在这个过程中我们发现了杜甫对于复兴原始儒学的价值。杜甫说自己对仁的态度是“不敢忘本，不敢违仁”（《祭当阳侯文》），可知诗人遵循“仁”，对人、对物莫不以仁待之。杜甫众多的山水诗和咏物诗所秉承的思想即以人性观物性，这个原则贯穿于上述杜诗的五个心理层次，杜甫之施行“忠恕”，注重物我关系的建立，以人及物，以一物及万物，达到了子思和孟子“诚”的宇宙论高度。杜甫以后，尤其到宋代，新儒学的代表以及其他学者都直接或间接受到杜诗的影响，对物我关系时有论述，如宋邢昺

---

[1] 李景林：《忠恕之道不可作积极表述论》，载《清华大学学报》2003年第3期，第2页。

[2] （汉）贾谊：《新书·道术》，中华书局1985年版，第82页。

[3] （汉）王逸：《离骚》注，见（宋）朱熹集注：《楚辞集注》，上海古籍出版社1979年版，第7页。

[4] （魏）何晏集解，（南梁）皇侃义疏：《论语集解义疏》，中华书局1985年版，第50页。

疏《里仁》的“恕”：“恕，谓忖己度物也”。[1]程子也说：“以己及物，仁也；推己及物，恕也。”[2]张载更有“民，吾同胞；物，吾与也”[3]的著名论断。这也是后来人们对杜甫常用的赞誉之词——“民胞物与”。诗人用一生的时间实践“忠恕”，并且始终遵循孔孟元典，不仅给予他人关怀，还随时随地感受万物。可以说儒学哲学方法论和伦理观是杜甫达到宇宙论高度的根源。杜甫对维护儒学正统的意义不仅是“忠恕”，诗人对孔孟儒学的坚守是针对武后专权、韦后乱政、安史之乱所导致的儒学衰微的拯救，学者们在论述唐代儒学的实践特色和儒学复兴时都要提到杜甫，认为他是韩愈等人复古运动的先声。[4]

四、儒学生命观对杜甫的指导

儒学对杜甫的指导除了“忠恕”，还在于对宇宙生命的景仰。以上关于杜甫“人与自然”的五论，可以概括为：认识物性、弥合物我、物含人性、契合自然、生命永存。杜甫发现了宇宙的生命精神，生命弥满宇宙，投身自然才能超越有限的个体生命，进入无限的生命之流，这是杜甫的追求，也是中国文化的精神。

对生命的赞誉是儒学的传统：“生生之谓易”（《易·系辞上》）；[5]“天何言哉，四时行焉，百物生焉，天何言哉”（《论语·阳货》）；“天地之大德曰生”（《易·系辞下》）；“致中和，

---

[1] （魏）何晏注，（宋）邢昺疏：《论语注疏》，上海古籍出版社1990年版，第36页。

[2] （宋）朱熹编：《河南程氏遗书》卷十一，台湾商务印书馆1978年版，第136页。

[3] （清）王夫之：《张子正蒙注》，中华书局1975年版，第316页。

[4] 邓小军：《杜甫：儒学复兴运动的先声》，载《陕西师大学报》1991年第3期，第117~122页。

[5] 本文所引《易》均见于郭彧译注：《周易》，中华书局2006年版。

天地位焉，万物育焉”；“大哉圣人之道！洋洋乎！发育万物，峻极于天”（《中庸》）。儒家生命论的要义：时间流逝，四季更替，革故鼎新，生命化育；人物诚明，成人成物；生命不息，圣人之道，浩荡无边，比于天地。可以说是生命成就了宇宙。杜甫以宇宙生命为出发点，将人性和物性相通，又将人世扰攘、匆忙、疮痍和自然的沉默、从容、盛作对比。将人世转瞬即逝和自然无处、无时不在对比，这是对自然生命的敬慕，是对宇宙永恒的认识，继承了孔子“逝者如斯”之关于短暂与永恒的辩证思维，也是孔子之后，从魏晋玄学到陈子昂深沉的宇宙意识的继续；是从个体、芜杂、具体的现象界向整体、纯净、抽象的宇宙本体的升华。之所能如此，根本原因是对自己的生命和宇宙生命之间默契的自信。

与李白的超拔高蹈不同，杜甫具有宽广的现实情怀，却不妨碍他同时具有寥廓的宇宙境界，以其能脚踏实地，所以能鼎立乾坤：“大哉乾坤内，吾道长悠悠”（《发秦州》），“江汉思归客，乾坤一腐儒”（《江汉》），“乾坤虽宽大，所适装囊中”（《赠苏四徯》），“日月笼中鸟，乾坤水上萍”（《衡州送李大夫之广州》）。如此宏大的宇宙视野依然得益于儒学的教导：人为天地之心。

《中庸》：唯天下至诚，为能尽其性；能尽其性，则能尽人之性；能尽人之性，则能尽物之性；能尽物之性，则可以赞天地之化育；可以赞天地之化育，则可以与天地参矣。

《礼记·礼运》：故人者，其天地之德，阴阳之交，鬼神之会，五行之秀气也。……故人者，天地之心也。[1]

[1] 《礼记·礼运》，见（汉）郑玄注，（唐）孔颖达正义：《礼记正义》，上海古籍出版社1990年版，第431~432页。

坚守真实，能察至大与至小，“尽”就是得其宜，得人与物之宜，以诚参与天地的生化。人是天地之心，因为天地成就了人的形体、魂魄、性情，天地的心就是人的精神。人既然是天地之心，则对于自然万物就像对于自己的形体一样具有感觉、感情。人感激并维护自己的身体，所以应当感激维护万物。人何以为天地立心？答曰：“以仁”。杜甫说“吾道”一以贯之，乾坤能尽入囊中，是因为吾仁义之道能贯通上下四方和古今。君子能够“上下与天地同流”（《孟子·尽心上》）就在于存仁心，守真诚、友爱一切生命。儒家论生命，论天地人的关系，正是要求儒士把握宇宙全体，将自己的生命安置在宇宙生命内，达到天人合一的境界。

分论“仁”和“生”，似乎“仁”和“生”是两件事，其实儒家是要将两者统一。《周易·系辞下》说“天地之大德曰生”，汉儒说“仁者好生”。[1]生是天地之大德，生是人之所为人，有仁德的人更加重视生，天人合一在于人的生命和宇宙生命合一，天地与人都具“生”之德，可见仁就是“生”。抛开哲学，从生活观之，仁者善待人和物，立人、立己、成人、成物，人莫不成，万物莫不成，则生命自然大化流行。反之，没有爱人、爱物之心，没有节制，随心所欲，互相戕害，生命当然就灭绝了。

五、杜甫宇宙生命论和《宇宙与意象》所述西方宇宙生命论的比较

另外，需要注意杜甫的“万物有生”“万物有德”思想，将他的思想与西方生机论比较，更能看出诗人宇宙论的高度，这也是中国古代智慧的高度，是西方文化所不可比拟处。生物有生，无生

[1] （汉）班固：《白虎通德论·情性（第三卷下）》，中华书局1985年版，第210页。

命物亦有生，不仅有生，而且含利人之仁，以上《春夜喜雨》即为例证：春雨惠天下，尽在不言。在诗人看来宇宙万物不仅有生，而且遍布道德。《义鹘行》讲述樵夫所传鹘之义举：蛇尽灭鹰幼子，鹰向鹘诉冤，鹘为鹰报仇，奋击而蛇折服，谓鹘义勇超绝，人之楷模，对待恶人，当与鹘同。《苦竹》言竹处地卑，任剪伐，有君子之清操：谨慎、坚忍、谦厚、温良恭俭。《杜鹃行》更言人与物互通其性，用古蜀帝死而化杜鹃之事，言鸟声音悲苦，羽毛憔悴，似人心中哀痛，形容惨伤。《望岳》言泰山如仁人，胸怀浩荡，志存高远，心中能生层云，能集神秀。《阁夜》：“五更角鼓声悲壮，三峡星河影动摇。”角鼓言战乱，星光映河面，水流而影动，亦言星星能感人间动乱，而为之动摇。《江汉》：“片云天共远，永夜月同孤”，月亮为夜空中最明亮者，月光照耀，千古不辍，君子为世间最皓洁者，故月亮与君子同受孤独。《天河》言银河纵然被微云掩蔽，而不损清光，犹如君子遭小人谗蔽，而不丧其德。凡此种种，皆将宇宙万物作为有生、有德者观。

笔者说杜甫表现出“万物有生”“万物有德”的思想，这是借用方东美先生的说法。方东美先生将中国古代的宇宙论总结为三个层次：宇宙是生命不息的大化流行，先生称为“万物有生论”；宇宙是无穷、空灵妙用的系统；宇宙具有道德性和艺术性，这是笔者称杜甫 “万物有德”的出处。中国古人理解宇宙时所遵循的是“生”“爱”“化育”“统会中和旁通”的原则。[1]这个总结很精要，用于理解杜甫仁民爱物的情怀和整个儒学的生命论都具有指导意义。杜甫正是以艺术结合儒家哲学，以“生”“爱”反映生命精

---

[1] 方东美：《中国人的宇宙论的精义》，见《生命理想与文化类型——方东美新儒学论著辑要》，中国广播电视出版社1992年版，第132~157页。

神，形成与西方殊异的宇宙论。

宇宙生命在西方思想史上的流变是一套复杂的知识，有几个主要观念："万物有生论""万物有灵论"和"宇宙生机论"。"万物有生论"强调一切存在物具有生物的形式，而不是精神的形式，以生命为核心，并与精神相对。"万物有灵论"认为物质从属于生命，生命从属于思想，以思想为核心。"生机论"认为存在物不仅具有物质性，还具有生命力，思想从属于生命，以生命为核心。《宇宙与意象》总结西方宇宙生命论如下。

第一，古希腊时广泛流行万物有灵论，柏拉图的唯灵论具有浓厚宗教神秘色彩，认为恒星是神圣的生命。甚至理性的亚里士多德也认为神灵给予天体动力。公元最初几个世纪的水论、气论和火论表明这时是宇宙生机论的黄金时代。

第二，12世纪的欧洲在经院哲学的牢笼中扼杀了宇宙存在生命的所有可能性。笛卡尔的宇宙就是这种宇宙论的引申，他的宇宙狂热而无生命。甚至19世纪后半叶无生命的宇宙依然是主流。

第三，斯多葛学派的生物亲缘性的思想认为天体和有机体一样，会朽，会死。西方宇宙生机论最大的特点即来源于生物亲缘性，所以5~7世纪，甚至18世纪，科学界和文学界都在用生物的生殖、消化特性解释天体和宇宙的运动。文艺复兴时的宇宙生命论更加精确地以人体器官对应太阳系内的行星，所以18世纪被认为是放纵肉欲的时代。甚至有人认为牛顿的引力定律来源于两性的吸引，是人把肉体的欲望传递到天体之间。固然近现代对牛顿的引力概念只作数学和物理学解，在牛顿物理学范围内的宇宙就是物质的大量堆积和规则运动，没有生命可言。

第四，启蒙运动时期是对之前机械论的反动，由于显微镜的发明和应用，西方建立了巨大的生命存在之链，即从微观到宏观的

整体性宇宙，这一观念发展至19世纪，与无生命的宇宙主流意识并存，但这种整体性仅仅是形式的统一，而不是生命精神的弥漫。❶

基于以上认识，笔者认为不能把杜甫的“万物有生”“万物有德”等同于西方的某种宇宙生命论。西方观念中任何一种宇宙生命形式都与中国古代对生命的认识相去甚远。西方人所认为的宇宙生命如有道德性，则过于宗教性和神秘性，如柏拉图和亚里士多德。西方的宇宙生命观念呈现生机盎然的特色之时却毫无道德性和美感，对天体运动进行关于性的淫秽幻想则是中国古代文学创作的禁忌。而曾经在西方盛行的宇宙无生命思想，也为中国古人所不可思议。以心推心、弥合物我、以一花一草观世界，以个体生命融入宇宙整体的中国式思维与西方宗教、欲望、科学实证的宇宙论格格不入。具体到杜甫所生活的公元8世纪，在欧洲正是中世纪时期，此时有亚历山大的新柏拉图学派的活跃的宇宙生机论，古老的天地人广泛交流的神话复兴，原始而朴素，但此时的生机论依然是唯灵论和生物亲缘论的沿袭：灵魂从天堂下降获得肉身，凡下降者（如光线）皆能生殖，向上喷注者（如极光）皆有营养，❷仍然以灵魂、“性”“消化”等宗教和生理机能理解宇宙生命，这与杜甫体认的宇宙生命没有任何共性。盖中国古代的宇宙论始终是道德性的生命哲学，是一种形上哲学，而西方的宇宙生命论总是落到物质性的实处。

抛开无生命的西方宇宙论——因为与万物有生的中国宇宙论没有可比性，仅以其中生命的部分作比较。中国儒学传统文化以“仁”为本的宇宙生命论虽然是形而上，能超越个体生命，却能

---

❶ 以上关于西方宇宙生命论的总结参考Hélène Tuzet, *ibid*, pp. 263~384.

❷ 以上关于西方宇宙生命论的总结参考Hélène Tuzet, *ibid*,pp. 263~276.

回到现实，以“仁爱”指导人际关系和人与物的关系。儒家宇宙生命论是一种伦理文化，是能运用到人类生活中的方法。西方18世纪及以前的所谓落到实处的宇宙生命论不能摆脱原始性——生物亲缘论，故而对于现实没有意义，只是模仿代谢与生殖，没有伦理，不是值得追求的理想模式，因此这种宇宙论不能作为哲学方法指导现实。儒家宇宙论因其伦理价值不仅关照宇宙，还关照人性，并最终关照的是人性。因为能关照现实，所以儒家宇宙生命论能超越形而上的高妙，将生命的平等、广博、永恒精神——生机，在现实中实现。相反，西方的宇宙生命论永远停留在物质层面，没有生命精神。

现代西方宇宙生命论也许不会再流行18世纪的肉欲宇宙，它承认宇宙广袤，承认地外生物的存在，并积极地运用各种科技手段寻找地外生物。在中国儒家宇宙论看来，他们寻找的始终只是物质性的生命形式，而不是生命精神，所以这种追寻是徒劳的，只是猎奇，无补于人性的实现和现世的和谐繁荣。中国的儒学——伦理宇宙论在于寻找贯穿天地人的大道，并将其作为始终信奉的观念，那就是“仁”，仁能达于人、物、宇宙，则证明了它的普适性，才能取得始终受信奉的资格。中国哲学的实践性归因于宇宙论之兼济形上和形下，所以对生命的认识也应当具有实践性，不能实践的哲学认识在中国人看来是虚妄。要之，中西宇宙生命论的对比在于精神性和物质性、伦理性和生物性、实践性和无用性、教化和庸俗、整体和谐与个人或群体猎奇。

杜甫的儒学宇宙思想为我们提供了一次从具体事例出发对比中西方宇宙生命论的机会，从而使中西文化差异再一次得到昭明显著的体现。综上所述，杜甫具有和屈原、李白不同的宇宙观，没有巫觋和太多神仙色彩，而是本着忧国忧民的思想，以儒家的仁义为道，推己及人，推人及物，推一物以及乾坤，礼赞不息的宇宙生命。杜甫秉承儒学传统，行“忠恕”以达“仁”，并以“仁”为天地立心，这是他的宇宙论方法。诗人始终以体会自然生命作为道德和人格修养的基础，实践儒学以生命为天地大德的思想，达到与天地同流的宇宙境界，并以其宇宙生命的道德性明显区别于西方各种宇宙生命论。

第四节　苏轼的宇宙论以及中西太空之游、时间和变化观念的进一步比较

在宋代诗人中笔者选择苏轼（1037~1101）作为代表。本节研究苏轼的宇宙论在于了解北宋时期一般文人宇宙观念的某些方面。宋以后直至今日，人们对苏轼的研究非常丰富。苏轼的诗文、人格都受到高度赞扬。学者研究的主题集中在苏轼的思想和创作两个方面，涉及人生观、政治主张、自然哲学、诗词文赋的风格以及诗书画等文艺类别的鉴赏和理论。苏轼的宇宙论从表面上看应属于自然哲学范畴，但苏轼首先是一位诗人，他对于宇宙的思考并不限于哲学理论的思辨和陈述，也通过诗词文赋的创作以及文艺观念等方式体现出来。所以，苏轼的宇宙论既有哲学理论的一面，也有诗人想象的一面。在哲学中可以称为宇宙论，在诗文中则应称为宇宙意识，这一节的内容统称为苏轼的宇宙论，但也包含对苏轼宇宙意识的研究。

冷成金先生在《苏轼的哲学观与文艺观》中对苏轼的宇宙哲学作过详细的研究，指出苏轼的宇宙论集中于宇宙生成论和宇宙存在论两个方面，并分别从“一”“阴阳”“水”“独化”“无

心”“体无”“贵静主柔”等范畴和观念论述苏轼的宇宙论。[1]由此我们明白苏轼虽然主要是诗人，但也具有完整的宇宙哲学理论。我们可以从其他角度扩展对苏轼宇宙论的研究。笔者认为苏轼的宇宙论贯穿于其哲学思想和诗文创作。本节将从空间、时间、变化三个方面体现苏轼宇宙论的特点。在空间方面主要取材于苏轼的诗文作品，研究苏轼对空间的态度，表现诗人的宇宙胸怀，尤其着重“天游”主题的分析。笔者认为苏轼诗文的“天游”主题与《宇宙与意象》第二部分《人和宇宙空间》所说的太空旅行有一定的相似性，它们都反映人和空间的关系。笔者将两者进行比较以发现其中不同的本质，其中还将牵涉庄子的一些思想，因为苏轼的“天游”是对庄子“逍遥游”的继承。在时间方面笔者依旧围绕苏轼的诗文，表现诗人对有限时间的焦虑和对无限时间的认识以及向往。因为苏轼的时间观念从一定程度上可以代表中国古人对时间的一般心理，所以可以将苏轼的时间观念与英国19世纪诗人雪莱《时间》一诗的思想进行比较，发现中西诗人时间观念的某些异同。其中也引入司空图的时间观念，将司空图和苏轼并置，反映时间观念的中国特色。在变化方面，笔者认为苏轼有一种以“动”为核心的哲学思想，他对于运动变化的认识从宇宙哲学一直延伸到文艺观和诗歌创作。所以这一部分将从宇宙本体论、发生论、动静关系、苏轼文艺作品鉴赏标准、苏轼诗歌的动态美等角度研究苏轼对变化的态度。同时笔者将苏轼对变化的态度和雪莱的变化主题相比较，对比两种关于变化的心理。与此同时本节还将讨论苏轼的无限宇宙论能否使苏轼被称为浪漫主义诗人的问题。

以上三个方面承接第四章第二节以及司空图宇宙论的模式。

---

[1] 冷成金：《苏轼的哲学观与文艺观》，学苑出版社2003年版。

时空和变化的宇宙哲学在诗论家和诗人的作品中以独特的方式呈现，虽然文学、诗学与哲学表现方式不同，但具有相同的宗旨。无限空间的哲学在苏轼的诗文中表现为对空间的包举和在空间中的畅游。无限时间则直接进入诗人的心理，促使诗人反思人生的意义。无穷变化是苏轼宇宙哲学的基本概念，诗人关于变化的哲学直接转化为文艺鉴赏的标准和文学创作的手法，所以变化的哲学对苏轼思想的多个方面都具有影响。

一、苏轼的宇宙胸怀和空间之游

（一）高怀远度

苏轼的思想最突出的特征在于“贯通天人”。[1]他认为天人“相似”。《东坡易传》云：“天地与人一理也，而人常不能与天地相似者，物有以蔽之也，变化乱之，祸福劫之，所不可知者惑之。……夫苟无蔽则人固与天地相似也。”[2]苏轼认为人常惑于幽明、生死、鬼神等表象，不能认识天人秉持同样的道理。天人相似的看法来源于苏轼的宇宙构成论。他认为“天地一物也，阴阳一气也。或为象，或为形。……故在天成象，在地成形，变化之始也”。[3]天地一体，皆由气构成。人也是由气构成的，“精气为魄，……志气为魂，……体魄则降，志气在上”。[4]这里的“魄”是体魄的意思，人的形神都由气构成。天人相似的基础在于

[1] 宋孝宗赵昚在《御制苏文忠公集序》评苏轼曰：“力斡造化，元气淋漓，穷理尽性，贯通天人。山川风云，草木华实，千汇万状……寓之于文”，见《苏东坡全集》序，中国书店1986年版。

[2] （宋）苏轼：《东坡易传（卷七）》，上海古籍出版社1989年版，第123页。

[3] 同上书，第120页。

[4] 同上书，第123页。

气一元论。天地和人共同遵守的就是气运动并生成万物的原理。

坚信天人一理、天人相似，使苏轼能够胸怀万物。他说："世事万端，皆不足介意。……但胸中廓然无一物，即天壤之内，山川草木虫鱼之类，皆是供吾家乐事也。"[1]胸中无物而能容万物，意思是心灵不为人事俗物所扰，只为天地自然物象所乐。苏轼将人类社会和自然世界一分为二，前者污浊、后者洁净。这是中国古代文人的惯常思维，认为只有自然世界才能令人胸怀宽广。苏轼将宽广的精神称为高怀或高怀远度，"想高怀处之，无适而不可"。[2]胸怀高远，适应万物，无碍所以无不可。"窃计高怀远度，必已超然。此等情累，随手扫灭，犹恐不脱，若更反复寻绎，便缠绕人矣。"[3]"情累"就是苏轼所说乱人、劫人、惑人的纷乱世事或表象。人为情所累、所蔽，不能虚空其心胸，所以要有高怀远度，必须解蔽去惑。超越俗世，空虚身心，则万物皆备于我，"是身如虚空，万物皆我储"，[4]或"东南山水相招呼，万象入我摩尼珠"，[5]或"道人胸中水镜清，万象起灭无逃形"。[6]"摩尼珠"，出自《圆觉经》，佛教用语，清净摩尼宝珠能映照五色，苏轼用其比喻不为世事所扰、空无一物的心胸。"胸中水镜清"也是同类比喻，心胸如水或如明镜，洁净无尘，能映照山水万物、万

---

[1] 《与子明兄》，见《苏东坡全集（下）》，中国书店1986年版，第160页。

[2] 《与杜道源二首》其一，见孔凡礼点校：《苏轼文集》，中华书局1986年版，第1757页。

[3] 《答李琮书》，同上书，第1434页。

[4] 《赠袁陟》，见孔凡礼点校：《苏轼诗集》，中华书局1982年版，第1264页。

[5] 《次韵吴传正枯木歌》，同上书，第1962页。

[6] 《次韵僧潜见赠》，同上书，第879页。

象。高怀远度的心胸不仅能容万物，而且万物生成毁灭的过程也能了然于心。摩尼珠和镜喻都是佛教典故（“心如明镜台”或“明镜亦非台”，禅宗典故），苏轼虽化用佛典，但根本思想在于解蔽去惑，明天人相似之理。

（二）天游

苏轼的宇宙胸怀不仅是容纳万物，还表现为“天游”的主题。飘然轻举，出于天地之外。首先苏轼继承庄子的思想，对于大小的相对性有清醒的认识。“太山秋毫两无穷，钜细本出相形中。大千起灭一尘里，未觉杭颍谁雌雄”，[1]典出《庄子·齐物论》以秋毫为大，大山为小[2]的思想。至大无穷，至小也无穷，这也是笔者在上文一再提到的管子和惠子的无限论。长短、高低、大小本是相对的，就是老子所说的“长短相较，高下相倾”。[3]“大千世界”是佛教用语，世界的生成毁灭与整个宇宙的历程相比也微小如尘埃。苏轼用道家的相对论以及佛家的起灭轮回，是为了将无限的空间把握于掌心，用高远的器度胸怀包容貌似广大而实际很小的宇宙空间，所以能够任意飞升，游于万物之表。

苏轼称赞黄庭坚云：“意其超逸绝尘，独立万物之表，驭风骑气，以与造物者游，非独今世之君子所不能用，虽如轼之放浪自弃，与世阔疎者，亦莫得而友也。”[4]可见乘气御风，超拔尘世，

---

[1] 《轼在颍州，与赵德麟同在西湖，未成，改扬州。三月十六日，湖成，德麟有诗见怀，次其韵》，见孔凡礼点校：《苏轼诗集》，中华书局1982年版，第1876页。

[2] 《庄子·齐物论》，见（晋）郭象注，（唐）成玄英疏：《庄子注疏》，中华书局2011年版，第44页。

[3] 《老子·第二章》，见（魏）王弼注，楼宇烈校释：《老子道德经注》，中华书局2011年版，第7页。

[4] 《答黄鲁直五首》其一，见孔凡礼点校：《苏轼文集》，中华书局1986年版，第1532页。

处于万物之外，顺应自然之道是苏轼的理想。与造物者游，苏轼亦称之为登仙、天游、物外游、游于无何有：

齐得丧，忘祸福，混贵贱，等贤愚，同乎万物，而与造物者游。❶

纵一苇之所如，凌万顷之茫然。浩浩乎如冯虚御风，而不知其所止，飘飘乎如遗世独立，羽化而登仙。❷

眼前勃蹊何足道，处置六凿须天游。❸

天游照六凿，虚空扫充物。❹

是身如虚空，万物皆我储。……不见袁夫子，神马载尻舆，游乎无何有，一番不顾余。❺

游物初而神凝兮，反实际而形开。❻

或者没有特别的称谓，而直接书写“游”的过程，如：

曾日饮之几何，觉天刑之可逃。……望西山之咫尺，与蹇裳以游遨。跨超峰之奔鹿，接桂壁之飞猱。遂从此而入海，渺飞天之云涛。❼

安得独从逍遥君，泠然乘风驾浮云，超世无有我独存。❽

---

❶ 《醉白堂记》，《答黄鲁直五首》其一，见孔凡礼点校：《苏轼文集》，中华书局1986年版，第344页。

❷ 《赤壁赋》，同上书，第5页。

❸ 《戏子由》，见孔凡礼点校：《苏轼诗集》，中华书局1982年版，第325页。

❹ 《李公择过高邮，见施大夫与孙莘老赏花诗，忆与仆去岁曾于彭门折花馈笋故事，作诗二十四韵见戏，依韵奉答，亦以戏公择云》，同上书，第963页。

❺ 《赠袁陟》，同上书，第1264页。

❻ 《酒子赋》，见孔凡礼点校：《苏轼文集》，中华书局1986年版，第14页。

❼ 《中山松醪赋》，见孔凡礼点校：《苏轼文集》，中华书局1986年版，第12页。

❽ 《留题仙都观》，见孔凡礼点校：《苏轼诗集》，中华书局1982年版，第19页。

苏轼反复书写天游，目的在于使精神获得最大的自由。造物者就是自然，与自然游就是同于自然之道，自然之道就是顺应物性，任其生灭。天游的方式有乘风、御气、羽化、驾云。所到之处，在茫茫万顷江水之上、山峰之上、云涛之上、世界之上，深海之中，或在万物发生之初，或在空无一物的地方。天游的目的也在于安置六凿、独立、独存，去除得丧、祸福、贵贱、贤愚这些人世间的蔽惑、系累。独立、独存即精神的自足和自由。“六凿”是六孔的意思，语出《庄子·外物》，庄子以六凿称人体的六种感觉器官，六凿因为纷乱的世事而堵塞，人要想使自己的感觉器官通彻聪明，必须通过天游的方式，增强感知力，所以天游是一种修养精神和心灵、获得大智慧的方法。

苏轼的天游完全借用了庄子的思想。其中用词多有雷同，如“与造物者游”“御风”“独立”“勃蹊”“六凿”“天游”“神马载尻”“游乎无何有”“神凝”，都是《庄子》的用词。不仅用词相同，宗旨也是一样的，都在于凝聚心志，避免外物的干扰，使心灵清净，获得独立自由的精神，同于万物，并能立于万物之外。在宽广宁静的精神中，宇宙广阔的空间近在咫尺，大千世界微小如一粒尘埃。这都是精神的作用。

（三）《庄子》、苏轼的“天游”与《人和宇宙空间》太空之游的比较

苏轼继承了庄子天游的思想。不仅苏轼，中国古代很多诗人都有天游的思想，他们通过诗歌描写天游或与物游的状态，借以抒发心中的忧闷。多数正直、有才能、希望有所作为的文人都像苏轼一样在现实中遇到不公正的待遇，郁郁不得志，因为自身受到压抑而向往广阔的宇宙空间，通过想象建筑精神自由的家园。屈原、李白、杜甫、苏轼都是这种文化传统的典型代表。而这一切的发端就

是庄子的“逍遥游”。所以可以将庄子的天游和《宇宙与意象》的《人和宇宙空间》相比较，其中还要结合屈原的气论和天国之游，说明中西诗人虽同为向太空的腾跃，但是向往太空的原因、游于太空的方式、太空之游的目的皆不相同。

对《宇宙与意象》第二部分进行总结，将会发现西方人想象中的太空之游具有以下特征：

第一，人想象太空对人有两种态度，拒绝或接纳，因为太空可能是坚硬而且黑暗的，也可能是柔软而且光明的。

第二，想要游于太空的人很关注太空中的物质，所以不断讨论以太的性质。从古希腊时期开始就有两种对立的意见，一种认为以太是坚硬的第五元素，或认为以太虽不坚硬却盲目运动，随时准备吞噬一切。直至12~13世纪，主流思想都认为以太纯洁、恒定、坚硬，排斥一切生命。另一种相反的意见也从古希腊时期开始，即认为以太是纯火，自由运动，纤细轻盈。15世纪以后这种意见逐渐兴盛。诱因在于宇宙生命的勃发以及从公元1世纪就开始发展的星相学和炼金术，这些神秘主义的思想主张天人相通，还有18世纪电流的发现以及20世纪光速的测量都对此有影响。

第三，13世纪后，欧洲人的太空逐渐具有浓厚的宗教气氛。蒂泽认为13世纪意大利诗人但丁建立了“宇宙——精神”的连续模式。15世纪库萨的尼古拉主张无限宇宙以来，以太日趋柔软、透明、可供呼吸、流动性更强。之后欧洲人想象中的太空不仅有以太，还有电和光，而且充满神的意志。电流被用来象征促使神人交通的灵魂，“光”传输上帝精神。18世纪后，目光还象征想象力和幻觉，目光承载火和生命。人像鸟或鱼一样在太空自由旅行，太阳提供营养，游于太空的人安全舒适。人在太空中安全的旅行凭借神的保护，因为太空充满了上帝的意志。17世纪的牛顿加强了这种神圣宇宙的观念。

第四，从18世纪开始欧洲人对太空有一种奇特的比喻，即“子宫”意象。但子宫具有两种相反的性质。其一，子宫温暖、舒适，光传递种子，陨星携带种子。天体是孕育在天空中的胚胎。宇宙充满物质。这是从古希腊时期开始就有的生物亲缘性的不断扩大。其二，子宫也是坟墓，是黑暗、无底的深渊、混乱腐败的湖水、令人焦虑的、满是淤泥的山峰。海的黑暗从宇宙之外进入宇宙之内。所以19世纪太空又一次坚硬起来，蒂泽称为石化的噩梦。

第五，征服宇宙的心理，彰显人求知的欲望和勃发的雄心，尤其是浪漫主义的兴起。虽然有石化的倾向，但16~20世纪，充满活力的空间催生了以太空旅行为主题的科幻文学，其中出现了宇宙飞船，代替了天梯、马、马车、鸟或戒指等古代神话的飞行工具。旅行的目的或是冒险，探测其他天体，或是寻找神的住所——九霄、天堂。太空旅行的人面对实际的困难——寒冷或呼吸困难，但始终萦绕宗教目的，灵魂穿越太空是为了摆脱尘世的牢笼。

第六，太空旅行所见到的宇宙景观：遥远的、迷雾一样的星系，垂死的星星。游于太空的人抓住长长的彗发，追寻更加庞大的太阳，告别太阳系的行星。观看一切为神所遮蔽的奥秘，揭开上帝的封条。人要摆脱奴性。

第七，征服宇宙的雄心中又升起了对地球的眷恋，无限宇宙令人恐惧，地球则始终沉稳优雅、均衡安全。地球是摇篮或航船。

总之，欧洲人的宇宙之游是神话、科学和个人秉性与想象的复杂的混合体。在这个基础上下文陈述庄子和苏轼天游的几个特点，并与上述西方的观念作比较。

第一，中国古人宇宙之游有两个极具特色的原因。第一个原因在于个人修养，第二在于政治目的。首先通过天游而逃形。“夫大块载我以行形，劳我以生，佚我以老，息我以死。”[1]庄子认为人之所患在于有身，人的一切忧愁痛苦都是因为有物质的形体。人需要摆脱肉体的牵制。人的感知力也需要通过天游来增强，所谓“心无天游，则六凿相攘”。[2]庄子的六凿就是目、耳、鼻、口、心、知，攘就是逆、不通。不通畅则不聪明。所以天游是获得智慧的方式。苏轼也具体地说明了天游对个人的作用：世事纷争将人缠绕，解蔽去惑，使精神自由、独立，感知力增强，具有大智慧，只有通过天游才能达到。对个人通过天游而达到的修养，庄子有描述：“藐姑射之山，有神人居焉。肌肤若冰雪，绰约如处子。不食五谷，吸风饮露。乘云气，御飞龙，而游乎四海之外”。[3]像神人或处子一样身心洁净，秉自然之妙气游于天地之外，这是宇宙之游的前提，也是个人修养达到的较高境界。第二个原因在于政治目的。屈原之所以要游于太空，是因为对楚国政治感到失望。他幻想在天上寻找志同道合的人，一般都是神人或仙人。《庄子·应帝王》说天根在赵国界内遇到无名人，问以治天下之术，无名人说：“予方将以造物者为人，厌则又乘夫莽眇之鸟，以出六极之外，而游于无何有之乡，以处圹埌之野。……汝游心于淡，合气于漠，顺物自然而无容私焉，而天下治矣。”[4]天游之人对待天下的人就像造物者对待人那样，漠然静止，神、气、形皆处于恬淡静默的地方。守虚静，任人、物自生自化，不以一己的私心私意加以干涉。这就是庄子的无为而治。天游不仅可以作用于个人的修养，还有利

[1] 《庄子·大宗师》，中华书局2011年版，第134页。
[2] 《庄子·外物》，同上书，第490页。
[3] 《庄子·逍遥游》，同上书，第15页。
[4] 《庄子·应帝王》，同上书，第160页。

于统治者治理天下。从这两点看来，中国古人的宇宙之游主要在于个人修养和政治目的，不具有冒险、探求宇宙奥秘的雄心，不是出于好奇心和求知欲，对于宇宙的奥秘没有强烈的兴趣，更不会认为有什么力量故意封闭宇宙的秘密，不允许人类对宇宙获得较多的认识。中国古人的宇宙之游貌似在天上，实际时刻心悬苍生，忧心人类社会的福祉。无论是个人的修养，还是国家的治乱，天游的根本目的在于人本身，而不是为了告别太阳系的行星去追寻更加庞大的太阳。

第二，由于以上目的，相对于西方人在太空看到的景观，如迷雾般的星系、垂死的星星、庞大的太阳，长长的彗发，中国古人天游所见到的或者像屈原那样是帝女、宓妃、简狄等神人、仙人，或像庄子和苏轼所说的无何有之乡、圹埌之野、无极之野。“入无穷之门，以游无极之野。吾与日月参光，吾与天地为常。当我缗乎，远我昏乎！”[1]日月、天地、万物都不是太空之游所要观看的景物。万物之生灭、近至或远离，天游之人都不察觉，而要与日月同明，与天地共久长。个人修养的最高境界就是获得宇宙那样的无限性。由此可知，宇宙之游的第三个目的不在于观看太空的景象，只是为了出离生死，与宇宙共存。所谓“出入六合”，[2]或“以游无端，出入无旁，与日无始。颂论形躯，合乎大同”，[3]或“上与造物者游，而下与外死生、无终始者为友”。[4]出入于上下四方、无涯界、无边可见的地方，即宇宙空间；并与时间一样长久（与

[1] 《庄子·在宥》，中华书局2011年版，第209~210页。

[2] 同上书，第213页。

[3] 同上书，第214页。

[4] 《庄子·天下》，同上书，第570页。

日无始），使自己的形体与天地无异。逃离了生死，没有始终，这是继国家政治之后个人修养的终极目的，个人获得了宇宙时空的广度、深度和长度。这是西方人宇宙之游所基本不具有的目的。或许这与西方人宇宙之游的宗教目的有一些相似，但灵魂飞升之后与上帝同处一地而具有的永恒存在是借助了上帝的力量，人不再是人本身，而只是灵魂。庄子等中国古人的天游以达到人的永恒，不借助神的力量，人依然是人，这一过程的发生只在思想的一刹那，静观、坐忘，随时随地都可以达到。

第三，庄子所推崇的宇宙之游的飞行工具就是不借助任何工具。“夫列子御风而行，泠然山也，……此虽免乎行，犹有所待也。”[1]逍遥天游的妙旨在于无所待，无所凭借，所以能够无所不乘。如果有所乘，则要乘天地之正：“若夫乘天地之正而御六气之辩，以游无穷者，彼且恶乎待哉。”[2]天地之正就是自然，顺物之性则能乘天地之正，驾驭阴阳风雨晦明或天地四时之变。庄子认为列子虽轻举，依然要借助外力。实际上从屈原、苏轼以及庄子其他几处天游过程来看，中国古人的宇宙之游主要借助气、云、风或风神、雷神、日月神、飞龙，凤凰，比之于天梯、马车、马、鸟、戒指、宇宙飞船等西方人的工具，则一为虚，一为实。而庄子的乘自然之道，则是虚中之至虚者。

第四，庄子、屈原或苏轼的宇宙之游的实质是神游，而不是形游。因为只是追求精神的自由，并非为了探求宇宙，所以太空欢迎人抑或拒绝人的进入，从根本上都不是中国古人关心的问题。无何有之乡只是空无一物，所以太空的光线强弱、硬度如何、温度如

---

1. 《庄子·逍遥游》，中华书局2011年版，第10页。
2. 同上书，第11页。

何，是像海水一样可以让人游动，还是可以呼吸的气，呼吸是否困难，是否需要利用太阳补充旅途上的营养消耗，这些都不是问题。西方人在这些问题上却争论不休。庄子或苏轼文中几乎没有言辞描写太空的景观，我们只是从苏轼的《水调歌头》所说“高处不胜寒”知道中国古人认为太空是寒冷的，除此之外没有更多信息。无论太空如何，精神无所不能，故而没有过多探讨太空的物质构成的必要。归根结底，中国古人的宇宙之游虽然是为了人本身的目的，但宇宙之游的第一步在于蹈虚，而不是务实，所以形体不在太空之中；西方人的宇宙之游是真正的太空行走，不仅是精神的想象，而且是形体的实际进入，因而不厌其烦地讨论太空的环境舒适与否，不仅讨论以太还不断加上其他物质，如电和光。

第五，气和以太。虽然中国古人不过多探讨太空的物质，比如庄子的宇宙之游就没有描写太空的物质环境，苏轼沿用庄子“无何有之乡”，那只是一种套语。实际上从屈原和苏轼的气论可以知道，中国古人认为太空中有物质，那就是气。这牵扯到中国古代天文学或哲学的气论传统。虽然并非所有诗人、学者都认为天地之外有气存在，但的确也有很多人以“气”来论宇宙的发生和模式。管子的“精气论”首发其端，气不仅构成天地，还构成人的神和形；《周易》谈阴阳二气，就是以气说明宇宙的发生和万物的生成；杨泉主张的宣夜说实质上就是气一元论，日月星辰皆是发光的气体，浮在气中；《列子》沿用宣夜说的思想，以气论解释天地为何不会塌陷；北宋张载的气论更是将气上升到宇宙本体的高度，甚至超过理、太极、道这些抽象的本体；王夫之哲学一个重要成就也是气论，他追随张载，因王夫之的气论说明了宇宙的物质实体性，所以研究者称其哲学为辩证唯物主义的哲学体系。至于诗人则李白和苏轼都可以成为例证。中国古代的气论似乎可以与西方的以太论构成一组相对的概念。但是中国古代的气论还有一个特点，即气不仅存在于天文学和自然哲学，还被广泛应用于文学理论，气的性质决定了创作主体的状态，进入文学作品，使其呈现各种风格。气从宇宙的存在方式成为人的存在方式，这是管子精气论的发展，也是天人一体的哲学思想的体现。与气论相比，西方的以太论则仅具有宇宙哲学的意义。具体到中国古人的宇宙之游，气本身即是无形、最轻盈的存在，所以中国古人不会像西方人讨论以太那样想象它是否会石化，变得黑暗坚硬，因为相对于气，以太的物质性更强。与气的天人一体性质最相近的西方概念也许是“光”，因为光首先是天体的光，按照《宇宙与意象》第二部分第二章的总结，光能在天体之间以及人和上帝之间建立联系。从柏拉图开始，光就具有深刻含义，他认为人眼遇光得见万物，光带有神启的性质；但丁爱人的目光是浓缩的天火；到了尼采，目光是想象力和幻觉，承载生命和火。虽然光有贯通天人的含义，但光并不具有气那样的宇宙本体的意义。这是气和光的本质区别。还有一种与气相似的西方概念即18~19世纪法国人傅立叶的“芳香”或“气味”，这两个概念虽然被赋予连接天地人的含义，但不具有本体的终极价值。总之，气论决定了庄子和苏轼等人的宇宙之游的方式，乘气，而气的运动形成风，所以宇宙之游也可以御风，因为高空气体流动迅速，规模宏大，所以太空应当是寒冷的，苏轼决定游荡一番还是返回人间。太空的物质构成不复成为中国古人想象宇宙的重点。与此相对，西方人则不断纠缠于以太、火、光、芳香、电的性质和作用。

第六，宇宙在庄子或苏轼等人的想象中是最清净高洁的地方，所以像西方人那样以子宫、沥青一样的海水、腐烂的湖水、布满淤泥的山峰、无限坠落的深渊等想象宇宙空间，对于中国古人真正是骇人听闻，也许这就是《论语》所说“子不语怪力乱神”。中国古人宇宙之游是为了逃离外物的干扰，这一过程具有居高临下，俯视一切的作用，宇宙之游的第二步在于观天下。所以，庄子尤其是苏轼的天游虽然精神在上，注意力始终在下，这就决定了天游的目的不在于寻找上帝和众神的住所。西方人的宇宙若是为了宗教的目的，那么寻访神的住所就是灵魂上天，永久居于上帝身旁，不再返回悲苦的人间。苏轼《水调歌头》说“我欲乘风归去，又恐琼楼玉宇，高处不胜寒。起舞弄清影，何似在人间”。人间虽扰攘污浊，但比天上温暖。寻访上帝和众神不是天游的目的，因此天游是否得到上帝的护佑、天使的指引都不在庄子和苏轼的考虑范围内。

第七，苏轼以人间为温暖的地方，似乎很像蒂泽所说“对地球的眷恋”，但实质上根本不同。西方人对地球的眷恋实是征服宇宙的雄心消耗殆尽以后发出的感慨，好比一个长期出门在外的旅人，想要返回故乡，寻找家庭的温暖，这只是为了抚平旅途的辛劳创伤，疗伤完成之后继续踏上征程。所以西方人的宇宙之游是令人疲倦的过程，地球名为故乡，实质上大约像是一个能够提供安静的休息场所的驿站或旅馆。中国古人则不同，无论在上还是在下，始终关注人间，人间是最终的归宿，地球是真正的故乡。

以上的比较说明，宇宙之游虽同为中西文化想象的对象，但想象的方式、目的都有根本的区别。要之，西方人的宇宙空间是想象的原因也是目的，而对于中国人，宇宙空间只是想象的手段，而不是目的。中国人的宇宙想象始终是为了人的利益。从这一点上说，西方人的宇宙哲学更多地表现为自然的科学或哲学，而中国人的宇宙哲学表面是自然的哲学，而根本上是人的哲学。在这方面苏轼的心灵历程可以作为例证。有学者认为苏轼对人生意义的思考有时空广度，但他“始终以脚踏实地的态度对待人生”，他的“精神家园始终都在人间”。[1]苏轼的《水调歌头》恰可成为从宇宙到人的文化心理模式的明证。所谓“明月几时有，把酒问青天。不知天上宫阙。今夕是何年。……人有悲欢离合，月有阴晴圆缺，此事古难全，但愿人长久，千里共婵娟。”中国人经常问天，屈原、柳宗元、张若虚都是例证。苏轼在思考宇宙的起始和时间之后发现月——宇宙的代表和人具有相通之处，最后归结到人世，所谓“但愿人长久，千里共婵娟”。这是一个从宇宙到天人相通，再到人伦的过程。这首词的千年流传说明从天到人的模式正是中国人惯用的心理模式，即所有宇宙的哲学终归是人的哲学。

二、对有限时间的焦虑和对无穷时间的追求

（一）苏轼对待有限和无限时间的态度

很多苏轼的研究者都注意到诗人有强烈的人生虚幻感。王水照先生在这方面有详细的总结。苏轼诗文反复说到“人生如梦”和“人生如寄”，频率很高。不仅过去是幻觉，甚至现存的事物也是幻觉。人生如同梦幻一般，或者如同暂时寄寓世间的匆匆过客。人生既短促又虚幻。对于虚幻苏轼还有“雪泥鸿爪”[2]的比喻，人生在世仿佛飞鸿偶然将爪印留在雪泥上，短暂且痕迹微小。虽然如此，苏轼依然要在“生存虚幻性的痛苦中，寻找失落的个性生命的价值，肯定自身是唯一实在的存在”。[3]笔者认为促使苏轼对人生作如此认识的原因在于他的时间观，而在这方面给他以启发的是庄子哲学和佛教的传统。

---

[1] 莫砺锋：《漫画东坡》，凤凰出版社2008年版，第207页、第213页。

[2] 《和子由渑池怀旧》，见孔凡礼点校：《苏轼诗集》，中华书局1982年版，第96页。

[3] 王水照：《苏轼的人生思考和文化性格》，见中国人民大学中文系主办，《中国苏轼研究（第一辑）》，学苑出版社2004年版，第10页。

如上文所示，苏轼认识到空间大小的相对性，秉持相同思维方式，时间的长短也具有相对性。

朝菌无晦朔，蟪蛄疑春秋。……仙人视吾曹，何异蜂蚁稠。[1]

苏轼这种以长为短的相对主义依然源于庄子，尤其是《齐物论》殇子为寿、彭祖为夭的说法。一个早晨就经历生灭的蘑菇不知什么是日，蟪蛄这种过一个季节就死去的虫子不知什么是年。同理，人们认为自己几十年的生命还算比蘑菇、昆虫长久，但在仙人眼中凡人也和那些动植物差不多。

除了庄子哲学的影响，苏轼更加经常以佛语，如“一弹指”，来说明看似长久实际很短暂的事物：

羡师游戏浮沤间，笑我荣枯弹指内。[2]

三过门间老病死，一弹指顷去来今。[3]

生成变坏一弹指，乃知造物初无物。[4]

弹指是佛教用语。“时之极少为刹那”，一弹指顷有“六十五刹那”，“二十念为一瞬，二十瞬名一弹指”。[5]念、瞬、刹那、弹指都是时间极其短暂的意思。“浮沤”是借用司空图“悠悠空尘，忽忽海沤”（《二十四诗品·含蓄》）的用词，指海上的浮沫，说明事物变化之快。“荣枯”是人生的物质享受和精

[1] 《九日次定国韵》，见孔凡礼点校：《苏轼诗集》，中华书局1982年版，第1906页。

[2] 《龟山辩才师》，见孔凡礼点校：《苏轼诗集》，中华书局1982年版，第1295页。

[3] 《过永乐文长老已卒》，同上书，第566~567页。

[4] 《次韵吴传正枯木歌》，同上书，第1962页。

[5] 查慎行注苏轼引《翻译名义》关于弹指的内容，见孔凡礼点校：《苏轼诗集》，中华书局1982年版，第567页。

神、肉体所受的折磨，是说人生的际遇和过程，代指人生。苏轼说明“荣枯”逝去很快，不仅用佛语，也有其他表述，如“过眼荣枯电与风，久长哪得似花红”。[1]无论是弹指还是电和风都是说明人生的短促。“去来今”是时间的三个过程，指整个时间。“生成变坏”是天地或万物运动的过程，指宇宙的大化历程。以上三例分别从人生、时间的三个阶段、整个宇宙的历程三个角度说明宇宙时间流动之快。这是一个从近及远，将长久不断化为短暂的思维方式。人生虽短也有百年，宇宙的时间虽不断流逝，也经历了上百亿年的过程，宇宙大化也如同宇宙时间一样长久，但在苏轼的心里都成为一弹指。人生短暂，时间的流动以及整个宇宙的变化都非常迅速，以至于宇宙间的一切存在都因流逝没有踪迹可寻而虚幻，所以，苏轼才会频繁地发出人生如梦、如寄的感慨。时间由长化短，这是对时间流逝的一种畏惧心理。在无穷时间之流里任取一段，无论其本身的长短，与无穷时间相比，都形成极短与极长的鲜明对照。这就是苏轼对人生有限时间感到焦虑的根本原因。

苏轼的时间观念无疑带有很强的佛教色彩。研究者普遍认为苏轼的人生观以儒为主，而佛道都对苏轼的思想发生过影响。苏轼因自己独特的政治思想，与革新派和保守派两种政见皆有不合。尤其是在乌台诗案之后，诗人在政治上不断遭受打击，受牢狱之苦，长期贬谪于湖北、广东、海南等荒远瘴疠之地，身心都受到折磨，所以经常从佛老思想中寻找精神慰藉。苏轼信佛却不佞佛，尝比佛

---

[1] 《吉祥寺僧求阁名》，见孔凡礼点校：《苏轼诗集》，中华书局1982年版，第331页。

老为“龙肉”。[1]龙肉虽在想象中为美味珍馐，实际上却虚幻不可得。笔者认为苏轼于佛只取其思想方法，而摒弃佛教一切皆空的虚幻宗旨。所以苏轼虽批判佛教的思想，但经常取用佛教术语，这一点表现在苏轼对时间的各种描写中：

寄蜉蝣于天地，渺沧海之一粟。哀吾生之须臾，羡长江之无穷。挟飞仙以遨游，抱明月而长终。……盖将自其变者而观之，则天地曾不能以一瞬，自其不变者而观之，则物与我皆无尽也。[2]

我造无始业，本从一念生。既从一念生，还从一念灭。生灭灭尽处，则我与佛同。如投水海中，如风中鼓橐。虽有大圣智，亦不能分别。[3]

观法界性，起灭电速。[4]

觉来俯仰失千劫，回视此水殊委蛇。[5]

在须臾、瞬、业、念、法界性、起灭、生灭、劫之中“须臾”“瞬”“念”和“弹指”一样都是佛教指称短暂时间的度量单位。吾生是须臾，天地是一瞬，生灭如电，在一念间、低头抬头间天地成毁坏空已经发生了一千次（“俯仰失千劫”），所以说苏轼多借用佛语描述时间的流逝。

---

[1] 《答毕仲举二首》其一，见孔凡礼点校：《苏轼文集》，中华书局1986年版，第1671页。

[2] 《赤壁赋》，见孔凡礼点校：《苏轼文集》，中华书局1982年版，第5页。

[3] 《东坡喜禅集·一目》，转引自冷成金：《苏轼的哲学观与文艺观》，学苑出版社2003年版，第314页。

[4] 《东坡喜禅集·二目》，同上书。

[5] 《百步洪二首》其一，见孔凡礼点校：《苏轼诗集》，中华书局1982年版，第892页。

虽借佛语，但苏轼仍有自己的思想。每当感到人生短暂，天地存在的短暂，苏轼都会向往一种永恒的存在。在以上诗句中，诗人用“羡长江之无穷”“抱明月而长终”“物与我无尽”“我与佛同”等来表现这种向往。每当说到短暂，就会用另一种方式说到永恒。长江、明月、无尽的万物、佛，都是永恒的存在。这里有一种明显的矛盾，天地是一瞬，那么江水如何永恒？我们要原谅诗人逻辑上的混乱。想象力可以夸张一些事物。需要一种短暂性的夸张，则天地宇宙都牺牲进去了。需要一种无穷性的夸张，则变化最快的事物也可以永恒。总之，有限时间令人焦虑，时间流逝令人恐惧，但是诗人仍然从精神上追求一种永恒的个体存在。遨游、抱明月、投水海，都是达到永恒的方式。其实质就是庄子的物化，与万物为一，与物同化于自然，取得自然的永恒价值。苏轼也说物化，如“阅人此地知多少，物化无涯生有涯”；[1]或者称之为“与物适”，如“惟江上之清风，与山间之明月，……是造物者之无尽藏也，而吾与子之所共适”；[2]或者不说“与物适”，而有其他的表达方式：

白云左缭，清江右洄，重门洞开，林峦坌入。当是时，若有思而无所思，以受万物之备……[3]

万物皆备于我，是孟子的主张，苏轼用来说明与物相适的感觉。上文还有“万物储”“万象入”“万物供我”的各种表达，都是物化或与物相适，得自然之道的说法。生命有限，而物化可以使

[1] 《次韵钱穆父紫薇花二首》其一，见孔凡礼点校：《苏轼诗集》，中华书局1982年版，第1708页。

[2] 《赤壁赋》，见孔凡礼点校：《苏轼文集》，中华书局1986年版，第5页。

[3] 《书临皋亭》，同上书，第2278页。

人达到无穷境界。苏轼认为人能够在时间上永恒，不仅是在一念之间物化，最重要的是使自己具有为后世景仰的精神：

博大古真人，老聃关尹喜。独立万物表，长生乃余事。[1]浩然天地间，惟我独也正。[2]

老子、关尹子就是个体精神获得永恒的代表。长生只是肉体的延续，但形体的消灭不足为患，精神能够万古流芳，受到后人的景仰才是真正的永恒。万物都消亡了，只有圣人的精神能够长存，这是从时间上想象精神的长久。如果能够获得高尚的精神，则浑身充满浩然正气，独立于天地之间，这是从空间上想象精神的博大。

总之，苏轼和大多数中国文人一样，对有限和无限时间具有如下态度：对有限时间的认识令人警醒，促使人思考如何获得无穷的时间，并最终认定只有从精神上追求永恒。现实的时间虽有限，但人可以追求无限时间。江河的川流不息以及明月的永恒照耀帮助人认识了无穷时间。有限时间令人焦虑，时间流逝令人恐惧，但焦虑和恐惧并非导致颓废，而是化为向往无限时间的渴望和追求无限时间的努力。这是从消极转向积极的中国古代文化心理。

（二）雪莱《时间》诗的思想与苏轼时间观念的比较

雪莱对《宇宙与意象》的意义在于，他是一个描写变化主题的诗人。蒂泽从怀特海的《科学与现代世界》得到这一启发。在蒂泽之前，怀特海将诗人划分为描写永恒和变化两类主题的诗人，并将华兹华斯和雪莱对照，将雪莱认定为长于描写变化的诗人。善于

[1] 《和陶杂诗十一首》其六，见孔凡礼点校：《苏轼诗集》，中华书局1982年版，第2275页。

[2] 《过大庾岭》，同上书，第2056页。

描写变化则属于赫拉克利特派诗人，按照蒂泽的观点，描写变化的诗人应当对变化以及与变化有关的一切——如丰富性而感到陶醉。但是雪莱的矛盾在于虽描写变化，但对变化和时间之流皆感到悲伤。所以描写变化和时间并非导致陶醉于无限的心理，雪莱对于无限更多感到恐慌。雪莱继承了古希腊哲学对时间和变化的观念，并用诗的方式表现对变化和时间的恐惧和敌视。雪莱的时间观念对于本书的意义在于：一个属于“变化——赫拉克利特”类型的诗人仍延续巴门尼德派固有的时间观念，即第四章第二节所说的：古希腊人总是将时间和变化捆绑在一起，因为变化引起毁灭，所以古希腊人将毁灭的后果归罪于时间，认为时间应当被取消。

笔者尝试将雪莱与苏轼进行时间主题的比较，其中还会牵涉到司空图的时间观念。笔者认为司空图和苏轼两者结合可以代表中国古人对待时间的一般心理。通过雪莱与苏轼的比较，发现两种文化中时间观念的不同。雪莱和苏轼虽是单个主体，但我们认为他们能够代表两种文化心理。

雪莱写于1821年题为《时间》的诗全文如下：

深不可测的海啊！岁月是你的波浪，
时间的大洋，充满深沉的辛酸，
人类眼泪的盐分已经使得你咸涩难尝！
你浩渺苍茫的海水啊无边无沿，
起伏涨落的潮汐把握着人生的极限，
虽已腻于捕猎，却仍呼号求索无餍。
不断把沉船的残骸喷吐在它荒凉的岸上
平静时胸怀叵测，风暴中恐怖猖狂。
啊，深不可测的海洋，

谁该在你的水面出航？[1]

根据这首诗可以总结出雪莱时间观念的几个特点。第一，时间被比喻成深不可测、无边无沿的海水，说明时间的深邃和长久。岁月这些时间的单位是组成时间海洋的波浪。第二，雪莱认为时间像海洋一样，即使平静也因为幽深给人不可知的疑惑感和恐惧感。第三，雪莱认为时间根本上是一种狂暴的存在，因为海上经常掀起风暴，所以时间像风暴一样猖狂。第四，时间和人密切相关，人始终处在时间之中，因为时间把握着生命的极限。海洋象征时间的广大和强悍，相对于时间的强势，人是渺小和软弱的。第五，人被时间折磨，就像海浪摧毁了航船。沉船的残骸象征人的尸骨。而时间对人的死亡没有任何怜惜。“捕猎”和“喷吐”说明时间也像一头野兽将人吞噬，并将人骨弃之不顾。第六，海水咸涩比喻时间的长河里充满人类的苦难和眼泪，所以人类的痛苦远远多于幸福欢乐。人类的痛苦非常剧烈，能够改变时间之水的味道。第七，雪莱面对时间的狂野，怀有微弱的希望。“谁该在你的水面出航？”汹涌的海面上依然可能有勇敢的水手，敢于航行在动荡的时间之海里。

从总体上讲，雪莱对有限时间有清醒的认识，明白人生的极限。他对无限时间表示恐惧，就像恐惧一头野兽。时间造成毁灭，造成人的痛苦。人与时间之间的关系在于，时间主宰人，人永远不可能驾驭时间，超越时间，就像船和海的关系。因而时间意味着痛苦和毁灭，时间是不祥的、凶恶的，是需要与之斗争的对象。但是斗争胜利的可能性非常微小，雪莱用一个问题表示自己怀疑胜利的可能性。顺着雪莱的思路，我们甚至可以回答他的问题，也许有人可以暂时出航，但人终将死在时间的海洋里。出航、航行都只是短

---

[1] 江枫：《雪莱诗选》，湖南人民出版社1980年版，第183页。

暂的过程，航船终将被淹没。从这些意义上看，雪莱继承了古希腊的时间传统，对时间表示敌视。

本书已经研究过司空图的时间观念，其中有四个层次。人生百岁和“富贵冷灰”（《二十四诗品·悲慨》）是对有限时间的认识和悲哀。以人生百岁和南山峩峩对比，是对无限时间的理性认识。“但知旦暮，不辨何时”（《二十四诗品·疏野》），这是认识自然的时间，忘记人世的时间，是向自然时间的回归，也是对有限时间的淡忘。“汎彼浩劫”（《二十四诗品·高古》）是对有限时间的超越。这样的过程与苏轼从焦虑到旷达的心理过程一致。中西共同的一点在于对有限时间的焦虑，对有限和无限时间的对比都有明确的认识，并都有悲哀痛苦的表现：“浩然弥哀”（司空图）或者“哀吾生之须臾”（苏轼）或者“深沉的辛酸”（雪莱）。不同点在于对无限时间的态度。中国古人对无限时间并不恐惧，时间并非一张贪婪吞噬的大嘴。随着时间的流逝富贵成为冷灰，但是物质的毁灭不是时间的罪过，物质的毁灭是物质本身变化运动的结果。时间是一种没有感觉的存在，并非存心和人作对。时间如流是中西方共有的比喻，但狂暴的海水和滚滚江流的区别在于前者有意志，后者没有意志，因为雪莱还将海水和猛兽并列来比喻时间，可知雪莱的时间有意志，而且是敌人的意志。中国古人经常思考超越无限时间。庄子有“旁日月，挟宇宙”，[1]以生死为昼夜，囊括宇宙万物，与无限时空为一的意识。苏轼则用精神战胜时间，所谓“抱明月而长终”。与此相对照，雪莱的无限时间实在太强大，而人无法超越有限时间，更不能想象自己变成无限时间那样吃人的猛兽。人只能趁着时间心情好的时候航行一段路程，最终要被

[1] 《庄子·齐物论》，中华书局2011年版，第46页。

吞没。这与司空图“汎彼浩劫，窅然空踪”（《二十四诗品·高古》）相比，气量小得多。

中国古人从悲哀到超越，是从消极到积极，而西方人——至少是继承古希腊时间传统的雪莱的时间观念则充满忧郁和恐惧，对时间持有比较悲观的态度。究其原因，中国古代对时间的无限性很早就有理性认识，而西方人在古希腊哲学的长期熏陶下对无限时间虽早有认识，但始终总想用静止和永恒的概念消灭无限时间导致的毁灭，这种对时间的悲观情绪一直延续至19世纪的雪莱。

三、以“变”或“动”为核心的哲学以及文艺鉴赏和创作

除了时空观，苏轼对于宇宙的发生和过程也有理论描述，形成了一种以变化为核心的宇宙发生论和存在论。表现于文艺鉴赏或文艺理论则是对动态美的崇尚，表现于诗文创作就是对众多动态事物的描写。

（一）关于“变化”的哲学

苏轼对于变化的认识首先来源于对身边事物的观察，“昼夜之代谢，寒暑之往来，风雨之作止，未尝一日不变也”，[1]或“客亦知夫水与月乎？逝者如斯……，盈虚者如彼”。[2]昼夜、季节、风雨天象、流水、明月，眼前的事物没有不变化的。

运动、变化对天地万物以及人的存在都具有重要的作用。简言之“不革则秽”。[3]变革才能除陈去旧。苏轼具体地说明变化的作用：

---

[1] 《终始惟一时乃日新》，见孔凡礼点校：《苏轼文集》，中华书局1986年版，第168页。

[2] 《赤壁赋》，同上书，第5页。

[3] 《东坡易传（卷九）》，上海古籍出版社1989年版，第151页。

夫天以日运，故健；日月以日行，故明；水以日流，故不竭；人之四肢以日动，故不疾；器以日用，故不蠹。天下者，大器也，久置而不用，则委靡废放，日趋于弊而已矣。❶

运、行、流、动、用，都是运动变化的方式，而运动变化的范围非常广泛。以上引文出自苏轼的一篇策论，这篇策论是为了说明政治弊病产生的原因在于久不变动，只有改革才能去除弊端。可见苏轼是从宇宙本身的存在方式得到启发，并及于人和政治。

苏轼对天道尚“动”有很多论述。运动最重要的性质在于它是天地万物得以存在的原因，在这一点上运动具有本体论的性质：

天道所以刚健不屈者，以其动而不息也。惟其动而不息，是以万物杂然各得其职而不乱。其光为日月，其文为星辰，其威为雷霆，其泽为雨露，皆生于动者也。使天而不知动，则其块然者将腐坏而不能自持，……❷

天道之变化运动能生日月星辰雷霆雨露，并且万物的存在虽然变化运动却秩序井然。如果不运动变化则天将毁坏，不能存在。正是在这个意义上笔者认为苏轼的变化论哲学具有宇宙本体的高度，因为变化决定了宇宙本身的存在。

苏轼以“变”或“动”为宇宙本体还体现于论“易”和“道”的关系：

相因而有，谓之生生。夫苟不生则无得无丧、无吉无凶。方是之时，易存乎其中，而人莫见，故谓之道而不谓之易。有生有物，物转相生，而凶吉得丧之变备矣。方是之时，道行乎

❶ 《御试制科策一道》，见孔凡礼点校：《苏轼文集》，中华书局1986年版，第289页。

❷ 《策略一》，同上书，中华书局1986年版，第226页。

其间而人不知，故谓之易而不谓之道。[1]

变化就是事物之间前后相生，互相转化。万物生成前没有得丧吉凶这些对立的存在。虽没有这两种力量的存在，但是变化已经蕴涵其中了，人们称这样的状态为道，因为变化还没有显现，所以不称之为“易”。万物生成后，变化充分显示出来，“道”隐而“易”显，此时人们称之为易，而不称之为道。变化虽然隐藏但仍是变化，道虽然隐藏但仍是道。苏轼的这种论述实际上将变化和道合为一体，变化是隐藏的道，道是隐藏的变化。因此笔者认为苏轼宇宙哲学中道的本质就是变化，道在万物发生之前就存在了，而变化则与道共存。

对于变化的方式，苏轼主张渐变：

日月其无穷而变也，阳至于午未穷也，而阴以生。阴至于子未穷也而阳已萌。故寒暑之际，人安之。如待其穷而后变则生物无类矣。[2]

苏轼所谓渐变是指事物还没有到穷尽的时候在其内部发生的细微变化。阴阳互相蕴涵，而不是阴阳截然分判。这种渐变的方式对于人和万物都有利，如果宇宙不以渐变的方式存在，则人和物都不能生长于其间。苏轼进一步说明渐变的益处：

子不见天地之为寒暑乎？寒暑之极，至于折胶流金，而物不以为病，其变者微也。寒暑之变，昼与日俱逝，夜与月并驰，俯仰之间，屡变而人不知者，微之至，和之极也。使此二极者，相寻而狎至，则人之死久矣。[3]

---

[1] 《东坡易传（卷七）》，上海古籍出版社1989年版，第125页。

[2] 《东坡易传（卷四）》，同上书，第60页。

[3] 《问养生》，见《苏东坡全集（上）》，中国书店1986年版，第299页。

寒暑昼夜的变化细微，故人不易察觉，正是因为变化逐渐发生使人不易察觉，所以人能够适应宇宙的变化，如果温度骤变，昼夜突然互换，则人根本无法适应，则早已不能存在了。苏轼对天道渐变的认识始终能够作用于政治，所以他主张政治革新不能操之太急，急功近利的结果就是民无所措手足，必定导致混乱的政治局面，所谓“法相因则事易成，事有变则民不惊。”[1]苏轼能从天道及于人体养生再论到政治，于此又见一例。这的确可以说是中国古人最习以为常的思维模式。

苏轼论变化的另一个特点在于阐明了“恒”与“动”的关系。变或动是绝对的，恒也是变：

物未有穷而不变者。故恒非能执一而不变。能及其未穷而变尔。穷而后变，则有变之形；及其未穷而变，则无变之名，此其所以为恒也。故居恒之世而利有攸往者，欲及其未穷也。夫能及其未穷而往则始终相受如环之无端。[2]

由此可知苏轼认为“变”是绝对的。恒是有变之实而无变之名，意即表面是恒定，实质正在发生变化。所以恒也是变，恒之变在于未穷而变，意思是事物尚未发展到极致就已经发生了变化。所以恒是一种不明显的、隐性的变化。变化往复像一个圆环，无始无终。如果真有所谓恒，那么恒是属于道的性质，苏轼的道的实质就是变化的规律，变化的规律是恒定不变的。苏轼说：“将明恒久不已之道，而以日月之运，四时之变明之。”[3]对于恒定不变的道只

[1] 《辩试馆职策问札子》，见孔凡礼点校：《苏轼文集》，中华书局1986年版，第788页。

[2] 《东坡易传（卷四）》，上海古籍出版社1989年版，第60页。

[3] 同上书，第788页。

能通过变化本身来了解。

除了变化的重要作用——即宇宙本体论、变化的方式以及恒与变的关系，苏轼还从宇宙发生的角度论变化：

天地一物也，阴阳一气也。或为象，或为形，所在之不同，……象者形之精华，发于上者也。形者象之体质，留于下者也。…… 世之所谓变化者，未尝不出于一而两于所在也。自两以往，有不可胜计者矣。故在天成象，在地成形，变化之始也。[1]

天地或阴阳二气在分化之前是混沌一体。天地的分化是阴阳二气的分化，天是象，地是形，原本是一体之气。阴阳、天地、象形，名异而实同。天地的分化就是变化的开始，变化的方式就是一生二，二继续分化生成不可胜数的万物。天地万物的形成是一体之气变化的结果。由此我们可以了解到苏轼的宇宙发生论，发生的过程在于气和气的变化，以及气变化的方式。苏轼很明确地说："阴阳交而然后生物。……一阴一阳，阴阳未交而物未生之谓也。"[2]万物的生成是阴阳二气作用的结果，阴阳未发生作用，则物不能生。隐含的意思是目前所见到的万物的发生有一个起始，宇宙的起始状态就是阴阳一体。苏轼称阴阳一体为太极，"太极者，有物之先也。"[3]阴阳相交生成的第一种物质是水，"阴阳一交而生物，其始为水。水者有无之际也，始离于无而入于有矣。"[4]苏轼的无并非空无一物，并非绝对的虚空，而是指阴阳二气的无形。从无形

---

[1] 《东坡易传（卷四）》，上海古籍出版社1989年版，第120页。

[2] 《东坡易传》，上海古籍出版社1989年版，第124页。

[3] 同上书，第132页。

[4] 同上书，第124页。

进入有形呈现的第一种状态，或言物质状态就是水的那种形态。天地生成后，阴阳二气如何变化生成万物？苏轼说：“形象成而变化相见矣。是故刚柔相摩，八卦相荡，雷霆风雨日月寒暑更用迭作于其间，杂然施之而未尝有择也。忽然成之而未尝有意也。”❶变化的方式在于两种不同性质的存在相互作用，阴盛阳衰，阳盛阴衰，各种天象交替呈现，变化相续。更重要的是变化的发生是自然而然的，没有特意的选择，无意于生成而自然生成。所谓卑高贵贱自位、动静刚柔自断、类聚群分凶吉自生，全都在于“自”，即自然而然。变化的方式在于对立双方的作用，变化的过程就是一生二，二生三，三生万物。苏轼的宇宙发生论融合了老子和周易两种宇宙哲学。总结一下苏轼的宇宙发生论，即太极——阴阳一体——阴阳相交——水——万物，是一个从“一”到“二”再到“多”的过程，或者说从无形到有形的过程，而这个过程的核心就是阴阳二气的变化。阴阳二气和变化的关系就是“乾坤之于易，犹日之于岁也。”❷阴阳二气是变化的物质基础，变化是阴阳二气的固有性质。阴阳为形而下，变化为形而上。

苏轼还说明了人面对变化应有的态度，“循万物之理，无往而不自得，谓之顺。”❸意思是人应当顺从万物的变化，尤其要明了变化的道理，才能得自然天道，无论走到哪里都能使自己处于有利的境地。变化当然是有规律的，所谓“至错之中有循理焉，至变之中有常守焉，……”❹人应当通晓变化的规律，“昼夜相反而能

---

❶ 《东坡易传》，上海古籍出版社1989年版，第120页。
❷ 同上书，第134页。
❸ 同上书，第148页。
❹ 同上书，第127页。

通之，则不为变化之所乱，可以知矣。”[1]人不应被纷乱的现象界所迷惑，而应通晓其中的道理，坚守自己的原则，才能不昏乱。能作到这样就是圣人，“圣人以进退观变化，以昼夜观刚柔，二观立，无往不一也。”[2]规律能够统一一切变化，苏轼的“一”就是变化的常则。顺应变化，守住常则，就是圣人。

研究者经常谈论苏轼人生哲学中关于个人修养的问题，即诗人所提倡的“虚静清明”。这无疑源自老庄的虚静其心，观万物往复的哲学。在苏轼前后，很多人都继承了这种个人修养的方法。对此本章第二节李白的“宇宙认识论——静观”之中已有论述。研究者对苏轼“虚静清明”“以静观动”的修养方法多有陈述，对苏轼诗文中各种“虚静清明”的议论多有总结。[3]笔者认为，结合苏轼“动”的宇宙哲学，“虚静清明”实际就是一种宇宙认识论，其核心是人与现象界保持心理距离。在这一点上苏轼同于老庄、李白以及其他众多诗人学者。具体地讲“虚静清明”就是观物、观动的方法，或者说是面对变化的纷扰人应当持有的心理和态度。仅举两例。如“是故幽居默处，而观万物之变，仅其自然之理，而断之于中，”[4]或“据静以观物者，见物之正。……乘动以逐物者，见物之似”。[5]“虚静清”就是心神不为外物所动，不逐物，“明”就是在“虚静清”之后抓住了物的本质从而获得的聪明智慧，即“至

---

[1] 《东坡易传》，上海古籍出版社1989年版，第124页。

[2] 同上书，第122页。

[3] 如黄鸣奋：《论苏轼的文艺心理观》，海峡文艺出版社1987年版，第14~40页。再如许外芳：《论苏轼的艺术哲学》，暨南大学出版社2012年版，第138~139页。

[4] 《上曾丞相书》，见孔凡礼点校：《苏轼文集》，中华书局1986年版，第1378页。

[5] 《东坡易传（卷二）》，上海古籍出版社1989年版，第33页。

静而明，故物之往来屈信者无遁形也”。[1]苏轼的“静”并非远离外物，而是入于万物的变化之中而不为所动。这是与佛老根本不同之处。苏轼继承老庄的政治思想，将“静”的哲学应用于政治，所谓“安静无为，固社稷长久之计。”[2]苏轼一方面革新一方面无为，也许被认为态度矛盾。但是何以有如此矛盾？盖苏轼于政治有一种灵活权变的思维，当动则动，当静则静，不拘泥死守，动静的依据在于是否能与民谋利。按照苏轼的哲学理论，这就是“时止则止，时行则行，动静不失其时，其道光明。”[3]动和静都要适时，意即视具体的情况而定。

静有如此重要的作用，那么静与动主次如何？可以说苏轼的“静”只是一种冷静的态度，是一种认识宇宙的方法，并非以“静”作为宇宙的本质。按照苏轼以变化为核心的宇宙本体和宇宙发生而论，天道若“静”则宇宙不会存在。因此对于宇宙本身来说，动胜静，而对于个人的心灵智慧来说，静胜动，虽然如此，静观依然只是方法，认识动才是目的。最后，应当说对于“动”和因“动”而“生”，宇宙间品物流行的过程，苏轼在《东坡易传》中给予反复的赞颂，称为正：“飞者其正也”、[4]元：“元之为德，……万物资始而已”、[5]亨：“此所以为亨也”、[6]利：“成

---

[1] 《东坡易传（卷八）》，上海古籍出版社1989年版，第140页。

[2] 《代张方平谏用兵书》，见孔凡礼点校：《苏轼文集》，中华书局1986年版，第1048页。

[3] 《东坡易传（卷五）》，上海古籍出版社1989年版，第97页。

[4] 《东坡易传（卷一）》，上海古籍出版社1989年版，第3页。

[5] 同上书，第4页。

[6] 这是对“云行雨施，品物流行的评论”。同上书，第4页。

物之谓利矣。”、[1]嘉：“阴阳和而物生曰嘉”。[2]这也是秉持《周易》的精神。毫无疑问，苏轼对变化本身持肯定和赞扬的态度。这与前述中国古代从先秦到明清的变化的哲学是一脉相承的。

（二）以“动态美”评论文艺作品

有上述“动”的哲学，便产生苏轼文艺评论的基础，即以动为美。首先苏轼评自己的作品为：

吾文如万斛泉源，不择地皆可出。在平地滔滔汩汩，虽一日千里无难，及其与山石曲折，随物赋形，而不可知也。所可知者，常行于所当行，常止于不可不止，如是而已矣。[3]

历来评论家对这一段文字多有称引，认为苏轼准确说出了自己的行文风格，以及苏轼作品为后人称颂的原因。笔者认为这种对文学作品评论的方式来源于苏轼本人的宇宙论。从哲学到文学，气的变化或水的变化相似于文字或文思的变化，苏轼用比喻的方式在天文和人文之间建立起联系，之所以能够如此，全在一个“动”字。因为赞赏天道的变化，所以要模仿天道的方式。苏轼不仅评论自己的作品如此，评他人作品亦如此。

苏轼评论绘画作品，如：

古今画水多作平远细皱，其善者不过能为波头起伏，……唐广明中，处士孙位始出新意，画奔湍巨浪，与山石曲折，随物赋形，尽水之变，号称神逸。其后蜀人……孙知微……作湖

---

[1] 《东坡易传（卷一）》，上海古籍出版社1989年版，第4页。

[2] 同上书，第5页。

[3] 《自评文》，见孔凡礼点校：《苏轼文集》，中华书局1986年版，第2069页。

滩水石，……经终岁，不肯下笔。一日仓皇入寺，……须臾而成。作输泻跳蹙之势，汹汹欲崩屋也。[1]

苏轼在三种画水的作品中区分三个等级：善者、神逸者、超神逸者。第一级仅是起伏而已，是水的变化形态中最普通的。第二级能描摹水的各种变化形态，奔腾曲折。而第三级不仅有缓流、倾泻、跳跃、波纹这些水的形态，更有一种汹涌澎湃、震动四周的气势。这是一个从少数形态到众多形态，再到超出形态得到气势的过程。是一个从有形到无形的过程，其中的动态渐趋丰富，动的形态发展为动的气势，这是“动”的入神状态。

苏轼鉴赏书法作品，如评晋人王衍书法云：“而夷甫独超然如群鹤耸翅，欲飞而未起也。”[2]王衍书法为苏轼称赏，在于其书法呈现出从静入动那个瞬间的动态，是最难把握的状态：非静非动，既静且动、欲动还静的动静之际的状态。苏轼还有其他简单评论书法作品的言辞，如评蔡襄书法，谓其“有翔龙舞凤之势”或“心手相应，变态无穷。”[3]苏轼评文与可书法则比较细致，曰：

美乎多哉，其尽万物之态也！霏霏乎其若轻云之蔽月，翻翻乎其若长风之卷旆也；猗猗乎其若游丝之萦柳絮；袅袅乎其若流水之舞荇带也；离离乎其远而相属；缩缩乎其近而不隘也。[4]

---

[1] 《书蒲永升画后》，见《苏东坡全集（上）》，中国书店1986年版，第303页。

[2] 《题晋人帖》，见孔凡礼点校：《苏轼文集》，中华书局1986年版，第2170页。

[3] 《评杨氏所藏欧蔡书》，《苏轼文集》，孔凡礼点校，中华书局1986年版，第2187页。

[4] 《文与可飞白赞》，同上书，第614页。

苏轼说文与可的书法穷尽了万物的动态，有轻云、长风、丝絮、流水等物象的动态。意思是说文与可的书法极尽变化之美。无论是鹤飞、龙飞、凤飞，还是对文与可的这一系列比喻，都说明对动态的多种描摹最能成就杰出的书法作品。

在苏轼对文艺作品的评论中还有一种“弹丸”的比喻，也能体现苏轼“动”的哲学，因为弹丸本身就是一种动态的物体。这一点继承了司空图所谓“若纳水輨，如转丸珠”（《二十四诗品·流动》），司空图用之比喻行文的流畅或诗歌风格的不断变化。在司空图之前还有谢朓也用弹丸比喻优秀诗作的圆润流畅。苏轼沿用谢朓、司空图弹丸或丸珠的比喻，描述优秀的诗篇。如“中有清圆句，铜丸飞柘弹”[1]或“新诗如弹丸，脱手不移晷”，[2]再如“新诗如弹丸，脱手不暂停”，[3]皆用弹丸的圆润和滚动的流畅比喻好诗的用词精美圆润，文辞、文思流畅，没有丝毫突兀和滞涩感。苏轼对此有哲学解释：“夫物圆则好动，故至静所以为方也。”[4]因为圆形的物体容易转动，所以苏轼将圆的形态与运动的状态结合。因为转动的事物经常是圆形，所以流畅的诗文也是圆形的，因此弹、丸、珠这些圆形的物体都成为诗文的比喻。它们的共同点就在于流动无碍。

总结以上苏轼所用的比喻，有风、云、水、龙、凤、鹤、丝、絮、弹丸等。风无形，水和云无常形，龙、凤、鹤是想象的或

---

[1] 《新渡寺席上次韵送叔弼坐皆惊叹》，见孔凡礼点校：《苏轼诗集》，中华书局1982年版，第1824页。

[2] 《次韵王定国谢韩子华过饮》，见孔凡礼点校：《苏轼诗集》，中华书局1982年版，第1400页。

[3] 《次韵答参寥》，同上书，第948页。

[4] 《东坡易传（卷一）》，上海古籍出版社1989年版，第10页。

现实的动物，也是动物中最能高飞远举、变幻莫测的代表，丝、絮为最轻柔、轻盈的事物，弹丸是圆形的物体，最善于滚动。无论具有哪种特性，它们的共同点在于“动”。可以看出在诗文鉴赏方面，苏轼以动为美。

（三）苏轼诗作的动态美

苏轼以动态美为鉴赏文艺作品的标准之一，并且他本人的作品也描写各种事物的动态。如《百步洪》诗描写水的动态非常精妙：

长洪斗落生跳波，轻舟南下如投梭。水师绝叫凫雁起，乱石一线争磋磨。有如兔走鹰隼落，骏马下注千丈坡。断弦离柱箭脱手，飞电过隙珠翻荷。四山眩转风掠耳，但见流沫生千涡。❶

诗人对于水使用跳、走、落、下、注、离、脱、飞、过、翻、流、生等动词描绘其动作。又有对于水形态的比喻：兔、鹰隼、骏马、箭、电、珠等。兔子行动迅速，鹰隼高翔而能突然降落，骏马以奔腾之势取胜，离弦之箭疾驰如飞，电则最为迅疾，荷叶上的露珠最为晶莹、圆润，且滚动不止。不仅如此，水面行舟也迅疾如飞梭，水鸟也以飞翔的态势与水的动态相应和；风行水上增强了水的动态，水的流动将岸边的岩石不断磋磨，经年累月改变石头的形状。凡此种种，可谓“尽水之变态”。水最为苏轼所青睐，以水论诗文，并在诗文中描写水，苏轼从哲学的角度对水的性质也多有论述，如上文所说，水是阴阳二气交合所产生的第一种物质。不仅如此苏轼还对水表现出的柔顺、无常形而能随物赋形的品质

❶ 《百步洪二首》其一，节选，见孔凡礼点校：《苏轼诗集》，中华书局1982年版，第891~892页。

大加赞扬，并赋予水“信”“柔外刚中”“无心”而能“应物无穷”“适物”的道德品质。这些应当是老子“上善若水”思想的延续。关于苏轼“水”的家学传承、哲学论述、文艺理论、创作应用等可参见王启鹏先生的《水：苏轼文艺美学的精髓》。❶

苏轼作品描写动态比较典型的还有《江上看山》：

船上看山走如马，倏乎过去数百群。前山槎牙忽变态，后岭杂沓如惊奔。仰看微径斜缭绕，上有行人高缥缈。舟中举手欲与言，孤帆南去如飞鸟。❷

这首诗的妙处在于，山本来静止，而且山是一切以静止为常态的事物中最固定不动的事物。但是苏轼却能让山动起来，而且移动迅速，不仅移动还不断变形。原因是诗人在水面行舟的过程中观看山体，所以能让静止的事物动起来。其中有走、过、变、杂、奔等描写动态山的词语，还有惊奔的马群这样的比喻，又有前、后这样动的序列，以及“槎牙”“倏忽”这样的形容词描述山体形态的多样以及变化之快。山上云雾缭绕，行人高远飘渺，则动态之山又增加了超诣的仙气，使沉重的山体突然变得轻盈，大有飘飘欲飞的感觉。苏轼这首诗之所以能独辟蹊径，在于诗人对动态美学的深彻领悟。

其他不单写一种物象动态的诗作则俯拾皆是，如：

幽怀忽破散，永啸来天风。千山动鳞甲，万谷酣笙钟……
急雨岂无意，催诗走群龙。梦云忽变色，笑电亦改容。❸

---

❶ 中国人民大学中文系主办，《中国苏轼研究（第一辑）》，学苑出版社2004年版，第143~157页。

❷ 孔凡礼点校：《苏轼诗集》，中华书局1982年版，第16页。

❸ 《行琼儋间，肩舆坐睡，梦中得句……》节选，见孔凡礼点校：《苏轼诗集》，中华书局1982年版，第2246页。

鲲鹏水击三千里，组练长驱十万夫。红旗青盖互明灭，黑沙白浪相吞属。❶

天外黑风吹海立，浙东飞雨过江来。❷

黑云翻墨未遮山，白雨跳珠乱入船。❸

横风吹雨如楼斜，……电光时掣紫金蛇。❹

长江连楚蜀，万派泻东南。合水来如电，黔波绿似蓝。余流细不数，远势竞相参。

入峡初无路，连山忽似龛。萦纡收浩渺，蹙缩作渊潭。风过如呼吸，云生似吐含。

坠崖鸣窣窣，垂蔓绿毵毵。……飞泉飘乱雪，怪石走惊骖。绝涧知深浅，樵童忽两三。❺

其中动态的事物有风、云、电、山、崖、石、山谷、峡、泉、渊、潭、涧、海、雨、江、波、浪、沙、群龙、鹏、蔓、旗、盖、人的胸怀。不仅有物象，还有颜色。在这几首诗里，诗人将白黑或墨、红青、紫金相对照，表现颜色的反差，并且用“明灭”表现光线的强弱。动词非常多：破、散、啸、梦、笑、改、动、走、击、驱、吞、含、属、吹、立、飞、翻、遮、跳、斜、掣、泻、萦、纡、蹙、缩、坠、垂、鸣、惊，等等。同时窣窣（细小的声音）、毵毵（散乱的样子）、浩渺、酣、急、乱等名词或形容词也体现苏轼诗作的用词总是给人强烈的印象。多种物象的变化运动使得苏轼诗歌获得雄浑的气势。人称苏轼为豪放派诗人，也许就是因

❶ 《催试官考校戏作》节选，同上书，第376页。

❷ 《有美堂暴雨》节选，同上书，第482页。

❸ 《六月二十七日望湖楼醉书五绝》其一节选，同上书，第340页。

❹ 《望海楼晚景》其二节选，《苏轼诗集》，同上书，第369页。

❺ 《入峡》节选，同上书，第31页。

为他最擅长描写宏大事物的丰富动态，而且善于使用各种动词、形容词震慑人的心魄。

（四）雪莱“变化”主题和苏轼变化论的比较

雪莱有3首诗比较集中地反映了作者本人对变化的观念。它们是1814~1815年的《无常》（我们称为《无常一》）、1816年的《白山》和1821年的《无常》（我们称为《无常二》）。《无常一》描写了四种多变的事物：云、琴弦、人的思想感情和明月。云流动变形、变化颜色；参差不齐的琴弦发出不同声音，手指每次拨弄琴弦也有不同声音；人的一个短暂的念头、感觉、推理、悲喜也是变化无常；月亮遵循天体演化的法则，昨天和今天的月亮绝不相同。雪莱在这首诗的最后得出结论“万古不变的，独有无常”。[1]诗人对于各种变化的现象观察细致，对变化的本质有一定认识。《无常二》沿用同样的手法，分别描写花朵的短暂盛开和迅速凋谢；欢乐将人诱惑而又疾逝如电；美德、友谊脆弱难遇；爱情很快从幸福转化为绝望；天光从明媚变为阴暗；白昼向黑夜让位；人从梦中醒来，心情从平静而变为悲伤哭泣。这首诗的“变化”依然是对自然景观和人世种种状态的观察和描写。其中表现出的思想核心在于：

什么是人世间的欢乐？
那是戏弄黑夜的电光，像闪电一样短促。
…………
爱情以多么可怜的幸福
把骄傲的绝望换取！
…………

[1] 江枫：《雪莱诗选》，湖南人民出版社1980年版，第20页。

我们的一切，转瞬即逝，
我们的生活还得继续。[1]

雪莱关于变化的观念实质就是中国人常说的“欢乐苦短，忧愁实多”（司空图《二十四诗品·旷达》）。雪莱所说“欢乐像闪电一样短促”和苏轼所说“荣枯电速”也具有同样的心理。所以中西诗人关于变化无常的万物和人世际遇的感受是相同的。幸福欢乐总是短暂，从喜悦转变为忧伤总是让所有人遗憾。但是雪莱与苏轼对待变化的态度又有一大差别。雪莱在《白山》中说：

永无穷尽的万物的宇宙，
流过心灵，翻动着滚滚的浪头，
……向着这浩浩的巨流，
人类的思想，敬献出他的贡礼：
…………
人类的行为，他们的死亡和诞生，
他们所有的一切和可能属于他们的一切；
凡是活动和生存着的，挣扎着，呼喊着的，
都有生，也都有死；运转、扩展、消失。[2]

宇宙中变化的万物形成浩荡洪流，人只能匍匐在宇宙的脚下，敬献贡礼。人的生命短暂，有生必有死，人在变化和时间的海洋里挣扎呼喊，嘤嘤哭泣。消失在变化和时间的洪流里是人注定的命运。所以雪莱对待变化和时间具有相同心理：人类因为渺小和生命短暂，只能任由宇宙迅速将自己淹没，就像一根稻草，漂浮在湍

[1] 江枫：《雪莱诗选》，湖南人民出版社1980年版，第192~193页。

[2] 杨熙龄：《雪莱抒情诗选》，上海译文出版社1981年版，第30页、第34页。

急的水面，很快陷入巨大的涡流里。所以雪莱的宇宙观，尤其是在人和宇宙的关系上表现出臣服、恐惧、无奈的心理。变化是永恒的，雪莱对变化的认识仅止于此。与此相对照，苏轼则继承老庄哲学的传统，一方面感慨荣枯电速，一方面又“虚静清明”，出离万物，观万物之变。如上所述，苏轼对待变化的宇宙始终保持冷静的态度，变中有“常守”，有“循理”，人需要用“虚静清”休养自己的心灵，获得明了“常守”“循理”的智慧。变化虽多而且迅疾，但人的可贵在于能通过守“一”而不为变化所乱。正如上文一再强调的，苏轼认为随变而变，没有常守，人的思想会乱而且蔽，即人会被变化的表象所蒙蔽。人的智慧就是解蔽去惑，独立万物之表。本着这样的思维模式，变化固然令人悲哀、遗憾，但中国古人对变化的心理没有归结为恐惧，对变化造成的毁灭——“富贵冷灰”（《二十四诗品·悲慨》）虽感到悲哀，却并不敌视。中国古人充分发挥精神的作用，摆脱纷乱的人世，通过追寻自然之道的方式，与宇宙万物为一，所谓“与日月参光，与天地为常”❶（庄子）、“汎彼浩劫”“汎彼无垠”（司空图）“与佛同”（苏轼），都是超越变化的表象，获得精神自由的表现。从苏轼等人对变化的诗文描写，我们可以看出变化甚至成为美的表现方式，变化不仅可以被超越，而且受到中国古人的崇尚。与此相对，雪莱止于悲哀，没有往超越和欣赏的方向更进一步。

要之，中国古人对待时间和变化都能从悲观开始而超越悲观。雪莱则秉承古希腊先哲的观念，对变化和时间造成的毁灭表示恐惧和敌视，所以对时间和变化这样的宇宙存在方式始终保持悲观的心理。这说明同为描写变化的主题，雪莱和苏轼却表现出不同的

❶《庄子·在宥》，中华书局2011年版，第210页。

宗旨。

四、苏轼与浪漫主义

按照《宇宙与意象》的观点，浪漫主义诗人大多崇尚无限宇宙时空，对变化的、丰富多彩的宇宙生命感到陶醉。由此我们面临一个问题：如第四章所说，中国古代有一种无限宇宙的哲学传统；如第五章所述，古代文论家和诗论家将哲学的无限宇宙论应用于诗学，使文学理论充满无限宇宙的意识，动辄以人心囊括宇宙，“变化”对于文学创作、文学历史的发展革新具有非凡的意义。如第六章所述，屈、李、杜、苏都通过自己的方式体现对无限宇宙的向往和对有限时空及万物表象的超越。那么苏轼的无限宇宙哲学能否使苏轼被称为浪漫主义诗人？或者说所有秉持无限宇宙论的中国诗人学者都是浪漫主义者吗？

关于道家和浪漫主义的问题，笔者的导师史忠义先生已经作出了论断。先生从发生学、题材学以及诗学三个角度说明中国古代没有发生过西方那种浪漫主义运动。庄子、屈原、李白并不能称为浪漫主义诗人。[1]苏轼也一样，他的诗歌作品中没有西方浪漫主义文学的典型题材：世纪病、死亡、坟墓、黑夜等。仅此一点就不能称苏轼为浪漫主义诗人。但我们的问题的关键尚不在于此。按照蒂泽的观点，在西方思想史上无限宇宙论对浪漫主义文学的产生具有深刻的作用。文艺复兴以后关于宇宙模式的新发现，尤其是对于有限模式的突破，在天文学、哲学、美学和诗歌创作方面都起到了革命性的作用。而中国古代分明也有无限宇宙论的传统，为何没有西方那样的浪漫主义诗人？笔者认为中国古代和西方两者的无限宇宙

---

[1] 史忠义：《中西比较诗学新探》，河南大学出版社2008年版，第279~303页。

论表面相同，而实质大有不同。第一，如前所述，中国哲学从先秦开始就以各种方式讨论无限宇宙，后世的各种无限宇宙论只是继承而不是革命。中国古代宇宙哲学并未发生剧烈变化，原因正在于无限宇宙论已经形成一种哲学传统。而在西方无限宇宙论是对有限宇宙模式的反动，所以西方的无限宇宙论从一开始就具有很强的战斗性。布鲁诺的言论在这一点上表现得很清楚。与之相比，柳宗元等人的无限宇宙论则没有战斗性，相反，表现得平和淡然。这是传统的作用。第二，中国古代无限宇宙论突出的特点在于，天地之外虽有无限宇宙，但是天地之外是什么形式的存在，中国古代人不予以过多讨论。如庄子所说，“六合之外，圣人存而不论”。[❶]或如张衡所说“过此而往者，未之或知也。未之或知者，宇宙之谓也。宇之表无极，宙之端无穷。”[❷]天地之外的无限宇宙，其中有什么？不论、未知。圣人让无限存在，但不议论无限之中的内容。所以张衡说无限宇宙就是未知。圣人不论无限中的存在的原因，郭象和成玄英解释为：无限宇宙中虽有“理”存在，但是无限“未尝以感圣人”，无限宇宙中的理玄妙希夷，“非神口所辩”，如果讨论了天地之外的存在，则是“引万物使学其所不能也”。[❸]意思是圣人如果讨论这些不可知的事物，对于其他人都是不好的榜样，圣人不能诱使其他人学习不能被学习的知识。所以后学之人因于圣人之言，不讨论不能为人所知的事物。这与孔子敬鬼神而远之，对鬼神存而不论具有同样的态度。如上文所述苏轼的天游，我们知道太空除了可能有气，中国古代的无限空间中没有其他事物。于此相对，

❶ 《庄子·齐物论》，中华书局2011年版，第46页。

❷ 张衡：《灵宪》，见（晋）司马彪撰，（梁）刘昭补注：《后汉书·天文志》，中华书局1965年版，第3216页。

❸ 《庄子注疏》，中华书局2011年版，第46~47页。

自从西方人发现无限宇宙以来，人在想象中——当然也有天文望远镜的帮助，为天地之外的空间增添了无数瑰丽、诡异的存在物：迷雾般的星系、垂死的星星、星星的尸体、更加庞大的太阳、弥漫的香气、飞来飞去的电和光。想象这些怪力乱神的事物是西方文化的一大乐趣。而中国古人的无限宇宙则很冷清，虽然有南宋邓牧的人——国、果——树比喻，使我们知道在13世纪时中国人想到天地之外复有众多天地，但是如西方人那种对外层空间存在物的瑰丽想象，中国古人实在不具有。有的只是元代《琅嬛记》的“林花之谢”，那种对众多天地毁灭的清幽淡雅的比喻。所以中国古代无限宇宙的哲学并未引发人们对外层空间进行西方人那样的浪漫主义想象。第三，如前所述苏轼空间观念，中国古代的宇宙哲学归根到底是人的哲学。虽然不讨论无限之中的存在，但中国人比西方人更多地讨论无限宇宙对人本身的修养的作用，以及对国家政治的启示。所以无限宇宙并未成就一种文学样式，而更多作用于修身、治国、平天下。与此相比，西方的无限宇宙论从一定程度上已经远离了人类社会本身的利益，而以飞向更加遥远的星系，观看宇宙更宏大的景象为宗旨。此为中西无限宇宙论根本的不同。综上所述，一种始终温文尔雅的无限宇宙论不可能具有革命性、斗争性和暴烈的性格，而狂飙突进的气势是西方浪漫主义运动所需要的动因。中国古代很多文人都可以秉持无限宇宙论的思想和意识，但他们总体上没有暴烈的性格和文风。如果中国文学史上真有所谓浪漫主义运动，那么笔者认为其产生的原因应当是鸦片战争以后中华民族面临的巨大而深重的生存危机，以及因中西文化碰撞而产生的对传统文化观念的反思和反抗。总之，对苏轼以及其他所有中国古代无限宇宙论者，无论是哲学家、诗学家还是诗人，我们都不能轻率地冠之以某个西方文化所惯用的名号。西方哲学史、文学史上的各种主义名目繁多，用那些名号称谓或界定中国古代的诗人学者，将造成很多错误，对于认识中国文化没有益处。好比界定某个中国古代哲学家为唯物或唯心，甚至客观唯心或主观唯心，或是以屈原、李白为浪漫主义诗人，而以杜甫、白居易为现实主义诗人，这些称谓会造成很多误解。我们对于屈、李、杜、苏等诗人的认识，需要从诗人本身的实际情况出发，切忌事先为他戴上一顶西方的帽子。

以上笔者从空间、时间和变化三个角度陈述了苏轼的哲学、文艺鉴赏和诗歌创作的特点。虽然没有穷尽苏轼宇宙论的全貌，但可以从中看出苏轼的宇宙论完全处于传统的宇宙哲学范围内，虽然他做了一些融合，但没有改变无限宇宙论的实质。其中苏轼的天游观念从庄子而来，代表了中国古人的空间观念的一个特点，并与西方的太空之游存在诸多不同，体现了中国古代宇宙论的人文特色。苏轼的时间观念也是中国特色的典型代表，中国古人对无限时间的理性认识和超越与西方对无限时间的恐惧形成鲜明对照。苏轼对变化的崇尚从哲学一直延伸至审美心理和诗歌创作。《宇宙与意象》认为西方文化中始终存在静止和变化的冲突，以上所论苏轼以静观动的哲学从某种程度上解释了这种冲突没有出现在中国古人观念中的原因。中国古人普遍认为静动相对，动静各有自己的用处。苏轼诗作对多种事物动态的描写证明诗人思想的一致性：不仅从哲学上论述变化，还将变化引入文艺理论和创作。这说明诗人的理论思维和文学想象具有同样的基础，即对于变化的崇尚。不仅是苏轼，在中国古代文学史上，凡是杰出的诗人的作品都表现出动态美，这种动态不仅是动作，还是颜色、深浅、大小的对比和动静的结合。这与《宇宙与意象》所说描写变化主题的诗人因为变化的丰富性而陶醉、眩晕的感觉非常相似。雪莱虽同为描写变化主题的诗人，但苏轼对变化的超越和欣赏与雪莱对变化的恐惧和敌视有本质区别。按照《宇宙与意象》的观点，善于描写变化主题的诗人多为浪漫主义诗人，但我们不能将善于描写动态美并以动为美的中国古代诗人称为浪漫主义诗人。严格地讲，浪漫主义只是一个西方文学的概念。古典和浪漫的界分也只适用于西方文学的历史。中国古代文学史的分期另有一套方法。所以虽然中国古代诗人崇尚无限时空和无穷变化，但他们的特色不是浪漫主义这个词所能说明的。

结　论

蒂泽所著《宇宙与意象》是将宇宙观与文学意象结合起来研究，发掘文学意象所包含的丰富而深刻的宇宙哲学、科学、宗教神话内容，这是一种独特的文学批评方法。在有一定距离的两种学科之间建立实质性联系需要独到的眼光，更考验了研究者的知识水平。蒂泽注重人类知识的整体性，反对学科过度分化。蒂泽的文学研究方法体现了她在《宇宙与意象》的前言中所倡导的学科整合。

一、关于《宇宙与意象》所述意象以及三位法国诗人宇宙论的总结

《宇宙与意象》的主旨在于研究文艺复兴以后宇宙论的科学和哲学以何种程度促进或压制了诗人的想象。蒂泽提出三方面意象：宇宙的体系、空间和生命。赫拉克利特派哲学和巴门尼德派哲学的对立和此消彼长成为贯穿《宇宙与意象》所有意象的线索。从封闭到开放是关于宇宙体系的中心意象，其中有圆形或球形、静止、有限、以及无形、无限、变化、多样性等具体意象。前者是文艺复兴以前宇宙哲学、科学以及文学创作中宇宙主题的主流，后者在文艺复兴以后逐渐兴盛。关于空间的中心意象是以太，包括光明、柔软、轻盈、清澈、流动、温暖的以太以及黑暗、坚硬、沉重、凝固、冰冷的以太。围绕以太有光、火、子宫、海、深渊、地球—故乡或摇篮、空间—上帝的精神等意象，以及太空之游这个文学主题。古代到文艺复兴之后的宇宙生命观的发展史涉及原始思维中的落日焦虑、唯灵论、生物亲缘性和无生命论、贯通天人和天

人隔绝、生机论的寓言、泛性论和色情主义的生机论。生命意象包括万有引力、种子、树、蛇、星云、分解、焚烧和石化—天体的死亡、火—轮回。具体还涉及：新星和太阳黑子、机械论和生机论、牛顿力学和吉尔伯特磁力学、宇宙的动物性和植物性，显微镜的哲学和美学、万物之链和宇宙生命整体性。很多意象可上溯至古代文化或关联到某些宇宙科学的假说，如古代埃及、印度、希腊以及非洲原始部落的神话、康德—拉普拉斯星云说等。蒂泽对诗人想象心理的分析是将原始思维、宗教神话、哲学科学、审美心理融为一体，反映各思想领域的共通性。诗人的复杂心理与原始思维和古代文化等遥远的人类意识有千丝万缕的联系。开放模式并非全面胜利，18世纪依然有诗人想象石化的宇宙，20世纪的某些诗人执着于封闭天球。文学创作的历史或诗人的心理变化比宇宙科学或哲学复杂。诗人的宇宙观或契合普遍流行的宇宙哲学和科学，或远离甚至违背现行思想。16世纪法国诗人龙萨的球形宇宙并不能说明他是纯粹的巴门尼德派诗人，因为他同时崇尚无限时间和无穷变化，赞美死亡，认为死亡导致生命的更新。但在16世纪赫拉克利特派还没有完全胜利。龙萨的矛盾就是让有限空间模式充满生命和变化的无限可能性。19世纪的雨果才是一位纯粹的赫拉克利特派诗人：无限空间、无穷时间、飞逝的星球、天体的演化和死亡、星际影响、无限套嵌的宇宙模式、对光明的向往和对黑暗的焦虑、彗星引起的生命骚动、动物性和植物性的宇宙生命。雨果的宇宙想象是“无限”和“多”的美学的全面胜利。19~20世纪之交的诗人克洛岱尔与龙萨相似，却比龙萨更接近古希腊的哲学主流：他承认无限的时间之流，但却用封闭的房屋比喻有限的空间，对无限空间进行明确、强烈的批判。诗人的心理与宇宙科学或哲学有所联系却不能完全平行。

二、关于中国古代无限宇宙论传统的总结

古希腊主流哲学想象球形空间、追求永恒、贬低变化，恐惧无限空间，以时间及变化为痛苦的根源。中国古代具有崇尚无限宇宙的传统。汉到明清之际（公元前2世纪~公元17世纪）继承春秋战国哲学传统，广泛论述无限宇宙。天地广大，包含于时空，天地有限而宇宙无限。“道”达到了无限境界。大小具有相对性。无限宇宙有极大和极小两个向度。时间无始终，宇宙是一个无限可能性的非封闭系统。否定实体天（宣夜说：从公元1~4世纪）。中心和边缘的相对性使两者均可以取消（公元8~9世纪之交）。天地的复多性使宇宙的广延具有了质的丰富性（公元13世纪）。感叹无限时间，始与终相衔接是时间的本质。通过超越时间而把握时间（公元前4世纪）。天地的生灭并非宇宙的生灭（公元4~5世纪）。天地有生灭而宇宙无生灭，天地有起始而宇宙无起始，天地时间有限，宇宙时间无限（公元11~12世纪）。渺小的人面对无限宇宙之流，经常产生谬误。所以人面对时间要反省自己的狭隘和错误（公元17世纪）。积累时空而成宇宙，时空是宇宙的本质。时间客观真实，不能取消时间，不能将时间视为幻象。敬重时间，崇尚并追求时间的久远与深邃。人可以处于时间之外，对这一伟大的存在态度淡然。变化无止息，变化才能通畅和长久。宇宙的本质和基础是运动，时空不可分割。万物相禅、物极必反是运动的方式。接受变化是因为天地万物不得不生、不得不化的自然之理。赞赏变化是因为变化带来更新和生命，宇宙才得以存在。变化不以人的意志为转移，变化是一种本质，空间、时间、变化的关系即“宙轮于宇”——时间在空间中旋转，三者统一。

三、中国古代文论家和诗人宇宙观的总结及其所反映的对人的主体性的关注

无限宇宙为哲学家所论证，为诗论家所追求，崇尚无限的哲学化为欣赏无限的美学。以刘勰、司空图、王夫之和叶燮几位文学理论家为代表，他们的理论说明中国古代以天象、天道的特征作为文学创作和鉴赏的标准。中国古代宇宙论哲学具有人文精神。刘勰、王夫之以人为天地之心、为天地间最尊贵者；刘勰、司空图以诗人之心囊括时空；王夫之、叶燮强调宇宙万物以变为美、因变生美；司空图、王夫之、叶燮以尚变的天道作为根据说明文学创作的特点和文学发展史的本质。诗歌的创作不断模仿宇宙存在的方式，合于宇宙是诗学的终极标准。人文和天文相比德，这是高扬人的创造力，人和宇宙生命俱为一体。中国古人主张主体的参与和干预意识，这与古希腊诗学中主体缺乏自主性的狂兴说形成了对比。在西方无限宇宙论盛行之前，月上、月下两界的思维模式使地球始终是宇宙最污秽的地方。人和地球注定具有肮脏的本性，人的精神是需要被净化和拯救的对象。屈原质疑盖天说的有限模式，启发球形大地的浑天说和主张天无形质的宣夜说，成为柳宗元无限宇宙论的先声。巫觋色彩的屈原天游与庄子的逍遥游一起决定了中国士人太空之游的习惯性想象。李白、苏轼更有感于时间的流逝以及万物、人世的变化和永恒宇宙之间的反差。李白的人生如“过客”和苏轼的人生“如梦”“如寄”等都是对有限时间的认识和感慨。苏轼论变化为宇宙存在的本质以及变化的方式和规律，使其宇宙论更具有哲学性质。李白主张虚空或空有的宇宙本体论，并与苏轼一起主张以气为核心的宇宙发生论。李白和苏轼都继承了老庄以静观动的宇宙认识论，反映了动静关系和认识宇宙的方法。李白、苏轼都能从精神上通过静观而游于无垠，将天地万物笼于胸怀，表现出超

越有限时间和生命的渴望，以及对无限的向往。杜甫咏物诗表现了这位儒家诗人秉承孔子的“忠恕”而认定人与物同心同性、宇宙生命生生不息、人要投身自然宇宙才得安宁的宇宙观。杜甫和刘勰、王夫之一样都非常强调人为天地之心的主体意识。

四、西方浪漫主义崇尚的无限包容性美学：西方美学发展史的巨大转向

从有限到无限宇宙模式的变化不仅实际存在于宇宙科学领域，通过研究《宇宙与意象》，笔者还发现这一转变也以隐含的方式存在于西方美学发展史中。有限或无限模式不仅能够作为某种可以被认识的客体，而且认识一旦形成还能使这种模式从客体内化甚至固化为人们的思维模式，导致人类思维其他领域的颠覆性变化。若将天文学的无限论和浪漫主义的无限美学相联系，则不能将浪漫主义的成因局限在政治经济等社会性或历史性层面。无限宇宙以及生命广泛存在的假想不仅具有宇宙科学的意义，还具有美学的意义，这是对“繁复—多”的偏爱和对“简单—单一”的拒斥。无限宇宙论的哲学家使用的很多词汇都符合浪漫主义心理。“无限”“有机”“生成”“连续”“充盈”“不能满足”等浪漫主义理念很早就发生在自然科学领域。科学和文学的共通说明人类的审美趣味在各种领域具有普遍的作用。浪漫主义的美学是无限包容的美学，所有对立面都有自身的价值。以无限为美不是诗人独有的心理，神学家认为无限创造才配得上神的威力，天文学家认为无限宇宙才能容纳众多世界。无限成为浪漫主义者的追求，因为无限是人的本性。浪漫主义者厌倦一切没有追求余地的事物或概念：有限、静止、封闭、单一、墨守成规表示无可追寻和死亡。天文学和生物学对浪漫主义形成的深刻作用说明：自然科学学者有时比诗人更有想象力，他们借助科学发现敢于对最宏大的事物进行有理有据并夹杂幻想的描述。从某种意义上说，创造某种想象方式的不是最浪漫奔放的诗人，而是最勤奋刻苦的学者。学者长期不懈地对旧宇宙论的改造是浪漫主义想象力爆发的原因之一。他们改变的不仅是科学的理论，还是人们的思维模式和想象空间。

五、中西哲学对宇宙模式的伦理价值判断和双方对待宇宙模式的态度比较

巴门尼德球形宇宙模式长期盛行的原因之一在于毕达哥拉斯和亚里士多德对“一”和“多”两个概念进行了伦理价值判断：“一”的变体是球形、圆周、有限、封闭、单一等，“多”的变体就是直线、无限、开放、多样；前者为美善，后者为丑恶。赫拉克利特派的“变化”是关于“多”的哲学。变化造成不稳定、生灭无常、动荡的感觉，加深了“多”的恶性品质，遭到追求安全、稳定、静止、均衡、永恒的巴门尼德派诗人的拒绝。开放空间的多种可能性，生机论所促成的宇宙生命的丰富性是“多”的哲学的胜利。近代生物学和天体物理学主张的生命普遍联系性、物种进化、天体演化都说明万物并非从来就完美或根本没有完美的事物。既连续又无限套嵌的宇宙模式也是“多”的美学趣味在宇宙哲学中的体现。同理，文艺复兴后的诗人审美心理以“多”和“多”的各种变体为美，是对古希腊伦理价值判断的反动，是对古代以来习以为常的审美心理的反动。西方诗人的心理经历了从有限宇宙到无限宇宙的审美趣味的变化。但在无限宇宙论全面兴盛的时代球形宇宙依然为部分西方诗人所固守，有限宇宙模式从古至今长期存在于诗人的深层心理中。有限和无限两种宇宙模式的强烈对比导致了文艺复兴后哲学家和诗人，尤其是布鲁诺那样的哲学家和浪漫主义诗人思想或言辞自由奔放、涤荡一切的特征。中国古代有无限宇宙论传统。哲学家、文论家和诗人以无限宇宙为美，一贯崇尚无穷时空和变

化。有限宇宙论始终不是主流，所以中国古代思想史上没有针对有限宇宙模式的革命，面对无限宇宙中国古人始终温和超然。中国古人并非不思考永恒，但对“一”和“多”的态度并不走极端，用“一”统一“多”，“多”是“一”的表现形式，两者互为表里，甚至同一。这是中国古人固有的辩证法。所以并不对两者进行道德价值判断。

《宇宙与意象》认为封闭宇宙的哲学传统压制了想象力，导致文艺复兴及以后文艺新美学的反叛。中国古人则非常善于超越可见世界并想象不可见世界。在认识论上始终表现得圆融。文艺复兴时期西方人憎恶有限宇宙模式，向往无限宇宙，言辞直白、激烈而且华丽。中国古人基于无限的传统，没有西方那种狂热、陶醉和膨胀。中国古人委婉指出有限模式的错误，谦和并留有余地。西方人火一样的热烈和中国古人水一样的温润形成鲜明对比。西方人超越有限是暴力斗争。无限还与上帝有关，并表现出雄霸的态势。中国人认为无限宇宙是自然之理，不需要斗争而只要发挥理性思维，其无限宇宙论没有太多宗教色彩，具有深厚的平民气息。秉持无限宇宙论的中国诗人不能称为浪漫主义诗人。西方无限宇宙论是对传统的反动，中国人的无限宇宙论是对传统的继承。无限宇宙哲学并未引发中国人对外层空间进行西方人那样的浪漫主义想象。在古代中国无限宇宙论并未成就一种文学样式，更多作用于修身治国。中国文人秉持无限宇宙论，但没有暴烈的性格和文风。西方无限宇宙论从一定程度上远离了人间，以宗教或征服宇宙为目的。中国人温文尔雅的无限宇宙论不具有狂飙突进的气势，而这气势是西方浪漫主义运动所需要的心理动因。

六、中西宇宙生命论以及宇宙之游主题的比较及其折射的中西文化特色

中国古代宇宙生命论是道德性的生命哲学，中国哲学能兼济形上和形下，具有实践性。西方的宇宙生命论总是落到物质性的实处。儒学以“仁”为本的宇宙生命论是一种伦理文化，虽是形而上，却能回到现实，指导人际关系和人与物的关系。儒学宇宙生命论寻找贯穿天地人的大道。西方的宇宙生命论不能摆脱原始性—生物亲缘论，模仿代谢与生殖，没有伦理价值，对于现实没有指导意义，不能作为哲学方法指导实践。儒学宇宙论的伦理性最终关照人性和现实，将生命的平等、广博、永恒精神—生机在实际生活中实现。西方的宇宙生命论则停留在物质层面，没有生命精神。中西宇宙生命论的对比在于精神性和物质性、伦理性和生物性、实践性和无用性、教化和庸俗、整体和谐和个人或群体猎奇。中国古人的宇宙之游经常是为了个人修养或政治目的，也极具道德性。人间始终是宇宙之游的落脚点。西方人抛弃地球，征服宇宙。见到的是迷雾般的星系、垂死的星星、长长的彗发和更加庞大的太阳以及上帝。中国古人天游见到的是神仙或无何有之乡、圹埌之野、无极之野。神仙是知音，上帝是绝对的统治者。中国人推崇的宇宙之游的方式就是不借助任何工具。若有所依凭则中国人蹈虚，西方人务实。中国人神游，西方人表面神游，其实形游。中国人不关心太空的环境，不考虑神的襄助；西方人热烈讨论以太的构成和太空的舒适程度以及天体、天使和上帝对人类太空之游的作用。中国古人想象太空是最清净高洁的地方，西方人则以子宫、沥青、海水、腐烂的湖水、淤泥、山峰、无限坠落等想象太空。道德性决定了中国古代宇宙观的各个方面，无论中国人怎样想象宇宙，都不能摆脱民族文化与生俱来的特性，即思考宇宙等宏观事物，总是要关照人本身的发

展、人际关系的和谐以及国家的治乱。这与西方人对宇宙所作出的宗教性、生物性或科学性幻想形成鲜明对比。中西文化特质的区别由此可见一斑。

七、文学与宇宙学学科会通所体现的人类思维的某些特点

虽然在中西宇宙论的各种比较中双方显示出巨大差异，但是毋庸置疑宇宙是双方共同探讨的主题。人们对宇宙的思考通过哲学、科学、美学、文学等学科表现出来。通过研究《宇宙与意象》以及中国古代宇宙诗学，我们确实发现宇宙学和文学之间存在紧密联系。研究宇宙论尤其是研究宇宙和文学之间的关系对于认识文学现象具有积极意义。宇宙是人类几千年来思考的重要对象，对它的认识必然进入文学创作和文学理论的某些方面。诗人采用何种宇宙模式作为文学意象的基础取决于他们的秉性、人生经历、心理需求、传统的宇宙论、当时流行的宇宙论或者他们对于宇宙的有别于常识的观念等。宇宙是最宏大的客体，对于某些文论家，宇宙观提供的是一种思维模式，这种模式具有基础性作用，指导或影响人类其他领域的思维。文论家自觉或不自觉地表现某种宇宙观，所以文学理论中的宇宙论可以是直接的也可以是隐含的。虽然宇宙学和文学两个学科之间存在重大区别，但无论哪种学科都建立在人类对世界和自身的认识与判断之上。同时应注意，文学创作或文学理论与宇宙哲学科学两者的发展历程并非完全平行，这也是笔者在上文一再强调的。以客观认识为主要特点的哲学科学和以主观创造为特点的文学之间既互相影响又相互独立。所以自然哲学或科学与文学的关系不能被片面夸大，我们需要时刻意识到文学现象所包含的人类主观思维的独立性。但无论如何我们至少可以说宇宙论决定了某一类文学意象或文学理论的形态。

参考文献

一、中国古籍

1（汉）孔安国传，（唐）孔颖达疏．尚书正义．上海：上海古籍出版社，1990

2（汉）郑玄注，（唐）孔颖达正义．礼记正义．上海：上海古籍出版社，1990

3 杨天宇译注．礼记译注．上海：上海古籍出版社，1997

4 方向东撰．大戴礼记汇校集解．北京：中华书局，2008

5 郭彧译注．周易．北京：中华书局，2006

6（魏）王弼，（晋）韩康伯注，（唐）孔颖达疏．周易注疏．上海：上海古籍出版社，1989

7 国语．上海：上海古籍出版社，1988

8 汪济民，等译．国语译注．南昌：百花洲文艺出版社，1992

9 蒋冀骋校点．左传．长沙：岳麓书社，1988

10 杨伯峻注．春秋左传注．北京：中华书局，2009

11 黎翔凤校注．管子校注．北京：中华书局，2004

12（魏）王弼注，楼宇烈校释．老子道德经注．北京：中华书局，2011

13（魏）何晏注，（宋）刑昺疏．论语注疏．上海：上海古籍出版社，1990

14（魏）何晏集解，（南梁）皇侃义疏．论语集解义疏．北京：中华

书局，1985
15（魏）王肃．孔子家语．郑州：中州古籍出版社，1991
16 高亨撰．墨经校诠．北京：中华书局，1962
17（晋）郭象注，（唐）成玄英疏．庄子注疏．北京：中华书局，2011
18 金开诚校注．屈原集校注．北京：中华书局，1996
19（战国）荀况．荀子．上海：上海古籍出版社，1989
20 百子全书．杭州：浙江人民出版社，1984
21 袁珂校译．山海经校译．上海：上海古籍出版社，1985
22 赵爽注．周髀算经．北京：中华书局，1985
23（汉）刘安．淮南子．上海：上海古籍出版社，1989
24（汉）高诱注．淮南子注．上海：上海书店，1986
25（汉）贾谊．新书．北京：中华书局，1985
26（汉）司马迁．史记·屈原贾生列传．北京：中华书局，1982
27（汉）司马迁．史记·谥法．上海：上海书店，1988
28（汉）班固．白虎通德论．北京：中华书局，1985
29（汉）桓宽．盐铁论．上海：上海人民出版社，1974
30（汉）黄宪．天禄阁外史·天文篇．北京：中华书局，1985
31 汉书补注．北京：书目文献出版社，1995
32（晋）司马彪撰，（梁）刘昭补注．后汉书·天文志．北京：中华书局，1965
33（晋）陆机，张少康集释．文赋集释．北京：人民文学出版社，2002
34 杨伯峻撰．列子集释．北京：中华书局，2012
35（晋）陶渊明，逯钦立校注．陶渊明集．北京：中华书局，1979

36（晋）葛洪，王明校释．抱朴子内篇校释．北京：中华书局，1985

37（南梁）刘勰，周振甫注．文心雕龙注释．北京：人民文学出版社，1979

38（唐）房玄龄．晋书·天文志．北京：中华书局，1974

39（唐）李白，（清）王琦注．李太白全集．北京：中华书局，1977

40（唐）杜甫，（清）仇兆鳌注．杜诗详注．北京：中华书局，1979

41（唐）柳宗元．柳河东集·天对．上海：上海古籍出版社，2008

42（宋）太平御览·天部．北京：中华书局，1960

43（宋）王安石，张宗祥辑录，曹锦炎点校．王安石《字说》辑．福州：福建人民出版社，2005

44（宋）王安石．王文公文集．上海：上海人民出版社，1974

45（宋）苏轼．苏东坡全集．北京：中国书店，1986

46（宋）苏轼．东坡易传．上海：上海古籍出版社，1989

47（宋）苏轼，孔凡礼点校．苏轼文集．北京：中华书局，1986

48（宋）苏轼．孔凡礼点校．苏轼诗集．北京：中华书局，1982

49（宋）程颐、程颢，王孝鱼点校．二程集．北京：中华书局，1981

50（宋）邵雍，卫绍生校注．皇极经世书·观物外篇．郑州：中州古籍出版社，2007

51（宋）朱熹，（宋）黎靖德编．朱子语类．北京：中华书局，1986

52（宋）朱熹．四书章句集注．北京：中华书局，2011

53（宋）朱熹．楚辞集注．上海：上海古籍出版社，1979

54（宋）邓牧．伯牙琴·超然观记．北京：中华书局， 1959
55（元）伊世珍，席夫辑．琅嬛记．北京：中华书局， 1991
56（清）王夫之．周易外传．北京：中华书局，1977
57（清）王夫之．诗广传．北京：中华书局，1964
58（清）王夫之．古诗评选．长沙：岳麓书社，2011
59（清）王夫之，戴鸿森笺注．姜斋诗话笺注．北京：人民文学出版社，1981
60（清）王夫之．思问录．北京：中华书局，2009
61（清）王夫之．读四书大全说．北京：中华书局，1975
62（清）王夫之．尚书引义．北京：中华书局，1976
63（清）王夫之．张子正蒙注．北京：中华书局， 1975
64（清）叶燮，霍松林校注．原诗．北京：人民文学出版社，1979
65（清）董穀．豢龙子．北京：中华书局，1985
66（清）段玉裁．说文解字注．上海：上海古籍出版社，1981
67（清）桂馥．说文解字义证．济南：齐鲁书社，1987
68（清）马骕．二十五别史·绎史卷一．济南：齐鲁书社，1998
69（清）康熙字典．上海：上海辞书出版社，2007
70（清）四库全书，第九六九册．上海：上海古籍出版社，1989

二、工具书

1 中国百科大辞典．北京：中国大百科全书出版社，2004
2 中国大百科全书．北京：中国大百科全书出版社，2004
3 不列颠百科全书，北京：中国大百科全书出版社，1999
4 大美百科全书，台北：光复书局，1990
5 丁福保编．佛学大词典．上海：上海书店，1991
6 谢大任主编．拉丁语汉语词典．上海：商务印书馆，1988

7［日］伊东俊太郎等编，樊洪业等译．科学技术史词典．北京：光明日报出版社，1986

8 叶叔华主编．简明天文学词典．上海：上海辞书出版社，1986

9 科学技术百科全书．北京：科学出版社，1981

10 Grand Dictionnaire Encyclopédique Larousse（法国《拉鲁斯大百科辞典》）．Paris：Librairie Larousse, 1985

11 McGRAW-HILL. Encyclopedia of Science &Technology（《科学技术百科全书》）.New York：McGraw-Hill Book Co., 1977

12 Paul Robert. Dictionnaire Alphabétique et Analogique de la Langue Française（法国《小罗贝尔词典》）.Paris：Société du Nouveau Littré, 1973

三、中文图书

1 杜甫研究论文集．北京：中华书局，1962~1963

2 北京大学哲学系外国哲学史教研室编译．古希腊罗马哲学．上海：商务印书馆，1982

3 生物学史和哲学，四川大学哲学系，1981

4 汪子嵩等著．希腊哲学史．北京：人民出版社，1988

5 东海大学哲学系编译．中国人的心灵．台北：台北市联经出版事业公司，1984

6 中国文化新论，台北：台北市联经出版事业公司，1982

7 袁行霈主编．中国文学史．北京：高等教育出版社，2005

8 中国天文学简史编写组．中国天文学简史．天津：天津科学技术出版社，1979

9 河南省考古学会编．楚文化研究论文集．郑州：中州书画社，1983

10 安旗．李白诗新笺．郑州：中州书画社，1983

11 蔡禹僧．宇宙历史哲学．北京：新华出版社，2010
12 陈良运．中国诗学体系．北京：中国社会科学出版社，1992
13 成复旺，黄保真，蔡钟翔．中国文学理论史．北京：北京出版社，1991
14 董运庭．楚辞与屈原辞再考辨．北京：中国社会科学出版社，2005
15 范文澜．中国通史．北京：人民出版社，1949
16 方东美．生命理想与文化类型——方东美新儒学论著辑要．北京：中国广播电视出版社，1992
17 方东美．中国人的心灵——中国哲学与文化要义．台北：台北市联经出版事业公司，1984
18 方立天，于首奎．中国古代著名哲学家评传．济南：齐鲁书社出版，1982
19 方立天．中国古代哲学问题发展史．北京：中华书局，1990
20 冯友兰．中国哲学史．上海：华东师范大学出版社，2000
21 冯至．杜甫传．北京：人民文学出版社，1980
22 符福渊，陈凤丽编译．埃及古代神话故事．北京：国际文化出版公司，1989
23 傅东华．李白与杜甫．上海：商务印书馆，1927
24 龚方震，晏可佳．祆教史．上海：上海社会科学出版社，1998
25 郭加林．屈原和楚辞．北京：中华书局，1959
26 郭绍虞．诗品集解．北京：人民文学出版社，1963
27 郭绍虞．中国文学批评史．上海：商务印书馆，2010
28 郭维森．屈原．上海：上海古籍出版社，1979
29 郭维森．屈原评传．南京：南京大学出版社，1998
30 过常宝．楚辞与原始宗教．北京：东方出版社，1997

31 侯外庐．中国思想史纲．北京：中国青年出版社，1980
32 胡家峦．历史的星空．北京：北京大学出版社，2001
33 胡晓月．万川之月——中国山水诗的心灵境界．上海：三联书店，1992
34 黄鸣奋．论苏轼的文艺心理观．福州：海峡文艺出版社，1987
35 江枫．雪莱诗选．长沙：湖南人民出版社，1980
36 江晓原．中国天学史．上海：上海人民出版社，2005
37 姜亮夫．楚辞学论文集．上海：上海古籍出版社，1984
38 蒋寅．李、杜、苏诗中的时间观念及其思想渊源．参见：陈平原主编．《学人》第一辑．南京：江苏文艺出版社，1991，349~364
39 劳思光．中国哲学史．台北：三民书局，1982
40 冷成金．苏轼的哲学观与文艺观．北京：学苑出版 社，2003
41 李长之．道教徒的诗人李白及其痛苦．沈阳：辽宁教育出版社，1998
42 李烈炎．时空学说史．武汉：湖北人民出版社，1988
43 李守章．李白研究．上海：上海新宇宙书店，1929
44 李泽厚．中国古代思想史论．上海：三联书店，2008
45 力强．太阳系与希腊神话．北京：科学普及出版社，1985
46 林崇安．佛教的生命观与宇宙观．台北：慧炬出版社，1994
47 林同华．中国美学史论集．南京：江苏人民出版社，1984
48 凌琴如．苏轼思想探讨．台北：台湾中华书局，1977
49 刘国珺．苏轼文艺理论研究．天津：南开大学出版社，1984
50 刘文英．中国古代的时空观念．北京：北京大学出版社，2006
51 刘夜烽．李白及其诗歌．合肥：安徽人民出版社，1984
52 刘昭民．中华天文学发展史．台北：台湾商务印书馆，1985

53 柳鸣九．法国文学史．北京：人民文学出版社，1981
54 陆海明．中国文学批评方法探源．北京：中国社会科学出版社，1994
55 罗宗强．读《文心雕龙》手记．上海：三联书店，2007
56 苗力田．古希腊哲学．北京：中国人民大学出版社，1989
57 敏泽．中国美学思想史．长沙：湖南教育出版社，2004
58 莫砺锋．杜甫诗歌讲演录．桂林：广西师范大学出版社，2007
59 莫砺锋．漫画东坡．南京：凤凰出版社，2008
60 裴斐．李白十论．成都：四川人民出版社，1981
61 彭邦炯．商史探微．重庆：重庆出版社，1988
62 齐象锺．李白论．济南：齐鲁书社，1986
63 钱钟书．管锥编．上海：三联书店，2008
64 全增嘏．西方哲学史．上海：上海人民出版社，1983
65 任继愈．中国哲学发展史．北京：人民出版社，1983
66 史忠义．中西比较诗学新探．郑州：河南大学出版 社，2008
67 谭立铸．柏拉图与政治宇宙论——普洛克洛斯《柏拉图蒂迈欧疏解》卷一研究．上海：华东师范大学出版社，2010
68 王宏印．《诗品》注释与司空图诗学研究．北京：北京图书馆出版社，2002
69 王济亨，高仲章选注．司空图选集注．太原：山西人民出版社，1989
70 王水照．苏轼的人生思考和文化性格．见：中国苏轼研究第一辑．中国人民大学中文系主办．北京：学苑出版社，2004：10
71 王晓朝．希腊宗教概论．上海：上海人民出版社，1997
72 王兴华．中国美学论稿．天津：南开大学出版社，1993
73 王元化．《文心雕龙》创作论．上海：上海古籍出版社，1979

74 王运熙．中国文学批评通史．上海：上海古籍出版社，1996
75 吴国盛．时间的观念．北京：北京大学出版社，2006
76 萧涤非．杜甫研究．济南：齐鲁书社，1980
77 萧华荣．中国诗学思想史．上海：华东师范大学出版社，1996
78 许外芳．论苏轼的艺术哲学．广州：暨南大学出版社，2012
79 宣焕灿．天文学史．北京：高等教育出版社，1992
80 严群．分析的批评的希腊哲学史．上海：商务印书馆，1981
81 燕白．简论李白和杜甫．成都：四川人民出版社，1981
82 杨江柱，胡正学．西方浪漫主义文学史．武汉：武汉出版社，1989
83 杨乃乔．比较文学概论．北京：北京大学出版社，2005
84 杨适．古希腊哲学探本．上海：商务印书馆，2003
85 叶朗．中国美学史大纲．上海：上海人民出版社，1985
86 叶秀山．前苏格拉底哲学研究．北京：社会科学文献出版社，2009
87 游国恩．屈原．北京：中华书局，1980
88 曾宵容．时空论．台北：青文出版社，1972
89 张岱年．中国哲学大纲．南京：江苏教育出版社，2005
90 张法．中国美学史．上海：上海人民出版社，2000
91 张惠民，张进．士气文心：苏轼文化人格与文艺思想．北京：人民文学出版社，2004
92 张少康．司空图及其诗论研究．北京：学苑出版社，2005
93 张少康．中国文学理论批评史．北京：北京大学出版社，2005
94 张世英．天人之际——中西哲学的困惑与选择．北京：人民出版社，1995
95 张正明．楚文化志．武汉：湖北人民出版社，1988

96 张纵逸．屈原与楚辞．长春：吉林人民出版社，1957
97 赵海菱．杜甫与儒家文化传统研究．济南：齐鲁书社，2007
98 朱光潜．西方美学史．北京：人民文学出版社，1979
99 朱靖华．苏轼新评．北京：中国文学出版社，1993

四、中文期刊

1 陈良运．《文心雕龙》与《淮南子》．文史哲，2000（3）：47~52
2 陈梦家．商代的神话与巫术．燕京学报，1936（20）：537~538
3 邓小军．杜甫：儒学复兴运动的先声．陕西师大学报，199[illegible]（3）：117~122
4 冯礼贵．《周髀算经》成书年代考．古籍整理研究学刊，1986（4）：37~41
5 高策．两周时期中原与楚文化区宇宙思想比较研究．山西大学学报，2012（3）：15~19
6 李景林．忠恕之道不可作积极表述论．清华大学学报，2003（3）：1~4
7 刘沛林．天圆地方说考辨．衡阳师专学报(社会科学)，1992（2）：80~86
8 刘文忠．《荀子》对《文心雕龙》的影响．求索，1997（1）：101~106
9 庞朴．阴阳五行探源．中国社会科学，1984（3）：75~98
10 童庆炳．《文心雕龙》“物以情观”说．北京师范大学学报，2011（5）：30~41
11 王世进，蒋文学．中国古代宇宙观中的空间观念刍论．重庆邮电学院学报，2005(3)：307~309
12 王运熙．《文心雕龙》之“文”，《文心雕龙·原道》的思想倾向．中州学刊，1985（3）：67~69

13 徐志啸．《离骚》与楚人的宇宙意识．学术月刊，1991（11）：55~57

14 杨甫旺．蛇崇拜与生殖文化初探．贵州民族研究，1997（1）：64~68

15 袁行霈．李白《古风》（其一）再探讨．文学评论，2004（1）：59~65

16 张春义．李白诗歌与道教哲学刍议．广西社会科学，2002（1）：164~167

17 赵子昂．中国古代诗歌空间观念的哲学及美学特征．连云港职业技术学院学报，2004（4）：4~7

18 周汝昌．《文心雕龙》《原道》篇的几个问题．河北大学学报，1982（1）：50~54

19 朱良志．《文心雕龙》《原道》的文化学意义，《中国文学研究》，1990（2）：9~15

20 邹大海．先秦时期时空无限思想的若干研究．自然辩证法通讯，2000（1）：69~90

五、译著

1 [古希腊] 赫西俄德．神谱．张竹明等译．上海：商务印书馆，2009

2 [古希腊] 柏拉图．柏拉图全集第三卷．王晓朝译．北 京：人民出版社，2003

3 [古希腊] 亚里士多德．亚里士多德全集．苗力田主编．北京：中国人民大学出版，1991

4 [古罗马] 奥维德．变形记．杨周翰译．北京：人民文学出版社，1984

5 [埃及] 穆斯塔法·本·穆罕默德·艾玛热．布哈里圣训实录精华．坎斯坦勒拉尼注释，宝文安、买买提·赛来译．北京：中国社会科学出版社，1981

6 [伊朗] 贾利尔·杜斯特哈赫选编．阿维斯塔卷一．元一、元文琪译．上海：商务印书馆，2010

7 [法] 让—皮埃尔·韦尔南．希腊思想的起源．秦海英 译．上海：三联书店，1996

8 [法] 让·贝西埃．诗学史．史忠义译．郑州：河南大学出版社，2010

9 [法] 笛卡尔．哲学原理．关文运译．上海：商务印书馆，1959

10 [法] 让-伊夫·塔迪埃． 20世纪的文学批评．史忠义译．郑州：河南大学出版社，2009

11 [法] 皮埃尔·西蒙·拉普拉斯．宇宙体系论．李珩译．上海：译文出版社，2001

12 [法] 弗朗索瓦·达高涅．理性与激情．尚衡译．北京：北京大学出版社，1997

13 [法] 亚历山大·柯瓦雷．伽利略研究．刘胜利译．北京：北京大学出版社，2008

14 [法] 亚历山大·柯瓦雷．从封闭世界到无限宇宙．邬波涛等译．北京：北京大学出版社，2008

15 [英] 罗素．西方哲学史．何兆武，李约瑟译．上海：商务印书馆，1963

16 [英] 简·艾伦·赫丽生．希腊宗教研究导论．谢世坚译．桂林：广西师范大学出版社，2006

17 [英] 弗雷泽．《旧约》中的民俗．董炜钢译．上海：复旦大学出版社，2010

18 [英] 以赛亚·伯林．浪漫主义的根源．吕梁等译．上海：译林出版社，2008

19 [英] W.C. 丹皮尔．科学史．李珩译．上海：商务印书馆，1979

20 [英] 亚·沃尔夫．十六、十七世纪科学、技术和哲学史．十八世纪科学、技术和哲学史．周昌忠等译．上海：商务印书馆，2009

21 [英] 诺曼·戴维斯．欧洲史上册．郭方等译．北京：世界知识出版社，2007

22 [德] 康德．宇宙发展史概论．上海外国自然科学哲学著作编译组译．上海：上海人民出版社，1972

23 [德] E·策勒尔．古希腊哲学史纲．翁绍军译．济南：山东人民出版社，1992

24 [德] 库萨的尼古拉．论有学识的无知．尹大贻，朱新民译．上海：商务印书馆，2009

25 [德] 顾彬．中国文人的自然观．马树德译．上海：上海人民出版社，1990

26 [意] 布鲁诺．论原因、本原与太一．汤侠声译．上海：商务印书馆，1998

27 [意] 布鲁诺．论无限宇宙和诸世界．田时纲译．北京：人民出版社，2010

28 [意] 欧金尼奥·加林．中世纪与文艺复兴．李玉成等译．上海：商务印书馆，2012

29 [瑞士] 卡尔·古斯塔夫·荣格．原型与集体无意识．徐德林译．北京：国际文化出版公司，2011

30 [瑞士] 雅各布·布克哈特．意大利文艺复兴时期的文化．何新译．上海：商务印书馆，1983

31 [丹麦] 勃兰兑斯．法国的浪漫派（十九世纪文学主流第五分册）．李宗杰译．北京：人民文学出版社，1997

32 [美] 布林顿．西方近代思想史．王德昭译．上海：华东师范大学出版社，2005

33 [美] 特伦斯·欧文．古典思想．覃方明译．沈阳：辽宁教育出版社，1998

34 [美] O·A·魏勒．性崇拜．史频译．北京：中国文联出版公司，1988

35 [美] 雷纳·韦勒克．近代文学批评史第二卷．杨自伍译．上海：上海译文出版社，1988

36 [美] 雷纳·韦勒克．20世纪西方文学评论．刘让言译．广州：花城出版社，1989

37 [美] J. E. 齐默尔曼．希腊罗马神话词典．张霖欣编译．西安：陕西人民出版社，1987

38 [美] A·O·洛夫乔伊．观念史论文集——论诸种浪漫主义的区别．吴向译．南京：江苏教育出版社，2005

39 [美] A·O·洛夫乔伊．存在巨链．张传有译．南昌：江西教育出版社，2002

40 [美] 丹缅·格兰特，莉莲·弗斯特．现实主义·浪漫主义．郑鸣放等译．西安：陕西人民出版社，1989

41 [美] M. H. 艾布拉姆斯．镜与灯．郦稚牛等译．北京：北京大学出版社，2004

42 [美] 威尔·杜兰．文艺复兴．北京：东方出版社，2003

43 [美] M. H. 艾布拉姆斯．文学术语词典．吴松江主译．北京：北京大学出版社，2009

44 [美] 梯利著，伍德增补．西方哲学史．葛力译．上海：商务印

书馆，1995

45 [美] 米尔恰·伊利亚德．宗教思想史．晏可佳等译．上海：上海社会科学院出版社，2004

46 [美] 米尔恰·伊利亚德．神圣的存在——比较宗教的范型．晏可佳，姚蓓琴译．桂林：广西师范大学出版社，2008

47 [美] 乔治·桑塔亚那．诗与哲学．北京：北京大学出版社，1991

六、外文图书及期刊

1 Pierre Abraham，Roland Desne．Histoire Littéraire de la France．Paris：Editions Sociales，1977

2 Pierre Albouy．Hélène Tuzet, Le Cosmos et l’Imagination．Revue d’histoire littérature de la France．Paris：Société d’histoire littéraire de la France，1966（4）：759~760

3 Pierre Albouy．La Création Mythologique Chez Victor Hugo．Paris：Librairie José Corti．1985

4 Gaston Bachelard．L’Air et les Songes．Paris：Librairie José Corti，1943

5 Gaston Bachelard．La Terre et les Rêveries du Repos．Paris：Librairie José Corti，1948

6 Gaston Bachelard．La Psychanalyse du Feu．Paris：Gallimard，1985

7 Albert Béguin．L’Ame Romantique et le Rêve．Paris：Librairie José Corti，1939

8 André Blanc．Claudel．Paris，Bruxelles，Montréal：Bordas，1973

9 Henri Busson．Le Rationalisme dans la Littérature Française de la Renaissance．Paris：Librairie Philosophique J. Vrin，1971

10 Georges Chalandon．Essais sur la Vie et les Oeuvres de P. de Ronsard．Paris：Librairie de A. Durand et Pedone Lauriel，1895

11 Paul Claudel. Paul Claudel Oeuvres En Prose. Bibliothèque de la Pléiade, Paris: Gallimard, 1965

12 Paul Claudel. Paul Claudel Oeuvres Poétiques. Bibliothèque de la Pléiade, Paris: Gallimard, 1965

13 Paul Claudel, Paul Claudel Théâtre. Bibliothèque de la Pléiade, Paris: Gallimard, 1956

14 Pierre Champion. Ronsard par lui-même, Paris: Librairie Honoré Champion. 1967

15 Jean-Baptiste-François-Xavier Cousin de Grainville. Le Dernier Homme. Paris: Madame Veuve Barthe, 1859

16 Benoît de Maillet. Telliamed. Mis en ordre par G. A. Guer. Amsterdam: Librairie L'honoré et Fils, 1748

17 Pierre de Nolhac. Ronsard et l'humanisme. Paris: Librairie Ancienne Honoré Champion, 1921

18 Pierre de Ronsard. Oeuvres Complètes de Pierre de Ronsard. Paris: Librairie A. Franck, Editeur P. Jannet, 1857-1867

19 Victor du Bled. La Société Française du XVIe Siècle au XXe Siècle. Paris: Librairie Académique Didier, 1903

20 Georges Duhamel. Paul Claudel. Paris: Mercure de France, 1919

21 Études. Paris: Pères de la Compagnie de Jésus, 1965（6）: 726-727

22 Camille Flammarion. La Pluralité des Mondes Habités. Paris: Didier, 1877

23 Joan S. Freilich. Paul Claudel's Le Soulier de Satin. Toronto: University of Toronto Press, 1973

24 Gilbert Gadoffre. Ronsard par lui-même. Paris: Editions du Seuil. 1960

25 Gillet Louis. Claudel Présent. Fribourg：Librairie Egloff，1943

26 Victor Hugo. La Légende des Siècles. Paris：Ancienne Maison Michel Lévy Frère, Calmann Lévy，Editeur，1877

27 Victor Hugo. La Fin de Satan. Hors de la Terre. Paris：G. Charpentier et Cie，1888

28 Victor Hugo. l' Année Terrible. Paris：Michel Lévy Frère，1872

29 Victor Hugo. Les Contemplations. Paris：Michel Lévy Frère，J. Hetzel, Pagnerre，1856

30 Victor Hugo. Les Misérables. Paris：J. Hetzel & Cie，A. Quantin & Cie，1881

31 Victor Hugo. Les Quatre Vents de L' Esprit. Paris：J. Hetzel & Cie，A. Quantin，1880-1926

32 Victor Hugo. Les Travailleurs de la Mer. Paris：Librairie Illustrée，1877

33 Victor Hugo. Les Voix Intérieurs. Paris：Librairie de L. Hachette et Cie，1858

34 Victor Hugo. Oeuvres Complètes de Victor Hugo，Poésie IX，La légende des Siècles. Paris：J. Hetzel & Cie, A. Quantin，1883

35 Victor Hugo. Oeuvres Poétiques Complètes de Victor Hugo. Paris：Jean-Jacques，Etideur，1961

36 Victor Hugo. Post-scriptum de ma vie, l' Ame - Choses de l' infini，Oeuvre Poétique de Victor Hugo. Paris：Société D' éditions Littéraires et Artistiques, Librairie Paul Ollendorff

37 Victor Hugo. William Shakespeare. Paris：J. Hetzel & Cie，A. Quantin，1882

38 Arthur Koestler. The Sleepwalkers, a history of man' s changing vision

of the Universe. New York: The Macmillan Company, 1959

39 André Lagarde, Laurent Michard. Les Grands Auteurs Français du Programme, XVIe Siècle, XXe Siècle. Paris: Bordas, 1970, 1962

40 Albert Leclère. La Philosophie Greque avant Socrate. Paris: Librairie Bloud & Cie, 1908

41 A. O. Lovejoy, The Great Chain of Being. Cambrige, Massachusetts, and London, England: Harvard University Press, 1936

42 Jacques Madaule. Claudel et le Dieu Caché. Paris: Editions Desclée de Brouwer, 1969

43 Majorie Hope Nicolson. The Breaking of the Circle. Revised Edition, New York, London: Columbia University Press, 1962

44 Patrimoine Littérature Européen, 8 (Sous direction de Jean-Claude Polet). Paris Bruxelles: De Boeck Université, 1996

45 Georges Pellissier. Les Caractères ou les Moeurs de ce Siècle. Paris: Armand Colin & Cie, Editeurs, 1897

46 François Picave. Essais sur l'histoire générale et comparée des théologies et des philosophies médiévales. Paris: Librairie Félix Alcan, 1913

47 Dawson, Carley&Coleman, Elliott. The Metamorphses of the Circle. Baltimore, Maryland: The Johns Hopkins Press, 1966

48 Ch. Renouvier. Victor Hugo le Philosophe. Paris: Armend Colin et Cie, 1900

49 Albert-Marie Schmidt. La Poésie Scientifique en France au Seizième Siècle. Paris: Albin Michel, 1938

50 Hélène Tuzet, Le cosmos et l'imagination. Paris: Librairie José Corti, 1988

51 Alfred Russel Wallace. Man's Place in the Universe. New York:

Mcclure, Phillips & Co. MCMIV，1903

52 Alfred Weber. Histoire de la Philosophie Européenne. 5ère édition, Paris：Librairie 4 Fischbacher，1892

53 Alfred North Whitehead. Science and the Modern World. New York：The New American Library of World Literature, Inc. 1948

54 D. B. Wilson. Ronsard Poet of Nature. Manchester：Manchester University Press，1961

跋

本书是我的博士论文的修改稿，与原稿相比，修改稿没有本质性的变化。

我于2011年进入中国社会科学院研究生院攻读博士学位，跟随导师史忠义先生学习比较文学与世界文学专业之中西比较诗学。史老师将埃莱娜·蒂泽的重要著作《宇宙与意象》介绍给我，提示我可以将中国和欧洲的宇宙哲学进行比较，并以此作为中西比较诗学研究的起点。当时我对于这位文论家以及中西两方面的宇宙哲学知之甚少，立刻就感到博士阶段学习的压力。2011年10月，我通过法国大使馆文化处购得《宇宙与意象》这本书。从拿到书的那天起就开始了阅读和部分翻译。史老师一再教导我翻译一本书和普通的阅读效果根本不同，若要深入领会，翻译是最佳途径。读这样的理论著作，必然要经过从迷茫到明晰的过程。在这过程中，我理解了蒂泽所陈述的欧洲宇宙论哲学思想史的基本脉络。我认为从古希腊开始的宇宙模式及其在文艺复兴时期的变革是《宇宙与意象》的关键点。我随即遇到的困难在于中国古代宇宙哲学类书籍的阅读和材料整理。若要比较中西异同，必须找到中国古代哲学关于宇宙模式的核心。其中也会涉及中国天文科学的历史。但因为我的方向是诗学，所以不能陷入哲学和天文学，而应从哲学和科学反观诗学和诗人，落脚点是文学。在以上思路的指引下，我多方阅读思考，并经过与老师的多次讨论才制定出了论文的提纲。但即使提纲已经确定，我依然对很多具体问题没能想得清楚。只是到了论文撰写完毕之时才理清了很多细节问题，提纲中的设想——实际是某种假想才得以落到实处。在阅读和搜集材料的过程中我的古文阅读能力受到挑战，最终也得到了提高，这是让我最为高兴的收获。在论文撰写过程中，老师不断帮助我树立信心，因为我经常怀疑自己的设想，而老师总是支持我的想法，并给出有效的改进意见。论文的提纲曾三易其稿，并最终通过开题答辩，这是老师反复指正的结果。通过对《宇宙与意象》的研究，我折服于作者诗学思维的宏大：在各学科之间建立联系，使各个思想领域呈现交相引发的态势。蒂泽作《宇宙与意象》的根本出发点在于取消学科分化，使人类对客观自然以及主观精神的认识恢复整体性。我对此表示深深赞同。在宇宙诗学的中西比较研究中我采用了《宇宙与意象》的方法：从哲学到诗学再到诗人的创作。我对这个过程进行了整体性把握，并得出关于中国古代诗人审美心理倾向的结论。中外诗人对宇宙这个重要的审美客体的认识和感觉表现出巨大差别，认识这些差别，就能概括出具有一定普遍性的结论。本比较研究的最终目的在于彰显中国古代文化的特色。

《宇宙与意象》的研究还应当继续。对于这本著作的众多理论来源，我的研究重点在宇宙论哲学，所以其他方面如原始思维、宗教神话、美学等的研究相对薄弱。这几处很值得深入挖掘。蒂泽不仅论古典和浪漫主义，对于巴洛克艺术的特色也有揭示，所以巴洛克艺术和古典主义、浪漫主义以及和宇宙论的科学哲学的关系也是需要研究的问题。《宇宙与意象》所列举的诗人数量庞大，每个诗人都有研究价值，其宇宙观不仅能揭示个人的心理，还能反映诗人所处的文化背景。我的研究目前局限于法国的若干诗人，根本无法完整体现蒂泽网罗欧美各国诗人的宏大视野。《宇宙与意象》中除了著名哲学家、天文学家、生物学家，还有众多不甚知名的诗人和学者，他们对于推动欧洲思想史发展的巨大作用为蒂泽所关注，在这一点上我揭示得很不够。限于资料，我还没能更多了解到蒂泽本人的情况。除《宇宙与意象》之外，蒂泽的其他著述情况怎样、它们之间的关系如何、是什么原因导致蒂泽形成《宇宙与意象》的文学评论方法、她本人对自己的方法有何反思，这些都是有待研究的问题。另一方面，在中国古代文论方面我只是初步研究。中国古代宇宙哲学的梳理可以更加细致，对文论家和诗人的论述范围也应该更大，就像《宇宙与意象》那样整理众多诗人的相关材料，这样才能得出更具有说服力的结论。总之，宇宙和诗人、诗学之间的关系是一项开放性的、很有意义的研究，值得长期致力。

我能顺利完成博士论文是很多人支持和帮助的结果。在北京学习期间，导师史忠义先生长期帮助和鼓励我。老师对我有问必答，提出的意见和建议总是切中肯綮，见我所未见。老师不仅帮助我学习，还经常关心我家里老人的健康状况。老师对学术的专注以及在生活中平易近人的态度随时随地给我潜移默化的影响。指导我开题的几位老师对我的提纲提出了很多修改意见。在本书的撰写过程中，我不断思考他们的意见，并最终得以形成比较通畅的思路。评阅论文的老师以及答辩委员会的老师也给予我指导。时隔一年，他们的话语依然回响在我耳边，是他们帮助我完善了这本书。中国社会科学院外国文学研究所科研处的几位老师在我求学期间不断给予我支持。来到北京，我还遇到很多文史哲专业的同学，以及教公共课的老师，在与他们的日常谈话中我时时得到启发。我感到庆幸，能够身处于如此宁静的学习环境，能够遇到众多良师益友。我能来北京攻读学位，还得到我的工作单位——西安外国语大学法语学院的同事和领导的关怀。同时为了我没有后顾之忧地投入学业，我的家人都坚决表示支持，并在孩子的照顾和教养上给以极大的帮助。本书得以顺利出版，还有赖于知识产权出版社文史编辑室刘睿主任、邓莹编辑细致高效的工作。在此请允许我对我的老师、同学、同事、领导、家人、朋友表示由衷的感谢！

1. 金质
2. 卡莱
3. 拉比二号
4. 曼其利
5. 欧美佳
6. 欧洲粉钻

1. 齐达利
2. 莎丽
3. 世佳
4. 思贝德
5. 思利佳
6. 赛珍珠

1. 水晶之恋
2. 天女散花
3. 霞菲
4. 紫霞
5. 贝多芬
6. 迪芬尼

1. 冬暖
2. 樱桃番茄丰产状
3. 番茄育苗
4. 高畦栽培番茄
5. 番茄四脚架栽培
6. 大棚番茄栽培

番茄栽培新技术

FANQIE ZAIPEI XINJISHU

沈 军 李贞霞 武英霞 编著

中国科学技术出版社

·北 京·

图书在版编目（CIP）数据

番茄栽培新技术 / 沈军，李贞霞，武英霞编著 . —北京：中国科学技术出版社，2017.6（2019.5 重印）

ISBN 978-7-5064-7493-7

Ⅰ. ①番… Ⅱ. ①沈… ②李… ③武… Ⅲ. ①番茄—蔬菜园艺 Ⅳ. ① S641.2

中国版本图书馆 CIP 数据核字（2017）第 094841 号

策划编辑	张海莲　乌日娜
责任编辑	张海莲　乌日娜
装帧设计	中文天地
责任校对	焦　宁
责任印制	徐　飞
出　　版	中国科学技术出版社
发　　行	中国科学技术出版社发行部
地　　址	北京市海淀区中关村南大街16号
邮　　编	100081
发行电话	010-62173865
传　　真	010-62173081
网　　址	http://www.cspbooks.com.cn
开　　本	889mm × 1194mm　1/32
字　　数	120千字
印　　张	4.75
彩　　页	4
版　　次	2017年6月第1版
印　　次	2019年5月第2次印刷
印　　刷	北京长宁印刷有限公司
书　　号	ISBN 978-7-5046-7493-7 / S · 632
定　　价	18.00元

Contents 目录

第一章

番茄生长发育习性

番茄在我国又称西红柿、洋柿子，原产于南美洲安第斯山脉的秘鲁、厄瓜多尔、玻利维亚、智利等国的高原或谷地。大约在17世纪由传教士带入我国，现在全国各地广泛栽培，成为人们四季喜食的蔬菜和水果。

番茄果实营养丰富，含糖分1.8%～5%、柠檬酸0.15%～0.75%、蛋白质0.7%～1.3%、纤维素0.6%～1.6%、矿物质0.5%～0.8%、果胶物质1.3%～2.5%，而且富含维生素，尤其是维生素C含量更多，每100克果实中含维生素C 20～25毫克，甚至达40毫克。一个成年人每天食用100～150克新鲜番茄，便能满足对维生素和矿物质的需要。此外，食用番茄对宫颈癌、肺癌、乳腺癌、皮肤癌、前列腺癌、膀胱癌等疾病还有一定的辅助疗效。

一、植物学特征

番茄（*Lycopersicum esculentum* Mill）属茄科植物，在热带地区原为多年生植物，在温带则为1年生植物。番茄植株由根、茎、叶、花、果实及种子组成。

1. 根

番茄属于直根系，由主根、侧根和不定根组成。不经移栽的番茄主根深达1米以上，侧根水平伸展2.5～3米。移栽的番茄主根受到一定影响，但侧根发达，须根多。侧根主要分布在地表下50厘米以内，以30厘米为最多。番茄的根再生能力很强，茎基部和平卧在地上的茎部都会产生大量的不定根。因此，生产中可通过培土促进根系特别是不定根形成，还可通过扦插的方式进行无性繁殖。

2. 茎

番茄的茎木质化程度不高，属半蔓生或半直立性，生产中除少数矮生直立型品种和加工型品种外，多数品种需支架栽培。茎基部横径3～4厘米，茎粗与品种、整枝、栽培方式及肥水管理等有关，随着茎的伸长，上部茎逐渐变细。茎的长度有限生长型品种为0.5～2米，无限生长型品种随整枝方式不同而不同，一般为1～10米。茎上长满毛和腺毛，腺毛能分泌出一种有特殊气味的分泌物；茎节上随时能长出不定根，叶腋内有腋芽，可萌发成枝。如将一段枝条剪下或将侧枝进行扦插即能生根成活。茎的顶端是细胞分裂活跃的分生组织，能分化叶片和花器。因顶端形成花序的情况不同，可分为有限生长型与无限生长型两大类型。

无限生长型也叫不封顶型。番茄主茎形成一个顶花芽后，继续延伸是靠其下面一个假轴（侧枝）最上面一片叶叶腋的芽生长，这些假轴连接在一起组成了番茄的合轴茎，每段合轴茎一般有3片叶，个别情况有4片叶或5片叶。这样合轴的分枝生长没有限度，每一合轴顶芽下的叶片叶腋都能长出新合轴。

有限生长型也叫自封顶型。有限生长型与无限生长型的区别是：在形成1个或几个合轴后，在其最上面的合轴顶花芽下叶腋的生长点不再形成营养芽，而是形成1个花芽，故茎轴不再向上生长，呈封顶状态。

无论封顶或不封顶品种，所有叶片叶腋花芽均能萌发成新侧枝，新侧枝上又能萌发许多三次枝。如果不进行整枝，会形成一堆枝形紊乱的疯长蔓丛，不利于结果，所以在生产上应根据需要进行不同形式的整枝。

3. 叶

番茄的叶为具有深缺刻与深裂的单叶，着生于茎上，内含叶绿素，是制造营养的器官。番茄叶片大小差距悬殊，长度在15～50厘米，一般中晚熟品种叶片大，直立性较强，小果型品种叶片小。番茄的叶由1枚顶生裂片、3～4对侧生裂片组成，有的在侧生裂片之间着生有间裂片，或在侧生裂片上着生有小裂片。由于叶的着生部位不同，裂叶的数目和形状也有很大的差别。叶片与茎一样覆盖着毛和茸毛。因品种不同，叶的形态可分为3类：①普通叶型，也称花叶型，为了不与病毒病的花叶混淆，所以叫“普通叶”或叫“普叶”。大部分番茄栽培品种皆属于此类型。②皱缩叶型。直立茎类型品种的叶多为此类型，亦称“皱裂叶”，叶的裂片缺柄，裂叶间比较紧凑，叶片皱缩，边缘缺刻较钝浅。③马铃薯叶型，简称为薯叶型。其叶似马铃薯叶，顶生裂片较大，裂片边缘无明显缺刻。番茄叶片在茎上排列很有规律，为互生叶，每5片叶绕茎2周，第一叶与第六叶重叠，叫2/5叶序。

4. 花

番茄的花为完全花，由花梗、花萼、花瓣、雄蕊和雌蕊组成。花的颜色为黄色，花的大小因品种不同而异，一般为1.5～3厘米。花冠向下也即具下垂性，有利于自花授粉。花萼为绿色，一般5～7片。花梗着生于花序上，大多数品种于花梗上产生突起的节，果实成熟阶段形成离层，可从此处将果实采摘。雄蕊的花丝很短，不易看出，花药6枚左右，联结成筒状，包围着雌蕊。雌蕊由胚珠、子房、花柱和柱头组成。子房位于花柱底部，一般有6个子房室，子房室的多少与品种、营养条件有关。花柱有长、短两种类型，短花柱有利于自花授粉，长花柱有利于异花授粉和不去雄条件下人工授粉杂交制种。

花序亦称花穗。番茄为总状花序，一个花序上着生的花数有很大差别，少的3～5朵，甚至有单花的品种，多的可达20朵以上，个别品种甚至超过百朵，一般栽培品种为7～15朵。一般在主蔓

8～9节着生第一花穗，但由于品种及幼苗期的环境及营养等条件不同而出现差异。

5. 果　实

番茄的果实是由子房发育成的多汁浆果，由果肉（果皮的壁及外皮）和果心（胎座和心室）组成。果皮由外、中、内3层组成，中果皮肉质多浆，是主要的食用部分。由中果皮和果心相连接的隔壁将果实分成若干个心室，心室的多少与果实的大小密切相关，一般栽培品种为5～8个心室，小果型品种为2～3个心室。胎座内着生种子，种子周围由一层胶状物包围。番茄果实的形状多种多样，有扁圆形、圆形、高圆形、长圆形、枣形、樱桃形、梨形等，一般鲜食栽培品种多为圆形和扁圆形。品种不同果实的大小也不同，从0.5克至900克不等，一般70克以内的为小果，70～200克为中果，大于200克为大果。果实的颜色以透熟后为准，有大红色、粉红色、橙红色和黄色4种。番茄果实的成熟期根据果实颜色不同分为以下6个阶段。

（1）绿熟期　果实及种子基本长成，种子四周胶状物已生成，合成阶段基本完成，但尚未进入分解阶段，果实周身均为绿色。

（2）白熟期　果实充分长大，开始转入分解阶段，果实由绿色转白呈淡绿色，此时采收贮藏果实可变成红色。

（3）转色期　果实脐部开始转成黄红色，但大部分仍呈现黄色和绿色。

（4）黄熟期　果实脐部变红色，大部分呈橙黄色，肩部仍为绿色。

（5）红熟期　果实大部分表现该品种果实特有的色泽，但果肉尚未软化。

（6）完熟期　果肉色泽更加深浓，果肉逐渐软化。

6. 种　子

番茄种子呈扁平短卵形或心脏形，表面有短而粗的灰褐色茸毛或黄褐色茸毛。种子大小因品种而异，一般栽培品种长4毫米、宽

3 毫米、厚 0.8 毫米，千粒重为 4 克左右。番茄的种子由种皮、胚和胚乳组成，种皮为保护组织，胚乳为营养储存组织，胚分为胚根、胚轴和胚芽 3 部分，由胚发育成番茄植株。

番茄种子尚未充分成熟时即有很好的发芽力，而充分成熟且千粒重大的种子其子叶苗更加粗壮，对以后的生长发育更有利。种子周围的胶状物中因有较高的酸度及其他抑制发芽物质存在，所以种子不会发芽。番茄种子寿命较长，保存在装有生石灰的密闭桶中的种子 10 年后仍有相当高的发芽率，在普通室内可贮放 2～3 年。影响发芽率的主要因素是温度和湿度，其中主要是湿度。因此，为延长番茄种子寿命，应尽可能保存在较低的温度及干燥条件下。0℃以下低温、30% 的空气相对湿度，可以较长时间保存番茄种子。

二、生长发育期

1. 发芽期与子叶期

从种子发芽至第一片真叶出现为发芽期，一般需 7～9 天。该阶段主要靠种子储藏的营养物质生长。育苗播种时应选择大小均匀且充实饱满的种子，以利苗早、苗齐。种子发芽后，先长胚根，胚根伸长从覆土下长出，把子叶带到地表上，子叶展开之后，生长点发出真叶。发芽期的顺利进行，除种子质量外，主要取决于土壤温度、湿度和通气状况。

子叶展开至真叶出现可称为子叶期。这一阶段主要是下胚轴的生长，在温度高、湿度合适的条件下，下胚轴生长很快，易造成“高脚苗”。此阶段子叶在光合作用中起了主要作用。

2. 幼 苗 期

从第一真叶出现至现大花蕾为幼苗期。不经分苗情况下，一般需 45～50 天；如进行保护地春季育苗，因分苗和温度较低的缘故，则需 60～80 天。番茄幼苗期经历 2 个不同的发育阶段，出现 3 片真叶前为营养生长阶段，这一阶段根系生长很快，茎、叶生长较慢，待第一片真叶完全展开，茎、叶生长才逐渐加快，子叶和真叶的面积逐渐增加，光合作用制造的物质越来越多，外界条件适宜时就可形成花器。番茄幼苗一般在 2 片真叶 1 片心叶时顶芽生长点隆起、变肥厚，标志着生殖生长阶段开始进行。生殖生长过程中，花芽分化具连续性，当第一花序花芽分化即将结束时第二花序已开始了初生花的分化，到第一花序现蕾时第三花序花芽已经完全分化。番茄 1～4 花序花芽分化均在幼苗期进行。幼苗生长的优劣直接影响花芽分化的早晚及花芽分化的数量与质量，因此培育壮苗在栽培上十分重要。

3. 开 花 期

番茄从现大花蕾至第一穗果坐果，果实达到核桃大小，进入迅速膨大期之前为开花期，一般需 15～30 天。这一阶段是从以营养生长为主过渡到生殖生长与营养生长同等发育的转折时期。进入开花期后，茎、叶的生长速度越来越快，整个植株的营养生长占优势，容易造成营养生长过旺。第一穗果有核桃大小时，第二、第三穗花序也已开花，第四、第五花序花芽开始形成，生殖生长逐渐加强，营养生长和生殖生长逐渐达到平衡。此生育期时间虽然不长，但关系到定植后植株是否徒长，第一穗花是否坐果，是早熟、高产的关键期。保证第一穗花坐果与培育壮秧，是定植后的管理核心，是开花期的管理目标。

有限生长型的早熟品种，因叶量较少，而且秧、果一起生长，若管理不当，易出现坠秧现象，为了丰产，应本着促秧的原则，不强调蹲苗。无限生长型或晚熟品种，由于生长势强，管理不当极易徒长，影响早期产量，因此必须控制营养生长，强调必要的蹲苗，以利于植株向生殖生长为主时期转变。

4. 结 果 期

番茄从第一穗果进入迅速膨大期至收获结束为结果期。这一时期的长短，因品种和栽培方式不同而差别很大。春茬番茄和秋茬番茄需 70～80 天，冬春茬番茄需 80～100 天。

番茄是陆续开花连续结果蔬菜，第一穗果肥大生长时，第二、第三、第四等花序分别在不同程度的发育阶段，同时茎、叶也在不断生长。结果期植株进入以生殖生长为主、生殖生长与营养生长并重的阶段，营养生长是生殖生长的基础和保证，生殖生长是营养生长的结果。此阶段植株进入大量需肥、需水期，栽培上应加强肥水管理，并通过植株调整，保持合理叶面积和秧果比例，以达到高产高效。结果后期应注意保持功能叶片的健壮，维持叶片的光合作用能力。

三、对环境条件的要求

1. 温　度

番茄属喜温性蔬菜，一般在20℃～25℃条件下生长发育良好，对温度的适应范围为15℃～33℃，低于10℃停止生长，长时间处于5℃以下即出现冷害现象，遇－1℃～－2℃低温霜冻植株即可冻死；高于35℃生长不良，45℃以上则引起生理干旱致死。但不同生育阶段对温度的要求不同。

发芽期以20℃～30℃最适，最低温度为8.7℃，高于35℃多数品种的发芽率降低，低于20℃发芽变慢，长期10℃以下低温不但发芽缓慢，而且易烂种“浆包”。番茄发芽的最适地温为25℃，12℃以下则造成“烂籽”而不能发芽。

幼苗期最适温度为白天25℃、夜间20℃，低于10℃则停止生长。幼苗期进行低温锻炼可增强幼苗的抗寒能力，以10℃低温为宜。但幼苗长期处于15℃以下的条件下则花芽分化不良，形成大量畸形花，高于30℃以上则幼苗徒长。幼苗期最适地温为22℃左右，低于13℃则根的生理功能下降，8℃左右根毛停止生长，6℃以下根尖也停止生长。地温高于33℃根系生长不良，高于38℃则整个根系停止生长。

开花结果期要求较高的温度，以25℃～28℃最适宜，高于33℃或低于15℃均能引起落花落果。在栽培上这个时期春季易遇到低温，秋季易遇到高温，应引起重视。

结果期以白天24℃～28℃、夜间15℃～20℃为最适宜。此期温度过高，特别是夜温过高，会影响番茄果实增大和养分积累，易形成空洞果。另外，果实着色对温度要求较严格，在19℃～24℃条件下有利于番茄红素的形成，着色快且着色良好，高于30℃或低于15℃着色缓慢且着色不良。

2. 光　照

番茄属于对光照要求较强的蔬菜，光照强度、光质、光照时间等对番茄生长发育均有重要的影响。除种子发芽期外，整个生育周期都需要较强的光照。番茄的光饱和点为7万～7.5万勒，光补偿点为0.4万勒。试验表明，在日照4～24小时和照度860～8 400勒范围内，番茄幼苗的茎长、鲜重和干重均随日照时数和光照强度的增加而增大。因此，番茄苗期以日照16小时，并有近于光饱和点的光照强度时生长发育良好。光照时间过长或光照强度不足都会使幼苗发育不良，黄化衰弱，抗病性降低。开花、结果期光照弱，落花落果严重，果实着色差。在高温干旱条件下，光照过强易引起卷叶或灼伤。在温度低和光照时间过短的条件下，即使光照强度适宜，也会影响生长和产量，可利用人工照明的方法增加光照时间和提高温度，以增产增效。

3. 水　分

番茄植株的水分含量在90%以上，果实的水分含量为94%～95%。番茄需水量虽然大，但由于植株根系发达，吸水能力强，同时地上部茎叶着生茸毛，叶片为深裂花叶，能减少水分蒸发，所以番茄属半耐旱性作物。在湿润的土壤条件下生长良好，要求土壤相对湿度在65%～85%。田间积水24小时以上，由于根部缺氧，番茄植株会窒息死亡。番茄在发芽期，种子需要吸收95%的水分才能充分膨胀而发芽生长，一般要求土壤相对湿度在80%以上。出苗后，土壤湿度要相对减少，特别是在光照不足的情况下，湿度过大，幼苗易徒长，土壤相对湿度可降至65%～70%。定植后，为了促进根部发育，增加土壤透气性，可保持在苗期水平（土壤相对湿度65%～70%）。果实坐住后，土壤相对湿度可达75%以上，此期缺水，易使病毒病加重，并引起落花，产量降低。

与对土壤湿度要求相反，番茄生长发育要求较干燥、温暖的气候条件，适宜的空气相对湿度为50%～65%。空气湿度过高，特别是长期阴雨和高温，易使植株细弱，延迟生长发育，影响正常授粉，并引起病虫害发生。因此，番茄生长发育适宜的条件是天气晴朗，雨水较少，日照充足，有充分灌溉条件的栽培环境。

4. 土　壤

番茄要求肥沃的壤土，在有机肥充足的条件下，透气良好的沙壤土也能获得高产。土壤过分黏重、排水不良，或养分流失较大的沙性壤土生长较差。番茄适于在微酸性和中性土壤中生长，不适于盐碱地，适宜的 pH 值为 5～7。

5. 营　养

番茄生长期长，产量高，需要充足的有机肥料，对氮磷钾三要素的吸收量以钾最多，氮次之，磷较少。每生产 5 000 千克番茄，约需氮 10 千克、五氧化二磷 5 千克、氧化钾 33 千克。但因栽培形式、生长期、地温、品种、土壤、肥料等不同，对三要素的吸收量也有差异。

氮素对番茄的生长作用很大，缺氮会造成植株发黄、叶脉浅紫、生长缓慢、果实小而产量低。但氮素过量会使植株徒长、抗病力降低。番茄喜硝态氮，以全部施用硝态氮或硝态氮与铵态氮的比例为 7 : 3 时为好。幼苗期氮素不可缺少，但需量低，如过多会延迟开花、坐果少；盛果期对氮的需要量大。

磷肥能促进番茄花芽分化、根系发育和果实生长。在生长初期对磷肥的吸收最高，一般果实长到乒乓球大小时，吸收磷量占全生育期的90%，所以育苗期不能缺磷，否则会影响花芽分化。磷肥不足还会影响氮的吸收。

钾肥能促进番茄植株茎秆健壮，提高果实品质，还能促进植物体内养分运转。如果缺钾，番茄抗性差，果实维生素 C 和含糖量降低，果形不正，果实着色不良。番茄对钾的吸收在苗期较少，从第一花穗结果开始呈直线上升趋势，后期也不减少，所以钾肥应从苗期后均衡供应。

在某些情况下也要施入微量元素肥料。如缺乏某种营养，番茄不能正常生长发育，出现生理性病害症状。保持足量和平衡的营养供应是番茄优质高产的重要条件。

6. 气　体

空气中的氧气和二氧化碳对番茄的生长发育及产量有很大的影响。番茄发芽期氧气浓度降至 2% 会严重抑制发芽，5% 以上发芽接近正常。番茄营养生长期通气良好，特别是土壤空气充足，则根系的生长和吸收功能增强；若通气不良，则根系短粗且根毛少，不能正常地吸收水分和养分。二氧化碳的饱和点随光照强度的增加而提高，番茄在光照强度 5 万～7 万勒时，二氧化碳饱和点为 800～1 200 微升 / 升、二氧化碳补偿点为 80～100 微升 / 升。

空气中所含的有毒气体如二氧化硫、氯气、氟化物、氮氧化物、臭氧和粉尘等均会对番茄生长造成危害。

第二章

番茄类型与主栽品种

番茄在我国栽培广泛，各地在长期栽培中选育、引进了很多优良品种，形成了适合当地栽培的地方品种优势。番茄属茄科草本植物，目前生产上栽培的所有品种属于栽培型亚种。按番茄生长习性可分为有限生长（自封顶）与无限生长（非自封顶）两个类型。生产中应根据栽培季节、栽培方式及栽培目的等选择适宜的品种。早熟覆盖栽培，应着重选择低温条件下容易坐果、第一花序节位低而早熟的矮架品种。晚夏栽培及晚秋覆盖栽培，可选择对高温、高湿环境适应能力强，抗性突出，较耐贮运及适销对路的品种。

露地栽培品种选择应考虑以下特点：①叶量多。应选择叶量多、叶片大、生长势强的品种，防止发生日灼病。②抗病性。选用高抗病毒病，同时兼顾抗当地其他病害的品种，尽量选用抗逆性强的杂交种。③目的性。以提早上市为目的的应选择极早熟品种，以与保护地产品衔接为目的的应选择晚熟、高产品种。

设施栽培品种选择应考虑以下特点：①叶量少。选叶量少、叶片稀疏，有利于株间通风透光的品种，可增加棚内群体受光能力，减少生理病害，促进果实转色。②抗病性。设施栽培常发病害有叶霉病、枯萎病等，应尽量选用抗逆性强的一代杂交种。③选用大果型并易于坐果的品种。在低温弱光条件下，即使果实未能达到充分发育，大果型品种也容易达到商品果的大小基本要求。而中或中小果型品种，在冬季保护地内果实更小，商品性差（樱桃番茄除外）。

④熟性早。北京地区多选用中熟偏早的大果型品种，采取双干整枝，适当密植，易达到既早熟又高产的目的，且产品商品性好，在市场上有竞争力，经济效益高。

一、番茄类型

1. 按照植物学特征分类

（1）**普通番茄**　长势较强，分枝多，叶片多，开花坐果后不能直立生长。果个大，扁圆球形，果色有红色、粉红色、橙红色、黄色等，包括了绝大多数的栽培品种。

（2）**直立番茄**　茎枝短粗，叶小色浓、多皱，果柄短，果实与普通番茄品种相似。能直立生长，栽培时无须支架，产量低。

（3）**大叶番茄**　叶片较大、浅裂或无缺刻，似马铃薯叶片。果实与普通番茄品种相似。

（4）**樱桃番茄**　果实小，一般呈圆球形，有红色、橙红色、黄色，形如樱桃。茎细叶小，叶色较浅。

（5）**梨形番茄**　果实小，梨形，有红色、黄色等。叶片较小，浓绿色。

2. 按照果实颜色分类

（1）**大红番茄**　果实大红色，果个较大，酸甜适中。栽培最多。

（2）**粉红番茄**　果实浅红色，果个较大，酸度较低。栽培较多。

（3）**橙红番茄**　果实橙色（黄里透红或红里透黄），果个中等，酸度较高，适合做番茄酱或加工用。

（4）**黄色番茄**　果实浅黄色，果个较小，酸度最高，不适合生食，适合做汤、做酱或加工用。

3. 按照果实大小分类

（1）**大果型**　单果重在200克以上的为大果型番茄。

（2）**小果型**　单果重在50克左右的为小果型番茄。

（3）**中果型**　单果重介于大果与小果型之间的为中果型番茄。

（4）**樱桃番茄**　单果重在10～30克的为樱桃番茄。

4. 按照果实形状分类

（1）**扁圆球形**　果实圆形稍扁，果实横径大于纵径，比较常见。

（2）**圆球形**　果实近似于圆球状，果实纵径略等于横径。

（3）**高圆球形**　果实圆形稍高，果实纵径大于横径。

（4）**椭圆形**　果实呈卵形、蛋形，果个小。

（5）**特殊形状**　果实形状特别，如梨形、香蕉形等，比较少见。

5. 按照开花结果习性分类

可分为有限生长型和无限生长型。

6. 按照熟性分类

（1）**早熟品种**　一般第一花序着生在6～7节上，多为有限生长型。

（2）**中熟品种**　一般第一花序着生在8～9节上，有限生长型的品种，3～4穗果即封顶。也有的为无限生长型。

（3）**晚熟品种**　一般第一花序着生在10节以上，多为无限生长型。

二、主栽品种

1. 有限生长型

这一类型的番茄品种，植株较矮，生长势较弱，花序发生早而密，结果较集中，生育期短，多适于作早熟及春、秋覆盖栽培。

（1）**早丰（秦菜1号）**　西安市蔬菜研究所选育的一代杂种。生长势较强，属早熟品种。一般3序花后自行封顶。果实圆正，红色，果脐小，单果重150克左右，品质优，风味佳。耐寒性较强，抗烟草花叶病毒病，对早疫病及青枯病有一定抗性。每667米^{2}产量5 000～7 500千克。

（2）**早魁**　西安市蔬菜研究所选育的一代杂种。生长势中等，属极早熟品种。主茎6～7节着生第一花序，2～3花序后自行封顶。果实扁圆形，红色，单果重100～200克。果脐小，品质好，味酸甜。耐低温、弱光性强，抗烟草花叶病毒病。每667米^{2}产量3000～5000千克。

（3）**西粉3号** 西安市蔬菜研究所选育的一代杂种。生长势较强，株高60厘米左右，主茎6～8节出现第一花序，3～4花序后自行封顶。果实圆形，粉红色，单果重115～130克。早熟种。高抗烟草花叶病毒病，中抗黄瓜花叶病毒病及早疫病。较耐寒，在低温条件下坐果良好。每667米^{2}产量3500～5000千克。

（4）**中丰** 西安市蔬菜研究所选育的一代杂种。生长势强，早熟品种。株高65～70厘米，叶量较大。果实圆形，红色，单果重150～200克，品质好，商品性较好。抗烟草花叶病毒病，耐低温弱光性强。每667米^{2}产量6000～6500千克。

（5）**东农702** 东北农业大学园艺学院选育的一代杂种。生长势较强，早熟品种。一般着生2～3花序后自行封顶。果实扁圆形，红色，单果重125～150克，品质好，可溶性固形物含量4.4%～4.5%。高抗烟草花叶病毒病，抗裂果性强。每667米^{2}产量4000～5000千克。

（6）**东农703** 东北农业大学园艺学院选育的一代杂种。生长势强，中早熟品种。一般着生2～3花序后自行封顶，株高55～65厘米。果实圆形，红色，单果重125～160克，品质较好，可溶性固形物含量4%～4.5%。高抗烟草花叶病毒病，对斑枯病有一定抗性，抗裂果性强。每667米^{2}产量4000～5000千克。

（7）**苏红2003** 江苏省农业科学院蔬菜研究所选育的大果型一代杂种。植株生长势强，主茎7～8节着生第一花序，3～4花序后自行封顶。果实高圆球形，青果期无绿果肩，成熟果大红色，果面光滑，圆正，硬度大，不裂果，耐贮运。单果重300克左右，可溶性固形物含量5%左右，品质优，商品性强，抗逆性表现突出。每667米^{2}产量5000千克左右。

（8）**霞粉**　江苏省农业科学院蔬菜研究所选育的极早熟番茄品种。株高 70～90 厘米，主茎 2～3 花序后自行封顶，生长势强。果实圆整，粉红色，单果重 180～200 克，畸形果少，可溶性固形物含量 5%～5.2%，口感佳。高抗烟草花叶病毒病。每 667 米^2 产量 4 500 千克左右。

（9）**江蔬 14 号番茄**　江苏省农业科学院蔬菜研究所选育的早熟、抗病、丰产的大果型一代杂种。株高 80～90 厘米，主茎 3～4 花序后自行封顶，生长势强，叶色深绿。果实近高圆形，大红色，果面光滑，圆正，硬度大，不裂果，耐贮运。单果重 230 克左右，可溶性固形物含量 5%～5.1%，品质优，商品性强。植株上下部果实大小均匀，低温下坐果能力强。

（10）**江蔬 1 号番茄**　江苏省农业科学院蔬菜研究所选育的一代杂种。株高 75 厘米左右，主茎 2～3 花序后自行封顶，株形紧凑，生长势较强。每花序结果 3～5 个，果型大，高圆形，大红色，果面光滑，圆正，硬度大，不裂果，商品性强，单果重 200 克左右。抗烟草花叶病毒病和叶霉病。每 667 米^2 产量 4 500 千克左右。

此外，有限生长型主要栽培品种还有江蔬 3 号番茄、苏抗 4 号、苏抗 9 号、津粉 65、渝抗 2 号、杂 93-15、海粉 962、中杂 4 号、中杂 10 号、豫番茄 6 号、豫番茄 7 号、扬粉 931、苏抗 5 号、苏抗 8 号、苏抗 11 号、皖红 1 号、湘番 1 号、抗青、陇番 3 号、陇番 8 号、齐番 6 号、合作 903、合作 906、江配 3 号、东农 709、年丰等。

2. 无限生长型

这一类型的番茄品种，植株高大，生长势强，品质好，产量高，多为中晚熟品种。

（1）**强丰**　中国农业科学院蔬菜花卉研究所育成。中熟品种，生长势强。果实圆形，大小均匀整齐，粉红色，单果重 150～180 克，品质好，可溶性固形物含量 5.3% 左右。抗烟草花叶病毒病，中抗黄瓜花叶病毒病。每 667 米^2 产量 5 000～6 000 千克。

（2）**中蔬 5 号**　中国农业科学院蔬菜花卉研究所育成。中熟偏早，生长势强。坐果率高，每个花序坐果4～6个，果实近圆形，未成熟果有绿色果肩，成熟果粉红色，果肉厚，果面光滑，果脐小，单果重200克左右。品质好，酸甜可口，可溶性固形物含量5.4%左右，商品性好。高抗烟草花叶病毒病，中抗黄瓜花叶病毒病。每667米^{2}产量5 000～7 500千克。

（3）**双抗2号** 北京市农林科学院蔬菜研究中心选育的设施专用一代杂种，中熟种。叶片小，叶色深绿。9节上着生第一花序。幼果有绿色果肩，成熟果粉红色，果实稍扁圆形或圆形，匀称美观，成熟集中，单果重150～250克，果皮较薄。每667米^{2}产量5 000～7 500千克。

（4）**佳粉10号** 北京市农林科学院蔬菜研究中心选育的一代杂种，中早熟。生长势强，节间较长，普通叶，叶片较窄，叶色深绿。果实呈扁圆形，粉红色，果大，单果重150～200克，最大单果重可达500克，坐果率高，酸甜适口，品质好，可溶性固形物含量4%左右。适应性强，抗烟草花叶病毒病。每667米^{2}产量5 000～6 000千克。

（5）**桃大哥** 日本龙井种苗公司培育。极早熟，果色鲜艳，呈桃红色。单果重220克左右，果形丰圆，果肉紧密，糖分高，口味佳。可完熟收获，耐贮运。对半身枯萎病（V）、枯萎病（F_1）、根瘤线虫（N）、烟草花叶病毒（Tm-2a）、斑点病具有综合抗性。

（6）R-144 以色列海泽拉公司生产经营，中熟种。生长势强，侧枝多，节间长，植株高大，一般高8～10米，最高可达15米。6～7片叶着生第一花序，每序花8～10个果，一般可收15穗果左右，采收期长达9个月。果实圆形，红色，果脐小，皮厚，品质好，商品性好，单果重80～100克。适应性广，高产稳产，喜肥水，抗病毒病、早疫病、晚疫病能力强。具有较好的抗寒性。耐贮运，在室温条件下，可贮藏20～40天并保持风味不变。

（7）**加茜亚** 以色列泽文公司生产经营。植株生长旺盛，果实大，单果重180～200克。在大棚栽培时，表现抗病性强，抗枯

萎病、烟草花叶病毒病、叶霉病等。耐低温、弱光性强。果实圆略扁，果实一级率高，大小均匀，畸形果少。果实成熟后为大红色，无锈果现象发生，果肉厚而硬实，极耐贮运，常温下存放 20 天左右而不变软。每 667 米 ^{2} 产量 15 000～20 000 千克。

（8）**卓越** 以色列泽文公司生产经营，为加茜亚的改进品种。该品种除具有加茜亚的特性外，还具有节间更短、果穗更加集中、植株生长势更强、在植株生长后期果实仍然较大并且大小均匀。高抗根结线虫病，特别适合于土壤根结线虫病高发的大棚栽培。果实平均比加茜亚增重 10～20 克，并且果实颜色更鲜艳，口感更佳。每 667 米 ^{2} 产量 15 000 千克左右。

（9）**百利** 荷兰瑞克斯旺公司生产经营。生长势旺盛，坐果率高，丰产性好，耐热，在高温、高湿条件下能正常坐果。果实大红色，圆形，单果重 180～200 克，风味佳，无裂果、无青头现象，质地硬，耐贮运。抗烟草花叶病毒病和枯萎病。

（10）**玛瓦** 荷兰瑞克斯旺公司生产经营，中熟，丰产性好。果实扁圆形，大红色，风味好，中大型果，单果重 200～230 克。果实硬，耐贮运。抗烟草花叶病毒病、枯萎病，耐筋腐病。周年栽培每 667 米 ^{2} 产量 20 000 千克以上。

此外，番茄无限生长型主栽品种还有苏粉 8 号、东农 708、东农 711、L–402、毛粉 802、东农 710、江蔬 2 号番茄、晋番茄 4 号、沈粉 3 号、苏抗 7 号、冀番 1 号、皖粉 4 号、中杂 7 号、中杂 8 号、中杂 9 号、中杂 11 号、中杂 12 号、中杂 101、中蔬 6 号、浙杂 5 号、苏抗 3 号、鲁番茄 3 号、佳粉 15 号、新番 5 号、盖伦、保冠、桃佳、桃丽、大棚桃太郎、爱丽、桃星、AF–516、大红 409、鲜明等。

3. 樱桃番茄品种

凡果实在 10～20 克的小果型番茄统称为樱桃番茄。现将近年来生产上采用的主要优良品种介绍如下。

（1）**京丹 1 号** 北京市农林科学院蔬菜研究中心选育。无限生长型，中早熟，生长势强，叶色浓绿。第一花序着生于 7～9 节，每花序可结果 15 个以上，最多可达 60 个以上。果实高圆形、红色，未成熟果实有绿色果肩。平均单果重 10 克，可溶性固形物含量 8%～10%，酸甜浓郁。高抗病毒病，对晚疫病有较强的耐性。

（2）**京丹 2 号**　北京市农林科学院蔬菜研究中心选育。有限生长型，极早熟，叶量稀疏。第一花序着生于 5～6 节，每花序可结果 10 个以上，4～6 穗果封顶。果实多呈高圆形或桃心形，果实色泽亮红，未成熟果实有绿色果肩。单果重 10～15 克，平均可溶性固形物含量 6% 以上，酸甜可口。高抗病毒病，高温和低温条件下坐果均良好，耐热性强，是补充夏秋高温淡季栽培的首选品种。

（3）**京丹彩玉 1 号**　北京市农林科学院蔬菜研究中心选育。无限生长型，中早熟，第一花序着生于 6～7 节，每花序可结果 5～8 个。果实长卵形，成熟果实为红色底面上镶嵌有金黄色条纹，未成熟果实有浅绿色果肩，有深绿色条纹和斑点。单果重 30 克左右，酸甜浓郁，果皮厚、韧性好、不易裂果。

（4）**京丹黄玉**　北京市农林科学院蔬菜研究中心选育。无限生长型，中早熟，第一花序着生于 6～7 节，每花序可结果 6～10 个。果实长卵形、黄色，未成熟果实有微绿色果肩。单果重 30 克左右，口感风味佳。抗病毒病和叶霉病。

（5）**京丹绿宝石**　北京市农林科学院蔬菜研究中心选育。无限生长型，中熟，第一花序着生于 7～8 节，每花序可结果 8～20 个。果实圆形，成熟果实绿色透亮，未成熟果实有绿色果肩。单果重 30 克左右，酸甜浓郁。抗病毒病和叶霉病。

（6）**京丹红香蕉 1 号**　北京市农林科学院蔬菜研究中心选育。无限生长型，中熟偏晚，第一花序着生于 7～8 节，坐果率高。果实长果形，形似香蕉，横径 3 厘米左右，长 10 厘米左右。成熟果实光亮透红，未成熟果实有浅绿色果肩。含有较高的番茄红素和干物质，抗裂果，贮运性强。

（7）**千禧**　台湾农友种苗公司引进。无限生长型，早熟，第一花序着生于 11 节，每花序可结果 15～35 个。果实椭圆形、桃红色，

单果重约20克，可溶性固形物含量高达9.6%，风味佳，不易裂果。耐凋萎病，高抗根结线虫病，耐贮运。

（8）圣女 台湾农友种苗公司引进。无限生长型，较早熟，叶片生长较稀疏。结果力强，每个花序可结果50～60个。果实长圆形、大红色，果面光亮。单果重14克左右，果肉多，种子少，可溶性固形物含量9.8%左右，风味佳，不易裂果。耐病毒病、叶斑病、晚疫病。

（9）金珠 台湾农友种苗公司引进。无限生长型，早熟，植株高，叶片微卷，叶色浓绿。结果力非常强，每花序可结果16～70个。果实呈圆形至高球形，果色橙黄亮丽，单果重16克左右，风味甜美，果实稍硬，裂果少。可用于全国各地露地或保护地栽培。

（10）一串红 江苏省农业科学院蔬菜研究所选育。无限生长型，植株生长势旺盛，茎秆粗，第一花序一般着生于7～9节，每花序可结果50～60个。果实圆形，成熟果为红色，未成熟果有绿色果肩，单果重8～12克。果实糖度高，可溶性固形物含量8%～10%，风味甜美，皮薄肉质软，生食口中不留残皮。高抗烟草花叶病毒病，较抗早疫病、叶霉病等。

另外，樱桃番茄品种还有京丹系列（3号、4号、5号、6号、7号）、宝玉、龙女、金千禧、樱花、艾玛P99、喀秋莎、樱莎红2号、红太阳、冀东216、冀东218、四季红、樱桃红、超甜樱桃番茄、七仙女、粉娘、黑珍珠、大黄金丽、金串、黄圣女、黄贵妃、黄明珠、黄珍珠、黄桃王妃、金吉果、金鹤玉女、金鹤金橙一号、金鹤三号、粉娘、京丹彩玉2号、京丹红香蕉2号、京丹彩蕉1号。

第三章 番茄育苗技术

番茄从播种至开花结果需要较长的时间，为了提高土地和设施的利用率，争夺农时，节约用种，生产上一般采用育苗移栽。培育壮苗是番茄优质高产的基础。番茄壮苗应具有一定的生理年龄，早春育苗从播种至定植所需时间为 30～60 天；夏秋育苗，因温度较高，苗龄可缩短，一般为 20～30 天。同时，要求幼苗茎粗 0.5 厘米以上，上下茎粗相近，节间短且一致；幼苗健壮，子叶健全，7～9 片真叶，地上部和地下部长势均衡，根系发达，须根多；叶片肥厚，叶色浓绿，有大花蕾；第一花序着生在 7～9 节，无病虫害。番茄育苗有多种方式，随着栽培制度的不断完善和栽培技术的不断提高，育苗技术也在不断地提高和发展。

一、常规育苗

1. 种子选择

为了保证种子质量，应选择信誉好、安全可靠的蔬菜科研院所或种子公司购买种子。首先应根据当地的消费习惯和市场需求，确定选择哪种类型的番茄品种。再了解品种特性，如生长习性、熟性、果实性状等是否符合自己的需要，进而选择优质良种。生产中要求种子饱满，色泽良好，纯度达 95% 以上，净度达 98% 以上，发芽率达 85% 以上，含水量低于 7%。

2. 种子处理

种子处理可提高抗病能力，减轻病害的发生，也可促进种子早出苗、出齐苗。生产上常用的方法有以下几种。

（1）温汤浸种　将种子放入常温水中浸泡10分钟左右，取出后放入55℃左右的温水中，边搅拌边加热水，使水温保持在50℃～55℃，20分钟后停止加热水，待水温降至30℃左右时停止搅拌，并在水中浸泡4～6小时。然后取出种子直接播种或用湿毛巾包好放在28℃条件下进行催芽后播种。此法可以有效杀死种子表面及内部病菌，去除种子萌发抑制物质，增加种皮通透性，活化种子内部各种酶的活性，有利于种子萌发一致。

（2）药剂浸种　种子用纱布包好放在10%磷酸三钠溶液中浸泡15～20分钟，取出后用清水冲洗干净再催芽，可去除种皮表面病毒。为防止早疫病可将种子在清水中浸泡4～5小时后取出，放入1%甲醛溶液中浸种15～20分钟，捞出后用湿布包好放入密封容器中闷2～3小时，充分杀菌后再用清水冲洗干净，催芽。为防止溃疡病可将种子先用40℃温水浸泡3～4小时，然后放入1%高锰酸钾溶液中浸泡10～15分钟，取出用清水冲洗干净催芽。

（3）干热处理　将完全干燥的种子放入70℃干燥箱（或恒温箱）中干热处理72小时，可杀死种子所带的病菌，特别是对病毒病的防治效果较好。

（4）低温和变温处理　低温处理是把吸水膨胀的种子置于0℃条件下处理1～2天，然后播种，以提高种子的耐寒性。变温处理是把将要发芽的种子每天在1℃～5℃条件下处理12～18小时，然后再转到18℃～22℃条件下处理12～16小时，如此反复处理数天，可显著提高种子的耐寒性，并有利于出苗。

（5）种子包衣　是将杀虫剂、杀菌剂、生长素、营养元素等包在种子外，基本不改变种子形状。经过包衣的种子无须消毒、浸种催芽等措施可直接进行干籽直播。

3. 催　芽

经过处理的种子用湿毛巾包好置于25℃～28℃恒温条件下催芽，催芽过程中每天用同样温度的水冲洗并翻动1次，以洗掉种子表面的黏物，提供充足的氧气。2～3天后种子萌动露白时，将温度降至22℃左右，以使芽健壮。待多数种子出芽，芽长与种子纵径等长时即可播种。

4. 苗床及营养土的准备

（1）苗床准备　苗床的好坏与培育壮苗有很大的关系，在育苗前要做好充分准备。应选择地势高燥、背风向阳、阳光充足、排灌方便、交通便利、土壤富含腐殖质的地块作育苗场所，苗床以东西向为宜。

（2）营养土配制　营养土又称培养土，是培育番茄壮苗的基础。因此，要求营养土应营养物质充足、干净、无病虫，并具有良好的物理结构，保水、保肥性强，能固定秧苗并利于生长。一般播种育苗床的培养土是按园田土6份、腐熟过筛的厩肥或堆肥4份配制而成的；分苗移植的床土是按园田土7份、腐熟厩肥或堆肥3份配制的。另外，每立方米培养土需添加尿素或硫酸铵400～600克、磷酸钾或硝酸钾800～1000克或三元复合肥1000～1500克。苗床土的厚度以10～12厘米为宜。

配制营养土的有机肥如厩肥或堆肥可就地取材，但必须事先充分腐熟，最好在夏季开始堆沤。一般是每堆积一层有机肥，泼上适量水或人粪尿，共堆积4～5层，每隔1～2个月翻堆1次。经过夏、秋两季充分发酵后，于上冻前再捣碎过筛备用。为提高磷肥的肥效，可在堆沤腐熟有机肥过程中，每立方米加入过磷酸钙3～5千克。

为防止土壤带菌，除进行翻晒消毒外，还应进行土壤药剂消毒。可用40%甲醛50毫升加水5升喷洒。也可将50%多菌灵可湿性粉剂25～30克，加少量水配成溶液后，喷洒于1000千克床土上，充分搅拌后用塑料薄膜覆盖密闭，闷3～4天即可杀死土壤中

枯萎病、立枯病等病菌。

5. 适期播种

适宜的播种期取决于定植期。而合理的定植期不仅与当地的气候和育苗条件有关，还取决于市场需求。一般来说，播种期要比定植期早 40～50 天（阳畦育苗要提早 60 天左右）。由于我国南、北方气候和栽培方式不一样，各地的播期也有差异。具体的播种日期还要依当时的天气情况而定，最好选在冷尾暖头的天气播种，千万不要选在冷空气来临之前进行播种。

确定适宜的播种密度相当重要。播种过稀，出苗太少，浪费人力物力；播种太密，出苗太多，过分拥挤，易引起秧苗徒长，不利于培育壮苗。

番茄用种量因定植密度、育苗方法、种子质量等因素而差异较大。如采用传统的育苗方法（即播种苗床播种、分苗苗床分苗的二级育苗）和中等密度（每 667 米^{2}栽植 3 500～4 500 株）的用苗量，每 667 米^{2}用种量 40 克左右，需要播种苗床面积 1 米^{2}左右。如果采用营养钵播种一次育成苗（中间不分苗，即一级育苗法），每个营养钵只点播 1 粒已发芽的种子，每 667 米^{2}用种量则主要由定植株数、成苗率、发芽率、千粒重来确定。每 667 米^{2}用种量的计算方法是：

每 667 米^{2}用种量＝每 667 米^{2}计划定植株数 / 成苗率 / 发芽率 / 1 000×4 克（千粒重）

如果每 667 米^{2}计划定植 5 000 株，成苗率为 90%，发芽率为 85%，千粒重为 4 克，则每 667 米^{2}用种量＝5 000/0.9/0.85/1 000×4 ≈ 26 克。可以看出，一级育苗法可以节约较多的种子，这对于价格昂贵的进口种子而言，具有较大的现实意义。

播种宜选择晴天的上午进行。播种前先将苗床浇足底水，待水渗下后撒一层极薄的底土。播种时种子掺上少量细沙土，易于撒匀。播种一定要均匀，不能过密，在充分利用苗床的前提下，以适当稀播为原则。播种后随即覆盖过筛的细土，厚 1～1.5 厘米。覆土要均匀，厚度一致。覆土过薄，苗床内水分易蒸发，土壤易干燥，而且覆土过薄容易造成“戴帽”出土，影响出苗和子叶展开，不利于幼苗的光合作用和幼苗生长；覆土过厚，幼苗出芽阻力加大，不利于出芽，甚至会导致烂种，而且出土后的幼苗瘦弱黄化。覆土后立即用玻璃或塑料薄膜覆盖严实。

也可采用育苗盘播种育苗。营养土装入育苗盘时不宜过满，上部要留出 1～1.5 厘米的距离，以便播种时覆土和出苗后再覆土。穴盘育苗时，播前浇透水，水渗下后覆盖一层薄底土，每穴播 2 粒出芽的种子，播完后覆土，覆土原则同上。

6. 苗期管理

（1）播种后至出苗 指从播种至幼苗 2 片子叶充分展开，这一阶段主要是苗床的温度管理。苗床温度白天保持在 25℃～30℃、夜间 20℃以上，播种后 3 天左右即能出苗。这段时间为了保温，苗床上盖覆盖物，播种时已浇足水分，所以一般不用浇水。待 10%～20% 的幼苗出土时应立即撤去覆盖物，使幼苗尽早接受光照，同时要降低温度，避免幼苗徒长。如果播种时底水不足或覆土过浅，在出苗前可能出现土壤龟裂，可在晴天中午或下午苗叶上无露水时在畦面上撒盖一薄层细土。幼苗子叶开始顶出土时，如果覆土过浅，幼芽会“戴帽”出土，此时应立即再覆一薄层潮湿的细土。

（2）出苗至分苗前 指从子叶充分展开至幼苗长出 2 片真叶，这一阶段关键是管理好苗床的温、湿度。幼苗 2 片子叶完全展开后应适当降低苗床温度，可以适当通风，增加光照，白天温度控制在 22℃～26℃、夜间 12℃～15℃，注意防止夜温过高造成徒长。幼苗长出 2 片真叶时应进行炼苗，白天温度保持在 20℃～22℃、夜间 8℃～10℃，经过 3～4 天的低温锻炼，幼苗颜色变成深绿色或微带紫色时可进行分苗。

分苗也叫移苗，可以防止由于幼苗过密而造成的徒长，同时可扩大营养面积，促进侧根发生并淘汰弱苗、劣苗及病苗。分苗

还能使幼苗生长暂时停止，抑制向上生长、使幼苗茎叶组织紧密，茎增粗、壮实，增强抗逆性。分苗的时期宜早不宜晚，一般在播种后 30～40 天进行。此时正值开始花芽分化期，因此分苗要尽量减少伤根，不要损伤茎叶。为了分苗时少伤根、多带土，可在分苗前 1 天对苗床喷 1 次小水，使第二天起苗时土壤见干见湿，既易于起苗又能带大土坨，有利于分苗后的缓苗。分苗后要立即浇水，一次浇足。分苗后 2～3 天要尽量提高苗床温度，一般不通风换气。一般以分 1 次苗较好，次数不宜过多，否则影响幼苗的生长发育。

（3）**分苗后至定植前** 分苗后缓苗前要提高苗床温度，白天温度控制在 28℃～30℃，夜间控制在 17℃～18℃。当幼苗心叶开始转绿时，表明已有新根长出，开始缓苗。缓苗后要适当降温，白天保持 25℃～28℃、夜间 12℃～13℃。缓苗后浇 1 次缓苗水，有利于秧苗生长。

从分苗到幼苗长出 5～8 片真叶这一阶段，要加强水、肥、温、光、气（通风）管理，使秧苗生长健壮。为了培育壮苗，此期应做好苗期的促与蹲。促就是促进秧苗快长，蹲是使秧苗生长速度减慢。处理好蹲与促的关系，要以生态管理中的温度、水分、通风及光照为基础，辅以植物生长调节剂的使用技术。幼苗长至 4～5 片叶时以促为主，促使秧苗生长，管理上要提高畦温，中午小通风，夜间盖好覆盖物，为了延长光照时间，覆盖物要早揭晚盖。幼苗长至 6～7 片叶时，因外界气温升高，因此要加强通风。幼苗长至 8～9 片叶时要以蹲为主，控制水分，增加光照，加强通风，控制旺长。秧苗定植前 10～15 天须进行幼苗锻炼，以提高秧苗对环境变化的承受力。可撤去苗床上的覆盖物，加大通风量，随着低温锻炼的进行逐渐降低苗床的温度，夜间温度降至 10℃左右及短时间 5℃低温。经过低温锻炼的幼苗叶面呈浓绿色，叶缘、叶背呈淡紫色，叶片肥厚，茎粗壮挺拔，移栽后易缓苗。

二、嫁接育苗

嫁接就是将一种植物的枝或芽接到另一种植物上，使其获得该植物的营养，完成生长发育的技术。生产上番茄嫁接起步较晚，但随着设施生产的发展，连作障碍日趋严重，土传病害如枯萎病、青枯病、根结线虫病、根腐病等不断加重，尽管可以采用土壤消毒，但发病严重时仍难以控制。利用砧木的优良特性，嫁接后的番茄长势强、抗病性高，在一定程度上可以提高产量，增加产值。因此，番茄嫁接育苗是番茄生产的发展趋势之一。

1. 砧木选择

应用于生产的番茄砧木主要来源于其近缘野生种以及与这些近缘野生种的种间杂交后代。砧木的选择应首先考虑对土传病害的抗性，同时兼顾与接穗的亲和力。我国北方地区和南方地区番茄的主要病害存在一定差异，北方地区应选择抗枯萎病、黄萎病、根结线虫病的砧木品种；南方地区应选择高抗青枯病，兼抗根结线虫病、枯萎病的品种。

2. 嫁接方法

番茄常用嫁接方法有劈接法、靠接法、插接法、针接法和套管接等。

（1）劈接法 砧木比接穗提前播种，具体时间要根据砧木和接穗的生长速度而定。嫁接时，先将砧木在第二片叶处连同叶片一起平切掉，保留下部。再用刀片将茎向下劈切 1～1.5 厘米；接穗在第二片叶处连同叶片一起平切掉，保留上部，再用刀片将茎削成 1～1.5 厘米的楔形。将接穗紧密地插入砧木的劈开部位，夹上嫁接夹，遮阴保湿。嫁接苗成活后即可进入正常苗期管理。

（2）靠接法 该法操作简单，要求不严格，成活率高，是番茄嫁接最常用的方法之一。砧木比接穗提前 1 周播种，当砧木有 4～5 片叶、接穗有 2.5 片叶时适合嫁接。嫁接时将砧木保留 1 片真叶，

在第一与第二片叶中间用刀片断茎，并在子叶与第一片真叶之间由上而下斜切，切口长1厘米左右，角度为30°～45°；在接穗第一片真叶下方，由下向上斜切一刀，切口长度与角度与砧木保持一致。将砧木和接穗密接后，用嫁接夹固定牢。嫁接后应充分浇水，并适当遮阴，避免太阳直射，嫁接后2～3天内保持较高的温度和湿度。嫁接后10天左右，将下方接穗的茎切断。

（3）插接法 一般砧木比接穗提前播种10～15天，当砧木有5片叶时，保留3～4片真叶摘心。在砧木3～4片叶的叶腋处用竹签向下斜插，深3～5毫米。竹签应略粗于接穗，顶部削成铅笔尖状；同时，接穗有2.5～3片叶时，将接穗第一片真叶下削成楔形，拔出竹签后，迅速将接穗插入孔内。嫁接后浇足水，移入设施内并用遮阳网遮阴。遮阴时间不宜太长，遇阴雨雪天气要去除遮阳网使幼苗见光。与靠接法相比，插接后的管理要求较严格。

（4）针接法 砧木和接穗同时播种，砧木和接穗幼苗2～3片真叶，子叶下茎粗2毫米时为嫁接适期。采用自动嫁接针笔能大大提高嫁接效率。若无该工具，可自制竹针。先将砧木和接穗在紧靠子叶下横切或呈45°角斜切，将针的一半插入砧木茎中心，上方插入接穗，使接穗与砧木切口紧密结合。嫁接后移入设施内，并用遮阳网进行遮阴，棚内温度保持25℃～28℃，空气相对湿度保持93%～95%，4天后开始见光，适当通风，1周左右进入正常管理。针接法嫁接效率高，操作简便，对砧木和接穗的茎粗要求不严格，即使徒长苗也可通过嫁接调整。

（5）套管法 砧木和接穗均有2～3片真叶、株高5厘米左右时为嫁接适期。砧木和接穗均在子叶上方0.6～0.8厘米处的第一节间呈30°角斜切，将接穗插入套管中，使切口处紧密结合。接后移入棚内，温度保持25℃～28℃，空气相对湿度保持90%～95%，3天左右可愈合，之后可进行正常管理。

3. 嫁接时注意事项

①嫁接用具事先均要消毒，嫁接过程要快，保持干净，防止污

染。②番茄砧木与接穗在形态上区别不大，容易混淆，为了防止出错，应做标记，如采用不同的容器育苗或涂颜色等，以免在搬运或嫁接过程中弄混。③在嫁接过程中，注意切口位置不要随意降低，切忌在子叶部位嫁接，以免定植时接口接触土壤，造成病菌的侵染。④无论采用哪种嫁接方法，都需要培育壮苗，加强嫁接前的苗期管理，防止徒长，否则嫁接时容易倒伏，影响接合效果。

4. 嫁接苗管理

嫁接方法和嫁接技术虽然对嫁接苗的成活率有一定的影响，但影响成活率的主要因素是嫁接后的环境条件。与成活率关系最密切的环境条件是温度、湿度和光照。嫁接苗的最适生长温度为25℃，温度低于20℃或高于30℃不利于接口愈合，影响成活率。嫁接苗伤口愈合以前，接穗的供水主要靠砧木与接穗间细胞的渗透，供水量很少。如果嫁接环境湿度低，容易引起接穗凋萎。因此，嫁接后育苗场所要密闭，保证嫁接后3～5天内空气相对湿度保持在90%～95%。嫁接后2～3天内不可通风，第三天后选择温暖而空气湿度较高的傍晚或清晨通风，每天通风1～2次。砧木与接穗的融合与光照关系密切，照度为5000勒、12小时长日照时成活率最高。在弱光条件下，日照时间越长越好。嫁接后遮阴实际上是为防止高温和保持环境内的湿度，避免阳光直射秧苗，引起接穗的凋萎。另外，育苗场所施用二氧化碳气肥，能促进光合作用，加速伤口愈合，而且由于气孔关闭还能抑制蒸腾，防止植株萎蔫。

第四章
露地番茄栽培技术

番茄露地栽培是既经济又简易的栽培方式，整个生长发育过程在自然条件下进行，不采用人工设施，只进行人工管理的栽培方式。全国各地均可以在当地自然条件适宜的情况下进行露地栽培。番茄设施栽培发展虽然迅速，但总体来说，露地栽培仍然是我国大部分地区采用的主要栽培方式。

一、茬口安排

各地应根据当地气候、市场等条件确定采收上市适期，合理安排栽培方式和栽培季节。黄河流域，春、夏、秋均可进行番茄露地栽培，河南、山东等地，春露地番茄一般在 1 月下旬温室中播种育苗，4 月中旬定植，6 月上旬开始采收，至 7 月中旬结束；夏露地番茄在 5 月上中旬于露地播种育苗，6 月上中旬定植，9 月份收获。西北地区露地春茬番茄一般在 1 月下旬至 3 月下旬温室育苗，4 月中下旬至 5 月上中旬定植，6 月中旬至 8 月中旬采收。长江中下游地区气候温暖，无霜期长，春茬番茄一般 11～12 月份在塑料大棚等设施内播种育苗，翌年 3 月中下旬定植，5 月中下旬开始采收至 7 月中旬；秋茬番茄在 7～8 月份育苗或采取直播方式，8 月下旬或 9 月上旬定植，10 月上旬开始采收至 11 月中下旬。珠江流域只有秋冬季节光照充足、雨水少、气候温暖，适宜露地番茄栽培，一般在8～9月份播种，9～10月份定植，11月中旬开始采收至翌年2月下旬。

二、品种选择

生产中应根据不同地区的气候特点、消费习惯、栽培形式及栽培目的等选择适宜本地区的品种。

1. 早熟品种

以早熟、增产为生产目的，可选用早熟品种，宜选择有限生长型的丰产品种，如西粉3号、东农702、津粉65、苏抗9号、鲁粉1号、早魁等。

2. 中晚熟品种

以挖掘增产潜力、优质高产为目的，可选用中晚熟品种，宜选择生长势强的无限生长型品种，如毛粉802、佳粉15号、中蔬4号、中蔬5号、中杂9号等。

三、露地春番茄栽培技术要点

1. 培育壮苗

北方地区必须在塑料棚或日光温室内进行保护育苗，育苗期的长短首先取决于育苗期间的温度。在正常条件下，番茄从出苗到第一花序开始分化约需≥10℃活动积温600℃，花芽发育整个过程又需600℃积温，因此，欲培育出即将开花的大苗，应保证有1 000～1 200℃的活动积温。育苗期间一般日平均温度保持20℃左右，需50～60天，再考虑到1次分苗的缓苗时间及定植前秧苗锻炼，以60～70天的日历苗龄为宜。确定定植期后，一般提前60～70天进行播种育苗，每667米^{2}用种量35～75克。壮苗标准：苗龄55～65天，真叶7～8片，株高早熟品种15～18厘米、中晚熟品种20厘米左右，第一穗果开始出现大花蕾，根系发达，叶色浓绿，无病虫害。具体育苗方法参见第三章番茄育苗相关内容。

2. 定 植

番茄忌连作，应避免重茬，最好与葱蒜类和豆科或十字花科等作物实行 3～4 年轮作。南方地区可实行水旱轮作。春露地栽培地块应在上一年的秋末冬初进行深翻晒垡，定植前每 667 米^{2}施优质农家肥 4 000～5 000 千克、过磷酸钙 70～80 千克、尿素 5～10 千克或磷酸二铵 30 千克、草木灰 100～150 千克或硫酸钾 10～15 千克。一般基肥的施入量以磷肥占总肥量的 80% 以上，氮肥和钾肥占总肥量的 50%～60% 为宜，其余的作追肥使用。与土壤充分混匀后，进行整地做畦，一般采用平畦、小高畦、深沟高畦和垄栽等，北方地区多采用平畦或小高畦栽培，东北和西北地区多采用垄栽，南方地区多采用深沟高畦栽培。为保证地温，北方地区通常采用地膜覆盖，应在定植前 1 周扣膜，以提高地温。

春露地番茄栽培应在晚霜过后，10 厘米地温稳定在 10℃左右（不低于 8℃）时定植。具体定植时间各地不同，如北京地区一般在 4 月 25 日前后。在没有晚霜危害的地区，可适当提早定植，使番茄提前成熟、提早上市，获得较好的经济效益。定植宜在无风的晴天上午进行，以便于缓苗。

定植密度应根据品种特性、整枝方式、生长期长短、气候条件及栽培习惯而定。早熟栽培一般每 667 米^{2}栽 5 000～6 000 株，如每株留 2 穗果，则每 667 米^{2}栽 6 000 株；如每株留 3 穗果，则栽 5 000 株。中晚熟栽培每 667 米^{2}栽 3 000～4 000 株，如每株留 2 穗果，则每 667 米^{2}栽 4 000 株；如每株留 3 穗果，则每 667 米^{2}栽 3 000～3 500 株。

每畦栽 2 行，带土坨定植。栽苗时不宜过深或过浅，深度以子叶与地面相平为宜。如遇徒长苗，应采用顺沟卧栽的方法，即把徒长苗卧放在定植沟内，将茎基部埋入土中，甚至可以埋入 2～3 片真叶，以促使发生不定根。栽苗后浇足定植水，温度低时通常采用暗水浇苗，即先开沟浇水后栽苗，最后覆土。浇暗水有利于提高地温，促进生根，提早缓苗。

3. 田间管理

露地春番茄的田间管理应切实抓好“五防”，即防止烤苗、寒苗，防止肥水短缺，防止中后期草荒，防止密度过大，防治病虫害，还要特别注意做好防止落花落果。

（1）肥水管理 采用地膜覆盖栽培的，应采用膜下滴灌或暗灌。定植后应及时浇定植水，3～5天后，待幼苗心叶开始转绿时浇缓苗水。随后应当控制浇水，进行蹲苗，至第一穗果坐住，有核桃大小时结束蹲苗。蹲苗有利于番茄根系下扎，促进根系发育，抑制地上部茎叶生长过快，提高秧苗质量。蹲苗时间应根据品种、苗龄、土质、降水量等多方面情况灵活掌握，蹲苗时间过短，秧苗徒长，营养生长过剩，削弱了生殖生长，花蕾发育不良或开花过晚，结果推迟；过长，营养生长受阻，光合产物减少，生长缓慢，果实变小。

蹲苗结束后应及时追肥并浇催秧催果水。在结果期，外界气温升高，枝叶生长量增大，果实膨大迅速，这时应保证充足的水分供应。晴天或降水量少的时候，一般每4～6天浇1次水，以达到土壤最大持水量的60%～80%为宜，切忌忽干忽湿，以减少裂果的发生。

通常在每穗果实开始膨大时追肥。第一次追肥在第一穗果长至乒乓球大小、第二穗果已经坐住时进行，每667米^{2}随水追施人粪尿250～500千克，或尿素15～20千克、过磷酸钙20～25千克或磷酸二铵20～30千克、硫酸钾10千克。以后在每穗果膨大时进行追肥，生产中应注意，定植前期可适当多施氮肥，但中后期应氮、磷、钾并重，平衡施肥。在番茄植株出现缺素症时，可进行叶面喷肥。

（2）植株调整 春露地番茄一般都是顶大蕾苗定植，因此在缓苗水浇过之后，地表稍干不黏泥时，应及时搭架。搭架可使番茄茎蔓顺架生长，防止植株摇动和花果碰撞受伤，同时有利于追肥、浇

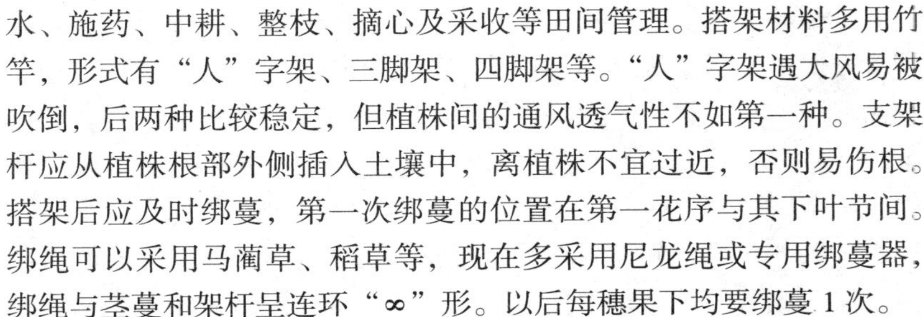

水、施药、中耕、整枝、摘心及采收等田间管理。搭架材料多用竹竿，形式有“人”字架、三脚架、四脚架等。“人”字架遇大风易被吹倒，后两种比较稳定，但植株间的通风透气性不如第一种。支架杆应从植株根部外侧插入土壤中，离植株不宜过近，否则易伤根。搭架后应及时绑蔓，第一次绑蔓的位置在第一花序与其下叶节间。绑绳可以采用马蔺草、稻草等，现在多采用尼龙绳或专用绑蔓器，绑绳与茎蔓和架杆呈连环“∞”形。以后每穗果下均要绑蔓1次。

番茄整枝主要有单干整枝、一干半整枝和双干整枝3种方法，生产中应根据栽培密度和目的选择适宜的方法（详见第五章大棚番茄栽培相关内容）。

番茄侧芽萌发力很强，易形成侧枝，应及时进行打杈，除去侧枝，保证植株旺盛生长，将大量养分运往果实，以提高产量和品质。番茄缓苗后，两个侧枝往往同时生长，开始时先不打侧枝，以促进根系生长，待杈子长至10厘米以上时打去。打杈时，为避免传播病毒，应用手指从下向上不接触主茎打杈，而且要健株先打杈，最后是病株。打杈应在晴天进行，以利伤口愈合。在最上部的目标果穗的上部保留3片叶进行摘心，可避免太阳暴晒，防止果实日灼病，还能保证养分供应。

进入转色期后，下层叶片开始衰老，光合作用能力下降，影响通风透光，而且易感染病害，应将病叶、老叶等及时打去。打叶应在晴天上午进行，以利于伤口愈合。

（3）中耕除草　番茄定植后应及时进行中耕。早中耕、深中耕有利于提高地温，促进迅速发根与缓苗生长，为第一次根系生长高峰的及早形成创造条件，这对早熟栽培更为重要。中耕应连续进行3～4次，深度应一次比一次浅，垄作或行距大的畦作可适当培土，促进茎基部发生不定根，以扩大根群。

（4）保花保果　番茄落花现象比较普遍，主要原因有：①营养不良性落花。土壤营养及水分不足、植株损伤过重、根系发育不良、整枝打杈不及时、高夜温下养分消耗过多、植株徒长、养分供应不平衡等原因。②生殖发育障碍性落花。温度过低或过高、开花期多雨或过于干旱等均会影响花粉管的伸长及花粉发芽，产生畸形花而引起落花。露地春番茄早期落花的主要原因是低温或植株损伤；中晚熟主要是高温多湿。防止落花必须从根本上加强栽培管理，如培育壮苗、适时定植、保护根系、加强肥水管理、防止土壤干旱和积水、保证充足营养、防止偏施氮肥、及时进行植株调整、改善田间通风透光条件等。使用植物生长调节剂可有效地防止落花，促进结实。露地栽培有些气象因素难以人为控制，应用植物生长调节剂就更加重要。使用时应严格按照产品使用说明配制，温度高时，浓度适当低些；温度低时，浓度适当高些。可采用小喷壶喷花或毛笔蘸花的方法，为防止重复喷施，可在药液中加入颜料加以区分。中午温度较高时不要喷施，以免出现药害或畸形果。在灰霉病多发地区，应在溶液中加入腐霉利等药剂防治病害。

4. 采　收

番茄应及时采收，以减轻植株负担，促进后期果实膨大，确保商品果品质。以长途运输进行异地销售为目的的，应在绿熟期采收，此时果实质地较硬，耐运输，但品质风味较差；以短途运输为目的的，应在转色期采收，此时果实经 2～3 天就能转色，质地稍硬，品质风味较好；以当地销售为目的的，应在成熟期采收，此时品质风味最好，商品性最佳。

第五章

大棚番茄栽培技术

番茄在环境适宜的条件下，一年四季均可进行栽培，其栽培季节及茬口应根据当地气候条件、设施性能及消费习惯适当调整，灵活安排各茬次的播种、定植及采收时间。

一、大棚番茄早春栽培

大棚早春茬番茄，苗期处于低温弱光的严寒冬季，定植后外界气温逐渐升高，光照时间逐渐变长，光照强度不断增加，对番茄的生长发育非常有利，栽培容易获得成功，并且产量也较高。

1. 选择优良品种

塑料大棚春番茄栽培以早熟丰产和优质为目标，因此要选择早熟丰产性好，植株开展度小，叶量较少，适宜于密植，生长势中等，耐低温、弱光，抗病毒病、叶霉病、灰霉病、早疫病、晚疫病等病害的品种，如中杂 7 号、中杂 8 号、中杂 9 号、佳粉 10 号、双抗 2 号、早丰、西粉 3 号等优良品种。

2. 培育适龄壮苗

大棚春茬番茄育苗是关键，培育出适龄壮苗可为番茄早熟、优质、丰产打下基础。所以，生产中应该采取一切措施加强苗期管理。

苗龄的长短由品种、育苗条件、设施及管理而定。播种日期则由栽培方式的定植期向前推加上所需苗龄即可。大棚早春茬番茄以早熟丰产为目标，因此要培育健壮大苗，育苗时要适当早播种。华北地区一般在11月下旬至12月上旬播种。

由于春早熟番茄栽培的育苗期正值寒冷时节，阴、雨、雪及寒流等不良天气状况会时常出现，极易造成苗床低温高湿，幼苗发生寒害或冻害，或因较长时间不通风见光，苗床有害物质积累过多，氧气量相对减少，幼苗同化作用减弱，生长发育不良，甚至死苗。因此，在出现不良天气时，要避免因怕冻苗而不揭草苫和不通风换气的错误做法，及时扫除棚面上积雪，坚持白天揭、盖草苫，并适当通风换气，尽可能延长白天光照时间，排除棚内湿气，以防秧苗生长不良或出现死苗现象。另外，在遇到上述不良天气时，必须对苗床补充加温。要特别注意的是：在连阴、连雨或连雪天后的第一个晴天，切勿在短时间内把草苫全部拉开，更不可揭苫过早，应先揭“花苫”，小开天窗适当通风，防止幼苗骤然遇强光高温后，因蒸腾量大和根系水分吸收跟不上，植株发生萎蔫或死苗。当幼苗恢复正常生长后，再全部揭开草苫和停止通风，使棚内温度回升到适于幼苗生长发育的温度。

在育苗期间遇到强寒流天气发生冻害时，应于清晨8时前后喷1遍8℃～15℃的清洁温水，以利缓解冻害。同时，覆盖草苫或盖花苫，防止因阳光直射棚内升温过快骤然解冻而死苗。

3. 整地定植

大棚番茄春季栽培，应在年前地冻前进行深翻土地，定植前15～20天扣膜烤地升温。每667米^{2}施腐熟有机肥7500千克，或鸡粪4000～5000千克，同时施入过磷酸钙50千克，深翻20～30厘米，耕翻耙平，然后做成1米宽的高畦或50厘米行距的高垄，可在高畦或高垄上进行地膜覆盖。整地做畦后，在畦内或定植沟内每667米^{2}撒施三元复合肥25千克，以利于缓苗和前期生长。

大棚中间做成浇水沟兼走道，在沟的两边做1～1.3米的畦，每畦栽2行番茄。早熟品种株距25厘米，每667米^{2}定植4000～5000株；中熟品种株距33厘米，每667米^{2}定植3000～3500株；

晚熟品种株距40厘米，每667米^{2}定植3000株左右。番茄应带土坨定植，并尽量保持土坨的完整，栽苗深度应使苗坨与畦（垄）面相平，定植后要及时浇定植水，水量应根据土壤墒情和地下水位高低来确定。定植方法有明水栽苗和暗水栽苗两种。明水栽苗是在番茄定植后在畦沟或垄沟中浇定植水，定植水不宜浇得太多，以防地温过低，不利于缓苗。暗水栽苗一般是先挖穴浇水，等水基本渗下去后再摆苗，然后覆土盖穴，这种方法有利于保持土壤温度，防止定植后土壤板结，有利于番茄幼苗缓苗生长，但比较费工。

春季大棚栽培番茄的定植期应力求做到适时偏早，不要失去大棚早熟栽培的最佳时机。当棚内10厘米地温稳定在10℃以上时即可定植。定植以寒流过后的晴天上午进行为宜，以利于定植后提高温度，促进缓苗。定植时采用大棚扣小棚，其增温效果好，可比单层膜提前10～15天成熟。

4. 田间管理

（1）温湿度管理　定植后5～7天至缓苗前要盖严棚膜，提高棚内气温和地温，促进缓苗。棚内气温白天保持在25℃～30℃、夜间13℃以上，10厘米地温18℃～20℃。但棚内最高温度30℃以上时要立即通风，适当降温和排湿，使午间最高棚温不高于30℃。缓苗后，开始通风降温，并随着外界气温的升高，逐渐加大通风量，延长通风时间，使棚温白天保持20℃～25℃、夜间12℃～15℃，空气相对湿度保持60%～65%。注意通风口一定要由小到大，通风时间要由短渐长。开始通风时不要通底风，主要通过大棚上部通风。当上部通风口无法使棚温下降时，方可揭底通风。番茄生长中期和后期（从第一穗果实膨大到植株拉秧），外界气温不断升高，光照充足，大棚的管理重点是加强通风，降低棚温，防治病虫害。若棚温超过35℃，应昼夜通风，甚至把大棚两侧的塑料薄膜全部掀开或揭掉。总之，要采取各种措施使棚温白天保持在25℃～26℃、夜间15℃～17℃，10厘米地温20℃～25℃，空气相对湿度45%～55%。温度和湿度管理是相对应的，通风既可降低棚温，又可降低棚内空气湿度。棚内湿度过大，易发生各种病害，尤其在每次浇水后，必须加大通风量，以降低棚内空气湿度。

（2）中耕培土及肥水管理 定植后要及时浇水，此水不可过大，以防降低地温。定植2～3天后进行浅中耕，缓苗后再浇1次透水，适时进行深中耕，并对苗垄进行培土，使土壤上干下湿，以利提高地温，促进根系下扎，使结果前期的营养生长增强，茎粗叶大，而又不徒长落花。第一穗果实2～3厘米大小前进行蹲苗，此期是番茄由营养生长为主转变为生殖生长为主的过渡期，要保持两者的均衡。当第一穗果实2～3厘米大小时浇蹲苗结束水，以后每隔7～10天浇1次水，保持地面见干见湿。结合蹲苗结束水每667米^{2}追施三元复合肥8～10千克，或尿素15千克。以后每隔15～20天进行1次追肥，采用三元复合肥或尿素，数量同上。

（3）植株调整 番茄的整枝方式有单干整枝、改良单干整枝（主、副干整枝）和双干整枝3种。就品种熟性与整枝关系而言，早熟自封顶型品种宜采用双干整枝，中熟品种宜采用改良单干整枝，晚熟无限生长型品种宜采用单干整枝；就其栽培密度与整枝关系而言，密植栽培多采用单干整枝，稀植栽培多采用双干整枝，中等密度栽培多采用改良单干整枝。

①单干整枝 只保留1个主枝，其余侧枝、侧芽全部打掉的整枝方式。春番茄如采用小架密植的早熟自封顶型，以前期产量为主要目的的，可采用此种方式；大果型无限生长型番茄也可采用此种整枝方式；对于无限生长型的樱桃番茄，也多采用此整枝方式。大棚和日光温室栽培的樱桃番茄，如果环境条件适合，可以大幅度延长生育期和供应期，而随着植株越长越高，下部的果实已经采收，叶片也脱落，此时可将植株下部的茎枝盘绕于地表，用土埋住，俗称“盘条”。单干整枝方式操作简单易行。

②改良单干整枝 除了主枝正常生长外，可保留第一花穗下节位上的侧枝，当其出现1～2穗果后打顶。此种整枝方式在考虑前期产量的同时，也适当增加了总产量，但操作起来略显麻烦。

③双干整枝　即保留第一花穗下节位上的侧枝与主枝并行生长，两个枝上的其他侧枝、侧芽全部打掉的整枝方式。春早熟番茄栽培一般以早熟、前期产量和效益为目的，因此较少采用双干整枝方式。但如果以总产量为目的，定植密度又较稀，或者秧苗数量不充足时，可以考虑此种整枝方式。

近些年，各地又陆续出现了一些新的整枝方式，如先单干后双干法、单干连续摘心法等。无限生长型的品种一般采用单干整枝；有限生长型的品种多采用改良式单干整枝。整枝方法确定后，应及时摘除多余的侧枝，一般间隔 4～5 天打杈 1 次。番茄整枝方式如图 1 所示。

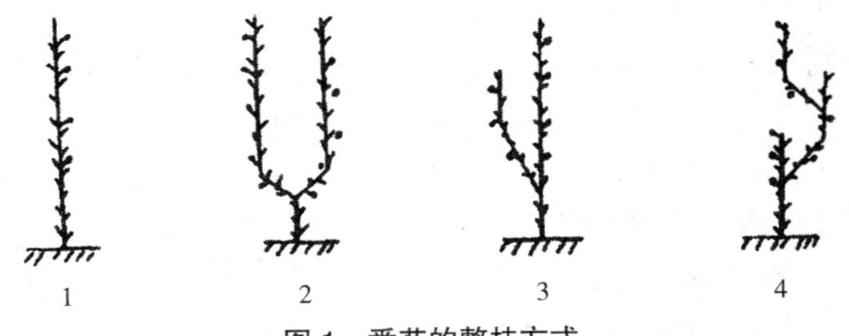

图 1　番茄的整枝方式

1. 单干整枝　2. 双干整枝　3. 改良单干整枝
4. 单干连续摘心整枝

（4）插架绑蔓　大棚番茄一般用竹竿插“人”字形架绑蔓，每株 1 杆，顶端交叉处连上横杆，绑牢。也可插成直立架，每株 1 杆，用横杆将架绑牢。绑蔓时将植株茎蔓用塑料绳绑在竹竿上，注意将花序调在外侧，绑蔓不要太紧，以防植株茎蔓长粗后缢伤。植株第一花序开花坐果时开始绑蔓，之后每隔 3～4 片叶绑 1 次。如留穗较多，也可在棚顶拉铁丝，每株用一根塑料绳吊蔓。结合绑蔓进行摘心和去侧枝。一般早春茬番茄每株留 2～3 穗果打顶，打顶时一定要在最顶端花序的上面留 2 片叶摘心，既可保证最上部果实的营养需要，也有利于遮阴，防止果实日灼病。后期植株要打底叶，以利通风透光。自封顶型要保留第一穗下第一侧枝，每株共留 3～5 个小穗，将其余侧枝全部打去，上部侧枝也可留 1～2 叶摘心，以促进地下部根系生长防止早衰。以后的侧枝要及时摘除。

（5）**保花保果** 早春大棚番茄生产，由于早期低温、弱光、高湿，不利于坐果，需要采用保花保果技术。目前，无公害番茄栽培的保花保果技术主要有人工辅助授粉、熊蜂授粉、使用防落素等植物生长调节剂等。

人工辅助授粉应选择发育良好、完全开放、有活力的花，通过振荡或摇动花序促使花粉散发出来，落到柱头上。振动花序可以使用手持振荡器，效果较好，也可用手指弹动花序或摇动植株，人工辅助授粉应选择在上午 9～10 时进行。

植物生长调节剂是激素类化学农药，能够刺激植物器官的新陈代谢，使处理部位的生理功能旺盛。当植物生长调节剂处理番茄雌蕊后，营养物质会向正在发育的子房运输，加速子房的发育，抑制离层的形成，防止果实脱落。用植物生长调节剂处理后的番茄果实成熟早、产量高。在不良环境下使用植物生长调节剂能有效地促进坐果。番茄栽培中通常用的植物生长调节剂是防落素，也称番茄灵。使用时用少量酒精或氢氧化钠溶液溶解，再加水到所需浓度。番茄的适宜使用浓度为 20～40 毫克 / 升，使用时根据气温变化情况而定，温度低时使用浓度稍高一些，温度高时浓度稍低一些。使用时可以喷花、蘸花、抹花。选择即将开放或正在开放的花朵，每朵花不要重复喷、蘸，否则会造成畸形果。为防止重复可用一些带颜色的食品添加剂掺入以示区别。在使用植物生长调节剂时注意不要碰到嫩花、嫩枝、嫩叶上，否则会出现形似病毒病的症状。

番茄设施栽培，采用单一的保花保果技术往往效果不十分理想，实际生产中多采用多种方法配合使用。首先通过调节和改善设施内温度、光照、通风等条件，通过合理地增减覆盖物、适量通风使设施内的环境尽可能满足番茄生长发育的需要；通过植株调整、整枝打杈，调节营养生长和生殖生长的平衡，利于开花和坐果；合理浇水、科学施肥，保证植株的正常生长；采用人工辅助授粉和植物生长调节剂等方法相结合的原则来保花保果。

（6）**疏花疏果**　为生产优质番茄果实，当坐果太多时，需要疏除部分果实。如果一个果穗上结的果实太多，往往因植株供应养分不足和光照条件差，造成果实大小不匀，畸形果率增加，平均单果重量减轻，影响果实品质和质量。因此，疏果能提高果实品质和增加优质果产量。疏果时间宜在计划选留的果实坐住并长至蚕豆大小时进行，每穗选留果实数量要因品种结果习性和整枝方式而异。要注意单果重量大的品种每穗留果数量宜少，一般 2～3 个；而中等或偏大型品种每穗可留果 4～5 个；中小型品种每穗应多留，一般留 6～8 个；而樱桃番茄品种一般不疏果。要选留健壮、周正、并着生于向阳空间处的大果，注意不要留“对把果”，把不需要保留的幼果和晚花全部摘除，使植株集中养分供养选留的果实，以加速果实的生长膨大。

5. 催熟和采收

番茄果实开始变色时应及时采收。特别是远距离运输的要在变色期前或绿熟期采收，在销售前用乙烯利 500 倍液浸泡 2～3 分钟，然后放置在 20℃～25℃条件下，4～5 天即可变色。早春茬大棚番茄的主要目标是早熟，除选用适于早熟的品种外，在果实后熟期用乙烯利 800～1 000 倍液涂抹，可提前 5～7 天上市。

二、大棚番茄越夏栽培

越夏番茄可以利用原有设施栽培的骨架，使用旧膜、遮阳网或防虫网覆盖，进行防雨、防强光、防虫害栽培。一般无任何防护的夏季露地番茄栽培很难获得成功。

1. 品种选择

越夏栽培番茄，选用品种是关键。番茄越夏栽培的生长期，正处于高温多雨的季节，应注意选用耐强光、耐高温、耐潮湿、抗病性强的中熟或中晚熟品种，如苏抗 7 号、中杂 9 号、中杂 11 号、中杂 12 号、佳粉 10 号、佳粉 15 号等国产品种；还有爱丽、卓越、桃大哥、R–144、玛瓦等进口品种。

2. 培育壮苗

越夏番茄的播种时间，是关系经济效益高低的重要因素。播种过早，番茄开花期正遇高温，难以坐果；播种过晚，则收获推迟，会影响越冬蔬菜的种植。因此，一定要根据品种的生育期确定出适宜的播种育苗期。河南省越夏番茄的播种期一般是在 4 月下旬。越夏番茄易感染病毒病，必须在播种前进行种子消毒处理，预防病害发生。具体方法参考第三章育苗技术相关内容。

3. 整地定植

遮阴避雨是越夏番茄栽培的重要措施，可利用冬季使用过的旧棚膜遮阴避雨。移栽定植前，检查一下棚膜是否有破损，如有破损要及时修补，不能让雨水进入棚内。棚膜上覆盖遮阳网进行遮阴、降温。防虫网用在棚前的通风窗和顶端的通风口处，一定要封严，以免害虫从缝隙进入。

定植前结合深耕施足基肥。一般于定植前 7～10 天，每 667 米 ^{2} 均匀施入腐熟农家肥 10 000 千克、腐熟灭菌的鸡粪 5 000 千克、过磷酸钙 100 千克。越夏番茄栽培一般垄宽 1.2 米，其中垄背宽 80 厘米，垄沟宽 40 厘米，垄高 15 厘米。整地做畦时，每 667 米 ^{2} 再施入尿素和硫酸钾各 15～20 千克。整地起垄后，可用 5% 菌毒清水剂 100～150 倍液，对棚内进行 1 次全面的喷药消毒灭菌，然后高温闷棚 4～5 天。闷棚时可选择晴天的中午前后，棚内气温高达 60℃～70℃，持续几天以后，再昼夜通风降温，然后进行定植。

4. 田间管理

定植后为加快缓苗应及时地覆盖遮阳网，再覆盖棚膜，遮阴降温，减少蒸腾。在浇过定植水 2～3 天后及时中耕松土，增加土壤透气性。通过网、膜共同覆盖和昼夜通风，气温白天保持在 22℃～27℃、夜间 14℃～17℃。在浇足定植水的情况下，一般缓苗期不再浇水，如秧苗出现旱象，可轻浇1次水。缓苗后和第一穗果坐果期分别进行1次追肥和浇水，每667米^{2}分别追施尿素5～7千克和8～15千克。为控制幼苗徒长可于每次追肥浇水后喷洒助壮素，第一次可喷洒0.01%助壮素溶液（即25%助壮素20毫升对水50升），第二次可喷洒0.015%助壮素溶液（即25%助壮素30毫升对水50升）。要注意严防蚜虫和白粉虱等害虫飞入，于所有通风口处设置防虫网。在生长前期温度较高，易发生病毒病、晚疫病，应及时喷药防病。整枝一般采用单干整枝的方法，每株留4穗果摘心。应及时打杈，并剪去老叶、黄叶。越夏番茄一般在8月中下旬开花，这时气温较高，不利于授粉受精，一般需要采取措施保花保果，如人工辅助授粉或用植物生长调节剂蘸花处理的方法。另外，如果一个果穗上坐住的果实过多，应及时进行疏果，疏果一般在果实长至核桃大小时进行。每穗留3～4个果，要选留健壮、周正的大果，把不需要保留的幼果和晚花全都摘除，使植株集中养分供养选留的果实，以加速果实的生长膨大。开花前遇旱浇水，开花时不要浇水，否则会影响坐果率。当果实长到核桃大时要追肥浇水，以后每次浇水都要追肥，每667米^{2}每次冲施硫酸钾复合肥15千克、腐熟鸡粪0.3米^3。在9月上旬番茄需要良好的光照，应换上新棚膜。实践证明，换新棚膜不但有明显的增产作用，而且果实色泽好，商品价值高。当气温降至18℃以下时，要及时盖草苫，否则番茄成熟较慢，推迟成熟期，影响冬茬蔬菜的种植。

5. 采　收

越夏番茄的采收期正值高温时节，其果实成熟快，耐贮性差，因此要适时早采收，既利于延长销售期，也有利于其他果实的生长发育。

三、大棚番茄秋延后栽培

秋季塑料大棚番茄栽培是夏播秋收，生育前期正值高温多雨，番茄病毒病等病害较严重。生育后期温度逐渐降低，直至初霜降临，生育期较短。栽培技术特点是前期防雨、降温，后期防寒、保温。

1. 品种选择

大棚番茄秋延后栽培，要选择苗期耐高温，结果期耐低温，植株抗病毒病能力强，高产耐贮藏的品种，如西粉 3 号、L-402、中杂 9 号、中杂 11 号、双抗 2 号、佳粉 15 号、中蔬 5 号、中蔬 6 号等国内品种和爱丽、盖伦、保冠、桃佳、R-144、AF-516、桃丽、鲜明等进口品种。

2. 播种适期

大棚秋番茄栽培全生育期始终要以防病为中心。播期过早易发生病毒病，播种过晚则后期不能成熟。可根据当地早霜来临时间确定播种期。一般采用单层塑料薄膜覆盖的大棚以霜前 110 天左右播种为适期。华北地区多在 7 月上旬播种，如果采用遮阳网覆盖栽培，播种期可提前至 6 月下旬。

3. 整地定植

各地秋季大棚番茄栽培的适宜定植期不尽相同，华北地区多在 8 月上旬。秋季大棚栽培一般是利用春季的旧棚，定植前，一是要修补塑料薄膜，防止漏风漏雨。二是要清理田园，清除前茬残株落叶。每 667 米 ^{2} 施腐熟农家肥 4 000～5 000 千克，耕翻整平，做畦或起垄。有条件时还可以增施沟肥，每 667 米 ^{2} 施三元复合肥 20～30 千克或饼肥 200～300 千克。整好畦后，在定植前 1 周左右，用 5% 菌毒清水剂 100～150 倍液，于棚内全面喷洒后，密闭棚室进行高温闷棚，以消毒杀菌。闷棚时注意盖好棚膜，密闭通风口，连续闷棚 3～4 个晴天，晴天中午棚内最高气温应达到 60℃～70℃。采用小苗定植，偏埂栽培，利于缓苗。最好选择阴天或日落后定植，及时浇定植水，定植后 4～5 天浇缓苗水。

秋季大棚番茄栽培的定植密度一般比春季大棚栽培密度大，种植有限生长型早熟品种或单株仅留 2 层果穗的品种，每 667 米 ^{2}

栽苗 5 000～5 500 株；单株留 3 层果穗的无限生长型中熟品种，每 667 米 ^{2} 栽苗 4 500 株左右。

4. 田间管理

幼苗定植后，前期大棚管理的重点是降温、防雨、促缓苗、防徒长及保花保果。可将大棚四周的塑料薄膜全部掀开，在无雨的天气，大棚上部的通风口也要全部打开，尽量加大通风量，使棚内白天的温度不高于 30℃，夜温不高于 20℃。第一穗果实开始迅速膨大前，要少浇水，多中耕，可连续中耕松土 2～3 次。第一穗果实进入膨大期，时间大约在白露以后，外界气温开始降低，此时要注意大棚的保温措施，夜间将塑料薄膜盖严，白天适当通风，逐渐减少通风时间，使棚内白天温度保持在 25℃左右、夜间 15℃左右。当外界气温下降至 15℃以下时，下午要适当提前落膜关棚。植株因管理不当而出现徒长现象时应及时喷洒 300 毫升 / 升矮壮素。

开花期，因气温高等不利因素影响，常会引起花器发育不良，造成落花落果。生产中可采用 20～40 毫克 / 升防落素溶液喷或蘸花朵，或用 25～35 毫克 / 升防落素溶液蘸花梗。根据植株生长发育情况，及时整枝、打杈、插架、绑蔓及摘心。有限生长型品种多采用改良式单干整枝方式，每株留 3～4 穗果实；无限生长型品种多采用单干整枝方式，每株留 2～3 穗果实后摘心，并在最后 1 层果穗上留 2 片叶。

当第一穗果实长到乒乓球大小时，结束蹲苗，开始浇水追肥。每次每 667 米 ^{2} 追施腐熟人粪尿 200～300 千克，或尿素 20 千克，或硫酸铵 40 千克，全生育期追肥 2～3 次。也可结合喷药防病，叶面喷施 0.3%～0.5% 尿素溶液、0.2%～0.3% 磷酸二氢钾溶液等。一般每隔 7～10 天浇水 1 次，每次浇水量不宜过大，浇水后白天要加强通风，尽可能降低大棚内的空气湿度，以防病害发生。当植株上每穗果实均已坐住后应停止浇水，以促进果实成熟。

大棚秋番茄果实转色后要陆续采收上市，当外界气温降至 5℃左右时，应将棚内的番茄果实全部收获进行贮藏。对于尚未红熟的果实，用剪刀将整个果穗剪下，注意轻拿轻放。采收后可贮藏，也可用乙烯利催熟供应市场，催熟方法参照大棚番茄早春栽培部分相关内容。秋季大棚栽培的番茄至拉秧前，一般只能采摘到占总产量40%左右符合商品要求的红熟果实，大部分果实还需经过简易贮藏后才能陆续上市。

实施番茄简易贮藏时，贮前应在日光温室内先用硫磺熏蒸消毒，然后，将果实码放在已经铺好稻草的地面上。贮藏用的番茄果实应严格挑选，必须是无伤口、无病斑、无虫眼的完好果实。按层次码放，一般码2～3层为宜，上面覆盖1层草苫防寒保温。贮藏期间的适宜温度为10℃～12℃，不宜低于8℃。空气相对湿度应保持在70%～80%。贮存期间每5～7天翻倒1次，将红熟的果实挑选上市，并剔除病果、烂果。采用简易贮藏法可以实现番茄延后供应和陆续供应市场的目的。

5. 病虫害防治

秋季大棚番茄栽培，前期因高温多雨易发生黄瓜花叶病毒病、番茄花叶病毒病和复合侵染的条斑病毒病。中后期因外界气温降低，为防寒保温，而逐渐减少了通风量，加大了棚内的空气湿度，容易引起叶霉病、早疫病、晚疫病等真菌病害的发生。秋大棚番茄的害虫有蚜虫、温室白粉虱、棉铃虫、美洲斑潜蝇和茶黄螨等。防治方法参见第十章番茄病虫害防治部分相关内容。

第六章 日光温室番茄栽培技术

日光温室是指由东、北、西三面围墙，后屋面，南面的透明屋面，夜晚覆盖不透明保温覆盖物组成的，其热量来源主要为太阳辐射的保护地栽培设施。利用日光温室可使我国北纬 33° ～43° 地区在冬季不加温条件下也可生产喜温性蔬菜。番茄日光温室栽培主要茬口：秋冬茬，7 月下旬露地遮阴播种育苗，8 月下旬定植，11 月中旬至翌年 1 月下旬收获；越冬茬，8 月中旬露地播种育苗，9 月中旬定植，12 月中旬至翌年 6 月下旬收获；冬春茬，11 月上中旬温室播种育苗，翌年 1 月上中旬定植，4 月上旬至 6 月下旬收获。其中，越冬茬番茄栽培是解决春节和早春番茄供应的重要茬口，市场价格高，经济效益好。但此茬番茄栽培生长期长，对栽培技术、设施设备要求均较高，因此本书主要以越冬茬番茄为例介绍其栽培技术。

一、品种选择

越冬番茄栽培是在一年中最寒冷的季节开始收获产品，生产中应选用耐低温、弱光，在低温弱光下坐果率高、果实发育快、商品性好的品种。同时，考虑到越冬番茄的生长期长，应选择无限生长型品种。生产中可选用生长势强，不易早衰，对保护地主要病害有较强的抗性或耐性的中晚熟品种，如普罗旺斯、悦佳、金鹏一号等。如果是以外销为主要目的，可选择耐运输、耐贮藏的硬质品种。

二、培育壮苗

1. 适期播种

一般在 8 月中下旬播种，过晚或过早会受到早春茬或秋延后茬冲击而影响经济效益。

2. 种子处理

可采用 55℃温汤浸种 10 分钟左右，再用 0.1% 高锰酸钾溶液或 10% 磷酸三钠溶液浸泡 15 分钟进行种子消毒，经漂洗后播种。

3. 苗期管理

由于该茬栽培的育苗期正处于高温多雨季节，因此需要采用遮阴、防雨、防虫等保护设施及护根育苗等措施。可利用现有的大棚或建造临时育苗棚，薄膜上部覆盖遮阳网，两侧覆盖 1 米高的 30 目防虫网，利于通风散热和防止害虫的侵入。播种后，应采取措施降低棚室温度，苗床温度控制在 25℃～30℃，夜间不低于 20℃。出苗后应及时通风降温，白天温度保持在 22℃～25℃、夜间 16℃～18℃，温度超过 30℃时就应遮花阴。子叶出土前要保持土壤湿润，减少土壤水分蒸发，如在育苗盘上盖一层报纸保湿，或在苗床上覆盖湿润且不淋水的草苫，出苗后及时揭去草苫。子叶出土后要适当控水，根据苗情、土壤含水量和天气情况进行浇水，以降温促进根系生长。幼苗期浇水应在早、晚温度较低时进行，切忌中午温度最高时浇水，以保持土壤见干见湿为宜。由于外界温度高、光照强，在遮阴降温的前提下，尽可能地在早上和傍晚光照不是太强时增加光照时间。

三、整地定植

前茬作物拉秧后，清理田园，深翻土地 30 厘米，密闭棚室

10～15 天，进行高温灭菌。每 667 米^2 施腐熟有机肥 7 000～8 000 千克、三元复合肥 100 千克，结合深翻土地施用其中 2/3 的肥料，剩余的 1/3 肥料在做畦时沟施。按宽窄行起垄做畦，宽行 80 厘米、窄行 50～60 厘米，沟深约 15 厘米；也可做成宽 60～70 厘米、高 15 厘米的小高畦。为防止杂草和降低地温，可覆盖黑色地膜或银灰色地膜，采用膜下暗灌或滴灌。

定植尽量选在多云、阴天或一天中最凉爽的早晨或傍晚进行，以利于缓苗。按照株距 30～33 厘米栽苗，每 667 米^2 栽 2 100～2 500 株，浇足定植水。待幼苗长至 15～20 厘米时，将两窄行垄用地膜扣起。起苗时要做到不散坨，以利带坨栽苗，由于苗龄短，应注意不能栽得太深，但也不能太浅。

四、田间管理

1. 温湿度管理

定植时正处于 7～8 月份的高温季节，应注意降温。缓苗期间适宜温度白天 28℃～30℃、夜间 18℃～20℃。此时，外界温度较高，保持适宜的温度较为困难，可采用覆盖遮阳网、打开通风窗、在早晚凉爽时浇小水等方法降温。

北方地区，进入 9 月中旬之后，天气已经转凉，此时番茄植株正处于开花坐果期，其正常生长发育需要较高的温度，因此栽培管理上应适当采取保温措施。当外界夜间气温低于 15℃时，夜间应封闭温室通风口，白天根据天气情况进行通风，保证室内温度在 22℃～28℃。当温室内夜间温度低于 8℃时，应覆盖保温被或草苫。

11 月份以后，外界温度已经很低，温室内也出现低温、弱光，番茄植株生长发育缓慢，果实着色程度变差，植株易感染灰霉病等病害，这时应特别注意要加强保温措施，有条件的可进行临时加温或双层覆盖。晴天应坚持通风，以降低室内湿度，减轻病害的发生。阴天温室温度可比正常天气低3℃～5℃。

进入翌年春天，随着外界温度的回升，室内温度也相应升高，这时应逐渐加大通风量。当外界最低气温稳定在15℃时，夜间可以不封闭通风口，进行昼夜通风。

2. 光照管理

定植时外界光照很强，可覆盖遮阳网等物减弱光强。选择透光性好的无滴膜作为透明覆盖材料，为保证进光量，应及时清除薄膜上的灰尘、积雪等物。进入冬季后，可在温室北墙张挂反光幕，以增强光照。

3. 肥水管理

定植5～7天后，当幼苗心叶由暗绿色转为嫩绿色时浇缓苗水。从定植到第一花序坐住果，正处于外界气温较高的时期，因此要根据天气、苗情和土壤墒情等酌情浇水。要把握住浇小水，切忌水量过大，否则就会造成“跑秧”。同时，结合浇水进行中耕，以保持墒情、去除杂草，还可促进产生大量的不定根。浇水要注意避免忽干忽湿，以减少裂果和脐腐病发生。10月中旬后应控制浇水，以后随着温度的降低，注意防寒保温，要减少浇水。可根据土壤墒情、苗情等因素考虑是否浇水，通常每20～30天浇1次水。翌年春天温度回升时，浇水次数应有所增加，通常为每周浇水1次。果实成熟期要控制浇水，特别是在采收前1天不能浇水，以防裂果。

当第一穗果长至乒乓球大小、第二穗果已经坐住时，结合浇水施催果肥，以催果壮秧、促进果实膨大，每667米^{2}可施三元复合肥10千克。以后每周每667米^{2}结合浇水追施三元复合肥10千克。

4. 植株调整

由于越冬茬番茄生长期较长，一般采用吊蔓栽培方式，将麻绳或尼龙绳吊在1.5～2.4米高的铁丝上，下部绑在番茄根部近地面处，将植株主茎缠绕在绳子上。日光温室内部空间为南低北高，所

以在南北走向栽植的植株高度控制上，注意调整使植株见光均匀，从南到北株高稍有递增，南部不超过 1.7 米，北部不超过 2 米。在采收过程中，下部果实采收完后应及时落蔓，茎蔓顺着畦的方向放落在畦面上，也可以以根部为中心进行盘绕，落蔓后可覆盖细土，以促使发生不定根。

越冬茬番茄可以采用单干整枝或连续换头整枝（也叫精心换头）方法，生产中可根据土壤肥力、气候条件选择。在低温弱光时间较长的地区，比较适宜采用摘心换头分段结果的整枝方法，采用单干整枝方法易发生坐果不良。摘心换头的时间依气象条件而不同，一般在 5～6 穗果坐住时进行摘心，然后在植株顶部选留 1～2 个侧枝，当侧枝长有 3～4 片叶时打掉 1 条侧枝，另一侧枝再留 2 片叶进行摘心，如此重复，直至进入 1 月中旬，选一个顶部侧枝让其生长。该侧枝在春天温光条件好转的条件下进入第二次结果阶段，直到收获。

5. 预防早衰

越冬茬番茄栽培生长期长，如果管理措施不到位，植株容易出现早衰现象，表现为叶片小且薄，叶色淡绿，下部叶片黄化，上部茎秆细弱，花器小，坐果不良，果实小，产量低，品质差。因此，生产中除了选择适宜的品种之外，还应特别注意在整个生长期采取正确的栽培管理措施。

在生长前期要注意控制好水分和温度，特别是浇水要适度，以防止植株徒长，促进根系发育。施肥方法不合理也会造成植株早衰，应施足基肥，施肥深以 30～50 厘米较为适宜，保证生长后期不缺肥。采用摘心换头的整枝方法，可提高结果枝的生长能力，如果单穗开花数过多，应适当地摘除一些花或果，特别要注意把畸形花和畸形果打掉。病虫害也会造成植株早衰，应在日常管理中坚持防重于治的原则，加强通风除湿，改善植株生长环境条件，及时处理病残体，减少传播途径，降低染病机会，保证植株生长健壮。

五、采　收

越冬茬番茄第一阶段所结的果实主要供应元旦、春节市场，第二阶段所结果实于翌年3月底至4月初上市。果实转色至七八成熟、稍硬时即可采收，以在傍晚无露水时采收为宜。

第七章

番茄间作套种栽培技术

茬口布局直接影响农民全年的种植效益，为进一步促进农业增效、农民增收，应积极开展蔬菜高效栽培新模式。番茄生长周期长，效益较高，是主要的间作套种作物。

一、番茄、毛菜、莴苣一年三茬高效栽培

此种栽培模式包括冬春大棚早熟番茄栽培、夏季大棚毛菜避雨栽培、秋季莴苣露地栽培。每 667 米 ^{2} 番茄产量 5 500 千克、毛菜产量 3 600 千克、莴苣产量 4 500 千克，总产值达 1.82 万元。

1. 茬口安排

番茄一般 10 月上旬开始播种育苗，翌年 3 月下旬开始采收，6 月下旬采收结束；毛菜 7 月初种植，8 月中旬采收结束；莴苣 8 月下旬播种，10 月下旬开始采收。

2. 栽培技术要点

（1）番　茄

①品种选择　宜选择耐低温弱光、植株开展度小、节间短、产量高的早熟或中早熟粉果品种，如浙粉 202、迎春 208、金棚 1 号等。

②播种育苗　可采用大棚穴盘育苗或苗床育苗，一般在 10 月上旬开始播种育苗，当幼苗长至 2 叶 1 心时用营养钵分苗。一般苗龄 60～70 天，即幼苗 7 叶 1 心时移栽。

③整地定植　结合整地施足基肥，一般每 667 米^2 撒施腐熟鸡粪 1 500 千克、三元复合肥 20 千克、硫酸钾 15 千克。整地后进行开沟做畦，8 米宽标准大棚一般做 8 个畦，畦面宽 60 厘米，畦两边沟宽 30 厘米，大棚两侧沟宽 40 厘米左右，定植前畦面覆盖地膜。每畦定植 2 行，株距为 30～35 厘米。定植后浇足水，并盖好小拱棚。

④田间管理　早春大棚内温度较低，番茄生长前期管理重点是防寒保温。到了中后期，随着外界气温不断升高，应加强通风降温，防止棚内出现 35℃以上高温。

在第一穗果开始膨大时追膨果肥，每 667 米^2 施三元复合肥 10 千克，以后每次每 667 米^2 施三元复合肥 20 千克，全生育期共追肥 4～5 次。棚内干旱时用小水沟灌 2～3 次，并注意及时排除积水，防止湿度过大。

采用单干整枝，多余的侧枝及时打掉，每穗留 3～4 朵花。坐住 5～6 穗果时，在植株最上部花穗上留 2 叶摘心。

早春番茄生长前期温度低、湿度大、光照弱，易引起落花落果，可用防落素蘸花。

⑤病虫害防治　主要病虫害有叶霉病、灰霉病、早疫病、蚜虫、白粉虱、潜叶蝇等，应加强防治。

（2）毛　菜

①品种选择　宜选择生长速度快，耐高温、高湿，抗病性强，产量高，品质优的品种，如早熟 5 号、浙白 6 号等。

②整地施肥　大棚番茄拉秧后，将番茄残枝枯叶及时清除，结合整地每 667 米^2 撒施腐熟鸡粪 1 000 千克、碳酸氢铵 20 千克、三元复合肥 15 千克。整地后做畦，一般做两畦，中间为操作小沟。

③播种　播种前 1 天将栽培畦浇透水，一般采用撒播，每 667 米^2 用种量 350 克，播种后将土壤压平，并在大棚上覆盖遮阳网，降温保湿。

④田间管理　夏季毛菜栽培要加强温度和肥水管理。覆盖遮阳网可以降低温度和减弱光照，可早晚揭开，中午覆盖。在播种后 15

天左右进行间苗，苗距15～20厘米。间苗后结合浇水追施1次氮肥，每667米^{2}施碳酸氢铵20千克，促进菜苗生长。

⑤虫害防治　夏季毛菜栽培主要虫害有菜青虫、小菜蛾、斜纹夜蛾等，应加强防治。

（3）莴　苣

①品种选择　选择抗病性、耐热性强，产量高，品质优的晚熟品种，如三青皮、红尖叶莴苣等。

②播种育苗　一般在8月中下旬进行播种育苗，播种前必须进行低温浸种催芽。苗龄16～20天，待幼苗长至4～5片真叶时即可移栽。

③整地定植　9月中旬，结合整地每667米^{2}撒施腐熟鸡粪1 000千克、碳酸氢铵40千克。定植株行距30厘米×35厘米。

④田间管理　定植后浇1次缓苗水，到封行以后，茎基部开始膨大时追1次肥，每667米^{2}可施尿素10千克、三元复合肥15千克，以促进茎部膨大。

⑤病害防治　主要病害是菌核病，缓苗后选用50%多菌灵可湿性粉剂500倍液或70%甲基硫菌灵可湿性粉剂800倍液喷施防治，每隔7天喷1次，连续3次。

二、西瓜、番茄一年两茬高效栽培

此种栽培模式包括大中棚早春茬西瓜和秋延后番茄栽培。每667米^{2}西瓜产量3 500～4 000千克、番茄产量4 000～4 500千克，总产值1.25万元。

1. 茬口安排

大棚西瓜1月中旬育苗，2月下旬至3月上旬定植，5月下旬上市；中棚西瓜比大棚略晚，于2月上中旬育苗，3月中下旬定植，6月中旬上市；番茄6月上中旬育苗，7月上中旬定植，9月下旬上市，11月下旬拉秧。

2. 栽培技术要点

（1）**西瓜** 选择抗病性强、耐低温、易坐瓜、优质高产的早中熟品种，如郑抗七号、京欣1号、红双喜、碾丰十号、绿宝八号、丰抗八号、西农八号等。一般选用节能型日光温室作为育苗设施，配合电热温床进行育苗，以穴盘育苗为主。播前进行种子处理，消灭种子所带病菌；采用嫁接育苗时，播期应提前8～10天，砧木选用超丰F1、铁甲全能等抗病品种。若采用靠接法嫁接，西瓜种子应比砧木早播3～4天。

结合整地，每667米^{2}施优质腐熟鸡粪、猪粪5000千克，也可每667米^{2}施西瓜专用有机肥300千克、腐熟饼肥100千克、磷酸氢二铵50千克、硫酸钾20千克。有机肥一半撒施，一半沟施，化肥全部沟施。提前10～15天覆膜闷棚，提高棚温，当棚内10厘米地温稳定在12℃以上时定植。一般早熟品种每667米^{2}定植600～650株、中熟品种每667米^{2}定植550～600株，采用暗水栽苗方式进行栽植。

定植后白天温度保持在28℃～30℃、夜间18℃～20℃、缓苗后适当降低温度，白天温度保持25℃～28℃、夜间13℃～15℃。在缓苗期一般不浇水追肥。植株进入伸蔓期后，白天温度保持25℃～30℃、夜间15℃～18℃；视墒情浇促蔓水，结合浇水每667米^{2}冲施尿素10千克。

结瓜期适当降低棚内温度，白天温度保持20℃～28℃、夜间12℃～15℃。植株开花时宜选上午8～10时进行人工授粉，一般采用双蔓或三蔓整枝。幼瓜生长至鸡蛋大小时，选留主蔓第二雌花坐瓜，每株留1个瓜。开花坐瓜期不浇水追肥，防止“跑秧”而引起化瓜。

果实膨大期白天温度保持28℃～30℃、夜间13℃，结合浇水每667米^{2}冲施尿素10千克、硫酸钾30千克。一般授粉后30天左右果实即可成熟，采收时带一段果柄从基部剪断。就近销售宜采收完全成熟的瓜，销往外地宜采收八九成成熟的瓜。

主要病虫害有疫病、枯萎病、炭疽病、白粉病、病毒病、蚜虫等，可采用培育壮苗、清洁田园、轮作倒茬、合理密植、膜下暗灌、配方施肥等农业措施和糖醋液、黄板诱杀、银灰色薄膜驱避等物理措施防治。

（2）**番茄**　选择长势旺盛、耐热、抗裂果、产量高、耐贮运的大中型粉果品种，如天福 501、世纪粉冠王、金棚 6088、浙粉 302 等。利用旧棚膜或遮阳网露地遮阴防雨育苗，播前进行种子处理，播于营养钵或穴盘。在西瓜收获后及时清洁田园，每 667 米^{2}用辛硫磷和多菌灵粉剂各 2 千克、3% 氯唑磷颗粒剂 3～5 千克，均匀撒于地表并耙入土中进行土壤消毒，结合整地每 667 米^{2}施优质腐熟农家肥 5000～6000 千克。起垄时每 667 米^{2}沟施三元复合肥 50 千克、硼砂 2 千克、硫酸锌 1 千克、硫酸镁 0.5 千克。

当苗龄 20～25 天时，选傍晚或阴天定植，采用暗水栽苗、水渗下后定植，行株距 65 厘米×33 厘米，每 667 米^{2}栽 3000 株左右。定植后随即沟浇 1 次大水，地皮发白时再小水轻浇 1 次，及时中耕培土，缓苗后每 667 米^{2}追施尿素 5 千克。进入开花坐果期，为防止茎叶徒长，促进坐果，应适当控制浇水。当第一穗果开始膨大时，结合浇水每 667 米^{2}追施尿素 15 千克、硫酸钾 10 千克，以后每穗果膨大时每 667 米^{2}均追施尿素 10 千克、硫酸钾 5 千克。结果期采用叶面追肥补充养分，可喷施 0.2% 磷酸二氢钾溶液或 1% 过磷酸钙浸出液。在高温期容易授粉受精不良而落花落果，可用防落素蘸花促进坐果，蘸花宜在早晨或傍晚进行。一般采用单干整枝，留 3～4 穗果打顶，每穗果留 2～3 个大小均匀的果实，并及时摘除下部老叶、黄叶和病叶。定植后至 8 月底，棚膜下部 1 米左右全部揭开，以降低棚内温度。随着外界温度的降低，逐渐减少通风，以棚内温度不高于 30℃为宜。进入 10 月份应注意保温，棚内白天温度保持 20℃～25℃，夜间不低于 10℃。棚内温度低于 5℃时，将全部青果摘下贮藏于室内后熟待售。

主要病虫害有晚疫病、早疫病、灰霉病、叶霉病、病毒病、棉铃虫、白粉虱、蚜虫、斑潜蝇等，可采用抗病品种、培育壮苗、合理轮作、优化调控棚内环境等农业措施防病，采用防虫网阻隔、银灰膜驱避、黄板诱杀等物理措施防虫，也可采用药剂防治病虫害。

三、大棚番茄、茄子（菜椒）、莴笋一年三茬高效栽培

此种栽培模式为番茄、茄子或菜椒、莴苣的大棚栽培，产品上市早，市场空间大，种植效益高，应用前景广阔。每667米^{2}番茄产量4000～4500千克、茄子2000千克（或菜椒2500千克）、莴笋2000～2500千克，产值1.6万元。

1. 茬口安排

第一年11月初采用塑料大棚进行番茄育苗，在2月底定植，4月初至6月初陆续采收。茄子于2月初采用塑料大棚育苗，4月初移栽套种番茄行间，5月底至8月初采收。或菜椒在第一年11月底播种，翌年3月份套种于番茄行内，5月份上市，7月份采收结束。莴笋在8月初播种，9月初移栽，11月中下旬采收。

2. 栽培技术要点

（1）番茄 选用适合本地区的早熟品种，播前进行种子处理，以杀死种子表面病菌。定植前结合整地每667米^{2}施腐熟有机肥5000千克，畦宽1.2米，每畦栽培2行，每667米^{2}定植4500～5000株。定植后闭棚5天，保温保湿。待苗高10厘米时，每667米^{2}追施三元复合肥50千克。缓苗后至开花前追施1～2次发棵肥，开花期结合浇水追肥，并用防落素点花促进坐果。当植株长到30厘米时，设立支架并绑蔓。4月初至6月中旬开始采收，每次采收后均要及时追肥，每次每667米^{2}可施尿素15～20千克、过磷酸钙20～25千克，缺钾时每667米^{2}施硫酸钾10千克。

主要病害有番茄疫病和灰霉病等病害，加强防治。

（2）**茄子（菜椒）** 茄子选用青皮长茄品种。定植时每667米^{2}施腐熟有机肥1000千克，株行距45厘米×50厘米，每667米^{2}定植1500～2000株。初花后视田间干湿情况追施薄水粪4次，每次每667米^{2}施1500千克；5月份壅土时每667米^{2}追施三元复合肥50千克。于5月底至8月初采收。

菜椒选用中椒系列品种，播前进行种子处理。于3月份定植于番茄行间，覆盖地膜。定植后浇定植水，待水完全渗下后用土覆盖定植孔。缓苗后浇缓苗水，此后到结果前应进行控水蹲苗，视植株长势可个别点水补充。待门椒坐住后追施1次肥水，进入盛果期一般每采收2次需追肥1次，同时每7～10天叶面喷施1次0.2%磷酸二氢钾溶液。及时中耕培土，前期宜浅，中期宜深，后期适中。白天棚温保持在25℃左右，高于30℃时要适时适度放风，排湿降温，夜间棚温控制在15℃以上。

（3）**莴笋** 应选择不宜抽薹且耐高温的中晚熟品种，如成都二青皮、二白皮等。浸种催芽后，选择晴天将苗床浇透水，待水渗透后将种子均匀撒播于苗床上，撒一薄层细床土，并用遮阳网覆盖，出苗后逐步撤除遮阳网。加强肥水管理，尤其注意及时追施缓苗肥、团棵肥、茎部膨大肥。

四、大棚番茄、丝瓜、青菜、莴苣一年多茬高效栽培

此种栽培模式为大棚套小棚覆盖地膜栽培早春番茄、早春丝瓜、越夏青菜、秋延后莴苣。每667米^{2}番茄产量3000千克、丝瓜1500千克、小青菜850千克、莴苣3500千克，总产值1.35万元左右。

1. 茬口安排

番茄9月中旬播种，10月上中旬分苗，12月中旬定植，4月中

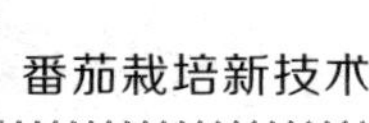

旬至7月上旬收获；丝瓜12月下旬播种，翌年2月下旬定植，4月中旬至7月下旬收获；小青菜在7月上旬番茄收获后清理田园、整地施肥随即播种，8月上中旬收获；莴苣8月中旬至9月上旬分批播种。

2. 栽培技术要点

（1）**番茄**　选择适合本地消费习惯的品种。9月中旬播种，采用塑料大棚育苗，覆盖遮阳网遮阴，为防止幼苗徒长须轻度控制水分，苗高控制在30厘米左右。结合整地，每667米^{2}施充分腐熟粪肥4000千克、硫酸钾复合肥50千克。充分耕翻后起垄，垄高25厘米，垄面宽75厘米，垄沟宽35厘米。12月中旬定植，行株距40厘米×30厘米，栽后浇足定植水，注意保温防寒。3月上旬随着外界温度的升高，应逐渐加大通风量。及时搭架，采用单干整枝。花期用30毫克/升防落素溶液喷花，留4穗果，在其上留2片叶打顶。在第一果穗长到鸡蛋大小后及时追肥，结合防病用0.5%尿素加0.3%磷酸二氢钾混合液叶面喷施。

注意防治番茄疫病和脐腐病，为了降低湿度通常用百菌清烟剂熏烟，每5～7天熏烟1次。5月中下旬至6月上旬注意防治蚜虫。

（2）**丝瓜**　选择适合当地的优良品种，如江蔬一号杂交种等。选用塑料大棚套塑料小棚电热加温设施，采用基质穴盘育苗，注意播前进行种子处理。2月下旬将丝瓜套种于番茄行间，株距1.2米，及时引蔓，使瓜蔓均匀分布在棚内架面。1米以下的侧蔓一律去除，1米以上的侧蔓留1朵雄花后，在其上保留1片叶摘心。待番茄采收结束后中耕1次，并追施1次薄水粪，之后每采收2～3次追肥1次。

丝瓜主要病虫害有霜霉病、炭疽病、疫病、白粉病、蚜虫、红蜘蛛、瓜绢螟，应加强防治。

（3）**小青菜**　丝瓜7月上中旬收获后，每667米^{2}施腐熟有机肥2000千克、三元复合肥20千克、生石灰75～100千克，翻耕后整地。选耐热的上海青品种，采用撒播方式，注意播种均匀，播

后 20～25 天采收。注意防治蚜虫。

（4）莴苣　选用耐寒、抗病、商品性佳的品种。8 月下旬至 9 月上旬播种育苗，选用大棚覆盖遮阳网育苗设施，播种前进行种子消毒和浸种催芽，待种子 80% 露白后即可播种，每 667 米^{2}用种量为 450 克。浇足底水，待水渗下后掺沙子均匀播种，播后覆盖一薄层细土，并覆盖遮阳网保墒。出苗后揭去遮阳网，在傍晚补水，经 15～20 天后分苗，苗龄 35 天。定植前 1 周结合整地每 667 米^{2}施腐熟有机粪肥 2 500 千克、三元复合肥 50 千克、生石灰 50～75 千克。畦宽 1.4 米，行株距 35 厘米×35 厘米，尽量带土移栽，不宜栽得太深，及时浇定植水。定植 10～15 天后中耕除草，调节土壤透气性和湿度，促进根系生长。

莴苣病虫害主要有霜霉病、苗枯病、软腐病、蚜虫，应加强防治。

五、日光温室黄瓜、番茄一年两茬高效栽培

此栽培模式包括日光温室早春黄瓜、秋冬番茄栽培。每 667 米^{2}黄瓜产量 5 000 千克、番茄 4 000 千克，经济效益十分可观。

1. 茬口安排

黄瓜在 1 月中旬温室内播种育苗，3 月中旬定植，4 月上中旬开始采收；番茄 7 月下旬露地遮阴播种育苗，8 月下旬定植，11 月中旬至翌年 1 月下旬采收。

2. 栽培技术要点

（1）黄瓜　选择前期耐低温能力强、果实发育速度快的早熟品种，如津优 35 号、津优 36 号、津春 2 号、津杂 2 号、中农 7 号等。采用温室育苗设施，以充分腐熟有机肥和肥沃田园土按 4∶6 配成营养土，每 100 千克营养土中加 70% 甲基硫菌灵可湿性粉剂 0.25 千克预防苗期病害。采用直径 7～10 厘米营养钵，装好营养土后浇足底水。播前进行种子消毒，每钵播 1 粒种子，播后覆盖

1厘米厚营养土，注意防寒保温，白天温度保持25℃左右、夜间16℃～18℃。幼苗出土后白天温度保持20℃～25℃、夜间10℃～15℃。育苗后期应特别注意幼苗的低温锻炼，提高幼苗抗寒能力，以适应定植初期夜温低、昼夜温差大的环境特点。齐苗后适当通风降低温度，增加光照，防止产生高脚苗。适时适量补水，每隔7天每667米^{2}用80%代森锰锌可湿性粉剂150克或75%百菌清可湿性粉剂110克混合磷酸二氢钾0.2千克稀释后喷雾1次，防病保苗。2叶1心时喷矮壮素1 000～1 200倍液，保证幼苗矮壮、根粗、叶深绿。为提早上市，缩短定植至始收时间，要求苗龄宜大，定植时幼苗以具有4～5片叶为宜。

一般于定植前15天进行扣棚烤地，升高地温。结合整地，每667米^{2}施以腐熟有机肥1万～1.5万千克、过磷酸钙50～100千克，深翻后耙细整平，做1.2～1.3米宽的平畦，每畦种植2行。生产中多采取大小行高垄栽培，小行45厘米为高垄，上有小浇水沟；大行75厘米，为大浇水沟和人行走道。

定植前7天炼苗。定植时要求棚内10厘米地温稳定在12℃以上、夜间最低温度在10℃以上，选壮苗在寒流刚过的晴天无风时即"冷尾晴头"的天气定植，株距25～30厘米，埋土深度以稍露土坨为好。栽后浇足水，闭棚保温，注意查苗补苗，确保全苗活棵。

在幼苗高15厘米左右、开始倒蔓时及时搭架或吊蔓。一般采用单行篱笆架，既有利于通风透光，也便于绑蔓和管理，每株插1根插杆，距植株根部10厘米，注意插深绑牢，并在架顶处横向绑一道杆进行固定连接，使之成为一体。可采用吊蔓法，一般是在植株的上部和下部分别横向拉一道铁丝，每株吊1根尼龙绳或专用吊蔓绳，将吊绳上下两端固定于铁丝上。为使植株生长整齐，可采用"S"形绑蔓法，即对生长较高的蔓打弯再绑，但不能横绑或倒绑，否则会导致化瓜。以主蔓结瓜为主，株高80厘米、中上侧枝现瓜后留2片叶摘心。适当疏果，适时摘除老叶、病叶，并带出棚外销毁。

定植7天后，选晴天上午浇缓苗水，每次浇水后及时中耕。第

一瓜膨大时每 667 米 ^{2} 用尿素 8 千克、过磷酸钙 18 千克、三元复合肥 15 千克结合浇水冲施。以后每 10～15 天追肥 1 次。后期植株生长减缓，可用 0.2% 磷酸二氢钾或尿素溶液叶面喷施。

黄瓜主要病虫害有霜霉病、角斑病、白粉虱等，应加强防治。

（2）**番茄**　该茬番茄苗期正处于炎夏季节，而结果期则处于温度逐渐下降、光照日趋缩短的秋冬季节。因此，应选择适应性强、抗病、耐热、丰产、品质好的早熟品种，如红太阳、合作 903、保冠 1 号、金顶一号、世纪粉冠王、赛天使等；也可采用晚熟品种早播的方式进行栽培，可选用中杂 9 号、L402、粉都女皇等品种。

一般在 6 月下旬至 7 月上旬播种，播前进行种子处理，方法是将种子晾晒后用 10% 磷酸三钠溶液浸种 20 分钟进行消毒，用清水冲洗干净后放入 55℃温水浸泡，搅拌至不烫手后再浸种 8～10 小时。捞出淘洗 1 次，用湿纱布或毛巾包好，放在 25℃～30℃条件下催芽，每天冲洗 1 次，经过 2～3 天出芽后播种。采用遮阴防雨育苗设施，每平方米播种床用种 15～20 克。播前床面洒水，水渗下后撒一薄层细土，将种子均匀撒播，盖 1～1.2 厘米厚过筛细土。第一片真叶展平时分苗于营养钵内，当幼苗长有 3～4 片真叶、苗龄 30 天左右时即可定植到温室内。出苗期间白天温度保持 25℃～28℃、夜间 20℃以上。出土后给予充足光照，并降低气温，特别是夜温，白天温度保持 22℃～26℃、夜间 13℃～14℃。分苗后应降低床温，促进发根缓苗，为防止缺水，土壤变干时应喷水。

定植前结合整地每 667 米 ^{2} 施充分腐熟有机肥 5 000 千克、过磷酸钙 50 千克、尿素 30 千克、硫酸钾 25 千克，深耕细耙，做成平畦。8 月中下旬选阴天定植，按宽行 70 厘米、窄行 50 厘米，株距 20～23 厘米开沟栽苗，深度以地面与子叶相平为宜，随定植随浇水，每 667 米 ^{2} 栽 4 500～5 000 株。定植后当土壤墒情适宜时进行中耕培土，一般培垄高 15～20 厘米为宜。缓苗后 7～10 天，结合浇水追施 1 次催苗肥，每 667 米 ^{2} 施稀粪 500 千克，然后蹲苗。当第一穗果开始膨大时，结合浇小水每 667 米 ^{2} 追施尿素 15～20 千克。以后每穗果膨大时，每 667 米^{2}追施尿素 10 千克，每隔 7 天左右浇 1 水。盛果期还可叶面喷施 0.2%～0.3% 磷酸二氢钾或 0.2%～0.3% 尿素溶液，防止早衰。

蹲苗后应及时吊绳绑蔓，在每穗果处缠蔓 1 次。番茄分枝力强，要适时整枝、打小杈。早熟品种宜采用侧枝延伸整枝法，即只保留最上部侧枝，主茎封顶后，最上部侧枝代替主茎继续延伸，达到要求的果穗数后留 2 片叶摘心；晚熟品种采用单干整枝，4 穗果后留 2 片叶摘心。第一、第二穗果采收后，把下部老叶、黄叶、病叶打掉。为防止落花，可在每天上午 8～9 时，对将开和刚开的花用 25～50 毫克 / 升防落素溶液蘸花，或用 25～30 毫克 / 升防落素溶液喷花。为提早上市，可在果实由绿变白时，用 1 000 毫克 / 升乙烯利溶液涂果，促果早红。

该茬番茄一般在 11 月中旬开始采收，因延迟其收获价格较高，一般不进行催熟。至翌年 1 月上中旬拉秧时，青果可放在温度 10℃～12℃、空气相对湿度 70%～80% 条件下贮藏，催熟后供应市场。

番茄主要病虫害有猝倒病、叶霉病、早疫病、白粉虱和蚜虫等，应加强防治。

六、日光温室西葫芦、番茄一年两茬高效栽培

此栽培模式包括日光温室深冬茬西葫芦、春提早番茄栽培，产量高，效益好。

1. 茬口安排

西葫芦在 10 月中旬温室播种育苗，11 月中下旬定植，翌年 1 月下旬或 2 月上旬开始采收；番茄在 1 月下旬播种，4 月上旬至 5 月中旬定植。

2. 栽培技术要点

（1）西葫芦　冬季日光温室温度低、光照弱、湿度大，因此应选择耐低温、耐高湿、耐弱光、优质高产的抗病品种，如早青

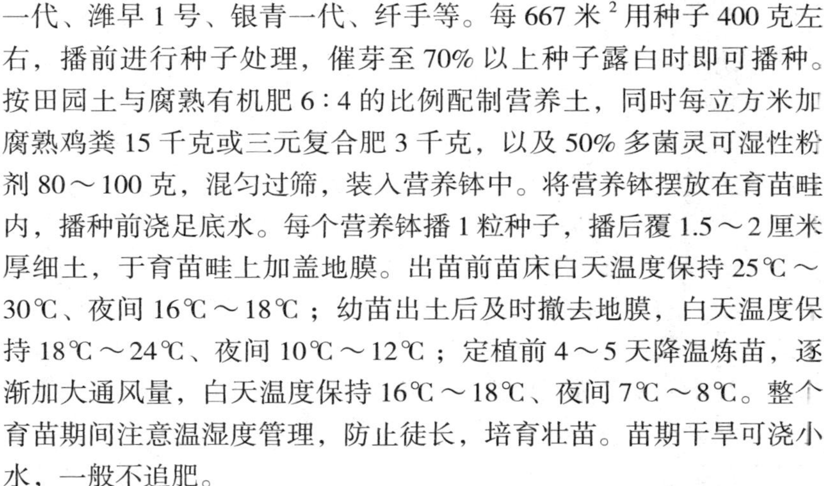

一代、潍早1号、银青一代、纤手等。每667米^{2}用种子400克左右，播前进行种子处理，催芽至70%以上种子露白时即可播种。按田园土与腐熟有机肥6∶4的比例配制营养土，同时每立方米加腐熟鸡粪15千克或三元复合肥3千克，以及50%多菌灵可湿性粉剂80～100克，混匀过筛，装入营养钵中。将营养钵摆放在育苗畦内，播种前浇足底水。每个营养钵播1粒种子，播后覆1.5～2厘米厚细土，于育苗畦上加盖地膜。出苗前苗床白天温度保持25℃～30℃、夜间16℃～18℃；幼苗出土后及时撤去地膜，白天温度保持18℃～24℃、夜间10℃～12℃；定植前4～5天降温炼苗，逐渐加大通风量，白天温度保持16℃～18℃、夜间7℃～8℃。整个育苗期间注意温湿度管理，防止徒长，培育壮苗。苗期干旱可浇小水，一般不追肥。

定植前结合整地，每667米^{2}施腐熟有机肥5000千克、饼肥200～300千克、三元复合肥80千克，深翻30厘米。定植前15～20天，每667米^{2}使用45%百菌清烟剂1000克熏烟，密闭温室进行高温闷棚消毒10天左右。幼苗移栽前2～3天，用25%噻虫嗪水分散粒剂1500～2500倍液喷淋幼苗防蚜虫。可采用高垄地膜覆盖栽培，高垄宽80厘米，垄距20厘米，垄中间挖浇水沟；或采用主副行栽培，主行株距45厘米，副行株距60厘米，每667米^{2}定植密度2600株左右。选择苗龄25～30天、3～4叶1心时在晴天定植，定植时按株距要求开沟或开穴，放好幼苗，先埋入少量土固定根系，然后浇水，水渗下后覆土并稍压。定植后要及时覆盖地膜。

定植后要注意防寒保温，促进早生根，早缓苗，白天温度保持25℃～30℃、夜间16℃～18℃，晴天中午超过30℃时可通小风。缓苗后白天温度降至20℃～25℃、夜间12℃～15℃，促进根系发育，有利于雌花分化和早坐瓜。坐瓜后，白天温度保持22℃～26℃、夜间15℃～18℃，最低不能低于10℃，加大昼夜温差，有利于营养积累和幼瓜膨大。2月中旬以后，随着温度升高和光照增强，要注意通风降温，可根据天气、植株长势等情况灵活掌握通风口的大小和通风时间的长短。4 月下旬以后，要采取措施保持棚温不高于 30℃。

定植后根据墒情浇 1 次缓苗水。西葫芦需肥水量较大，但要掌握“浇瓜不浇花”的原则，坐瓜前控制肥水，根瓜长到 10 厘米左右时浇 1 次水，每 667 米^{2}随水追施磷酸氢二铵 20 千克或三元复合肥 25 千克。深冬期间，选择晴天上午浇水，避免在阴雪天前浇水，每隔 15～20 天浇 1 次水，水量不宜过大，每 2 次水可追肥 1 次，每次每 667 米^{2}施硝酸铵 20 千克，同时用 0.2% 磷酸二氢钾溶液叶面喷施 1～2 次。2 月中下旬以后，可间隔 10～12 天浇 1 次水。浇水时和浇水后要加强通风排湿，降低空气湿度。4 月份以后，外界及室内温度升高，地面要保持湿润状态，并要加强通风排湿，可根据植株长势进行适当追肥。

根瓜坐住前要及时摘除植株基部的少量侧枝。对于半蔓生和蔓生品种，当长有 8 片真叶时进行吊蔓与绑蔓，要随时摘除主蔓上形成的侧芽。瓜蔓高度较高时，随着下部果实的采收要及时落蔓，并及时摘除下部的老叶、黄叶、病叶。摘除叶片时，伤口要离主蔓有一定距离，避免病菌从伤口侵染。去除所有雄花和卷须、侧蔓。副行植株长有 2～3 个瓜时摘心，采收后拔除副行瓜蔓。

冬春季节必须进行人工授粉或用防落素等植物生长调节剂处理。可在上午 9～10 时以前，摘取当日开放的雄花在雌花柱头上轻轻涂抹，或采用防落素溶液涂抹初开的雌花花柄。

根瓜长至 300 克左右开始采收，以免后面节位上的幼瓜化瓜。其余节位的瓜一般不超过 500 克即采收。

西葫芦主要病害有灰霉病和细菌性蔓枯病等，虫害主要是蚜虫、温室白粉虱、潜叶蝇等，应加强防治。

（2）**番茄**　选择符合本地区消费习惯，且结果期长、产量高、品质好、耐贮运的中晚熟品种，如 L–402、佳粉十五、中杂 9 号等。每 667 米^{2}用种量为 20～30 克，播前进行种子处理，方法是将种子放入 55℃温水中，不断搅拌维持水温浸泡 15 分钟后捞出，

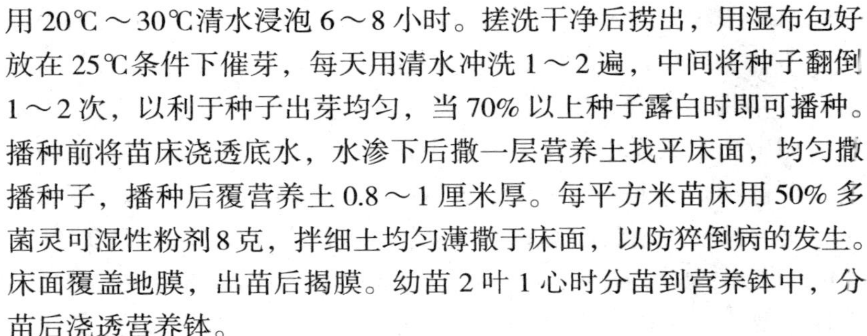

用 20℃～30℃清水浸泡 6～8 小时。搓洗干净后捞出，用湿布包好放在 25℃条件下催芽，每天用清水冲洗 1～2 遍，中间将种子翻倒 1～2 次，以利于种子出芽均匀，当 70% 以上种子露白时即可播种。播种前将苗床浇透底水，水渗下后撒一层营养土找平床面，均匀撒播种子，播种后覆营养土 0.8～1 厘米厚。每平方米苗床用 50% 多菌灵可湿性粉剂 8 克，拌细土均匀薄撒于床面，以防猝倒病的发生。床面覆盖地膜，出苗后揭膜。幼苗 2 叶 1 心时分苗到营养钵中，分苗后浇透营养钵。

从播种至齐苗，白天温度保持 25℃～30℃、夜间 15℃～18℃；分苗前白天温度保持 20℃～25℃、夜间 10℃～15℃；分苗至缓苗白天温度保持 25℃～28℃、夜间 18℃～20℃；缓苗后通风降温，防止幼苗徒长，白天温度保持 22℃～25℃、夜间 13℃～15℃。按照见干见湿的原则管理水分，不宜过分控制。增强光照，扩大光合面积，防止相互遮阴。定植前 5～7 天加大通风，白天温度保持 18℃～20℃、夜间 8℃～10℃，进行炼苗。

一般于 4 月上旬至 5 月中旬定植。定植前拔除西葫芦秧，对棚室土壤和空间进行熏蒸消毒。定植前 1 周每 667 米^2 施腐熟农家肥 6 000～8 000 千克，深翻 40 厘米，混匀耙平。按行距 1.1 米开施肥沟，每 667 米^2 再沟施农家肥 5 000 千克、磷酸氢二铵 20 千克、硫酸钾 15 千克，浇水造底墒。水渗下后在施肥沟上做 80 厘米宽、30 厘米高的小高畦。通常当番茄幼苗日历苗龄达到 70～80 天、株高 25 厘米左右、具有 8～9 片叶、第一花序现大蕾时即可定植。定植时在小高畦上，按 50 厘米行距开 2 条定植沟，按株距 33 厘米摆苗，先培少量土稳坨，浇定植水，水渗下后合垄。两行中间开浅沟，作为膜下浇水的暗沟。定植完毕用小木板把垄台整平，再覆地膜。每 667 米^2 定植 3 700～4 000 株。

定植后密闭棚室，高温高湿下促进缓苗，超过 30℃时可部分遮阴降温。缓苗期白天温度保持 25℃～30℃、夜间 15～18℃，以控制营养生长，促进花芽的分化和发育。结果期采用“四段变温管理”，即上午温度控制在25℃～28℃，促进光合作用；下午将温度降至20℃～25℃；前半夜温度保持15℃～20℃，促进光合产物运输；后半夜温度降至10℃～12℃，尽量减少呼吸消耗。第一穗果膨大期由于底墒充足、水分消耗少，一般不浇水，如果出现水分不足，可选择晴天上午浇1次小水，以防降低地温。由于基肥施用较多，第一穗果采收前可不追肥。缓苗后可每周叶面喷施1次0.2%～0.3%磷酸二氢钾溶液。第二穗果长至核桃大小时，结合浇水进行第一次追肥，每667米^{2}施磷酸氢二铵15千克、硫酸钾10千克或三元复合肥25千克。随着气温的升高，通风量逐渐加大，且加大浇水量。一般1周左右浇1次水，结合浇水在第四、第六穗果膨大时分别追1次肥，每次每667米^{2}施磷酸氢二铵15千克、硫酸钾10千克。继续进行叶面施肥，或追施二氧化碳气肥。

棚室通常采用尼龙绳吊蔓，在每行番茄上方南北向拉1条铁丝，每株番茄用一根尼龙绳，上端系在铁丝上，下端系1根10厘米左右的小竹棍插入土中。随着植株的生长，及时将主茎缠到尼龙绳上。主要采用单干整枝和连续换头整枝，单干整枝是除主干外所有侧枝全部摘除，留3～4穗果或8～9穗果，在最后1个花序前留2片叶摘心。连续换头整枝是前3穗果采用单干整枝，第一穗果开始采收时，植株中上部选留1个健壮侧枝作结果枝，采用单干整枝再留3穗果。当第四穗果开始采收时，再按上述方法选留结果枝，其上留3穗果摘心，其余侧枝留1片叶摘心。大型果品种每穗留3～4个果，中型品种留4～5个果。将畸形花和开放较晚的小花、发育不整齐或形状不标准的果实疏掉。及时将下部的老叶、黄叶和病叶打掉。

为防止落花落果，必须从根本上加强栽培管理，培育壮苗，适时定植，保护根系，加强肥水管理，防止偏施氮肥；经常敲打吊蔓绳，使植株振动，有利于授粉受精；采用防落素等植物生长调节剂蘸花，进行保花保果。使用熊蜂授粉提高坐果率，同时改善果实品质。

长途运输1～2天的，可在转色期采收；就近销售的，可在成

熟期采收。

春提早番茄主要病害有早疫病、灰霉病、叶霉病等，虫害主要有蚜虫、温室白粉虱等，应加强防治。

七、蒜薹、番茄高效栽培

此栽培模式包括露地蒜薹和夏番茄栽培。每 667 米^{2}蒜薹产量 1000 千克、大蒜 350 千克、番茄 7500 千克，纯收益 7000～8000 元。

1. 茬口安排

蒜薹于 9 月底至 10 月初播种，翌年 4 月份开始采收，5 月上中旬结束；番茄 4 月初育苗，5 月份定植。

2. 栽培技术要点

（1）蒜薹　选用优良品种是蒜薹高产优质的基础。生产中应选择产量高、抽薹早的品种，如正月早、二水早、嘉定白蒜、阿城大蒜等。适期播种也是蒜薹提高产量的重要措施，要求在越冬前幼苗具有 4～5 片真叶。播种过早，气温高出苗慢，易造成烂瓣；过迟气温低，幼苗生长缓慢，入冬前不能形成壮苗，不能安全越冬。大蒜发芽适温为 15℃～20℃，中原地区播期一般在 9 月下旬，地膜覆盖栽培比不盖膜的晚播 5～10 天。

播种前对种蒜进行严格挑选，可从蒜瓣数符合原品种特征、无散瓣、无病虫的蒜头中选择无霉变、无伤残、无病虫、瓣形整齐、蒜衣色泽符合原品种特征、质地硬实的蒜瓣，将选好的蒜瓣按大小分级。注意将茎盘去掉，以防止其影响吸水，妨碍新根的发生。播种前 1 天，将种瓣放入 40℃温水中浸泡 1 夜，此间换水 2～3 次，可提前 5～7 天出苗，但只能湿播。用 50% 多菌灵可湿性粉剂 500 倍液将种瓣浸泡 24 小时，可有效抑制病菌滋生、蔓延，提高出苗率。

秋播大蒜，前茬作物收获后，应立即浅耕（10～13 厘米）灭茬。每 667 米^{2}施腐熟有机肥 5000 千克左右、过磷酸钙 50 千克或三元复合肥 50 千克，精耕细耙，做成垄或畦。垄作具有地温高、幼苗生长快、通风透光、蒜头大、便于中耕等优点，但有单位面积种植的株数少、总产量低等缺点，畦作单位面积株数多。生产中多做成平畦，畦宽 1.3 ～ 1.4 米；也可做高畦，畦宽 0.7 ～ 1 米、高 10 厘米左右，畦间沟宽 20 ～ 25 厘米。平畦播种一般是沟播，即按行距开出深 5 ～ 6 厘米的沟，按株距在沟内摆放种瓣，而后覆土、轻压，使种瓣与土壤紧密接触，全部播完后灌水。注意水流不能过大，防止种瓣被冲出地面。大蒜采用地膜覆盖栽培，可提高产量、提早收获，一般先播种后覆膜。

播种密度直接影响蒜薹、蒜头的产量和品质。不同品种、不同土壤肥力、不同栽培方式、不同栽培目的适宜的播种密度也不同，一般行株距为 15 ～ 20 厘米 ×8 ～ 10 厘米，每 667 米 ^{2} 播 3 万～6 万株。

蒜瓣萌芽主要依靠自身的营养和水分，对肥水需求量不大，但要保证土壤中有充足的水分和氧气。为种瓣的萌发出土创造条件的重点是中耕松土，提高地温，促进蒜瓣发根。出苗后应适当控制浇水，第一片真叶长出后，开始中耕松土，控水蹲苗，促进根系生长，以防止提前退母或徒长。当幼苗长出 2 ～ 3 片真叶后，每 667 米 ^{2} 可追施尿素 15 千克，浇水后继续中耕松土、防止过早烂母。土壤封冻前浇封冻水，可在畦面上覆盖马粪或秸秆等，以利幼苗安全越冬。翌年春返青后要及时浇返青水，改善墒情，浇水后要及时中耕，提高地温。以后植株生长迅速，进入花芽和鳞芽分化期、花茎伸长期和鳞茎肥大期，对肥水需求量增大，结合浇水每 667 米 ^{2} 追施尿素 20 ～ 25 千克，每隔 5 ～ 7 天浇 1 次水，经常保持土壤湿润。在蒜薹、蒜头采收前 5 ～ 7 天停止浇水，防止蒜薹太脆而不易抽取，或蒜头外皮腐烂、散瓣及不耐贮藏。

从花芽分化至蒜薹采收需 40 ～ 45 天，以出现“白苞”为采收适期。蒜薹采收宜在中午进行，此时膨压低、韧性强，不易折断。

（2）番茄 夏季炎热多雨，应选择耐热、抗病、高产的品种，如佳粉 10 号、毛粉 802、中杂 9 号、合作 906 等。夏番茄播期，应根据苗龄30天、高温到来前封垄、8月初开始上市等因素确定，由此推断其适宜的播期应为4月下旬至5月上旬。播前进行种子消毒处理，为防止高温诱导病毒病的发生，育苗时可采用小苗分苗技术，即在第一片真叶展开时进行分苗；也可采用营养钵护根育苗，或采用遮阴育苗。

大蒜收获后及时整地，每667米^{2}施腐熟农家肥3000～5000千克、尿素15千克、硫酸钾10～15千克、过磷酸钙35千克，深耕耙平后起垄，垄宽70厘米、高15～20厘米，垄距130厘米，垄沟宽60厘米。当幼苗具有4片真叶时开始定植，株距33厘米，定植后浇透底水。结合浇水进行追肥，第一次追肥在缓苗结束时进行，每667米^{2}穴施尿素5千克；第二次在第一穗果果实长至核桃大小时进行，每667米^{2}随水冲施尿素10千克、硫酸钾10～15千克；第三次在结果盛期进行，每667米^{2}追施三元复合肥20千克。浇水宜在早晚进行，中午前后不宜浇水，注意雨后要及时排涝。为降低地温、防止雨水冲刷垄面损伤根系、防止高温和伤根诱发病毒病，可利用黑色地膜、稻草、作物秸秆等进行地面覆盖。

此茬番茄采用单干整枝，为提早封垄，侧枝长度达到10厘米时打掉，封垄后的侧枝在5厘米时即打掉。8月底至9月初，番茄长有5～6穗果时摘心。由于盛夏高温抑制花粉活力，易形成高温性坐果障碍，可用30～50毫克/升防落素处理进行保花保果。

夏茬番茄的主要病虫害有病毒病、叶霉病、晚疫病、早疫病、溃疡病、蚜虫、白粉虱等，应注意防治。

第八章

番茄栽培新技术应用

一、工厂化育苗技术

工厂化育苗是随着现代农业的快速发展，农业规模化经营、专业化生产、机械化和自动化程度不断提高而出现的一项成熟的农业先进技术，是工厂化农业的重要组成部分。工厂化育苗又称快速育苗，是在人工创造的最佳环境条件下，采用科学化、机械化、自动化等技术措施和手段，进行批量生产优质秧苗的一种先进生产方式。工厂化育苗技术与传统的育苗方式相比具有许多优点，如机械化生产，省工省力效率高；用种量少，占地面积小；能够缩短苗龄10～20天，提高劳动效率5～7倍；节省能源和场地，干籽直播，1穴1粒，集中叠层育苗，每667米^{2}可育苗21万～84万株，育苗空间节省80%，可节省能源2/3，降低育苗成本30%～50%；便于规范化管理和培育合格商品苗；利于推广优良品种和新技术；能够尽可能减少病虫害发生；可以做到周年连续生产。工厂化育苗技术的迅速发展，不但推动了农业生产方式的变革，而且加速了农业产业结构的调整和升级，促进了农业现代化的进程。

1. 工厂化育苗设施与设备

主要有催芽室、绿化室、分苗棚、育苗盘等。

（1）催芽室　催芽室是进行种子浸种、催芽、出苗用的密闭场所，面积一般为3～10米^2。该室一般用砖和水泥砌成，室内可放1～2辆有多层育苗架的育苗车，每层育苗架间隔15厘米。室内多采用自动控温的设备，使室温保持28℃～30℃。设有自动加湿器以保持室内空气相对湿度在85%～90%。在室内上部对角或顶部安装1～2个小型防潮排风扇，使空气流通，温度分布均匀。条件好的地区可安装空调设备，以便于控制温度。

（2）**绿化室**　绿化室是供幼苗见光绿化至幼苗生长2～3片叶进行分苗前的场所，一般利用采光性能好的日光温室或塑料大棚。可直接在棚室内设置电热温床，上设小拱棚并盖草苫或棉被。为保证绿化室的温度，常在绿化室中用砖砌成绿化池，池高30～35厘米、宽100～120厘米，长度依苗的多少而定。在池中可用电热线加温，每平方米100瓦。电热线上可覆盖铁板或5厘米厚的土，上面摆放育苗盘。为了增加保温性，在绿化池上可扣塑料小拱棚并盖草苫或棉被。有条件的地方在催芽以后到定植之前可采用智能温室作绿化室。智能化温室的环境调控能力强，能保证幼苗的质量，但运行成本较高。

（3）**分苗棚（室）**　分苗棚是供分苗或移苗后育成大苗的场所，可采用节能型日光温室，但因需用场地大，以建育苗大棚为好。苗床内依当地气候条件选择是否铺设电热线，是否在苗床上扣小拱棚和夜间是否加盖草苫等保温覆盖物。现代化智能温室采用穴盘育苗，中间没有分苗过程，直接在穴盘中一次性育成苗，所以不需用分苗棚。

（4）**育苗盘**　工厂化育苗一般采用穴盘育苗，我国常用的穴盘有3种规格，即288孔、128孔和72孔，生产中多采用72孔或128孔。目前，穴盘的主要材料有黑色硬塑料和白色泡沫塑料2种。白色泡沫塑料穴盘隔热性能高，夏季育苗穴盘中温度不易上升，幼苗不易徒长；黑色硬塑料穴盘吸热及保温性好，冬季育苗时穴盘中温度容易保持，利于幼苗生长。

（5）**育苗基质**　育苗基质应有较大的孔隙度、化学性质稳定、无毒。常用的基质有蛭石、草炭、炭化稻壳、珍珠岩、沙、小砾石、炉渣等。番茄播种常用的基质配方为草炭和蛭石按 1∶1 的比例混合，分苗常用草炭和蛭石按 3∶1 的比例混合，有利于移植带根苗和护根。

（6）营养液 营养液必须具备植物所需的氮、磷、钾、钙、镁、硫等元素并按照一定的比例配制。常用配方有克诺谱配方、山崎配方等，微量元素配方可以通用。营养液配方如表 1 所示。

表 1 常用营养液配方（克 /1 000 升）

肥料种类	克诺普配方	山崎配方	番茄 I 配方
四水硝酸钙	800	354	225
硝酸钾	200	404	—
磷酸二氢钾	200	—	52.5
硫酸镁	200	246	35.7
磷酸氢二铵	—	76	—
微肥种类	—	微量元素通用配方	—
螯合铁	—	24.0	—
硫酸亚铁	—	15.0	—
硼　酸	—	3.0	—
硼　砂	—	4.5	—
硫酸锰	—	2.0	—
硫酸铜	—	0.22	—
硫酸锌	—	0.05	—

上述所列举的营养液配方是无土栽培成株用的配方，工厂化育苗用的营养液，从成分、配方及配制技术等方面都与栽培成株的要求基本相同，只是育苗使用的浓度应比栽培成株浓度低。据山东农业大学无土育苗多年的研究结果，果菜类蔬菜育苗的营养液浓度为成株栽培浓度的 1/2，对幼苗的正常生长发育没有影响。目前，蔬

菜工厂化育苗多是采用混合基质，营养液是作为补充营养，一般不要用过高的浓度。喷洒的营养液浓度过高，蒸发量过大时，幼苗叶缘容易受害，穴盘基质中也容易积累过多的盐分，影响幼苗的正常生长发育。

在配制营养液时要注意选择良好的水源，最好为软水，不含有害物质；营养液的pH调整至5.5～6.6，以保证养分的有效性；过高的电导率不利于幼苗的生长，多数蔬菜苗期适宜的电导率为0.5～1.5毫西/厘米。

2. 工厂化育苗方法

（1）育苗基质准备　目前，大规模的商品化育苗基质多为草炭、珍珠岩、蛭石按体积比为6：3：1混合均匀配制而成。为避免育苗过程中出现烧根、烧苗或遭受病虫危害，基质在使用前应先用粉碎机粉碎，再进行高温堆放发酵，以降低碳氮比，同时还有消毒杀菌的作用。拌匀后的基质湿度，应以手抓起握紧后指间微微滴水为宜。对于使用过的育苗穴盘应清洗干净并进行消毒处理。播种前对种子进行消毒，方法参见常规育苗部分相关内容。

（2）装盘、压穴、播种、浇水　将配制好的基质装在穴盘内，用木板刮平，使格室清晰可见，将同型号的4～5个穴盘垂直重叠，用双手压至穴深1～1.5厘米。有条件的可利用播种生产线上的打孔器打孔。用专用的真空吸附式精量播种机或人工播种，每穴播1粒种子，用蛭石覆盖并刮平，然后浇水至穴盘底渗水口见水为止。

（3）催芽　将播种的穴盘放入催芽室中专用的催芽架上，催芽室白天温度保持25℃～30℃、夜间20℃以上，空气相对湿度接近饱和。在幼芽将要露出穴盘基质时，转入绿化室进行培育。

（4）绿化室管理　绿化室应保持较强的光照和适宜的温湿度条件，以利幼苗生长。手工操作可参照一般育苗技术进行管理，智能温室可设定温度、湿度及光照等参数进行自动化管理。白天温度保持25℃、夜间16℃～18℃，基质相对含水量保持65%～70%。分苗至缓苗期间应提高温度，白天温度保持25℃～30℃、夜间

13℃～15℃。当幼苗长有2叶1心时进行查苗和补苗；当幼苗长有1～2片真叶时开始浇营养液。正常情况下应保持穴盘见干见湿，每次营养液浇灌量以穴盘底开始滴水为度。营养液浇灌次数应根据幼苗长势及天气情况而定，夏季育苗，晴天每天浇2～3次，阴天根据苗情浇1次或不浇；冬季育苗1～2天浇1次即可。

（5）**成苗标准** 冬季育苗多用72孔穴盘，成苗标准是株高20厘米，茎粗0.45厘米，6～8片真叶并带小花蕾，苗龄60～65天；夏季育苗多采用128孔穴盘，苗龄20天左右，株高13～15厘米，茎粗0.3厘米，3～4片真叶。穴盘苗的根系应为根坨，取苗时不散坨，呈根包土状态。

二、二氧化碳施肥技术

1. 二氧化碳施肥的适宜浓度

人工增施二氧化碳的适宜浓度与作物种类、品种和光照强度有关，也因天气、季节、作物生育阶段不同而异。在实际生产中，即使在强光条件下，二氧化碳浓度也不宜提高到饱和点以上；否则，一方面造成资源浪费，另一方面过高的二氧化碳浓度易引起叶片气孔开张度减少，降低蒸腾作用，最终导致植物二氧化碳“中毒”，表现为植株萎蔫，黄化落叶。一般情况下，晴天二氧化碳浓度保持在1300微升/升以下，阴天保持在500～800微升/升，雨天不宜施用。

2. 二氧化碳施肥的时间

选择适宜的施肥时间是节约肥源、增加产量的关键之一。各种作物在不同的生长发育阶段，需要的二氧化碳浓度是不同的。一般在作物生育初期施用效果好，如育苗时期增施二氧化碳对培育壮苗和缩短苗期有良好效果。果菜在植株进入开花结果期、二氧化碳吸收量增加时开始施用，一直到产品收获终了前几天停止施用，对于促进果菜生殖生长、增产增收有很好效果。

每天开始施用二氧化碳气肥的时间取决于作物光合作用强度和当时温室内二氧化碳的浓度状况。一天中不同时间施用的二氧化碳气肥在番茄各器官中分配是不一样的：上午施用的二氧化碳气肥在果实、根中的分配比例较高；下午施用的二氧化碳气肥在叶片内积累较多。作物的光合作用主要集中在上午进行，占到全天光合产物的 3/4，下午仅占约 1/4，下午主要是对上午的光合产物进行分配。因此，二氧化碳施肥亦应主要在上午进行。一般来说，晴天大约在日出后 30 分钟开始施肥。如果温室内施有大量有机肥、土壤释放大量二氧化碳时，可以在日出后 1 小时施二氧化碳气肥，换气前 30 分钟停止施用，避免浪费。每天施用 2～3 小时，即可提高室内二氧化碳浓度，以有效避免作物的二氧化碳“饥饿”状态，提高生长速度。

3. 二氧化碳施用方式与设备

温室内常用的二氧化碳来源有 6 种：碳水化合物燃料、高压瓶装二氧化碳、干冰、发酵、有机物质的降解和化学反应生成法。

（1）燃烧碳水化合物燃料　燃烧燃料是产生二氧化碳常用的简单方法，可用二氧化碳发生器进行。最常用的燃料为丙烷、丁烷、酒精和天然气。这些碳氢化合物燃料成本较低、纯净、容易燃烧、便于自动控制，是很好的二氧化碳来源。二氧化碳发生器主要包括燃料供应系统、点火装置、燃烧室、风机和自动监控装置等。

（2）瓶装压缩二氧化碳　把二氧化碳保存在高压的金属容器内施用，此法可以使施肥效果得到较为精确的控制。采用瓶装压缩二氧化碳施肥时，需要以下设备：二氧化碳容器、压力调节器、流量计、电磁阀、24 小时时间控制器、连接用管道及连接件等。采用瓶装压缩二氧化碳施肥，可以在设定的时间间隔内，给生长空间释放一定数量的二氧化碳。调压器将二氧化碳气体从 11～15 兆帕的高压降低至 0.7～1.4 兆帕，在这个低压力水平上流量计可以工作。在电磁阀打开的期间，通过流量计送出一定体积的二氧化碳给生长区域内的植株。时间控制器用来控制施肥的时间段和电磁阀每次的打开时间及持续工作的时间。优点是控制精确度较高，配套设备现成，施肥过程不会产生额外的热量，初始安装好以后，运行费用较低。

（3）干冰施肥 适合于较小区域内的二氧化碳施肥，特别是在需要降温时采用效果更好。干冰是固态二氧化碳，表面温度可低至 −80℃，因此操作时应戴手套进行。在温度较高的温室内，为避免干冰迅速融化、二氧化碳短时间释放的情况，可以将干冰分成小块，每隔一段时间放入室内一块。将整块干冰放在一个泡沫板制成的保温箱内，在保温箱上打开一些小孔，这样可以大大降低干冰的融化速度。由于二氧化碳比空气密度大，可以将干冰或装有干冰的容器放置于植株顶部。这样，二氧化碳将向下流动，均匀分布到植株上。

（4）发酵法 在酵母的作用下，糖发酵分解为乙醇和二氧化碳。主要设备有主发酵容器、糖、酵母、酵母营养、截止阀和启动瓶等。用热水配制糖溶液，等水温降至 30℃左右时，加入酵母（温度太高酵母会失效）。为了启动糖溶液发酵，需要先配制一瓶含有糖水、酵母和酵母营养的启动液。启动液可以在较小的容器瓶内配制：在瓶内的热糖水中加入少量酵母和双倍的酵母营养，在瓶口上套一个气球。将瓶子放在 30℃条件下 1～2 天，直到气球膨胀并在糖溶液中出现气泡。当启动液明显出现发酵特征后，倒入装有糖溶液的主发酵容器中，一般 1 天后即可产生二氧化碳。可采用调节供气管的阀门调节供给植物的二氧化碳量。实际操作中，初期可以只配制 1 周的糖溶液，每周打开一次发酵容器，加入糖溶液和少量酵母营养，重新用胶带封好。加完所有糖溶液，发酵几周后，当发现糖溶液中没有气泡时，尝一尝糖溶液，如果溶液是甜的，说明发酵不完全，应该往发酵容器中再加入启动液和酵母营养。如果像葡萄酒一样没有甜味，说明发酵过程已经完成，这时应清洁发酵容器，重新开始新溶液的配制和发酵过程。

（5）有机堆肥产生二氧化碳 有机物质在细菌的作用下，分解产生二氧化碳，这个过程称为堆肥。温室内可以利用有机堆肥产

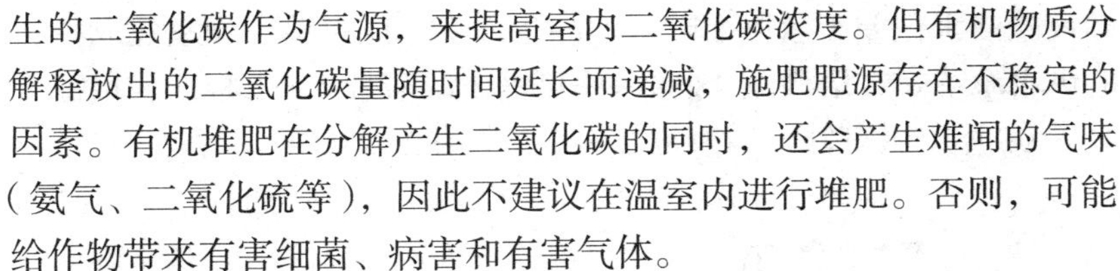

生的二氧化碳作为气源，来提高室内二氧化碳浓度。但有机物质分解释放出的二氧化碳量随时间延长而递减，施肥肥源存在不稳定的因素。有机堆肥在分解产生二氧化碳的同时，还会产生难闻的气味（氨气、二氧化硫等），因此不建议在温室内进行堆肥。否则，可能给作物带来有害细菌、病害和有害气体。

（6）化学反应生成法　利用碳酸盐与硫酸反应产生二氧化碳，通过排气管释放到温室中供给作物。反应生成的副产物可作氮肥。此法操作比较简单、安全，费用相对偏低。

总之，在选择农用二氧化碳气源时，应考虑当地的能源结构和社会经济状况，考虑资源丰富、取材方便、成本低廉、设备简单和便于自动控制等因素。

三、有机生态型无土栽培技术

有机生态型无土栽培是指不用天然土壤，而是用农业废弃物如秸秆、菇渣、畜禽粪肥等经腐熟发酵和消毒处理而成的有机固态肥料；不用传统营养液而直接用清水灌溉作物的栽培方式。该栽培方式除具有作物产量高、品质优、病虫害少、农药残留和污染少、产品清洁卫生等一般无土栽培特点外，还有栽培管理简单易操作、投资少、节省农药和肥料、对环境无污染等特点。

1. 设施系统构造

有机生态型无土栽培系统采用基质槽培的形式。在无标准规格的成品槽供应时，可选用当地易得的材料建槽，如采用木板、木条、竹竿及砖块等，只需建成没有底的槽边框即可，所以不需特别牢固，只要能保持基质不散落到走道上就行。槽框建好后，在槽的底部铺一层0.1毫米厚的聚乙烯塑料薄膜，以防止土壤传染病虫。槽边框高15～20厘米，植株高大需有支架的番茄等作物的栽培槽标准宽度为48厘米，可供栽培2行作物，栽培槽距0.6～1米。槽长应依保护棚室建筑状况而定，一般为5～30米。在有自来水基础设施或水位差 1 米以上贮水池的条件下，应以单个棚室建成独立的供水系统。栽培槽宽 48 厘米，可铺设滴灌带 1～2 根，栽培槽宽 72～96 厘米，可铺设滴灌带 2～4 根（图 2）。

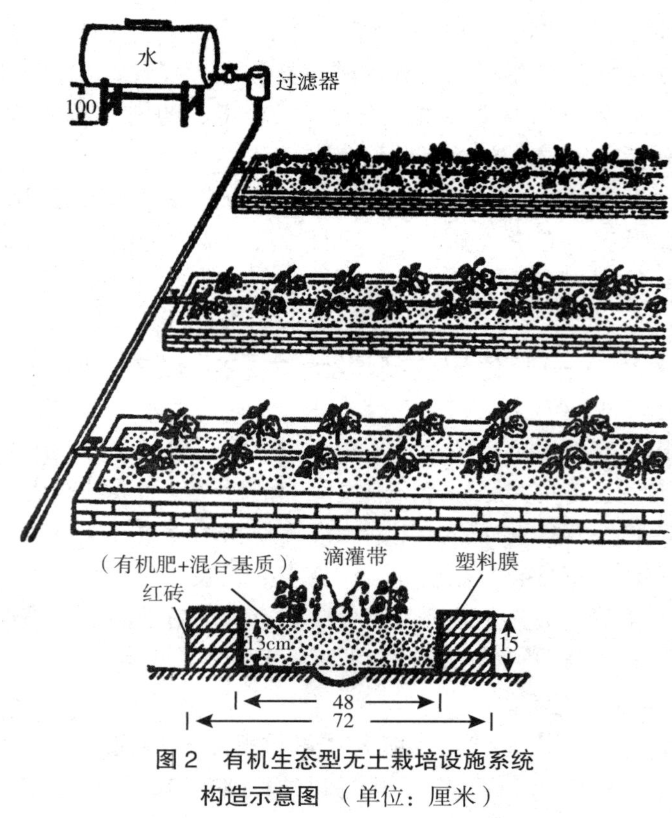

图 2 有机生态型无土栽培设施系统构造示意图 （单位：厘米）

2. 营养管理

有机生态型无土栽培的肥料供应量以氮磷钾三要素为主要指标，每立方米基质所施用的肥料内应含有全氮 1.5～2 千克、五氧化二磷 0.5～0.8 千克、氧化钾 0.8～2.4 千克，这一供肥水平，能够满足一茬番茄每 667 米^2 产量 8 000～10 000 千克的养分需要量。

为了在整个番茄生育期内均处于最佳供肥状态，通常依所施肥料的不同，将肥料分期施用。向栽培槽内填入基质之前或在前茬作物收获后，应先在基质中混入一定量的有机生态型无土栽培专用肥作基肥，使番茄在定植后 20 天内不必追肥，只需浇清水。定植 20 天后每隔 10～15 天追肥 1 次，肥料均匀地撒在离根 5 厘米以外的周围。基肥与追肥的比例为 75∶25 或 60∶40，每次每立方米基质追肥量为全氮 80～150 克、五氧化二磷 30～50 克、氧化钾 50～180 克。有机生态型无土栽培技术突破了无土栽培必须使用营养液的传统观念，而以固态肥代替营养液，从而大大降低了无土栽培的一次性投资和运转成本，还大大简化了无土栽培的操作管理规程，使无土栽培技术变得简单易学，易被广大菜农掌握。有机生态型无土栽培系统与深液流栽培系统、营养液膜栽培系统等水培系统相比，一次性投资节省 60%；与袋培、岩棉培系统相比，一次性投资节省 40%；与槽培系统相比，一次性投资节省 20%；与传统的营养液无土栽培相比，每年的肥料成本可节省 60%。充分利用农产品废弃物（如玉米秸、向日葵秆、蘑菇渣等）作为基质的来源，混合基质的成本较岩棉降低 50%。并且系统排出液对环境无污染，可达“绿色食品”的施肥标准。由于大量施用有机肥，产品品质也大大提高。

有机生态型无土栽培作为一种学而能会、会而能用的实用新技术，为无土栽培在我国的推广应用开辟了一条全新的途径。目前，有机生态型无土栽培已在山西、辽宁、广东等地有了较大面积的推广，在河南、河北、山东、甘肃、北京等地也有小面积的示范试验。各地生产实践证明，有机生态型无土栽培具有简单、实用、有效的特点，在我国具有广阔的推广前景。

第九章

番茄安全栽培技术

一、番茄安全栽培对产地环境质量的要求

安全蔬菜是指农药残留不超过国家标准，硝酸盐、亚硝酸盐含量不超标，“三废”等有害物质不超标，病原微生物等有害微生物不超标，避免生态环境污染的商品蔬菜。番茄生长发育离不开大气、水体、土壤等环境条件，番茄安全生产基地的选择是切断生态环境中有害或有毒物质进入食物链，防止蔬菜污染的关键措施。因此，应远离工业废气、废渣、废水排放点，并具有灌排条件和清洁的灌溉水源等。

1. 对空气质量的要求

番茄安全生产应远离城镇及污染区，要求空气质量较好并相对稳定；无大量工业废气污染；基地区域内气流相对稳定，即使风季，其风速也不会太大；基地内空气尘埃较少，空气清新洁净；雨水中泥沙少，清澈，pH 值适中；基地内所使用的塑料制品无毒、无害，不污染空气。

2. 对灌溉水源的要求

番茄安全生产对灌溉水源要求严格，必须清洁卫生。灌溉水源一旦被污染，即使严格控制蔬菜生产和运销过程的污染，最终也不能生产出安全蔬菜。因此，要求生产基地内灌溉水源水质稳定，如用江、河、湖水作为灌溉水源，则要求在生产基地水源的上游无工

业污水排入。

3. 对土壤的要求

要求土质肥沃，有机质含量高，酸碱度适中，土壤中各元素背景值在正常范围内，土壤耕作层内无重金属、农药、化肥、石油类物质残留物和有害生物污染。

二、番茄无公害栽培技术要点

1. 农业生态措施

（1）改善菜田生态环境　完善田间水利设施，健全排灌系统，做到番茄需水时能及时灌溉，雨后能及时排水，降低地下水位。改善土壤物理性状，增施经过腐熟、无害化处理的有机肥料，每667米^{2}施3000～5000千克，以增加土壤对重金属离子和农药残留的吸附能力，从而减少对番茄的毒害作用。

（2）建立轮作制度　采用与非茄果类作物和番茄品种之间2～3年轮作，可减少病虫害的传播和改善田间生态环境。

（3）土壤消毒处理　一般采用夏季休闲期，浇水后覆盖薄膜闷棚，进行高温消毒7～14天。

（4）采用先进的农业设施和材料　采用适合不同生态区优化的棚室结构，以利于采光、控温、控湿；采用防雾、防滴、防老化、透光率高的棚膜，以利于改善大棚的透光性、保温性和防尘效果。

2. 农业栽培措施

（1）选用抗病品种　番茄栽培品种很多，其抗病能力有较大差异。生产中要针对当地病虫害发生规律、番茄主要病害的类型，选用适合当地栽培的、具有较强抗病性的优良品种，最好选用高抗、多抗病的优良品种。

（2）合理耕作、轮作倒茬和间作套种　番茄栽培一般不应采用连作或单作制度，合理轮作倒茬不但使菜田土壤养分得到均衡利用，而且植株生长健壮，抗病能力强，还可以切断专性寄主、单一的病虫食物链和世代交替环节，也能使生态适应性差的病虫因条件变化而难以生存、繁殖，从而改善菜田生态环境。

合理提高复种指数和间作套种也是防治病虫害的一项有效措施。它不但可以提高土地利用率，增加单位面积产量，而且合理复种和间套作，由于蔬菜根系的分泌物不同可起到相互促进的作用，有利于蔬菜作物群体间的互补，对于克服由于连作造成的病虫害有很好的防治效果。但在进行蔬菜复种和单作套种时应注意选择不同科的蔬菜作物种类或品种，以利于病虫害的防治。另外，利用空间和时间的空隙间作套种绿肥可达到一举两得的效果。

合理进行土壤翻耕也可以减轻病虫害的发生。例如，冬天对菜田进行深翻冻垡，可以消灭菜田土壤中的病原菌和虫卵，又可以提高土壤肥力。

（3）严格进行种子处理　对所用种子进行筛选，剔除病籽、霉籽、瘪籽、虫籽等。播种前用磷酸三钠、高锰酸钾等药液处理消毒或用温汤浸种消毒，以减少种子携带病菌。也可采用低温、变温处理或微量元素浸种处理等。具体方法参见本书番茄育苗部分相关内容。

（4）合理确定播种期　番茄适当早播或晚播，避开高温、高湿季节，可以有效地减少病虫害的发生。例如，秋延后番茄早播易得病毒病，而适当晚播可以明显减少病毒病的发生。

（5）培育无病虫的壮苗　嫁接育苗是目前防治蔬菜土传病害有效而又经济的栽培技术措施。同时，由于所用砧木多具有较强的根系，既可增加植株的抗逆性，又能提高水分和肥料的利用率，增加产量。

在连用多年的菜田上进行番茄育苗容易发生猝倒病、立枯病等苗期病害，如果进行异地育苗，在没有栽培过番茄的菜田上或客土育苗，则可明显地减轻苗期病害的发生。

番茄定植前，苗床一定要喷1次药防治病虫害（具体方法见大棚番茄育苗技术部分相关内容），并淘汰有病的幼苗，以保证定植到菜田的幼苗为无病虫害的健壮苗。

（6）**合理密植**　根据番茄不同品种和不同栽培模式，合理确定栽植密度。生产中倡导合理稀植，并通过植株调整等技术措施创造一个合理的植株群体结构，使植株个体生长健壮，以提高抗病虫及自然灾害的能力；降低植株群体内的空气湿度，创造病虫害不易发生的环境条件。植株密度过大，群体结构不合理，植株间相互遮阴，群体内光照不足，光合速率下降，湿度较高，植株徒长，茎叶柔嫩，生长不良，有利于病虫害的发生。适当稀植不是单纯地降低单位面积上的株数，而是合理密植，既要有适宜的密度，又要有合理的株行距。

采用支架或吊蔓栽培可以增强植株群体内的通风透光条件，降低群体内的空气湿度，使植株生长健壮，提高抗病虫害的能力。同时，也可明显降低病虫害的发生率，提高产品的品质和产量。另外，通过整枝打杈可优化和改善番茄植株群体的结构，避免徒长，增强抗病虫能力。

（7）**垄作或高畦栽培**　番茄采用垄作或高畦栽培可以有效地防止浇水或雨后菜田积水，而且土壤表层易干燥，表层内湿度低不易发生病害；可以增厚土层，提高土壤的透气性，有利于促进番茄根系生长；可在沟内浇水以保持土壤表面比较干燥、疏松。因此，生产中只要不是漏水十分严重的沙土，均应采用垄作或高畦栽培。

（8）**科学施肥和浇水**　根据番茄的需肥特点进行合理施肥，要尽量增施腐熟的有机肥，适当减少化肥的用量。未腐熟的有机肥含有大量的病虫源，如病原菌、虫卵、蛹等，施入土壤中易引发病虫害。另外，未腐熟的有机肥在土壤中分解时还易产生高温，易造成番茄幼苗烧根。所以，生产中应施用充分腐熟的有机肥，同时还要适当增施磷、钾肥，以提高番茄植株的抗逆性。

土壤中水分的多少与病虫害的发生有密切关系，土壤中水分过多，易造成番茄植株徒长，植株组织柔嫩，抗病性降低，易发生病害。土壤含水量适中，则植株生长健壮，抗病能力增强，可减少病害发生。因此，生产中应根据番茄各生育期的需水特点，科学合理

浇水。

（9）**调控棚室温湿度** 根据棚室小气候的特点，严格调控温湿度，可有效防止番茄病害的发生。薄膜要选用优质无滴膜，提前扣膜增温，设置二层幕、小拱棚，覆盖地膜；采用通风降温除湿，遮阳网遮阴，采用膜下灌水等措施。要根据不同番茄品种对温湿度的要求进行合理调控。

（10）**正确选用植物生长调节剂** 在番茄栽培中，使用植物生长调节剂已成为一项重要技术措施。但在使用过程中一定要正确选择植物生长调节剂的种类、使用浓度、方法和次数。例如，赤霉素、吲哚乙酸、萘乙酸等可以使用；乙烯利、吲哚乙酸、石油助长剂等应适当限制或慎重使用；2，4-D、青鲜素、三碘苯甲酸等不宜使用。

（11）**无土栽培或土壤隔离栽培** 在土壤污染严重的情况下可以采用无土栽培的方法，如有机生态型无土栽培技术措施。按番茄要求的株行距开沟后，铺好塑料薄膜，将高温消毒的基质（按配方配制）填入沟内，进行番茄栽培，这样可基本解决土壤污染严重的问题。

也可采用土壤隔离的栽培方法。按番茄要求的株行距开沟后，铺上塑料薄膜，将消毒好的表层土壤填入沟内，使消过毒的表土与未消毒的深层土壤隔离，可以切断土壤传播病虫害的途径。

（12）**清洁田园** 前茬作物收获后应及时将植株残体、病株、病叶、病果、杂草及各种废弃物清出田园，予以销毁和深埋。田埂、沟渠、地边的杂草也是很多病虫的寄主和滋生地，应尽量消除，以减少病原菌和虫卵，从而减少番茄病虫害的发生。

（13）**建立番茄无病虫制种基地** 有许多番茄病虫害是通过种子传播的，因此建立无病虫制种基地可以切断种子带菌和带病毒的途径，对防止番茄病虫害的发生有重要意义。

3. 物理防治病虫害措施

（1）**采用设施防护** 夏季覆盖遮阳网，具有遮阴降温、防虫防雨、增产并提高番茄品质等多重作用。银灰色遮阳网还有驱避蚜虫的作用。防虫网除具有一般遮阳网的作用外，还能阻止害虫飞入棚室，达到防虫、防病的效果。

（2）**人工捕杀**　当害虫个体较大、群体较小、发生面积不大、劳动力允许时进行人工捕杀效果较好，既消灭了害虫，减少了用药，降低了生产成本，又不污染番茄产品和生产环境。

（3）**诱杀与驱避**　利用害虫趋光性进行灯光诱杀，在我国20世纪70年代就已成功应用，如利用黑光灯可以诱杀300多种害虫，并且被诱杀的多数是成虫，对减少害虫的虫口密度有明显的效果。灯光诱杀还可采用高压汞灯、双波灯等。近年来研制开发的频振式杀虫灯具有选择杀虫性，既可诱杀害虫，又能保护天敌。诱杀灯放置的面积因防治害虫的种类和灯的功率而异。

潜伏诱杀是利用害虫有选择特定条件潜伏的习性进行有针对性的诱杀，如棉铃虫、黏虫的成虫有在杨树枝上潜伏的习性，可以在一定面积上放置一些杨树枝，诱其潜伏，人工集中捕杀。

食饵诱杀是用害虫特别喜食的材料做诱饵，引其集中取食而消灭，如利用糖浆、醋诱蛾；臭猪肉和臭鱼诱集蝇类；马粪、麦麸诱集蝼蛄等。

色板诱杀是在棚室内放置一些涂上黏液或蜜液的黄板，使蚜虫、粉虱类害虫黏在黄板上；或利用蓝板诱杀瓜蓟马等。放置的密度因虫害的种类、虫口密度、色板的面积而定，一般每30～80米^{2}放置1块较适宜。

在棚室上覆盖银灰色遮阳网或在田间挂一些银灰色的条状农膜，或覆盖银灰色地膜都能有效地驱避蚜虫。

（4）**高温消毒**　有些病虫害是通过种子传播的，在播种前用高温处理种子可有效地杀死种子所带的病原菌和虫卵，切断种子带毒传播途径，如采用温汤浸种。

为克服棚室连作障碍，对土壤进行高温消毒是有效的方法之一。该法可杀死土壤中的有害菌，但同时也会影响硝化细菌、铵化细菌等有益生物，所以一定要掌握好消毒的温度和时间。大多数土壤病原菌在 60℃条件下 30 分钟即可被杀死，烟草花叶病毒、黄瓜花叶病毒则需要在 90℃蒸汽条件下 10 分钟方可被杀死，多数杂草的种子需要在 80℃条件下消毒 10 分钟才能被杀死。

可利用高温闷棚的方法来防治霜霉病、白粉病、角斑病、黑星病等多种病害。方法是在晴天的中午前后，先浇透水然后将棚室密闭，当温度升高至 46℃～48℃时，保持 2 小时左右，立即通风，可有效地防治多种病害。

（5）农业工程改土 当土壤污染严重时可根据土壤的性质、污染程度、污染特点，通过农业工程改土克服连作障碍，从而达到防病的目的。如生产上的客土法（换土）、排土法（去除污染表层）、深耕翻转污染土层等方法都取得了良好的效果。

另外，棚室内也可采用臭氧发生器防治病虫害。

4. 生物防治病虫害措施

利用瓢虫、草蛉、食蚜蝇、猎蝽等捕食性天敌进行防治，如利用七星瓢虫防治蚜虫，利用赤眼蜂、丽蚜小蜂等寄生性天敌防治蚜虫，利用丽蚜小蜂防治白粉虱等。

利用苏云金杆菌等细菌，白僵菌、蚜霉菌、绿僵菌等真菌，核型多角体病毒，阿维菌素类抗生素，微孢子虫等原生动物防治害虫。

利用植物源农药如印楝素、川楝素、苦参碱、苦楝、苦皮藤素、双素碱（茴蒿素＋百部碱）等防治多种害虫。

用黄瓜花叶病毒卫星疫苗 S52 和烟草花叶病毒弱毒疫苗 N14 防治病毒病。利用非生物诱导抗性，如苯硫脲灌根诱导植株对黑星病产生抗性，使用草酸盐喷洒植株下部 1～2 片叶，使植株产生对炭疽病的抗性等；使用 5406 菌肥和增产菌有防病增产作用；使用菇类蛋白多糖可防治番茄病毒病；使用武夷菌素可防治灰霉病、叶霉病和白粉病；使用木霉素可防治菌核病和灰霉病；使用硫酸链霉素可防治细菌性病害、晚疫病、软腐病、角斑病、霜霉病、细菌性疫病；使用新植霉素、青霉素钾盐、武夷菌素、嘧啶核苷类抗菌素

等，可防治枯萎病和炭疽病等。

5. 化学防治病虫害措施

化学农药是防治番茄病虫害的有效手段，特别是病虫害严重时更是有效的防治措施。番茄安全生产关键是如何科学合理地使用化学农药。合理使用化学农药须注意：①熟悉病虫害种类。②严格执行国家有关规定，禁止使用高毒、高残留农药。③使用高效低（中）毒、低残留农药。④掌握正确的用药技术，按照农药使用说明书上标明倍数或药量范围的下限用药，不要随意增减。⑤严格执行农药安全间隔期，以保证番茄采收上市时农药残留不超标。

三、有机番茄栽培技术要点

1. 有机番茄生产对环境的要求

有机番茄地块应符合《GB / T 19630—2011》的要求，即地块应是完整的，不能夹有常规生产地块，与常规地块交界处必须有明显标记，必须设置缓冲带或物理障碍，保证有机番茄生产地块不受污染。通常番茄作为 1 年生作物，须经过 24 个月的转换期才能作为有机产品；多年生番茄在收获之前需经过 36 个月的转换期才能作为有机产品。经 12 个月有机转换后的地块中生长的番茄可作为有机转换产品销售。

2. 有机番茄育苗技术

（1）育苗床土或基质　可采用塑料大棚或温室进行育苗，要求光照好、地势高燥、排灌方便、无连作障碍、疏松肥沃、富含有机质。床土可按园土 50%～70%、腐熟厩肥 20%～30%、草木灰 5%～10% 的比例配制，另外可掺入一定量的磷矿石作为磷源。采用有机育苗基质或经过消毒处理的基质，按照草炭∶珍珠岩∶有机肥为 7∶2∶1 的比例配制。

（2）种子处理　选用未进行化学处理的种子。播种前先将番茄种子在凉水中浸泡 10 分钟，然后放在 50℃～55℃温水中，不断搅拌，使种子受热均匀，并使水温稳定在50℃左右，20～30分钟后捞出放在30℃温水中继续浸种12～24小时，期间多次搓洗种子，换清水1次，将种子表面的黏液洗净捞出，用洁净的湿布包好。置于30℃条件下保湿催芽，催芽过程中翻动种子数次，并用25℃清水淘洗1～2次，5～6天即可出芽。

（3）**苗期管理** 从播种至齐苗期间以保温保湿为重点，温度以25℃～30℃为宜。开始出苗后，为防止床面板结和开裂，应撒细碎干床土于床面上，并保证充足的光照。齐苗后应以降温通风防徒长和倒苗、防冻害为主，白天温度保持22℃～25℃、夜间16℃～20℃。要及时拔除伤病苗、畸形苗。采用床土育苗的可在幼苗长有1～2片、3～4片真叶时进行分苗，分苗宜在晴朗无风的天气进行。分苗前2～3天宜将温度降低3℃～5℃，进行低温锻炼，并于分苗前1天或当天上午浇水，以便于取苗和少伤根系。第一次分苗的株行距均为8厘米，第二次均为15厘米，要求随起苗随分苗，分苗后应立即覆盖塑料膜，保持土壤和空气湿度，待幼苗心叶开始生长时，揭膜通风降湿。

3. 有机番茄定植

每667米^{2}施充分腐熟有机肥2500千克、磷矿粉40千克、钾矿粉20千克。土壤耕深20～30厘米，整平耕细、开沟、做畦。有机番茄栽培要保持田间通风透光良好，行株距为90厘米×40厘米，宽行100厘米～120厘米，每667米^{2}栽1800～2600株，2行1畦。选择具有本品种特征、符合壮苗标准的幼苗，定植后浇透水，在畦面铺设滴灌管，每株植株设1个滴头，最后覆盖地膜。

4. 有机番茄田间管理

定植后，白天棚温控制在20℃～32℃，前半夜17℃～18℃，后半夜9℃～11℃，昼夜温差保持在18℃～20℃，以利于养分积累，果实丰满，提高产量。

每667米^{2}冲施生物有机钾肥25千克或腐熟牛粪2000～4000千克、EM生物菌肥2千克、50%天然硫酸钾25千克，生物菌肥与钾肥交替施用。

田间水分管理视苗情而定，每次应浇水至土表以下 15 厘米潮湿、滴灌 20～30 分钟即可。追肥、浇水后及时通风换气，以降低棚内空气湿度，并及时中耕。

在株高 25～30 厘米、第一花序开放前应及时吊蔓或搭架。一般采用单干整枝，保留 2～3 穗果，主茎顶部花穗上留 2 片叶摘心。每穗果下节用柔软细绳捆绑一道，并及时整理果穗，适时摘除基部老叶、黄叶、病叶。

一般大型果每穗留果 4～5 个，小型果留果 8～16 个。使用授粉棒人工辅助授粉、采用熊蜂授粉，或在花蕾期时用 EM 生物菌液或硫酸锌 700 倍液喷花序，以提高坐果率。尽早摘除病果、畸形果及多余的花果。

成熟果实及时采收，采收时应避开高温，一般夏季在上午 9 时之前或下午 3 时之后采收。采收时应托住果实拧下，防止机械损伤。采后及时进行分级包装。

5. 有机番茄病虫害防治

有机番茄栽培病虫草害防治应始终贯彻《GB / T 19630—2011》的基本原则，即应从农业生态系统出发，综合运用各种防治措施，创造不利于病虫草害孳生和有利于各类天敌繁衍的环境条件，保持农业生态系统的平衡和生物多样化，减少各类病虫草害所造成的损失。

（1）猝倒病 苗床应选在背风向阳、地势高燥的地块，排灌方便，光照充足，有利于提高地温。选用早熟或耐低温品种。采用 3 亿 CFU/ 克哈茨木霉菌根部型喷淋苗床，每平方米用药 2～4 克；定植后可用其 1 500～3 000 倍液灌根，每株 200 毫升，每隔 3 个月用药 1 次。

（2）早疫病 苗床应选在最近 2 年没有栽培过茄科作物的地块，与非茄科作物实行 3 年轮作。选用抗病品种。播种前进行温汤浸种消毒。在发病前或初期，选用 3 亿 CFU/ 克哈茨木霉菌叶部型 300

倍液喷雾，每 10～15 天喷 1 次；病情严重时，每 5～7 天喷 1 次。也可用 1 : 1 : 200 波尔多液喷施进行预防。

（3）**灰霉病** 采用通风形式降低棚内湿度，避免叶面结露。及时摘除病叶、病果，以减少侵染源。播种前用臭氧水浸泡种子 40～60 分钟，消灭种子带菌；定植前，用臭氧气体对棚室等设施进行灭菌处理。在发病前或初期，选用 3 亿 CFU/ 克哈茨木霉菌叶部型 300 倍液喷雾，每 10～15 天喷 1 次，病情严重时每 5～7 天喷 1 次；用枯草芽孢杆菌 500 倍液，每 7 天喷 1 次；2.1% 丁香酚溶液，每 667 米^{2}施用 50 升，每 7～10 天喷 1 次，视病情连续 2～3 次；10 亿个活芽孢 / 克枯草芽孢杆菌可湿性粉剂 600 倍液，或 1 亿个活孢子 / 克木霉菌水分散粒剂 600～800 倍液，或 0.3% 丁香酚可溶性液剂 1 000～1 200 倍液喷雾，每 7 天喷 1 次，连喷 2～3 次。

（4）**立枯病** 加强苗床管理，防止高温和高湿，采用穴盘和营养钵育苗。提高通风透光性，促进番茄生长，提高抗病性。及时中耕除草，平衡施用肥水，控制氮肥用量，增施磷、钾肥。采用 3 亿 CFU/ 克哈茨木霉菌根部型溶液喷淋苗床，每平方米用药 2～4 克；定植后再用其 1 500～3 000 倍液灌根，每株 200 毫升，每隔 3 个月用药 1 次。

（5）**叶霉病** 选用抗病品种。与非茄科作物进行3年以上轮作。控制浇水量，浇水后及时通风降湿。及时进行植株调整，将基部老叶、黄时打掉以利通风透光，摘除病叶减少侵染源。平衡施肥，避免偏施氮肥，适当增施磷、钾肥，提高植株抗病性。通过高温闷棚和硫磺熏蒸的方式进行棚室消毒，采用温汤浸种等方法对种子进行消毒。在发病前或初期，选用 3 亿 CFU/ 克哈茨木霉菌叶部型 300 倍液喷雾，每 10～15 天喷 1 次，病情严重时每 5～7 天喷 1 次，或用枯草芽孢杆菌 500 倍液喷雾，每 7 天喷 1 次。

（6）**青枯病** 用 10 亿个活芽孢 / 克枯草芽孢杆菌可湿性粉剂 600～800 倍液灌根，顺茎基部向下浇灌。可用 77% 氢氧化铜可湿性粉剂 400～500 倍液喷雾或灌根，还可兼防疮痂病、细菌性斑疹

病、髓部坏死病。

（7）**蚜虫**　及时清除田间及其附近杂草，以减少虫源。在田间悬挂黄板，上涂机油，每 667 米^2 悬挂 20～30 块，诱杀蚜虫；采用银灰色遮阳网或塑料膜驱避蚜虫。在虫害发生初期可喷施白僵菌 400～800 倍液，每 3～4 天喷 1 次，连续 5～6 次。也可选用鱼藤酮、苦参碱、除虫菊素、烟碱、藜芦碱、0.2% 苦皮藤等植物源杀虫剂和松脂酸钠等微生物源杀虫剂。

（8）**白粉虱**　彻底清除田间及其附近杂草和残株，以减少虫源。在通风口设置防虫网，防止外来虫源。加强田间管理，防止干旱。在田间悬挂黄板诱杀白粉虱；在白粉虱发生较轻时，在棚室内按每株 15～20 头释放丽蚜小蜂，每 15 天释放 1 次，连放 3 次；采用 3% 印楝素乳油 1 000 倍液，或 10% 多杀霉素水分散粒剂 3 000 倍液，或 80 亿个活孢子 / 克白僵菌可湿性粉剂 300 倍液喷雾，连喷 2 次。

（9）**脐腐病**　可施用氯化钙，以补充番茄生长发育所需钙。

第十章

番茄病虫害防治技术

一、侵染性病害及防治

1. 早疫病

（1）危害症状 苗期和成株期均可染病。一般下部叶片先发病，逐渐危害上部叶片。叶片发病初期为水渍状病斑，渐呈褐色或黑褐色圆形至椭圆形斑点，成熟病斑边缘黑褐色，中央灰褐色，具同心轮纹，病健交界处有黄色或黄绿色晕圈，严重时多个病斑连成不规则大斑。茎、叶柄或果柄发病，病斑梭形或椭圆形，深褐色，稍凹陷，具同心轮纹和晕圈，病枝易由病处折断。青果受害多由果蒂附近开始，病斑比叶、茎病斑颜色深，凹陷，具同心轮纹，病果开裂，病部变硬，提早变红。空气湿度大时，病斑上可生成茸毛状霉层，呈黑色。

（2）发病规律 属真菌性病害。病菌以菌丝或分生孢子在病残体或种子上越冬，可从气孔、皮孔或表皮直接侵入，经 2～3 天潜育期后出现病斑，3～4 天后产生分生孢子并通过气流、雨水进行重复侵染。病菌发育适温范围较广，26℃～28℃为最适温度。该病多在 5 月份发生，6 月份流行。湿度是早疫病发生的最重要因素，空气相对湿度达 70% 时即可流行，达 85% 时茎叶染病率最高。此外，重茬可造成大棚内病菌积累。种植密度过大造成植株间湿度大，结露时间长，基肥不足，低洼积水和结果过多造成植株长势弱

等因素均会引起早疫病的发生流行。

（3）防治方法

①农业防治　选用抗病或耐病品种，如茄抗5号、奇果等品种；与非茄科蔬菜实行3年以上轮作；加强大棚内部和四周卫生管理，拉秧后及时清除田间残余植株和落叶落果等，并进行高温闷棚；播前对种子进行消毒处理，选用无病壮苗定植；合理密植，每667米^{2}定植4000株左右；加强田间管理，低洼地采用高畦栽培；施足基肥，适时追肥，提高植株抗病力；定植初期闷棚时间不宜过长，防止棚内湿度过大、温度过高。

②药物防治　可选用50%异菌脲可湿性粉剂1000～1500倍液，或75%百菌清可湿性粉剂600倍液，或58%甲霜·锰锌可湿性粉剂500倍液，或64%噁霜·锰锌可湿性粉剂500倍液喷施，每667米^{2}每次喷药液25～30千克，每7天1次，共喷3～4次。番茄茎部发病除喷淋上述杀菌剂外，再用50%异菌脲可湿性粉剂180～200倍液涂抹病部，效果更好。大棚内最好采用粉尘剂或烟剂，每667米^{2}每次可用5%百菌清粉尘剂1千克，或45%百菌清烟剂或10%腐霉利烟剂200～250克，每隔9天防治1次，连续防治3～4次。

2. 晚疫病

（1）危害症状　幼苗、叶、茎和果实均可受害。幼苗染病，病斑由叶片向主茎蔓延，使茎变细并呈黑褐色，致全株萎蔫或折倒，湿度大时病部表面生白霉；成株期叶片染病多从植株下部叶尖或叶缘开始，初为浅绿色不整齐病斑，扩大后转为褐色。高湿时呈水渍状，叶背病健交界处长白霉；茎发病，病斑呈黑褐色，在茎尚幼嫩时会出现明显的缢缩，并导致植株萎蔫；果实染病主要发生在青果上，病斑初呈油渍状暗绿色，后变成暗褐色至棕褐色，稍凹陷，边缘明显，云纹不规则，果实一般不变软，湿度大时有少量白霉，并迅速腐烂。该病易与早疫病混淆，可用保湿的方法区分，病部出现白霉的为晚疫病，出现黑霉的为早疫病。

（2）发病规律　属真菌性病害。病菌主要以菌丝体随病残体在土壤中或地表越冬，种子也可带菌。有时以卵孢子越冬，但不多见。番茄染病后先形成中心病株，多发生在大棚地势低洼和结露滴水处。中心病株产生大量孢子囊和分生孢子，借助气流、水流传播，使病害向四周很快蔓延。菌丝发育适温24℃，最高30℃，最低10℃。孢子囊在温度18℃～22℃，空气相对湿度100%时最适。番茄叶面有水膜、水滴时，病菌易繁殖和侵染，因此保护地低温高湿是发病的必要条件。早春温度低，阴天多，日照少，病害加重。此外，种植密度过大，偏施氮肥，通风不及时病情加重。

（3）防治方法

①农业防治　选用抗病耐病品种，如早丰、中蔬4号、中蔬5号、佳红、圆红等品种。番茄晚疫病是专化性很强的病害，多品种混合栽培可减少晚疫病菌株的积累，有利于控制病害，品种轮换使用也有较好的防病效果。加强栽培管理，低洼地采用高畦栽培，加强浇水后的通风管理。选用无滴膜，防止薄膜滴水。合理密植，改善株间通风透光条件，降低昼夜温差，特别应避免植株叶面结露和形成水膜。结果期增施磷、钾复合肥。

②药物防治　发现中心病株后应及时拔除，并喷施1∶1∶200波尔多液封锁发病中心。发病初期可喷施72.2%霜霉威水剂800倍液，或72%霜脲·锰锌可湿性粉剂600倍液，或72%烯酰·锰锌可湿性粉剂1 000倍液，或40%琥铜·甲霜灵可湿性粉剂700～800倍液，或64%噁霜·锰锌可湿性粉剂500倍液，一般每667米^{2}用药液50～60千克，每隔7～10天1次，连续防治4～5次。也可用50%琥铜·甲霜灵可湿性粉剂600倍液，或60%琥铜·乙膦铝可湿性粉剂400倍液灌根，每株灌0.3千克，每隔10天1次，连灌3次。还可采用粉尘法及烟雾法进行预防，即每667米^{2}用45%百菌清烟剂250克熏烟，或喷撒5%百菌清粉尘剂1千克，每隔9天防治1次，连续防治4～5次。

3. 灰霉病

（1）危害症状　叶片、花、果实和茎均可发病。叶片染病多从叶尖开始，病斑呈“V”形向内扩展，初呈水渍状，浅褐色，边缘不规则，具深浅相间轮纹，后叶片干枯表面生有灰霉，严重时叶片枯死。茎染病多由整枝打杈时形成的伤口引起，有时由病叶、病花、病果蔓延到茎。病斑初始呈近圆形水渍状，后扩展为长椭圆形，进而逐渐使一段茎腐烂，湿度大时病部长出灰色霉层，并引起病部以上枯死。果实染病以青果受害最重，病菌一般从残留的柱头或花瓣开始侵染，后向果面或果柄扩展，致使果皮呈灰白色、软腐，病部长出大量灰色霉层，果实失水后僵化，高温时在病部有时会长出大量的黑色菌核。有时在果面可见许多圆形的白圈，故叫“鬼斑病”，是灰霉病在高温季节的一种症状。在苗期发生时可引起茎叶腐烂，上面生大量灰霉。

（2）发病规律　属真菌性病害。病菌以菌丝、分生孢子、菌核在病残体上、土壤中或地表越冬越夏。分生孢子随气流、水流和农事操作中的工具、衣服等传播。病菌产生分生孢子的最低温度为2℃，最适温度为20℃～23℃，24℃以上不利病害发展。孢子的萌发和侵染需要较高湿度。冬春大棚内的低温高湿环境是灰霉病流行的主要原因。连续阴雨雪天较多，或在阴天浇水，会出现发病高峰。第一穗果最易感染，且多发生在果脐、果蒂处。连作地、植株密度较大、徒长、光照不足等均可加重病害。施用未腐熟农家肥、施氮肥过多及低洼潮湿处发病较重。

（3）防治方法

①农业防治　加强通风进行变温管理。晴天上午晚通风，使棚温迅速升高，当棚温升至30℃时开始通风；下午棚温降至20℃左右时关闭通风口。阴天也要注意通风。浇水宜在上午进行，浇后先扣棚提温，待水分蒸发后再打开通风口将水蒸气放出；发病初期适当节制浇水，严防过量，每次浇水后，加强管理，防止结露。在果实开始膨大时摘除败落的花瓣和柱头，铲除病菌的侵染点。发病后及时摘除病果、病叶和侧枝，集中烧毁或深埋，严防随处堆积，造成病菌传播。坐果后可增施磷、钾肥。提倡小高畦地膜覆盖栽培。

②药物防治　定植前用65%甲硫·乙霉威可湿性粉剂1 000倍液，或50%异菌·福美双可湿性粉剂800倍液，或50%腐霉利可湿性粉剂1 500倍液，或50%多菌灵可湿性粉剂500倍液喷洒番茄苗。也可每667米^{2}用6.5%甲硫·乙霉威粉尘剂1千克喷粉，做到无病苗进棚。

定植后发病初期及时施药。可每100米^{3}用噻菌灵烟剂50克（1片），或每667米^{2}每次用10%腐霉利烟剂或45%百菌清烟剂250克，熏1夜，每隔7～8天熏1次，连续2～3次。由于灰霉病菌易产生抗药性，应尽量减少同种药剂的使用次数，注意交替或混合施用不同类别的药剂。如喷洒50%异菌脲可湿性粉剂2 000倍液＋50%甲基硫菌灵可湿性粉剂1 000倍液，或65%甲硫·乙霉威可湿性粉剂1 000～1 500倍液，有利于提高防效，降低成本，延缓抗药性。还可喷洒50%腐霉利可湿性粉剂1 500倍液，或75%百菌清可湿性粉剂500倍液。每隔7天喷1次，连续喷施3～4次。

4. 猝 倒 病

（1）危害症状　猝倒病也叫倒苗病、小脚瘟。在幼苗出土后、真叶未展开前发病。病斑在接触地面处幼茎基部发生，先出现水渍状病斑，然后变黄褐色，干缩成线状，在子叶尚未出现凋萎前倒伏。最初发病时往往株数很少，白天凋萎，但夜间能复原，如此2～3天后才出现猝倒症状。苗床湿度大时，在病苗或其附近床面上常密生白色棉絮状菌丝。

（2）发病规律　属真菌性病害。病菌以卵孢子随病残体在土壤中越冬，以游动孢子借雨水、灌溉水、带菌的堆肥和农具传播至幼苗，从茎基部侵入。虽然猝倒病病菌生长的最适温度为15℃左右，但发病的最适温度为10℃，此温度条件下对幼苗生长不利，但有利于病菌侵染。苗床低温高湿、日照不足是导致猝倒病发生的重要因素。若天气长期阴雨或下雪，苗床通风透光和保温性能不好，则苗床温度过低，猝倒病发展极快，常引起成片死苗。苗床地下水位高，播种过密，间苗或移植不及时，土壤贫瘠、黏重及浇水过多等均易造成苗床过于闷湿，从而导致该病的流行。薄膜揭盖不及时或方法不当，容易导致苗床温度的大幅度变化，也有利于诱发猝倒病。在幼苗子叶的养分已经用完，而根系尚未发育完全、幼茎尚未木质化时抗病性最差，最易发生猝倒病。

（3）防治方法

①农业防治　选择地势高燥、不重茬的地方做育苗床，采用快速育苗或无土育苗法，播种前进行种子消毒。做好苗床、穴盘及大棚的消毒。加强苗床管理，低温期育苗时注意提高温度，白天保持 20℃～30℃、夜间 15℃～18℃，尤其是注意提高苗床土温，降低苗床湿度，增强光照。发病初期，苗床撒施草木灰。苗期喷施 0.1%～0.2% 磷酸二氢钾溶液，或 0.05%～0.1% 氯化钙溶液，以提高抗病力。

②药物防治　每平方米苗床用 50% 多菌灵可湿性粉剂或 50% 福美双可湿性粉剂 4～5 克与细土 4～5 千克拌匀制成药土。播前将苗床浇透水，待水渗下后，取 1/3 药土撒在畦面上，播种后将剩下的 2/3 药土覆盖在种子上面。

当发现苗床上有少数病苗时，要立即拔除，并在病苗处及其周围喷洒 72% 霜霉威水剂 500 倍液，或 25% 甲霜灵可湿性粉剂 600～800 倍液，或 64% 噁霜 · 锰锌可湿性粉剂 500 倍液，或 75% 百菌清可湿性粉剂 600～800 倍液，或 70% 代森锌可湿性粉剂 500 倍液，或 50% 多菌灵可湿性粉剂 600 倍液，或 58% 甲霜 · 锰锌可湿性粉剂 500～600 倍液，或 90% 三乙膦酸铝可湿性粉剂 500 倍液，每隔 7～8 天喷 1 次，连喷 2～3 次。应注意喷洒幼苗嫩茎和发病中心附近病土。对于成片死苗的地方，可用 72% 霜霉威水剂 400 倍液，或 55% 高效甲霜灵可湿性粉剂 350 倍液灌根，每隔 6～7 天灌 1 次，连灌 2～3 次。

5. 立 枯 病

（1）危害症状　幼苗期发病，一般发生在育苗的中后期。发病初期，茎基部产生椭圆形病斑，病苗白天萎蔫、夜间恢复，以后病

斑逐渐凹陷，扩大后绕茎一周，最后茎基部收缩干枯，植株死亡。该病发病速度较猝倒病慢，幼苗不折倒，土壤潮湿时，病部有淡褐色蛛丝网状霉，但不明显。病部不长明显的白色棉絮状菌丝，可与猝倒病区别。

（2）**发病规律** 属真菌性病害。以菌丝体或菌核在土壤中越冬，且可在土中腐生 2～3 年。菌丝能直接侵入寄主，通过灌溉水、农具传播。病菌发育的最适温度为 24℃。播种过密、间苗不及时、光照不足、温度过高均易诱发此病。

（3）**防治方法**

①农业防治 选择地势高、地下水位低、排灌良好的地块及前茬非茄果类蔬菜的地块作为苗床，用前茬为葱、蒜的地块作为苗床尤为理想。加强苗床管理，注意提高地温，科学通风降低湿度，避免出现高温高湿条件。苗期喷洒 0.1%～0.2% 磷酸二氢钾溶液，或植宝素 7 500～9 000 倍液，可增强植株抗病力。播种前用 50% 多菌灵可湿性粉剂或 50% 福美双可湿性粉剂等量混合后与 400 倍营养土混拌均匀，可有效减少病害的发生。

②药物防治 发病初期喷淋 20% 甲基立枯磷乳油 1 200 倍液，或 36% 甲基硫菌灵悬浮剂 500 倍液，或 5% 井冈霉素水剂 1 500 倍液，或 15% 噁霉灵水剂 450 倍液，或 30% 多 · 福可湿性粉剂 800 倍液。猝倒病、立枯病混合发生时，可用 72.2% 霜霉威水剂 800 倍液＋50% 福美双可湿性粉剂 800 倍液喷淋，每平方米苗床用药液 2～3 千克，视病情隔 7～10 天防治 1 次，连续防治 2～3 次。

6. 绵 疫 病

（1）**危害症状** 绵疫病又称褐色腐败病、番茄掉蛋。主要危害未成熟果实。病斑较大，圆形或椭圆形，淡褐色，边缘不明显，蔓延迅速，会很快遍及全果，出现褐色不均的同心浅轮纹。病斑处果皮光滑、不软腐，发病后易脱落，落地后潮湿时长出白色絮状霉；叶片感染为大型水渍状淡绿色斑，有的有轮纹、腐烂。

（2）**发病规律** 属真菌性病害。病菌以卵孢子或厚垣孢子随病残体在土壤中越冬。通过雨水溅射到近地表的果实上，萌发产生芽管从果皮侵入，发病后，菌丝形成孢子囊，释放游离孢子，通过浇水或雨水传播蔓延。病菌生长温度为 8℃～38℃，适温 30℃，要求空气相对湿度在 95% 以上。

（3）防治方法

①农业防治　选择 3 年未种植过茄科蔬菜、地势较高、排水良好、土质偏沙的地块作为种植田。定植前整地要细，深开沟、高培土，保证不积水。及时整枝打杈，去掉老叶、病叶，及时摘除病果，深埋或烧毁，改善田间通透性。

②药物防治　发病初期及时喷施 72% 霜脲·锰锌可湿性粉剂 600 倍液，或 40% 三乙膦酸铝可湿性粉剂 200 倍液，或 58% 甲霜·锰锌可湿性粉剂 500 倍液，或 64% 噁霜·锰锌可湿性粉剂 500 倍液，或 72.2% 霜霉威水剂 800 倍液，或 50% 琥铜·甲霜灵可湿性粉剂 600 倍液，每隔 7～10 天喷 1 次，连喷 2～3 次。重点喷洒果穗，适当兼顾地面。

7. 叶霉病

（1）危害症状　叶片、叶柄、茎、果实均可受害，但以叶片为主。叶片染病时，叶面出现不规则或椭圆形淡黄色绿斑，叶背面形成近圆形或不规则形白色霉斑，后变为褐色或黑褐色绒状。条件适宜时，病斑正面也可长出霉层；随病情扩展，叶片由下向上逐渐卷曲，植株呈黄褐色干枯。果实染病，果蒂附近或果面形成黑色圆形或不规则形斑块，并硬化凹陷，不能食用。嫩茎或果柄染病症状与叶片类似。

（2）发病规律　属真菌性病害。病菌以菌丝体或菌丝块随病残体在土壤表面越冬，分生孢子可附着在种子表面，或菌丝潜伏在种子内越冬。借助气流、风雨传播，多从叶背侵入，形成病斑。4℃～32℃条件下病菌均可生长，温度 20℃～25℃、空气相对湿度大于 90% 时容易发病。栽培密度太大，通风排湿不好，温暖高湿或遇连阴天，光照弱有利于病害发生。从发病到蔓延成灾仅需 15 天。

（3）**防治方法**

①农业防治　选用抗病品种，如佳粉系列、中杂系列、豫番1号、郑粉4号、双抗2号（免疫）、白果强丰、JP2608、红旗、爱吉、红宝、维克瑞、合作908等。用热水烫种和温汤浸种等方法处理种子。合理轮作，高畦高垄定植，地膜覆盖栽培。加强棚内温、湿度管理，适时通风，适当控制浇水，及时排湿。适当密植，及时整枝打杈，配方施肥，避免氮肥过多，提高植株抗病力。

②药物防治　定植前密闭棚室，每667米^{2}用硫磺粉1.5千克＋锯末3千克，拌匀后分放几处，点燃后熏烟1夜。定植后每667米^{2}用45%百菌清烟剂250克，熏烟1夜。发病初期可喷洒50%硫磺·多菌灵悬浮剂700～800倍液，或50%硫磺悬浮剂300倍液，或50%甲基硫菌灵可湿性粉剂800～1 000倍液，或30%异菌脲可湿性粉剂1 500倍液，或25%苯菌灵乳油800～1 000倍液，每隔7～8天喷1次，连喷3～4次。如果棚内湿度大，不宜喷雾时，可于傍晚每667米^{2}喷撒7%春雷·氟硅唑粉尘剂1千克，每隔7～8天喷1次，连喷2～3次。

8. 枯萎病

（1）**危害症状**　枯萎病又叫萎蔫病，一般在开花期或结果期发病。多在植株一侧发病，而另一侧却生长正常。初发病时仅近地面的叶片变黄，后自下而上陆续出现病叶，叶片发黄变褐，茎部自下而上凹陷。病情发展缓慢，从植株发病到枯死，需15～30天。病株晚期仅上部留有几片叶子，或整株叶片枯死。剖视病株茎部、叶柄、果柄，发现维管束变成褐色，用手挤压无白色菌脓滴出，此特征有别于青枯病。空气湿度大时，病茎外部长出粉红色霉层。

（2）**发病规律**　属真菌性病害。病菌主要以菌丝体和厚垣孢子在土壤中的植株病残体上越冬，病菌如进入果实种子腔内，菌丝还可以潜伏在种子里越冬。种子带菌播种后直接侵染幼苗，或由寄主根端细胞或植株伤口侵入，在维管束内蔓延，所产生的分生孢子随上升液流向上运动，分布于茎、叶、果实各部位。分生孢子萌发生长为菌丝，集聚并堵塞导管，使水分不能向上输导，引起植株失水，叶片变褐、坏死和焦枯。病菌在寄主体内还能产生镰刀菌素，有害于植物组织，使维管束变褐，加速植株死亡。有时病菌沿植株一侧维管束向上输导，所以造成一侧发病受害的现象。适宜病菌生长发育的最适气温为27℃～28℃，最适地温为28℃。田间表土层薄，底土层板结，透水性差发病重；而土壤疏松，通透性好，有机质含量高，植株长势旺，根系发达发病轻。

（3）防治方法

①农业防治　提倡从无病植株上选留种子，若种子带菌，则应对种子消毒。应选择3年以上没有种植过番茄的土壤做苗床，如沿用旧苗床，床土应进行消毒。选用抗病品种，如西安大红、苏抗5号、渝抗4号、双抗4号、满丝、强丰、佛洛雷德等品种。与非茄科蔬菜进行3～4年轮作，最好能水旱轮作。加强栽培管理，基肥应施用充分腐熟的有机肥，撒施均匀，采用配方施肥技术，适当增施钾肥，提高植株抗病力；采用高垄栽培，防止田间积水；及时清除病株，深埋或销毁。

②药物防治　可选用50%多菌灵可湿性粉剂500倍液，或36%甲基硫菌灵悬浮剂500倍液，或50%多·福可湿性粉剂500～600倍液，或12.5%增效多菌灵可湿性粉剂200倍液，或70%甲基硫菌灵可湿性粉剂1000倍液，或50%苯菌灵可湿性粉剂500～1000倍液灌根，每株用药0.1千克，每7～10天灌1次，连续3～4次。枯萎病与根结线虫病混发严重的田块，在番茄定植前应用杀线虫剂处理土壤，方法见番茄根结线虫病防治相关内容。

9. 青枯病

（1）危害症状　青枯病又称细菌性枯萎病。病株常在株高30厘米左右时开始出现症状。先是顶端叶片萎蔫下垂，而后植株下部叶片凋萎，中部和上部叶片最后也凋萎。发病初期，病株白天叶片萎蔫，傍晚恢复，病叶变为浅绿色。发病后，如果气温高，土壤干燥，经2～3天便会全株凋萎，并不再恢复正常，直到枯死。植株枯死后仍保持青绿，故称青枯病。横切开新鲜病茎，发现维管束已变褐色，对其轻轻挤压可流出污白色菌脓。

（2）**发病规律** 属细菌性病害。细菌随病残体在土壤中越冬，一般能存活 14 个月，个别的可长达 6 年。病菌借助浇水、雨水及土壤传播，从根部或茎基部侵入，在维管束里繁殖发展，并随导管液上移产生危害，使维管束腐烂。病菌生长的适宜气温为 30℃～37℃，适宜的 10 厘米地温为 25℃。当土壤湿度较大、温度适宜时发病较重。另外，连作地块、地势低洼、排水不良、植株有伤口等条件易发病且发病重。连阴和雨天过后转晴，地温随气温急剧回升，常引起病害流行。

（3）**防治方法**

①农业防治 选用抗病品种，如抗青 19、湘番茄 1 号等品种。培育壮苗，采取不分苗、一次育成苗的一级育苗方法，以免伤根；与十字花科或禾本科作物实行 4 年以上轮作；采用高垄栽培，避免大水漫灌；发现病株及时拔除，清除病残体，撒生石灰消毒，病残体集中深埋或烧毁。采用配方施肥，施用充分腐熟的有机肥或草木灰，防止棚温过高、湿度过大。

②药物防治 定植时幼苗用拮抗菌 MA-7 溶液或 NOE-104 溶液浸根。发病初用 72% 硫酸链霉素可溶性粉剂 4000 倍液，或 77% 氢氧化铜可湿性粉剂 600 倍液，或 25% 络氨铜水剂 500 倍液，或 50% 琥铜 · 甲霜灵可湿性粉剂 800 倍液，或 50% 琥胶肥酸铜可湿性粉剂 600 倍液灌根，每株灌药液 0.3～0.5 千克，每隔 8～10 天 1 次，连灌 2～3 次。

10. 溃疡病

（1）**危害症状** 幼苗至结果期均可发生。幼苗染病开始于叶缘，由外向内逐渐萎蔫，有的在胚轴或叶柄处产生溃疡状凹陷条斑，剖开茎部可见维管束变色，髓部中空，致病株矮化或枯死。成株染病，由下向上发展，叶片凋萎或卷缩，叶柄内变褐、中空。茎内维管束变褐色，髓部出现空腔，最后下陷或开裂，茎略变粗，生出许多不定根。潮湿条件下菌脓从病茎或叶柄中溢出，在茎表面形成白色污状物，严重时全株枯死，上部顶叶呈青枯状。果实受害多由病茎扩展至果柄，一直延伸至果实内部，致幼果皱缩、滞育、畸形和种子带菌。病菌再次侵染使萼片表面出现坏死斑，果面可见略隆起的白色圆点，直径在 3 毫米左右，中央为褐色木栓化突起，称为“鸟眼斑”，有时连在一起在果面形成不规则形的病区。

（2）发病规律　属细菌性病害。是国内检疫对象。病菌可在种子及土壤中的病残体上越冬，可存活 2～3 年。病菌主要从伤口侵入，包括损伤的茎、叶、花柄和幼根的伤口，经维管束进入果实的胚，也可从叶片毛状体及细嫩果实表皮直接侵入。通过种子、种苗的长途运输进行远距离传播；通过整枝、移栽或借雨水、气流及灌溉水进行近距离传播。病菌生长适温为 25℃～29℃。温暖潮湿、结露时间长容易诱发此病。采用喷灌的，果实上易发病。

（3）防治方法

①农业防治　实行严格检疫，禁止从疫区调运种子或种苗。建立无病留种地，从无病株采种。与非茄科作物实行 3 年以上轮作。采用高垄栽培。及时清除病株并烧毁，病穴要进行生石灰消毒。避免偏施氮肥，禁止大水漫灌，整枝打杈时避免带露水、雨水操作。种子播种前进行消毒处理。使用新苗床或采用营养钵育苗。旧苗床每平方米用 40% 甲醛溶液 30 毫升加 3～4 升水喷洒消毒，用塑料薄膜覆盖 5 天，揭膜后 15 天播种。

②药物防治　发现病株及时拔除，并喷施 77% 氢氧化铜可湿性粉剂 500 倍液，或 50% 琥胶肥酸铜可湿性粉剂 500 倍液，或 60% 琥铜·乙膦铝可湿性粉剂 500 倍液，或 72% 硫酸链霉素可溶性粉剂 4000 倍液，或 14% 络氨铜水剂 300 倍液，或 1∶1∶200 波尔多液。

11. 软腐病

（1）危害症状　主要危害果实和茎。茎部染病多从整枝、打杈造成的伤口发病，引起髓部腐烂、失水，造成茎部中空，但却不侵染维管束，病部以上枝叶萎蔫，叶片逐渐发黄。果实发病时，果皮完整、光亮，但内部果肉腐烂稀软，具恶臭味。

（2）**发病规律** 属细菌性病害。病菌随病残体在土壤中越冬，病菌借助风雨、灌溉水或昆虫传播，经伤口侵入寄主。番茄整枝过晚时，因枝条粗大造成的伤口难于愈合，或其上有附着水，或空气湿度过高，伤口愈合慢，有利于病菌侵染。适宜发病温度为25℃～30℃，侵入寄主的细菌分泌果胶酶，溶解中胶层组织而引起腐烂。大棚栽培在高温高湿条件以及害虫取食留下伤口，可以助长病害的发生。

（3）**防治方法**

①农业防治 加强田间管理。整枝、打杈应选择晴好天气，避免在阴雨天或露水未干时进行，以促进伤口尽快愈合，防止病菌侵入；发现病果、病秧要及时清除并销毁，防止病原扩散。及时防治蛀果类害虫，如棉铃虫、烟青虫等，减少虫伤。

②药物防治 发病初期选用72%硫酸链霉素可溶性粉剂4000倍液，或25%络氨铜水剂500倍液，或50%琥胶肥酸铜可湿性粉剂500倍液，或77%氢氧化铜可湿性粉剂500倍液，或75%敌磺钠可溶性粉剂1000倍液喷雾防治，每8～10天喷1次，连喷2～3次。

12. 病毒病

（1）**危害症状** 该病症状主要有3种：花叶型病毒病，多表现在新叶上，叶片出现黄、绿色相间，或深浅色相间的斑驳，叶脉透明或变紫，叶略有皱缩，植株下部多卷叶，结花脸果；条斑型病毒病，叶、茎、果实都能感染发病。叶片发病出现云纹或茶褐色斑点，叶脉坏死，花叶或有或无。茎蔓上呈现黑褐色凹陷条斑，病果果面散布条形或不规则形坏死斑，呈暗褐色凹陷，油渍状，但坏死部分仅限表层组织，不深入内部组织；蕨叶型病毒病，发病轻的植株仅生长点周围叶片细长狭小，呈螺旋形下卷。重病株不同程度地矮化，由上部叶片开始全部或部分变成线状，中下部叶片纵向上卷，微卷或卷成管状，主脉稍扭曲。病叶叶背微显花斑，叶脉淡紫色。花冠增大，腋芽发育成丛枝状侧枝。

（2）**发病规律**　花叶型病毒病毒原为烟草花叶病毒，或黄瓜花叶病毒与其他毒原混合侵染。花叶型病毒病发生适宜温度为20℃，超过35℃症状隐蔽。农事操作或植株间相互摩擦，使病毒在接触中得以传播。在土壤浅土层贫瘠条件下，钙、钾元素不足，追肥不及时发病比较重；条斑型病毒病由烟草花叶病毒在高温强光照射下，或与马铃薯X病毒混合侵染，以及黄瓜花叶病毒和其他病毒混合侵染引起。发生适温为25℃左右，但20℃时即有病株出现，多在春、夏季节流行。土壤黏重、腐殖质含量偏低，有利于发病。整枝、打杈、绑蔓等农事操作有传毒作用；蕨叶型病毒病主要由黄瓜花叶病毒侵染发病。蕨叶型病毒病于高温干燥条件下发生，天气晴朗无风，有利于蚜虫活动和迁飞，传毒范围扩大。因此，接近桃园、瓜地的田块受害较重。夏季露地番茄或秋季温室番茄，蕨叶型病毒病发生较为普遍。

烟草花叶病毒主要在寄主植物体上或各种带毒体上越冬，由伤口通过汁液接触侵染。有多种传播途径，但蚜虫不传毒。种子上的带毒果肉残屑、带毒的烤烟叶及其加工品、土壤里的寄主残体、吸附病毒的土壤颗粒、农事操作的带毒接触、都是烟草花叶病毒的传播途径。黄瓜花叶病毒主要在杂草上或多年生宿根植物上越冬。病毒通过蚜虫传播，桃蚜、棉蚜等多种蚜虫都可以传毒。烟草卷叶病毒以温室白粉虱为传毒介体，汁液接触不能传毒。马铃薯X病毒汁液传染，昆虫不传毒。

（3）**防治方法**

①*农业防治*　选用抗病品种，如佳粉15号、佳粉17号、中杂9号、早丰、郑州853、河南5号、毛粉802等。选用无病种子并进行种子处理，种子应从无病株上选留；与非茄科作物实行2～3年轮作；适当早播，使植株在成株期阶段进入高温季节，可减轻病害；采用配方施肥技术，生长期喷施1.8%复硝酚钠水剂6000倍液，或植宝素7500倍液。适时浇水并进行中耕培土，促进根系发育，增强植株的抗病能力；农事操作前用肥皂洗手，并用10%磷酸三钠

溶液浸泡工具，减少人为传毒；收获后及时清除病残株，深耕土壤并撒石灰，促进病残体腐烂，同时石灰对土壤中植株病残体上的病毒还可起到钝化作用；及时防治蚜虫，尤其是高温干旱年份要注意及时喷药治蚜，预防烟草花叶病毒的侵染。

②药物防治 在未染病的幼苗上接种（喷施）番茄弱毒疫苗N14（对烟草花叶病毒有效）或S52（对黄瓜花叶病毒有效）100倍液；幼苗定植前，可选用10%混合脂肪酸水剂100～150倍液，或0.5%菇类蛋白多糖水剂200～300倍液喷洒幼苗1～2次，以提高幼苗的抗病能力；在番茄分苗、定植、绑蔓、打杈前先喷1%肥皂水＋0.2%～0.4%磷酸二氢钾溶液，预防接触传染。定植前10天、缓苗后、盛果期各喷1～2次0.1%硫酸锌+0.2%～0.3%磷酸二氢钾＋0.3%～0.4%尿素＋细胞分裂素400倍液混合液，对病毒病抑制效果达70%～80%；现蕾期可喷洒150毫克/升磺胺甲氧哒嗪（SMP），或20毫克/升萘乙酸；发病初期可喷洒0.1%高锰酸钾溶液，或1.5%烷醇·硫酸铜乳剂800～1000倍液，或20%吗胍·乙酸铜可湿性粉剂500倍液，或10%吡虫啉可湿性粉剂2000～2500倍液，或20%氰戊·马拉松乳油1500～2000倍液，或50%抗蚜威可湿性粉剂3000～3500倍液防治，每7天喷1次，连喷2～3次。此外，叶面喷施50～100毫克/升增产灵（4-碘苯氧基乙酸）溶液，或1%过磷酸钙溶液，或1%硝酸钾溶液，均可提高植株耐病性。

13. 根结线虫病

（1）危害症状 主要危害番茄的根部，但植株地上部分也有明显的异常表现。病株的须根和侧根产生肥肿畸形瘤状结，解剖根结，在显微镜下可看到很小的乳白色线虫。一般在根结之上可生出细弱新根，再度染病形成根结状肿瘤，并且根部逐渐发生腐烂。由于地下部受害，植株地上部发育不良，生长迟缓，比正常植株矮小，后期早衰，结果减少。严重时植株枯萎死亡。

（2）发病规律 主要以卵或二龄幼虫随肿瘤及根节遗留在土壤里，或直接在土壤里越冬，一般可存活1～3年。土壤、病苗和灌溉水，是传播病原体的主要途径。土壤温度25℃～30℃、土壤相对含水量40%左右时，虫体发育最快，10厘米地温在10℃以下时幼虫停止活动，55℃条件下10分钟致死。一般含盐分低的壤土或松散的沙壤土，适于根结线虫生长发育；地势较高、土壤干燥，有利于根结线虫活动，发病较重；重茬栽培，危害加重。

（3）防治方法

①农业防治　与葱蒜类蔬菜或禾本科作物轮作，有条件的地方可实行水旱轮作，以减少土壤中的线虫量，从而减轻发病；采用无病土育苗，用新稻田土或其他无病床土育苗，防止移栽时病土传播线虫。若用旧床土，可使用1.8%阿维菌素乳油，按每平方米1毫升用量稀释为1000倍液，进行苗床土消毒；加强栽培管理，根结线虫多分布在3～9厘米表土层，深翻可减少危害。施用充分腐熟的有机肥，合理浇水，增强植株耐病力。及时清除田间地边根结线虫的寄主杂草，减少线虫繁殖。及时处理植株病残体，集中烧毁或深埋。

②药物防治　对中心病株邻近的未发病病株，可在每株基部周围土壤中撒施5%苯线磷颗粒剂4～5克，撒施深度2～10厘米。对于零星发病植株，可在植株根基部浇灌2%阿维菌素乳油2000倍液，或40.7%毒死蜱乳油1000倍液，每株用药液0.3～0.4千克。

二、非侵染性病害及防治

由非生物性病因引起的病害称为非侵（传）染性病害，也叫生理性病害。

1. 脐 腐 病

（1）症状表现　脐腐病又称蒂腐病，多发生在鸡蛋大小的幼果上。发病初期在幼果脐部及其周围产生黄褐色的小斑点，后逐渐扩大，一般直径为1～2厘米，稍凹陷，褐色，果实内部从油渍状变为暗褐色且变硬。严重时病斑继续扩大至半个果实以上，并且病部变成暗褐色或黑褐色，果实扁平，果实健康部分提早变红。发病后期潮湿条件下，病部常出现黑色或粉红色的霉状物。

（2）发病原因 果实缺钙造成起连接细胞作用的钙胶质缺乏，使细胞组织被破坏而发生脐腐病症状。番茄果实钙含量为0.2%～0.4%，脐腐病果实只有0.12%～0.15%。造成缺钙的原因一是水分供给不平衡，土壤干旱或土壤含水量忽高忽低，变化剧烈，使番茄根系吸收功能受到抑制，造成钙吸收困难。二是大量使用氮肥或钾肥时，钙的吸收被抑制。三是高温干旱使钙的吸收及其在植株体内的移动受到阻碍。植物生长调节剂处理过的果实也容易产生脐腐果。

（3）防治方法 ①培育壮苗。提倡营养钵育苗，钵内营养土应疏松有肥力，以使植株根系发达，增强抗逆能力。②采用地膜覆盖栽培。覆盖地膜可保持土壤水分相对稳定，减少土壤中钙质和其他养分的流失。③及时和适量浇水，严防忽干忽湿。④选择保肥水力强、土层深厚的沙壤土种植番茄。科学施肥，施足腐熟的有机肥，增施磷、钾肥。还可结合中耕松土，于7～8厘米土层内每667米^{2}撒施草木灰200千克，以改善土壤透气透水性，增强植株抗病力。⑤番茄坐果后1个月是吸收钙的关键时期，可喷洒1%过磷酸钙浸出液，或0.5%氯化钙+5毫克/升萘乙酸溶液，或0.2%磷酸二氢钾溶液，或0.1%硝酸钙溶液，或1.8%复硝酚钠水剂6000倍液。从初花期开始，每10～15天喷1次，连喷2～3次。还可用美林高效钙500倍液喷洒刚长出的幼果，每5～7天喷1次，连喷2～3次。⑥及时摘除病花、病果，并适时整枝、疏叶，以减少植株体内的养分消耗，保证健果生长发育的需要。加盖遮阳网，降低植株的水分蒸腾，以保持植株体内的水分平衡。

2. 畸 形 果

（1）症状表现 不同原因引起的畸形果类型也不同。①果实组织结构没有改变，仅外部形态发生变异，引起变形果，如椭圆形、寿桃形等。②发育过程中的果实，由于组织结构发生变异，导致组织增生，则出现瘤状果，如指形及鼻形等。③因组织变异而使脐部果皮开裂，胎座组织和种子裸露并向外翻转，形成脐裂果。④因多心室发育的果实呈连体状，产生双体果。

（2）发病原因 ①在花芽分化期间温度偏低，尤其是低至6℃～8℃时。②养分、水分供应过于充足，超过了正常分化与发育所必需的数量，使心室（皮）数量增多，而生长又不整齐，造成畸形果。③植物生长调节剂使用不当也可造成畸形果，植物生长调节剂的浓度和蘸花时的气温与发生畸形果的关系很大。④与所用品种有一定的关系。⑤栽培中氮肥用量过大，植株生产过旺。⑥育苗期肥水充足，温暖湿润，茎蔓生长粗大。⑦光照不足，营养条件差，植株长势过弱。⑧干旱持续时间长，土壤供水不足等。

（3）防治方法 ①选择耐畸形果品种。②在幼苗破心以后，严格控制温度，白天温度保持20℃～25℃、夜间13℃～17℃，促进花芽正常分化，防止连续低温。③配方施肥，防止氮肥过量，引起植株徒长。干旱应及时浇水，但避免积水降低地温，保持适宜番茄生长的肥水条件。④加强栽培管理。精耕细作，增强光照，摘除畸形果，调节营养分配。避免采用低温、干旱的方法控制植株生长，应以合理密度、整枝或通风等措施调节温、湿度。⑤掌握植物生长调节剂的使用技术。一定要在1个花序中有50%的花开放时进行蘸花处理，蘸花时间以上午8～10时和下午3～4时为宜，并根据当时棚室内的气温高低决定其使用浓度。

3. 生理性卷叶病

（1）症状表现 卷叶是番茄生长过程中普遍发生的一种现象，分生理性卷叶和病毒性卷叶。番茄成株期尤其进入采收期，突然发生全株叶片卷曲，甚至卷成筒状，质地变脆，使得果实暴露在阳光下，容易发生日灼伤或影响果实正常膨大。仅下部叶片稍卷曲时，对果实影响不大。

（2）发病原因 ①品种间存在差异，一般垂叶型品种易卷叶，抗病毒品种不易卷叶。②栽培环境发生变化，温、湿度失去平衡，空气温度增高，土壤严重缺水，引起气孔关闭，使叶片收拢或卷缩而发生卷叶。③整枝摘心过早、过重或植株保留的枝叶过少，严重影响根系生长，发生卷叶。④植物生长调节剂使用不当也会造成卷叶。⑤土壤中植株生长必需的某种元素缺乏或过多时也可使叶片变紫、变黄或萎缩卷曲。如缺镁叶片易碎，向下卷曲；缺铜叶片呈深蓝绿色且卷曲，不形成花；缺锌叶柄向后卷曲，受害叶片迅速坏死；氮肥特别是铵态氮过多，会使叶面加速生长，造成卷曲，成熟叶上的小叶片中肋隆起，呈反转的船底形。

（3）防治方法 ①选用抗病、不易卷叶的品种，如早丰类型品种抗性较强。②进行抗旱锻炼，番茄定植缓苗后，适当蹲苗控制灌水，促进根系发育，提高植株吸水和耐旱能力。③增施腐熟优质农家肥，合理使用化学肥料，防止土壤板结，改良土壤结构，提高土壤保水保肥性能。④调整土壤温、湿度，土壤干燥及时浇水，或采取地膜覆盖栽培，保持土壤湿润。保护地可采取通风、覆盖遮阳网、浇小水等降温措施。

4. 日灼病

（1）症状表现 日灼病受害较轻的叶片，仅从叶缘向内延伸1/3，最初褪绿渐变淡白色，失水后变成黄色并干枯。严重的整片叶灼伤后干枯。果实多在果肩处发生日灼伤，灼伤处灰白色或黄白色，渐变黄褐色，失去光泽，后来干缩变硬并凹陷。日灼病果实坏死部位很容易被微生物寄生或腐生，使果实腐败或形成黑色霉层。

（2）发病原因 叶片和转色期果实，在空气干燥、土壤缺水、强烈日光照射条件下，表皮温度大幅度上升，蒸发消耗水分增多，使表皮细胞失水而发生日灼病。发生日灼病的部位，往往是太阳直接照射的部位。与番茄品种或栽培管理密切相关，叶片稀少或卷曲的品种，果实暴露于阳光下的时间长，易发生日灼病。番茄打顶时，在最后1穗果上部留叶片太少或不留叶片，易发生日灼病。

（3）防治方法 ①棚室温度高、湿度大，应及时通风降温降湿，防止植株徒长、嫩弱和高温强光。空气干燥、土壤缺水应及时喷水或浇水，以增加湿度，降低植株体温。②天气干旱、阳光强烈的时间过长，可覆盖遮阳网，降低光照强度，减少地面和植株水分的蒸发，避免阳光直射果实。③合理密植和打顶。番茄密度大，植株纤弱；密度小，则果实容易直接暴露在阳光照射下，均应力求避免。封顶时最后 1 穗果上部至少保留 2～3 片叶，不能齐果穗打顶。④增施绿肥或农家肥，提高土壤内有机质含量，改善土壤通透性，改善团粒结构，调节涵水性能，防止土壤忽高忽低，保持植株体内水分均衡。⑤喷洒 0.1% 硫酸铜溶液，或 0.1% 硫酸锌溶液，以提高植株抗热性。

5. 筋 腐 病

（1）症状表现　该病一般在植株茎叶上没有明显的症状，主要危害果实，多发生在果实膨大至成熟期。危害症状可以分为两种类型：一种是褐变型，主要在第一穗果和第二穗果的幼果上出现局部褐变、凹凸不平、僵硬，甚至坏死的病斑。切开果实可见果实内的维管束出现褐变坏死，有时果肉也出现褐变坏死症状。如果发病较轻，外形上看不出明显的凹凸不平斑块，但发病处着色不良，收获时果面上有明显的绿色或淡绿色斑块，伴有果肉变硬和果实空腔。发病较重的果实，果肉维管束全部呈黑褐色。另一种是白变型，从果实表面上看，果皮着色不均匀，红色少，呈现橙色，有轻微的凹凸不平。切开果实可见果肉部分呈现白色“糠心”，发病部位变硬。

（2）发病原因　番茄植株体内碳水化合物缺乏和碳氮比降低，导致植株生理代谢失调，使茎内维管束木质化是产生病害的直接原因。棚室内不良的生态环境条件，如日照不足，气温太低或太高，昼夜温差小，夜间地温偏低；土壤湿度太低或太高，连续阴天，湿度大；二氧化碳缺乏；单施或大量使用氮肥，尤其是铵态氮过多时，造成植株缺钾、钙、硼等元素；地下水位高、土壤板结，通透性差，妨碍根系吸收养分和水分等因素都可引起番茄筋腐病的发生。

（3）防治方法　①选用根系发达的抗病品种，如中杂 7 号、佳粉 1 号、中蔬 4 号、L–402、早丰、西粉 3 号等品种。②科学管理光照和温度。要避免光照不足，即使棚内气温降低，也应拉开草苫，使植株适时见光，促进光合作用；注意夜温不能过高，保持充分的昼夜温差，利于光合产物的积累。棚室内温度白天应保持在23℃～28℃，超过28℃时，可以覆盖遮阳网并适时通风，以降低温度和湿度。③多施用腐熟有机肥，改善土壤物理性状，增强土壤保水、排水能力和通透性；配方追肥，重病地块减少氮肥用量。④要保持土壤含水量适宜，在低洼地块要注意排水，并实行高垄（畦）栽培，每次浇水量不宜过大。⑤加强栽培管理。幼苗定植不要过密；增施二氧化碳气肥，最大限度提高植株的光合作用；坐果后15～20天，喷施0.1%磷酸二氢钾溶液，每隔15天1次，连施2～3次；也可在开花前喷绿芬威3号（含钙20%）800～1000倍液，坐果期再喷2次；喷施2%～3%葡萄糖溶液对防治番茄筋腐病也有良好效果。

三、主要虫害及防治

1. 蚜　虫

（1）危害特点　蚜虫又称腻虫、蜜虫。靠口针刺入植株组织中吸取叶片和嫩枝的汁液，造成叶片变黄、皱缩、向下卷曲、生长不良。同时，把口针中所带的病毒传入受害植株，是病毒病传播的主要途径。除此之外，蚜虫还能分泌蜜露，污染叶片，引起煤污病的发生。

（2）发生规律　蚜虫发育起点温度为4.3℃，最适温度为24℃，高于28℃不利发育。蚜虫繁殖很快，在我国华北地区1年发生10余代，由北向南发生代数逐渐增多，有明显的世代重叠现象。保护地内因温、湿度条件适宜，整个生长期都能危害。蚜虫寄主范围广，但喜欢叶面光滑无毛、有蜡质的蔬菜，因此带茸毛的番茄品种对蚜虫有一定的驱避性。蚜虫迁飞时，飞行方向除受光和风的影响外，还受颜色的影响，对黄色有趋向性，而对银灰色表现出较强的驱避性。

（3）**防治方法**

①农业防治　清洁田园和田边杂草并及时处理植株残体。在番茄地周围种植一些蚜虫不太喜食的寄主植物避蚜防病。培育无蚜虫壮苗，采用带药定植。使用银灰色膜驱蚜。悬挂黄板诱蚜，可在木板上涂一层黄色颜料，干后再涂一层有黏性的黄色机油，把黄板插到或吊到田间，要高出秧苗 30～60 厘米，每 667 米^2 30～35 块，每 7～10 天涂 1 次黄油。有条件的可利用天敌昆虫草蛉捕食蚜虫。

②药物防治　在定植前每 667 米^2 用 10% 抗蚜威烟剂 300～350 克，或 22% 敌敌畏烟剂 500 克在傍晚时密闭棚室进行熏蒸。蚜虫发生后用 80% 敌敌畏乳油 1000～1500 倍液，或 70% 杀螟硫磷可湿性粉剂 1500～2000 倍液，或 2.5% 高效氯氟氰菊酯乳油 3000～5000 倍液喷雾防治，注意交替用药，每隔 5～7 天防治 1 次，连续防治 2～3 次。

2. 白粉虱

（1）**危害特点**　白粉虱又称小白蛾。成虫或若虫群集在植株嫩叶背面用口器吸食汁液，使受害叶片失绿、变黄、萎蔫，甚至枯死；还能分泌大量的蜜露污染叶片和果实，造成煤污病严重发生。成虫还能传播某些病毒病，造成减产并影响果实商品价值。

（2）**发生规律**　在北方地区白粉虱不能在室外越冬，发育起点温度为 7.2℃，生存的最适温度为 22℃～27℃，在保护地内 1 年可发生 10 余代。成虫飞翔能力较强，对黄色有强烈的趋向性，还有趋嫩性，喜欢在植株新长出的嫩叶背面产卵。

（3）**防治方法**

①农业防治　提倡在白粉虱危害严重的棚室内种植芹菜、茼蒿、菠菜、油菜、蒜苗等该虫不喜食、耐低温的蔬菜植物。注意根除设施内虫源，如定植前清除残株杂草，熏杀残余成虫，定植无虫苗。在棚室通风口处设置防虫网，防止外来虫源飞入。采用人工释放丽蚜小蜂控制白粉虱危害，当每株有白粉虱成虫 0.5 头时开始放蜂，每隔 15 天左右放蜂 1 次，共放 3～4 次，每次每 667 米^2 放蜂

1 000～3 000 头。设施周围不种植白粉虱喜食的瓜类、茄果类、豆类蔬菜。在进行整枝打杈时，注意摘除带虫枝叶。采用黄板诱杀。

②药物防治　每次每667 米^{2}用22%敌敌畏烟剂500克，或10%抗蚜威烟剂500克进行熏杀，每7～8天熏1次，连熏2～3次。可喷洒10%吡虫啉可湿性粉剂2 000～3 000倍液，或2.5%噻嗪酮可湿性粉剂1 000～1 500倍液，或10%噻嗪酮乳油1 000倍液，或10%虫螨腈乳油2 000倍液，先熏后喷效果更好。

3. 美洲斑潜蝇

（1）危害特点　美洲斑潜蝇的幼虫和成虫均可对植株叶片造成危害，但以幼虫为重。成虫活泼，主要在白天活动，晚上在植株的叶背栖息，雌成虫在飞翔中用产卵器刺伤叶片，取食汁液，同时将卵散产于其中，在叶片上形成针尖大小的近圆形刺伤孔。刺伤孔初期呈浅绿色，后变白，肉眼可见。幼虫取食叶片正面叶肉，形成先细后宽的蛇形弯曲或蛇形盘绕的虫道，虫道一般不交叉、不重叠，虫道终端明显变宽是美洲斑潜蝇区别于其他潜叶蝇的特点之一。虫道内部两侧留有交替排列的黑色虫粪，老虫道后期呈棕色的干斑块区。一般1虫1道，1头老熟幼虫1天可潜食3厘米左右深。幼虫老熟后爬出潜叶虫道在叶片上或土缝中化蛹。

（2）发生规律　美洲斑潜蝇生长发育适温为20℃～30℃，冬季以蛹和成虫在蔬菜残体上越冬，棚室内可周年危害。温度对美洲斑潜蝇的活动影响较大，气温低，其成虫活动力弱，气温高则活动力强。成虫一般于白天上午8时至下午2时活动，中午活跃，交尾后当天可产卵。雌成虫刺伤叶片取食汁液并在其中产卵，卵经2～5天孵化，幼虫期4～7天。老熟幼虫爬出隧道在叶面上或随风落地化蛹，蛹经7～14天羽化为成虫。干旱少雨年份危害严重。美洲斑潜蝇成虫有趋光性，在冬季危害向阳叶片或植株，明显比背阴叶片或植株严重。

（3）防治方法

①农业防治　少量发生斑潜蝇的情况下，通过定期摘除有虫

叶片，集中烧毁，具有一定的控制效果。清洁田园，将土表的残株落叶集中烧掉或深埋。深翻土壤20厘米以上，将表土中斑潜蝇的蛹翻入深层，使其不能羽化，以减少虫源。于棚室通风口处设置20～24目防虫网，以防成虫飞入。利用斑潜蝇成虫对黄色有较强趋性这一特点，在田间设置黄板诱杀成虫，效果显著。也可采用灭蝇纸诱杀成虫，在成虫始盛期至盛末期，每667米^{2}放置15个诱杀点，每个点放置1张诱蝇纸诱杀成虫，3～4天更换1次。

②药物防治　整地时每667米^{2}用3%氯唑磷颗粒剂1.5～2千克，或5%辛硫磷颗粒剂3～4千克均匀撒入土内，消灭越冬虫蛹。每667米^{2}用32%敌敌畏烟剂300～400克熏烟，每5～7天1次，连熏2～3次。定植前，每667米^{2}用50%辛硫磷乳油50毫升，或25%喹硫磷乳油80毫升，或40.7%毒死蜱乳油50毫升，拌干细土40～50千克，均匀撒入田间后划锄，可杀灭虫蛹。番茄生长期间喷药防治时，一定要注意使用高效、低毒、低残留农药，并交替轮换用药。发现虫叶及时喷药，可选用1.8%阿维菌素乳油3000倍液，或40%阿维·敌敌畏乳油1000倍液，或18%杀虫双水剂300倍液，或10%氯氰菊酯乳油3000倍液，或5%氟虫脲乳油2000倍液，或2.5%高效氯氟氰菊酯乳油2000～3000倍液，或98%杀螟丹可溶性粉剂1500倍液。

4. 棉铃虫

（1）危害特点　棉铃虫又称棉铃实夜蛾、钻心虫。以幼虫蛀食花蕾、果实，也可危害嫩茎、新生叶等。花被蛀食，花蕊被吃光，不能坐果。花蕾受害，萼片张开，变黄脱落。果实被蛀后，果内充满虫粪，失去食用价值，蛀孔易进雨水，被病菌侵染而引起腐烂和落果，造成减产和经济损失。

（2）发生规律　棉铃虫由北向南每年发生3～7代。以蛹在寄主根际附近土中越冬。成虫昼伏夜出，具趋光性，并对杨树枝趋性明显。棉铃虫喜温喜湿，成虫产卵适温为23℃以上，幼虫以25℃～28℃和空气相对湿度75%～90%最为适宜。在北方地区，

由于湿度不如南方稳定，因此降水量与虫口数量密切相关，一般月降水量 100 毫米、空气相对湿度 70% 以上时大发生。但雨水过多易造成土壤板结，能妨碍幼虫入土化蛹，而且暴风雨对卵有冲刷破坏作用，可减少下代虫口密度。成虫清晨在植株的蜜露上取食补充养分，并产卵；因此，番茄生长茂盛、花多的田块，棉铃虫发生重。赤眼蜂、齿唇姬蜂、螟铃绒茧蜂、螟铃悬茧姬蜂等天敌的数量也明显影响棉铃虫的虫口密度。

（3）防治方法

①农业防治　冬耕冬灌及春天整地起垄，消灭越冬蛹。针对棉铃虫产卵特性，及时进行摘顶打杈，清除部分虫卵。农事操作时及时摘除虫果，以减少转株危害率。在 6 月中旬至 7 月中旬诱杀成虫，可剪取 0.6～1 米长的新鲜带叶杨树枝条，几枝扎成一束，插于田间，使枝梢高于植株顶部 20～30 厘米，每 667 米 ^{2} 插 10 余把，每 3～5 天换 1 次，每天清晨露水未干时，用塑料袋套住枝把，捕杀成虫。也可每 3.3 公顷设黑光灯 1 盏，灯下置水盆诱杀成虫。保护棉铃虫的天敌，或人工饲养释放天敌，能有效控制棉铃虫的发生和危害。

②药物防治　农药防治应掌握在产卵高峰期和幼虫孵化高峰期，最迟应在幼虫二龄盛期施药，可结合测报确定当年高峰期。注意用药次数和轮换用药，以免产生抗药性。可选用 25% 除虫脲可湿性粉剂 4 000 倍液，或 20% 杀铃脲悬浮剂 2 000 倍液，或 5% 氟铃脲乳油 500～1 000 倍液，或 5% 氟虫脲可分散液剂 1 000 倍液，或 1.8% 阿维菌素乳油 2 000 倍液，或 50% 辛硫磷乳油 1 000 倍液，或 2.5% 联苯菊酯乳油 3 000 倍液，或 2.5% 高效氯氟氰菊酯乳油 5 000 倍液喷施防治，每 667 米 ^{2} 用药液 60 千克，每代虫用药 2 次。

5. 茶 黄 螨

（1）危害特点　茶黄螨全称侧多食跗线螨，俗称嫩叶螨、白蜘蛛。成螨和幼螨集中在番茄植株顶端幼嫩部分刺吸汁液。未展开的叶芽受害最重，被害叶芽窄小僵硬，扭曲畸形，呈黄褐色至污褐色，严重时植株顶端干枯，形成秃尖。初展开叶片发育缓慢形似蕨叶，叶背呈灰褐色或黄褐色，油渍状有光泽，叶缘向下向内卷曲，叶正面皱缩。幼茎受害变黄褐色或黑褐色，花蕾受害呈褐色畸形，严重时不开花即脱落。果实受害，受害部分停止生长，膨大后果皮龟裂，似哈密瓜皮，有时裂口很深，有苦味不能食用，果柄和萼片黄褐色。

（2）发生规律　茶黄螨发育适宜温度为 15℃～23℃，空气相对湿度为 80%～90%。南、北方棚室内可周年发生，1 年发生 25～30 代，世代重叠明显。成螨在棚室内土缝、越冬蔬菜和多年生杂草根部越冬，短距离扩散靠爬行，长距离传播主要靠风力和工具、菜苗移栽等。有强烈的趋嫩性，当取食部位变老时，立即向新的细嫩部位转移。发生初期呈明显的点片分布，后扩散到全田。春大棚 4 月底始发，5 月中旬达到盛发期，6 月上旬危害最重，秋大棚 9～10 月份为发生高峰期。

（3）防治方法

①农业防治　冬季茶黄螨虽可在温室内发生，但种群数量较低，应抓住有利时节，及时根治，以防向外扩散。在温室育苗前和拉秧后，应清除残枝落叶，拔除杂草，施用大剂量杀螨剂清理环境中的越冬螨，消灭越冬螨源。棚室育苗分苗、栽植时应经常检查，发现受害苗及时清除，可大大减缓螨害的扩展速度。

②药物防治　坚持治早治卵为主的原则，在发现零星植株受害时，可喷施 5% 噻螨酮乳油 2 000 倍液杀卵和幼螨，施药部位重点是植株上部嫩叶背面、嫩茎、花器和幼果，注意用药量不可过大，施药宜在傍晚进行，以免产生药害。田间大发生时可选用 1.8% 阿维菌素乳油 1 500～2 000 倍液，或 15% 哒螨灵乳油 3 000 倍液，或 45% 硫磺胶悬剂 300 倍液，或 20% 哒嗪硫磷乳油 1 000 倍液，或 50% 四螨嗪悬浮剂 5 000 倍液，或 25% 灭螨猛可湿性粉剂 1 500 倍液，轮换喷施防治。敌敌畏、马拉硫磷等杀虫剂，因防效甚差或根本无效，应避免使用，以免贻误防治良机。

第十一章 番茄种植专家经验介绍

一、育苗经验

1. 采用穴盘无土基质育苗

传统育苗，一般采用撒播或点播的方式，育苗基质主要为田园土、河沙、草木灰等，其透气性很差。这样直接将塑料薄膜覆盖在育苗床上，使基质内空气含量急剧减少，易造成种子呼吸困难，活力下降或死亡，直接影响发芽率和发芽势，难以培育出所需的壮苗。采用草炭、蛭石、珍珠岩等无土基质，孔隙度增大，而且持水量增加，能很好地保持种子发芽所需的水分和氧气，提高种子活力，为培育壮苗创造良好的条件。

番茄育苗穴盘的选择与幼苗的大小密切相关，培育 2 叶 1 心的幼苗可选用 288 孔穴盘、3 叶 1 心的可选择 200 孔穴盘、4～5 叶幼苗可选择 128 孔穴盘、6 叶以上幼苗或带蕾定植的大苗可选用 72 孔或 50 孔穴盘。育苗基质应具有较大的孔隙度、化学性质稳定、无毒。常用的基质有蛭石、草炭、炭化稻壳、珍珠岩、沙、小砾石、炉渣等。番茄播种基质配方采用草炭和蛭石按 1∶1 的比例混合，分苗采用 3∶1 的比例，有利于移植带根苗和护根。基质配备的要点是各成分要充分混合均匀，干湿程度以手捏成团、松手后轻轻拨动即可散开为宜。

2. 采用嫁接栽培

嫁接栽培可以提高植株的抗逆性，增强抗病能力，延长生育期，从而实现增产增收。嫁接后的番茄长势旺盛，抗逆能力和肥水利用率显著提高，可减轻土传病害。同未嫁接番茄相比较，嫁接番茄的生产能力明显得到增强，通常表现为结果期较长，产量增加较为明显，一般可以增加产量 20% 以上。在不适合栽培的季节进行番茄嫁接栽培时，增产效果更为明显，可成倍地增加产量。番茄嫁接栽培的果实只要砧木合适，一般不会使品质下降，反而能得到改善。番茄嫁接建议采用针接法，其方法简单、操作简便，可防幼苗定植后接穗萌生新根，起不到嫁接的效果。

3. 苗期加强温度和光照管理

番茄分苗之前的管理主要是创造适合发芽和出芽的条件，使苗早出、出苗整齐，为下一步培育壮苗打下良好的基础。番茄种子发芽温度相对来说比较高，以 25℃～30℃为宜，所以播种后应覆盖苗床提高温度，以便于发芽。特别是冷床育苗，要利用光照增温，如果有 1/2 以上的幼苗出土，要及时掀开覆盖物，晴天时在下午掀开，以防光照太强、温度太高使床面晒得过干而出现顶秃现象。若出现覆盖土太薄或床土过湿，可以适当加盖一层细土；如果床土太干，可以适当喷洒一些水。出苗后温度要降低些。由此可见分苗前的管理重在通风、光照等方面的护理。此外，在分苗之前要进行 2 次间苗，第一次在苗高 3 厘米左右、子叶展开时进行，一般是去双留单，除去过密和发育不正常的苗，尽量使子叶不相碰、不拥挤、不互相重叠；第二次间苗在破心后长出 2 片真叶时进行，拔去过密、弱小、有病的苗。间苗要尽量在晴朗无风的中午进行，以免幼苗被冻死。

分苗后一直到定植前的苗期管理是整个育苗期的关键时期，此期要促进返苗、恢复根系和新生叶的生长，还要为幼苗的花芽分化创造条件。在定植之前进行炼苗，使苗慢慢适应定植之后的环境。为了提高幼苗的抵抗能力，在实际操作中要注意逐步减少覆盖，进行适应性的低温锻炼。定植前 1 周，根据当地天气情况逐渐揭除覆盖物，直到全部揭除，以增强幼苗适应环境的能力。在这一时期早、晚都要适当延长受光的时间。

二、定植经验

1. 大苗定植

采用大苗定植发棵快，可提早开花坐果，尤其是早春大棚种植效果更明显。定植时生理苗龄应为 5～6 片真叶，而且带花蕾。

2. 采用多层覆盖提早定植

维持较长的生育期是获得高产的保障，但由于受到塑料大棚自身性能特点的影响，生育期后延难度很大，因此提早定植是延长生育期的唯一措施。一般早春塑料大棚番茄较为安全的定植期为 3 月中下旬，采用多重覆盖可将定植期提前 10～20 天。采用地膜＋小拱棚＋二道幕＋棚膜 4 层覆盖方式，能显著提高地温，从而达到早产高产的目的。

3. 定植前熏棚

保护地栽培时，为了杀灭棚室内前茬生产中的病菌，应在定植前 15～20 天提前扣棚增温并进行棚室消毒，每 667 米 ^{2} 用硫磺粉 2～3 千克加 80% 敌敌畏乳油 0.25 千克，拌上锯末分堆点燃熏烟，密封 1 昼夜。

4. 合理轮作

进行合理轮作，选择 3～5 年未种过瓜类及茄果类蔬菜的田块可有效减少枯萎病、根结线虫及白粉虱等病虫害的发生。

三、田间管理经验

1. 水分管理

日光温室番茄水分管理，应根据定植后植株长势及日光温室的温湿度变化来灵活掌握。定植后，外界气温低，室内气温和地温也低，如浇水次数过多、水量过大易引起徒长，造成落花，甚至不开花。但过度控制浇水，土壤湿度过低，叶片容易卷缩，同化作用降低。定植到开花前应保持适当的土壤湿度，一般定植时浇 1 次定植水，隔 1 周左右再浇 1 次缓苗水。结果期为了保证植株正常生长和果实膨大所需的水分，浇水次数和浇水量均要增加，土壤相对湿度宜保持 80%左右，空气相对湿度保持 45%～55%。如果结果期正值春季，日照强，气温高，蒸发量大，浇水间隔可短一些，一般 1 周左右浇 1 次水；如果墒情好，第二水可推迟到果实开始由青变白时再浇。

井水的温度较高，低温季节可利用井水在行间膜下暗灌轻浇，以利提高地温。也可在棚内建造晒水池贮水，等水温和地温接近时再浇灌。

2. 施　肥

番茄在结果期需肥较多，生产中应施足基肥，每 667 米^{2}应施优质腐熟农家肥 5000～10000 千克、磷酸氢二铵 50 千克、硫酸钾复合肥 50 千克。结合浇水，合理进行追肥，坐果后每隔 10 天左右，交替喷施 1 次 0.2%磷酸二氢钾溶液和 2%过磷酸钙浸出液。

3. 温度管理

夏季覆盖遮阳网，可以降低室内温度。自定植至 9 月底，在晴天上午 9 时至下午 4 时覆盖遮阳网，棚温可降低 3℃左右，避免高温危害。在番茄生长后期、5～6 月份，及时覆盖遮阳网，以减少强光照。可选择 40% 遮阳网，上午 10 时至下午 3 时进行温室屋面遮阴，可以有效降温 3℃～4℃，并减少光照强度对植株生长的抑制及伤害。

4. 湿度管理

番茄生长发育的各个阶段都应加强通风管理，一般白天当室温高于适宜温度时，则开窗通风；午后室温达到适宜温度，或稍高出适宜温度 1℃～2℃时，则应关窗停止通风，以利蓄热。室内如能经常保持通风，补充室内二氧化碳气体，可明显提高番茄产量。定植以后，待夜间能满足番茄的生育温度时，即可打开温室通风口，使日光温室内空气相对湿度始终控制在 80%以下。

5. 光照管理

冬春季节外界气温低，日照时间短，温室内的日照时间更短，每天只有 7～8 个小时日照，不能满足番茄正常生长发育的需要。因此，在保证温度的前提下应尽可能地早揭晚盖保温覆盖物，使植物较多地接受阳光照射；阴雪天也应尽量揭开覆盖物，使植物接受散射光，增强光合作用。

为了提高保护地栽培中冬季室内的温度和光照，在室内张挂反光幕，并注意清洁棚膜，可有效提高室温和光照。方法是 11 月份至翌年 3 月份，在温室后墙处张挂多条宽 1 米的反光幕。不仅可明显增加室内 3 米内的光照强度，而且地温、气温均可提高 3℃左右。每天用拖布清除棚膜上的灰尘与草屑，增加透光率。

6. 植株调整

调整植株的原则是合理利用空间，充分利用阳光。当植株长至 30～40 厘米时用竹竿插架、绑蔓，或采用尼龙绳吊蔓。采用合适的整枝方式，番茄一般采用单干或连续换头整枝法。冬季室内易出现温度低、光照弱、湿度高的情况，授粉受精不良，造成落花，即使坐果也易出现畸形果，生产中应采取人工授粉或用植物生长调节剂处理花序。

四、病虫害防治经验

1. 病害坚持以预防为主的原则

因地制宜选用商品性好、产量高的抗（耐）病品种，在播种前对种子进行处理，杀死表面附着的病原菌。例如，温汤浸种主要防治叶霉病、溃疡病、早疫病；磷酸三钠浸种主要防治病毒病。对苗床进行消毒，用 50% 多菌灵可湿性粉剂与 50% 福美双可湿性粉剂按 1∶1 混合，或 25% 甲霜灵可湿性粉剂与 70% 代森锰锌可湿性粉剂按 9∶1 混合，按每平方米用药 8～10 克与 15～30 千克细土混合。播种时 1/3 铺在床面，其余 2/3 盖在种子上。在棚室的通风口安装孔径 25～40 目、幅宽 1～1.2 米的防虫网。

2. 科学管理，减少病虫害的发生

适当增施磷、钾肥，提高植株抗病能力；采用滴灌、膜下暗灌技术，避免大水漫灌。发病初期及时摘除残留花瓣及柱头，清除病叶、病果，拔除病株，防止病害蔓延。以增温排湿为目标，加强通风管理，可预防番茄灰霉病、早疫病、晚疫病等。烟剂熏蒸法、粉尘法防治病虫害，与常规喷雾相比具有不增加棚内湿度、减轻劳动强度、节省农药等优点，生产中可根据具体情况选用不同的施药方法。喷药时应以叶片背面为主。

及时摘除下部黄叶、老叶、病叶。晚打杈可减少和推迟农事操作对烟草花叶病毒的传播；早防蚜可预防黄瓜花叶病毒的发生和传播。利用蚜虫的驱避性，在田间用黄板诱杀或挂银灰膜避蚜。黄色对白粉虱成虫具有强烈的诱集作用，在棚室内设置长条形黄板，上面涂 1 层粘油，诱集、粘杀成虫，一般每 667 米 ^{2} 设置 30～50 块。利用天敌进行生物防治，如白粉虱发生较轻时，可以在棚室内按每株 15～20 头的量释放丽蚜小蜂，15 天 1 次，连放 3 次。

通过叶面喷肥的方法来满足番茄生长的需要及预防生理性病害，如脐腐病。

3. 连阴天气用药注意事项

在番茄生育期有时候阴天也需要用药，首先考虑使用烟剂；如果需要喷雾防治，要参考天气预报，利用多云天气或阴天中午 1～2 个小时的时间，只要温度能达到 20℃，就可以进行喷雾打药。在利用烟剂防治蚜虫或白粉虱时，施药前 1 天要浇水，并喷施能够解毒的叶面肥，以防植株因用药导致早衰。

附　录

附录一　NY/T 5007—2001 无公害食品　番茄保护地生产技术规程

1　范围

本标准规定了达到无公害番茄产品质量要求的产地环境和生产技术管理措施。

本标准适用于全国日光温室、塑料棚、改良阳畦、连栋温室等保护设施的番茄无公害生产。

2　规范性引用文件

下列文件中的条款通过本标准的引用而成为本标准的条款。凡是注日期的引用文件，其随后所有的修改单（不包括勘误的内容）或修订版均不适用于标准，然而，鼓励根据本标准达成协议的各方研究是否可使用这些文件的最新版本。凡是不注日期的引用文件，其最新版本适用于本标准。

GB 4285　农药安全使用标准

GB/ T 8321（所有部分）　农药合理使用准则

GB 16715.3—1999　瓜菜作物种子　茄果类

NY 5005　无公害食品　茄果类蔬类

NY 5010　无公害食品　蔬菜产地环境条件

3　术语和定义

下列术语和定义适用于本标准。

3.1　保护设施

在不适宜植物生长发育的寒冷、高温、多雨季节，人为创造适宜植物生长发育的微环境所采用的定型设施。

3.2　日光温室

由采光和保温维护结构组成，以塑料薄膜为透明覆盖材料，东西向延长，在寒冷季节主要依靠获取和蓄积太阳辐射能进行蔬菜生产的单栋温室。

3.3　塑料棚

采用塑料薄膜覆盖的拱圆形棚，其骨架常用竹、木、钢材或复合材料建造而成。

3.4　连栋温室

以塑料、玻璃等为透明覆盖材料，以钢材为骨架，二连栋以上的大型保护设施。

3.5　改良阳畦

由保温和采光维护结构组成，东西向延长的小型简易保护设施。

3.6　温床

依靠生物能、电能或其他热源提高床土温度进行育苗的设施。

3.7　土壤肥力

土壤为植物生长发育所提供和协调营养与环境条件的能力。

4　产地环境

要选择地势高燥、排灌方便、地下水位较低、土层深厚疏松的壤土的地块，并符合 NY 5010 的规定。

5　生产技术管理

5.1　保护设施的规格要求

5.1.1　塑料小棚：矢高 0.6～1 米，跨度 1～3 米，长度不限。

5.1.2　塑料中棚：矢高 1.5～2 米，跨度 4～6 米，长度不限。

5.1.3　塑料大棚：矢高 2.5～3 米，跨度 6～12 米，长度 30～

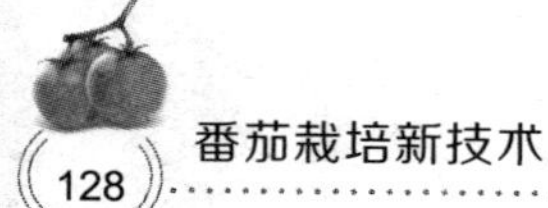

60 米。

5.1.4 连栋温室：单栋跨度 6～9 米，脊高 4～6 米，二连栋以上的大型保护设施。

5.1.5 改良阳畦：跨度约 3 米，高度约 1.3 米。

5.1.6 温床：跨度约 3 米，高度约 1.3 米。

5.2 保护地土壤肥力等级的划分

根据保护地土壤中的有机质、全氮、碱解氮、有效磷、有效钾等含量高低而划分的土壤肥力等级。具体等级指标见附表 1。

附表 1 菜田保护地土壤肥力分级表

肥力等级	菜田土壤养分测试值				
	全氮（%）	有机质（%）	碱解氮（毫克 / 千克）	磷（毫克 / 千克）	钾（毫克 / 千克）
低肥力	0.10～0.13	1.0～2.0	60～80	100～200	80～150
中肥力	0.13～0.16	2.0～3.0	80～100	200～300	150～220
高肥力	0.16～0.26	3.0～4.0	100～120	300～400	220～300

5.3 栽培季节的划分

5.3.1 早春栽培：深冬定植，早春上市的茬口。

5.3.2 秋冬栽培：秋季定植，初冬上市的茬口。

5.3.3 冬春栽培：初冬定植，春节前后上市的茬口。

5.3.4 春提早栽培：终霜前 30 天左右定植，初夏上市的茬口。

5.3.5 秋延后栽培：夏末初秋定植，国庆节前后上市的茬口。

5.3.6 长季节栽培：采收期 8 个月以上的茬口。

5.4 多层保温覆盖

棚室内外增设两层以上保温覆盖的方式。

5.5 品种选择

选择抗病、优质、高产、耐贮运、商品性好、适合市场需求的品种。冬春栽培、早春栽培、春提早栽培选择耐低温弱光、对病害多抗的品种；秋冬栽培、秋延后栽培选择高抗病毒病、耐热的品种；长季节栽培选择高抗、多抗病害，抗逆性好，连续结果能力强的品种。

5.6　育苗

5.6.1　播种前的准备

5.6.1.1　育苗设施：根据季节不同选用温室、大棚、阳畦、温床等育苗设施，夏秋季育苗应配有防虫遮阳设施，有条件的可采用穴盘育苗和工厂化育苗，并对育苗设施进行消毒处理，创造适合秧苗生长发育的环境条件。

5.6.1.2　营养土：因地制宜地选用无病虫源的田土、腐熟农家肥、草炭、砻糠灰、复合肥等，按一定比例配制营养土，要求孔隙度约60%，pH值6～7，速效磷100毫克/千克以上，速效钾100毫克/千克以上，速效氮150毫克/千克，疏松、保肥、保水，营养完全。将配制好的营养土均匀铺于播种床上，厚度10厘米。

5.6.1.3　播种床：按照种植计划准备足够的播种床。每平方米播种床用40%甲醛30～50毫升，加水3升，喷洒床土，用塑料薄膜闷盖3天后揭膜，待气体散尽后播种。

5.6.2　种子处理

5.6.2.1　消毒处理

针对当地的主要病害选用下述消毒方法。

a）温汤浸种：把种子放入55℃热水中，保持水温均匀浸泡15分钟。主要防治叶霉病、溃疡病、早疫病。

b）磷酸三钠浸种：先用清水浸种3～4小时，再放入10%磷酸三钠溶液中浸泡20分钟，捞出洗净。主要防治病毒病。

5.6.2.2　浸种催芽

消毒后的种子浸泡6～8小时后捞出洗净，置于25℃条件下保温催芽。

5.6.3　播种

5.6.3.1　播种期

根据栽培季节、育苗手段和壮苗指标选择适宜的播种期。

5.6.3.2　种子质量

符合 GB 16715.3—1999 中 2 级以上要求。

5.6.3.3　播种量

根据种子大小及定植密度，每 667 米 ^{2} 栽培面积用种量 20～30 克。每平方米苗床播种量 10～15 克。

5.6.3.4　播种方法

当催芽种子 70% 以上破嘴（露白）即可播种。夏秋育苗直接用消毒后的种子播种。播种前苗床浇足底水，湿润至床土深 10 厘米。水渗下后用营养土薄撒一层，找平床面，均匀撒播。播后覆营养土 0.8～1 厘米厚。每平方米苗床再用 50% 多菌灵可湿性粉剂 8 克，拌上细土均匀薄撒于床面上，防治猝倒病。冬春播种育苗床面上覆盖地膜，夏秋播种育苗床面覆盖遮阳网或稻草，70% 幼苗顶土时撤除床面覆盖物。

5.6.4　苗期管理

5.6.4.1　环境调控

5.6.4.1.1　温度：夏秋育苗主要靠遮阴降温。冬春育苗温度管理见附表 2。

附表 2　苗期温度管理指标

时　期	日温（℃）	夜温（℃）	短时间最低夜温不低于（℃）
播种至齐苗	25～30	15～18	13
齐苗至分苗前	20～25	10～15	8
分苗至缓苗	25～30	15～20	10
缓苗后至定植前	20～25	12～16	8
定植前 5～7 天	15～20	8～10	5

5.6.4.1.2　光照：冬春育苗采用反光幕等增光措施；夏秋育苗适当遮光降温。

5.6.4.1.3　水分：分苗水要浇足。以后视育苗季节和墒情适当浇水。

5.6.4.1.4　分苗：幼苗2叶1心时，分苗于育苗容器中，摆入苗床。结合防病喷百菌清可湿性粉剂1 000倍液或80%代森锰锌可湿性粉剂500倍液。

5.6.4.1.5　扩大营养面积：秧苗3～4片叶时加大苗距，容器间空隙要用细泥或砻糠灰填满，保湿保温。

5.6.4.1.6　分苗后肥水：苗期以控水控肥为主。在秧苗3～4片叶时，可结合苗情追提苗肥。

5.6.4.1.7　炼苗：早春育苗温度白天15℃～20℃、夜间5℃～10℃。夏秋育苗逐渐撤去遮阳网，适当控制水分。

5.6.5　壮苗指标

冬春育苗，株高25厘米左右，茎粗0.6厘米以上，现大蕾，叶色浓绿，无病虫害。夏秋育苗，4叶1心，株高15厘米左右，茎粗0.4厘米左右，25天以内育成。长季节栽培根据栽培季节选择适宜的秧苗。

5.7　定植前准备

5.7.1　整地施基肥

基肥的施入量：磷肥为总施肥量的80%以上，氮肥和钾肥为总施肥量的50%～60%。每667米^{2}施优质腐熟农家肥3 000千克以上，但最高不超过5 000千克；农家肥中的养分含量不足时用化肥补充。各地还应根据生育期长短和土壤肥力状况调整施肥量。基肥以撒施为主，深翻25～30厘米。按照当地种植习惯做畦。

5.7.2　棚室消毒

棚室在定植前要进行消毒，每667米^{2}设施用80%敌敌畏乳油250克拌上锯末，与2 000～3 000克硫磺粉混合，分10处点燃，密闭1昼夜，通风后无味时定植。

5.8　定植

5.8.1　定植时间

在10厘米地温稳定通过10℃后定植。

5.8.2　定植方法及密度

采用大小行栽培，覆盖地膜。根据品种特性、整枝方式、气候条件及栽培习惯，每667米^{2}定植3000～4000株。

5.9　田间管理

5.9.1　环境调控

5.9.1.1　温度

5.9.1.1.1　缓苗期：白天25℃～28℃，晚上不低于15℃。

5.9.1.1.2　开花坐果期：白天20℃～25℃，晚上不低于10℃。

5.9.1.1.3　结果期：上午8时至下午5时22℃～26℃，下午5时至夜间10时13℃～15℃，夜间10时至翌日上午8时7℃～13℃。

5.9.1.2　光照

采用透光性好的耐候功能膜，冬春季节保持膜面清洁，白天揭开保温覆盖物，日光温室后部张挂反光幕，尽量增加光照强度和时间。夏秋季节适当遮阳降温。

5.9.1.3　空气湿度

根据番茄不同生育阶段对湿度的要求和控制病害的需要，最佳空气相对湿度的调控指标是缓苗期80%～90%、开花坐果期60%～70%、结果期50%～60%。生产上要通过地面覆盖、滴灌或暗灌、通风排湿、温度调控等措施，尽可能把棚室内的空气湿度控制在最佳指标范围。

5.9.1.4　二氧化碳

冬春季节增施二氧化碳气肥，使设施内的浓度达到1000～1500微升/升。

5.9.2　肥水管理

5.9.2.1　肥水管理指标

采用膜下滴灌或暗灌。定植后及时浇水，3～5天后浇缓苗水。冬春季节不浇明水，土壤相对湿度冬春季节保持60%～70%，夏秋季节保持75%～85%。根据生育季节长短和生长状况及时追肥。常规栽培推荐施肥量见附表3，扣除基肥部分后，分多次随水追施。土壤微量元素缺乏的地区，还应针对缺素的状况增加追肥的种类和数量。

附表 3　番茄推荐施肥量

肥力等级	目前产量（千克 / 667 米 ^{2}）	推荐施肥量（千克 / 667 米 ^{2}）		
		纯氮（N）	磷（P_2O_5）	钾（K_2O）
低肥力	3 000～4 200	19～22	7～10	13～16
中肥力	3 800～4 800	17～20	5～8	11～14
高肥力	4 400～5 400	15～18	3～6	9～12

5.9.2.2　不允许使用的肥料

在生产中不应使用城市垃圾、污泥、工业废渣和未经无害化处理的有机肥。

5.9.3　植株调整

5.9.3.1　插架或吊蔓：用尼龙绳吊蔓或用细竹竿插架。

5.9.3.2　整枝：番茄的整枝方法主要有 3 种，单干整枝、一干半整枝和双干整枝，根据栽培密度和目的选择适宜的整枝方法。

5.9.3.3　摘心、打底叶：当最上目标果穗开花时，留 2 片叶掐心，保留其上的侧枝。第一穗果绿熟期后，摘除其下全部叶片，及时摘除枯黄有病斑叶和老叶。

5.9.4　保果疏果

5.9.4.1　保果：在不适宜番茄坐果的季节，使用防落素等植物生长调节剂处理花穗。在灰霉病多发地区，应在溶液中加入腐霉利等药剂防病。

5.9.4.2　疏果：除樱桃番茄外，为保障产品质量应适当疏果，大果型品种每穗选留 3～4 果；中果型品种每穗留 4～6 果。

5.9.5　病虫害防治

5.9.5.1　主要病虫害

5.9.5.1.1　苗床主要病虫害：猝倒病、立枯病、早疫病、蚜虫。

5.9.5.1.2　田间主要病虫害：灰霉病、晚疫病、叶霉病、早疫病、青枯病、枯萎病、病毒病，蚜虫、潜叶蝇、茶黄螨、白粉虱、烟粉虱、棉铃虫。

5.9.5.2　防治原则

按照“预防为主，综合防治”的植保方针，坚持以“农业防治、物理防治、生物防治为主，化学防治为辅”的无害化防治原则。

5.9.5.3　农业防治

5.9.5.3.1　抗病品种

针对当地主要病虫控制对象，选择高抗多抗的品种。

5.9.5.3.2　创造适宜的生育环境条件

培育适龄壮苗，提高抗逆性；控制好温度和空气湿度，适宜的肥水，充足的光照和二氧化碳，通过通风和辅助加温，调节不同生育时期的适宜温度，避免低温和高温障害；深沟高畦，严防积水，清洁田园，做到有利于植株生长发育，避免侵染性病害发生。

5.9.5.3.3　耕作改制实行严格轮作制度。与非茄科作物轮作 3 年以上。有条件的地区应实行水旱轮作或夏季灌水闷棚。

5.9.5.3.4　科学施肥

测土平衡施肥，增施充分腐熟的有机肥，少施化肥，防止土壤富营养化。

5.9.5.3.5　设施防护

大型设施的通风口用防虫网封闭，夏季覆盖塑料薄膜、防虫网和遮阳网，进行避雨、遮阴、防虫栽培，减轻病虫害的发生。

5.9.5.4　物理防治

大型设施内运用黄板诱杀蚜虫。田间悬挂黄色黏虫板或黄色板条（25 厘米×40 厘米），其上涂上一层机油，每 667 米^2 挂 30～40 块。中、小棚覆盖银灰色地膜驱避蚜虫。

5.9.5.5　生物防治

5.9.5.5.1　天敌：积极保护利用天敌，防治病虫害。

5.9.5.5.2　生物药剂：采用病毒、线虫等防治害虫及植物源农药如藜芦碱、苦参碱、印楝素等和生物源农药如阿维菌素、硫酸链霉素、新植霉素等生物农药防治病虫害。

5.9.6 主要病虫害防治

使用药剂防治应符合 GB 4285、GB / T 8321 的要求。

5.9.6.1 猝倒病、立枯病：除苗床撒药土外，还可用噁霜・锰锌、霜霉威等药剂防治。

5.9.6.2 灰霉病：优先采用乙霉威粉尘剂，还可用腐霉利、甲硫・乙霉威、乙烯菌核利、武夷菌素等药剂防治。

5.9.6.3 早疫病：优先采用百菌清粉尘剂或百菌清烟剂，还可用代森锰锌、百菌清、春雷・王铜、甲霜・锰锌等药剂防治。

5.9.6.4 晚疫病：优先采用百菌清粉尘剂或百菌清烟剂，还可用乙铝・锰锌、噁霜・锰锌、霜霉威等药剂防治。

5.9.6.5 叶霉病：优先采用春雷・王铜粉尘剂，还可用武夷菌素、春雷・王铜、波尔多液等药剂防治。

5.9.6.6 溃疡病：用氢氧化铜、波尔多液、硫酸链霉素等药剂防治。

5.9.6.7 病毒病：用吗胍・乙酸铜、混合脂肪酸等药剂防治。

5.9.6.8 蚜虫、粉虱：用溴氰菊酯、吡虫啉、联苯菊酯、藜芦碱等药剂防治。

5.9.6.9 潜叶蝇：用阿维菌素、毒死蜱等药剂防治。

5.9.7 合理施药

严格控制农药安全间隔期，主要病虫害防治的选药用药技术见附表 4。

5.9.8 不应使用的高毒、高残留农药

在蔬菜生产上不应使用的农药有杀虫脒、氰化物、磷化铅、六六六、滴滴涕、氯丹、甲胺磷、甲拌磷（3911）、对硫磷（1605）、甲基对硫磷（1605）、内吸磷（1059）、苏化 203、治螟磷、磷胺、异丙磷、三硫磷、氧化乐果、磷化锌、克百威、水胺硫磷、久效磷、三氯杀螨醇、涕灭威、灭多威、氟乙酰胺、有机汞制

剂、砷制剂、氯化乙基汞、乙酸苯汞、溃疡净、五氯酚钠等和其他高毒、高残留农药。

附表 4　主要病虫害防治一览表

主要防治对象	农药名称	使用方法	安全间隔（天）
猝倒病	64% 噁霜·锰锌可湿性粉剂	500 倍液喷雾	3
立枯病	72.2% 霜霉威水剂	500 倍液喷雾	5
灰霉病	6.5% 乙霉威粉尘剂 50% 腐霉利可湿性粉剂 65% 甲硫·乙霉威可湿性粉剂 50% 乙烯菌核利可湿性粉剂 2% 武夷菌素水剂	喷粉尘剂 1 千克 / 667 米 ^{2} 1 500 倍液喷雾 800～1 500 倍液喷雾 1 000 倍液喷雾 100 倍液喷雾	— 1 2 4 2
早疫病	5% 百菌清粉尘剂 70% 代森锰锌可湿性粉剂 75% 百菌清可湿性粉剂 47% 春雷·王铜可湿性粉剂 58% 甲霜·锰锌可湿性粉剂	喷粉尘剂 1 千克 / 667 米 ^{2} 500 倍液喷雾 600 倍液喷雾 800～1 000 倍液喷雾 50 倍液喷雾	— 15 7 21 1
晚疫病	5% 百菌清粉尘剂 40% 乙铝·锰锌可湿性粉剂 64% 噁霜·锰锌可湿性粉剂 72.2% 霜霉威水剂	喷粉尘剂 1 千克 / 667 米 ^{2} 300 倍液喷雾 500 倍液喷雾 800 倍液喷雾	— 5 3 5
叶霉病	5% 春雷·王铜粉尘剂 2% 武夷菌素水剂 47% 春雷·王铜可湿性粉剂 1∶1∶200 波尔多液	喷粉尘剂 1 千克 / 667 米 ^{2} 150 倍液喷雾 800 倍液喷雾 —	— 2 21 —
溃疡病	77% 氢氧化铜可湿性粉剂 1∶1∶200 波尔多液 72% 硫酸链霉素可溶性粉剂	500 倍液喷雾 4 000 倍液喷雾 —	3 — 3
病毒病	10% 混合脂肪酸水剂 20% 吗胍·乙酸铜可湿性粉剂	100 倍液，育苗期、缓苗后各喷 1 次 500 倍液喷雾	— 3

续附表 4

主要防治对象	农药名称	使用方法	安全间隔（天）
蚜虫	2.5% 溴氰菊酯乳油 10% 吡虫啉可湿性粉剂	2 000～3 000 倍液喷雾 2 000～3 000 倍液喷雾	2 7
白粉虱	2.5% 联苯菊酯乳油	3 000 倍液喷雾	4
烟粉虱	10% 吡虫啉可湿性粉剂	2 000～3 000 倍液喷雾	7
潜叶蝇	1.8% 阿维菌素乳油 48% 毒死蜱乳油	2 000～3 000 倍液喷雾 1 000 倍液喷雾	7 7

5.9.9　及时采收

及时分批采收，减轻植株负担，以确保商品果品质，促进后期果实膨大。产品质量符合 NY 5005 的要求。

5.9.10　清洁田园

将残枝败叶和杂草清理干净，集中进行无害化处理，保持田间清洁。

附录二　有机产品生产中允许使用的投入品

附表 5　土壤培肥和改良物质

类别	名称和组分	使用条件
植物和动物来源	植物材料（秸秆、绿肥等）	
	畜禽粪便及其堆肥（包括圈肥）	经过堆制并充分腐熟
	畜禽粪便和植物材料的厌氧发酵产品（沼肥）	
	海草或海草产品	仅直接通过下列途径获得：①物理过程，包括脱水、冷冻和研磨。②用水或酸或碱溶液提取。③发酵
	木料、树皮、锯屑、刨花、木灰、木炭及腐殖酸类物质	来自采伐后未经化学处理的木材，地面覆盖或经过堆制
	动物来源的副产品（血粉、肉粉、骨粉、蹄粉、角粉、皮毛、羽毛和毛发粉、鱼粉、牛奶及乳制品等）	未添加禁用物质，经过堆制或发酵处理
	蘑菇培养废料和蚯蚓培养基质	培养基的初始原料限于本附录中的产品，经过堆制
	食品工业副产品	经过堆制或发酵处理
	草木灰	作为薪柴燃烧后的产品
	草　炭	不含合成添加剂，不应用于土壤改良；只允许作为盆栽基质使用
	饼　粕	不能使用经化学方法加工的饼粕

续附表 5

类别	名称和组分	使用条件
矿物来源	磷矿石	天然来源，镉含量小于等于 90 毫克 / 千克
	钾矿粉	天然来源，未通过化学方法浓缩，氯含量少于 60%
	硼　砂	天然来源，未经化学处理、未添加化学合成物质
	微量元素	天然来源，未经化学处理、未添加化学合成物质
	镁矿粉	天然来源，未经化学处理、未添加化学合成物质
	硫　磺	天然来源，未经化学处理、未添加化学合成物质
	石灰石、石膏和白垩	天然来源，未经化学处理、未添加化学合成物质
	黏土（如珍珠岩、蛭石等）	天然来源，未经化学处理、未添加化学合成物质
	氯化钠	天然来源，未经化学处理、未添加化学合成物质
	石　灰	仅用于茶园土壤 pH 值调节
	窑　灰	未经化学处理、未添加化学合成物质
	碳酸钙镁	天然来源，未经化学处理、未添加化学合成物质
	泻盐类	未经化学处理、未添加化学合成物质
微生物来源	可生物降解的微生物加工副产品，如酿酒和蒸馏酒行业的加工副产品	未添加化学合成物质
	天然存在的微生物提取物	未添加化学合成物质

附表 6 植物保护产品

类别	名称和组分	使用条件
植物和动物来源	楝素（苦楝、印楝等提取物）	杀虫剂
	天然除虫菊素（除虫菊科植物提取液）	杀虫剂
	苦参碱及氧化苦参碱（苦参等提取物）	杀虫剂
	鱼藤酮类（如毛鱼藤）	杀虫剂
	蛇床子素（蛇床子提取物）	杀虫、杀菌剂
	小檗碱（黄连、黄柏等提取物）	杀菌剂
	大黄素甲醚（大黄、虎杖等提取物）	杀菌剂
	植物油（如薄荷油、松树油、香菜油）	杀虫剂、杀螨剂、杀真菌剂、发芽抑制剂
	寡聚糖（甲壳素）	杀菌剂、植物生长调节剂
	天然诱集和杀线虫剂（如万寿菊、孔雀草、芥子油）	杀线虫剂
	天然酸（如食醋、木醋和竹醋）	杀菌剂
	菇类蛋白多糖（蘑菇提取物）	杀菌剂
	水解蛋白质	引诱剂，只在批准使用的条件下，并与本附录的适当产品结合使用
	牛 奶	杀菌剂
	蜂 蜡	用于嫁接和修剪
	蜂 胶	杀菌剂
	明 胶	杀虫剂
	卵磷脂	杀真菌剂
	具有驱避作用的植物提取物（大蒜、薄荷、辣椒、花椒、薰衣草、柴胡、艾草的提取物）	驱避剂
	昆虫天敌（如赤眼蜂、瓢虫、草蛉等）	控制虫害

续附表 6

类别	名称和组分	使用条件
矿物来源	铜盐（如硫酸铜、氢氧化铜、氯氧化铜、辛酸铜等）	杀真菌剂，防止过量施用而引起铜的污染
	石硫合剂	杀真菌剂、杀虫剂、杀螨剂
	波尔多液	杀真菌剂，每年每公顷铜的最大使用量不能超过 6 千克
	氢氧化钙（石灰水）	杀真菌剂、杀虫剂
	硫　磺	杀真菌剂、杀螨剂、驱避剂
	高锰酸钾	杀真菌剂、杀细菌剂；仅用于果树和葡萄
	碳酸氢钾	杀真菌剂
	石蜡油	杀虫剂，杀螨剂
	轻矿物油	杀虫剂、杀真菌剂；仅用于果树、葡萄和热带作物（例如香蕉）
	氯化钙	用于治疗缺钙症
	硅藻土	杀虫剂
	黏土（如斑脱土、珍珠岩、蛭石、沸石等）	杀虫剂
	硅酸盐（硅酸钠，石英）	驱避剂
	硫酸铁（3 价铁离子）	杀软体动物剂
微生物来源	真菌及真菌提取物（如白僵菌、轮枝菌、木霉菌等）	杀虫、杀菌、除草剂
	细菌及细菌提取物（如苏云金芽孢杆菌、枯草芽孢杆菌、蜡质芽孢杆菌、地衣芽孢杆菌、荧光假单胞杆菌等）	杀虫、杀菌剂、除草剂
	病毒及病毒提取物（如核型多角体病毒、颗粒体病毒等）	杀虫剂

续附表 6

类别	名称和组分	使用条件
其他	氢氧化钙	杀真菌剂
	二氧化碳	杀虫剂，用于贮存设施
	乙　醇	杀菌剂
	海盐和盐水	杀菌剂，仅用于种子处理，尤其是稻谷种子
	明　矾	杀菌剂
	软皂（钾肥皂）	杀虫剂
	乙　烯	香蕉、猕猴桃、柿子催熟，菠萝调花，抑制马铃薯和洋葱萌发
	石英砂	杀真菌剂、杀螨剂、驱避剂
	昆虫性外激素	仅用于诱捕器和散发皿内
	磷酸氢二铵	引诱剂，只限用于诱捕器中使用
诱捕器、屏障	物理措施（如色彩诱器、机械诱捕器）	—
	覆盖物（网）	—

参考文献

［1］丁云花．番茄无公害高效栽培［M］．北京：金盾出版社，2003.

［2］李会远．番茄无公害标准化栽培技术［M］．北京：化学工业出版社，2009.

［3］秦潮，程季珍，双树林．番茄无公害栽培技术［M］．太原：山西科学技术出版社，2006.

［4］农业部市场与经济信息司．无公害番茄标准化生产［M］．北京：中国农业出版社，2006.

［5］叶秋林．西红柿四季栽培［M］．北京：科学技术文献出版社，1996.

［6］徐鹤林，李景富．中国番茄［M］．北京：中国农业出版社，2007.

［7］柴敏，耿三省．特色番茄彩色甜椒新品种及栽培技术［M］．北京：中国农业出版社，2006.

［8］党永华．温室大棚番茄栽培新技术［M］．杨凌：西北农林科技大学出版社，2005.

［9］柴敏，耿三省．特色番茄彩色甜椒新品种及栽培［M］．北京：中国农业出版社，2003.

［10］赵统敏，余文贵，任建平，等．最新樱桃番茄品种及优质高产栽培技术［M］．北京：中国农业出版社，2006.

［11］田再民．番茄高效栽培与储运加工一本通［M］．北京：化学工业出版社，2014.

［12］符彦君，刘伟，单吉星．有机蔬菜高效种植技术宝典［M］．北京：化学工业出版社，2014.

［13］王迪轩，何永梅．有机蔬菜栽培关键技术［M］．北京：化学工业出版社，2015.

［14］柏全，张晓燕，马冬娟，等．日光温室早春黄瓜—秋延番茄高产栽培模式［J］．西北园艺，2008（11）：10–11.

［15］孙玉清．日光温室深冬茬西葫芦接春提前番茄栽培模式［J］．陕西农业科学，2009（4）：208–209.

［16］朱素英，赵月涛，耿立新，等．薹蒜—夏番茄高产高效栽培模式［J］．安徽农学通报，2008，14（12）：59–60.

［17］杨叶，张娟丽，李媛，等．大中棚早春茬西瓜复种秋延后番茄栽培模式［J］．西北园艺，2012（7）：11–12.

［18］金新华．大棚番茄—茄子（菜椒）—莴苣栽培技术［J］．上海蔬菜，2012（4）：54–55.

［19］佘友志，沙丰，陆海燕．大棚番茄 / 丝瓜—夏青菜—秋莴苣高效栽培技术［J］．现代农业科技，2010（21）：133.

［20］陆志新，王建锋，陈建祥，等．番茄—毛菜—莴苣一年三茬高效栽培技术［J］．长江蔬菜，2011（21）：24–25.

［21］陈国欢．浅谈番茄育苗时应该注意的事项［J］．吉林农业，2010（8）：131.

［22］权志刚．番茄病虫害防治技术［J］．中国农业信息，2015（3）：66–67.